10
18

12, AVENUE D'ITALIE. PARIS XIIIe

Sur l'auteur

Diplômée des universités de Glasgow et d'Oxford, Gail Honeyman vit aujourd'hui en Écosse. *Eleanor Oliphant va très bien* est son premier roman. Il a suscité un véritable engouement international (il a remporté le Costa Book Award 2017 et été couronné « Livre de l'année » par le British Book Award) et est en cours de traduction dans 27 pays.

GAIL HONEYMAN

ELEANOR OLIPHANT VA TRÈS BIEN

Traduit de l'anglais (Écosse)
par Aline Azoulay-Pacvoň

10/18

FLEUVE ÉDITIONS

Titre original :
Eleanor Oliphant Is Completely Fine

ISBN 978-2-264-07310-5
Dépôt légal : septembre 2018

À ma famille

« […] la solitude est marquée par un désir intense de mettre un terme à cette expérience – ce qui ne peut se réaliser par un simple effort de volonté ou en sortant davantage, mais seulement en développant des relations intimes. C'est bien plus facile à dire qu'à faire, surtout pour les gens dont la solitude vient d'une perte, d'un exil ou de préjugés, et qui ont autant de raisons de craindre ou de se méfier de la société des autres que de la rechercher.

« […] plus une personne est seule, moins elle devient apte à naviguer dans les courants sociaux. La solitude s'épaissit autour d'elle, comme une croûte ou une fourrure, un rempart qui inhibe le contact, aussi désiré soit-il. La solitude croît, s'étend et se perpétue. Une fois installée, elle n'est en aucun cas facile à déloger. »

Olivia Laing, *The Lonely City*

LES BONS JOURS

1

Quand les gens me demandent ce que je fais – les chauffeurs de taxi, les hygiénistes bucco-dentaires –, je leur réponds que je travaille dans un bureau. En près de neuf ans, personne n'a cherché à savoir de quel genre de bureau il s'agissait, ou quelle sorte de travail j'y faisais. Je ne sais pas si c'est parce que je corresponds parfaitement à l'image de la bureaucrate ou parce que, lorsqu'on entend l'expression « travailler dans un bureau », on ne peut s'empêcher de remplir les cases automatiquement – une femme à la photocopieuse, un homme devant un ordinateur. Je ne me plains pas. Je suis ravie de ne pas avoir à explorer les subtilités fascinantes des comptes clients avec eux. Lorsque j'ai été embauchée ici, quand on me posait la question, je répondais que je travaillais pour une entreprise de design graphique, mais on supposait alors que j'étais une créative. C'était devenu un peu ennuyeux de voir toute expression déserter les visages quand j'expliquais que je m'occupais de la partie administrative, que je n'avais pas l'occasion de me servir des feutres à pointe fine ou des logiciels dernier cri.

J'ai bientôt trente ans, et je travaille ici depuis mes vingt et un ans. Bob, le P-DG, m'a engagée peu après la création de l'entreprise. J'imagine qu'il m'a prise en pitié. J'étais titulaire d'un diplôme en littérature classique mais je n'avais pour ainsi dire aucune expérience professionnelle, et je m'étais présentée à l'entretien avec un œil au beurre noir, quelques dents en moins et un bras cassé. Il avait sans doute senti, à l'époque, que je n'aspirerais jamais à rien de plus qu'à un job mal payé, que je serais contente de rester chez eux et que je lui épargnerais l'embarras d'avoir à recruter une remplaçante. Peut-être avait-il aussi deviné que je ne prendrais jamais de jours pour partir en lune de miel ni ne demanderais de congé maternité. Je ne sais pas.

Il y a manifestement deux poids et deux mesures dans cette boîte ; les créatifs sont les stars, et nous autres de simples figurants. Un regard suffit pour deviner à quelle catégorie telle ou telle personne appartient. Pour être honnête, c'est en partie lié au salaire. Le personnel de bureau touche un salaire dérisoire, si bien qu'il ne peut pas rivaliser en matière de coupe de cheveux à la mode ou de lunettes intellos. Vêtements, musique, gadgets – bien que les designers veuillent à tout prix passer pour des esprits libres aux idées originales, ils se conforment à un code vestimentaire strict. Le design graphique n'a aucun intérêt pour moi. Je suis employée à la comptabilité. Je peux vous établir des factures pour tout et n'importe quoi : armement, Rohypnol, noix de coco.

J'arrive à 8 h 30 du lundi au vendredi. Je prends une heure pour déjeuner. Avant, j'apportais mes propres sandwichs, mais mes provisions s'épuisaient trop vite pour que je puisse me préparer quoi que ce soit ensuite, alors maintenant je m'achète un truc dans la rue principale. Et je fais toujours un saut chez Marks & Spencer le vendredi, ce qui clôt joliment ma semaine. Je m'installe dans la salle du personnel avec mon sandwich et je lis le journal de la première à la dernière page avant de faire les mots croisés. Je prends le *Daily Telegraph*, non qu'il me plaise particulièrement, mais il offre les mots croisés les plus énigmatiques. Je ne parle à personne – le temps que j'achète mon *meal deal* et que je finisse le journal et les mots croisés, il s'est presque écoulé une heure. Je retourne à mon bureau et travaille jusqu'à 17 h 30. Le bus me ramène chez moi en une demi-heure.

Je prépare le dîner et je mange en écoutant « The Archers ». En général, je me prépare des pâtes au pesto et de la salade – une casserole, une assiette. Mon enfance fourmillait de contradictions culinaires, mes dîners pouvaient se composer tant de coquilles Saint-Jacques pêchées à la main que de cabillaud en sachet cuisson. Après avoir beaucoup réfléchi aux aspects politiques et sociologiques de l'alimentation, je me suis aperçue que j'étais complètement indifférente à la nourriture. Ma préférence va à une pitance peu chère, simple, facile à cuisiner et à trouver, et qui procure les nutriments nécessaires à maintenir une personne en vie.

Après la vaisselle, je lis un roman, ou parfois, si le *Telegraph* du jour a recommandé une émission, je regarde la télévision. Je parle souvent (euh, toujours) un petit quart d'heure avec maman le mercredi soir. Je me couche vers 22 heures, bouquine une demi-heure, puis j'éteins la lumière. Je n'ai pas de problème pour m'endormir, c'est une règle que je m'impose.

Le vendredi, au lieu de prendre le bus tout de suite après le travail, je me rends au Tesco Metro du coin pour acheter une pizza margarita, du chianti et deux grandes bouteilles de vodka Glen. Quand je rentre à la maison, je mange la pizza et je bois le vin. Puis je me sers une vodka. Il ne m'en faut pas beaucoup le vendredi, juste quelques verres. En général, je me réveille sur le canapé vers 3 heures du matin, et je titube jusqu'à mon lit. Je termine la vodka durant le week-end, en l'étalant sur les deux jours pour n'être jamais soûle ni sobre. Les lundis sont longs à arriver.

Mon téléphone ne sonne pas souvent, je sursaute quand ça arrive et, la plupart du temps, ce sont des gens qui me demandent si j'ai souscrit une assurance crédit protection. Je murmure : « Je sais où vous habitez », et je raccroche très très délicatement. Personne n'est entré chez moi cette année à part les employés de maintenance ; en dehors des hommes qui doivent relever mes compteurs, je n'ai jamais invité personne à franchir le seuil de mon appartement. Vous pensez que c'est impossible, n'est-ce pas ? Pourtant, c'est la vérité. J'existe, non ? J'ai parfois le sentiment que je ne suis pas là, que je suis le fruit de mon imagination. Il y a des jours où je me sens si peu attachée à la Terre que les fils qui me relient à la planète sont fins comme ceux d'une toile d'araignée, comme du sucre filé. Une grosse bourrasque suffirait à m'en détacher ; je m'élèverais et serais emportée comme des aigrettes de pissenlit.

Les fils s'épaississent un peu du lundi au vendredi. On m'appelle au bureau pour parler de lignes de crédit, on m'envoie des e-mails à propos de contrats et d'estimations. Les employés avec lesquels je partage mon espace de travail – Janey, Loretta, Bernadette et Billy – remarqueraient mon absence. Au bout de quelques jours (je me suis souvent demandé combien), ils s'inquiéteraient du fait que je n'aie pas appelé pour dire que je suis malade – pas du tout mon style – et chercheraient mon adresse dans les dossiers du personnel. Je suppose qu'ils finiraient par prévenir la police, non ? Est-ce que les agents enfonceraient ma porte ? Se couvriraient-ils le visage, retiendraient-ils des haut-le-cœur en me découvrant ? Ça leur ferait un sujet de conversation, au bureau. Ils me détestent, mais pas au point de vouloir ma mort. Je ne crois pas, du moins.

Hier, je suis allée chez le médecin. J'ai l'impression que ça fait déjà des millions d'années. Cette fois, j'ai eu droit au jeune docteur, le type pâle aux cheveux roux ; j'étais contente. Plus ils sont jeunes, plus leurs études sont récentes, ce qui est forcément une bonne chose. Je déteste tomber sur le vieux docteur Wilson ; elle a dans les soixante ans, j'ai du mal à croire qu'elle soit au courant des derniers protocoles pharmaceutiques et des nouvelles découvertes médicales. Elle arrive à peine à allumer son ordinateur.

Le médecin a fait ce qu'ils font tous, vous savez, lorsqu'ils vous parlent sans vous regarder ; il lisait mon dossier sur son écran en tapant sur la flèche retour avec une férocité redoublée à mesure que les lignes défilaient.

— Que puis-je faire pour vous, aujourd'hui, mademoiselle ?

— J'ai mal au dos, docteur. Je souffre le martyre.

Il ne me regardait toujours pas.

— Depuis combien de temps ressentez-vous cette douleur ?

— Deux semaines.

Il a hoché la tête.

— Je pense que j'en connais la cause, ai-je repris, mais je voulais avoir votre avis.

Il s'est arrêté de lire et a daigné me lancer un regard.

— Quelle est la cause de votre douleur au dos, selon vous, mademoiselle ?

— Je pense que ce sont mes seins, docteur.

— Vos seins ?

— Oui. Je les ai pesés, vous voyez, et ils frôlent les trois kilos – c'est le poids des deux, pas d'un seul ! ai-je précisé en riant.

Il m'a dévisagée sans se départir de son sérieux.

— C'est un lest important, pour une personne, non ? ai-je demandé. Je veux dire que, si je vous scotchais trois kilos de chair en plus sur le torse et que je vous obligeais à marcher avec toute la journée, vous auriez mal au dos, vous aussi, n'est-ce pas ?

Il s'est raclé la gorge.

— Comment… avez-vous fait… pour… ?

— Une balance de cuisine. J'en ai juste posé… un… dessus. Je n'ai pas pesé les deux, j'ai supposé qu'ils devaient faire à peu près le même poids. Ce n'est pas très scientifique, je sais, mais…

— Je vais vous prescrire d'autres antidouleurs, mademoiselle, a-t-il dit, l'air distrait, tout en tapant.

— Forts, cette fois, s'il vous plaît, ai-je ajouté d'un ton ferme, et beaucoup.

Ils avaient déjà essayé de s'en tirer en me fourguant des minidoses d'aspirine. J'ai besoin de médicaments bien costauds pour compléter ma réserve.

— Pourriez-vous aussi prolonger mon traitement contre l'eczéma, s'il vous plaît ? Il semble vraiment s'aggraver dans les moments de stress ou d'excitation.

Il n'eut pas la grâce de répondre à cette requête polie et se contenta d'acquiescer. Aucun de nous n'a parlé pendant que l'imprimante crachait le document, qu'il m'a tendu. Puis il a fixé son écran et s'est remis à taper. Un silence gêné a suivi. Ses compétences sociales sont d'une médiocrité affligeante, surtout pour une personne qui reçoit des gens du matin au soir.

— Bien, au revoir, docteur, ai-je dit. Merci beaucoup de m'avoir accordé un peu de temps.

Mes paroles ont semblé lui passer au-dessus de la tête. Il paraissait toujours absorbé par ses notes. C'est le seul défaut des jeunes médecins : ils ont un comportement déplorable avec les patients.

C'était hier matin, dans une autre vie. Aujourd'hui, *après*, le bus avançait à une bonne allure vers mon bureau. Il pleuvait, et tous les passagers avaient une mine sinistre, emmitouflés dans leurs manteaux, tandis que leur mauvaise haleine embuait les vitres. La vie s'infusait en moi par le biais des gouttes qui s'y écrasaient, m'enveloppait de sa fragrance par-dessus les effluves de vêtements mouillés et de pieds trempés.

J'ai toujours été très fière de mener ma barque seule. Je suis une survivante – je suis Eleanor Oliphant. Je n'ai besoin de personne, il n'y a pas de grand vide dans mon existence, il ne manque aucune pièce dans mon puzzle. Je suis autosuffisante. En tout cas, c'est ce que j'ai toujours pensé. Mais hier soir, j'ai trouvé l'amour de ma vie. Quand je l'ai vu entrer en scène, j'ai *su* que c'était lui. Il portait un chapeau très élégant, mais ce n'est pas ce qui m'a attirée. Non, je ne suis pas si futile. Il arborait un costume trois-pièces, et *le dernier bouton de son gilet n'était pas fermé*. Maman dit toujours qu'un vrai gentleman ne boutonne jamais son gilet jusqu'en bas – c'est un des signes à relever pour reconnaître un homme élégant et d'un bon niveau social. Son beau visage, sa voix… enfin un homme qui, selon toute vraisemblance, avait l'étoffe d'un « mari potentiel ».

Maman serait aux anges.

2

L'enthousiasme des vendredis était palpable au bureau, tous conspiraient pour prétendre qu'ils s'apprêtaient à passer un week-end fantastique et que, la semaine suivante, tout serait différent, leur travail serait plus intéressant. Ils ne retenaient jamais la leçon. Sauf que, pour moi, tout *avait* changé. J'avais mal dormi, mais je me sentais bien, mieux que bien, au meilleur de ma forme. On dit que, lorsqu'on rencontre l'homme de sa vie, on le reconnaît. C'est la vérité, le destin l'avait placé sur ma route un jeudi soir, et je me réjouissais de la perspective de savourer un long week-end plein de promesses.

L'un des concepteurs quittait la boîte ; comme toujours, nous devions arroser l'événement avec du vin bon marché, de la bière hors de prix et des chips jetées dans des assiettes creuses. Avec un peu de chance, ça commencerait tôt ; je pourrais y faire une apparition et partir à l'heure. Il fallait *absolument* que je fasse des courses avant la fermeture des magasins. J'ai poussé la porte et, en dépit de mon gilet chaud, ai frissonné en entrant dans l'air conditionné. Billy distrayait sa cour. Il me tournait le dos, et les autres étaient trop captivés pour me voir arriver.

— Elle est dingue, disait-il.

— D'accord, on sait qu'elle est dingue, a répondu Janey, on n'en a jamais douté. La question est : qu'est-ce qu'elle a fait, cette fois ?

Billy a eu un reniflement méprisant.

— Vous êtes au courant qu'elle a gagné les tickets et qu'elle m'a demandé de l'accompagner à ce stupide concert ?

Janey a souri.

— La tombola annuelle de Bob où l'on gagne des lots offerts par nos clients les plus merdiques. Premier prix, deux entrées gratuites. Deuxième prix, quatre entrées gratuites…

Billy a soupiré.

— Tout juste. Le jeudi soir de la honte : un concert de charité jeudi dans un pub, avec en prime une horrible brochette d'amis et de parents ? Et comme si ça ne suffisait pas : avec *elle* ?

Éclat de rire général. Je ne pouvais pas en disconvenir, ça n'avait rien d'une soirée glamour pleine d'excès fitzgéraldiens.

— Il y avait un groupe en première partie, Johnnie je ne sais quoi et les Pilgrim Pioneers. Pas si mal, au final. Ils ont joué leurs morceaux et quelques tubes, aussi, des vieux standards.

— Je le connais, c'est Johnnie Lomond ! s'est écriée Bernadette. Il était en sixième avec mon grand frère. Il est venu à une boum chez nous, quand maman et papa étaient à Tenerife, avec d'autres camarades de classe de mon frère. Ils ont fini par boucher le lavabo de la salle de bains, si je me souviens bien…

Je me suis détournée, peu désireuse d'entendre ses frasques de jeunesse.

— Bref, a repris Billy (il n'aimait pas être interrompu, ai-je remarqué), elle a *détesté* le groupe. Elle est restée plantée là comme un piquet, sans bouger, sans applaudir, rien. Dès qu'ils ont terminé, elle a dit qu'elle devait rentrer chez elle. Elle n'est même pas restée à l'entracte, et je me suis retrouvé à écouter la suite du concert tout seul, comme un pauvre type.

— Pauvre Billy ; je sais que tu voulais l'emmener boire un verre après, ou même danser, a soupiré Loretta en lui donnant un coup de coude.

— Très drôle, Loretta. Non, elle a filé comme une voleuse. Avant la fin du concert, elle était bordée dans son lit avec un chocolat chaud et un *Femme actuelle*.

— Oh ! s'est exclamée Janey, je l'imagine mal avec un *Femme actuelle* dans les mains. Plutôt avec un truc plus *strange*, plus confidentiel. *Pêche à la mouche* ? *Camping et Caravaning* ?

— *Chevalmag*, a tranché Billy, et elle a sans doute un abonnement.

Ils ont tous ricané.

Moi aussi, je dois dire.

Je ne m'attendais pas, mais alors pas du tout, à ce que ça m'arrive hier soir. Le choc n'en a été que plus fort. J'aime tout planifier, me préparer, m'organiser à l'avance. Ça m'est tombé dessus sans crier gare ; ça m'a fait l'effet d'une claque en plein visage, d'un coup de poing dans le ventre, d'une brûlure.

J'avais demandé à Billy de m'accompagner au concert parce que c'est mon collègue le plus jeune ; je supposais qu'il aimait la musique. J'avais surpris les autres en train de le taquiner à ce sujet un jour, alors qu'ils me croyaient sortie pour déjeuner.

J'ignorais tout du concert, je n'avais jamais entendu parler de ces deux groupes. J'y allais par sens du devoir ; j'avais gagné les tickets à une tombola de charité, et je savais qu'on allait me demander comment c'était.

J'avais bu un vin blanc tiède et âcre qui avait pris le goût des gobelets en plastique distribués au pub. Ils doivent vraiment nous prendre pour des sauvages ! Billy avait tenu à me l'offrir, pour me remercier de l'avoir invité. Ça n'avait rien d'un rendez-vous galant. Quelle idée saugrenue.

Les éclairages s'étaient éteints. Billy n'avait pas envie d'assister à la première partie du spectacle, mais je m'étais montrée intraitable. Qui sait si nous n'allions pas être témoins de la naissance d'une nouvelle étoile ? Qui sait si la personne qui s'avancerait sur scène n'allait pas l'illuminer ? Et c'est juste ce qu'*il* avait fait. J'avais les yeux rivés sur lui. Il était lumière et chaleur. Incandescence. Il transformait tout ce qu'il touchait. Je me suis avancée sur mon siège pour mieux le voir. Je l'avais enfin trouvé.

Maintenant que mon destin m'était apparu, il fallait que j'en apprenne davantage sur lui, sur ce chanteur, sur l'homme que j'attendais. Avant de m'atteler à la tâche cauchemardesque que représentait le bilan mensuel, je me suis autorisée à jeter un coup d'œil à quelques sites – Tesco, Argos – pour voir le prix des ordinateurs. Bien sûr, je pouvais toujours passer au bureau le week-end pour effectuer mes recherches, mais le risque de tomber sur quelqu'un qui me demanderait ce que je fichais là était trop grand. Et, même si ce n'était pas interdit par le règlement, mes affaires ne regardaient personne, et je n'avais pas envie de devoir expliquer à Bob pourquoi je n'avais toujours pas touché à l'immense pile de factures à enregistrer alors que j'étais venue travailler le week-end. Sans compter que je pourrais mettre ce temps à profit à la maison, en m'entraînant à préparer un dîner pour notre premier rendez-vous. Il y a des années, maman m'a confié que les hommes craquaient sur les friands à la saucisse. Le meilleur moyen de gagner le cœur d'un homme, m'a-t-elle dit, c'est encore de lui préparer des friands à la saucisse, avec de la pâte feuilletée bien croustillante et de la viande de bonne qualité. Je ne cuisine rien d'autre que des pâtes depuis des années. Je n'ai jamais fait de friands de ma vie. Mais j'imagine que ce n'est pas trop compliqué. Ce n'est que de la pâte feuilletée et de la saucisse industrielle.

J'ai allumé mon ordinateur et tapé mon mot de passe, mais l'écran s'est figé. J'ai éteint, puis rallumé, et cette fois je n'ai même pas réussi à atteindre l'étape de l'identification. Agaçant. Je suis allée voir Loretta, la chef de service. Elle a une très haute opinion de ses capacités administratives, et pendant son temps libre elle fabrique des bijoux hideux qu'elle vend à des crétines. Je lui ai dit que mon ordinateur ne fonctionnait pas et que je n'avais pas pu joindre Danny, du service informatique.

— Danny ne travaille plus chez nous, Eleanor, m'a-t-elle répondu sans lever les yeux de son écran. Il y a un petit nouveau. Raymond Gibbons. Il a commencé le mois dernier.

Elle l'avait dit comme si j'aurais dû le savoir. Toujours sans me regarder, elle a écrit le nom de ce gars ainsi que le numéro de sa ligne sur un Post-it qu'elle m'a tendu.

— Merci mille fois, tu m'as été d'une aide précieuse, comme toujours, Loretta, ai-je lancé.

Ça lui est passé au-dessus de la tête, comme d'habitude.

J'ai composé le numéro de poste qu'elle m'avait donné mais suis tombée sur un répondeur : « Salut, Raymond à l'appareil, mais *pas* véritablement là. Comme le chat de Schrödinger. Laissez-moi un message après le bip. Bonne journée. »

J'ai secoué la tête, écœurée, et articulé lentement :

— Bonjour, monsieur Gibbons. Je suis Mlle Oliphant, agent comptable. Mon ordinateur ne fonctionne plus et je vous serais infiniment reconnaissante de bien vouloir le réparer dès aujourd'hui. N'hésitez pas à me contacter au 533 si vous désirez obtenir de plus amples explications. Je vous remercie infiniment.

J'espérais que mon message clair et concis lui servirait d'exemple pour une future annonce de répondeur. J'ai attendu dix minutes en rangeant mon bureau pour patienter, mais il ne m'a pas rappelée. Après avoir passé deux heures à enregistrer des règlements, n'ayant toujours pas eu de retour de ce M. Gibbons, j'ai décidé de prendre ma pause déjeuner très en avance. Il m'était venu à l'esprit qu'il valait mieux me préparer physiquement à une éventuelle rencontre avec le musicien en améliorant un peu mon apparence. Devais-je progresser de l'intérieur vers l'extérieur, ou de l'extérieur vers l'intérieur ? J'ai dressé une liste mentale de toutes les interventions cosmétiques qui me semblaient indispensables : les poils et les cheveux, les ongles (pieds et mains), les sourcils, la cellulite, les dents, les cicatrices… J'avais besoin de mises à jour, de retouches et de rénovations dans tous ces domaines. Quand je ne suis pas sûre de la marche à suivre, je me demande : *Que ferait un furet en pareil cas ?* ou : *Comment réagirait une salamandre si elle se retrouvait dans la même situation ?* Invariablement, la bonne réponse s'impose à moi.

Je passe devant le salon Julie Beauté tous les matins en me rendant au travail. Par chance, ils avaient une annulation. Il leur faudrait vingt minutes, Kayla s'occuperait de moi, et ça me coûterait 45 livres. Quarante-cinq ! Quand même, ai-je songé tandis que Kayla me conduisait dans une pièce au sous-sol, ça les valait bien. Comme toutes les autres employées, Kayla portait un uniforme blanc semblable à ceux des chirurgiens, avec les sabots assortis. Cette tenue pseudo-médicale me semblait adéquate. Nous sommes entrées dans une cabine d'une exiguïté gênante, à peine assez grande pour contenir une table d'esthétique, une chaise et un guéridon.

— Bien, dit-elle, maintenant, débarrassez-vous de ce…

Elle a marqué une pause et regardé mes jambes.

— … hum, pantalon, et de vos sous-vêtements, puis montez là-dessus. Vous pouvez rester nue ou enfiler ceci.

Elle a posé un petit paquet sur la table de soin.

— Couvrez-vous avec la serviette en attendant, je repasse vous voir dans deux minutes. D'accord ?

J'ai fait « oui » de la tête, impressionnée par ces préparatifs préopératoires.

Dès qu'elle eut refermé la porte derrière elle, j'ai ôté mes chaussures et mon pantalon. Devais-je garder mes chaussettes ? J'ai pesé le pour et le contre et décidé que oui. J'ai enlevé ma culotte et me suis demandé quoi en faire. Je me voyais mal la poser sur le dossier de la chaise, bien en vue, comme mon pantalon, alors je l'ai pliée et je l'ai glissée dans mon cabas. Gênée par ma nudité, j'ai pris le paquet qu'elle avait laissé sur la table d'esthétique et l'ai ouvert. Je l'ai vidé et ai soulevé son contenu : une minuscule culotte noire, du même modèle que les « tangas » de Marks & Spencer, coupée dans le genre de papier-tissu qui sert à confectionner les sachets de thé. Je l'ai enfilée. Elle était bien trop petite ; mes bourrelets dépassaient de partout.

La table était très haute, mais je me suis hissée dessus grâce à la marche en plastique posée à côté. Je me suis allongée ; elle était rembourrée de serviettes de toilette recouvertes du même papier bleu et rêche que l'on trouve sur les tables d'auscultation des médecins. Une serviette noire était pliée à mes pieds, je l'ai tirée jusqu'à ma taille. Les serviettes noires me préoccupaient. Quel genre de taches espérait-on dissimuler en choisissant cette couleur ? J'ai compté les spots encastrés dans le plafond, jeté un œil à ma droite, puis à ma gauche. En dépit du faible éclairage, on pouvait voir des éraflures sur les murs pâles. Kayla a frappé avant d'entrer, la légèreté et la gaieté incarnées.

— Bien. Qu'allons-nous faire, aujourd'hui ?

— Comme je l'ai dit, le maillot de bain, s'il vous plaît.

Elle s'est esclaffée.

— Oui, bien sûr, désolée, je voulais dire : quel genre de maillot de bain ?

J'ai réfléchi.

— Le genre habituel… à la cire ?

— Quelle forme ? a-t-elle repris, plus laconique.

Puis, remarquant mon expression :

— Bien, alors nous avons le maillot français, brésilien et hollywoodien, a-t-elle énuméré, en comptant sur ses doigts.

J'ai tourné et retourné ces termes dans ma tête, comme je le fais pour résoudre des grilles d'anagrammes, cherchant la bonne combinaison de lettres. Français, brésilien, hollywoodien… Français, brésilien, hollywoodien…

— Hollywoodien, ai-je fini par trancher. Hollywood ira très bien à *Holly*liphant.

Faisant la sourde oreille, elle a soulevé la serviette.

— Oh… a-t-elle murmuré. D'accoooord…

Elle est allée jusqu'au guéridon, a ouvert un tiroir et en a sorti un objet.

— Je devrai vous facturer 2 livres supplémentaires pour le contre-peigne, a-t-elle lancé, sévère, en prenant une paire de gants jetables.

J'ai fixé le plafond tandis que la tondeuse brrrbrrrbourdonnait. Ça ne faisait pas mal du tout ! Le travail terminé, elle a fait tomber par terre les poils rasés à l'aide d'une brosse à grosse tête. La panique a commencé à monter en moi. Je n'avais pas regardé le sol en entrant. Elle avait peut-être fait subir le même sort à d'autres clientes… des poils pubiens d'inconnues s'étaient-ils collés à mes chaussettes à pois ? Cette seule idée me donnait la nausée.

— C'est beaucoup mieux, a-t-elle décrété. Je vais faire aussi vite que possible. N'appliquez aucune lotion parfumée sur cette zone pendant au moins douze heures, d'accord ?

Elle a remué la cire qui chauffait dans son pot sur le guéridon.

— Oh, ne vous inquiétez pas, je ne suis pas fan d'onguents, Kayla, ai-je répondu.

Elle a ouvert des yeux ronds. Je m'attendais à ce que le personnel des salons de beauté ait un sens du contact humain plus développé. Elle était presque aussi nulle que mes collègues du bureau.

Elle a écarté la culotte en papier et m'a demandé de tirer sur ma peau. Puis elle a étalé de la cire tiède sur mon pubis à l'aide d'une spatule en bois et y a appliqué une bande de tissu. Elle en a alors saisi l'extrémité et l'a arrachée d'un geste vif et ample, laissant place à une douleur cuisante.

— *Morituri te salutant*, ai-je murmuré, des larmes au coin des yeux.

C'est ce que je dis toujours en pareil cas, c'est incroyable ce que ça peut me remonter le moral. Je me suis redressée pour m'asseoir, mais elle m'a repoussée d'un geste très doux.

— Oh, je crains d'en avoir encore pour un petit moment, a-t-elle lancé d'un ton un brin enjoué.

La douleur n'est rien ; la douleur, je connais. Je me suis retranchée dans la petite chambre blanche, dans ma tête, celle qui a la couleur des nuages. Elle sent le coton propre et les lapereaux. L'air qu'on y respire a une légère teinte rosée de praline, et on y entend la plus belle musique qui soit. Cette fois, c'était *Top of the World*, des Carpenters. Quelle voix magnifique… si sereine, si pleine d'amour, semblait-il. Ah, l'adorable Karen Carpenter, la veinarde.

Kayla continuait à plonger sa spatule et à m'arracher les poils. Elle m'a dit d'écarter les genoux et a placé mes talons l'un contre l'autre. « J'ai l'air d'une grenouille », ai-je dit, mais elle m'a ignorée, très concentrée sur sa tâche. Elle a extirpé les poils du dessous. Je n'aurais jamais cru ça possible. Son travail terminé, elle m'a demandé de m'allonger normalement et a baissé ma culotte. Elle a étalé de la cire chaude sur les poils restants et a tiré d'un coup sec sur la bande d'un geste triomphal.

— Voilà ! a-t-elle dit, en ôtant ses gants et en s'essuyant le front du dos de la main. Est-ce que ça n'est pas *beaucoup* mieux maintenant ?

Elle m'a tendu un miroir afin que je puisse me regarder.

— Mais je suis complètement nue ! me suis-je écriée, horrifiée.

— Oui, c'est le maillot hollywoodien. C'est celui que vous avez choisi.

J'ai senti mes poings se serrer. Je secouais la tête, incrédule. J'étais venue ici pour devenir une femme comme les autres, et voilà qu'elle me faisait ressembler à une gosse.

— Kayla, ai-je dit, sidérée de me retrouver dans cette situation, l'homme auquel je m'intéresse est un adulte normal. Il aime avoir des relations sexuelles avec des femmes adultes normales. Essaieriez-vous de suggérer que c'est un de ces pédophiles ? Comment *osez*-vous !

Elle m'a dévisagée, paniquée, mais ma coupe était pleine.

— Laissez-moi me rhabiller, je vous prie, ai-je dit en me tournant vers le mur.

Elle est sortie de la pièce, et je suis descendue de la table d'esthétique. J'ai enfilé mon pantalon et me suis consolée en me disant que mes poils auraient sans doute repoussé quand viendrait le moment de notre première rencontre intime. Quant à Kayla, je ne lui ai pas laissé de pourboire.

Lorsque je suis arrivée au bureau, mon ordinateur ne fonctionnait toujours pas. Je me suis assise très doucement et j'ai rappelé Raymond du service informatique, mais je suis encore tombée sur son message grotesque. J'ai décidé de monter le voir en personne ; à en juger par sa manière de saluer ses interlocuteurs sur son répondeur, ce devait être le genre de type à ignorer son téléphone et à bayer aux corneilles. Je repoussais mon fauteuil quand un homme s'est approché. Il était à peine plus grand que moi et portait des baskets vertes, un jean informe et un tee-shirt illustré d'un chien de bande dessinée couché sur le toit de sa niche. Le coton moulait son ventre rebondi. Il avait des cheveux clairs couleur sable, coupés court pour dissimuler son front dégarni, et une barbe naissante irrégulière. Toutes les parties nues de son corps – le visage et le reste – étaient très roses. Un adjectif m'est venu à l'esprit : porcin.

— Hum, Oliphant ? a-t-il dit.

— Oui. Eleanor Oliphant. Elle-même, ai-je répondu.

Il s'est élancé vers mon bureau.

— Je suis Raymond, de l'informatique.

Je lui ai offert une poignée de main qu'il a fini par accepter, hésitant. Une nouvelle illustration du triste déclin des bonnes manières. Je me suis écartée pour qu'il puisse s'installer devant mon ordinateur.

— Quel est le problème ? a-t-il demandé en fixant mon écran.

Je le lui ai expliqué.

— D'acc-o-d'acc, a-t-il dit en tapant bruyamment sur le clavier.

J'ai pris mon *Telegraph* et l'ai informé que j'attendrais dans la salle de repos ; je me voyais mal rester là pendant qu'il réparait l'ordinateur.

L'auteur des mots croisés du jour était « Elgar » ; ses indices étaient toujours élégants et honnêtes. Je tapotais le bout de mon stylo contre mes dents, méditant sur le 12 vertical, quand Raymond a fait irruption devant moi, interrompant le cours de mes pensées. Il a jeté un œil par-dessus mon épaule.

— Ah, des mots croisés ? Jamais compris l'intérêt. J'aime autant qu'on me colle un bon ordinateur dans les mains. *Call of Duty*…

J'ai ignoré son bavardage idiot.

— Vous avez réussi à le réparer ?

— Ouaip, a-t-il répondu, assez satisfait de lui-même. Vous aviez un virus coriace. J'ai nettoyé votre disque dur et réinstallé le pare-feu. Dans l'idéal, vous devriez faire un scan complet toutes les semaines.

Il a dû remarquer mon air égaré.

— Venez, je vais vous montrer.

Nous avons pris le couloir ensemble. Le sol couinait sous ses baskets hideuses. Il a toussé.

— Alors… vous, euh, vous travaillez ici depuis longtemps, Eleanor ? a-t-il demandé.

— Oui, ai-je répondu, pressant le pas.

Il a réussi à rester à ma hauteur, mais c'est le souffle court qu'il a repris :

— Ah.

Il s'est raclé la gorge.

— Je ne suis ici que depuis quelques semaines. Avant, je travaillais chez Sandersons. En ville. Vous connaissez ?

— Non.

Nous sommes arrivés devant mon bureau et je me suis assise. Il s'est penché, trop bas. Il sentait la cuisine et un peu la cigarette. Déplaisant. Il m'a expliqué comment procéder, et j'ai suivi ses instructions, les gravant dans ma mémoire. Son discours terminé, j'avais atteint les limites de ma capacité quotidienne à m'intéresser à la technologie.

— Merci pour votre aide, Raymond, lui ai-je dit en guise de conclusion ostensible.

Il m'a saluée, et s'est relevé. Difficile d'imaginer un homme à l'allure moins martiale.

— Aucun souci, Eleanor. À un de ces quatre !

J'en doute, ai-je pensé en ouvrant le tableau des comptes mensuels en souffrance. Il s'est éloigné d'un pas étonnamment léger, rebondissant trop fort sur ses talons. Beaucoup d'hommes peu séduisants se déplaçaient de cette manière, avais-je remarqué. Je suis certaine que les baskets y étaient pour beaucoup. Le chanteur de l'autre soir portait de magnifiques richelieus en cuir. Il était grand, élégant et gracieux. J'avais du mal à croire que cet homme et Raymond appartenaient à la même espèce. Je me suis tortillée sur mon fauteuil, mal à l'aise. Je ressentais une douleur lancinante et des démangeaisons *en bas*. Peut-être aurais-je dû remettre ma culotte.

Le bureau a commencé à se vider à partir de 16 h 30, et je me suis appliquée à applaudir de manière extravagante à la fin du discours de Bob en criant : « Bravo ! Bravo ! Bravo ! » afin que tout le monde me remarque. Je suis partie à 16 h 59 et me suis dirigée vers le centre commercial aussi vite que mon épiderme irrité par ma récente épilation me le permettait. Je suis arrivée au quart, Dieu merci. *Un tiens vaut mieux que deux tu l'auras*, me disais-je, considérant l'importance de ma mission ; j'ai donc mis le cap vers le premier grand magasin que j'ai vu et ai pris l'ascenseur jusqu'au rayon électronique.

Un jeune homme avec une chemise grise et une cravate scintillante fixait les alignements d'écrans de télévision géants. Je me suis approchée et l'ai informé que je voulais acheter un ordinateur. Il a paru effrayé.

— *De bureau portable tablette ?* a-t-il psalmodié.

Je n'en avais aucune idée.

— Je n'ai jamais acheté d'ordinateur, Liam, lui ai-je expliqué, lisant son prénom sur son badge. Je suis une consommatrice de matériel technologique très inexpérimentée.

Il a tiré sur le col de sa chemise comme pour libérer de cette entrave son énorme pomme d'Adam. Il ressemblait à une gazelle ou à un impala, ces animaux beiges sans intérêt qui ont de grands yeux ronds de chaque côté de la tête. Ces bêtes qui finissent toujours par se faire dévorer par un léopard.

C'était mal parti.

— Vous souhaitez en faire quel usage ? a-t-il demandé, sans me regarder.

— Ce ne sont pas vos affaires, ai-je répondu, presque offensée.

Il a semblé à deux doigts de pleurer. Je me suis sentie coupable. Il était jeune, voilà tout. J'ai posé la main sur son bras, moi qui déteste toucher les gens.

— Je suis désolée, je suis un peu anxieuse, et il est impératif que je puisse travailler en ligne ce week-end, ai-je expliqué.

Il avait toujours le même air nerveux.

— Liam, j'aimerais seulement acheter un ordinateur que je pourrais utiliser dans le confort de mon domicile afin d'effectuer des recherches sur Internet, ai-je repris lentement. À terme, il se peut que je veuille envoyer des messages électroniques depuis ce poste de travail. Voilà tout. Avez-vous en stock un produit qui pourrait convenir ?

Le garçon a levé les yeux au ciel et cogité.

— Un portable avec un accès Internet ? a-t-il dit.

Pourquoi me posait-il la question, pour l'amour du Ciel ? J'ai hoché la tête et lui ai tendu ma carte de crédit.

Arrivée chez moi, un peu étourdie par la somme astronomique que je venais de dépenser, je me suis aperçue que je n'avais rien à manger. Le vendredi est mon jour de pizza margarita, bien sûr, mais, pour la toute première fois, mon train-train était bouleversé. Je me suis souvenue d'un prospectus que j'avais rangé dans le tiroir des serviettes à thé ; il y a un moment que je l'avais trouvé dans ma boîte aux lettres. J'ai remis la main dessus sans mal et l'ai lissé. Il y avait des coupons de réduction, en bas. Expirés. Les prix avaient dû augmenter, mais le numéro de téléphone devait être encore bon, et ils vendaient probablement toujours des pizzas. Les anciens prix étaient déjà risibles, j'ai éclaté de rire en les découvrant. Chez Tesco Metro, les pizzas coûtaient quatre fois moins cher.

J'ai décidé de m'autoriser cette frasque. Oui, c'était extravagant et capricieux, mais pourquoi pas ? La vie est faite pour découvrir des choses nouvelles, repousser ses limites, me suis-je rappelée. L'homme qui a pris mon appel m'a informée que la pizza me serait livrée d'ici quinze minutes. Je me suis passé un coup de brosse dans les cheveux et j'ai enlevé mes chaussons pour remettre mes chaussures de bureau. Je me demandais ce qu'ils faisaient pour le poivre. Le livreur m'apporterait-il le moulin à poivre ? Il ne pouvait tout de même pas poivrer la pizza sur le palier ? J'ai mis la bouilloire en marche au cas où il aurait envie de boire une tasse de thé. Ils m'avaient annoncé le prix au téléphone ; j'ai préparé la somme et l'ai mise dans une enveloppe sur laquelle j'ai écrit *Pizza Pronto*. Je n'ai pas pris la peine d'inscrire l'adresse. Devrais-je lui laisser un pourboire ? J'ai regretté de n'avoir personne à qui poser la question. Maman n'aurait pas pu me le dire. Elle ne décide pas de ce qu'elle mange.

Le hic avec mon plan pizza, c'était qu'il n'y avait pas de vin. Ils n'en livraient pas, l'homme m'avait prévenue au téléphone ; il avait même semblé amusé que je lui pose la question. Étrange. Peut-on imaginer plus banal que du vin pour accompagner une pizza ? Je ne voyais pas le moyen de me procurer de quoi boire avant la livraison. Or, j'avais vraiment besoin d'un verre. J'ai continué à me ronger les sangs en attendant le livreur.

Au final, mon projet pizza s'est révélé extrêmement décevant. L'homme s'est contenté de me coller une grande boîte en carton dans les mains, de prendre mon enveloppe, et de l'ouvrir sans égard devant moi. Je l'ai entendu marmonner dans sa barbe « putain de merde » en comptant son contenu. J'avais amassé des pièces de 50 pence dans un petit plat en céramique, c'était l'occasion idéale de les utiliser. J'en avais glissé une de plus pour lui mais n'ai reçu aucun merci. Grossier personnage.

La pizza était trop grasse et la pâte molle, insipide. J'ai aussitôt décidé de ne plus jamais manger de pizzas livrées de ma vie, et encore moins avec le musicien. Si nous devions nous trouver en panne de pizzas à une trop grande distance d'un Tesco Metro, nous n'aurions que deux solutions pour résoudre notre problème. La première : prendre un taxi pour aller dîner dans un adorable restaurant italien du centre-ville. La seconde : attendre que lui-même nous en prépare une maison. Il devrait d'abord faire la pâte, la pétrir et l'étaler, la caresser jusqu'à ce qu'elle devienne docile sous ses longs doigts fuselés. Puis il se posterait devant la cuisinière, ferait revenir des tomates avec des herbes fraîches et les laisserait réduire jusqu'à ce qu'elles se transforment en une sauce uniforme, onctueuse et luisante d'huile d'olive.

Son vieux jean le plus confortable bien ajusté sur ses hanches étroites, il balancerait son corps, chantonnant de sa voix délicieuse tout en battant la mesure d'un pied nu. Après avoir garni la pizza de fines lamelles d'artichaut et de fenouil, il la glisserait dans le four, puis il viendrait me chercher, me prendrait par la main et m'entraînerait à la cuisine. La table serait dressée autour d'un pot de gardénia et de bougies aux flammes dansantes dans des photophores colorés. Il déboucherait une bouteille de barolo en tirant sur le bouchon d'un geste fluide jusqu'à ce que l'agréable *plop* retentisse, puis me présenterait ma chaise. Juste avant que je m'asseye, il me prendrait dans ses bras et m'embrasserait en me serrant si fort, ses deux mains passées autour de ma taille, que je sentirais son sang pulser dans son corps et respirerais la douce odeur épicée de sa peau, et son haleine tiède et sucrée.

J'avais fini de manger ma pizza troisième choix et sautais sur la boîte en carton pour pouvoir la faire rentrer dans la poubelle quand je me suis souvenue que j'avais une bouteille de cognac. Maman disait toujours que c'était un excellent antidote aux chocs émotionnels, si bien que j'en avais acheté une des années plus tôt, juste au cas où. Je suis allée voir si elle était toujours à l'endroit où je l'avais rangée ; oui, elle était bien là, derrière les pansements et les bandes de maintien de poignet : un demi-litre de Rémy Martin, pas encore ouverte. Je l'ai débouchée et en ai bu une gorgée. Ce n'était pas aussi bon que la vodka, mais ce n'était pas mauvais non plus.

J'appréhendais d'allumer le portable, je n'avais jamais mis d'ordinateur en service de ma vie, mais ça s'est révélé plutôt facile. La connexion mobile à Internet n'a pas été compliquée à établir non plus. J'ai emporté bouteille et ordinateur à la cuisine, tapé son nom sur Google, appuyé sur la touche « Entrée » et me suis couvert les yeux des deux mains. Quelques secondes plus tard, j'ai jeté un œil entre mes doigts écartés. Il y avait des centaines de résultats ! Ça s'annonçait moins difficile que prévu. J'ai décidé de procéder par étape ; après tout, j'avais le week-end devant moi et aucune raison de me précipiter.

Le premier lien m'a envoyée sur sa page Web, couverte de photos de lui et de son groupe. J'ai approché mon visage de l'écran jusqu'à ce que mon nez le touche presque. Je ne l'avais pas rêvé, pas plus que je n'avais surestimé sa beauté. Le lien suivant m'a menée à son compte Twitter. Je me suis autorisée à lire les trois derniers messages pour le plaisir ; deux commentaires ironiques et mordants, un troisième tout à fait charmant. Il y professait son admiration professionnelle pour un autre musicien. C'était si gentil de sa part.

Suivait sa page Instagram. Il avait posté une cinquantaine de photos. J'ai cliqué sur l'une d'elles au hasard, un portrait, candide, détendu. Il avait un nez romain, rectiligne, aux proportions des plus classiques. Ses oreilles étaient tout aussi parfaites, de la bonne taille, bien ourlées, au cartilage très symétrique, sans défaut. Il avait les yeux noisette. D'une nuance aussi belle que le rouge d'une rose ou le bleu du ciel.

Il y avait tant de rangées de photos sur la page que mon cerveau a dû commander à mon doigt d'appuyer sur la touche « Retour » pour revenir au moteur de recherche. J'ai parcouru des yeux la liste des autres sites trouvés par Google. Il y avait des vidéoclips de ses concerts sur YouTube. Des articles, des critiques. Et je n'en étais qu'à la première page. J'étais décidée à lire la moindre information que je pourrais dénicher à son sujet afin d'apprendre à le connaître – après tout, je suis très douée pour effectuer des recherches et résoudre les petits problèmes du quotidien. Je ne veux pas me vanter, j'énonce un fait. Le mieux était d'en apprendre davantage sur lui, c'était l'approche la plus sensée s'il était bien l'homme de ma vie. J'ai pris la bouteille de cognac, un cahier neuf et un stylo à pointe fine que j'avais emprunté au bureau, et je suis allée m'installer sur le canapé, prête à mettre mon plan d'action sur pied. L'alcool me réchauffait et m'apaisait ; j'ai continué à siroter.

Quand je me suis réveillée, peu après 3 heures du matin, le stylo et le cahier gisaient sur le sol.

Peu à peu, la mémoire m'est revenue : je m'étais laissé distraire, j'avais rêvassé en buvant de petites gorgées d'eau-de-vie. J'avais les deux mains tatouées à l'encre noire d'une infinité de cœurs marqués de son prénom ; il ne restait pas un centimètre de peau intact. Il restait une gorgée de liquide dans la bouteille. Je l'ai avalée et suis allée me coucher.

3

Pourquoi lui ? Pourquoi maintenant ? Lundi matin, en attendant le bus, j'ai réfléchi à la question. Épineuse. Qui peut prétendre comprendre les mécanismes du destin ? Des esprits plus brillants que le mien s'y sont déjà essayés, en vain. Mais il était là, tel un présent des dieux – séduisant, élégant et talentueux. Je me sentais bien, je me satisfaisais pleinement de ma solitude, mais il fallait que je trouve un moyen de faire plaisir à maman, pour la tranquilliser et qu'elle me laisse en paix. Et un petit ami – un mari ? – ferait tout à fait l'affaire. Comme je l'ai déjà dit, *moi*, je n'en avais pas *besoin*, j'étais tout à fait satisfaite d'être seule.

Après avoir passé en revue tous les clichés disponibles sur Internet au fil du week-end, j'en avais conclu qu'il y avait quelque chose de tout bonnement envoûtant dans son regard. Mes yeux sont de la même couleur que les siens, mais ils sont loin d'avoir leur beauté, leur profondeur cuivrée et chatoyante. Toutes ces photos m'avaient évoqué un autre visage. Ce n'était qu'un vague souvenir, voilé par une couche de glace ou un rideau de fumée, indistinct. Des yeux comme les miens, dans un petit visage, grands ouverts, vulnérables, remplis de larmes.

Ridicule, Eleanor. Je m'en voulais d'avoir sombré, fût-ce un instant, dans le sentimentalisme. Décevant. Après tout, il y a des tas de gens aux yeux noisette dans le monde, c'est un fait scientifique. Il était inévitable, d'un point de vue statistique, que je croise nombre de ces regards dans le cadre de mes échanges sociaux quotidiens.

Et cependant, j'étais troublée. Toutes les études démontrent que les gens ont tendance à choisir un partenaire à peu près aussi séduisant qu'ils le sont eux-mêmes ; on est attiré par ce qui nous ressemble, c'est la norme.

Je ne me berçais d'aucune illusion. Il méritait un 10, et moi un… je ne sais pas combien je mérite. Pas un 10, c'est sûr. Bien entendu, j'espérais qu'il saurait voir au-delà des apparences, qu'il gratterait la surface ; néanmoins, je me rendais compte que sa profession exigeait qu'il ait une compagne présentable. Dans le milieu de la musique, l'image compte beaucoup, et il ne pouvait pas se permettre d'être vu en compagnie d'une femme au physique que des nigauds trouveraient inapproprié. J'en étais consciente. J'allais devoir faire de mon mieux pour me donner le physique de l'emploi.

Il avait mis de nouvelles photos en ligne, deux portraits de profil, le droit et le gauche. Il était aussi parfait sur l'un que sur l'autre, les deux étaient identiques – il n'avait, en toute objectivité, aucun mauvais côté. L'une des caractéristiques fondamentales de la beauté est bien sûr la symétrie, un autre fait établi par les études. Je me demandais quel assemblage génétique avait pu donner naissance à un être d'une telle beauté. Est-ce qu'il avait des frères, des sœurs ? Si nous devions un jour former un couple, je pourrais sans doute les rencontrer. Je ne savais pas grand-chose des parents en général, ni des frères et sœurs en particulier, ayant eu une enfance… peu conventionnelle.

J'ai beaucoup de compassion pour les êtres séduisants, parce que la beauté commence à s'étioler à l'instant où vous en êtes doté ; elle est éphémère. Ce doit être très dur. Devoir sans cesse prouver que vous ne vous réduisez pas à cela, vouloir que les gens ne s'arrêtent pas à votre apparence, avoir envie d'être aimé pour soi-même et non pour son corps splendide, ses yeux pétillants ou sa chevelure luxuriante.

Dans la plupart des professions, vieillir est le moyen d'accéder à une meilleure position, d'inspirer le respect par son âge et son expérience. Quand votre travail dépend de votre apparence, c'est l'inverse ; quelle angoisse. Et il faut supporter la méchanceté des autres, de toutes les personnes amères, moins séduisantes, jalouses et envieuses de votre beauté. C'est si injuste. Après tout, personne ne demande à naître beau. Il est aussi injuste d'être dédaigné parce qu'on est séduisant qu'en raison d'une difformité.

Je ne suis pas gênée par la réaction des gens quand ils voient mon visage et observent les contours boursouflés de la cicatrice qui barre ma joue droite, de ma tempe jusqu'à mon menton. On me dévisage, on se chuchote des commentaires ; on se retourne pour me regarder. Je trouvais rassurant de penser qu'il comprendrait, puisque lui aussi attirait les regards, bien que ce soit pour une autre raison.

Aujourd'hui, j'ai délaissé le *Telegraph* pour m'intéresser à un autre type de lecture. J'ai dépensé une somme sidérante pour m'offrir un petit assortiment de magazines féminins, des plus *cheap* et tapageurs aux plus épais et glacés, qui promettaient monts et merveilles et toutes sortes d'astuces simples pour transformer sa vie. C'était la première fois que je m'en achetais, même si, bien sûr, j'avais eu l'occasion d'en feuilleter dans des salles d'attente d'hôpitaux et d'autres institutions. J'ai remarqué, non sans déception, qu'aucun d'eux ne proposait de mots croisés complexes ; je n'ai trouvé qu'une grille de mots mêlés « acteurs de séries télé » qui aurait fait insulte à l'intelligence d'un enfant de sept ans. J'aurais pu me payer trois bouteilles de vin ou un litre d'excellente vodka pour le prix de ces magazines. Toutefois, en y regardant de plus près, je me suis rendu compte qu'ils constituaient la source d'information la plus fiable et la plus accessible que je recherchais.

Ces magazines pouvaient m'apprendre à choisir mes vêtements et mes chaussures, et à trouver la bonne coiffure pour telle ou telle circonstance. Ils pouvaient m'expliquer quel maquillage utiliser et comment l'appliquer. Ainsi, je me fondrais dans la masse des femmes au physique convenable. On ne me dévisagerait plus. Le but ultime était de me camoufler efficacement pour avoir l'air d'une femme humaine.

Maman me dit que je suis laide, effrayante, *repoussante*. Depuis toujours, avant même que j'aie mes cicatrices. Alors la perspective de ces petits changements me réjouissait. M'excitait. J'étais un canevas vierge.

À la maison, ce soir-là, en lavant mes mains abîmées, je me suis examinée dans le miroir au-dessus du lavabo. Eleanor Oliphant, telle quelle. Cheveux châtains raides, longs jusqu'aux hanches, teint pâle, visage couvert de cicatrices, palimpseste en lettres de feu. Un nez trop petit et des yeux trop grands. Les oreilles : insignifiantes. Taille moyenne, poids à peu près dans la moyenne. J'aspire à la moyenne… J'ai été l'objet d'une trop grande attention dans ma vie. Passez votre chemin, s'il vous plaît, il n'y a rien à voir.

En général, j'évite de me regarder dans le miroir. Ça n'a rien à voir avec mes cicatrices. C'est à cause de l'assemblage génétique déconcertant que j'y découvre chaque fois. Le visage de maman y est bien trop présent à mon goût. Je ne réussis pas à distinguer les traits de mon père, parce que je n'ai jamais vu cet homme et que, à ma connaissance, aucune photo de lui n'a été conservée. Maman ne parle presque jamais de lui et, lorsqu'il lui arrive de le faire, elle le mentionne sous le terme générique de « donneur de gamètes ». Après avoir cherché le mot « gamètes » dans le *New Shorter Oxford English Dictionary* (du grec γαμέτης, « époux » – serait-ce cette aventure étymologique précoce qui a fait naître l'étincelle de mon amour pour les classiques ?), j'ai passé plusieurs années à méditer sur cette série de hasards fous. À l'âge tendre, déjà, j'avais compris que la procréation médicalement assistée était l'antithèse de la procréation indolente, spontanée, imprévue ; que c'était le choix délibéré de femmes totalement dévouées à leur désir d'enfant. Et, à l'aune de ma propre expérience, je ne parvenais pas à croire que maman ait été l'une d'elles, que son désir d'enfant ait été aussi intense. Et il est apparu que j'avais vu juste.

J'ai fini par trouver le courage de l'interroger sur les circonstances de ma conception, et de lui soutirer toutes les informations disponibles sur le donneur de spermatozoïdes mythique, mon père. Comme n'importe quel enfant dans ma situation – et peut-être plus encore, étant donné *mon* cas particulier –, j'avais nourri un petit fantasme tenace sur la personnalité et l'apparence de ce père absent. Elle avait été secouée d'un rire inextinguible.

— Un donneur ? C'est vraiment le mot que j'ai employé ? Ce n'était qu'une *métaphore*, ma chérie, a-t-elle dit.

Un autre terme dont je devrais chercher la définition.

— Je voulais juste te ménager. Il faudrait plutôt parler de… donation compulsive, dans son cas. Je n'ai pas eu voix au chapitre. Tu comprends ce que je suis en train de te dire ?

J'ai répondu oui, mais je mentais.

— Où il habite, maman ? ai-je questionné, d'humeur courageuse. À quoi il ressemble, qu'est-ce qu'il fait ?

— Je ne me souviens plus du tout de son visage, a-t-elle éludé, lassée. Il sentait la viande faisandée et le roquefort, si ça peut t'aider.

Je devais avoir l'air déconcertée. Elle s'est penchée sur moi et m'a fait un sourire qui a dénudé ses dents.

— Je te parle de viande pourrie et puante, et de fromage piqué de moisissure, ma chérie.

Elle s'est tue, juste le temps de se redonner une contenance.

— J'ignore s'il est encore de ce monde, Eleanor. S'il est en vie, il s'est sans doute débrouillé pour faire fortune de manière trouble et immorale. S'il est mort, ce que je souhaite de tout mon cœur, alors j'imagine qu'il erre sur le bord extérieur du septième cercle de l'Enfer, immergé dans une rivière de sang en fusion, sous les quolibets des centaures.

C'est à ce stade de la conversation que j'ai compris qu'il serait superflu de lui demander si elle avait conservé des photos de lui.

4

Nous étions mercredi soir. Le soir de maman.

Quel que soit mon désir de l'éviter, elle se débrouille toujours pour me coincer. J'ai soupiré et éteint la radio, sachant qu'il faudrait que j'attende la rediffusion du dimanche pour savoir si le cidre bouché d'Eddie Grundy serait réussi. Dans un sursaut d'optimisme désespéré, j'ai songé : *Dans le fond, rien ne m'oblige à lui parler*. Je pouvais décider de discuter avec quelqu'un d'autre.

— Allô ? ai-je répondu.

— Oh, salut, ma poulette, c'est moi. Quel temps merdique, hein ?

Il n'y avait rien de surprenant à ce que ma mère ait été incarcérée – c'était inévitable, étant donné la nature de son crime –, mais elle en faisait tout de même un peu trop quand elle se mettait à adopter l'accent et l'argot de son lieu de détention. Je suppose que ça l'aidait à se faire accepter par ses codétenues, voire par le personnel. Ou que ça l'amusait. Elle a un don pour les accents ; il faut dire que c'est une femme aux talents multiples. J'étais sur le qui-vive, *en garde**[1],

1. Les termes en italique suivis d'un astérisque sont en français dans le texte. *(Toutes les notes sont de la traductrice.)*

comme il se devait quand je m'apprêtais à avoir une conversation avec elle. C'était une adversaire formidable. Peut-être était-ce téméraire de ma part, mais c'est moi qui ai commencé.

— Je sais que ça ne fait qu'une semaine, mais j'ai l'impression que je ne t'ai pas parlé depuis des lustres, maman. J'ai été tellement prise par le travail, et…

Elle m'a stoppée dans mon élan, aussi douce qu'un agneau, aujourd'hui, modifiant son accent pour adopter le mien.

— Oui, je comprends ce que tu veux dire, ma chérie.

Son débit était rapide.

— Écoute, je ne peux pas te parler longtemps. Raconte-moi donc ta semaine. Qu'est-ce que tu as fait de beau ?

Je lui ai dit que j'avais assisté à un concert, et lui ai raconté le pot de départ au travail. Je n'ai rien dit de plus, absolument rien. Dès que j'avais entendu le son de sa voix, j'avais été parcourue par mon frisson de terreur habituel. J'étais si impatiente de lui apprendre la nouvelle, de la déposer à ses pieds comme un chien de chasse dépose un faisan truffé de plomb. Mais je la voyais déjà ramasser le gibier avec une violence contenue, et le mettre en pièces.

— Un concert ! Oh, mais c'est formidable – j'ai toujours adoré la musique. On en a parfois, ici, tu sais ; une poignée de résidentes se réunissent dans la salle de détente quand elles sont d'humeur à pousser la chansonnette. Ça vaut vraiment… le détour.

Il y a eu un silence, puis je l'ai entendue grogner sur quelqu'un.

— Va te faire foutre, Jodi – j'suis en train d'causer avec ma môme, là, alors j'vais pas *écourter* ma conversation pour une morveuse dans ton genre.

Un autre silence.

— Non. Maintenant, *dégage*.

Elle s'est éclairci la voix.

— Désolée, ma chérie. C'est ce qu'on appelle une « junkie » – elle et ses copines droguées se sont fait prendre alors qu'elles volaient du parfum chez Boots.

Elle a baissé d'un ton.

— C'est pas des grands pontes de la criminalité qu'on a ici, ma chérie, le professeur Moriarty peut reposer en paix.

Elle a pouffé de rire, le genre de petit gloussement qu'on lâche dans un cocktail – le ton léger et enjoué d'un personnage de Noël Coward qui échange des *bons mots** sur une terrasse couverte de glycines.

J'ai tenté de l'entraîner un peu plus loin.

— À part ça… comment vas-tu, maman ?

— Formidablement bien, ma chérie, formidablement bien. J'ai fait des « travaux manuels » ; des dames très gentilles m'ont appris à broder des coussins. C'est aimable à elles de faire don de leur temps, tu ne trouves pas ?

Je me suis représenté maman en possession d'une longue aiguille pointue, et un frisson glacé m'a parcouru la colonne vertébrale.

— Mais assez parlé de moi, a-t-elle dit d'une voix aux angles plus affûtés. J'aimerais que tu me parles de *toi*. Quels sont tes plans pour le week-end ? Tu vas danser ? Un admirateur t'a invitée à sortir ?

Tout ce venin. J'ai tenté de l'ignorer.

— J'effectue des recherches, maman, pour un projet.

Son souffle s'est accéléré.

— Ah oui ? Quelles recherches ? Des recherches sur *quelque chose* ou des recherches sur *quelqu'un* ?

Je n'ai pas pu m'en empêcher. Je lui ai dit.

— Sur quelqu'un, maman.

Elle s'est mise à murmurer si bas que j'ai eu du mal à l'entendre.

— Ah, alors le jeu va commencer[1], hein ? Raconte… Je suis tout ouïe, ma chérie.

— Il n'y a rien à raconter, maman, ai-je répondu en jetant un œil à ma montre. J'ai juste rencontré… une personne agréable… et j'aimerais en apprendre davantage sur… cette personne.

Il fallait que je lustre et peaufine un peu tout ça avant d'avoir le cran de partager mon petit joyau tout neuf avec elle, avant de le soumettre à son appréciation. En attendant, faites que je puisse en rester là, faites que ça s'arrête, *par pitié*.

— Mais c'est merveilleux ! Je veux suivre l'évolution de ton projet pas à pas, Eleanor, a-t-elle dit d'une voix enjouée. Tu sais à quel point j'aimerais que tu rencontres… une personne. Et celle qu'il *te faut*. Chaque fois que je te parle au téléphone, depuis toutes ces années, j'ai l'impression que tu passes à côté de l'essentiel, à force de vivre seule, sans quelqu'un qui compte dans ta vie. Je suis contente que tu te sois décidée à chercher… ta moitié d'orange. Ton complice, plutôt.

Elle a de nouveau pouffé de rire.

— Je ne souffre pas de la solitude, maman, ai-je protesté. Je me sens bien toute seule. Je me suis toujours sentie bien toute seule.

1. « *The game is afoot* », Shakespeare, *Henry IV* ; citation reprise dans les livres d'Arthur Conan Doyle.

— Mais tu n'as pas *toujours* été seule, pas vrai ? a-t-elle dit d'une voix doucereuse.

J'ai senti de la sueur couler sur ma nuque et mouiller mes cheveux.

— Enfin, pense ce que tu veux si ça peut t'aider à t'endormir, ma chérie, a-t-elle repris en riant.

Elle a l'art de se faire rire toute seule, mais personne ne s'amuse beaucoup en sa compagnie.

— Tu peux toujours te confier à moi, tu sais. Tu peux me parler de n'importe quoi. Ou de n'importe qui. (Elle a soupiré.) C'est si bon de t'entendre, ma chérie… Tu ne peux pas comprendre, bien sûr, mais le lien qui unit une mère et son enfant est… laisse-moi le temps de trouver le bon mot… *incassable*. Nous sommes liées à jamais, tu sais – mon sang coule dans tes veines. Tu t'es développée en moi, tes *dents*, ta *langue*, ton *utérus* sont les produits de mes cellules, de mes gènes. Qui sait quelles petites surprises j'ai semées en toi, quels comptes à rebours j'ai déclenchés ? Cancer du sein ? Alzheimer ? Attends de voir. Tu as macéré tranquillement en moi, bien au chaud, pendant des semaines et des semaines, Eleanor. Tu peux faire ce que tu veux pour fuir cette réalité, tu n'y arriveras pas, ma chérie, c'est impossible. On ne peut pas détruire un lien aussi fort.

— C'est peut-être vrai, maman, mais peut-être pas, ai-je répondu d'une voix calme.

Quelle audace. J'ignorais où j'avais trouvé ce courage. Mon sang pulsait dans mes veines et mes mains tremblaient.

Elle a fait la sourde oreille.

— Bien, alors on se tient au courant, dis ? Tu avances sur ton petit projet, et on se reparle à la même heure la semaine prochaine ? Le rendez-vous est pris. Il faut que je file – ciao !

Ce n'est que lorsque la communication a été coupée que je me suis rendu compte que j'avais pleuré.

5

Vendredi, enfin. Quand je suis arrivée au bureau, mes collègues, déjà agglutinés autour de la bouilloire, parlaient de *soap operas*. Ils m'ont ignorée ; ça fait longtemps que j'ai renoncé à engager la moindre conversation avec eux. J'ai suspendu mon pourpoint bleu marine au dossier de mon fauteuil et allumé mon ordinateur. Comme toujours, j'avais mal dormi la veille, perturbée par ma discussion avec maman. J'ai décidé de me préparer une bonne tasse de thé avant de me mettre au travail. Je rangeais mon mug et ma cuillère dans le tiroir de mon bureau, pour des questions d'hygiène. Mes collègues trouvent cela étrange, c'est du moins ce que j'ai déduit de leurs réactions ; eux-mêmes se satisfont de boire dans de la vaisselle crasseuse lavée à la va-vite par des mains inconnues. Je ne conçois pas qu'on puisse plonger dans une boisson chaude une cuillère léchée et sucée par un autre que soi. Dégoûtant.

Je me suis plantée devant l'évier et j'ai attendu que l'eau bouille, m'appliquant à ne pas écouter leurs bavardages. J'ai de nouveau rincé ma petite théière, juste au cas où, et ai laissé mon esprit dériver vers lui. Je me demandais ce qu'il faisait à cet instant

– peut-être composait-il ? Ou dormait-il encore ? À quoi pouvait bien ressembler son beau visage au repos ?

La bouilloire a cliqueté, j'ai versé un peu d'eau dans la théière pour la réchauffer, puis y ai jeté une cuillère de Darjeeling première récolte, absorbée par la beauté putative de mon troubadour endormi. Les rires puérils de mes collègues se sont glissés dans mes pensées, mais j'ai supposé qu'ils se moquaient de ma manière de préparer mon breuvage. Ces ignorants se contentent de jeter un sachet de thé moulu troisième choix dans une tasse, de l'ébouillanter, puis de diluer ce qu'il reste d'arôme avec du lait fraîchement sorti du frigo. Et là encore, pour une raison mystérieuse, c'est moi qu'on trouve bizarre. Mais tant qu'à boire une tasse de thé, autant faire ça bien pour en profiter au maximum, non ?

Ça gloussait toujours, et Janey s'était mise à fredonner. Ils ne faisaient aucun effort pour être discrets et riaient à gorge déployée, à présent. Janey ne fredonnait plus, elle chantait. Je ne connaissais ni la musique ni les paroles. Elle s'est interrompue, incapable de se retenir de rire, mais a continué à exécuter son pas de danse étrange, comme si elle marchait à reculons.

— Bonjour, Wacko Jacko[1], m'a lancé Billy. C'est quoi ce gant blanc ?

C'était donc ça, la source de leur amusement. Incroyable.

— C'est à cause de mon eczéma, ai-je répondu d'une voix calme et posée, comme pour m'adresser

1. Sobriquet donné à Michael Jackson par les journaux à scandales, et que l'on pourrait traduire par « Jacko le Timbré ».

à un enfant. J'ai eu une vilaine éruption mercredi soir et j'ai une grosse inflammation à la main droite. Je porte ce gant de coton pour prévenir l'infection.

Les rires se sont tus. Il y a eu un long silence. Ils se sont dévisagés les uns les autres, à la manière d'un troupeau de ruminants dans une prairie, je dirais.

Je communique rarement avec mes collègues sur ce ton informel, presque badin ; du coup, j'ai pris le temps de réfléchir et de me demander si je ne devrais pas profiter davantage de l'occasion. Et du lien qui unissait le frère de Bernadette à l'objet de mon affection ; je pourrais glaner quelques informations complémentaires précieuses en un rien de temps, non ? Je ne me sentais pas d'humeur à supporter une interaction prolongée – elle parlait d'une voix très forte et râpeuse, et riait comme un singe hurleur –, mais ça méritait tout de même de sacrifier cinq minutes de mon temps. J'ai remué mon thé, tournant ma cuillère dans le sens des aiguilles d'une montre, afin de préparer mon entrée en matière.

— Tu as aimé la fin du concert, l'autre soir, Billy ? ai-je lancé.

Il a paru surpris par ma question, et a mis un peu de temps à y répondre.

— Euh, c'était bien, ouais.

Toujours aussi éloquent. La tâche s'annonçait difficile.

— Les autres chanteurs étaient-ils aussi bons que… (j'ai hésité pour lui faire croire que je me creusais les méninges) … que Johnnie Lomond ?

— Ils étaient bien, oui, je dirais, a-t-il répondu en haussant les épaules.

Quel sens critique, quelle clarté d'esprit, quelle verve ! Bernadette s'en est mêlée, comme je m'y attendais, ne ratant jamais une occasion d'attirer l'attention sur elle d'une façon ou d'une autre.

— Je le connais, Johnnie Lomond, m'a-t-elle annoncé fièrement. C'était un camarade de classe de mon frère.

— Vraiment ? ai-je répondu sans avoir besoin de feindre d'être intéressée, pour une fois. Dans quelle école ?

Sa manière de prononcer le nom de l'établissement suggérait qu'il était réputé. J'ai essayé d'avoir l'air épatée.

— Ils sont toujours amis ? l'ai-je questionnée en me remettant à remuer mon thé.

— Pas vraiment. Il est venu au mariage de Paul, mais je crois que la vie les a éloignés l'un de l'autre. Tu sais ce que c'est, on se marie, on a des enfants, et on finit par perdre de vue les amis célibataires. On n'a plus les mêmes centres d'intérêt…

Je n'avais ni la connaissance ni l'expérience de la situation qu'elle décrivait, mais j'ai acquiescé, tandis qu'une phrase défilait à l'infini dans ma tête : il est célibataire, il est célibataire, il est célibataire.

J'ai emporté mon thé à mon bureau. Leurs rires s'étaient mués en messes basses. J'étais toujours sidérée de tout ce qu'ils trouvaient intéressant, amusant ou extraordinaire.

Janey, la secrétaire, s'était fiancée à son dernier Neandertal, et cet après-midi-là, on devait lui offrir un cadeau. Ma participation s'élevait à 78 pence. Je n'avais que quelques pièces jaunes et un billet de 5 livres dans mon porte-monnaie, ce jour-là, et je n'allais certainement pas mettre une somme aussi extravagante dans l'enveloppe commune pour acheter un truc inutile à quelqu'un que je connaissais à peine. Je devais avoir dépensé des centaines de livres en cadeaux de naissance et d'anniversaire au fil des années, et qu'avais-je reçu en retour ? Personne ne m'avait jamais souhaité un bon anniversaire, à moi.

La personne qui s'était chargée d'acheter le cadeau avait opté pour des verres à vin et la carafe assortie. Le genre de bibelot superflu pour qui boit de la vodka. Je préfère me servir de mon mug préféré. Je l'ai acheté dans un magasin Oxfam il y a des années ; la photo d'un homme au visage bouffi est imprimée dessus. Il porte un blouson en cuir marron. Au-dessus, en drôles de caractères jaunes, on peut lire *Top Gear*. Je ne prétends pas comprendre la signification de ce mug, mais il correspond à la dose parfaite de vodka, ce qui m'évite de devoir me resservir sans cesse.

Janey a déclaré en minaudant qu'elle envisageait des fiançailles courtes, ce qui voulait dire que la collecte pour son cadeau de mariage suivrait de près. De toutes ces contributions financières compulsives, c'était celle qui me hérissait le plus. Deux individus se baladent tranquillement dans les rayons de chez John Lewis, choisissent de magnifiques articles, et ce sont d'autres qui les paient. C'est de l'effronterie pure et simple. Et qu'est-ce qu'ils sélectionnent ? Des assiettes, des saladiers et des couverts, comme si, jusqu'ici, ils s'alimentaient en versant le contenu de sachets-repas directement dans leur bouche. Je ne comprends pas pourquoi la légalisation de votre relation affective devrait obliger vos amis, parents et collègues à surclasser le contenu de vos placards de cuisine.

Je n'ai jamais assisté à une cérémonie de mariage. Mais j'ai été invitée à la réception de celui de Loretta, il y a deux ans, avec tous les collègues du bureau. Elle s'est tenue dans un horrible hôtel près de l'aéroport ; nous avons dû commander un minibus pour nous y rendre. J'avais contribué à payer l'addition en plus de mon billet de bus pour aller et revenir du centre-ville. Les invités devaient payer toutes leurs boissons, ce que j'ai trouvé choquant. Je ne suis pas experte en matière de loisirs, je dois bien le reconnaître, mais tout de même, quand vous avez un invité, vous êtes supposé lui fournir une libation quelconque, non ? C'est un principe essentiel de l'hospitalité, dans toutes les sociétés de toutes les cultures, depuis des temps immémoriaux. Ce soir-là, j'ai bu de l'eau du robinet. J'évite d'absorber de l'alcool en public. Je ne l'apprécie que lorsque je suis seule, à la maison. Enfin, on nous a au moins servi à la fin de la soirée du thé et du café – gratuits –, avec des pâtisseries de qualité médiocre et, curieusement, des tranches de *Christmas cake*. La soirée a duré des heures et des heures, des gens abominables dansaient sur de la musique abominable. Je suis restée seule, personne ne m'a invitée à danser, tant mieux !

Les autres convives s'amusaient, c'est du moins l'impression qu'ils me donnaient quand je les regardais aller et venir sur la piste de danse, rouges et ivres. Leurs chaussures paraissaient inconfortables, et ils se hurlaient les paroles des chansons au visage. Ça a été la première et la dernière fois que j'ai assisté à ce genre d'événement. Tout ça pour une tasse de thé et une part de gâteau ? Non, ça n'en valait pas la peine. Enfin, je n'ai pas totalement perdu mon temps, puisque je me suis débrouillée pour glisser une douzaine de petits friands à la saucisse dans mon cabas, enveloppés dans des serviettes en papier. Ils n'étaient pas très bons, d'ailleurs – loin de valoir ceux de chez Greggs, qui ne vous déçoivent jamais.

L'ennuyeuse célébration de fiançailles terminée, j'ai remonté le zip de mon pourpoint et éteint mon ordinateur, impatiente de rentrer à la maison pour allumer mon portable. Je pourrais peut-être dénicher des informations utiles sur le parcours scolaire de Johnnie Lomond grâce au scoop que j'avais soutiré à Bernadette. Ce serait fantastique de tomber sur une photo de classe ! J'adorerais voir à quoi il ressemblait, enfant ; s'il avait toujours été aussi beau, ou si, à un âge plus avancé, il était sorti de sa chrysalide pour se transformer en sublime papillon. J'étais prête à parier qu'il était à tomber raide depuis sa naissance. Et je pourrais trouver la liste des prix qu'il avait remportés ! En musique, évidemment, et en anglais, sans doute : il écrivait de si belles chansons. De toute façon, il avait tout à fait le profil d'un lauréat.

J'ai réfléchi au moyen de quitter le bureau sans devoir parler aux autres. Ils posent toujours tellement de questions. *Qu'est-ce que tu vas faire ce soir ? Tu as des projets pour le week-end ? Tu sais déjà où tu vas partir en vacances ?* Je me demande pourquoi les gens s'intéressent autant à mon emploi du temps. Je m'étais débrouillée comme une chef, je n'avais plus qu'à passer mon sac-cabas par la porte et m'éclipser en douce quand je me suis rendu compte qu'une personne la tenait ouverte derrière moi. Je me suis retournée.

— Tout va bien, Eleanor ? m'a demandé l'homme avec un sourire placide tandis que je démêlais le fil qui reliait mes mitaines, coincé dans ma manche.

Même si la température ambiante ne les rendait pas nécessaires, je préférais les garder à disposition, toujours prêtes à l'emploi à l'approche d'un changement de saison.

— Oui, ai-je répondu. (Puis, retrouvant mes bonnes manières, j'ai marmonné :) Merci, Raymond.

— Pas de quoi.

Zut, voilà qu'il prenait le même chemin que moi.

— Vous allez dans quelle direction ? a-t-il demandé.

J'ai pointé le menton vers la colline.

— Moi aussi, a-t-il dit.

Je me suis penchée pour faire semblant de remettre le scratch de ma chaussure. J'ai pris tout mon temps, espérant qu'il finirait par comprendre. Quand je me suis relevée, il était toujours là, bras ballants. J'ai remarqué qu'il portait un duffle-coat. Un duffle-coat ! N'étaient-ils pas réservés aux enfants et aux oursons[1] ? Nous avons commencé à descendre la rue ensemble. Il a sorti un paquet de cigarettes de sa poche et m'en a offert une. J'ai eu un mouvement de recul.

— Dégoûtant, ai-je dit.

Sans se laisser démonter, il a allumé la sienne.

— Désolé, a-t-il murmuré. Sale manie, je sais.

— Oui. Qui vous fera mourir prématurément, d'un cancer ou d'une maladie cardio-vasculaire. Au début, on ne remarque pas les effets du tabac sur le cœur et les poumons, juste ceux qu'ils ont sur la bouche : maladie des gencives, déchaussement des dents ; et vous avez déjà le teint terne caractéristique des fumeurs, ainsi que leurs rides précoces. Le cyanure

1. Manteau de coupe classique aux attaches en bois que porte notamment l'ours Paddington.

et l'ammoniaque font partie des composants chimiques des cigarettes, vous savez. Êtes-vous vraiment résolu à ingérer des substances aussi toxiques ?

— Vous semblez très calée sur le sujet, pour une non-fumeuse, a-t-il dit.

Un nuage hautement cancérigène s'est élevé de ses lèvres fines.

— Pendant un moment, j'ai envisagé de me mettre à fumer, ai-je reconnu, mais j'aime effectuer des recherches minutieuses sur une activité avant de la démarrer, et, au bout du compte, j'ai trouvé que ce passe-temps-là n'était ni viable ni sensé. Sans compter qu'il est plutôt dissuasif financièrement.

— Ouais, a-t-il admis, c'est vrai que ça coûte une fortune. (Il y a eu un silence.) De quel côté allez-vous, Eleanor ?

J'ai cherché la meilleure réponse à lui donner. Je rentrais me préparer pour un rendez-vous important. C'était très inhabituel, pour moi, de recevoir un invité à la maison, ce qui signifiait que je devais vite écourter cet échange imprévu et fastidieux. Autrement dit, choisir un chemin différent de celui de Raymond. Mais lequel ? Nous étions à deux pas de la clinique podologique. J'ai été prise d'une soudaine inspiration.

— J'ai un rendez-vous, juste là, ai-je dit en pointant le doigt vers le cabinet, juste en face.

Il m'a dévisagée.

— Des oignons, ai-je improvisé.

Il a baissé les yeux sur mes chaussures.

Nous avons attendu pour traverser au passage piéton. J'avais enfin réussi à lui couper le sifflet. Un vieil homme arrivait sur le trottoir d'en face en titubant. Il était petit et trapu. Son pull rouge tomate a attiré mon regard parce qu'il détonnait avec ses autres vêtements, gris retraité et pastel terne. Soudain, comme dans un film au ralenti, il s'est mis à tanguer et à vaciller de manière incontrôlable, d'un côté puis de l'autre, tel un pendule humain, déséquilibré par le gros sac de provisions qu'il portait à chaque main.

— Y a pas d'heure pour être soûl, ai-je murmuré, plus pour moi-même que pour mon compagnon.

Raymond s'apprêtait à répondre quand le vieil homme a fini par tomber à la renverse, de tout son poids, et par s'immobiliser à terre. Ses provisions étaient répandues autour de lui, tels des éclats d'obus ; j'ai repéré une barre au caramel Tunnock's et un paquet de saucisses géant.

— Merde, a soufflé Raymond, en enfonçant le bouton d'appel piéton.

— Laissez-le. Il est soûl. Il va se relever.

Il m'a dévisagée.

— C'est un vieil homme, Eleanor. Sa tête a heurté le trottoir très violemment.

J'ai culpabilisé. Je suppose que les alcooliques aussi méritent qu'on les aide, même s'ils devraient boire chez eux, comme moi, pour éviter de créer des problèmes aux autres. Enfin, je ne peux pas m'attendre à ce que tout le monde soit aussi sensé et courtois que moi.

Finalement, le petit bonhomme vert s'est allumé et, jetant son mégot dans le caniveau, Raymond a traversé au pas de course. *Il n'était pas obligé de jeter ce détritus par terre*, me suis-je dit en le suivant d'un pas plus mesuré. Quand je suis arrivée de l'autre côté de la rue, Raymond était déjà agenouillé à côté du vieux monsieur dont il prenait le pouls au niveau du cou. Il lui parlait fort, articulant des inepties du genre *Salut, mon vieux, comment ça va ?* et *Vous m'entendez, monsieur ?* Le vieil homme ne répondait pas. Je me suis penchée sur lui et j'ai plissé les narines.

— Il n'est pas soûl du tout, ai-je dit. Ça se sentirait s'il était assez ivre pour tomber raide.

Raymond a commencé à déboutonner ses vêtements.

— Appelez une ambulance, Eleanor.

— Je n'ai pas encore de téléphone portable, mais je suis prête à envisager d'en acquérir un si leur efficacité me convainc.

Raymond a fouillé dans les poches de son duffle-coat et m'a lancé le sien.

— Dépêchez-vous, ce pauvre vieux est glacé.

Je composais le numéro des urgences quand un souvenir m'a fait l'effet d'un coup de poing. Je ne pouvais pas, je ne pouvais pas revivre ce moment, entendre la voix me lancer : « Quel service demandez-vous, madame ? », puis le hurlement des sirènes. J'ai passé la main sur mes cicatrices et rendu son téléphone à Raymond.

— Appelez vous-même. Je vais m'occuper de lui.

Raymond a juré dans sa barbe et s'est relevé.

— Parlez-lui et ne le bougez pas.

J'ai enlevé mon pourpoint et l'ai étalé sur le buste du monsieur.

— Ohé, je m'appelle Eleanor Oliphant.

Raymond m'avait dit de lui parler, alors je lui ai parlé.

— Ce qu'il est joli, votre pull ! Il est rare de trouver des lainages de cette couleur. Vermillon, c'est ça ? Ou plutôt carmin, non ? J'adore. Je ne me risquerais pas à la porter moi-même, mais, contre toute attente, je trouve qu'elle vous va plutôt bien. Des cheveux blancs et des vêtements rouges – comme le Père Noël. C'est un cadeau ? On dirait un cadeau. Il est doux et de bonne qualité. Beaucoup trop chic pour que vous l'ayez acheté vous-même. À moins que *vous* aimiez choisir de belles choses pour vous-même – je sais que certaines personnes le font. Il y a des gens qui ne s'achètent que le meilleur. Remarquez, quand je regarde vos autres vêtements et vos provisions, je doute que vous soyez de ceux-là.

Je me suis armée de courage, j'ai inspiré deux ou trois fois, puis j'ai tendu la main, lentement, et l'ai posée sur la sienne. Je l'ai laissée là aussi longtemps que j'ai pu.

— M. Gibbons appelle une ambulance, ne vous inquiétez pas, vous ne resterez pas étendu au milieu de la rue encore très longtemps. Ne vous faites pas de souci ; les soins médicaux sont gratuits, dans notre pays, et ils sont parmi les meilleurs du monde. Vous avez de la chance. C'est vrai, quoi, personne n'a envie de tomber et de se cogner la tête contre un trottoir de, mettons, la jeune République du Soudan du Sud, étant donné sa situation politique et économique. Mais ici, à Glasgow… ma foi, c'est un coup de veine, si vous me pardonnez le jeu de mots.

Raymond a raccroché et est arrivé à toute vitesse.

— Comment ça se passe, Eleanor ? Il est revenu à lui ?

— Non, mais je n'ai pas arrêté de lui parler, comme vous me l'avez demandé.

Raymond a pris l'autre main du monsieur.

— Pauvre diable, a-t-il dit.

J'ai hoché la tête. J'ai été surprise d'éprouver une émotion proche de l'anxiété ou de l'inquiétude à la vue de cet inconnu âgé. Je me suis écartée, et mes fesses ont heurté un gros objet aux courbes parfaites. Je me suis retournée. C'était une énorme bouteille de Irn-Bru[1]. Je me suis levée et étirée, puis j'ai entrepris de ramasser les provisions pour les remettre dans les sacs en plastique. L'un d'eux était déchiré, alors je suis allée fouiller dans mon cabas et j'en ai tiré mon sac en tissu préféré de chez Tesco, celui qui est imprimé de lions. Une fois les deux sacs remplis, je les ai déposés aux pieds du vieil homme. Raymond m'a souri.

Dès que les sirènes ont retenti au loin, il m'a tendu mon pourpoint. L'ambulance s'est arrêtée à notre hauteur, et deux hommes en sont descendus. Ils étaient en pleine conversation, et leur accent prolétaire m'a étonnée. Je m'attendais à voir arriver des médecins.

— Bon, a dit l'un d'eux, qu'est-ce qu'on a ? Papy a fait une chute, c'est ça ?

Pendant que Raymond lui donnait des explications, j'ai regardé l'autre type ; penché sur le vieil homme, il a pris son pouls, passé une petite lampe torche devant ses yeux et lui a tapoté les joues, essayant d'obtenir de lui une réponse. Puis il s'est tourné vers son collègue.

— Il faut faire vite.

Ils sont allés chercher un brancard et, procédant avec une douceur et une rapidité surprenantes, ils ont soulevé le monsieur pour le sangler dessus. Le plus jeune des deux l'a enveloppé d'une couverture en laine polaire rouge.

— Elle est assortie à son pull, ai-je fait remarquer, mais ils m'ont ignorée.

— L'un de vous monte à côté de lui ? a demandé le plus âgé des deux. Il n'y a qu'une place, à l'arrière.

1. Soda écossais à base de caféine.

Raymond et moi avons échangé un regard. J'ai jeté un coup d'œil à ma montre. La personne se présenterait *chez Oliphant** dans une demi-heure.

— J'y vais, Eleanor, a-t-il dit. Il ne faut pas que vous manquiez votre rendez-vous chez le podologue.

J'ai hoché la tête, et Raymond est monté à l'arrière de l'ambulance avec le vieil homme et l'infirmier, qui préparait une perfusion et allumait des écrans. J'ai ramassé les sacs de provisions et les ai levés assez haut pour les tendre à Raymond.

— Dites, intervint l'infirmier, un brin tendu, c'est pas une camionnette Tesco. On ne livre pas à domicile.

Raymond parlait au téléphone. Il a dit qu'il serait en retard – apparemment à sa mère – et a vite raccroché.

— Eleanor, m'a-t-il lancé, si vous me donniez un coup de fil, tout à l'heure, et puis vous pourriez peut-être lui rapporter tout ça ?

J'ai réfléchi à sa proposition et hoché la tête. Il a fouillé dans sa poche, en a sorti un stylo et a attrapé ma main. J'ai hoqueté et fait un pas de côté, plaquant mon poing contre mon dos, sous le choc.

— Il faut que je vous donne mon numéro, a-t-il dit d'un ton patient.

J'ai tiré mon petit carnet de mon cabas. Il me l'a rendu après avoir gribouillé sur une page des caractères bleus étranges, enfantins : son nom à peine lisible suivi d'une série de chiffres.

— Dans une heure ou deux. Vos oignons seront soignés d'ici là, n'est-ce pas ?

6

J'avais juste eu le temps de rentrer et d'enfiler ma tenue d'intérieur quand on a sonné à la porte, dix minutes plus tôt que prévu. Sans doute pour me prendre de court. Quand j'ai ouvert, ou plutôt entrouvert, en laissant la chaînette de sécurité, j'ai constaté que ce n'était pas la personne que j'attendais. C'était une inconnue, et elle ne souriait pas.

— Eleanor Oliphant ? June Mullen, des services sociaux, a-t-elle annoncé, avançant d'un pas mais étant aussitôt arrêtée par le battant de la porte.

— Je m'attendais à voir Heather, ai-je répondu en jetant un coup d'œil derrière elle.

— Heather est en arrêt maladie, malheureusement ; nous ignorons quand elle reviendra. J'ai récupéré ses dossiers.

J'ai demandé à voir un papier d'identité officiel, on n'est jamais trop prudent. Elle a poussé un léger soupir et a fouillé dans son sac. Elle était grande et tirée à quatre épingles dans son pantalon noir et son chemisier blanc. Quand elle a penché la tête, j'ai vu la raie nette de cuir chevelu qui ordonnait son carré brun luisant. Elle s'est redressée et a brandi un passe avec un énorme logo de la ville et une toute petite photo. Celle-ci ne l'avantageait pas beaucoup, mais je ne pouvais pas lui en tenir rigueur. Moi non plus, je ne suis pas hyper photogénique. En chair et en os, elle devait avoir mon âge, avec un visage intact, sans rides, et des lèvres soulignées de rouge.

— Vous ne ressemblez pas du tout à une assistante sociale, ai-je dit.

Elle m'a dévisagée sans répondre. Oh non, encore ! Je tendais à me retrouver à une fréquence inquiétante face à des individus aux compétences sociales affligeantes. Pourquoi tant de misanthropes sont-ils attirés par ces métiers qui exigent le contact avec des clients ? C'est une énigme. Je me suis promis de méditer sur la question plus tard, et ai décroché la chaînette pour l'inviter à entrer. Je l'ai guidée jusqu'au salon, écoutant ses talons hauts cliqueter sur le carrelage. Elle a demandé à faire une visite rapide de l'appartement ; je m'y attendais, bien sûr. Heather le faisait aussi ; je suppose que ça fait partie du boulot, de vérifier que je ne conserve pas mon urine dans des dames-jeannes et que je ne kidnappe pas de pies pour les fourrer dans mes taies d'oreiller. Elle m'a complimentée sur mon intérieur, sans enthousiasme, alors que nous approchions de la cuisine.

J'ai essayé de jeter sur ma maison le regard d'un visiteur. Je sais que j'ai beaucoup de chance de vivre ici, les logements sociaux sont virtuellement inexistants dans ce quartier, de nos jours. Et ce n'est pas avec le salaire de misère que me verse Bob que j'aurais pu me payer une telle adresse. On m'a proposé ce logement quand il a fallu que je quitte ma dernière famille d'accueil en date, l'été qui a précédé mon entrée à l'université. Je venais d'avoir dix-sept ans. À l'époque, une jeune femme vulnérable prise en charge par l'État depuis l'enfance se voyait facilement attribuer un logement social proche de son établissement scolaire. Dingue, non ?

Je me souviens que j'avais mis pas mal de temps à me décider à le décorer. J'avais fini par le peindre l'été où j'avais terminé mes études. J'avais acheté de la peinture et des pinceaux avec le mandat postal que m'avait envoyé le secrétariat de l'université, accompagné de mon diplôme ; j'avais gagné un petit prix, créé en souvenir d'un professeur de littérature classique mort de longue date, pour la meilleure dissertation sur les *Géorgiques* de Virgile. Je n'ai pas assisté à la cérémonie de remise des diplômes, bien entendu ; je ne voyais pas l'intérêt de monter sur scène, n'ayant personne pour m'applaudir. Je n'avais pas touché à l'appartement depuis.

En toute objectivité, il fallait reconnaître qu'il était assez défraîchi. Maman dit toujours que l'obsession de la décoration est d'un bourgeois fini, et que les travaux manuels – pires encore – sont l'apanage de la plèbe. C'est effrayant de penser à toutes les idées de maman qui m'ont contaminée.

Les meubles m'avaient été fournis par une œuvre de charité qui s'occupe des jeunes et des anciens délinquants qui s'installent ; des articles hétéroclites que j'ai acceptés avec reconnaissance à l'époque, et que j'apprécie toujours autant. Ils sont tout à fait fonctionnels, de sorte que je n'ai jamais vu la nécessité de les remplacer. Je ne fais pas le ménage très souvent, ce qui doit contribuer à donner à l'ensemble un aspect un peu négligé. Je n'en vois pas l'intérêt ; je suis la seule personne à manger, à me laver, à dormir et à me réveiller ici.

Cette June Mullen est la première personne qui me rend visite depuis novembre dernier. Ils viennent tous les six mois, les employés des services sociaux. C'est ma première visite de l'année en cours. Le releveur de compteurs n'est pas encore passé, et j'avoue que je préfère qu'il me laisse une carte pour que je lui donne le relevé par téléphone. J'adore les centres d'appel ; c'est toujours tellement intéressant d'entendre des accents différents et d'essayer de vous forger une idée de la personne à laquelle vous parlez. Ce que j'aime le plus, c'est quand ils vous demandent : « Y a-t-il autre chose que je puisse faire pour vous, Eleanor ? » avant de raccrocher, et que je réponds : « Non, non, merci, vous avez résolu tous mes problèmes sans exception. » Et c'est toujours bon d'entendre un être humain prononcer mon prénom à voix haute.

En dehors des services sociaux, des compagnies de gaz et d'électricité, il arrive qu'un adepte d'une Église quelconque vienne me demander si je suis prête à laisser Jésus entrer dans ma vie. À ma grande déception, je me suis aperçue qu'ils n'aimaient pas discuter du concept de prosélytisme. L'année dernière, un homme m'a livré un catalogue Betterware, que j'ai trouvé des plus distrayants. Je regrette encore de ne pas avoir acheté l'attrape-araignées, c'était un appareil très ingénieux.

June Mullen a décliné ma proposition de lui préparer une tasse de thé. De retour dans le salon, elle s'est assise sur le canapé et a tiré mon dossier de sa serviette. Il faisait plusieurs centimètres d'épaisseur et avait été fermé à la va-vite par un élastique. Une personne avait inscrit au marqueur *OLIPHANT, ELEANOR, juillet 1987* – ma date de naissance – dans le coin supérieur droit. Ce dossier à soufflet jauni et taché ressemblait à un artefact antique.

— L'écriture de Heather est illisible, a-t-elle marmonné, faisant courir un ongle manucuré sur la première feuille de la pile.

Elle parlait à voix basse, davantage pour elle-même que pour moi.

— Visites semestrielles… progression de l'intégration à la communauté… identification précoce du besoin éventuel d'une aide additionnelle…

Elle a continué à lire un moment, puis son expression a changé. Elle a jeté un coup d'œil dans ma direction, et j'ai lu l'horreur, l'inquiétude et la pitié dans son regard. Elle devait en être au passage qui parlait de maman. Je l'ai dévisagée. Elle a pris une profonde inspiration, a baissé les yeux sur les documents, puis a expiré lentement en relevant la tête.

— Je n'étais pas au courant, a-t-elle dit d'une voix assortie à son expression. Elle… Elle doit beaucoup vous manquer, n'est-ce pas ?

— Maman ? Que non.

— Non, je veux parler de…

Elle s'est tue, l'air soudain empruntée, triste, embarrassée. Ah, la fameuse Sainte Trinité des expressions dédiées à Oliphant. J'ai haussé les épaules ; je ne voyais pas du tout de quoi elle voulait parler.

Un silence fébrile et pitoyable s'est installé. Au bout d'un temps qui m'a semblé durer une éternité, June Mullen a refermé le dossier sur ses genoux et m'a adressé un sourire un peu trop chaleureux.

— Alors, Eleanor, comment ça va, d'une manière générale ; depuis la dernière visite de Heather, je veux dire ?

— Eh bien, à ma connaissance, je ne pense pas avoir besoin d'une aide additionnelle, je me suis tout à fait bien intégrée à la communauté, June, ai-je dit.

Son sourire s'est effacé.

— Tout va bien au travail ? Vous… (Elle a regardé dans le dossier.) … Vous travaillez dans un bureau ?

— Tout va bien au travail. Tout se passe bien.

— Et à la maison ? a-t-elle insisté, en jetant un œil autour d'elle.

Mon gros pouf vert a semblé retenir son attention ; de la forme d'une grenouille géante, il faisait partie du lot de meubles offerts par l'œuvre caritative quand j'avais emménagé ici. J'adorais ses yeux globuleux et sa grosse langue rose. Un soir – une soirée vodka –, j'avais dessiné dessus une énorme mouche, *Musca domestica*, avec un stylo-feutre que j'avais dérobé. Je n'ai pas la fibre artistique, mais, à mon humble avis, c'était une belle copie du sujet. Ce geste m'avait aidée à m'approprier l'objet usagé en y ajoutant quelque chose de nouveau. Sans compter qu'elle avait l'air affamée, cette grenouille. June Mullen semblait incapable d'en détacher les yeux.

— Tout va bien, ici, June, ai-je répété. Les factures sont payées, j'entretiens des relations cordiales avec mes voisins. Je me sens à mon aise.

Elle a parcouru mon dossier, une fois de plus, puis a inspiré. Je savais ce qu'elle allait dire, je reconnaissais bien le changement de ton, la peur, l'hésitation qui précédaient ce moment-là.

— Vous êtes toujours certaine de ne rien vouloir apprendre de plus sur l'incident ni sur votre mère, si je comprends bien ?

Elle ne souriait plus.

— Toujours, ai-je répondu. Pas besoin. Je lui parle une fois par semaine, le mercredi soir, toujours à la même heure.

— Ah oui ? Après tout ce temps, ça continue ? Intéressant… Et vous tenez à… entretenir ce lien ?

— Pourquoi n'y tiendrais-je pas ? ai-je répondu, incrédule.

Où diable allaient-ils chercher leurs employés, aux services sociaux ?

Elle a marqué une pause délibérée. Je connaissais la technique, mais je n'ai pas pu m'empêcher de rompre le silence.

— Je pense que maman aimerait que j'en apprenne davantage sur… l'incident… mais je n'ai aucune intention de le faire.

— Non, a-t-elle dit en hochant la tête. Ma foi, c'est à vous de décider si vous voulez ou non savoir ce qu'il s'est passé, n'est-ce pas ? Le tribunal a été très clair, à l'époque, tout doit être laissé à votre entière discrétion.

— C'est exact. C'est exactement ce qu'ils ont dit.

Elle m'a dévisagée, comme tant d'autres avant elle, me cherchant des ressemblances avec maman, savourant le frisson que lui procurait l'idée de se trouver *si près* d'une parente de la femme dont les journaux parlaient encore, occasionnellement, après toutes ces années : du *démon au visage d'ange.* Ses yeux ont glissé sur mes cicatrices. Elle avait la bouche légèrement entrouverte, et je me suis dit que ce tailleur et ce carré n'avaient rien à faire sur cette plouc à l'air ahuri.

— Je devrais pouvoir retrouver une photo, si vous voulez, ai-je dit.

Elle a cligné des yeux, rougi, et tenté de remettre de l'ordre dans l'énorme dossier. Une feuille s'est échappée de la pile et a atterri sous la table basse. Voyant qu'elle ne s'en était pas aperçue, j'ai hésité à attirer son attention dessus. Ça parlait de moi, non ? N'était-ce pas théoriquement ma propriété ? Je la lui rendrais lors de sa prochaine visite, bien sûr, je ne suis pas une voleuse. J'ai entendu la voix de maman me murmurer que j'avais bien raison, que les assistants sociaux n'étaient que des mêle-tout, des fouineurs bien-pensants. June Mullen a fait claquer l'élastique autour du dossier, et il n'était déjà plus temps de lui faire remarquer qu'il manquait une page.

— Je… Y a-t-il un autre sujet que vous voudriez aborder avec moi, aujourd'hui ? a-t-elle demandé.

— Non, merci, ai-je répondu avec mon sourire le plus large.

Elle paraissait un brin déconcertée, voire un tantinet effrayée. J'étais déçue. Je pensais m'être montrée accueillante et amicale.

— Bien, dans ce cas, je pense que ce sera tout pour le moment, Eleanor ; je vais vous laisser tranquille.

Tout en rangeant le dossier dans sa serviette, elle a continué à parler d'un ton léger et désinvolte.

— Des projets pour le week-end ?

— Je vais voir quelqu'un à l'hôpital, ai-je dit.

— Oh, bien. Rien de tel qu'une visite pour remonter le moral d'un malade, pas vrai ?

— Ah oui ? Je ne sais pas. Je n'ai encore jamais rendu visite à un malade.

— Mais vous avez vous-même passé beaucoup de temps à l'hôpital.

Je l'ai regardée. L'écart entre ses connaissances et les miennes était injuste. À mon avis, les assistantes sociales devraient être obligées de présenter leurs propres dossiers à leurs usagers pour rétablir l'équilibre. Après tout, elle avait un accès illimité au gros dossier brun, le *Reader's Digest* d'Eleanor, qui contenait les informations et les menus détails de deux décennies de ma vie intime. Et moi, tout ce que je savais d'elle, c'était son nom et celui de son employeur.

— Si vous savez cela, alors vous devez savoir que, au vu des circonstances, les seuls visiteurs autorisés étaient la police et mes représentants légaux, ai-je répondu.

Elle est restée bouche bée. Elle me faisait penser aux têtes de clowns des fêtes foraines, dans les bouches desquels vous devez envoyer une balle de ping-pong pour gagner un poisson rouge. Je lui ai ouvert la porte. Elle coulait toujours des regards vers la grenouille géante customisée.

— À dans six mois, alors, Eleanor, a-t-elle dit, réticente. Bonne chance.

J'ai refermé la porte avec une délicatesse calculée.

Je trouvais étrange qu'elle n'ait pas fait de remarque sur Polly. C'était idiot, mais j'en étais presque vexée pour elle. Elle était restée dans un coin durant toute l'entrevue, et était sans aucun doute la chose la plus digne d'intérêt de toute la pièce. Ma belle Polly, que l'on appelait communément « bec de perroquet », parfois « impatience de Zanzibar », mais que je ne pouvais, pour ma part, associer qu'à son glorieux nom latin : *Impatiens niamniamensis*. Je le prononçais souvent tout haut : *Niamniamensis*. C'était comme un baiser, ces « m » qui vous obligent à pincer les lèvres pour expulser les consonnes, votre langue qui apparaît au détour d'un « n » et d'un « s ». Les ancêtres de Polly sont arrivés d'Afrique. Comme tous les nôtres, d'ailleurs. C'est le seul point de repère constant de mon enfance, la seule chose à avoir survécu. C'est un cadeau d'anniversaire, mais je ne me souviens plus de qui ; c'est étrange, car je n'étais pas de ces enfants qu'on couvre de cadeaux.

Elle a trouvé sa place dans ma chambre d'enfant, elle a survécu à tous mes placements en familles et en foyers, et elle est toujours là, comme moi. Je me suis occupée d'elle, je l'ai soignée, je l'ai ramassée et rempotée chaque fois qu'elle tombait ou était jetée. Elle aime la lumière et elle boit beaucoup. En dehors de cela, elle demande un minimum d'attention et se débrouille toute seule. Il m'arrive de lui parler, je n'ai pas peur de le dire. Quand le silence et la solitude m'enveloppent, m'oppressent et me rongent comme la glace, j'ai *besoin* de parler à voix haute, ne serait-ce que pour me prouver que je suis en vie.

Une question philosophique : si un arbre s'écrase à terre dans une forêt sans qu'il y ait personne pour l'entendre, fait-il du bruit en s'effondrant ? Et si une femme seule au monde parle à une plante en pot, est-elle folle à lier ? Je suis certaine qu'il est tout à fait normal de soliloquer de temps en temps. Ce n'est pas comme si j'attendais qu'on me réponde. Je suis consciente que Polly est une plante d'intérieur.

Je l'ai arrosée puis j'ai effectué quelques corvées domestiques, en songeant au moment où je pourrais allumer mon ordinateur pour vérifier si un chanteur séduisant avait mis en ligne de nouvelles informations le concernant. Facebook, Twitter, Instagram.

Autant de fenêtres sur un monde merveilleux. Je remplissais la machine à laver quand le téléphone a sonné. Une visite *et* un coup de téléphone ! Un jour à marquer d'une pierre blanche, à n'en pas douter. C'était Raymond.

— J'ai appelé Bob sur son portable pour lui expliquer la situation, et il a trouvé votre numéro dans les dossiers du personnel, m'a-t-il dit.

Non mais, franchement. Est-ce que toute ma vie était étalée dans des dossiers grands ouverts que tout un chacun pouvait feuilleter à loisir ?

— Quelle grossière intrusion dans ma vie privée, et je ne parle pas de la violation de la loi sur la protection des données personnelles, ai-je répondu. J'en toucherai un mot à Bob la semaine prochaine.

Il y a eu un silence à l'autre bout du fil.

— J'écoute ? ai-je repris.

— D'accord. Je suis désolé. C'est juste que vous aviez dit que vous appelleriez et que, euh, je suis à l'hôpital, là. Je me demandais si… si vous vouliez bien apporter les courses du vieux ? Nous sommes au Western Infirmary. Oh, et il s'appelle Sami-Tom.

— Quoi ? Non, ce n'est pas possible, Raymond. C'est un petit vieux rondouillard de Glasgow. Il est strictement impossible que son patronyme soit *Sami-Tom*.

Je commençais à nourrir de sérieux doutes sur les capacités intellectuelles de Raymond.

— Non, non, Eleanor – c'est Sammy… comme le diminutif de Samuel. Et Thom, T-H-O-M.

— Oh.

Il y a eu une longue pause.

— Donc… comme je vous le disais, Sammy a été hospitalisé au Western. Les visites débutent à 7 heures, si vous voulez venir.

— J'ai dit que je passerais, et je suis une femme de parole, Raymond. Il est un peu tard, maintenant ; demain matin me conviendrait mieux, si c'est acceptable pour vous.

— Naturellement. (Autre silence.) Vous voulez savoir comment il va ?

— Oui, bien sûr !

Cet homme était un piètre interlocuteur, il rendait notre échange très laborieux.

— Les nouvelles ne sont pas bonnes. Son état est stable, mais c'est grave. Juste pour vous préparer. Il n'a pas encore repris conscience.

— Dans ce cas, je ne pense pas que son Irn-Bru et ses *lorne sausages*[1] lui manqueront beaucoup demain ?

J'ai entendu Raymond prendre une inspiration.

— Écoutez, Eleanor, vous êtes tout à fait libre de venir ou pas. Il n'aura pas besoin de ses provisions avant un moment, je suppose que vous pouvez jeter tout ce qui ne se garde pas. Comme vous le dites si bien, le pauvre diable n'est pas en état de se faire griller des saucisses.

— Tout juste. D'ailleurs, je me demande si ce ne sont pas les saucisses grillées qui l'ont mis dans cette situation.

— Il faut que je vous laisse, Eleanor, a-t-il dit avant de me raccrocher au nez.

Quel grossier personnage !

Je me trouvais face à un dilemme ; je ne voyais guère l'intérêt de faire le trajet jusqu'à l'hôpital pour rendre visite à un inconnu comateux dans le seul but de déposer une boisson gazeuse à son chevet. Cela

1. Sortes de saucisses typiquement écossaises.

étant, ce serait une nouvelle expérience que d'être du côté des visiteurs, et j'aurais peut-être la chance d'assister à son réveil. Il semblait avoir apprécié mon monologue quand nous attendions l'ambulance ; enfin, autant que pouvait l'apprécier une personne inconsciente.

J'y réfléchissais toujours quand j'ai ramassé la feuille tombée du dossier et l'ai retournée. Elle jaunissait sur les bords et sentait la fonction publique ; une odeur métallique de classeurs à tiroirs, malpropre, à cause du nombre incalculable de mains sales anonymes qui l'avaient manipulée. J'avais déjà remarqué ces miasmes sur les billets de banque.

SERVICE DES AFFAIRES SOCIALES

NOTE SUR LA RÉUNION DE CONCERTATION
15 mars 1999, 10 heures
Sujet : OLIPHANT, ELEANOR (12/07/1987)

Participants : Robert Brocklehurst (adjoint en chef, affaires familiales et enfance, service des affaires sociales) ; Rebecca Scatcherd (assistante sociale, service des affaires sociales) ; M. et Mme Reed (famille d'accueil).

La réunion s'est tenue au domicile de M. et Mme Reed, après le départ de leurs enfants pour l'école, Eleanor Oliphant incluse. Elle a été organisée à la demande de M. et Mme Reed, en supplément des réunions régulières, afin de discuter d'inquiétudes grandissantes au sujet d'Eleanor.

Mme Reed a fait état d'une aggravation des problèmes de comportement d'Eleanor, déjà mentionnés lors de la précédente réunion de concertation, il y a environ quatre mois. Quand M. Brocklehurst a demandé qu'on lui donne des exemples de ce comportement, M. et Mme Reed ont cité les suivants :

— Eleanor a coupé tout contact ou presque avec les autres enfants, en particulier avec John (14 ans), l'aîné de la fratrie ;

— Eleanor se montre insolente et grossière envers Mme Reed, et ce quotidiennement. Lorsque Mme Reed essaie de la réprimander, en l'envoyant dans la chambre d'amis pour réfléchir à son attitude par exemple, elle devient hystérique ; il arrive même qu'elle fasse preuve de violence physique ;

— il arrive aussi qu'Eleanor feigne de s'évanouir pour éviter d'être réprimandée, ou après avoir été réprimandée ;

— Eleanor est terrifiée lorsqu'elle se retrouve dans le noir, ses cris hystériques empêchent toute la famille de dormir. Elle possédait une veilleuse, mais quand on lui a suggéré qu'il était temps de s'en passer, qu'elle était désormais trop grande pour ce genre de chose, elle a été secouée de sanglots et de tremblements violents ;

— Eleanor refuse souvent la nourriture qu'on lui sert ; les repas sont devenus une source de conflit pour la famille.

M. et Mme Reed déclarent être extrêmement soucieux des effets du comportement d'Eleanor sur leurs trois enfants (John, 14 ans, Eliza, 9 ans et Georgie, 7 ans) et, à la lumière de ces inquiétudes et de celles qui ont déjà été exposées lors des réunions de concertation régulières, ils aimeraient discuter du meilleur moyen d'aider Eleanor.

M. et Mme Reed ont demandé qu'on leur fournisse davantage d'informations sur le passé de la fillette, et M. Brocklehurst leur a expliqué que ce ne serait pas possible, qu'il n'avait pas le droit d'accéder à leur demande.

Avant la réunion, Mlle Scatcherd s'était débrouillée pour obtenir les appréciations du professeur principal d'Eleanor, on pouvait y lire que l'enfant travaillait bien en classe et avait des notes excellentes dans toutes les matières. Le professeur la décrivait comme une élève aux qualités intellectuelles et verbales exceptionnelles et au lexique très riche. Ses autres professeurs la disaient calme et respectueuse durant les cours ; elle ne participait pas en classe, mais se montrait très attentive. Plusieurs employés de l'école ont remarqué qu'Eleanor était très réservée et très isolée pendant les intercours, qu'elle restait à l'écart de ses camarades.

Après un long échange, à la lumière des problèmes décrits par M. et Mme Reed qui ont, de nouveau, insisté sur l'impact que ceux-ci avaient sur leurs autres enfants, il a été jugé préférable de retirer Eleanor de sa famille d'accueil.

M. et Mme Reed se sont déclarés satisfaits de la décision, et M. Brocklehurst les a informés que les services sociaux les contacteraient pour leur expliquer la marche à suivre.

Note : le 12 novembre 1999, une commission d'examen s'est réunie pour prendre une ordonnance de surveillance obligatoire concernant Eleanor Oliphant. M. Brocklehurst et Mlle Scatcherd étaient présents (minutes de la séance en pièce jointe).

Au regard du comportement difficile d'Eleanor et de ses précédents placements, la commission d'examen estime qu'un nouveau placement dans une autre famille d'accueil n'est pas recommandé. Il a donc été décidé que la fillette serait placée dans un foyer à titre provisoire, et que le comité d'examen se réunirait dans douze mois pour réévaluer sa décision.

(Action : recherche de places disponibles dans les foyers locaux par R. Scatcherd, qui informera M. et Mme Reed de la date possible de retrait de l'enfant.)

R. Scatcherd, 12/11/99

Menteurs. Menteurs, menteurs, menteurs.

7

Le bus était calme, et je disposais d'un siège pour moi toute seule ; j'avais posé les courses du vieil homme à côté de moi, dans deux sacs Tesco en tissu. J'avais jeté les saucisses et le fromage orange mais gardé le lait pour moi, après m'être persuadée que ce n'était pas du vol puisque, de toute façon, il ne pourrait pas le boire. J'avais eu des scrupules à jeter les autres denrées périssables. Je comprends que certaines personnes s'insurgent contre le gaspillage, et, à bien y réfléchir, je suis plutôt d'accord avec elles. Mais j'ai été élevée pour penser autrement ; maman dit toujours qu'il n'y a que les paysans et les ouvriers à la chaîne malpropres pour se soucier de choses aussi triviales.

Maman disait que nous étions des impératrices, des sultanes, des maharanis sous notre toit, et que nous nous devions de mener une vie de sybarite. Chacun de nos repas devait être un festin épicurien, proclamait-elle, il valait mieux mourir de faim que de souiller son palais avec de mauvais morceaux. Elle disait avoir mangé du tofu au piment frit dans les marchés nocturnes de Kowloon, et que, après le Japon, c'était à São Paulo qu'on trouvait les meilleurs sushis du monde. Que le plat le plus savoureux qu'elle ait jamais mangé de sa vie était de la pieuvre grillée au charbon de bois dans une petite taverne portuaire de Naxos, un soir d'été, au crépuscule. Le matin, elle avait regardé un pêcheur regagner le port avec la pieuvre en question, puis avait siroté de l'ouzo tout l'après-midi pendant que le personnel de cuisine attendrissait la chair pâle couverte de ventouses en la balançant contre le mur, encore et encore. Il faut que je pense à lui demander comment est la nourriture là où elle vit. J'imagine qu'elle ne doit pas boire du lapsang souchong ni manger de *langues de chat** tous les jours.

Je me souviens d'avoir été invitée par une camarade de classe après l'école. Juste moi. Pour le « thé ». Un événement assez perturbant : alors que j'avais toutes les raisons de m'attendre à prendre le thé, sa mère avait préparé une sorte de dîner à la cuisine[1]. Il est resté gravé dans mon esprit, en orange et beige : trois bâtonnets de poisson éclatants, une flaque de haricots blancs, et un petit tas pâle de frites cuites au four. N'ayant jamais vu, et encore moins mangé, ce genre d'aliment, j'avais demandé de quoi il s'agissait. Le lendemain, Danielle Mearns l'avait raconté à toute la classe. Ils avaient tous éclaté de rire et m'avaient traitée d'Andouille aux Haricots (vite raccourci en Andouille, surnom qui m'avait poursuivie un certain temps). Qu'importe, je n'ai pas fait long feu à l'école, de toute manière. Peu après, il y a eu l'incident du professeur trop zélé qui m'a envoyée à l'infirmerie scolaire ; maman a décidé que ledit professeur *était*

1. Dans les milieux populaires britanniques, le « thé » est le repas du soir. On le prend généralement autour de 17 heures.

un pauvre type pontifiant limite analphabète dont le seul diplôme utile était son brevet de secourisme, et j'ai été scolarisée à la maison.

La mère de Danielle nous avait donné un yaourt Munch Bunch en dessert, et j'avais glissé le pot vide dans mon cartable afin de pouvoir l'étudier plus tard. Apparemment, c'était un produit associé à une émission télévisée pour enfants dont les héros étaient des fruits animés. Et ils osaient me traiter d'andouille ! Les autres enfants étaient sidérés que je ne sois pas capable de parler des programmes télé. Nous n'avions pas la télévision, à la maison ; maman appelait ça le tube cathodique cancérigène, la tumeur de l'intellect, alors nous lisions, nous écoutions des disques, et parfois, quand elle était de bonne humeur, nous jouions au backgammon ou au mahjong.

Déconcertée par mon ignorance en matière de plats surgelés, la mère de Danielle Mearns m'avait demandé ce que je mangeais pour le thé en général, le mercredi soir.

— Ça change tout le temps, avais-je répondu.

— Mais quel genre de plats manges-tu en général ? avait-elle insisté, perplexe.

J'en ai énuméré quelques-uns. Velouté d'asperges avec un œuf de canard poché et de l'huile de noisette. Bouillabaisse accompagnée de rouille maison. Poulet laqué au miel avec un fondant de céleri-rave. Copeaux de truffes fraîches sur linguini aux cèpes – quand c'était la saison. Elle m'avait dévisagée.

— Tout ça me paraît bien… sophistiqué, avait-elle dit.

— Oh non, parfois on se contente de choses plus simples, comme une tartine de pain au levain grillée avec du manchego et de la pâte de coing.

— Ah ! s'était-elle exclamée en échangeant un regard avec la petite Danielle, bouche bée, exposant des haricots partiellement mastiqués.

Elles n'avaient rien répondu. Mme Mearns avait placé sur la table une bouteille en verre pleine d'un liquide rouge, que Danielle avait entrepris de secouer violemment avant d'en napper toute sa nourriture orange et beige.

Bien sûr, plus tard, quand j'ai été placée, je me suis vite adaptée à ma nouvelle famille culinaire ; Mamie Nova, Captain Iglo ou Uncle Ben's étaient souvent de la partie, et j'ai appris à distinguer à l'odeur les sauces Heinz des sauces Daddies, un peu comme un sommelier. C'est à ces détails innombrables que ma vie d'avant différait de la nouvelle. Celle d'avant et celle d'après l'incendie. La veille, je mangeais de la pastèque, de la féta et des grenades au petit déjeuner, le lendemain, des biscottes tartinées de margarine. C'est du moins l'histoire que m'a racontée maman.

Le bus s'est arrêté devant l'hôpital. Il y avait au rez-de-chaussée une boutique qui vendait un assortiment éclectique de marchandises. J'étais très consciente qu'il serait de bon ton d'apporter un cadeau au malade, mais que choisir ? Je ne connaissais Sammy ni d'Ève ni d'Adam. Inutile d'acheter des denrées alimentaires, puisque le but de ma visite était de lui rapporter celles qu'il venait de s'acheter. Et un livre ne présentait aucun intérêt pour un homme dans le coma. La boutique offrait une petite sélection de produits cosmétiques, mais il me paraissait malvenu d'offrir à une personne du sexe opposé des articles pour le soin du corps, sans compter qu'on pouvait trouver plus charmant cadeau qu'un tube de dentifrice ou un paquet de rasoirs jetables.

J'ai essayé de me souvenir des plus beaux présents que j'avais reçus dans ma vie. Je ne voyais rien d'autre que Polly la plante. Aïe, voilà que je me remettais à penser à Declan. Mon premier et unique petit ami. J'avais presque réussi à le rayer de ma mémoire, d'où mon angoisse de le voir réapparaître à l'improviste. Je me suis souvenue d'un incident, le jour de mon anniversaire : je n'avais reçu qu'une carte (celle d'une journaliste qui s'était débrouillée pour retrouver ma trace, et qui se disait prête à payer une somme substantielle si je lui accordais une interview, n'importe où, n'importe quand), et Declan avait prétendu que je lui avais délibérément caché ma date de naissance. De sorte que, en guise de cadeau de vingt et unième anniversaire, j'avais eu droit à une série de coups de poing dans les reins, puis il s'était acharné sur moi jusqu'à ce que je m'écroule par terre, inconsciente ; après quoi il m'avait collé un œil au beurre noir pour « rétention d'information ». Le seul autre anniversaire dont je me souvienne est celui de mes onze ans. Ma famille d'accueil de l'époque m'avait acheté un bracelet en argent massif dont pendait un petit grigri en forme d'ourson. Je leur étais très reconnaissante de m'avoir fait un cadeau, mais je ne l'ai jamais porté. Je ne suis pas très nounours.

Je me demandais ce que le beau chanteur m'offrirait, lui, pour, mettons, l'anniversaire de notre rencontre, ou Noël. Non, mieux : pour la Saint-Valentin, le jour le plus romantique de l'année. Il m'écrirait une chanson magnifique, qu'il me chanterait en s'accompagnant de sa guitare tandis que je siroterais du champagne bien frais. Non, pas de guitare, trop banal. À ma grande surprise, il sortirait son… basson. Oui, il me jouerait la mélodie de sa chanson au basson.

Pour en revenir à un sujet plus terre à terre, faute de mieux, j'ai acheté des journaux et des magazines à Sammy, me disant que je pourrais toujours lui faire la lecture. Le choix proposé était convenable. À en juger par son apparence et le contenu de ses sacs de provisions, je le soupçonnais d'être plus *Daily Star* que *Daily Telegraph*. J'ai opté pour quelques tabloïds et un magazine. Plus difficile à sélectionner, celui-là. Il y en avait tellement. *National Geographic*, *Yachts et Yachting*, *Voici* – lequel prendre ? Je n'avais aucune idée de ses centres d'intérêt. J'ai tenté de déduire la bonne réponse du raisonnement le plus rationnel possible. Tout ce que je savais de lui était que c'était un adulte de sexe masculin ; le reste n'était que pure spéculation. J'ai tablé sur la loi du plus grand nombre, me suis hissée sur la pointe des pieds et ai attrapé un *Playboy*. Et voilà.

Il faisait trop chaud dans les couloirs de l'hôpital, et le sol couinait sous mes pas. À l'entrée de la chambre se trouvait un distributeur de gel pour les mains surmonté d'un gros panneau jaune : *Ne pas avaler*. Les gens buvaient-ils vraiment du gel antibactérien ? Sans doute, d'où le panneau. Une part de moi, un microélément, a eu envie de se pencher pour y goûter, juste parce qu'on me l'interdisait. *Non, Eleanor*, me suis-je admonestée. *Refrène tes pulsions rebelles. Continue de te contenter de thé, de café et de vodka.*

Je répugnais à m'en mettre sur les mains, de crainte que ça n'aggrave mon eczéma, mais je l'ai fait quand même. L'hygiène était primordiale, ici ; le Ciel me préserve de devenir un vecteur d'infection.

La chambre était très grande, avec une rangée de lits de chaque côté de l'allée centrale. Tous leurs occupants se ressemblaient : des vieillards chauves et édentés, endormis ou le regard vague, le menton affaissé. Si j'ai reconnu Sammy, tout au bout de la rangée de gauche, c'est uniquement parce qu'il était le plus gros. Les autres n'étaient que des tas d'os drapés de peau grisâtre toute fripée. Il n'y avait aucune trace de Raymond.

Sammy avait les yeux fermés, mais il devait être sorti du coma. Ne serait-il pas sinon dans une chambre particulière et branché à des machines ? Je me suis demandé pourquoi Raymond m'avait menti. Il suffisait de voir sa poitrine se soulever et s'abaisser tranquillement pour comprendre que ce vieil homme dormait. Renonçant à lui faire la lecture pour ne pas le réveiller, j'ai posé les journaux sur sa table de chevet, puis en ai ouvert la porte pour y déposer les sacs de provisions. Elle ne contenait qu'un portefeuille et un trousseau de clefs. J'ai eu l'idée de jeter un œil dans son portefeuille pour voir s'il contenait le moindre indice sur son identité. Je me penchais pour l'attraper quand j'ai entendu une personne se racler la gorge dans mon dos, le raclement guttural d'un fumeur.

— Eleanor. Vous êtes venue, a dit Raymond avant de tirer une chaise de l'autre côté du lit.

Je l'ai dévisagé.

— Pourquoi m'avoir menti, Raymond ? Sammy n'est pas dans le coma. Il dort, c'est tout. Ce n'est pas pareil.

Il a ri.

— Ah, mais c'est la bonne nouvelle, Eleanor. Il s'est réveillé il y a deux heures. Apparemment, il a une vilaine commotion et une hanche cassée. Ils l'ont remise en place hier. Il est très affaibli par l'anesthésie, mais il devrait bien se remettre.

J'ai hoché la tête et me suis levée d'un coup.

— Nous devrions le laisser en paix, alors.

En toute franchise, j'étais impatiente de quitter cette chambre. Il faisait trop chaud, et ça réveillait trop de souvenirs – les couvertures molletonnées, le mélange d'odeurs humaines et chimiques, le cadre métallique du lit, les chaises en plastique. Le gel me picotait les mains là où il s'était infiltré dans mes plaies. Nous avons gagné l'ascenseur et sommes descendus en silence. Quand les portes se sont rouvertes sur le rez-de-chaussée, j'ai senti mes jambes me porter à toute vitesse vers la sortie, de leur propre chef.

C'était une belle soirée d'été. 20 heures, et il faisait toujours chaud et clair. La nuit ne tomberait pas avant 23 heures. Raymond a ôté sa veste, révélant un autre tee-shirt ridicule. Celui-ci était jaune et imprimé de deux coqs blancs de dessin animé. *Los Pollos Hermanos*, pouvait-on lire. Absurde. Il a jeté un coup d'œil à sa montre.

— Je vais chercher un plat à emporter et filer chez mon copain Andy. On se retrouve là-bas à plusieurs le samedi soir pour faire chauffer la PlayStation, fumer et boire quelques bières.

— Ça m'a l'air tout à fait formidable, ai-je dit.

— Et vous ?

Je rentrais à la maison, bien sûr, pour regarder la télé ou lire un livre. Quoi d'autre ?

— Je dois rentrer chez moi. Je pense qu'il y a un documentaire sur le dragon de Komodo sur BBC4 en deuxième partie de soirée.

Il a regardé sa montre, une fois de plus, puis levé les yeux vers le ciel céruléen. Il y a eu un silence, puis une corneille s'est mise à donner de la voix ; son chant était si criard qu'il frisait le mauvais goût. Nous l'avons écoutée. J'ai souri à Raymond, qui m'a imitée.

— Dites, la nuit est trop belle pour la passer toute seule. Ça vous dirait d'aller boire une bière quelque part ? Il faudra que je file d'ici une heure, avant la fermeture du magasin de spiritueux, mais…

Voilà qui demandait réflexion. Je n'avais pas mis les pieds dans un bar depuis des années, et Raymond n'avait rien d'un compagnon engageant. J'ai néanmoins décidé que cela pourrait se révéler utile, pour deux raisons. La première : cela me servirait d'entraînement, car si tout se passait comme je le voulais, Johnnie Lomond voudrait sans doute m'inviter dans un bar, un soir, et j'avais vraiment besoin de me familiariser avec le décor et le comportement à adopter dans ce genre d'établissements. La seconde : Raymond était supposé être un expert en informatique, et j'avais besoin de conseils. Des conseils qui ne devaient pas être bon marché lorsqu'on passait par le circuit officiel, mais que je pourrais obtenir de lui à titre gracieux. Ma décision étant prise, j'ai senti qu'il était temps d'apporter une réponse à la requête de Raymond. Le regard perdu dans le vague, il avait eu le temps de fumer la moitié de sa cigarette pendant que je pesais le pour et le contre.

— Oui, Raymond. Je veux bien aller boire un verre dans un pub avec vous, ai-je dit en hochant la tête.

— Fantastique, a-t-il répondu.

Nous avons trouvé un pub à cinq minutes de l'hôpital, sur une grande artère. Il y avait une table libre en terrasse. Son plateau en fer pullulait de taches rondes et ses pieds paraissaient instables, mais Raymond semblait ravi.

— Des chaises en terrasse ! s'est-il exclamé d'un ton joyeux en se laissant tomber sur l'une d'elles après avoir suspendu sa veste au dossier. Bon, je vais au bar. Qu'est-ce que vous voulez boire, Eleanor ?

Mon ventre s'est noué. D'abord parce que je ne pourrais pas voir la salle et observer ce qu'il s'y passait en restant assise dehors. Ensuite parce que je ne savais pas quoi commander. Que buvaient les gens normaux dans les pubs ? J'ai décidé de prendre une initiative.

— C'est moi qui vais au bar, Raymond. J'insiste. Qu'est-ce que je vous prends ?

Il a essayé de protester, mais j'ai tenu bon, et il a fini par céder, l'air ennuyé. Je ne voyais vraiment pas pourquoi il en faisait tout un plat.

— Bien, dans ce cas, je vais prendre une pinte de Guinness. Mais j'aurais préféré que vous me laissiez y aller, Eleanor.

J'ai posé les deux mains sur la table et me suis penchée en avant, mon visage tout près du sien.

— Je tiens à aller chercher ces boissons, Raymond. J'y tiens pour des raisons que je ne souhaite pas vous exposer.

Il a haussé les épaules et acquiescé. Je me suis dirigée vers la porte du pub.

L'intérieur paraissait très sombre comparé à la terrasse, et très bruyant aussi ; une musique d'un genre étrange pulsait dans de grands haut-parleurs.

Il y avait peu de monde, et j'étais la seule cliente au bar, où un jeune homme et une jeune femme assuraient le service, ou du moins étaient en grande conversation. À intervalles réguliers, elle s'esclaffait et secouait ses cheveux décolorés d'un blond jaunâtre, ou bien il lui tapotait le bras et éclatait d'un rire sonore un peu forcé. C'est fou ce que les rituels d'accouplement des humains sont ennuyeux à regarder. Les animaux, eux, vous offrent le spectacle d'un plumage éblouissant, ou un combat d'une violence spectaculaire. Les envolées de mèches folles et les petites tapes factices ne font pas vraiment le poids.

Lassée, j'ai tapé (fort) trois coups sur le comptoir en bois, comme on tape à une porte. Ils ont levé les yeux de concert. J'ai commandé une pinte de Guinness, que le gars m'a servie à la pression.

— Autre chose ? a-t-il demandé.

Je séchais toujours. Puis je me suis dit qu'aider les clients dans ma situation faisait partie de son boulot.

— Que me recommandez-vous ?

Il a cessé de surveiller le niveau du liquide noir dans la chope pour me dévisager.

— Hein ?

— J'ai dit : que me recommandez-vous ? En temps normal, je ne bois jamais dans les pubs.

Il a jeté un coup d'œil à droite, puis à gauche, comme s'il s'attendait à trouver une personne à mes côtés. S'est ensuivi un long silence.

— Euh… ben… le Magners est très à la mode. Avec des glaçons ? C'est une boisson parfaite pour l'été.

— D'accord. Merci. Dans ce cas, je vais suivre votre conseil. Je prends un Magners, s'il vous plaît.

Il a décapsulé une bouteille et l'a posée sur le comptoir, puis il a mis des glaçons dans un grand verre qu'il a fait glisser jusqu'à moi.

— Qu'est-ce que c'est ? me suis-je enquise.

— Le Magners.

— Et à quoi sert le verre vide ?

— C'est pour le Magners.

— Parce que *je* suis censée transvaser la boisson de la bouteille dans le verre ? ai-je demandé, éberluée. Ce ne serait pas plutôt *votre* travail, ça ?

Il a ouvert de grands yeux puis, très lentement, a versé le liquide ambré sur les glaçons et reposé la bouteille d'un geste sec ; ou, pour être précise, il a frappé le comptoir avec la bouteille.

— 8,70 livres, a-t-il dit du ton le moins amical du monde.

Je lui ai tendu un billet de 5 livres et quatre pièces de 1 livre, et ai soigneusement glissé la monnaie dans mon sac.

— Auriez-vous un plateau, par hasard ? ai-je demandé.

Il m'a donné un plateau poisseux et m'a regardée placer les verres dessus avant de me tourner le dos. Il y a une telle pénurie de gens courtois dans le prétendu secteur des services !

Raymond m'a remerciée pour sa boisson, dont il a bu une longue gorgée. Le Magners était plutôt bon, et j'ai un peu révisé mon jugement sur le jeune barman. C'était un piètre serveur, certes, mais au moins, il savait quelles boissons recommander à ses clients. De son propre chef, Raymond a commencé à me parler de sa mère, me disant qu'il devait aller la voir le lendemain, comme tous les dimanches.

Elle était veuve, et pas très en forme. Elle possédait de nombreux chats. Il l'aidait à s'en occuper. Bla-bla-bla. J'ai fini par l'interrompre.

— Est-ce que je peux vous demander quelque chose, Raymond ?

Il a avalé une gorgée de bière.

— Bien sûr.

— Si je me décidais à acheter un « smartphone », quel modèle me recommanderiez-vous ? J'ai comparé les avantages des iPhone à ceux des appareils Android, et j'aimerais avoir l'avis d'un initié sur le rapport qualité-prix.

Il a paru surpris, ce que j'ai trouvé étrange puisqu'il travaillait au service informatique et devait souvent répondre à des questions relatives à la technologie.

— Eh bien, euh… (il a dodeliné de la tête, un peu à la manière des chiens, comme pour s'éclaircir les idées) … ça dépend de pas mal de facteurs.

Il a longuement exposé lesdits facteurs, sans aboutir à la moindre conclusion utile, puis regardé sa montre.

— Merde ! Il faut que je file, je dois passer prendre des bières avant d'aller chez Andy, et il est déjà presque 22 heures.

Il a vidé sa chope cul sec, s'est levé et a remis sa veste alors qu'il ne faisait pas froid du tout.

— Vous allez pouvoir rentrer seule, Eleanor ? a-t-il demandé.

— Oh, bien sûr. Je vais rentrer à pied. C'est une très belle soirée, et il ne fait pas encore nuit.

— Bien, dans ce cas, à lundi. Passez une bonne fin de week-end.

Il a pivoté pour partir.

— Raymond, attendez !

Il s'est tourné vers moi, souriant.

— Qu'y a-t-il, Eleanor ?

— La Guinness, Raymond. Elle a coûté 3,50 livres.

Il m'a regardée avec des yeux ronds.

— Ce n'est pas grave, ai-je dit, il n'y a pas le feu. Vous me les rendrez lundi, restons simples.

Il a sorti son portefeuille et déposé quatre pièces de 1 livre sur la table.

— Gardez la monnaie, a-t-il lancé en s'éloignant.

Tout ça ! J'ai mis l'argent dans mon porte-monnaie et terminé mon Magners. Enhardie par la boisson, j'ai décidé de rentrer chez moi par le chemin des écoliers. Pourquoi pas ? Il était temps de partir en reconnaissance, non ?

8

L'enfer est une invention, bien sûr, mais, s'il existait, je verrais bien un pot-pourri des grands succès des comédies musicales passé en boucle comme fond sonore, derrière les hurlements, le fracas des fourches et les gémissements insupportables des âmes damnées. L'œuvre complète de Lloyd Webber et Rice, jouée en continu, sur une scène installée dans un immense gouffre de feu, devant un public de pécheurs obligés de regarder et d'écouter pour l'éternité. Les pires d'entre eux, les violeurs d'enfants et les dictateurs sanguinaires, en seraient les comédiens.

En dehors de l'œuvre exquise d'un certain M. Lomond, je n'ai toujours pas trouvé de genre musical à mon goût ; dans le fond, la musique est une forme audible de physique, des ondes et des particules en mouvement, or je n'ai aucun attrait pour la physique. Ce qui explique ma sidération quand je me suis entendue fredonner un air d'*Oliver !* J'ai visualisé mentalement le point d'exclamation que, pour la première fois, je trouvais pertinent. *Who will buy this wonderful evening*[1] *?* Qui, en effet ?

1. Que l'on pourrait traduire par : « Qui m'achètera cette belle soirée ? » Inspiré du titre d'une chanson de la comédie musicale

L'une de mes assistantes familiales possédait une vidéothèque de comédies musicales dans laquelle nous puisions chaque week-end pour les regarder *en famille**, si bien que, à mon corps défendant, je connais sur le bout des doigts les œuvres de Lionel Bart, Rodgers et Hammerstein, et consorts. Pouvoir fredonner *On the street where he lived* [1] me procurait un sentiment étrange, palpitant et vertigineux, proche de l'euphorie. J'arrivais presque à comprendre pourquoi l'ahuri en redingote de *My Fair Lady* éprouvait le besoin de beugler sous les fenêtres d'Audrey Hepburn.

Je n'avais eu aucun mal à trouver le domicile du musicien. Il avait posté sur Twitter la photo d'un magnifique coucher de soleil :

> @johnnieLrocks
> La vue de ma fenêtre : j'ai de la chance, hein ? #lavilleenpleinete #joie

On y voyait des toits, des arbres, le ciel, mais aussi un pub, dans le coin inférieur droit, tout au bout de la rue, dont le nom était tout à fait lisible. Je l'ai trouvé sur Google en deux temps trois mouvements.

La rue en question, comme presque toutes celles de la ville, était bordée de vieux immeubles. Leur accès était protégé par des interphones scellés au mur de façade, une sonnette et un nom par appartement. C'était la bonne rue. Par quel côté commencer ? Les

---

Oliver ! créée par Lionel Bart d'après le roman *Oliver Twist* de Charles Dickens.

1. Allusion à la chanson de la comédie musicale *My Fair Lady*, *On the Street Where You Live*. Que l'on pourrait traduire par : « Dans la rue où tu habites. »

nombres pairs. Il n'était pas porté sur les impairs, il était carré, ai-je décidé. C'était comme résoudre une énigme. Je me suis mise au travail en chantonnant ; c'était la première fois depuis des temps immémoriaux que je me sentais aussi… légère, pétillante, vive. C'était peut-être ça, le bonheur.

J'étais fascinée par les noms inscrits sur les sonnettes, et par les étiquettes elles-mêmes. Certaines avaient été griffonnées au stylo avant d'être collées à la va-vite au-dessus du bouton. D'autres tapées en majuscules grasses, imprimées et coincées sous trois couches de film plastique. Il y avait quelques cases vides, et des étiquettes illisibles, à moitié effacées par les intempéries. J'espérais sincèrement que la sienne ne comptait pas parmi celles-là, mais j'ai noté leur emplacement exact dans mon carnet, au cas où. Si d'aventure je ne réussissais à trouver son nom sur aucun des immeubles de la rue, je reviendrais sur mes pas pour m'intéresser à ces étiquettes-là.

Ah, mais comment avais-je pu douter de lui ? Arrivée au milieu de la rue, devant le numéro le plus pair qui soit, j'ai lu : *M. J. Lomond Esq*. J'ai examiné l'écriture. Nette mais artistique, encre noire classique sur papier blanc gros grain. Oh, c'était tout lui.

Il semblait improbable qu'un homme séduisant et populaire, qui avait le monde à ses pieds, se trouve chez lui un samedi soir, aussi, juste pour voir ce que ça faisait, j'ai appuyé sur la sonnette du bout de l'index. Il y a eu un crépitement, puis une voix masculine a résonné. J'ai été pour le moins prise de court.

— Allô ? a-t-il répété.

Une voix profonde, distinguée, posée. Miel et fumée de cigarette, velours et argent. J'ai jeté un œil à la liste des autres résidents et ai choisi un nom au hasard.

— Livraison de pizza pour… McFadden.

Je l'ai entendu soupirer.

— Ils sont au dernier étage.

Et il a raccroché. La porte a émis un petit vrombissement et un *clic*. Sans prendre le temps d'y réfléchir à deux fois, je l'ai poussée.

Le musicien vivait au premier étage, à droite. Son nom était gravé sur une petite plaque en cuivre, juste au-dessus de la sonnette. J'ai écouté à la porte. Rien, juste le murmure de la minuterie de l'escalier et les bruits étouffés de la rue. À l'étage du dessus, un poste de télévision beuglait. J'ai sorti mon carnet et déchiré une page blanche. Je l'ai placée sur la plaque en cuivre que j'ai reproduite en frottant un crayon à papier dessus. Un instant plus tard, j'avais un magnifique fac-similé de la petite plaque que j'ai glissé entre les pages de mon carnet, dans mon sac. Les portes des paliers étaient ouvertes, et celle de son appartement, en bois d'acajou, au design on ne peut plus victorien avec sa vitre en verre dépoli, demeurait impitoyablement fermée.

Je me suis avancée aussi près que j'en ai eu le courage. Je n'ai entendu aucun bruit, perçu aucun mouvement à l'intérieur. Il m'a semblé distinguer les contours d'une bibliothèque, ceux d'un tableau. Un homme cultivé. Nous avons tant de points communs !

Je me suis raidie. Là : des doigts légers sur des cordes en acier, un accord vibrant dans l'air, nébuleux et diaphane, comme la lumière d'une très, très vieille étoile. Une voix : chaude, grave et douce, une voix faite pour jeter des sorts, charmer les serpents, façonner des rêves. Je n'ai rien pu faire d'autre que m'approcher encore. J'ai pressé mon visage contre le carreau en verre dépoli. Il chantait, il composait – des mots, de la musique, des *sentiments*. Quel rare privilège que de pouvoir espionner un être humain en pleine création ! Le chant à l'état pur. Mon bel Orphée. Sa voix. Quelle voix !

J'ai levé la tête vers le plafond et fermé les yeux. Je me suis représenté un ciel. Bleu nuit, doux, dense comme de la fourrure. La nuit tout entière, jusque dans ses profondeurs veloutées, était parsemée d'éclats de lumière, assez nombreux pour illuminer mille cieux nocturnes. Des motifs apparaissaient çà et là ; l'œil émerveillé découvrait des spirales en coquille d'escargot, des essaims de perles, des dieux, des bêtes étranges et des constellations. Même immobiles, nous sommes en rotation, et, tout en tournant, nous dessinons un cercle plus large encore, tournons et tournons autour du Soleil, et, oh, à quelle vitesse vertigineuse…

La musique s'est arrêtée, et il y a eu des mouvements brusques, flous. J'ai reculé et couru vers l'escalier, mon cœur cognant contre mes côtes. Rien. J'ai attendu plusieurs minutes sur le palier du dessus. Toujours rien.

Je suis redescendue sur la pointe des pieds et suis revenue me poster devant sa porte. La musique avait repris, mais je ne voulais pas le déranger. Je voulais voir où il vivait, c'est tout… Il n'y avait aucun mal à jeter un œil. Mission accomplie.

C'était pure folie dépensière, mais, une fois dans la rue, j'ai hélé un taxi qui passait pour qu'il me ramène chez moi. La soirée s'était étirée en longueur, il faisait bel et bien nuit à présent, et il n'était pas bon de se trouver loin de chez soi à cette heure.

L'obscurité est propice aux méfaits. La course allait sans doute me coûter dans les 6 livres, mais je n'avais pas le choix. J'ai attaché ma ceinture de sécurité et fermé la cloison vitrée qui me séparait du chauffeur. Je n'avais nulle envie d'entendre son opinion sur le football, le conseil municipal ou n'importe quoi d'autre. Je n'avais qu'une chose en tête. Ou, plus exactement, une personne.

J'ai mis une heure ou deux à me rendre compte que je serais incapable de trouver le sommeil après mon aventure de la soirée. J'ai rallumé la lumière et baissé les yeux sur ma chemise de nuit. J'en possédais deux, afin d'en avoir toujours une de rechange quand l'autre était au lavage. Elles sont identiques, faites d'un coton peigné douillet, longues jusqu'aux chevilles avec un col bien haut. Couleur citron (d'une nuance qui me rappelle celle des bonbons acidulés ; ils ne figuraient pas au nombre des douceurs de ma tendre enfance, mais je trouve cette évocation réconfortante). Quand j'étais petite, pour me récompenser, maman me plantait une olive farcie au piment dans la bouche, ou, parfois, un anchois tiré d'une petite boîte jaune et rouge en forme de cercueil. Elle ne cessait de me répéter que les palais délicats avaient un penchant pour le salé, que les sucreries bon marché causaient la perte des pauvres (et celle de leurs dents).

Les seules friandises acceptables, disait-elle, étaient les truffes belges (Neuhaus, *nom de Dieu* ; seuls les touristes achetaient ces horribles chocolats en forme de coquillages), ou les dattes Medjool bien charnues des souks de Tunis, deux douceurs que l'on ne risquait guère de trouver au Spar de notre quartier. À une époque, peu avant… l'incident…, elle ne s'approvisionnait que chez Fortnum, et je me souvenais qu'à cette période elle entretenait une correspondance régulière avec Fauchon au sujet d'imperfections supposées de leur *confiture de cerises**. Je revois les jolis timbres rouges sur les lettres arrivant de Paris : *Liberté, Égalité, Fraternité*. Pas vraiment le credo de maman.

J'ai plié mon oreiller en deux pour qu'il me soutienne le dos, et me suis assise. Je me sentais à des lieues du sommeil, et j'avais besoin de me calmer. J'ai glissé la main entre le matelas et le mur à la recherche de ma compagne fidèle, aux bords arrondis et assouplis par les années. *Jane Eyre*. Je pouvais ouvrir le roman à n'importe quelle page et savoir aussitôt à quel moment de l'intrigue je me trouvais, anticiper la phrase suivante avant même d'avoir terminé de lire la précédente. C'était un vieux Penguin Classics, avec le beau portrait de miss Brontë en couverture. À l'intérieur, l'ex-libris disait : *Paroisse de Saint-Eustache, École du dimanche, offert à Eleanor Oliphant pour sa participation assidue, 1998.* Cela étant, j'avais eu une éducation très œcuménique, ayant vécu au sein de familles d'accueil presbytériennes, protestantes, catholiques, méthodistes et quakers, et auprès d'une poignée de personnes qui nieraient l'existence de Dieu même s'Il les foudroyait de Son doigt michelangélien. Je me suis soumise avec la même mauvaise grâce à toutes les tentatives d'éducation spirituelle. L'école du dimanche, ou son équivalent, m'offrait au moins le loisir de m'évader un moment du foyer dans lequel je vivais, sans compter qu'on y trouvait parfois des sandwichs, et, plus rarement, des compagnons supportables.

J'ai ouvert le livre au hasard, comme on pioche un numéro de tombola. Je suis tombée sur un passage clef : la première rencontre entre Jane et M. Rochester dans les bois, quand le cheval, surpris, manque de désarçonner son cavalier. Pilote, le magnifique chien de chasse au regard mélancolique, est présent, lui aussi. Le livre a tout de même un défaut : on n'y parle trop peu de Pilote. On ne parle jamais assez des chiens, dans les livres.

Jane Eyre. Une enfant étrange, difficile à aimer. Une enfant unique et solitaire, qui a tant souffert à l'âge tendre – des conséquences de la mort, de l'absence d'amour. C'est M. Rochester qui se retrouve dans les flammes, à la fin. Je *sais* ce que cela fait. Du début à la fin.

Tout paraît plus grave au cœur de la nuit ; j'étais surprise d'entendre des oiseaux chanter, ou plutôt piailler de colère. Les pauvres créatures devaient à peine dormir, en été, avec cette clarté perpétuelle. Dans la pénombre, dans le noir, je me souviens, je me souviens. Éveillés, dans l'obscurité, deux cœurs de lapereaux, le souffle court. Je me souviens, je me souviens… je ferme les yeux. Les paupières ne sont que des rideaux de chair. Vos yeux sont toujours « actifs », ils *regardent* toujours ; quand vous les fermez, vous voyez la peau fine et veinée de vos paupières au lieu d'observer le monde. Ce n'est pas une pensée réconfortante. En fait, si j'y réfléchissais, j'en viendrais à vouloir m'énucléer pour cesser de voir, pour cesser de *voir* en permanence. Je ne peux effacer ce que j'ai vu. Je ne peux défaire ce que j'ai fait.

« Pense à quelque chose d'agréable », me disait l'un de mes parents adoptifs quand je n'arrivais pas à dormir ou que je me réveillais en pleine nuit, en nage, en sanglots, hurlante. Un conseil banal, mais parfois efficace. Alors j'ai pensé à Pilote le chien.

J'ai dû finir par m'endormir – j'ai forcément piqué du nez, ne serait-ce qu'un petit moment –, même si j'avais le sentiment contraire. Les dimanches sont des jours perdus. En général, j'essaie de dormir le plus longtemps possible pour passer le temps (une vieille astuce de prisonniers, paraît-il – merci pour le tuyau, maman), mais l'été, c'est plus difficile. Lorsque le téléphone a sonné, peu après 10 heures, j'étais debout depuis des lustres. J'avais lavé la salle de bains, lessivé le sol de la cuisine, jeté les ordures à recycler dans les containers, rangé toutes les boîtes de conserve du placard dans l'ordre alphabétique inversé, étiquettes face à moi. J'avais ciré mes deux paires de chaussures. J'avais lu le journal, fait tous les mots croisés et résolu toutes les énigmes.

Je me suis raclé la gorge avant de parler, me rendant compte que je n'avais pas prononcé un mot depuis près de douze heures ; depuis que j'avais donné mon adresse au chauffeur de taxi. Ce n'était pas si mal : en général, je prononce mon dernier mot de la semaine le vendredi soir, quand j'indique mon arrêt au chauffeur d'autobus, et ne reprends la parole que le lundi suivant pour saluer son collègue qui me conduit au travail.

— Eleanor ?

C'était Raymond, bien sûr.

— Elle-même, ai-je dit, assez sèchement.

Qui d'autre espérait-il entendre en appelant ce numéro ? Encore cette toux grasse de fumeur : berk.

— Hum, bon, je voulais juste vous prévenir que je retourne voir Sammy tout à l'heure. Je me demandais si vous vouliez m'accompagner.

— Pourquoi ?

Il a marqué une longue pause. Bizarre. Ma question était pourtant limpide.

— Eh bien… j'ai téléphoné à l'hôpital, et il va beaucoup mieux, il est réveillé, on va l'installer dans une chambre normale. J'ai pensé… Je me suis dit que ce serait sympa d'aller le voir, au cas où il aurait des questions sur ce qui lui est arrivé.

Je réfléchissais un peu au ralenti, je n'avais pas le temps de bien peser les conséquences de ma réponse. Avant même que je comprenne ce qui m'arrivait, nous étions convenus de nous retrouver à l'hôpital dans l'après-midi. J'ai raccroché et jeté un œil à l'horloge murale du salon, placée au-dessus de la cheminée (celle que j'ai achetée dans une boutique de la Croix-Rouge : Power Rangers, avec une bordure bleu électrique ; j'ai toujours trouvé qu'elle donnait un petit air de *joie de vivre** désinvolte au salon). J'avais plusieurs heures devant moi avant le rendez-vous.

J'ai décidé de prendre mon temps pour me préparer, et me suis regardée dans le miroir pendant que l'eau de la douche l'embuait. Pourrais-je jamais devenir la muse d'un musicien ? Qu'est-ce que ça signifiait, d'abord ? Je connaissais l'acception classique du mot, bien entendu, mais, de nos jours, dans les faits, j'avais l'impression qu'une muse n'était rien de plus qu'une femme séduisante avec laquelle un artiste avait envie de coucher.

J'ai pensé à tous ces tableaux de jeunes femmes voluptueuses faisant étalage de leurs courbes splendides, ces danseuses faméliques aux immenses yeux innocents, ces beautés noyées flottant sur l'eau, entourées de fleurs, dans leurs chemises de nuit légères. Je n'étais ni voluptueuse ni famélique. J'avais un corps normal et un visage normal (d'un côté, au moins). Les hommes se regardaient-ils dans le miroir, se trouvaient-ils des imperfections physiques majeures ? Quand ils ouvraient un journal ou regardaient un film dans lequel on ne voyait que des jeunes hommes d'une beauté exceptionnelle, se sentaient-ils intimidés, inférieurs parce qu'ils n'étaient ni aussi jeunes ni aussi beaux qu'eux ? Aimaient-ils lire les articles qui ridiculisaient lesdits jeunes hommes quand ils prenaient du poids ou portaient des tenues peu avantageuses ?

Il s'agissait là de questions purement rhétoriques, évidemment.

Je me suis encore regardée. J'étais bien portante, robuste. Mon cerveau fonctionnait correctement et ma voix était assez sonore, quoique peu mélodieuse ; la fumée avait endommagé mes cordes vocales de manière irréparable, il y avait bien longtemps. J'avais des cheveux, des oreilles, des yeux et une bouche. J'étais un être humain de sexe féminin, ni plus ni moins.

Même mon profil digne d'une galerie des monstres – ma moitié abîmée – valait mieux que son alternative, à savoir la mort par le feu. J'ai émergé des flammes tel un petit phœnix. J'ai posé les doigts sur les tissus scarifiés et caressé leurs contours. Je n'ai pas brûlé, maman. J'ai traversé les flammes et j'ai survécu.

J'ai également des cicatrices sur le crâne, aussi épaisses et vilaines que celles qui me défigurent. Je sais qu'elles sont là. J'espère qu'il reste un peu de tissus intacts, une petite zone par laquelle l'amour pourra entrer et ressortir. Je l'espère.

9

Raymond m'attendait à l'entrée de l'hôpital. Je l'ai vu se baisser pour allumer la cigarette d'une femme en fauteuil roulant. Elle avait au bras une perfusion reliée à un pied à roulettes ; ainsi, elle pouvait se détruire la santé pendant que l'argent des contribuables servait à la remettre sur pied. Raymond s'est mis à lui parler tandis qu'elle fumait, tirant lui-même sur sa cigarette. Il s'est penché vers elle et lui a dit quelque chose qui l'a fait éclater de rire, un ricanement de mégère terminé par une quinte de toux. Je me suis approchée prudemment, craignant les effets délétères du nuage de fumée toxique. Quand Raymond a remarqué ma présence, il a écrasé sa cigarette et s'est avancé d'un pas tranquille. Il portait un jean qui lui tombait sur les hanches de manière disgracieuse ; quand il me tournait le dos, un instant plus tôt, j'avais eu la vision embarrassante de deux ou trois centimètres de caleçon – un horrible modèle violet impérial – et d'une peau blême couverte de taches de rousseur qui m'a fait penser au corps d'une girafe.

— Salut, Eleanor, a-t-il lancé en se frottant les mains sur son pantalon, comme pour les essuyer. Comment ça va aujourd'hui ?

J'ai été horrifiée de le voir approcher comme pour m'embrasser. J'ai reculé d'un coup, mais pas assez vite pour échapper à des effluves de cigarette et à une autre odeur, plus âcre, chimique, déplaisante. Je l'ai soupçonné d'utiliser une eau de Cologne pour hommes bon marché.

— Bonjour, Raymond. Pouvons-nous y aller ?

Nous avons pris l'ascenseur jusqu'au service 7. Raymond m'a servi un récit long et fastidieux de sa soirée de la veille ; apparemment, ses amis et lui s'en étaient « taillé une bonne tranche » – quoi qu'il puisse vouloir dire par là – en effectuant une mission de *Grand Theft Auto* puis en jouant au poker. Je ne comprenais pas pourquoi il me racontait ça. Je ne lui avais rien demandé, en tout cas. Quand il a enfin terminé son récit, il m'a interrogée sur ma soirée.

— J'ai mené des recherches, lui ai-je répondu, peu désireuse de ternir le souvenir de mon aventure en la lui racontant. Regardez ! ai-je enchaîné. Le service 7 !

Raymond était aussi facile à distraire qu'un enfant ou un chiot. Nous nous sommes relayés devant le distributeur de gel antibactérien avant d'entrer dans la chambre ; la sécurité avant tout, bien que mes mains irritées se fussent à peine remises de mon éruption cutanée.

Sammy se trouvait dans le lit le plus proche de la fenêtre. Il lisait le *Sunday Post*. Nous voyant approcher, il nous a fusillés du regard par-dessus ses lunettes ; une attitude des plus inamicales. Raymond s'est raclé la gorge.

— Salut, monsieur Thom, a-t-il lancé. Je m'appelle Raymond, et voici Eleanor. (J'ai salué le vieil homme de la tête.) Nous, euh, c'est nous qui vous avons trouvé lorsque vous avez eu votre petit étourdissement, et je suis monté avec vous dans l'ambulance, a continué Raymond. Nous passions juste vous dire bonjour, voir comment vous alliez…

J'ai tendu la main. Sammy l'a regardée avec des yeux ronds.

— Hein ? Vous êtes *qui* ?

Il semblait inquiet, et un brin agressif. Raymond s'apprêtait à répéter ses explications quand le vieillard a levé une main pour lui demander le silence. Pour un homme en pyjama à rayures et aux cheveux blancs duveteux comme un pigeonneau, il en imposait.

— Attendez, une minute je vous prie, a-t-il dit.

Il s'est penché sur sa table de nuit et a attrapé un objet. Nous avons reculé d'un pas, d'instinct ; qui sait ce qu'il pouvait nous brandir ? Il a inséré quelque chose dans son oreille et l'a tripoté un moment tandis qu'un bruit strident s'élevait de sa tempe. Le bruit s'est arrêté, et il nous a souri.

— Bien, a-t-il dit, c'est mieux. *Maintenant*, le chien peut voir le lapin, hein ? Alors, pourquoi êtes-vous venus tous les deux, bon sang ? Vous allez encore essayer de me louer une télé ? J'en veux pas, fiston, je l'ai déjà dit à vos copains. Pas question de dépenser du bon argent pour rester allongé là et regarder toutes ces conneries ! Des gros qui font de la danse de salon, des hommes qui font des gâteaux, pour l'amour de Dieu !

Une fois de plus, Raymond s'est raclé la gorge et a fait les présentations, tandis que je tendais à nouveau la main à Sammy. Son expression a changé instantanément, et il a souri jusqu'aux oreilles.

— Oh, c'était donc *vous* ? Je n'ai pas arrêté de demander aux infirmières qui m'avait sauvé la vie

– « Qui m'a emmené ici ? », « Comment je suis arrivé ici ? » –, mais elles ont été incapables de me répondre. Asseyez-vous, allez, asseyez-vous près de moi et parlez-moi de vous. Je ne vous remercierai jamais assez pour ce que vous avez fait, c'est impossible.

Il a hoché la tête, la mine plus sombre.

— Tout ce que vous entendez de nos jours, c'est que le monde ne tourne plus rond, que nous sommes entourés de pédophiles et d'escrocs, mais c'est faux. Ce serait oublier que le monde est plein de gens ordinaires et dignes comme vous deux, des bons Samaritains qui s'arrêtent toujours pour aider un être dans le besoin. Attendez de rencontrer ma famille ! Ils vont être aux anges, c'est sûr !

Il a reposé la tête sur ses oreillers, fatigué d'avoir parlé. Raymond est allé me chercher une chaise en plastique, puis en a pris une pour lui-même.

— Alors, comment allez-vous, monsieur Thom ? a-t-il demandé. Vous avez passé une bonne nuit ?

— Appelez-moi Sammy, fiston, pas besoin d'être cérémonieux. Je vais bien, merci ; je serai frais comme un gardon en un rien de temps. Vous et votre épouse m'avez purement et simplement sauvé la vie.

Pendant que Raymond se tortillait sur sa chaise, je me suis approchée du vieil homme.

— Monsieur Thom, ai-je soufflé.

Il a remué les sourcils d'une manière déconcertante.

— Sammy, me suis-je immédiatement reprise.

Il a hoché la tête.

— Je crains de ne devoir rétablir la véracité des faits, ai-je repris. Premièrement, nous ne vous avons pas sauvé la vie. Le mérite en revient au Samu, dont les ambulanciers, quoiqu'un peu brusques, ont fait ce qu'il fallait pour stabiliser votre état le temps de vous conduire ici. À l'équipe hospitalière, y compris l'anesthésiste et le chirurgien orthopédiste qui vous a opéré de la hanche, ainsi qu'à tout le personnel soignant qui vous a administré les soins postopératoires. Ce sont eux, et eux seuls, qui vous ont sauvé la vie. Raymond et moi nous sommes contentés d'appeler les secours et de vous tenir compagnie jusqu'à ce que les services nationaux de santé vous prennent en charge.

— Oui, Dieu bénisse les services nationaux de santé, bien sûr, m'a interrompue Raymond avec grossièreté.

Je l'ai gratifié de mon regard le plus sévère.

— En outre, ai-je continué, j'aimerais corriger une méprise *au plus vite* : Raymond et moi ne sommes que des collègues de bureau. Nous ne sommes absolument *pas* mariés.

J'ai plongé mes yeux dans ceux de Sammy afin de ne laisser aucune place au doute. Sammy a regardé Raymond, qui lui a retourné son regard. Le silence qui a suivi m'a paru un peu gêné. Raymond s'est avancé au bord de sa chaise.

— Alors, où habitez-vous, Sammy ? Que faisiez-vous, l'autre jour, quand vous avez eu votre accident ?

Sammy lui a souri.

— Je suis d'ici, fiston. Né à Glasgow. Je fais toujours mes courses le vendredi. Je n'étais pas dans mon assiette l'autre matin, c'est vrai, mais je pensais que ce n'était qu'une angine. Je ne m'attendais pas à me retrouver ici !

Il a pris un caramel mou dans un gros sac posé sur ses genoux, puis nous a tendu le paquet. Raymond s'est servi mais j'ai refusé l'offre. L'idée de grignoter une friandise mollassonne réchauffée par l'entrejambe de Sammy (même si son pyjama de flanelle et une couverture séparaient ses parties du sachet de caramels) me répugnait.

Les deux hommes mastiquaient bruyamment. J'en ai profité pour jeter un œil à mes mains et j'ai remarqué qu'elles étaient à vif, presque brûlées ; je n'étais toutefois pas mécontente que l'alcool ait tué tous les germes et les bactéries tapis dans l'hôpital. Et sans doute sur moi.

— Et vous deux ? Vous venez de loin ? s'est enquis Sammy. Séparément, j'entends, s'est-il empressé d'ajouter en me décochant un regard.

— J'habite dans le sud de la ville, a dit Raymond, et Eleanor… vous habitez le West End, n'est-ce pas ?

J'ai hoché la tête, n'ayant aucune envie de me montrer plus précise quant à mon lieu de résidence. Sammy nous a interrogés sur notre travail, et j'ai laissé Raymond lui répondre ; les observer me suffisait. Sammy avait l'air vulnérable, comme le serait tout homme vêtu d'un pyjama dans un lieu public, mais il paraissait plus jeune que je ne l'avais cru – soixante-dix ans tout au plus, estimais-je – et avait des yeux bleu marine remarquables.

— Je ne connais rien au graphisme, a-t-il dit. Ça m'a l'air bien compliqué. Moi, j'étais facteur. Mais j'ai arrêté au bon moment ; je peux vivre de ma retraite, à condition de rester raisonnable. Tout a changé, maintenant – je suis content de ne plus faire ce travail. Ils ont tout foutu en l'air. De mon temps, c'était encore un service public digne de ce nom…

Raymond a acquiescé.

— C'est juste. Je me souviens du temps où on recevait son courrier le matin avant de partir de chez soi, et il y avait aussi une distribution à midi, non ? Désormais, ça arrive au milieu de l'après-midi, et encore, quand ça arrive…

Je dois reconnaître que cette conversation sur la poste m'ennuyait un peu.

— Combien de temps pensez-vous rester ici, Sammy ? suis-je intervenue. Je vous le demande parce que les risques de contracter une infection postopératoire augmentent de manière significative à mesure que le séjour à l'hôpital s'allonge. Gastro-entérite, staphylocoque doré, *Clostidium difficile…*

Une fois de plus, Raymond m'a interrompue :

— Ouais, et je parie que les repas ne sont pas terribles non plus, pas vrai, Sammy ?

Le vieil homme a ri.

— Vous n'avez pas tort là-dessus, fiston. Si vous aviez vu ce qu'ils m'ont servi ce midi. C'était supposé être de l'Irish stew… ça ressemblait davantage à du Pedigree Pal. L'odeur aussi.

— Voulez-vous qu'on vous apporte quelque chose, Sammy ? Nous pourrions faire un saut à la boutique du rez-de-chaussée, ou revenir plus tard dans la semaine avec des provisions ?

Raymond s'est tourné vers moi, et j'ai acquiescé. Je n'avais aucune raison de rejeter cette proposition. C'était plutôt agréable de penser que j'étais en mesure d'aider une personne âgée qui souffrait de malnutrition. J'ai réfléchi à ce que je pourrais lui apporter, aux aliments que l'on pouvait transporter sans mal. Je me suis demandé si Sammy apprécierait des pâtes au pesto froides ; je pourrais en préparer une double portion pour le souper, un soir, et lui apporter le reste le lendemain dans un Tupperware. Je ne possédais pas de Tupperware, n'en ayant jamais eu besoin jusqu'alors, mais je pouvais aller en acheter un dans un grand magasin. C'était tout à fait le genre de chose que ferait une femme de mon âge et de ma classe sociale en pareille circonstance. Tout à fait exaltant !

— Oh, c'est trop gentil, fiston, a dit Sammy (ce qui a un peu calmé mon enthousiasme), mais ce ne sera pas utile. Ma famille passe tous les jours, deux fois par jour, même.

Il avait prononcé ces derniers mots avec une fierté évidente.

— Je n'arrive même pas à finir ce qu'ils m'apportent. Il y en a tellement ! Je suis obligé d'en donner la plus grande partie, a-t-il dit en désignant ses compagnons de chambre d'un geste de la main.

— Quels sont les membres de votre famille ? ai-je demandé, un peu étonnée par cette révélation. Je pensais que vous étiez célibataire et sans enfants, comme nous.

Raymond s'est tortillé sur sa chaise.

— Je suis veuf, Eleanor, m'a répondu Sammy. Jean est morte il y a cinq ans – d'un cancer. Il l'a emportée d'un coup, à la fin.

Il s'est tu et s'est redressé.

— J'ai deux fils et une fille. Keith, l'aîné, est marié et a trois petits. Trois galopins, a-t-il dit, l'œil pétillant. Gary est le cadet ; Gary et Michelle ne sont pas mariés mais ils vivent ensemble. C'est la nouvelle mode, semble-t-il. Et Laura, ma benjamine… bah, Dieu seul sait ce qui lui passe par la tête. Trente-cinq ans et déjà divorcée deux fois, vous y croyez ? Elle a sa propre petite entreprise, une belle maison, une voiture… mais elle n'arrive pas à se trouver un bon gars. Et quand elle en rencontre un, elle n'arrive pas à rester avec.

Je trouvai cela très intéressant.

— Je conseillerais à votre fille de ne pas s'inquiéter, ai-je dit, sûre de mon fait. Si je me fie à ma récente expérience, l'homme idéal surgit quand on s'y attend le moins. Le destin le jette en travers de votre route, et la Providence s'arrange pour que vous finissiez ensemble.

Raymond a émis un drôle de son, entre la toux et l'éternuement.

Sammy m'a adressé un sourire affable.

— C'est vrai ? Dans ce cas, vous le lui direz vous-même, petite. Ils seront tous là d'un instant à l'autre.

Une infirmière a surgi à ce moment précis, comme si elle avait entendu ces dernières paroles. Elle était obèse et portait des sabots en plastique avec des chaussettes rayées noir et jaune fabuleuses. Ses pieds ressemblaient à de grosses guêpes. Je me suis promis de lui demander où elle les avait achetées avant de partir.

— Trois visiteurs par lit maximum, a-t-elle lancé, et nous n'autoriserons aucune exception aujourd'hui, j'en ai peur.

Elle n'avait pas du tout l'air d'en avoir peur. Raymond s'est levé.

— Nous allons laisser la place à votre famille, Sammy, a-t-il dit.

Moi aussi, je me suis levée ; il me semblait opportun de le faire.

— Attendez, y a pas le feu.

— Pourrions-nous repasser plus tard dans la semaine ? ai-je demandé. Aimeriez-vous que nous vous apportions un magazine ou un périodique en particulier ?

— Eleanor, comme je l'ai dit, vous m'avez sauvé la vie, vous êtes de la famille, maintenant. Venez me rendre visite quand vous voulez. Je serai ravi de vous revoir, petite, a déclaré Sammy.

Ses yeux humides me faisaient penser à des pervenches plongées dans la mer. Je lui ai tendu la main, mais, au lieu de la serrer, il a refermé les siennes sur les deux miennes. En temps normal, ce geste m'aurait horrifiée, mais j'étais prise de court. Ses mains étaient larges et tièdes, comme des pattes d'ours, et, en comparaison, les miennes paraissaient petites et fragiles. Il avait les ongles longs et irréguliers, et des poils gris couraient du dos de ses mains jusque sous les manches de son pyjama.

— Merci encore, Eleanor, a-t-il murmuré, ses yeux plongés dans les miens, en serrant fort ma main. Merci, ma petite. Merci d'avoir pris soin de moi et de m'avoir apporté mes provisions.

Bizarrement, je n'avais pas envie de me soustraire à cette étreinte chaude et puissante. Raymond a toussoté : une réaction de ses poumons à une exposition de plus d'une demi-heure à une atmosphère non cancérigène, à n'en pas douter.

J'ai dégluti, soudain à court de mots.

— Je repasserai dans la semaine avec des provisions, dans ce cas, ai-je fini par dire. Promis.

Sammy a acquiescé.

— À bientôt, alors ?

Il nous a salués de la main tandis que nous sortions de la chambre, et continuait à nous faire signe en souriant quand nous avons tourné à l'angle du couloir pour nous diriger vers l'ascenseur.

Aucun de nous n'a prononcé une parole avant d'avoir quitté l'hôpital.

— Quel gars adorable, hein ? a dit Raymond, pour la forme, m'a-t-il semblé.

J'ai hoché la tête, essayant de faire durer le sentiment de bien-être et de sécurité que m'avaient procuré les mains et le regard bon et chaleureux de Sammy. J'ai été consternée de sentir des larmes se former dans mes yeux ; j'ai détourné la tête pour les essuyer avant qu'elles se mettent à couler. Malheureusement, Raymond, qui d'ordinaire était l'homme le moins observateur qu'on puisse imaginer, a remarqué mon geste.

— Qu'allez-vous faire du reste de la journée, Eleanor ? m'a-t-il demandé avec douceur.

J'ai consulté ma montre. Il serait bientôt 16 heures.

— Je crois que je vais rentrer chez moi. Lire un moment, peut-être. Tout à l'heure, à la radio, il y a une émission dans laquelle les auditeurs demandent que soient rediffusés des extraits des programmes qui leur ont plu durant la semaine. Je la trouve souvent plutôt distrayante.

Je me disais aussi que je pourrais m'acheter une bouteille de vodka d'un demi-litre, pour compléter ma réserve. Je brûlais d'envie de retrouver cette sensation vive que me procurait l'alcool, cette sensation de tristesse intense, suivie de la bienheureuse torpeur. Et puis, j'avais lu la date sur le journal de Sammy : celle de mon anniversaire. C'est bête, j'avais oublié de demander à l'infirmière où elle avait acheté ses chaussettes guêpes ; j'aurais pu me faire ce cadeau.

J'ai décidé de m'acheter un freesia, à la place. J'ai toujours adoré la senteur délicate et les couleurs douces de cette plante, plus modestes mais bien plus belles que celles, trop criardes, du tournesol ou de la rose rouge.

Raymond me dévisageait.

— Je vais chez ma mère, a-t-il dit.

J'ai de nouveau hoché la tête, puis je me suis mouchée et ai remonté le zip de mon pourpoint, prête à partir.

— Dites… ça vous dirait de m'accompagner ? m'a-t-il lancé juste au moment où j'allais me diriger vers la grille de l'hôpital.

Il n'en est pas question, ai-je pensé.

— Je lui rends visite presque tous les dimanches, a-t-il continué. Elle ne sort pas beaucoup, je suis certain qu'elle serait heureuse de voir un nouveau visage.

— Même un visage comme le mien ?

J'imaginais mal quiconque prendre plaisir à regarder mon visage, que ce soit pour la première ou la mille et unième fois. Raymond a fouillé dans ses poches, faisant la sourde oreille.

J'ai réfléchi à sa suggestion pendant qu'il allumait une autre cigarette. Je pourrais toujours acheter la vodka et les fleurs sur le chemin du retour, sans compter que ça serait intéressant de découvrir l'intérieur d'une autre personne. J'ai essayé de me souvenir de la dernière fois que ça m'était arrivé. Je m'étais retrouvée dans le couloir de l'appartement de mes voisins du dessous, il y a quelques années ; je leur apportais un colis que j'avais réceptionné pour eux. L'endroit empestait l'oignon, et un affreux lampadaire trônait dans un coin. Et aussi, plusieurs années avant cela, l'une des réceptionnistes du bureau avait donné une soirée à laquelle elle avait convié toutes les employées de la boîte. Son appartement était très beau, il se trouvait dans une vieille maison traditionnelle avec des vitraux, du bois d'acajou et de magnifiques moulures. La « soirée » elle-même n'était qu'un prétexte, une ruse pour lui offrir l'opportunité de nous vendre des sex toys. Un spectacle des plus affligeants ; dix-sept femmes soûles comparant l'efficacité d'un assortiment de vibromasseurs d'une grosseur effrayante. Je suis partie au bout de dix minutes, après avoir descendu un verre de pinot gris tiédasse et esquivé une question outrageante sur ma vie privée posée par la cousine de notre hôtesse.

Oh, je n'ignore rien du concept de bacchanales et des rites dionysiaques, mais il me paraît totalement déplacé que des femmes puissent avoir envie de passer une soirée à boire et à acheter de tels articles pour « se distraire ». L'union sexuelle entre deux amants devrait être une chose sacrée, et privée. Pas un sujet de discussion avec des inconnues devant des échantillons de sous-vêtements comestibles. Quand nous passerons notre première nuit ensemble, le musicien et moi, la fusion de nos corps devra s'harmoniser à celle de nos esprits, de nos âmes. Son altérité ; l'ombre noire sous son bras, la pointe de sa clavicule. La pulsation du sang dans le creux de son coude. La chaleur soyeuse de ses lèvres quand il me soulèverait dans ses bras et…

— Hum, Eleanor ? Ohé ? Je vous disais que… il faut nous dépêcher pour ne pas manquer le bus, si vous m'accompagnez chez maman.

Je suis revenue de mauvaise grâce vers le présent importun et la silhouette trapue de Raymond, avec son sweat-shirt à capuche malpropre et ses baskets sales. Sa mère se révélerait peut-être d'une compagnie spirituelle et agréable.

10

Évidemment, Raymond ne possédait pas de voiture. Il devait avoir trente-cinq ans, et cependant il avait un petit côté adolescent attardé, pas tout à fait adulte. Sa tenue vestimentaire y était pour beaucoup, bien sûr. Je ne lui avais jamais vu de chaussures en cuir aux pieds ; il portait des baskets en toutes occasions, et semblait en posséder une quantité de paires de style et de couleurs variés. J'ai remarqué que la plupart des personnes qui portent des tenues de sport dans la vie de tous les jours sont les moins susceptibles de pratiquer une activité athlétique.

Le sport est un mystère pour moi. À l'école primaire, les jours de gymnastique étaient ceux où les élèves les moins doués dans les matières importantes triomphaient en remportant des concours de course en sac, ou pour avoir couru du point A au point B plus vite que leurs camarades. Et qu'ils étaient fiers de se pavaner, le lendemain, avec leurs médailles épinglées à leur blazer ! Comme si la deuxième place dans une course avec un œuf dans une petite cuillère pouvait compenser leur inaptitude à intégrer les principes de l'élision.

Au collège, l'éducation physique était incompréhensible. On nous obligeait à porter une tenue spéciale pour courir pendant des heures autour d'un terrain, parfois avec une espèce de bâtonnet en fer que l'on devait donner à quelqu'un d'autre. Quand nous ne courions pas, nous sautions, dans un bac à sable ou par-dessus des barres montées sur pieds. Et il fallait nous exécuter d'une manière particulière ; nous ne pouvions pas nous contenter de courir ou de sauter, nous devions, d'abord, sautiller bizarrement puis bondir. J'avais demandé pourquoi, mais aucun de mes professeurs d'éducation physique (dont la plupart, ai-je pu constater, avaient du mal à lire l'heure) n'avait été capable de me répondre. Je trouvais bizarre que l'on impose ces activités à des jeunes gens qui ne s'y intéressaient pas le moins du monde ; je suis certaine qu'elles n'ont servi qu'à décourager la plupart d'entre nous de s'adonner à la moindre activité sportive pour le restant de leurs jours. J'ai la chance d'être souple et gracieuse de nature, et j'aime marcher, alors j'ai toujours su me maintenir en bonne forme. Maman a une répulsion particulière pour l'obésité (« Sale goinfre apathique », sifflait-elle entre ses dents quand une personne grosse passait à côté de nous en se dandinant), et j'ai peut-être adopté en partie cette vision des choses.

Raymond n'était pas obèse, mais il était replet et un peu dodu. On ne distinguait aucun de ses muscles, et je le soupçonnais de ne pas se servir très régulièrement de ceux de ses avant-bras. Ses goûts vestimentaires, jeans informes, tee-shirts trop grands imprimés de slogans et d'images infantiles, ne faisaient rien pour avantager son physique peu avenant. Il ressemblait plus à un ado qu'à un homme. Son eau de toilette n'avait pas davantage de caractère, et il était souvent mal rasé – il n'arborait pas tant une barbe naissante qu'une série de touffes éparses qui lui donnaient l'air négligé. Ses cheveux d'un blond cendré terne, coupés court, faisaient l'objet d'une attention minimale ; au mieux, il devait les frotter avec une serviette après chaque shampoing. Son aspect général était celui d'un homme qui, sans aller jusqu'à dire qu'il avait l'air d'un vagabond, semblait avoir passé la nuit précédente dans un bouge ou sur la moquette d'un salon quelconque.

— Voilà notre bus, Eleanor, a-t-il dit en me flanquant un coup de coude grossier.

J'avais déjà sorti ma carte de transport, mais, comme j'aurais dû m'y attendre, Raymond n'en possédait pas. Il préférait se ruiner plutôt que de s'organiser à l'avance. Et j'ai vite compris qu'il n'avait même pas l'appoint, j'ai été obligée de lui prêter 1 livre. Je comptais bien la récupérer le lendemain.

Le trajet jusque chez sa mère a duré une vingtaine de minutes, durant lesquelles je lui ai exposé les avantages qu'offrait une carte de transport, l'endroit où il pouvait s'en procurer une, le nombre de trajets qu'il fallait accomplir pour amortir cette dépense, et même voyager gratuitement. Il n'a pas semblé spécialement intéressé, et ne m'a même pas remerciée. Quel rustre !

Nous avons traversé un lotissement de maisons blanches, composé de quatre types de constructions agencées selon un ordre répétitif. Toutes avaient une voiture presque neuve dans leur allée. Des petits vélos avec roulettes et des paniers de basket fixés au mur des garages suggéraient la présence d'enfants, mais on n'en voyait aucun nulle part. Les rues portaient des noms de poètes – allée Wordsworth, passage Shelley, butte Keats – sans doute choisis par le service marketing du promoteur. Uniquement des poètes que les gens qui aspiraient à ce genre de lieu de vie seraient aptes à reconnaître, des poètes qui avaient écrit sur des urnes, des fleurs et des nuages glissant dans le ciel. À en juger par mon passé, j'avais davantage de chances de finir dans une impasse Dante ou une promenade Poe.

Je connaissais bien ce type de quartier, ayant moi-même vécu dans plusieurs maisons identiques de rues assez semblables au gré de mes divers placements. On ne trouvait pas de retraités, ici, ni de personnes seules, en dehors des rares divorcés. Et, dans l'idéal, deux voitures presque neuves occupaient chaque allée. Les familles venaient et repartaient, ces domiciles-là étaient provisoires, un peu comme des décors de théâtre montés à la va-vite et prêts à être déplacés à tout moment. J'ai frissonné et chassé les mauvais souvenirs de mon esprit.

La mère de Raymond habitait une maison mitoyenne proprette derrière une rangée de bâtisses plus récentes, aux façades en crépi. Un logement social. Ces rues-là portaient les noms d'obscurs hommes politiques locaux. Les propriétaires des maisons individuelles, eux, avaient installé des fenêtres à double vitrage en PVC ou ajouté à leur bien de petites vérandas. Le logement social de la famille de Raymond était resté dans son jus.

Au lieu d'entrer par la porte principale, Raymond a fait le tour de la maison. Le jardin de derrière se composait d'un cabanon aux fenêtres garnies de voilages ajourés et d'un carré de pelouse équipé de cordes à linge. La dernière lessive flottait au vent, étendue avec une précision militaire pour former une ligne de draps blancs et de serviettes, et une autre de sous-vêtements gainants à faire peur. Il y avait aussi un petit potager avec des plants de rhubarbe d'une luxuriance tropicale, et des rangées bien droites de carottes, de poireaux et de choux. La symétrie et la précision de l'ensemble me paraissaient admirables.

Raymond a poussé la porte de derrière sans même frapper, et hurlé « bonjour » en entrant dans la petite cuisine. Une délicieuse odeur de soupe, chaude et salée, émanait d'une grosse marmite posée sur la plaque de cuisson. Le sol et toutes les surfaces étaient d'une propreté immaculée, et j'étais certaine que, s'il me prenait l'envie d'ouvrir un tiroir ou un placard, tout serait aussi net et bien rangé. Le décor était simple et fonctionnel, avec quelques touches kitsch çà et là. Il y avait un grand calendrier avec une affreuse photo de deux chatons dans un panier, et une sorte de poupée de chiffon servant à stocker les sachets en plastique pendait à la poignée de la porte. J'ai remarqué une tasse, un verre et une assiette sur l'égouttoir.

Nous avons emprunté un couloir minuscule pour gagner un salon aussi impeccable que le reste, qui sentait la cire à plein nez. Un vase de chrysanthèmes reposait sur le rebord de la fenêtre, et un fatras de photos encadrées et de bibelots trônait derrière les portes vitrées d'un vieil argentier, telles des saintes reliques. Une vieille dame assise dans un fauteuil s'est inclinée, a attrapé une télécommande et fait taire une gigantesque télévision. Elle regardait une émission dans laquelle des gens faisaient évaluer de vieux objets puis, quand ils découvraient qu'ils avaient de la valeur, prétendaient y être trop attachés pour les vendre. Trois chats se prélassaient sur le canapé ; deux d'entre eux ont coulé vers nous un regard furieux, le troisième s'est contenté d'ouvrir un œil puis de le refermer sans daigner nous accorder plus d'attention.

— Raymond, mon fils ! Viens ici, assieds-toi, a piaillé la vieille dame en désignant le canapé et en se penchant pour, d'un geste de la main, en chasser les trois créatures.

— J'ai amené une amie du bureau, m'man, j'espère que ça n'est pas un problème ? a-t-il répondu en allant l'embrasser sur la bouche.

Je me suis approchée et lui ai tendu la main.

— Eleanor Oliphant, ravie de vous rencontrer.

Elle a refermé ses mains sur la mienne, exactement comme l'avait fait Sammy.

— C'est un plaisir de vous avoir ici, ma petite, c'est toujours un plaisir de recevoir les amis de Raymond. Asseyez-vous, je vous en prie. Je suis sûre qu'une tasse de thé ne sera pas de refus. Qu'est-ce que vous prendrez ?

Elle s'apprêtait à se lever quand j'ai remarqué le déambulateur à côté de son fauteuil.

— Ne bouge pas, m'man, je m'en occupe, est intervenu Raymond. Tu en boiras aussi ?

— Avec joie, fiston. Il y a des biscuits, des Wagon Wheels, tes préférés.

Raymond est retourné à la cuisine et je me suis assise sur le canapé, à droite de sa mère.

— C'est un bon garçon, mon Raymond, a-t-elle déclaré avec fierté.

Ne sachant que répondre, j'ai opté pour un petit signe de tête.

— Donc, vous travaillez ensemble ? a-t-elle repris. Vous réparez des ordinateurs, vous aussi ? Dieu du

Ciel, les filles savent tout faire, de nos jours, pas vrai ?

Elle était aussi impeccable et soignée que sa maison, avec son chemisier boutonné jusqu'au col et fermé par une broche en perles, et des pantoufles en velours bordeaux doublées de peau de mouton qui paraissaient très confortables. Elle devait avoir dans les soixante-dix ans et, lorsque nous avions échangé une poignée de main, j'avais remarqué que ses articulations étaient grosses comme des prunes.

— Je travaille à la comptabilité, madame Gibbons, ai-je dit.

Je lui ai parlé de mon travail et elle m'a écoutée, l'air fascinée, acquiesçant et ponctuant mon discours de : « Ah, oui, vraiment ? » et : « Oh, comme c'est intéressant ». Lorsque j'ai terminé mon monologue, ayant épuisé les sujets de discussion limités qu'offrent les comptes clients, elle a souri.

— Êtes-vous de la région, Eleanor ? a-t-elle demandé avec douceur.

En général, je déteste être interrogée de la sorte, mais son intérêt était si sincère et bien intentionné que je lui ai dit dans quel quartier j'habitais, sans toutefois aller jusqu'à lui donner mon adresse. Il n'est jamais bon de révéler son lieu de résidence à des inconnus.

— Vous n'avez pas d'accent, pourtant ? a-t-elle répondu, formulant par là même une deuxième question.

— J'ai passé ma petite enfance dans le Sud. Je suis arrivée en Écosse quand j'avais dix ans.

— Ah, je comprends mieux, a-t-elle dit, visiblement satisfaite.

J'avais déjà eu l'occasion de constater que la formule « dans le Sud » suffisait aux Écossais, qui ne cherchaient jamais à en savoir plus ; j'imagine que, pour eux, elle désignait une région générique, le comté d'Angleterre, celui des amateurs de régates et de chapeaux melon, comme si Liverpool et les Cornouailles en faisaient partie et étaient habités par le même genre de personnes. Je n'ai jamais compris pourquoi.

Raymond est revenu avec le thé et un paquet de Wagon Wheels sur un plateau en plastique tape-à-l'œil.

— Raymond ! Tu aurais tout de même pu mettre le lait dans un pot ! Nous avons une invitée ! s'est exclamée sa mère.

— Ce n'est qu'Eleanor, m'man, a-t-il dit, en me regardant du coin de l'œil. Ça ne vous dérange pas, hein ?

— Pas du tout, ai-je répondu. Moi aussi je me contente du pack, à la maison. Ce n'est qu'un moyen commode de verser un liquide dans une tasse ; je dirais même que c'est sans doute plus hygiénique qu'un pot à lait sans couvercle.

Je me suis penchée pour prendre un biscuit. Raymond en grignotait déjà un. Mère et fils se sont mis à parler de choses et d'autres, et je me suis laissée retomber contre le dossier du canapé. Leurs voix n'étaient pas stridentes, et je pouvais concentrer mon attention sur le *tic-tac* sonore de la pendulette de cheminée. Il faisait chaud, mais la chaleur n'était pas oppressante. L'un des chats, couché sur le flanc devant l'âtre, s'est étiré de tout son long en frémissant, puis s'est rendormi. Il y avait une photo jaunie, d'un autre âge, à côté de la pendulette : un homme, le père de Raymond à n'en pas douter, portait un toast, une flûte de champagne à la main, et souriait au photographe.

— C'est le père de Raymond, m'a confirmé sa mère, suivant mon regard.

Elle a souri.

— Cette photo a été prise le jour où Raymond a eu ses résultats du bac, a-t-elle déclaré avec fierté. Notre Raymond est le premier de la famille à être allé à l'université. Son père était heureux comme un pape. Je regrette seulement qu'il n'ait pas pu assister à la cérémonie de remise des diplômes de fin d'études. Quelle journée, hein, Raymond ?

Son fils a hoché la tête en souriant.

— Il est mort d'une crise cardiaque peu après mon entrée à la fac, m'a-t-il expliqué.

— Il n'a pas pu profiter de sa retraite, a dit sa mère. Ça arrive souvent.

Il y a eu un silence.

— Que faisait-il, dans la vie ? ai-je demandé.

Cela ne m'intéressait pas plus que ça, mais je sentais qu'il était de bon ton de poser la question.

— Ingénieur gazier, a répondu Raymond.

— Il a travaillé dur toute sa vie, a dit sa mère, et nous n'avons jamais manqué de rien, pas vrai, fiston ? Nous allions en vacances tous les ans, et nous avions une jolie petite voiture. Il aura au moins pu voir notre Denise se marier ; c'est déjà ça.

J'ai dû avoir l'air déconcertée.

— Ma sœur, m'a précisé son fils.

— Dieu tout-puissant, Raymond. Toujours à parler de football et d'ordinateurs, et tu ne t'es même pas demandé si ce genre de chose pouvait intéresser cette jeune femme ? Ah, les hommes ! N'est-ce pas, Eleanor ?

Elle m'a adressé un sourire complice.

Voilà qui était déconcertant. Comment pouvait-on oublier qu'on avait une sœur ? Je me suis dit qu'il n'avait pas pu l'oublier, mais que, pour lui, l'existence de sa sœur allait de soi ; c'était une donnée constante de son existence qui ne méritait même pas d'être mentionnée. Il m'était impossible d'imaginer ce sentiment, étant moi-même enfant unique. L'univers Oliphant n'était peuplé que de maman et moi.

Sa mère continuait à parler.

— Denise avait onze ans quand Raymond est arrivé. Une petite surprise mais un grand bonheur.

Elle a couvé son fils d'un regard si adorateur que je me suis sentie obligée de détourner les yeux. *Au moins, je sais à quoi ressemble l'amour*, me suis-je dit en guise de consolation. C'est déjà pas mal. Personne ne m'avait jamais regardée de cette façon-là, mais j'aurais su reconnaître l'amour si on m'en avait témoigné.

— Tu veux bien aller chercher l'album, fiston ? J'aimerais montrer à Eleanor les photos de nos premières vacances à Alicante, l'été qui a précédé ton entrée en primaire. Il s'est retrouvé coincé dans la porte à tambour de l'aéroport, a-t-elle chuchoté en se penchant vers moi.

Je me suis esclaffée en voyant la mine horrifiée de Raymond.

— M'man, Eleanor n'a pas envie de mourir d'ennui devant de vieilles photos, a-t-il dit en rougissant d'une manière que d'aucuns auraient pu trouver charmante.

J'ai envisagé d'insister pour les voir, mais son air malheureux m'en a dissuadée. Mon estomac a émis un grognement opportun. Je n'avais rien avalé d'autre que le Wagon Wheels depuis mon déjeuner, composé de nouilles à la sauce tomate sur un toast. La vieille dame a toussé poliment.

— Vous restez pour le thé, n'est-ce pas, Eleanor ? Ce n'est rien de très sophistiqué, mais vous êtes la bienvenue.

J'ai vérifié l'heure à ma montre. Il n'était que 17 h 30 ; une drôle d'heure pour dîner, mais j'avais faim, et ça me laisserait quand même le temps de passer chez Tesco avant de rentrer à la maison.

— J'en serais ravie, madame.

Nous nous sommes installés autour de la table de la cuisine. La soupe était délicieuse ; Mme Gibbons s'était servie d'un pied de porc pour le bouillon et avait émietté la viande dans la soupe, qui était pleine de légumes du jardin, m'a-t-elle précisé. Nous avons mangé du pain beurré et du fromage, puis bu une tasse de thé accompagnée d'un gâteau à la crème. Et pendant tout ce temps, elle nous a régalés d'anecdotes sur les diverses excentricités et maladies de ses voisins, et de nouvelles de leur grande famille, qui semblaient intéresser Raymond aussi peu que moi, à en juger par son expression. Il ne cessait de taquiner gentiment sa mère, qui en retour lui donnait une tape sur le bras ou le réprimandait pour sa grossièreté, feignant d'être agacée. J'avais chaud, j'étais repue, et je ne me souvenais pas de m'être jamais sentie aussi bien.

La vieille dame s'est levée et a attrapé son déambulateur. Pendant que, clopin-clopant, elle gagnait la salle de bains, à l'étage, Raymond m'a expliqué qu'elle souffrait d'arthrite aux genoux et aux hanches. La maison n'était pas adaptée aux personnes à mobilité réduite, mais elle refusait de déménager parce qu'elle avait vécu toute sa vie d'adulte entre ces murs, et que c'était l'endroit où elle avait élevé ses enfants.

— Bon, a-t-elle dit à son retour. Maintenant, je vais laver ces trois assiettes et nous pourrons nous installer au salon pour regarder la télé.

Raymond a bondi sur ses pieds.

— Assieds-toi, m'man, je vais le faire ; ça ne me prendra qu'une minute. Ça ne vous dérange pas de me donner un coup de main, Eleanor ?

Je me suis levée et j'ai rassemblé les assiettes. Mme Gibbons a protesté avec véhémence mais, en désespoir de cause, elle s'est rassise péniblement, laissant échapper un petit gémissement.

Raymond a lavé la vaisselle et je l'ai essuyée. Il a bien dû remarquer mes mains irritées et rougies, mais il n'a pas fait de commentaires. Il s'est contenté de m'écarter de l'évier et de poser un torchon dans mes mains abîmées – plutôt joli, d'ailleurs, ce torchon au tissu imprimé d'un scottish terrier arborant un nœud papillon écossais.

Il était doux et souple, comme s'il avait été lavé maintes fois et repassé avec soin pour former un carré parfait. J'ai jeté un œil sur les assiettes avant de les empiler sur la table afin que Raymond puisse les ranger. Elles étaient anciennes mais de bonne qualité, décorées de grosses roses peintes à la main et bordées d'un liseré doré à moitié effacé. Mme Gibbons a surpris mon regard. Son sens de l'observation était tout sauf défaillant.

— C'est le service que j'ai reçu comme cadeau de mariage, Eleanor. Vous imaginez ? Toujours là, près de cinquante ans plus tard !

— Toi ou la vaisselle ? a plaisanté Raymond.

Elle a pincé les lèvres et secoué la tête avec un fin sourire. Nous avons terminé d'accomplir nos tâches respectives dans un silence détendu.

— Dites-moi, Eleanor, avez-vous un soupirant ? a demandé la vieille dame.

Zut.

— Pas pour le moment, ai-je répondu. Mais j'ai quelqu'un en vue. Ce n'est qu'une question de temps.

Raymond a fait tomber la louche sur l'égouttoir de l'évier avec fracas.

— Oh, Raymond. Tu as vraiment deux mains gauches ! a dit sa mère.

Je continuais à suivre le musicien à la trace, bien sûr, mais il était plutôt silencieux – virtuellement, s'entend. Deux photos de ses derniers repas sur Instagram, quelques tweets, et des publications sans intérêt sur Facebook, à propos d'autres musiciens. Ça n'était pas grave. Je devais prendre mon mal en patience. S'il y avait une chose que j'avais apprise sur l'amour, c'était que le moment de nous rencontrer et de tomber amoureux viendrait quand je m'y attendrais le moins, et à la faveur du concours de circonstances le plus charmant qui soit. Néanmoins, s'il ne se produisait pas bientôt, il faudrait que je prenne les devants.

— Et votre famille ? Elle vit près d'ici ? Vous avez des frères et des sœurs ? a-t-elle repris.

— Non, je le regrette. J'aurais aimé grandir au sein d'une fratrie.

J'ai réfléchi un instant.

— En fait, c'est l'un des plus grands regrets de ma vie, me suis-je entendue ajouter.

C'était la première fois que je prononçais une telle phrase, je ne m'étais même jamais fait cette réflexion avant de l'énoncer. À ma grande surprise. *Et à qui la faute ?* a soufflé une voix, froide et cassante, à mon oreille. Furieuse. Celle de maman. J'ai fermé les yeux pour m'efforcer de la chasser.

Il me semblait que Mme Gibbons sentait ma gêne.

— Oh, mais je suis certaine que vous entreteniez une belle relation avec vos parents, dans ce cas ? Je parie que vous représentiez tout pour eux, étant enfant unique.

J'ai baissé les yeux sur mes chaussures. Pourquoi avais-je choisi celles-là ? Je ne m'en souvenais plus. Parce qu'elles avaient des attaches Velcro et que le noir s'harmonisait avec tout ? Parce qu'elles étaient plates et maintenaient bien la cheville ? Je m'apercevais soudain qu'elles étaient hideuses.

— Arrête de te montrer si indiscrète, m'man, est intervenu Raymond qui s'essuyait les mains avec le torchon. On dirait la Gestapo !

J'ai cru qu'elle allait se mettre en colère, mais ce fut bien pire : elle s'est confondue en excuses.

— Oh, Eleanor, je suis désolée, mon chou, je ne voulais pas vous bouleverser. Pardon, ma petite, ne pleurez pas. Je suis désolée.

Je pleurais. Je pleurnichais ! Je n'avais pas pleuré de manière aussi débridée depuis des années. J'ai essayé de me souvenir de la dernière fois où ça m'était arrivé ; c'était après ma rupture avec Declan. Et encore, ce n'étaient pas des larmes de tristesse, mais de douleur, parce qu'il m'avait cassé un bras et deux côtes quand j'avais fini par lui demander de partir. Non, vraiment, chialer dans la cuisine de la mère d'un collègue de bureau, c'était impensable. Que dirait maman ? Je me suis ressaisie.

— Ne vous excusez pas, je vous en prie, madame, ai-je dit d'une voix enrouée, postillonnant comme une ado tout en essayant de contrôler ma respiration et en me frottant les yeux avec le torchon.

Elle se tordait les mains et semblait elle-même sur le point de fondre en larmes. Raymond a passé un bras autour de ses épaules.

— Calme-toi, maman. Tu ne pensais pas à mal, elle le sait bien ; pas vrai, Eleanor ?

— Oui, bien sûr ! ai-je répondu sous le coup d'une impulsion, me penchant pour serrer sa main dans la mienne. Votre question était appropriée et logique. C'est ma réaction qui ne l'était pas, en fait. C'est difficile à expliquer. Veuillez m'excuser si je vous ai mise mal à l'aise.

Elle paraissait soulagée.

— Dieu merci, mon chou. Je ne m'attendais pas à ce qu'on sanglote dans ma cuisine aujourd'hui !

— Ouais, en général ce sont tes bons petits plats qui me font pleurer, m'man, a dit Raymond, lui arrachant un léger rire.

Je me suis raclé la gorge.

— Votre question m'a prise au dépourvu, madame, ai-je expliqué. Je ne connais pas mon père, et je ne sais rien de lui, pas même son nom. À l'heure actuelle, maman est… disons, *hors de combat**.

À en juger par leurs mines déconfites, ils n'étaient pas francophones.

— Je ne la vois plus, elle est… inaccessible. Nous communiquons une fois par semaine, mais…

— Je comprends votre tristesse, ma petite, a répondu Mme Gibbons, compatissante, c'est tout à fait naturel. Tout le monde a besoin de voir sa maman de temps en temps, c'est vrai à tout âge.

— Au contraire, pour ma part, je me passerais volontiers de ce contact hebdomadaire. Maman et moi… sommes… hum, c'est compliqué…

Elle a hoché la tête, m'encourageant à continuer. Mais je savais qu'il valait mieux en rester là. La camionnette d'un marchand de glaces est passée dans la rue, son petit carillon douloureusement désaccordé de plusieurs hertz jouant *Yankee.* J'ai exhumé des paroles de la chanson (« des plumes dans son calot » et « macaroni ») d'un vieux coffre de souvenirs qui ne me servait à rien.

Raymond a tapé dans ses mains avec une bonhomie forcée.

— Bon, il est temps de s'y mettre. Va t'asseoir au salon, m'man, ton émission va commencer. Eleanor, vous voulez bien m'aider à rentrer le linge ?

J'étais ravie de me rendre utile, ravie de clore cette conversation. Mme Gibbons avait besoin d'aide pour effectuer diverses petites tâches domestiques ; en voyant Raymond se mettre à changer la litière des chats et vider les poubelles, je me suis dit que je m'en sortais bien avec ma corvée de lessive.

Dehors, la lumière de la fin de journée était pâle. Les jardins voisins s'alignaient à droite comme à gauche. J'ai posé le panier par terre, pris le sac de pinces à linge (sur lequel on avait eu la sagesse de broder *Pinces* en belles lettres cursives) et l'ai suspendu à la corde. Le linge était sec et sentait l'été. J'entendais un ballon rebondir en rythme contre un mur, et une corde à sauter frapper le sol tandis que des fillettes chantaient en chœur. Le carillon du marchand de glaces devenait inaudible, à présent. Puis une porte a claqué, et un homme furieux a houspillé un chien – du moins, j'espérais que c'était bien un chien. Les trilles aigus d'un oiseau couvraient le son d'une télévision qui s'échappait par une fenêtre ouverte. On se sentait en sécurité, ici, tout paraissait *normal*. L'enfance de Raymond avait été si différente de la mienne ; une famille ordinaire – avec une mère, un père et une sœur – entourée de familles ordinaires. Et comme sa vie était différente de la mienne, aujourd'hui encore ; tous ses dimanches passés de cette manière, ici.

Quand je suis retournée à l'intérieur, Raymond m'a aidée à refaire le lit de sa mère avec les draps que je venais de dépendre de la corde à linge. La chambre était rose bonbon et sentait le talc. Elle était propre et décorée de manière impersonnelle – pas comme une chambre d'hôtel, plutôt comme l'idée que je me faisais d'un bed & breakfast. En dehors d'un gros livre de poche et d'un paquet de pastilles à la menthe extraforte posés sur la table de nuit, aucun objet ne renseignait le visiteur sur la personnalité de la propriétaire des lieux. J'ai soudain compris pourquoi : en fait, elle n'avait pas de personnalité – j'entends cela au sens le plus positif qui soit : c'était juste une mère de famille, une mère douce et aimante dont personne ne pourrait jamais dire : « Elle était complètement barje, cette Betty ! » ou : « Tu ne devineras jamais la dernière de Betty ! », ou encore : « Après examen de son dossier psychiatrique, Betty s'est vu refuser sa libération sur parole en raison du danger qu'elle représente pour la société. » C'était juste une gentille dame qui, après avoir élevé ses enfants, entretenait à présent un potager et menait une existence tranquille en compagnie de ses chats. Ce n'était pas grand-chose, et pourtant c'était énorme. C'était à la fois rien et tout.

— Votre sœur vous aide à vous occuper de votre mère, Raymond ? ai-je demandé.

Il se débattait avec la couette. Je la lui ai prise des mains. Il faut savoir s'y prendre, avec ces choses-là, et lui ne savait pas. À la place, il a changé les taies d'oreillers à frous-frous imprimées de motifs floraux.

— Nan, a-t-il dit, concentré. Elle a deux gamins, et ils ne sont pas faciles. Mark travaille à l'étranger, alors elle se retrouve souvent seule à les gérer pendant plusieurs semaines d'affilée. Pas facile. Elle dit que ça ira mieux quand ils entreront à l'école.

— Ah. Et… vous aimez ça, être oncle ?

Tonton Raymond ; je le voyais mal dans le rôle de l'oncle auquel on veut ressembler. Il a haussé les épaules.

— Ouais, ils sont marrants. Ce n'est pas bien compliqué, à vrai dire ; je leur file une enveloppe à Noël et à leur anniversaire, je les emmène au parc deux fois par mois, et le tour est joué.

Je ne serai jamais tante, évidemment. C'était sans doute aussi bien ainsi.

— Vous avez eu de la veine d'échapper aux albums photo de maman, Eleanor. La prochaine fois, elle vous parlera de ses petits-enfants jusqu'à ce que vous tombiez raide d'ennui, vous verrez !

Il faisait beaucoup trop de suppositions à mon goût, mais j'ai laissé couler. J'ai jeté un œil à ma montre, et découvert avec surprise qu'il était 20 heures passées.

— Je dois partir, Raymond.

— Si vous attendez encore une heure, que je finisse, on pourra reprendre le bus ensemble ?

J'ai décliné son offre, naturellement.

Je suis redescendue et j'ai remercié Mme Gibbons pour « le thé ». À son tour, elle m'a abondamment remerciée de ma visite et de mon aide.

— C'était un véritable plaisir, vraiment, Eleanor. Je ne suis pas allée plus loin que le jardin depuis des mois, avec ces genoux, alors c'est un bonheur de faire de nouvelles connaissances, surtout lorsqu'elles sont aussi adorables que vous. Et vous nous avez apporté une aide précieuse, en plus, merci beaucoup, mon chou.

Je lui ai souri. Cela faisait deux fois que je recevais des remerciements et un regard chaleureux dans la même journée ! Je n'aurais jamais cru que des gestes si simples pouvaient susciter une reconnaissance aussi sincère. Une onde de chaleur s'est répandue dans ma poitrine – pas comme celle d'un brasier, plutôt comme celle, plus durable, que produirait la flamme d'une bougie.

— Revenez quand vous voulez, Eleanor ; je ne bouge jamais d'ici. Et vous n'avez pas besoin de venir avec (elle a agité son index en direction de Raymond) *celui-là*, venez seule, si vous préférez. Vous savez où j'habite, maintenant. Vous êtes ici chez vous.

Prise d'une impulsion soudaine, je me suis penchée et j'ai posé ma joue (pas celle qui est couverte de cicatrices, la normale) contre la sienne. Ce n'était ni un baiser ni une accolade, mais la seule forme de contact dont j'étais capable.

— À bientôt ! m'a-t-elle lancé. Rentrez bien.

Raymond m'a accompagnée jusqu'à l'arrêt du bus, au bout de la rue. Il faudrait sans doute que j'attende un peu, m'a-t-il prévenue, nous étions dimanche. Bah ! Attendre, j'avais l'habitude, et la vie m'avait appris à me montrer très patiente.

— À demain, alors, Eleanor.

J'ai sorti ma carte de transport et je la lui ai montrée.

— Je peux faire autant de trajets que je veux !

Il a hoché la tête, un pâle sourire aux lèvres. Par miracle, le bus est arrivé à cet instant. J'ai fait un signe de la main au chauffeur, je suis montée à bord et, pour éviter les signes de main gênants, j'ai regardé droit devant moi jusqu'à ce que le bus redémarre.

Quelle journée. Je me sentais vidée, néanmoins, une pensée me trottait dans l'esprit. Toutes ces nouvelles têtes, ces nouvelles aventures… ces nouveaux contacts ! C'était perturbant, certes, mais, à ma grande surprise, je ne trouvais pas cela déplaisant du tout. J'avais plutôt bien supporté le choc. J'avais fait connaissance avec ces gens, je m'étais présentée, nous avions eu des échanges sociaux détendus. S'il était une leçon que je pouvais tirer de cette journée, c'était que j'étais presque prête à déclarer ma flamme au musicien. Le jour de notre première rencontre approchait à grands pas.

11

Je n'ai pas vu Raymond le lundi suivant, ni le mardi. Je n'ai pas pensé à lui un seul instant, mais j'ai songé à Sammy et à Mme Gibbons à plusieurs reprises. Je pouvais décider de leur rendre visite sans Raymond, bien sûr. Ils avaient tous deux insisté là-dessus, dimanche. Mais ne serait-il pas plus agréable de le sentir à mes côtés ? Certainement, soupçonnais-je ; ne serait-ce que parce qu'il avait l'art de combler les silences gênants avec ses commentaires banals et ses questions idiotes. En attendant, j'avais fait un saut chez le vendeur de téléphones portables le plus proche du bureau et le moins racoleur. Là, sur les conseils douteux d'un vendeur blasé, j'avais fini par m'en acheter un pour un prix raisonnable avec un « forfait » qui me permettait de téléphoner, me donnait accès à Internet et s'accompagnait de petites options qui pour la plupart ne présentaient aucun intérêt pour moi. Il avait parlé d'applis et de jeux ; je lui avais demandé s'il y avait des mots croisés, mais avais été très déçue par sa réponse. Je me familiarisais avec le mode d'emploi de mon nouvel appareil au lieu d'inscrire la TVA sur la facture de M. Leonard quand les éclats de voix d'une conversation bruyante sont arrivés jusqu'à moi. Je n'ai pas pu m'empêcher d'entendre qu'il était question de notre déjeuner de Noël annuel.

— Ouais, mais ils vont organiser des attractions ! Et il y aura d'autres grands groupes, alors on pourra faire de nouvelles connaissances, rigoler un peu, disait Bernadette.

Des attractions ! Je me demandais s'ils inviteraient des chanteurs, et si oui, s'ils l'inviteraient *lui* ? Un miracle de Noël avant la date ? Le destin allait-il encore intercéder en ma faveur ? Avant que je puisse demander des détails sur l'événement, Billy s'est joint à la conversation.

— Tu veux juste t'encanailler sous une branche de gui avec un gars de Carpet United, a-t-il commenté. Pas question de payer 60 livres par tête pour une tranche de dinde rôtie et une boum ringarde en plein après-midi. Tout ça pour t'offrir l'occasion de te lever un nouveau talent !

Bernadette a pouffé et lui a tapé sur le bras.

— Non, ce n'est pas ce que je veux dire. Je pensais juste que ce serait plus drôle si on était plus nombreux, cette fois, c'est tout…

Sans se douter que je la regardais, Janey a coulé un regard malicieux aux autres, puis vers mes cicatrices – une manie chez eux.

— Et si on demandait son avis à Harry Potter, a-t-elle murmuré d'une voix forte avant de se tourner vers moi. Hé, Eleanor ! Tu connais bien les coins branchés, hein ? Qu'est-ce que tu en penses : quel est le meilleur endroit pour organiser notre déjeuner de Noël, cette année ?

J'ai jeté un œil au calendrier punaisé au mur du bureau ; la page du mois en cours était illustrée d'une photo de camion-remorque articulé vert.

— Nous sommes en plein été. Je ne me suis vraiment pas posé la question.

— Ouais, mais si on ne réserve pas tout de suite, tous les bons plans seront retenus, et il ne nous restera plus que Wetherspoons ou l'italien pourri.

— Ça ne me fait ni chaud ni froid, ai-je répondu. De toute façon, je n'irai pas.

J'ai gratté les plaques d'eczéma qui m'irritaient la base des doigts ; ça allait mieux, mais la guérison était d'une lenteur pénible.

— Oh, c'est vrai, a-t-elle dit, tu n'y vas jamais, hein ? J'avais oublié. Tu ne participes pas non plus au tirage au sort des cadeaux. On devrait t'appeler Eleanor le Grinch[1].

Ils se sont esclaffés.

— Je ne saisis pas la référence culturelle. Néanmoins, sachez que je suis athée et ne suis pas une consommatrice compulsive, si bien que la frénésie dépensière hivernale connue sous le nom de Noël ne présente aucun intérêt pour moi.

Sur ce, je me suis remise au travail en espérant les encourager à m'imiter. On aurait dit des enfants dissipés qui n'aimaient rien tant que passer des heures à discuter de bêtises et à faire des commérages sur des personnes qu'ils ne connaissaient ni d'Ève ni d'Adam.

— On dirait que vous savez qui a fait une mauvaise expérience dans la grotte du Père Noël quand elle était petite, a commenté Billy.

1. Personnage principal du roman de T. S. Geisel, *alias* Dr. Seuss, *Comment le Grinch a volé Noël*. Le Grinch déteste la fête de Noël.

C'est alors que le téléphone a eu la bonne idée de sonner. J'ai décroché, un sourire triste aux lèvres – ils n'avaient pas idée du genre d'expérience que j'avais faite *quand j'étais petite*.

C'était un appel interne : Raymond me proposait d'aller rendre visite à Sammy avec lui, le soir même. Nous étions mercredi. J'allais rater ma conversation hebdomadaire avec maman. Je n'en avais jamais manqué une seule, depuis toutes ces années. Mais que pourrait-elle me faire, après tout ? Il n'y avait pas de mal à en manquer juste une, et Sammy avait besoin d'aliments équilibrés. Alors, j'ai accepté.

Nous devions nous retrouver à 17 h 30. J'avais insisté pour qu'il m'attende devant la poste, craignant la réaction de mes collègues s'ils nous voyaient quitter le bureau ensemble. Le fond de l'air était doux et agréable, aussi avons-nous décidé de marcher jusqu'à l'hôpital, qui ne se trouvait qu'à une vingtaine de minutes de là. Un peu d'exercice ne pouvait pas faire de mal à Raymond.

— Vous avez passé une bonne journée, Eleanor ? m'a-t-il demandé en tirant sur sa cigarette.

J'ai changé de côté, essayant de me positionner dos au vent pour éviter le nuage toxique.

— Excellente, merci. J'ai mangé un sandwich au fromage et pickles avec des chips et bu un smoothie à la mangue.

Il a soufflé la fumée par un coin de la bouche et a ri.

— Rien d'autre ? Juste le sandwich ?

J'ai réfléchi.

— Une longue discussion sur l'endroit où nous pourrions organiser le repas de Noël. Apparemment,

TGI Fridays est en haut de la liste parce que « ce serait marrant » (ici, j'ai voulu placer le petit geste supposé représenter des guillemets que Janey avait fait un jour et que j'avais enregistré pour m'en resservir à l'occasion ; je pense l'avoir exécuté à la perfection), et le buffet de Noël du Bombay Bistro suit de près.

— Jamais entendu dire : « Y a pas de bon Noël sans biryani. »

Il a écrasé son mégot en le broyant sur le trottoir. Nous sommes arrivés à l'hôpital et j'ai attendu pendant que Raymond, toujours aussi mal organisé, faisait un saut à la boutique du rez-de-chaussée.

Il n'avait vraiment aucune excuse. J'avais eu le temps de passer chez Marks & Spencer avant de le retrouver, et de choisir plusieurs articles dont un sachet de graines de potiron grillées. Je soupçonnais Sammy de souffrir d'une carence en zinc. Raymond est arrivé, un sac de provisions au bout du bras. Une fois dans l'ascenseur, il l'a ouvert et m'a montré ses achats.

— Haribo, le *Evening Times*, une grosse boîte de Pringles crème et oignons. Que demander de plus ? a-t-il dit, l'air content de lui.

Je n'ai pas daigné répondre.

Nous nous sommes arrêtés devant l'entrée du service ; le lit de Sammy était entouré de visiteurs. Il nous a aperçus et nous a adressé un signe de la main. J'ai regardé autour de moi, mais l'infirmière revêche aux chaussettes rayées n'était pas en vue. Reposant sur une montagne d'oreillers, tel un monarque, Sammy s'adressait à ses courtisans.

— Eleanor, Raymond, quel plaisir de vous revoir ! Venez, que je vous présente ma famille ! Voici Keith

– les petits sont à la maison avec leur maman – et Gary et Michelle, et là (il a désigné une blonde en train d'écrire un texto, concentrée sur son téléphone), c'est ma fille Laura.

Ils ont tous souri et hoché la tête, puis nous avons échangé des poignées de main, et Raymond a reçu quelques tapes dans le dos. J'étais très troublée. J'avais mis des gants de coton pour ne pas avoir à utiliser le gel antibactérien – je pourrais toujours les faire bouillir en rentrant à la maison. D'où l'hésitation que j'avais perçue chez la famille de Sammy quand je leur avais serré la main – ce que je trouvais étrange : une barrière de coton pour éviter le contact direct, n'était-ce pas une bonne chose ?

— Merci de tout cœur d'avoir pris soin de mon père, vous deux, a dit Keith, le frère aîné, en s'essuyant les paumes sur son pantalon. C'est un réconfort de savoir qu'il n'était pas seul quand il est tombé, que vous étiez là pour vous occuper de lui.

— Hé là, est intervenu Sammy en lui donnant un coup de coude, je ne suis pas un vieux grabataire, dis. Je sais m'occuper de moi-même.

Ils ont échangé un sourire.

— Je le sais bien, papa. Je dis juste que c'est bon d'être entouré de visages amicaux, parfois, hein ?

Le vieil homme a haussé les épaules, laissant couler de bonne grâce, sans pour autant lui concéder le point.

— J'ai de bonnes nouvelles à vous annoncer, a-t-il repris, se carrant contre ses oreillers tandis que Raymond et moi déposions nos sacs, tels de l'or, de l'encens et de la myrrhe, au pied de son lit. Je sors samedi !

Raymond a levé sa main grassouillette devant le visage de Sammy, qui, au bout d'un moment, a compris qu'il était supposé taper dedans.

— Il va venir passer deux semaines à la maison, le temps qu'il retrouve sa démarche de jeune homme, a expliqué sa fille Laura, levant enfin les yeux de son téléphone. Nous allons fêter ça ! Vous êtes invités, bien entendu, a-t-elle ajouté d'un ton un brin moins enthousiaste.

Elle me dévisageait. Je m'en moquais. En fait, je préférais cela aux œillades sournoises ; elle me jaugeait ouvertement, l'air fascinée, mais rien dans son regard ne trahissait la crainte ni le dégoût. J'ai écarté une mèche de mon visage afin qu'elle n'en manque rien.

— Samedi prochain ? ai-je demandé.

— Ne me dites pas que vous êtes prise, Eleanor, a dit Sammy. Je n'accepterai aucune excuse. Je veux vous y voir tous les deux. Point final.

— Qui oserait discuter ? a dit Raymond en souriant.

J'y ai réfléchi. Une fête. La dernière fête à laquelle j'avais assisté – en dehors de l'abominable réception de mariage – était celle de Judy Jackson, pour son treizième anniversaire. On y avait fait du patin à glace et bu des milk-shakes, et ça s'était mal terminé. Mais personne ne risquait de vomir ou de perdre un doigt en célébrant le retour d'un vieil invalide à la maison, n'est-ce pas ?

— Je viendrai, ai-je dit en inclinant la tête.

— Tenez, ma carte, a dit Laura, nous en tendant une à chacun.

Elle était noire et brillante, relevée d'une grosse feuille dorée en relief, et on pouvait y lire *Laura*

Marston-Smith, consultante en esthétique, coiffeuse, conseillère en image. Ses coordonnées étaient inscrites plus bas.

— Samedi à 19 heures, ça vous va ? N'apportez rien. Venez, c'est tout.

J'ai glissé la carte dans mon sac. Raymond avait fourré la sienne dans sa poche arrière de pantalon. Il ne pouvait détacher ses yeux de Laura, ai-je remarqué, il semblait hypnotisé, comme peut l'être une mangouste par un serpent, je dirais. Et elle en avait pleinement conscience. À la voir, on devinait que c'était son lot quotidien. Une blonde à gros seins, c'était si inévitable, si cliché. Les hommes tels que Raymond, les empotés sans attrait, se retournaient toujours sur les femmes de ce genre, étant dépourvus de la finesse d'esprit et de la sophistication nécessaires pour voir au-delà des glandes mammaires et des cheveux décolorés.

Raymond a détaché son regard du décolleté de Laura pour le poser sur l'horloge, puis sur moi.

— Nous devons partir, ai-je déclaré. Nous nous verrons samedi.

De nouveau, j'ai été submergée par un assaut de salutations et de poignées de main. Sammy fouillait dans les sacs que nous lui avions apportés. Il a brandi un paquet de chou frisé bio.

— Qu'est-ce que c'est ? a-t-il questionné, incrédule.

— Du *zinc*, ai-je marmonné dans ma barbe.

Raymond m'a poussée hors de la salle d'une manière assez brusque, sans même me laisser le temps de le prévenir qu'il devait consommer la salade de calmar au plus vite. Il faisait si chaud, dans cet hôpital.

12

Le lendemain, au bureau, tandis que j'attendais que l'eau bouille, mon regard a été attiré par un prospectus jeté sur le sac de déchets à recycler, au côté d'une pile de brochures de vacances et de journaux à scandales écornés. Il s'agissait d'une publicité pour un grand magasin que je ne fréquentais pas, une offre de lancement pour une « manucure de luxe » à un prix spectaculaire qui constituait les deux tiers du tarif ordinaire. J'ai tenté de me représenter, en vain, ce que pouvait être une manucure de luxe. Que pouvait-il y avoir de luxueux dans le processus de taillage, limage et vernissage d'un ongle ? Ça dépassait mon entendement. J'ai ressenti un frisson d'excitation. Il n'y avait qu'un moyen de le découvrir. Ayant toujours mon projet de toilettage à l'esprit, j'étais prête à me concentrer sur l'état de mes griffes.

Le malheureux accident de Sammy et les événements qui en avaient résulté m'avaient obligée à mettre mon grand plan de relooking de côté. Il était temps de me concentrer de nouveau sur mon objectif : le musicien. L'espace d'un instant, je me suis laissée aller à commettre le péché de vanité. Mes ongles poussaient extrêmement vite, et ils étaient solides et luisants. La conséquence d'un régime alimentaire riche en vitamines, en minéraux et en acides gras, résultant lui-même d'une bonne planification de mes repas du midi. Mes ongles rendaient hommage à l'excellence culinaire de la restauration rapide britannique. N'étant pas une femme orgueilleuse, je me contente de les tailler au coupe-ongles chaque fois qu'ils deviennent trop longs pour remplir mes factures, et de limer les coins pour qu'ils n'accrochent pas à mes vêtements et ne griffent pas ma peau quand je me douche. Jusqu'ici, rien que de très normal. Mes ongles sont toujours propres – des ongles propres et des chaussures propres sont les fondements du respect de soi. Je ne suis jamais stylée ni à la mode, mais je suis toujours propre ; ainsi, je peux au moins marcher la tête haute et garder ma place, si modeste soit-elle, dans ce monde.

Pendant la pause déjeuner, je me suis rendue au centre-ville et j'ai mangé mon sandwich en marchant pour gagner du temps. Après réflexion, j'ai regretté de ne pas avoir choisi une garniture plus digeste ; les œufs au cresson ne sont sans doute pas le choix le plus judicieux quand on doit voyager dans un wagon surpeuplé et surchauffé ; mon sandwich et moi nous attirions tous deux les regards désapprobateurs des autres voyageurs. Et comme je déteste manger en public, ces huit minutes de trajet en transport en commun n'ont été une expérience agréable pour personne.

J'ai trouvé le salon de manucure au fond du rayon beauté, vaste espace saturé d'odeurs et de bruits, délimité par des miroirs et éclairé par des lustres.

Je me faisais l'effet d'un animal pris au piège – un bouvillon ou un chien enragé. J'ai imaginé le chaos que je pourrais causer si, au moment de prendre la fuite, je me retrouvais coincée ici contre ma volonté. J'ai serré le prospectus dans mon poing, en boule dans la poche de mon pourpoint.

« Ongles et cetera » (*à quoi le terme latin faisait-il référence ?* me suis-je demandé) se réduisait à deux gamines apathiques en tunique blanche, un comptoir de petit déjeuner assorti de quatre tabourets, et un étalage de vernis de toutes les nuances, des plus claires aux plus foncées. Je me suis approchée avec précaution.

— BienvenueÀOnglesEtCeteraQuePuisJeFaire-PourVous, a lancé la gamine la plus petite.

Il m'a fallu un moment pour traduire ça en langage intelligible.

— Bonjour, ai-je dit, d'une voix très lente et en articulant exagérément, pour lui donner une idée de la bonne façon de s'exprimer quand on voulait communiquer efficacement.

Sa collègue et elle m'ont dévisagée avec un mélange d'angoisse et… eh bien, d'angoisse surtout. Je leur ai souri d'une manière qui se voulait rassurante. Elles étaient si jeunes, après tout – peut-être faisaient-elles un stage pour acquérir une expérience professionnelle et attendaient-elles le retour de leur professeur ?

— J'aimerais faire une manucure de luxe, je vous prie, ai-je dit d'une voix distincte.

Il s'est ensuivi un long silence inexpressif. La plus petite des deux a été la première à sortir de sa transe.

— Asseyez-vous ! a-t-elle dit, m'indiquant le tabouret le plus proche.

Sa collègue était toujours tétanisée. La plus petite (Casey, à en croire son badge) s'est affairée d'un air distrait puis est allée se percher sur le tabouret en face du mien après avoir posé un récipient en forme de haricot dégoulinant d'eau savonneuse sur le comptoir. Elle a fait rouler l'étalage de vernis vers moi.

— Quelle couleur désirez-vous ? m'a-t-elle demandé.

Un vert brillant a attiré mon regard, un vert de la même nuance que celui des grenouilles d'Amazonie, ces minuscules petites merveilles au venin mortel. Je lui ai tendu ce flacon. Elle a hoché la tête. Elle ne mâchait pas de chewing-gum, et pourtant, tout dans son attitude suggérait le contraire.

Elle a pris mes mains et a plongé le bout de mes doigts dans l'eau tiède. J'ai veillé à ce qu'un minimum de peau entre en contact avec ce produit détergent inconnu, de crainte de réveiller mon eczéma. J'ai attendu ainsi plusieurs minutes, me sentant un peu ridicule, tandis qu'elle fouillait dans un tiroir pour en extirper un assortiment d'instruments en acier inoxydable, qu'elle a étalé avec soin sur un plateau. Sa compagne catatonique avait fini par revenir à la vie, elle avait entamé une conversation animée avec une collègue d'un stand voisin ; je n'en devinais pas le sujet, mais l'échange était ponctué de nombreux haussements d'épaules et de mimiques ahuries.

Casey a alors jugé bon de sortir mes doigts de l'eau et de les poser sur une petite serviette pliée. Elle a tamponné mes ongles jusqu'à ce qu'ils soient bien secs. Je me suis demandé pourquoi elle ne m'avait pas dit de retirer mes mains de l'eau, au moyen de sa voix, et pourquoi elle ne m'avait pas tendu la serviette pour que je m'essuie seule, puisque, aux dernières nouvelles, j'avais la chance de jouir de toutes les fonctions motrices nécessaires pour me servir de mes membres, extrémités comprises. C'était peut-être ça qu'ils entendaient par « de luxe » : je n'avais pas à lever le petit doigt, au sens propre comme au figuré.

Casey a saisi ses instruments et entrepris de repousser mes cuticules et de couper ce qu'il y avait à couper. J'ai tenté d'engager la conversation, sachant que c'était ce que l'on est censé faire en pareille circonstance.

— Vous travaillez ici depuis longtemps ?

— Deux ans, a-t-elle répondu à ma grande surprise (je ne lui donnais pas plus de quatorze ans et, à ma connaissance, le travail des enfants était toujours interdit dans le pays).

— Et vous avez toujours été… (J'ai cherché le bon terme.) … manucuriste ?

— Esthéticienne manucure, m'a-t-elle corrigée en gardant les yeux fixés sur mes ongles, très concentrée sur sa tâche, ce que j'appréciais au plus haut point. Échanger des regards ne s'impose absolument pas lorsque votre interlocuteur manipule des instruments coupants.

— J'hésitais entre travailler avec des animaux ou devenir esthéticienne manucure, a-t-elle continué.

Elle me massait une main, à présent. *Encore ce luxe*, me suis-je dit, jugeant la chose d'autant plus superfétatoire qu'elle risquait de provoquer une réaction allergique. Ses mains étaient presque aussi minuscules que les miennes (qui, je le déplore, sont anormalement petites par rapport au reste de mon corps, un peu comme les pattes d'un dinosaure).

J'aurais préféré être massée par un homme aux mains larges, puissantes, solides. Et poilues.

— Du coup, il a fallu que je choisisse entre les animaux et les ongles, a-t-elle repris. J'ai demandé à ma mère, et elle m'a conseillé la manucure.

Elle a saisi une lime et s'est mise à arrondir mes ongles. La tâche était malaisée, il aurait été beaucoup plus simple de me laisser faire.

— Votre mère est-elle économiste, ou consultante dans le domaine des ressources humaines ?

Casey a ouvert des yeux ronds.

— Parce que, si tel n'est pas le cas, je ne suis pas certaine que son opinion tienne compte des dernières statistiques sur les salaires ni des besoins du marché du travail dans ce domaine, ai-je dit, sceptique quant à son avenir professionnel.

— Elle est agent de voyages, a répondu Casey d'une voix ferme, comme si elle voulait clore le sujet.

Je n'ai pas insisté ; ça n'était pas mes affaires, après tout, et elle paraissait assez contente de faire ce travail. Néanmoins, en l'observant passer plusieurs couches de vernis sur mes ongles, j'ai soudain songé qu'elle aurait pu allier ses deux passions en devenant toiletteuse pour chiens. Mais je me suis abstenue de lui donner mon avis sur la question. Parfois, vouloir aider les gens peut mener à des malentendus assez déplaisants.

Elle a placé mes mains dans un petit appareil que j'ai supposé être un sèche-cheveux pour ongles et, quelques minutes plus tard, ma manucure de luxe était terminée. Une expérience assez décevante, au final.

Elle m'a indiqué le prix de la séance – absolument exorbitant !

— J'ai un bon de réduction ! l'ai-je prévenue.

Elle a acquiescé sans même y jeter un œil, a déduit un tiers du montant de la note, et m'a annoncé le total, encore étourdissant. J'ai tendu la main vers mon cabas.

— Non ! s'est-elle exclamée, alarmée.

J'ai arrêté mon geste.

— Vous allez faire des traces.

Elle s'est penchée vers mon sac.

— Vous voulez que je prenne votre portefeuille ?

Craignant qu'il ne s'agisse d'une ruse pour me voler une somme d'argent (durement gagné) encore plus importante, je ne l'ai pas quittée des yeux. Elle avait déjà glissé la main dans mon sac quand je me suis souvenue des restes de mon sandwich aux œufs. Elle a sorti mon portefeuille du cabas avec un haut-le-cœur théâtral. Une réaction un brin exagérée à mon goût ; l'odeur qui s'en élevait était certes nauséabonde, mais elle ne justifiait pas de telles simagrées. J'ai gardé un œil sur ses doigts (aux ongles non vernis, ai-je remarqué) tandis qu'elle comptait le nombre de billets voulu et replaçait le porte-monnaie dans mon cabas avec précaution.

Je me suis levée pour partir. Sa compagne évanescente était revenue. Elle a regardé mes mains aux ongles d'un vert pétant.

— Joli, a-t-elle commenté.

Sa voix et son attitude indiquaient clairement qu'elle s'en fichait comme d'une guigne. Casey s'est soudain animée.

— Désirez-vous une carte de fidélité ? Vous faites cinq manucures et la sixième est gratuite !

— Non, merci, ai-je répondu. Je ne pense pas revenir. Je peux me faire tout ça seule à la maison, en mieux, même, sans payer.

Elles m'ont regardée bouche bée, mais je regagnais déjà le monde, esquivant les vaporisateurs et les échantillons que brandissaient vers moi les vendeuses du rayon parfums. Il me tardait de retrouver la lumière du jour et l'air frais. L'atmosphère confinée et les dorures des salons de beauté n'étaient pas mon habitat de prédilection ; comme la poule qui avait pondu les œufs de mon sandwich, je préférais évoluer en liberté.

De retour à la maison après le travail, j'ai ouvert mon armoire. Qu'allais-je mettre pour me rendre à la fête de Sammy ? Je possédais deux pantalons noirs et cinq chemisiers blancs – du moins, ils l'étaient quand je les avais achetés – que je portais au travail. Un pantalon confortable, deux tee-shirts et deux pulls, que je portais le week-end. Et ma tenue habillée. Je l'avais achetée pour la réception de mariage de Loretta, deux ans plus tôt, et l'avais mise pour quelques occasions particulières, notamment une visite au Musée national d'Écosse. L'exposition d'un trésor romain fraîchement découvert avait été remarquable ; le voyage à Édimbourg bien moins.

L'intérieur du train ressemblait davantage à celui d'un bus qu'à l'Orient-Express, avec ses tissus usés aux couleurs choisies pour dissimuler les taches et ses accessoires en plastique gris. Le pire, en dehors des autres voyageurs – Dieu du Ciel, toute cette populace qui va et vient, de nos jours, ça mange et ça boit en public sans vergogne –, était le bruit incessant diffusé par les haut-parleurs. Toutes les cinq minutes, le conducteur invisible du train jugeait bon de nous gratifier d'annonces recelant des trésors de sagesse, telles que : « Les bagages les plus volumineux doivent être placés dans les compartiments à bagages situés au-dessus des sièges », ou encore : « Les passagers sont priés de signaler tout bagage abandonné au personnel de bord dans les délais les plus brefs. » Je me demandais à qui s'adressaient ces perles de bon sens ; un extraterrestre de passage, peut-être, ou un éleveur de yaks d'Oulan-Bator qui aurait traversé les steppes, puis la mer du Nord, et fini dans le Glasgow-Édimbourg sans avoir jamais fait l'expérience du transport ferroviaire ?

La tenue habillée me semblait un peu démodée, tout à coup. Le jaune citron ne me valorisait pas particulièrement ; elle convenait pour une chemise de nuit portée entre les quatre murs de ma chambre, mais pas pour une petite soirée sophistiquée. Il faudrait que je fasse les magasins pour m'acheter une nouvelle robe, le lendemain ; et comme je pourrais la remettre quand j'irais au restaurant ou au théâtre avec l'amour de ma vie, ce ne serait pas du gaspillage. Satisfaite de ma décision, je me suis préparé mes *pasta con pesto* rituelles et j'ai écouté « The Archers ». Je n'ai pas spécialement aimé cet épisode : une histoire secondaire, très alambiquée, mettait en scène un laitier de Glasgow peu convaincant. J'ai fait la vaisselle puis me suis installée sur le canapé pour lire un livre à propos des ananas. D'un intérêt surprenant. J'aime lire sur les sujets les plus variés possible, notamment pour enrichir mon vocabulaire afin de mieux résoudre mes mots croisés. Mon silence a été interrompu de la manière la plus grossière qui soit.

— Bonjour ? ai-je dit, un peu hésitante.

— Ah oui ? « Bonjour » ? C'est tout ce que tu trouves à me dire ? « Bonjour » ? Et qu'est-ce que mademoiselle a foutu, hier soir ? Hein ?

Elle faisait encore son numéro pour épater la galerie.

— Comment vas-tu, maman ?

Je me suis exhortée au calme.

— Peu importe comment je vais. Où étais-tu ?

— Je suis désolée, maman, ai-je repris, m'efforçant de parler d'une voix très sereine. J'étais… J'étais avec un ami, nous rendions visite à un autre ami qui est hospitalisé, en fait.

— Voyons, Eleanor, a-t-elle susurré, tu n'as *pas* d'amis, ma chérie. Alors, maintenant, dis-moi où tu *étais*, et je veux la vérité, cette fois. Tu as fait de vilaines choses, n'est-ce pas ? Sois une gentille fille, raconte tout à maman.

— C'est la vérité, maman, j'étais avec Raymond.

Un ricanement a résonné.

— Nous rendions visite à un vieux monsieur très gentil qui est à l'hôpital. Il est tombé dans la rue et nous l'avons aidé à…

— FERME TA SALE GUEULE DE MENTEUSE !

J'ai tressailli et lâché mon livre. Je l'ai ramassé.

— Tu sais ce qui arrive aux menteuses, n'est-ce pas, Eleanor ? Tu te souviens ? a-t-elle dit d'un ton doucereux qui m'a soulevé le cœur. Si déplaisante que soit la vérité, je veux l'entendre, Eleanor, je ne tolérerai pas le mensonge. Tu es bien placée pour le savoir, même après toutes ces années.

— Je suis désolée que tu ne veuilles pas me croire, maman, mais c'est la vérité. Raymond et moi sommes allés rendre visite à un homme que nous avons aidé lorsqu'il a fait un malaise dans la rue. C'est vrai, je le jure !

— Vraiiiimeeent ? N'est-ce pas extraordinaire ? Tu délaisses ta mère pour passer tes mercredis soir avec un inconnu grabataire sujet aux malaises ? Charmant.

— Je t'en prie, maman, ne nous disputons pas. Comment vas-tu ? Tu as passé une bonne journée ?

— Je ne veux pas parler de *moi*, Eleanor. Je sais déjà tout ce qu'il y a à savoir sur *moi*. Je veux parler de *toi*. Tu avances sur ton projet ? Tu as du nouveau pour maman ?

J'aurais dû deviner qu'elle reviendrait dessus. Que devais-je lui raconter ? Tout, je suppose.

— Je suis allée voir sa maison, maman.

J'ai entendu le clic d'un briquet qu'on allume et un long soupir. Je pouvais presque sentir l'odeur de sa Sobranie.

— Oooh. Intéressant.

Elle a tiré une autre bouffée et expiré.

— Comment s'appelle-t-*il* ?

— C'est un musicien, maman.

Je n'avais pas envie de lui révéler son nom, pas encore – la faculté de nommer les choses vous conférait un pouvoir que je n'étais pas disposée à lui octroyer, je n'étais pas prête à prononcer ces précieuses syllabes ni à lui offrir le plaisir de me les cracher au visage.

— Il est séduisant, intelligent, et, enfin, je pense que c'est l'homme idéal pour moi. Je l'ai su au premier regard.

— Tout ça m'a l'air merveilleux, chérie. Et tu es allée chez lui, c'est bien ça ? C'était comment ?

J'ai reniflé.

— En fait… je n'ai pas vraiment… vu l'intérieur de chez lui, maman.

Ça n'allait pas être facile. Elle aimait mal agir, et moi non. C'était aussi simple que cela. Je me suis mise à parler à toute vitesse, espérant couper court à l'inévitable critique.

— Je voulais juste jeter un coup d'œil, m'assurer qu'il habitait un quartier conve… convenable, ai-je bafouillé dans ma hâte.

Elle a soupiré.

— Comment tu peux savoir si l'endroit est correct si tu n'es pas entrée ? Encore cette prudence excessive, tu as toujours été une poltronne, ma chérie, a-t-elle lancé, agacée.

J'ai examiné mes mains. Mes ongles verts fraîchement limés paraissaient neufs et clinquants, sous cet éclairage.

— Il faut prendre le taureau par les cornes, Eleanor. Tu comprends ce que je veux dire ?

— Je crois, oui, ai-je murmuré.

— Je veux seulement te faire comprendre qu'il faut arrêter de tourner autour du pot, Eleanor. La vie n'est qu'une série d'actes décisifs, ma chérie. Si tu veux faire quelque chose, fais-le ; si tu veux quelque chose, prends-le. Et si tu veux qu'une chose se termine, TERMINE-LA. Et assumes-en les conséquences.

Puis elle s'est mise à parler d'une voix si douce que j'avais du mal à l'entendre. D'expérience, je savais que cela n'augurait rien de bon.

— Cet homme… Cet homme a l'air d'avoir du potentiel, mais comme la plupart d'entre eux, tu verras qu'il est faible. Ce qui signifie que c'est à toi d'être forte, Eleanor. La force l'emporte sur la faiblesse, c'est une réalité de la vie, non ?

— J'imagine, ai-je répondu, maussade, la mine boudeuse.

C'est puéril, je sais, mais maman fait toujours sortir ce qu'il y a de pire en moi. Le musicien était très beau et très talentueux. Dès le premier regard, j'avais compris que nous étions faits l'un pour l'autre. Que le destin veillerait à nous réunir. Que je n'avais pas besoin d'accomplir… d'acte décisif, qu'il fallait juste que je m'arrange pour que nos chemins se croisent de nouveau, qu'une véritable rencontre ait lieu ; le reste était écrit dans les étoiles. Je soupçonnais que cette vision de la chose déplairait à maman, mais j'étais, pour le moins, habituée à son déplaisir. Je l'ai entendue inspirer, puis expirer, j'ai senti une menace sourde envahir l'air qui m'entourait.

— Cesse de te laisser distraire, Eleanor ; ne t'avise plus d'ignorer maman, tu veux ? Oh, tu te crois maligne, hein, avec ton *boulot* et tes *nouveaux amis*. Mais tu n'es pas maligne, Eleanor. Tu es du genre à laisser les gens sur le carreau. Tu n'es pas digne de confiance. Tu n'es jamais à la hauteur. Oh, je sais exactement qui tu es. Et je sais comment tu finiras. Ne t'imagine pas que le passé est derrière toi. Le passé est une chose vivante. Ces jolies cicatrices que tu as, elles te viennent du passé, non ? Et pourtant, elles sont toujours là, sur ta vilaine petite gueule. Au fait, elles te font toujours mal ?

J'ai secoué la tête, mais je n'ai rien répondu.

— Oh que oui, je sais qu'elles te font toujours mal. N'oublie pas comment tu les as reçues, Eleanor. Ça valait la peine, non ? *Elle* en valait la peine, hein ? Et il y a encore de la place pour une nouvelle dose de douleur sur l'autre joue, pas vrai ? Tends l'autre joue à maman, Eleanor, sois une gentille petite fille.

Et, tout à coup, il n'est plus resté que le silence.

13

Vendredi, je me sentais étrangement calme dans le bus qui me conduisait au travail. Je n'avais pas bu de vodka après ma conversation avec maman, parce que je n'en avais pas et que je n'avais pas voulu sortir seule dans le noir pour m'en acheter. Toujours seule, toujours dans le noir. À la place, je me suis préparé une tasse de thé et j'ai lu, me laissant distraire par mes ongles vert vif chaque fois que je tournais les pages. J'en avais appris assez sur les fruits tropicaux pour le moment, et j'avais besoin d'une lecture plus propice aux affaires de cœur. *Raison et Sentiments*. Un autre de mes romans préférés, dans le top 5, sans aucun doute. J'adore l'histoire d'Elinor et de Marianne, la manière si subtile dont elle se déploie. La fin heureuse est totalement improbable, mais je dois admettre qu'elle est plutôt satisfaisante du point de vue narratif, et je comprends pourquoi Jane Austen s'est pliée à cette convention. En dépit de mon éclectisme en matière de littérature, je n'ai pas rencontré beaucoup d'héroïnes du nom d'Eleanor, écrit de cette manière ou d'une autre. Peut-être est-ce pour ça que l'on m'a donné ce prénom-là.

Après avoir relu quelques chapitres familiers, je suis allée me coucher, et je n'ai pas fermé l'œil.

Cette nuit sans repos n'a cependant semblé avoir aucun effet négatif sur moi puisque, contre toute attente, je me sentais fraîche comme un gardon, dans le bus ralenti par la circulation du matin. Peut-être faisais-je partie de ces gens qui, telle feu la baronne Thatcher, n'ont pas besoin de sommeil ? J'ai pris un des journaux gratuits que les gens abandonnent toujours sur les sièges des autobus et l'ai feuilleté. Une célébrité quelconque venait de se marier pour la huitième fois. Un panda en captivité avait apparemment « réabsorbé » son propre fœtus, mettant fin à sa grossesse – j'ai regardé par la vitre et essayé, en vain, de comprendre le système reproductif des pandas. La page 10 faisait état de la découverte de preuves d'agressions systématiques et répétées sur des mineurs placés dans divers foyers de l'assistance publique. Telle était la hiérarchie des nouvelles.

J'ai secoué la tête, sur le point de reposer le journal, quand un encart publicitaire a attiré mon regard. Les mots Le Cuttings étaient accompagnés d'un logo représentant un train à grande vitesse japonais fonçant sur une voie ferrée. Je l'ai remarqué parce que la réponse au 12 vertical de la grille de mots croisés d'hier était *shinkansen*. Ces petites coïncidences ont parfois le pouvoir de mettre du piquant dans une existence. J'ai lu ce qui suivait ; il s'agissait de la liste des concerts qui devaient avoir lieu dans cette salle. Prise en sandwich entre les dates de deux artistes dont je n'avais jamais entendu parler, j'ai vu la date du jour, vendredi. Ce soir.

Le nom d'un groupe que je ne connaissais pas et, juste à côté, en petits caractères, celui du musicien ! J'ai lâché le journal, puis l'ai repris. Personne ne semblait avoir remarqué ma réaction. J'ai déchiré la publicité, l'ai bien pliée et l'ai rangée dans la poche intérieure de mon cabas. C'était l'occasion que j'attendais. Celle qui était écrite dans les étoiles, celle que mon destin plaçait sur ma route. Dans ce bus, ce matin… pour ce soir.

Arrivée au bureau, j'ai regardé où se trouvait cette salle. Il devait jouer à 20 heures. Il fallait que je m'achète une robe pour la soirée de Sammy – et pour le concert, maintenant – après le travail ; ça ne me laissait pas beaucoup de temps. À en croire leur site, Le Cuttings était le genre de salle où il valait mieux paraître branché pour se sentir dans son élément. Comment réussirais-je à être prête pour 20 heures ? Prête à le rencontrer ? Était-ce prématuré ? Devais-je reporter cette première rencontre pour me laisser le temps de bien me préparer ? J'avais lu quelque part que la première impression que l'on a d'une personne est indélébile ; à l'époque, j'avais trouvé cette observation trop banale pour la prendre au sérieux, mais il y avait peut-être du vrai là-dedans. Si le musicien et moi étions destinés à vivre ensemble, il fallait que notre première rencontre soit inoubliable.

J'ai hoché la tête. Ma décision était prise. J'irais faire du shopping juste après le travail, je m'achèterais une belle tenue, et je la mettrais pour me rendre au concert. Oh, Eleanor, ça ne peut pas être aussi simple que cela, voyons. D'expérience, je savais que rien n'était jamais évident, dans la vie. J'ai essayé de prévoir les problèmes qui pourraient survenir, et le meilleur moyen de les résoudre. Que devrais-je faire de ma tenue de travail ? La réponse tombait sous le sens : mon cabas était assez grand pour la contenir. Et le dîner ? Je ne suis pas de celles qui peuvent fonctionner l'estomac vide, et j'aurais honte de m'évanouir à ses pieds, foudroyée non par l'émotion, mais par la faim. Bon, j'imagine que je pourrais manger dans un café juste après le travail, et me débrouiller pour arriver au Cuttings à 19 h 45. Oui, c'était faisable. Ça me laisserait tout le temps de choisir un siège proche de la scène, afin de le voir le mieux possible. Et d'être vue, évidemment. Problèmes résolus.

Je n'ai pas pu résister à l'envie de jeter un œil sur Internet pour voir s'il était aussi impatient que moi. Ah, merci, Twitter :

> @johnnieLrocks
> Tests son : ok. Coiffeur : ok. Bougez-vous, tas de mofos, je vous attends tous au Cuttings, ce soir. #anepasmanquer #lebeaugosse

Pas très loquace. J'ai cherché « mofo[1] » dans Google, et je dois avouer que le résultat m'a un peu alarmée. Enfin, que savais-je des curieuses manies des stars du rock ? Il m'enseignerait cet étrange argot en temps voulu, bien sûr. Il pourrait peut-être commencer ce soir ? J'avais du mal à croire que, dans quelques heures à peine, je serais devant lui. Quelle perspective exaltante !

J'avais une lettre pour lui, dans mon sac, que je ne lui avais pas encore envoyée. Une autre preuve que le destin me souriait, aujourd'hui. Au début de la semaine, j'avais recopié à son intention un de mes poèmes préférés au stylo Bic. Quel miracle d'ingéniosité à petit prix que ces stylos-là ! J'avais choisi la carte avec soin : blanche, illustrée d'un adorable

1. Abréviation de *motherfucker* (« fils de pute »).

lièvre aux longues oreilles, aux pattes puissantes et à l'air déterminé. Il fixait la lune et les étoiles avec une expression indescriptible.

Les cartes de vœux sont hors de prix, quand on pense que ce n'est jamais qu'un petit bout de bristol imprimé. Certes, il y a une enveloppe, mais quand même. Un salarié touchant le SMIC doit travailler au moins une demi-heure pour gagner de quoi se payer une jolie carte de vœux et un timbre au tarif en vigueur. C'était pour moi une découverte ; je n'avais encore jamais envoyé de carte à personne. Mais comme j'allais le voir en personne ce soir, je n'avais plus besoin de l'affranchir. Je pourrais lui remettre mon humble présent en main propre.

Le magnifique poème d'Emily Dickinson intitulé *Folles nuits (Folles nuits !)* allie deux éléments auxquels je voue une tendresse démesurée : la ponctuation et le thème de la rencontre de l'âme sœur à l'issue d'une longue quête.

J'ai relu le poème, léché la bande collante de l'enveloppe – délicieusement amère – et écrit son nom dessus de ma plus belle écriture. Puis je l'ai remise dans mon cabas, songeuse. Était-ce le bon moment pour lui offrir un poème ? Je ne comprenais pas d'où venait mon hésitation soudaine ; la carte était achetée et payée, après tout. Néanmoins, je me demandais si je ne ferais pas mieux d'attendre de voir ce qu'il se passerait au concert avant d'entamer cette correspondance. Mieux valait éviter de se montrer trop téméraire.

La journée m'a paru interminable. À 17 heures, je suis allée prendre le métro pour vite gagner le centre-ville, et me suis rendue dans le grand magasin le plus proche de la station, celui-là même où j'avais acheté mon ordinateur portable. Il était 17 h 20, et il fermerait dans moins d'une heure. Le rayon « Mode femmes » se situait au premier étage (*Quand est-on passé du terme « Mode féminine » à « Mode femmes » ?* me suis-je demandé) ; ne trouvant pas l'escalier, j'ai pris l'Escalator. Le rayon était immense, j'ai donc décidé de demander de l'aide. La première vendeuse que j'ai aperçue était corpulente, et ne me semblait pas la mieux placée pour offrir des conseils vestimentaires. La deuxième devait avoir entre dix-huit et vingt ans : trop verte pour m'être utile. La troisième, dans le genre Boucles d'or, me paraissait convenir ; c'était une femme de mon âge, à la mise soignée et à l'air pragmatique. Je me suis approchée d'elle avec tact.

— Excusez-moi, puis-je vous demander un conseil ?

Elle a arrêté de plier des pulls et s'est tournée vers moi, un sourire artificiel plaqué sur les lèvres.

— Je dois assister à un concert qui a lieu dans une salle à la mode, et je me demandais si vous pourriez m'aider à choisir un ensemble qui puisse convenir pour l'occasion ?

Son sourire s'est élargi et m'a paru plus authentique.

— Eh bien, nous offrons en effet un service de conseil personnalisé, a-t-elle répondu. Je pourrais vous proposer un rendez-vous, si vous voulez ?

— Oh, non. C'est pour ce soir. J'ai vraiment besoin de m'acheter une tenue tout de suite.

Elle m'a jaugée de la tête aux pieds.

— Où a lieu ce concert ?

— Au Cuttings, ai-je déclaré fièrement.

Elle a pincé les lèvres et hoché la tête, pensive.

— Quelle est votre taille, 40 ?

J'ai acquiescé, estomaquée qu'elle ait pu viser juste d'un simple regard. Elle a vérifié l'heure à sa montre.

— Suivez-moi.

On aurait dit qu'il y avait plusieurs rayons dans le même rayon, et elle s'est arrêtée devant le moins attrayant de tous.

— Bien, à première vue, je dirais ceci…

Un jean noir ridiculement étroit.

— … avec cela…

Une sorte de tee-shirt noir en similisoie, avec un trou en forme de serrure dans le dos.

— Vraiment ? me suis-je étonnée. Je pensais plutôt à une jolie robe, ou une jupe avec un chemisier.

De nouveau, elle m'a toisée de haut en bas.

— Faites-moi confiance.

Les cabines d'essayage étaient petites et puaient les pieds et le parfum d'ambiance. Le jean paraissait trop petit, mais il s'est étiré pour épouser mes formes comme par magie, et j'ai réussi à le fermer sans mal. Le haut était fluide, avec un col ras du cou. Je me sentais bien couverte, au moins, même si je ne pouvais pas voir la zone ajourée dans le dos. Ça devait être voulu. J'ai arraché les étiquettes et les ai posées par terre avant de plier mes vêtements de travail pour les ranger dans mon cabas. Puis j'ai ramassé les étiquettes pour les emporter à la caisse.

La vendeuse attendait devant ma cabine.

— Alors, qu'en pensez-vous ? Ça vous va bien, n'est-ce pas ?

— Je les prends, ai-je dit en lui tendant les codes-barres.

Mais j'avais oublié les antivols fixés aux vêtements, et il n'a pas été simple de les enlever. J'ai dû passer de l'autre côté de la caisse et m'agenouiller, pour qu'elle puisse les détacher en utilisant un appareil magnétique. Ça nous a bien fait rire, au bout du compte. C'était la première fois que je riais dans un magasin, je crois. Je venais de payer, sans trop réfléchir à la somme d'argent que j'étais en train de dépenser, quand elle a fait le tour du comptoir pour venir vers moi.

— Je peux vous dire quelque chose ? C'est à propos de… vos chaussures.

J'ai baissé les yeux sur mes pieds. Je portais mes chaussures de travail, les noires, plates, avec les attaches Velcro.

— Comment vous appelez-vous ?

J'étais perplexe. Je ne voyais pas l'intérêt de connaître mon nom pour me vendre des chaussures. Elle attendait ma réponse.

— Eleanor, ai-je lâché avec réticence après avoir envisagé de lui donner un faux prénom ou un *nom de plume** (il n'était pas question que je lui révèle mon nom de famille, en tout cas).

— En fait, Eleanor, avec ce genre de jean, il vous faut des bottines, a-t-elle dit du ton grave d'un médecin délivrant son diagnostic. Vous voulez faire un saut au rayon chaussures ?

J'ai hésité.

— Je ne touche aucune commission sur les ventes, a-t-elle ajouté à voix basse. C'est juste que… je pense que votre tenue serait parfaite avec le bon modèle de chaussures.

— L'accessoire fait le style, c'est ça ?

Elle n'a pas souri. Elle m'a montré des bottines si hautes et si fines que j'ai éclaté de rire. Nous avons fini par tomber d'accord sur une paire de chaussures plutôt élégantes dans lesquelles je pouvais marcher sans risquer de me briser les reins, et qui alliait donc ses exigences et les miennes. 65 livres ! *Dieu du Ciel*, ai-je pensé en lui tendant de nouveau ma carte bancaire. *Certains vivent toute une semaine avec ça.*

J'ai glissé mes chaussures noires dans mon cabas. Je l'ai vue jeter un coup d'œil dessus, puis vers le rayon maroquinerie.

— Oh, non, je crains d'avoir épuisé mes fonds pour le moment, ai-je dit.

— Ah. Dans ce cas, laissez-le au vestiaire et vous serez parfaite.

Je n'ai pas compris ce qu'elle voulait dire, mais le temps pressait.

— Merci beaucoup pour votre aide, Claire, ai-je dit en me penchant sur son badge pour lire son prénom. Elle m'a été très précieuse.

— De rien, Eleanor. Oh, une dernière petite chose : le magasin ferme dans dix minutes. Si vous vous dépêchez, vous pouvez vous arrêter au rayon cosmétique pour vous faire maquiller avant de filer – c'est au rez-de-chaussée, près de la sortie. Demandez Bobbi Brown[1] et dites que c'est Claire qui vous envoie.

Sur ce, elle a disparu, tandis que la recette du jour, à laquelle s'ajoutait ma contribution non négligeable, s'imprimait sur le rouleau de sa caisse enregistreuse.

Quand j'ai demandé à parler à Bobbi, la femme du rayon cosmétique a gloussé.

1. Marque de cosmétiques.

— Il y en a une ici même, a-t-elle lancé à la cantonade.

Il y avait une telle quantité de miroirs que je me suis demandé si ça ne les encourageait pas à parler toutes seules.

— Asseyez-vous là, mon chou, a-t-elle dit en désignant un tabouret d'une hauteur absurde.

Je me suis hissée dessus tant bien que mal, opération d'autant plus risquée pour mon amour-propre que je me sentais entravée par mes nouvelles chaussures. Je me suis assise sur mes mains pour protéger ma peau rougie et craquelée de l'éclairage cru et brûlant, qui mettait en relief chaque aspérité de mon eczéma. J'ai écarté mes cheveux de mon visage.

— Bien, bien, a-t-elle dit en me dévisageant de trop près. Aucun problème. Bobbi a des fonds de teint fantastiques qui imitent toutes les nuances de peau. Je ne peux pas tout effacer, mais je n'aurai aucun mal à camoufler un peu ça.

Je me suis demandé si elle parlait toujours d'elle à la troisième personne.

— Vous faites allusion à mon visage ?

— Non, ma petite dame, à votre cicatrice. Vous avez un visage adorable, et un beau teint clair. Maintenant, regardez.

Elle portait une ceinture à outils semblable à celles des plombiers, et sa langue pointait au coin de sa bouche lorsqu'elle travaillait.

— Le magasin ferme dans dix minutes, alors je vais me concentrer sur le camouflage et les yeux. Vous aimez le fard à paupières fumé ?

— Je préfère éviter tout ce qui a un rapport avec la fumée, ai-je répondu.

Elle a encore ri. Bizarre. Quelle étrange personne.

— Attendez un peu… a-t-elle dit.

Elle a soulevé mon menton, m'a demandé de regarder en haut, en bas, et de me tourner sur le côté. Elle ne cessait de me tamponner la peau avec toutes sortes d'instruments, et son visage était si proche du mien que je sentais l'odeur de son chewing-gum à la menthe, qui ne parvenait pas à masquer celle du café qu'elle avait bu un peu plus tôt. Une sonnerie a retenti, et elle a poussé un juron. Les haut-parleurs ont annoncé que le magasin fermait ses portes.

— On n'a plus le temps, désolée.

Elle a reculé pour admirer son œuvre et m'a tendu un miroir. Je ne me suis pas reconnue. La cicatrice était à peine visible, et mes yeux étaient soulignés au crayon noir et ombrés au charbon. J'ai repensé à une émission sur les lémuriens que j'avais vue récemment. J'avais les lèvres rouge coquelicot.

— Alors, qu'est-ce que vous en dites ?

— J'ai l'air d'un primate de Madagascar, ou d'un raton laveur d'Amérique du Nord, ai-je dit. C'est charmant !

Elle a tellement ri qu'elle a été obligée de croiser les jambes. Elle m'a fait descendre du tabouret et poussée vers la sortie.

— Je suis supposée vous vendre mes produits et mes pinceaux. Si vous en voulez, repassez demain et demandez Irene !

J'ai acquiescé et l'ai saluée de la main. J'avais plus de chances de décider d'aller m'acheter du plutonium de qualité militaire que de revenir voir Irene.

14

Le musicien devait être submergé par une déferlante d'émotions contradictoires, en ce moment. Comme le serait tout homme discret et réservé obligé de se produire sur scène en raison du talent dont il se devait de faire profiter la Terre entière, non par désir, mais par devoir. Son chant ressemblait à celui de l'oiseau ; sa musique était aussi douce et naturelle qu'une averse, une éclaircie, que tout ce qui va de soi. Tel était le fil de mes pensées tandis que je mangeais sur le pouce. C'était la première fois de ma vie que je dînais dans un fast-food, un truc gigantesque et tape-à-l'œil à deux pas de la salle de concert. Et, chose sidérante, l'endroit était bondé. Je me demandais pourquoi les humains acceptaient de faire la queue devant un comptoir pour commander de la nourriture industrielle, l'emporter à une table même pas dressée pour le repas, et la manger dans des emballages en papier ! Sans compter que les clients étaient supposés *débarrasser eux-mêmes* avant de quitter le restaurant. Très étrange.

Après réflexion, j'ai opté pour un carré d'un poisson inconnu enveloppé de chapelure, plongé dans de l'huile de friture et inséré entre deux tranches de pain sucré garnies de fromage industriel, d'une feuille de laitue chétive et d'une espèce de matière gluante aigre-douce qui frisait l'obscénité. En dépit de tous les efforts de maman, je n'ai rien d'une épicurienne ; pourtant, c'est une vérité universellement reconnue que le poisson et le fromage ne font pas bon ménage, non[1] ? Quelqu'un devrait se dévouer pour le dire à M. McDonald. Aucun dessert de la liste ne me tentait, j'ai donc choisi un café, que j'ai trouvé tiède et amer. J'étais bien entendu sur le point de me le renverser dessus quand j'ai eu la bonne idée de lire l'avertissement imprimé sur le gobelet en carton, qui m'informait que les liquides chauds pouvaient causer des brûlures. *De justesse, Eleanor !* me suis-je dit, riant dans ma barbe. Je commençais à soupçonner M. McDonald d'être un peu idiot, quoique, à en juger par les files d'attente bien fournies, un idiot riche.

J'ai jeté un œil à ma montre, puis ramassé mon cabas et enfilé mon pourpoint. J'ai laissé les reliefs de mon dîner sur la table ; à quoi bon manger dehors s'il fallait débarrasser soi-même ? Autant rester à la maison.

Il était temps d'y aller.

La faille, l'*hamartia* de mon plan, était la suivante : tous les tickets avaient été vendus. L'homme qui tenait la billetterie m'a même ri au nez.

— Ça fait deux jours que les derniers billets ont été vendus, m'a-t-il informée.

1. Détournement de la première phrase du roman *Orgueil et Préjugés* de Jane Austen : « C'est une vérité universellement reconnue qu'un célibataire pourvu d'une belle fortune doit avoir envie de se marier. »

Je lui ai expliqué d'un ton calme et patient que je ne désirais assister qu'à la première partie, et suggéré qu'il y aurait sûrement assez de place pour accueillir une spectatrice supplémentaire, mais c'était apparemment impossible – consignes anti-incendie. Pour la deuxième fois en quelques jours, j'ai fondu en larmes. De nouveau, l'homme a ri.

— Ne pleurez pas, ma belle. Franchement, ils ne sont pas aussi bons que ça.

Il s'est penché vers moi et, du ton de la confidence, a repris :

— J'ai aidé le chanteur à décharger son matos de sa voiture, cet après-midi. Un vrai con, si vous voulez mon avis. Un petit succès de rien du tout, et ils prennent le melon. Ça coûte quoi d'être aimable ?

J'ai acquiescé, me demandant à quel chanteur il faisait allusion, et je me suis dirigée vers le bar pour retrouver mes esprits. Je ne pourrais pas entrer sans ticket, c'était clair. Et je ne pouvais pas m'en acheter. J'ai commandé un Magners, me remémorant celui que j'avais dû me servir seule. Le barman, qui mesurait un bon mètre quatre-vingts, avait percé ses oreilles de trous énormes avant d'y insérer des petits disques en plastique noir pour les agrandir encore. Pour une raison inconnue, j'ai pensé à mes rideaux de douche.

Cette vision réconfortante de mon domicile m'a donné le courage d'examiner les tatouages qui sillonnaient son cou et descendaient le long de ses bras. Leurs couleurs étaient magnifiques, et les images denses et complexes. Comme c'était bon de pouvoir lire sur la peau d'un individu, de découvrir l'histoire de sa vie étalée sur son torse, ses bras, le délicat petit carré de chair de sa nuque. Cet homme-là était tatoué de roses, d'une clef de sol, d'une croix, d'un visage de femme… tant de détails et si peu de peau intacte. Remarquant mon regard, il m'a souri.

— Vous en avez aussi ?

J'ai secoué la tête, lui rendant son sourire, et me suis précipitée vers une table avec mon verre. Ses paroles résonnaient dans ma tête. Pourquoi n'avais-je pas de tatouage ? Je n'y avais jamais songé, n'avais même jamais pris la décision consciente de ne pas en avoir. Plus j'y pensais, plus l'idée m'attirait. Peut-être pourrais-je me faire tatouer le visage, un dessin complexe et élaboré dont le motif intégrerait ma cicatrice ? Ou, mieux encore, une partie secrète de mon corps. J'aimais bien cette idée. L'intérieur de la cuisse, le creux poplité, la plante du pied, par exemple.

J'ai terminé mon Magners, et le barman est venu récupérer mon verre.

— La même chose ? a-t-il demandé.

— Non, merci, ai-je dit. Puis-je vous poser une question ?

J'ai cessé de décoller les dernières écailles de vernis de mes ongles.

— Deux, en fait. La première : est-ce que ça fait mal, et la seconde : combien coûte un tatouage ?

Il a hoché la tête comme s'il s'était attendu à ce que je l'interroge là-dessus.

— Ça fait un mal de chien, je ne vais pas vous mentir. En termes de coût, ça dépend ce que vous choisissez. Il y a une grosse différence entre celui d'un « maman » sur votre biceps et celui d'un énorme tigre dans votre dos.

Oui, c'était logique.

— Et il y a des tas de guignols, aussi, a-t-il continué en connaisseur. Si vous envisagez de vous en faire faire un, il faut aller chez Barry, dans Thornton Street.

— Merci beaucoup.

Je ne m'attendais pas à ce que la soirée se termine de cette façon, mais la vie peut être pleine de surprises.

Une fois dehors, j'ai compris qu'il ne me servirait à rien de traîner dans les parages. Le musicien irait sans doute faire la fête dans un endroit glamour, entouré de paillettes et de boîtes à rythmes, après le concert. Pour ma part, je ne connaissais que le McDonald's et le pub où j'avais bu un verre avec Raymond, et aucun de ces deux endroits ne donnait envie de s'y installer.

Allons, Eleanor, me suis-je dit. *Ce n'est pas le bon soir.* Ma carte passerait encore un peu de temps dans mon cabas. Je me suis consolée en pensant que, lorsque la rencontre aurait enfin lieu, tout serait parfait, que je ne devrais pas me préparer à la dernière minute pour me rendre dans une salle de concert. Et puis, d'ici là, j'aurais étrenné mes nouvelles bottines et pourrais marcher normalement. J'étais déjà lasse des regards que m'attirait mon boitillement.

@johnnieLrocks
Je me demande si ma musique n'est pas un brin trop complexe pour certaines personnes. Évitez d'aller à un concert si vous n'êtes pas prêts à entendre de nouveaux sons. #malentendu #verite

@johnnieLrocks
Remarquez, c'est arrivé à tous les grands à leurs débuts. #Dylan #Springsteen #matournee

15

J'ai fini par prendre un taxi pour rentrer chez moi. Une fois arrivée, je me suis rappelé que je n'avais plus de vodka, et suis allée me coucher. Je me suis réveillée de bonne heure le lendemain et ai décidé d'aller faire des courses au magasin du coin, ayant contrarié mes habitudes à la suite de ma tentative avortée de rencontrer le chanteur la veille au soir. J'ai acheté du lait, un sachet de petits pains et une soupe de pâtes à la tomate. J'avais hésité entre les pâtes alphabet et les petits anneaux, et choisi ces derniers. C'est bien de garder l'esprit ouvert – même si je suis consciente que les lettres et les petits anneaux ont le même goût, je ne suis pas stupide.

Le propriétaire de l'épicerie est un charmant Bangladais doté d'une marque de naissance pas inintéressante. Après toutes ces années, j'apprécie la relation cordiale que nous entretenons. J'ai placé mes articles sur le comptoir et parcouru du regard les étagères situées dans son dos tandis qu'il entrait les prix dans la caisse enregistreuse. Il m'a annoncé le total en m'adressant un grand sourire.

— Merci, ai-je dit.

J'ai pointé le doigt sur les étagères.

— Pourrais-je avoir deux bouteilles de vodka Glen ?

Ses sourcils se sont dressés un bref instant, puis son visage a retrouvé son impassibilité.

— Je crains de ne pouvoir vous vendre d'alcool, mademoiselle, a-t-il répondu, pour le moins embarrassé.

J'ai souri.

— Monsieur Dewan, je suis extrêmement flattée, néanmoins je trouve la qualité de votre vue préoccupante, ai-je répondu. Je viens tout juste d'entrer dans ma trente et unième année.

Un petit frisson de plaisir m'a parcourue. Bobbi Brown avait dit que j'avais un joli grain de peau (à l'endroit où elle était intacte, en tout cas), et voilà que M. Dewan me prenait pour une adolescente !

— Il est 9 h 10 du matin, m'a-t-il informée d'un ton plutôt sec tandis qu'une petite file d'attente se formait derrière moi.

— Ma foi, j'ai parfaitement consciente de l'heure qu'il est. Jugerez-vous impertinent de ma part de suggérer que vos clients sont seuls juges de ce qu'ils choisissent de consommer au petit déjeuner ?

Il parlait si bas quand il m'a répondu que j'ai dû me pencher vers lui pour l'entendre.

— Il est illégal de vendre de l'alcool avant 10 heures du matin, mademoiselle. Je risque de perdre ma licence.

— Vraiment ? ai-je rétorqué, fascinée. Je n'en avais pas la moindre idée ! Je crains que mes connaissances en matière de licence de vente de boissons alcoolisées ne soient très rudimentaires.

Il m'a dévisagée.

— Ça vous fera 5,49 livres, a-t-il répété.

Il a accepté mon billet de 10 livres et m'a rendu la monnaie en gardant les yeux fixés sur ses chaussures. Je sentais que la cordialité susmentionnée n'était plus de mise, mais j'étais bien incapable de dire pourquoi. Il ne m'a même pas saluée quand je suis partie.

C'était ennuyeux, j'allais devoir revenir plus tard. Pourquoi ne pouvait-on acheter de la vodka aussi simplement qu'on achetait, mettons, du lait, à savoir dans n'importe quelle épicerie, aux heures d'ouverture, peu importait quand ? Ridicule. Je supposais que c'était pour protéger les alcooliques d'eux-mêmes pendant au moins quelques heures par jour ; mais, quand on y réfléchissait de manière rationnelle, ça n'avait aucun sens. Si mon corps et mon esprit étaient accros à l'alcool, je m'arrangerais pour en acheter une cargaison afin d'en avoir une réserve à portée de main à toute heure du jour et de la nuit. Cette loi était illogique ; quelle différence cela pouvait-il faire qu'on achète de la vodka à 9 h 10 ou à 10 h 10 du matin ?

La vodka n'est pour moi qu'un produit de première nécessité, comme une miche de pain ou un paquet de thé. Je l'apprécie surtout parce qu'elle m'aide à m'endormir. Parfois, le soir, quand je suis allongée dans le noir, je ne peux pas m'empêcher de me souvenir de la peur, et de la tension nerveuse. Mais surtout de la peur. Ces nuits-là, la voix de maman susurre dans ma tête, et une autre voix, plus jeune, plus timide, résonne tout contre mon oreille, si proche que je sens une haleine tiède et haletante secouer les poils minuscules qui conduisent les ondes sonores jusqu'à mon tympan, si proche que j'entends son plus léger murmure. Cette petite voix, cette petite voix brisée supplie : *Eleanor, je t'en prie, aide-moi, Eleanor…* encore et encore. Ces nuits-là, j'ai besoin de vodka pour ne pas me briser, moi aussi.

J'ai décidé de pousser jusqu'au grand supermarché, à une vingtaine de minutes à pied. Ainsi, je mettrais mon temps à profit et je pourrais tout acheter d'un coup au lieu de devoir ressortir plus tard. Mon cabas était assez grand. Je l'ai posé à terre, j'ai ouvert la poche intérieure, déployé le petit chariot escamotable et attaché le sac dessus. *Et voilà !** Un caddie à roulettes. Il faisait un boucan assez désagréable, mais cet inconvénient était compensé par l'efficacité avec laquelle je pouvais transporter des articles trop lourds.

Le supermarché en question offrait un large éventail de produits de qualité ; non seulement de l'alimentation et des boissons, mais aussi des grille-pain, des pulls, des frisbees et des romans. Pas un Tesco Metro, un Tesco Extra. Bref, l'un de mes endroits préférés au monde.

16

TESCO ! Lumières vives, étiquetage clair, trois pour le prix de deux, deux pour le prix d'un, trois pour 5 livres. Je me suis munie d'un caddie juste pour le plaisir de le pousser et j'ai placé mon cabas à roulettes dans le siège bébé. Il entravait mon champ de vision, mais ça ne rendait l'exercice que plus amusant. Je ne suis pas tout de suite allée chercher de la vodka ; j'ai préféré écumer chaque rayon en commençant par celui de l'électricité, à l'étage, puis je suis descendue et j'ai pris tout mon temps pour regarder les tampons, l'engrais à tomates et le Couscous Spice Sensation de Ainsley Harriott[1].

Je gravitais autour du rayon boulangerie quand je me suis arrêtée net devant des petits pains à croûte noire, sidérée. Le musicien était là ! Quel bonheur d'habiter une ville si peuplée, dont les habitants se croisaient sans cesse ! Mais qui étais-je pour présumer que cette rencontre était fortuite ? J'avais déjà constaté que les tours du destin dépassaient l'entendement humain ; une puissance supérieure nous poussait peut-être l'un vers l'autre dans les circonstances

1. Célèbre cuisinier anglais.

les plus improbables ? Je me faisais soudain l'effet d'être une héroïne de Thomas Hardy (même si je priais en secret le destin de ne pas nous organiser une prochaine rencontre à proximité de moutons au bord de l'explosion[1]).

Sans le quitter des yeux, je me suis dissimulée derrière mon cabas et j'ai poussé mon caddie dans sa direction. Je me suis avancée aussi près que j'en étais capable. Il était pâle et fatigué, mais toujours aussi séduisant, et même d'une beauté plus sauvage et plus décontractée que jamais. Il a laissé tomber un pain de mie tranché dans son panier et s'est approché du rayon boucherie. Une fois encore, j'étais prise au dépourvu. Je ne m'étais pas préparée physiquement à une telle rencontre, j'étais assez peu *soignée** à cette heure du jour, le week-end ; je ne portais ni mes beaux vêtements ni mes bottines neuves. Je n'avais pas préparé d'entrée en matière. Et je n'avais même pas de carte de visite à lui laisser. Leçon à retenir : être prête en toutes circonstances.

J'ai décidé qu'il serait plus sage de cesser de le suivre, même si je brûlais d'envie de savoir ce qu'il allait acheter. Mon double caddie risquait de lui paraître suspect. J'ai préféré me rendre directement au rayon des vins et spiritueux, et j'ai acheté trois litres de vodka. Je comptais prendre deux bouteilles de Glen, mais ils proposaient une réduction incroyable sur la Smirnoff. Oh, monsieur Tesco, je suis incapable de résister à vos promotions.

1. Allusion à une scène de *Loin de la foule déchaînée*, de Thomas Hardy : l'un des héros du roman retrouve ses moutons gonflés d'air et doit les perforer pour éviter qu'ils n'explosent (ou suffoquent, en réalité).

Comme il fallait s'y attendre, le musicien se trouvait déjà aux caisses quand j'y suis arrivée pour faire la queue. Il y avait une personne derrière lui, je me suis donc placée dans la même file, me sentant protégée par ce paravent. Quel beau choix d'articles il avait déposé sur le tapis ! Œufs, bacon, jus d'orange (« avec morceaux » – des morceaux de quoi ? ça m'intriguait) et une boîte de comprimés de Nurofen. J'ai résisté à l'envie de me pencher en avant pour lui expliquer qu'il gaspillait son argent : cette marque d'anti-inflammatoires non stéroïdiens n'est autre que de l'ibuprofène à 200 mg dont la version générique est en vente pour un quart de ce prix-là. Mais ça n'aurait pas été une bonne entrée en matière. Je voulais trouver quelque chose de plus séducteur, de plus original pour engager la conversation.

Il a sorti un magnifique portefeuille en cuir fripé et a payé avec une carte de crédit, bien que sa note totale soit inférieure à 8 livres. J'ai supposé que, tout comme les membres de la famille royale, c'était un personnage trop important pour se promener avec des espèces. Durant son échange avec la caissière, une femme d'une quarantaine d'années étonnamment indifférente au charme manifeste de l'homme qui se tenait devant elle, j'ai noté qu'il manquait de nouveau une opportunité. Cette fois, je n'ai pas pu me retenir. J'ai sorti mon téléphone flambant neuf, ouvert mon compte Twitter encore vierge, et attendu qu'il ait payé et quitté le supermarché. Je me suis alors empressée de taper mon message et de l'envoyer.

@eloliph
La carte Tesco Club est une merveille qui procure bien des joies. Vous devriez ABSOLUMENT en demander une. Une Amie Bienveillante xx

@johnnieLrocks
Tesco : espionnage/carte de fidélité, cessez de m'envoyer vos Big Brothers aux trousses. On se croirait dans un État gendarme, salut #gueuledebois #foutezmoilapaix #luttecontrelesysteme

17

Bien sûr, je savais déjà que nous n'habitions pas très loin l'un de l'autre, mais je n'avais jamais envisagé que nos chemins puissent se croiser de manière fortuite. Parfois, cet endroit me fait davantage penser à un village qu'à une ville. Nous partageons donc une même tendresse pour Tesco. Rien de surprenant à cela. Je me suis demandé quels étaient nos autres points de rencontre possibles. Peut-être fréquentions-nous le même bureau de poste, par exemple, ou peut-être achetions-nous nos médicaments dans la même pharmacie ? J'ai de nouveau songé à l'importance de me tenir prête à tout moment, pour une éventuelle rencontre : je devais toujours lui apparaître sous mon meilleur jour et avoir une remarque intéressante à faire. J'allais avoir besoin de tenues de rechange.

La soirée en l'honneur du retour de Sammy à la maison devait avoir lieu ce soir-là à 19 heures, et Raymond avait proposé de me retrouver un peu avant à deux pas de chez Laura. Au début, j'ai trouvé qu'il se montrait étrangement prévenant, puis je me suis dit qu'il voulait juste éviter d'arriver seul. Certains êtres, les plus faibles, redoutent la solitude. Ils ne réussissent pas à comprendre qu'elle peut être très libératrice ; une fois qu'on réalise qu'on n'a besoin de personne, on devient capable de prendre soin de soi-même. Et c'est l'essentiel : *il vaut mieux* prendre soin de soi. On ne peut pas protéger les autres, quel qu'en soit notre désir. On essaie, on échoue, et le monde, réduit en cendres, s'écroule autour de vous.

Néanmoins, je me demande parfois ce que ça fait d'avoir, mettons, un cousin, un frère ou une sœur, une personne à qui l'on peut téléphoner en cas de besoin, ou avec qui on peut décider de passer un moment sur un coup de tête. Un proche qui vous connaisse, vous aime, ne songe qu'à votre bien. Une plante d'appartement, si belle et robuste soit-elle, ne fait pas le poids, et c'est bien dommage. Enfin, inutile de se perdre en conjectures. Je n'avais pas de famille, alors il était futile de rêver qu'il en soit autrement. Après tout, je n'avais que ce que je méritais. Et puis, pour dire le vrai, je me sentais très, très, très, bien. N'étais-je pas ici, au cœur du monde, prête à me rendre à une soirée ? Vêtue de mes plus beaux vêtements, sur le point de retrouver une de mes connaissances ? Bonsoir, chers téléspectateurs de notre émission du samedi soir, voici Eleanor Oliphant ! Je me suis autorisé un petit sourire.

Mon humeur a cependant fini par tourner à l'aigre : j'ai attendu Raymond pendant vingt-cinq minutes. Je trouve les gens en retard d'une grossièreté inqualifiable ; c'est un tel manque de respect, l'aveu criant que vous vous estimez au-dessus des autres. J'étais à deux doigts de partir quand, à 19 h 15, Raymond a fini par descendre d'un taxi banalisé.

— Salut, Eleanor ! a-t-il lancé d'une voix enjouée.

Il portait un sac en plastique et un bouquet d'œillets bon marché. Laura n'avait-elle pas insisté pour que nous venions les mains vides ? Pourquoi faisait-il fi de sa requête aimable ?

— Raymond, nous devions arriver à 19 heures, ai-je dit. Nous étions convenus de nous retrouver ici à 18 h 50, et voilà que nous allons être en retard à cause de votre désinvolture inexcusable. C'est irrespectueux envers notre hôtesse !

J'évitais de le regarder, tant sa vue m'insupportait. Contre toute attente, il s'est mis à rire.

— Détendez-vous, Eleanor.

Quoi ? Que je me détende !

— Personne n'arrive jamais à l'heure à une soirée. C'est encore plus grossier que d'arriver avec un quart d'heure de retard, croyez-moi.

Il m'a examinée de la tête aux pieds.

— Vous êtes jolie, a-t-il dit. Différente…

Je n'ai pas apprécié sa tentative honteuse de changer de sujet.

— On y va ? l'ai-je coupé d'un ton sec.

Il m'a emboîté le pas, fumant, comme à son habitude.

— Franchement, Eleanor, ce n'est pas la peine d'être aussi tendue. Quand les gens disent 19 heures, ça signifie 19 h 30, au plus tôt. Nous serons sans doute les premiers !

Je n'en revenais pas.

— Mais pourquoi, au nom du Ciel ? Pourquoi dire une chose quand on en pense une autre, et comment savoir à quoi s'en tenir ?

Raymond a écrasé sa cigarette, l'a jetée dans le caniveau et a penché la tête de côté, pensif.

— En fait, je ne sais pas comment on le sait. On le sait, c'est tout.

Il a réfléchi encore un peu.

— C'est comme ça : tout le monde sait que si vous invitez des gens chez vous et que vous leur dites 20 heures, c'est toujours un cauchemar de les voir arriver à 20 heures, parce que vous n'êtes pas prête, vous n'avez même pas eu le temps de faire le ménage ou de sortir les poubelles ou je ne sais quoi. C'est un peu… passif-agressif, presque, d'arriver à l'heure, ou pire, en avance.

— Je ne comprends rien à ce que vous racontez. Quand j'invite des gens chez moi en leur disant de venir à 20 heures, je m'attends à ce qu'ils arrivent à 20 heures et je me tiens prête à les recevoir à l'heure dite. C'est manquer d'organisation que de concevoir les choses autrement.

Il a haussé les épaules. Lui-même n'avait fait aucun effort pour paraître à son avantage à la soirée. Il arborait sa tenue sportive habituelle avec des baskets (vertes, cette fois) et un tee-shirt qui proclamait *Carcetti à la mairie*. Incompréhensible. Il portait une veste en jean d'un ton plus clair que son pantalon. J'ignorais que l'on pouvait tailler un costume dans du jean, mais force était de constater que oui.

La maison de Laura se trouvait au fond d'une impasse bordée de petites bâtisses modernes. Plusieurs voitures étaient garées dans son allée. Comme nous nous approchions de la porte d'entrée, j'ai aperçu des géraniums rouges dans des jardinières. J'ai toujours été troublée par ces fleurs qui laissaient une odeur riche et prégnante sur vos vêtements lorsque vous vous frottiez à elles ; une odeur saumâtre de légumes, tout sauf florale.

Raymond a sonné, et un carillon a joué les premières notes de la *IIIe Symphonie* de Beethoven.

Un petit garçon au visage barbouillé de chocolat (je l'espérais, en tout cas) nous a ouvert, puis dévisagés. Je lui ai rendu la pareille. Raymond s'est avancé.

— Ça va, mon pote ? On est venus voir ton papy.

L'enfant a continué à nous regarder sans enthousiasme.

— Mes chaussures sont toutes neuves, a-t-il déclaré de but en blanc.

À cet instant, Laura est apparue dans le couloir derrière lui.

— Tata Laura, a-t-il dit sans se retourner, d'un ton blasé, c'est d'autres gens pour la fête.

— Je vois ça, Tyler, a-t-elle répondu. Et si tu allais retrouver ton frère pour l'aider à gonfler les ballons ?

Il a acquiescé et s'est enfui, faisant claquer ses petits pieds sur les marches de l'escalier.

— Entrez, nous a-t-elle lancé en souriant à Raymond. Papa sera content de vous voir.

Elle ne m'a pas souri, comme la plupart des gens que je rencontre.

Raymond a essuyé ses pieds sur le paillasson. Je l'ai imité, et nous sommes entrés. Dire que j'en étais à me laisser guider par lui pour bien me comporter en société : c'était vraiment une journée pleine d'imprévus.

Il a tendu à Laura les fleurs et le sac, qui a émis un tintement. Et j'ai compris que, en dépit de sa déclaration à l'hôpital, j'aurais dû, moi aussi, apporter quelque chose. J'étais sur le point d'expliquer à Laura que j'étais venue les mains vides à seule fin de respecter son désir quand, sans me laisser le temps de parler, Raymond a ajouté :

— De notre part à tous les deux.

Elle a jeté un coup d'œil dans le sac – j'ai prié de tout cœur pour que ce ne soit pas encore un sachet de Haribo et des Pringles – et nous a remerciés. J'ai hoché la tête.

Elle nous a conduits au salon où Sammy était assis, entouré de sa famille. De la pop insipide servait de fond sonore, et une table basse était couverte de petits bols beiges remplis d'amuse-gueules. Laura portait une robe drapée autour de son corps comme un long bandage noir et vacillait sur des talons compensés de six centimètres de haut. Ses cheveux blond platine (j'ai cherché le terme approprié), à la fois gonflés et plats, cascadaient sur ses épaules en vagues scintillantes. Et même Bobbi Brown aurait jugé que la quantité de maquillage dont elle s'était tartiné le visage était *trop**. La bouche entrouverte – juste assez pour y glisser une lettre –, Raymond semblait hébété. L'indifférence de Laura était patente.

— Raymond ! Eleanor ! s'est écrié Sammy en nous faisant signe depuis son énorme fauteuil en velours. Laura, sers-leur un verre, veux-tu ? Nous sommes tous au prosecco, a-t-il ajouté sur le ton de la confidence.

— Mais ça suffit pour toi, papa, a dit son fils aîné. Ce n'est pas recommandé, avec tous les antalgiques que tu prends.

— Oh, allons, fiston, on ne vit qu'une fois ! a répondu Sammy, guilleret. Après tout, il y a de pires manières de s'en aller, hein, Eleanor ?

J'ai fait oui de la tête. Il avait raison. J'étais mal placée pour le contredire.

Laura est réapparue avec deux flûtes pleines d'un liquide pétillant couleur d'urine que, à ma grande surprise, j'ai bu en trois gorgées. Un cocktail au prosecco accompagné d'un biscuit. Délicieux. Je me suis demandé si c'était cher, et si cette boisson pourrait peu à peu prendre la place de la vodka dans ma vie. Remarquant mon verre vide, Laura m'a resservie.

— Vous êtes comme moi, je ne bois que les bulles, a-t-elle déclaré, l'air approbateur.

J'ai jeté un œil autour de moi.

— Vous avez une très belle maison.

Elle a acquiescé.

— J'ai mis deux ans à l'agencer à mon goût, mais je suis contente du résultat.

J'étais étonnée de l'harmonie qui régnait ici, où tout était propre et étincelant. On trouvait là toutes sortes de textures – des plumes, de la laine bouclée, du velours et de la soie – dans des coloris rappelant des joyaux.

— On se croirait dans un nid. Le nid d'un oiseau majestueux, ai-je dit. D'un quetzal ou d'un aigle.

Elle a semblé avoir du mal à trouver quoi répondre. Étrange. Un « merci » aurait suffi, non ?

Après un silence qui, grâce à la boisson pétillante, n'a pas été aussi gênant qu'il l'aurait pu, elle m'a priée de lui parler de mon travail. Je lui ai expliqué ce que je faisais et comment j'avais rencontré Raymond. Nous avons jeté un regard dans sa direction ; perché sur l'accoudoir du fauteuil de Sammy, il riait à la plaisanterie d'un de ses frères.

— Vous auriez pu tomber plus mal, a-t-elle commenté avec un sourire entendu. Je veux dire, s'il était un peu plus soigné, avec une bonne coupe de cheveux…

J'ai mis un moment à comprendre ce qu'elle voulait dire.

— Oh, non, vous vous trompez du tout au tout. J'ai déjà quelqu'un. Il est séduisant, sophistiqué et talentueux. C'est un homme cultivé et instruit.

Laura a souri.

— Quelle chance ! Comment vous êtes-vous rencontrés ?

— Oh, nous ne nous sommes pas encore rencontrés, mais ce n'est qu'une question de temps.

Elle a renversé la tête en arrière et a émis un rire guttural presque choquant de la part d'une femme si fine et si féminine.

— Vous êtes hilarante, Eleanor. Il faudra revenir boire un verre avec moi, à l'occasion. Et si jamais il vous prenait l'envie de vous couper les cheveux, pensez à moi, d'accord ? Je vous ferai un prix d'amie.

J'ai réfléchi à sa proposition. J'avais un peu négligé mes travaux d'améliorations physiques après ma mésaventure déconcertante au salon de beauté et la banalité du résultat de ma manucure. Je supposais qu'il était temps de m'y remettre. D'ordinaire, je ne m'intéressais pas du tout à ma coiffure, et je ne m'étais pas fait couper les cheveux depuis l'âge de treize ans. Ils étaient raides, châtain clair, et m'arrivaient à la taille : des cheveux, ni plus ni moins. Je les remarquais à peine, pour tout dire. Mais j'étais consciente de devoir faire un réel effort si je voulais que le chanteur craque sur moi.

— Figurez-vous que vous tombez à point nommé, Laura, ai-je dit en buvant un peu plus de la délicieuse boisson pétillante (mon verre s'était rempli de lui-même, comme par miracle). Il se trouve que je projette de me réinventer. Est-ce que vous auriez le temps d'effectuer des modifications sur ma coiffure la semaine prochaine ?

Elle a pris son téléphone sur une console et s'est mise à pianoter dessus.

— Que diriez-vous de mardi à 15 heures ?

Nous avions droit à vingt-cinq jours de congé payé par an, et je n'en avais utilisé que trois – un jour de convalescence après la dévitalisation d'une dent, un jour pour la visite semestrielle des services sociaux, et un jour pour faire le pont avec un jour férié et dévorer d'une traite un pavé passionnant sur la Rome antique.

— Ce serait parfait, ai-je répondu.

Elle s'est rendue à la cuisine, laissant un sillage scintillant derrière elle, et est réapparue avec un plateau d'amuse-gueules chauds et malodorants qu'elle a fait tourner dans la pièce. L'espace s'était rempli, entre-temps, et le niveau sonore beaucoup élevé. J'ai tué le temps en examinant les *bibelots** et les *objets** qu'elle avait ingénieusement répartis dans tout le salon. Par ennui plus que par nécessité, je suis allée aux toilettes, situées sous l'escalier. Elles étaient aussi immaculées, étincelantes et chaleureuses que le reste de la maison, et parfumées à (étrange…) la figue – odeur qui, me suis-je aperçue, émanait d'un photophore posé sur l'étagère, sous le miroir. Une bougie dans des toilettes ! Je soupçonnais Laura d'être un peu sybarite sur les bords.

J'ai marché jusqu'à la pièce située au bout du couloir. La cuisine, comme je le soupçonnais. Elle était pleine de gens et de bruit, mais on distinguait son plan de travail en marbre noir, ses placards brillants couleur crème et des tas d'accessoires chromés. La maison de Laura… étincelait. Elle aussi, d'ailleurs : sa peau, ses cheveux, ses chaussures, ses dents, chez elle, tout scintillait. Je n'y avais jamais réfléchi avant cet instant, mais quant à moi, j'étais mate, terne, éraflée.

Éprouvant le besoin d'échapper un instant au bruit et à la chaleur, j'ai ouvert la porte du fond et suis sortie dans le patio. La partie jardin était petite et très peu dédiée à la flore, presque toute recouverte de dalles de béton et de planches glissantes. La nuit tombait, mais le ciel paraissait tout petit, et je me sentais piégée entre les clôtures qui me bouchaient la vue des deux côtés et devant. J'ai pris une profonde inspiration, espérant remplir mes poumons de l'air frais de la nuit. Au lieu de quoi mon nez a été assailli par un nuage de goudron, nicotine et autres substances toxiques.

— Belle soirée, hein ? a dit Raymond, qui s'était glissé dans l'ombre à pas de velours et qui, pour changer, tirait sur une cigarette.

J'ai acquiescé.

— Je suis sorti respirer un peu d'air frais, a-t-il dit sans la moindre ironie. Je devrais éviter de boire des bulles, ça m'assomme.

Je me suis rendu compte que j'étais moi-même légèrement pompette.

— Je pense que je suis prête à rentrer à la maison, ai-je dit.

Je chancelais un peu, mais c'était une sensation très agréable.

— Venez vous asseoir un moment, a dit Raymond en m'entraînant vers deux fauteuils en bois.

J'ai d'autant plus apprécié que mes bottines neuves ne faisaient rien pour stabiliser ma démarche, même en temps normal. Il a allumé une autre cigarette ; il virait au fumeur compulsif.

— C'est une chouette famille, hein ?

— Laura va me couper les cheveux, ai-je laissé échapper, Dieu seul sait pourquoi.

— Ah oui ?

Il a souri.

— Elle vous plaît, ai-je déclaré d'un air entendu.

J'étais une femme du monde, après tout.

Il a ri.

— Elle est sublime, Eleanor, mais ce n'est pas vraiment mon type.

Le bout incandescent de sa cigarette a percé la pénombre.

— *Quel* est votre type ? ai-je demandé, étonnée d'être vraiment intéressée par sa réponse.

— Je ne sais pas. Un genre de femme un peu moins sophistiqué, je dirais. Une femme… attendez une minute.

J'étais plus que ravie de rester où j'étais tandis qu'il s'éloignait, pour réapparaître peu après avec une bouteille de vin et deux gobelets en papier bariolé représentant des rats de BD en train de faire du skate-board.

— *Rastamouse*, ai-je déchiffré d'une voix lente. Qu'est-ce que c'est que ça ?

— Attendez.

Il a rempli les gobelets et nous avons trinqué, sans émettre le moindre bruit.

— Je pensais avoir trouvé la femme idéale, a-t-il repris, les yeux fixés sur le jardin. Mais ça n'a pas marché.

— Pourquoi ça ? ai-je questionné, même si je voyais des tas de raisons qui pourraient dissuader une femme de vivre avec lui.

— C'est que, je ne sais toujours pas vraiment. J'aimerais comprendre, ça m'aiderait…

J'ai hoché la tête ; ça paraissait s'imposer.

— Helen disait que ce n'était pas ma faute, que c'était la sienne.

Il a ri, mais il n'y avait rien de gai dans ce rire-là.

— Je n'arrive pas à croire qu'elle m'ait sorti une telle platitude. Au bout de trois ans… Elle aurait pu me prévenir avant, non, si ça ne lui convenait pas ? Je ne sais pas ce qui a changé. Pas *moi*, en tout cas… Je ne pense pas, du moins…

— Les gens sont parfois… insondables, ai-je dit en bafouillant un peu. J'ai souvent du mal à comprendre ce qu'ils font et disent.

Il a approuvé.

— Nous avions un joli petit appartement, nous avions passé de super vacances ensemble. J'étais… En fait, j'étais sur le point de la demander en mariage. Mon Dieu…

Il a baissé les yeux sur les pavés et j'ai tenté en vain de me le représenter en costume, avec chapeau haut de forme et cravate ; je l'imaginais encore moins en kilt.

— Bah, ça va, a-t-il repris au bout d'un moment. On en rigole avec les copains, maintenant, et puis, j'ai ce nouveau boulot. Ça va plutôt bien. C'est juste que… Je ne sais pas. Elle me trouvait trop gentil. Qu'est-ce que c'est supposé vouloir dire ? J'aurais dû la frapper, ou la tromper ?

Je me suis aperçue qu'il ne s'adressait pas vraiment à moi ; c'était comme dans une pièce de théâtre, quand un personnage se met à parler à voix haute sans raison apparente. Mais je connaissais la réponse à sa question.

— Non, Raymond, ai-je dit. Vous êtes incapable de faire ce genre de chose.

J'ai fini mon gobelet et me suis resservie.

— J'ai vécu avec un homme, Declan, pendant deux ans. Il me cognait dans les reins et me giflait – il m'a causé douze fractures, en tout. Il lui arrivait de passer la nuit dehors et de rentrer à la maison pour me parler des femmes avec qui il avait couché. C'était ma faute, toujours ma faute. Et pourtant, je savais qu'il n'aurait pas dû faire ça. En tout cas, maintenant, je le sais.

Raymond me dévisageait.

— Mon Dieu, Eleanor. Ça s'est passé quand ?

— Il y a plusieurs années. J'étais encore étudiante. Il m'a remarquée aux Jardins botaniques, il s'est approché de moi et m'a adressé la parole. Je sais que ça paraît idiot, avec du recul. La semaine d'après, nous emménagions ensemble.

— Il était étudiant, lui aussi ?

— Non, pour lui, lire était une perte de temps, rasoir. Il ne travaillait pas non plus ; il ne trouvait aucun boulot qui lui convienne, qu'il disait. J'imagine que ce n'est pas facile de trouver un travail qui vous convienne, pas vrai ?

Raymond avait une drôle d'expression.

— Declan voulait m'aider à me bonifier.

Il a allumé une autre cigarette.

— Comment ça s'est terminé ? a-t-il demandé, soufflant une longue colonne de fumée en l'air, tel un dragon inoffensif.

— Il m'a encore cassé le bras, et quand je suis allée à l'hôpital, ils ont deviné que ça ne m'était pas arrivé comme je le prétendais. Il m'avait dit de leur raconter que j'étais tombée, mais ils ne m'ont pas crue. (J'ai bu une grosse gorgée.) Bref, une gentille infirmière est venue me parler, elle m'a expliqué que les gens qui vous aiment vraiment ne vous font pas de mal, et qu'il n'est pas bon de vivre avec quelqu'un qui vous en fait. Ça m'a paru logique, dit comme ça. J'aurais dû y songer moi-même. Quand je suis retournée chez moi, je lui ai demandé de partir, et quand il a refusé, j'ai appelé la police, comme l'infirmière me l'avait suggéré. Et c'était terminé. Oh, et j'ai changé les serrures.

Raymond regardait fixement ses chaussures, l'air très concentré. Sans lever les yeux, il a tendu la main et m'a tapoté le bras de manière hésitante, comme on le ferait à un chien ou un cheval (si on a peur des chiens et des chevaux). Il a secoué la tête, pensif, apparemment incapable d'articuler une réponse. Peu importe, je n'en avais pas besoin. C'était de l'histoire ancienne. J'étais contente d'être seule. Eleanor Oliphant, l'unique survivante, en chair et en os.

— Je vais rentrer à la maison, Raymond, ai-je déclaré en me levant. Je prendrai un taxi.

— Bonne idée.

Il a vidé son verre et a sorti son téléphone.

— Mais vous n'allez pas traîner dans les rues à cette heure-ci pour essayer d'en arrêter un. Je vais vous en appeler un. Regardez, j'ai une appli !

Il m'a montré l'écran scintillant de son téléphone.

— Qu'est-ce que je suis censée regarder ?

Il a ignoré ma question et lu un message.

— Il sera là dans cinq minutes.

Il a attendu dans l'entrée avec moi, puis m'a accompagnée jusqu'à la voiture et a ouvert la portière. Pendant que je m'installais sur la banquette, je l'ai vu jeter un œil à la conductrice, une femme d'une quarantaine d'années à l'air las.

— Vous montez aussi ? ai-je demandé, ne sachant pas pourquoi il hésitait sur le trottoir.

Il a consulté sa montre, passé une main dans ses cheveux et regardé la maison, puis le taxi.

— Nan. Je pense que je vais rester encore un moment. Pour voir comment ça va évoluer.

Je me suis tournée vers lui alors que la voiture s'éloignait. Il a remonté l'allée en titubant un peu, et j'ai vu Laura apparaître dans l'encadrement de la porte, deux verres à la main. Elle lui en a tendu un.

18

La semaine suivante, Raymond m'a envoyé un message électronique au travail. C'était bizarre de lire son nom dans ma boîte de réception. Comme je m'y étais attendue, il était limite analphabète.

> Salut E, j'espr ktu vas bien. Jé 1 petit service à te 2mander. Keith, le fils de Sammy m'a invité à ses 40 ans samedi (o fait, suis resté assez tard l'autre soir, me suis bien marré). Ca te dirait 2 venir avec moi ? Il y aura 1 buffet, dans 1 club de golf. Pas de souci si tu peux pas. Tiens-moi au courant. R.

Un buffet. Dans un club de golf. Le Seigneur donne, le Seigneur reprend. Deux invitations en un mois ! C'était plus que j'en avais reçu en vingt ans. J'ai cliqué sur « Répondre ».

> Cher Raymond,
> J'aurai grand plaisir à t'accompagner à cette fête d'anniversaire.
> Avec mes meilleurs sentiments,
> Eleanor Oliphant (Mlle)

Un instant plus tard, sa réponse est arrivée : ☺

Le mode de communication du XXIe siècle. Le taux d'alphabétisation de mes compatriotes m'inquiétait.

Ce jour-là, je m'étais arrangée pour prendre mon après-midi afin d'honorer mon rendez-vous chez le coiffeur ; mais, avant cela, je me suis installée dans la salle de repos, comme tous les midis, avec les mots croisés du *Telegraph*, un gros pain au thon et du maïs doux, des chips au sel et vinaigre et un jus d'orange avec la pulpe. Il faudrait que je pense à remercier le musicien de m'avoir initiée aux plaisirs de la pulpe d'orange. Après ce délicieux repas, un sourire victorieux aux lèvres à l'idée que mes collègues devaient passer le restant de l'après-midi assis à leurs bureaux, j'ai pris un bus pour le centre-ville.

Heliotrope se trouvait dans une rue branchée, au rez-de-chaussée d'un immeuble victorien en pierre de taille. Certainement pas le genre de lieu que je fréquentais, avec sa musique assourdissante, son personnel looké à l'extrême et sa débauche de miroirs. L'idée que le musicien venait peut-être se faire couper les cheveux ici m'a un peu détendue. Un jour, peut-être, nous nous retrouverions assis côte à côte dans ces fauteuils en cuir, nous nous tiendrions la main sous les séchoirs à cheveux.

J'ai attendu que l'hôtesse d'accueil termine sa conversation téléphonique et me suis écartée de l'énorme vase de lis blancs posé sur le comptoir. Leur parfum m'irritait le fond de la gorge, comme de la fourrure ou des plumes. J'ai eu un haut-le-cœur ; ces fleurs-là n'étaient pas faites pour les humains.

J'avais oublié à quel point les salons de coiffure pouvaient être bruyants : bourdonnement constant des sèche-cheveux et bavardages ineptes. Je me suis assise sur la banquette, près de la vitrine, après avoir enfilé un kimono en Nylon noir, et ai remarqué avec horreur qu'il était couvert des cheveux coupés à la cliente précédente. Je les ai fait tomber d'un revers de la main.

Laura est arrivée, aussi glamour qu'à son habitude, et m'a entraînée vers un siège, face à une rangée de miroirs terrifiante.

— Vous avez passé un bon moment, samedi ? m'a-t-elle demandé tout en bataillant avec un tabouret jusqu'à ce qu'elle se retrouve assise derrière moi, à ma hauteur.

Elle ne s'adressait pas à moi mais à mon reflet dans le miroir, ce que j'ai trouvé étonnamment réconfortant.

— Oui. J'ai passé une soirée magnifique, ai-je répondu.

— Papa me rend chèvre depuis qu'il occupe la chambre d'amis, a-t-elle déclaré avec un sourire. Et je vais devoir supporter ça encore deux semaines. Je ne sais pas si je tiendrai.

— Je sais d'expérience qu'il est parfois difficile de supporter ses parents, ai-je lâché.

Nous avons échangé un regard complice.

— Bon, alors, qu'allons-nous faire, aujourd'hui ?

Elle a ôté l'élastique qui retenait ma natte et l'a défaite. J'ai fixé mon reflet. Mes cheveux, pas très épais, d'un châtain terne, étaient séparés par une raie centrale. Des poils humains, qui poussaient comme tous les poils du corps humain, mais sur mon crâne.

— J'aimerais changer de tête. Que suggérez-vous ?

— Jusqu'où avez-vous le courage d'aller, Eleanor ? m'a demandé Laura.

C'était la bonne question. Je suis courageuse. Je suis la courageuse, la brave Eleanor Oliphant.

— Faites ce que vous voulez, ai-je répondu.

Ma réponse a paru l'enthousiasmer.

— Pour la couleur aussi ?

J'ai réfléchi.

— Une couleur que l'on trouve habituellement chez les êtres humains, n'est-ce pas ? Je n'aime pas le rose, le bleu, ni rien de ce goût-là.

— Je pensais à une coupe mi-longue, un carré légèrement dégradé jusqu'aux épaules, avec des reflets caramel et miel et une longue frange, a-t-elle dit. Ça vous irait ?

— C'est du charabia pour moi.

Elle a ri en regardant mon reflet, puis s'est arrêtée net, sans doute parce qu'elle voyait que je ne riais pas.

— Faites-moi confiance, Eleanor, a-t-elle repris d'un ton grave. Ce sera très beau.

— Je ne pense pas qu'on puisse jamais parler de mon apparence en ces termes, ai-je répondu, sceptique.

Elle m'a tapoté l'épaule.

— Vous verrez, a-t-elle dit avant de beugler : MILEY !

J'ai failli en tomber de mon fauteuil.

— Viens m'aider à faire les mélanges !

Une petite jeune fille potelée est arrivée au pas de course. Laura lui a donné des instructions, mentionnant des codes et des pourcentages qui auraient très bien pu servir à fabriquer un explosif.

— Thé ? Café ? Magazine ? m'a-t-elle demandé ensuite.

Cinq minutes plus tard, stupéfaite, je sirotais un cappuccino en feuilletant le dernier numéro de *OK ! magazine*. *Non mais, regarde-toi*, me suis-je dit.

— Prête ? a lancé Laura.

J'ai senti sa main chaude et douce contre ma nuque tandis qu'elle empoignait la masse de mes cheveux pour en faire une torsade. Le crissement sec des ciseaux m'a fait penser au crépitement des braises d'un feu de cheminée ; un bruit léger, menaçant. Cela n'a pris qu'un instant. Laura a brandi la torsade de cheveux en l'air, telle une Dalila triomphante.

— Je m'occuperai de la coupe après avoir fait la couleur, a-t-elle dit. À ce stade de l'opération, nous avons juste besoin d'un terrain de jeu à niveau.

Assise et immobile, je ne sentais aucune différence. Elle a lâché mes cheveux, qui se sont étalés par terre comme un animal mort. Un garçon maigrichon qui, à en juger par son air, aurait sans doute préféré n'importe quel autre travail, les a balayés très, très lentement, puis, à l'aide d'une brosse à long manche, a glissé la créature chevelue dans sa pelle. J'ai observé dans les miroirs sa progression à travers le salon de coiffure. Que faisaient-ils de tout ça, après ? J'ai imaginé un sac-poubelle plein des cheveux coupés de la semaine, son odeur, sa souplesse de marshmallow, et me suis sentie un peu nauséeuse.

Laura est revenue vers moi avec une console à roulettes et a entrepris de tamponner quelques-unes de mes mèches de pâtes épaisses prises dans divers bols. Après avoir tartiné une mèche avec ce magma, elle l'enveloppait dans des carrés de papier aluminium. C'était fascinant ! Une demi-heure plus tard, elle m'a abandonnée dans mon fauteuil, la tête couverte d'alu et les joues en feu, puis est réapparue avec une lampe chauffante montée sur pied qu'elle a placée dans mon dos.

— Vingt minutes, et on enlève, a-t-elle annoncé.

Elle m'a apporté d'autres magazines, mais le plaisir s'était dissipé – je m'étais vite lassée des potins de stars, et, à ma grande déception, le salon ne semblait pas disposer de numéros de *Grands Reportages* ou de *BBC History*. J'essayais de repousser une vision qui me titillait. Moi, en train de coiffer quelqu'un ? Oui. Une femme plus petite que moi, assise sur une chaise. Je me tenais derrière elle, je démêlais ses cheveux en m'efforçant d'être aussi douce que possible. Elle détestait les à-coups, et craignait beaucoup des cheveux. Les réflexions de ce type – vagues, mystérieuses, troublantes – étaient précisément celles que la vodka m'aidait à oblitérer, mais, par malheur, on ne m'avait proposé que du thé ou du café. Je me suis demandé pourquoi on n'offrait pas de boissons plus fortes dans les salons de coiffure. Changer de style peut se révéler stressant, et il est difficile de se détendre dans un environnement aussi bruyant et lumineux. Sans compter que ça encouragerait les clients à laisser de plus gros pourboires. *Un coup à boire égale des pourboires*, me suis-je dit, riant sous cape.

Quand la sonnerie de la lampe chauffante a retenti, la jeune fille qui avait mélangé les couleurs est arrivée pour m'emmener au bassin ; objet qui, partout ailleurs, s'appelle un lavabo. Je l'ai laissée enlever les feuillets d'aluminium, puis elle a aspergé mes cheveux d'eau tiède avant de me faire un shampoing. Sentant ses doigts fermes et agiles contre mon crâne, je me suis émerveillée de la générosité de ces humains qui accomplissent des tâches intimes pour leurs semblables. D'aussi loin qu'il m'en souvenait, personne ne m'avait jamais lavé les cheveux. J'imagine que maman avait bien dû le faire, quand j'étais bébé, mais j'avais du mal à me la représenter en train de s'exécuter avec une telle douceur.

Après le rinçage, la fille m'a administré un « massage de crâne shiatsu ». Je n'avais jamais connu de telle félicité. Elle pétrissait mon cuir chevelu avec une délicatesse et une précision telles que j'en ai eu la chair de poule tout le long des bras et jusque dans la colonne vertébrale. J'aurais aimé que ça dure neuf heures de plus.

— Vous avez beaucoup de tension dans le cuir chevelu, a-t-elle noté avec sagacité tout en rinçant la crème démêlante.

Ne sachant que répondre, j'ai opté pour un sourire passe-partout qui me servait en maintes occasions (sauf dans des situations en rapport avec la mort ou la maladie, bien entendu).

Me voyant de retour dans mon fauteuil, les cheveux coupés, colorés et démêlés, Laura est revenue avec ses ciseaux pointus.

En définitive, ça ne lui a pris que dix minutes. Elle s'exécutait avec une assurance et une dextérité admirables. Le séchage a été bien plus long et a nécessité force coups de brosse délicats. Je feuilletais mon magazine, ayant décidé, sur le conseil de Laura, d'éviter de me regarder avant que ma coiffure soit terminée. Puis elle a éteint le sèche-cheveux, pulvérisé des produits chimiques, examiné et retaillé çà et là les longueurs et les pointes, et a enfin éclaté d'un rire joyeux.

— Regardez, Eleanor !

J'ai levé les yeux de l'article de *Marie-Claire* sur l'excision. Mon reflet montrait une femme bien plus jeune que moi, une femme sûre d'elle, dont les cheveux brillants caressaient les épaules ; une longue mèche cascadait sur sa joue et dissimulait une partie de son visage, à l'endroit où se trouvait sa cicatrice. Moi ? Je me suis tournée à droite et à gauche. J'ai regardé dans le miroir que Laura tenait derrière ma tête pour que je puisse voir les mèches lisses et luisantes. J'ai dégluti avec difficulté.

— Vous m'avez rendue étincelante, Laura, ai-je dit.

J'ai essayé de me retenir de pleurer, mais une petite larme a roulé jusqu'au creux de ma narine. Je l'ai essuyée d'un revers de main avant qu'elle atterrisse sur mes nouveaux cheveux.

— Merci de m'avoir rendue étincelante.

19

Bob m'a convoquée pour un entretien. Il m'a regardée, bouche bée, dès mon entrée dans son bureau. Je me suis demandé pourquoi.

— Vos cheveux ! a-t-il fini par dire comme si j'avais posé la question.

J'avais eu un peu de mal à me coiffer, ce matin-là, mais j'avais plutôt bien réussi mon coup. J'ai levé les mains vers mon crâne.

— Qu'est-ce qui ne va pas ?

— Rien, tout va bien. C'est… C'est très joli, a-t-il dit en souriant.

Il y a eu un silence gênant. Ni lui ni moi n'étions habitués à ce qu'il commente mon apparence physique.

— Je suis allée chez le coiffeur, ai-je expliqué. C'est pour ça.

Il a hoché la tête.

— Asseyez-vous, Eleanor.

J'ai regardé autour de moi. Dire que le bureau de Bob était en désordre aurait été un euphémisme, considérant le chaos qui y régnait en permanence. J'ai soulevé une pile de brochures du fauteuil qui faisait face à sa table de travail et l'ai posée par terre.

Bob avait pris un vilain coup de vieux, ces dernières années ; il avait perdu presque tous ses cheveux et avait beaucoup grossi. On aurait dit un bébé obèse ayant mené une vie dissolue.

— Vous travaillez ici depuis longtemps, Eleanor.

J'ai acquiescé. C'était indéniable.

— Savez-vous que Loretta va s'absenter pour une durée indéterminée ?

J'ai fait non de la tête. Je ne m'intéressais pas aux bruits de couloir. Sauf aux potins concernant un certain chanteur, bien sûr.

— Je n'irais pas jusqu'à dire que je suis surprise, ai-je répondu en haussant les épaules. J'ai toujours douté de sa capacité à intégrer les principes élémentaires de la taxe sur la valeur ajoutée, alors c'est peut-être mieux ainsi.

— Son mari a un cancer des testicules, Eleanor. Elle veut s'occuper de lui.

J'ai réfléchi à cette nouvelle.

— Ce doit être très difficile pour eux deux, ai-je dit. Mais, avec le cancer des testicules, quand on le détecte tôt, les chances de survie et de récupération sont bonnes. Si vous êtes un homme et que vous avez la malchance de développer un cancer, c'est probablement le meilleur de tous.

Il jouait avec un de ses jolis stylos noirs.

— Donc, a-t-il repris, je vais avoir besoin d'un nouveau chef de service, ces prochains mois au moins.

J'ai hoché la tête.

— Seriez-vous intéressée, Eleanor ? Cela s'accompagnerait d'une augmentation de salaire et de nouvelles responsabilités. Mais je pense que vous seriez à la hauteur.

J'ai réfléchi.

— Quelle augmentation ? ai-je demandé.

Il a noté la somme sur un Post-it, l'a détaché de son bloc et me l'a tendu. J'ai hoqueté.

— Tout ça en plus ?

Je me suis vue aller au travail et en revenir en taxi, ne m'acheter que des produits Tesco Finest et de ces grosses bouteilles de vodka opaques.

— Non, Eleanor. Cette somme serait votre nouveau salaire total.

— Ah.

Dans ce cas, il fallait que je prenne le temps de considérer le rapport risques/bénéfices. L'augmentation de salaire compenserait-elle l'accroissement de travail administratif fastidieux, le surcroît de responsabilités qu'exigerait le fonctionnement efficace du service et, pire, l'augmentation significative de mon degré d'interaction avec mes collègues ?

— Puis-je prendre quelques jours pour y réfléchir, Bob ?

— Bien sûr, Eleanor. Je m'attendais à cette réponse.

J'ai regardé mes mains.

— Vous êtes une bonne collaboratrice, Eleanor, a-t-il dit. Depuis combien de temps travaillez-vous pour nous, déjà ? Huit ans ?

— Neuf.

— Neuf ans, vous n'avez jamais été malade, et vous ne prenez jamais l'intégralité de vos congés payés. C'est ce qu'on appelle avoir le sens du devoir. C'est rare, de nos jours.

— Ça n'a rien à voir avec le sens du devoir. Le fait est que j'ai une bonne constitution, et que je n'ai personne avec qui voyager.

Il a détourné les yeux. Je me suis levée pour partir.

Il s'est raclé la gorge.

— Oh, autre chose, Eleanor. Comme Loretta est très prise par tous les préparatifs de son départ… j'aimerais vous demander un service.

— Allez-y, demandez, Bob.

— Le repas de Noël ; pensez-vous que vous pourriez l'organiser, cette année ? Elle n'aura pas le temps, et des gens défilent déjà dans mon bureau pour gémir et se plaindre que si nous ne réservons pas tout de suite…

— … ils finiront au Wetherspoons, ai-je terminé. Oui, je suis au courant du problème, Bob. Si vous voulez, je suis disposée à organiser ce repas. Mais aurai-je *carte blanche** pour décider du lieu et du thème ?

Il s'était déjà remis à travailler sur son ordinateur.

— Naturellement. L'entreprise participera à hauteur de 10 livres par tête ; après ça, ce sera à vous tous de choisir où vous voulez aller et combien vous voulez ajouter.

— Merci, Bob. Vous pouvez compter sur moi.

Absorbé par son écran, il n'écoutait déjà plus. Ma tête bourdonnait. Deux décisions importantes à prendre. Une autre soirée en perspective. Et, à l'horizon, le talentueux, le séduisant Johnnie Lomond, *chanteur extraordinaire** et potentiel futur compagnon. La vie était vraiment trépidante.

Je suis retournée m'asseoir devant mon ordinateur et j'ai fixé l'écran un bon moment, sans vraiment lire ce que j'avais sous les yeux. J'avais un peu la nausée à l'idée des dilemmes auxquels je faisais face, au point que je n'éprouvais aucun désir d'aller acheter le *meal deal* de mon déjeuner. J'ai songé qu'en parler à quelqu'un pourrait m'aider. Une réminiscence du passé. Apparemment, parler faisait du bien ; ça permettait de relativiser ses angoisses. C'est ce que les gens ne cessent de répéter. « Parlez-en à quelqu'un, vous voulez en parler, dites-moi ce que vous ressentez, vous voulez vous confier au groupe, Eleanor ? Vous pouvez ne rien dire, mais cela risquerait de nuire à votre défense plus tard de ne pas avoir mentionné un élément sur lequel vous comptez vous appuyer lors du procès. Miss Oliphant, pouvez-vous nous expliquer avec vos mots les événements de ce soir-là, tels que vous vous les remémorez ? »

J'ai senti des gouttelettes de sueur courir le long de mon dos et des palpitations dans ma poitrine, comme si un oiseau y était prisonnier. L'ordinateur a produit le petit carillon ennuyeux qui annonce l'arrivée d'un message électronique. J'ai cliqué dessus sans réfléchir. Comme je détestais ces réflexes pavloviens chez moi !

> Salut E, toujours partante pour la soirée de Keith samedi ? Je te retrouve à la gare vers 8 ? R.

Il avait joint un document : le portrait d'un célèbre homme politique, à côté de la tête d'un chien qui lui ressemblait trait pour trait. J'ai pouffé – la ressemblance était sidérante. Dessous, il avait écrit *Mercredi matin LOL* – aucune idée de ce qu'il voulait dire.

J'ai cliqué sur « Répondre » :

> Bonjour, Raymond. Le montage canin/ministériel était des plus amusants. Serais-tu libre pour déjeuner à 12:30 par hasard ? Salutations, Eleanor

Près d'un quart d'heure s'est écoulé. Sans réponse de la part de Raymond, j'ai commencé à regretter ma proposition impulsive. Je n'avais jamais invité personne à déjeuner. J'ai effectué mes petites recherches habituelles sur le musicien : rien sur Facebook, Twitter ni Instagram, malheureusement. J'étais anxieuse quand il était silencieux. Je le soupçonnais d'être très triste, ou, encore pire, très heureux. Une nouvelle petite amie ?

Je me sentais mal. J'étais en train d'envisager de laisser tomber le *meal deal* pour me contenter d'un smoothie antioxydant et d'un sachet d'arachides au wasabi quand un autre message est arrivé.

> Dzolé – j'ai dû répondre à un problème informatique. Je lui ai dit d'essayer d'éteindre et de rallumer l'ordinateur LOL[1]. Ouais, je sortirais bien déjeuner. On se retrouve dehors dans 5 mn ? R.

J'ai cliqué sur « Répondre ».

> Parfait. Merci.

J'ai eu l'audace de ne pas signer, me disant qu'il saurait bien que c'était moi.

J'ai encore attendu Raymond : il a mis huit minutes au lieu des cinq promises, mais, cette fois, j'ai décidé de laisser couler. Il a proposé que nous nous rendions dans un café qu'il aimait bien, au coin de la rue.

1. Allusion à *The IT Crowd*, une célèbre sitcom anglaise diffusée entre 2006 et 2010 mettant en scène le service informatique d'une entreprise. Les personnages y passent leurs journées à répéter la phrase citée par Raymond.

Ce n'était pas le genre d'endroit que j'avais l'habitude de fréquenter : le style bohème débraillé, avec des meubles dépareillés, des tas de coussins et des jetés de lit. Quelles chances y avait-il que tout cela soit lavé régulièrement ? Aucune, ou presque. J'ai frissonné à l'idée de tous les microbes concentrés là ; la chaleur et la densité des fibres des coussins étaient idéales pour favoriser la reproduction des mites, et peut-être même des poux. Je me suis assise à une table entourée de chaises en bois, évitant tout contact avec le mobilier capitonné.

Raymond semblait connaître le serveur, qui l'a salué par son prénom quand il a apporté les menus. Le personnel lui ressemblait : négligé, dépenaillé, dégingandé – tant les femmes que les hommes.

— Les falafels sont bons, d'habitude, a-t-il dit. Ou la soupe.

Il a désigné le menu du jour inscrit sur un tableau.

— Velouté de chou-fleur au cumin, ai-je lu à voix haute. Oh, non. Je ne crois pas, non.

Souffrant d'un embarras gastrique depuis mon entretien avec Bob, j'ai préféré opter pour un café mousseux et un scone au fromage. Le repas de Raymond dégageait une odeur terrible, on aurait dit du vomi réchauffé. Il mangeait bruyamment, la bouche entrouverte, si bien que j'ai regardé ailleurs, ce qui m'a aidée à aborder le sujet de la proposition de Bob et de la mission de confiance dont il me chargeait.

— Puis-je te poser une question, Raymond ?

Il a avalé une grosse gorgée de Coca et hoché la tête. J'ai détourné les yeux, une fois de plus. L'homme qui nous avait servis était vautré sur le comptoir et tanguait en rythme. Une véritable cacophonie ; trop de guitare et pas assez de mélodie. *Le bruit de la folie*, me suis-je dit, le style de musique que les déments entendent dans leur tête avant de dépecer des renards et de les balancer dans les jardins de leurs voisins.

— J'ai reçu une proposition de promotion, au poste de chef de service, ai-je dit. Tu penses que je devrais l'accepter ?

— C'est génial, Eleanor ! s'est-il exclamé, tout sourires. Pourquoi hésites-tu ?

J'ai picoré mon scone. Étonnamment délicieux, bien meilleur que ceux qu'on trouve chez Tesco. Je ne pensais pas pouvoir penser cela un jour.

— Eh bien, le côté positif, c'est que mon salaire sera plus élevé. Pas de beaucoup, mais quand même… assez pour me permettre d'améliorer un peu mon ordinaire. D'un autre côté, ça sous-entend plus de travail et de responsabilités. Et le service est constitué, pour l'essentiel, de tire-au-flanc et d'idiots, Raymond. Ça va être une gageure de les gérer, eux et leur travail, tu peux me croire.

Il a pouffé puis toussé, ayant dû avaler son Coca de travers.

— Je comprends. Le nœud du problème est : est-ce que l'augmentation de salaire peut compenser les tracas supplémentaires ?

— Tout juste. Tu as bien résumé le dilemme.

Il s'est remis à mâcher.

— C'est quoi, ton ambition, Eleanor ?

Je n'avais aucune idée de ce qu'il entendait par là, ce qu'il a dû lire sur mon visage.

— Je veux dire, est-ce que tu envisages d'effectuer un travail administratif sur le long terme ? Si oui, alors un nouveau statut, un nouveau salaire, c'est bon à prendre. Tu seras en meilleure posture quand tu décideras de passer la vitesse supérieure.

— Qu'entends-tu par « la vitesse supérieure » ?

Cet homme était incapable de parler un langage intelligible.

— Quand tu décideras de postuler à un autre emploi, dans une autre entreprise, je veux dire, a-t-il expliqué en agitant sa fourchette.

Je me suis tassée sur ma chaise, craignant d'être atteinte par ses postillons.

— Tu ne veux pas passer ta vie chez By Design, non ? Tu as quel âge, vingt-six, vingt-sept ans ?

— Je viens d'avoir trente ans, Raymond, ai-je rectifié, étonnée de me sentir flattée.

— Vraiment ? Bon, mais tu n'as pas l'intention de passer le restant de tes jours à faire la compta de Bob, j'imagine ?

J'ai haussé les épaules. Je n'avais jamais réfléchi à la question.

— Si, sans doute. Que veux-tu que je fasse d'autre ?

— Allons, Eleanor ! a-t-il dit, choqué. Tu es brillante, consciencieuse… très bien organisée. Tu pourrais faire des tas d'autres choses.

— Ah oui ? ai-je lancé, sceptique.

— Bien sûr ! a-t-il insisté, hochant vigoureusement la tête. Tu es douée avec les chiffres, non ? Et tu t'exprimes bien. Tu parles combien de langues ?

— Je me débrouille pas mal en latin.

Il a pincé sa petite bouche ombrée d'une moustache naissante.

— Hum.

Il a fait signe au serveur, qui est venu débarrasser notre table puis nous a apporté deux cafés accompagnés d'une soucoupe de truffes au chocolat que nous n'avions pas commandées.

— Bonne dégustation à vous ! a-t-il dit en la déposant avec un geste théâtral.

J'ai secoué la tête, sidérée qu'on puisse faire tant de cinéma.

Raymond en est revenu à ses moutons.

— Il y a des tonnes de boîtes qui ne demandent qu'à embaucher une chef de service expérimentée, Eleanor. Pas uniquement des sociétés de graphisme : des médecins généralistes, des compagnies d'informatique… Les possibilités sont infinies !

Il s'est fourré une truffe dans la bouche.

— Tu veux rester à Glasgow ? Tu pourrais aller vivre à Édimbourg, ou à Londres… Le monde est à toi, non ?

— Hein ?

Je n'avais jamais songé à vivre ailleurs, non plus. Bath, avec ses fabuleux vestiges romains, York, Londres… c'était un peu trop.

— Je m'aperçois qu'il y a des quantités de choses que je n'ai jamais envisagé de faire, Raymond. Je suppose que je ne pensais pas qu'elles puissent être à ma portée. Ça paraît ridicule, je sais.

Il m'a adressé un regard grave et s'est appuyé sur la table.

— Ça n'a pas dû être facile pour toi, Eleanor. Tu n'as ni frère ni sœur, ton père n'était pas auprès de toi, et tu as dit que tu avais une relation… difficile avec ta mère.

J'ai acquiescé.

— Tu sors avec quelqu'un, en ce moment ? a-t-il demandé.

— Oui.

Il semblait attendre une réponse plus fournie. Bizarre. J'ai soupiré et parlé d'un ton aussi lent et intelligible que possible.

— Je sors avec toi, en ce moment, Raymond. Tu es assis devant moi.

Il a éclaté de rire.

— Tu sais bien ce que je veux dire, Eleanor.

Il a fini par comprendre que ce n'était pas le cas.

— As-tu un petit ami ? a-t-il explicité.

— Euh, non. Enfin… il y a bien quelqu'un. Mais non, je suppose qu'il est plus juste de répondre non ; pour le moment, au moins.

— Donc, tu as beaucoup de problèmes à gérer seule.

C'était une conclusion, et non une interrogation.

— Tu ne peux pas te reprocher de ne pas avoir de plan de carrière pour les dix années à venir.

— Parce que *toi*, tu as un plan de carrière pour les dix années à venir ?

J'en doutais. Il a souri.

— Nan. Tu connais des gens qui en ont ? Des gens normaux, j'entends ?

J'ai haussé les épaules.

— Je ne sais pas si je connais des personnes normales.

— Un point pour toi.

J'ai médité sur sa dernière phrase et soudain compris son sens.

— Je ne voulais pas t'offenser, Raymond. Désolée.

— Ne dis pas de bêtises, a-t-il dit en réclamant l'addition d'un geste du bras. Alors, quand dois-tu donner ta réponse, pour le boulot ? Je pense que tu devrais accepter, pour ce que peut valoir mon avis. Tu n'as rien à perdre, hein. De plus, je crois que tu ferais une excellente chef de service.

Je l'ai dévisagé, attendant la remarque suivante, ou un commentaire sournois, mais, à ma grande surprise, rien n'est venu. Il a sorti son portefeuille et réglé la note. J'ai protesté avec véhémence, mais il a purement et simplement refusé ma contribution à ma part du repas.

— Tu n'as pris qu'un café et un scone. Tu pourras m'inviter à déjeuner avec ton premier salaire de chef de service ! a-t-il dit en souriant.

Je l'ai remercié. Personne ne m'avait jamais invitée à déjeuner avant lui. C'était très agréable de voir quelqu'un dépenser son argent pour moi sans rien attendre en retour.

La pause repas se terminait tout juste lorsque nous avons regagné les locaux de l'entreprise, aussi nous sommes-nous séparés avec un bref au revoir pour retourner à nos bureaux respectifs. C'était la première fois en neuf ans que je ne déjeunais pas seule et que je ne faisais pas de mots croisés. Chose étrange, je ne me souciais même pas de mes mots croisés. Je pourrais toujours les faire le soir. Ou même jeter le journal dans la poubelle de papier à recycler sans les avoir faits. Comme l'avait noté Raymond, le monde offrait une infinité de possibilités. J'ai ouvert ma boîte de réception et lui ai écrit un message.

Cher R, merci beaucoup pour le déjeuner. Bien cordialement, E.

Je suppose que c'était logique, d'une certaine manière, d'abréger les prénoms. L'expéditeur et le destinataire étaient clairement identifiables. Il n'a pas tardé à répondre.

Pas de quoi, bonne chance pour ta décision. À samedi ! R.

J'avais l'impression que tout se précipitait, ces derniers temps, que j'étais happée par un tourbillon de possibles. Je n'avais même pas pensé au musicien de tout l'après-midi. J'avais ouvert une session de travail et cherché des restaurants pour le repas de Noël. J'avais décidé qu'il serait mémorable, qu'il n'aurait rien à voir avec les déjeuners de Noël précédents. Il était primordial que je sorte des sentiers battus. Je voulais que le repas soit singulier, qu'il surprenne et ravisse mes collègues, dépasse leurs attentes. Ce ne serait pas facile. Une chose était certaine : le budget de 10 livres par tête alloué par Bob me servirait de cadre, et aucun de nous n'aurait à débourser 1 pence de plus. J'avais toujours du mal à me remettre des sommes que j'avais dû débourser, année après année, pour passer un moment affreux, dans un restaurant affreux, avec des gens affreux, chaque vendredi précédant le 25 décembre.

Après tout, ça ne devrait pas être sorcier ? Raymond avait été très encourageant, ce midi. J'étais capable de scander l'*Énéide*, je savais effectuer une macro sur Excel, et j'avais réussi à passer neuf anniversaires, Noël et réveillons du jour de l'An toute seule, alors je devrais pouvoir organiser un délicieux repas festif pour trente personnes avec un budget de 10 livres par personne.

20

Le samedi matin s'est fondu dans une série de tâches ménagères. Ces temps derniers, je portais des gants en caoutchouc pour protéger mes mains ; disgracieux mais efficace. La laideur importait peu, puisque personne ne me voyait.

En débarrassant les reliefs de ma soirée de la veille, j'ai remarqué que je n'avais pas pris ma dose de vodka ; mon demi-litre de Smirnoff était intact. Me souvenant de mon faux pas à la soirée de Laura, j'ai glissé la bouteille dans un sac Tesco pour l'offrir à Keith, ce soir. J'ai réfléchi à ce que je pourrais lui apporter d'autre. Sans doute pas des fleurs ; n'étaient-elles pas un gage d'amour ? J'ai regardé dans le réfrigérateur et ajouté un paquet de fromage en tranches. Tous les hommes aiment le fromage.

Je suis arrivée à la gare la plus proche de l'endroit où la soirée devait avoir lieu avec cinq minutes d'avance. *Mirabile dictu*, Raymond était déjà là ! Il m'a fait un signe de la main, auquel j'ai répondu, puis nous nous sommes mis en route pour le club de golf. Il marchait vite, et j'ai commencé à craindre de ne pas pouvoir suivre le rythme à cause des chaussures que je portais. Il m'a jeté un coup d'œil et a ralenti pour adopter mon allure. Je me suis aperçue que ces petits gestes – la manière dont sa mère m'avait préparé une tasse de thé après notre repas, sans m'en avoir proposé, en se rappelant que je ne prenais pas de sucre, ou celle dont Laura avait placé deux biscuits dans la soucoupe de ma tasse de café, au salon de coiffure –, toutes ces petites choses en disaient beaucoup. Je me suis demandé ce que l'on éprouvait quand on en accomplissait pour autrui. Je n'en avais aucune idée. J'avais *forcément* eu ces attentions pour des gens, par le passé, essayé de me montrer gentille, prévenante, j'en étais certaine ; mais c'était *avant*. J'avais essayé, j'avais échoué, et ça n'avait plus eu aucune importance par la suite. Et je ne pouvais m'en prendre qu'à moi.

Tout était calme, en banlieue ; la vue était dégagée, sans vieux immeubles ni tours pour dissimuler les collines dans le lointain. La lumière était douce et agréable, l'été avançait inéluctablement, et la soirée semblait délicate et fragile. Nous marchions sans rien nous dire, dans un de ces silences qui n'ont pas besoin d'être comblés.

J'ai presque été triste d'arriver au petit bâtiment blanc et trapu qui abritait le club-house. Il faisait presque nuit, déjà ; le soleil et la lune cohabitaient, bien hauts dans un ciel rose praline piqueté d'or. Les oiseaux chantaient vaillamment pour protester contre la tombée de la nuit, descendant en piqué vers les pelouses pour décrire ensuite de longues boucles incertaines, comme s'ils étaient ivres. Le parfum de verdure était teinté çà et là d'une pointe florale et terreuse, et les vestiges d'une brise chaude soufflaient dans nos cheveux et caressaient notre peau. J'avais envie de proposer à Raymond de continuer à marcher, d'aller jusqu'aux collines verdoyantes et au-delà, jusqu'à ce que les oiseaux se nichent dans les tonnelles, se taisent et que le monde ne soit plus éclairé que par les étoiles. Je me disais qu'il y avait toutes les chances qu'il le propose avant moi.

La porte d'entrée du club-house s'est ouverte à la volée, et trois enfants en sont sortis en courant, riant aux éclats ; l'un d'eux agitait une épée en plastique.

— Nous y voilà, a dit Raymond d'une voix douce.

C'était un lieu étrange pour un rassemblement festif. Les couloirs étaient couverts de panneaux auxquels étaient épinglés des messages à propos de Ladders et de Tee Times. Au bout du hall d'entrée, un panneau en bois affichait une longue liste de noms masculins gravés en lettres dorées, qui débutait en 1924 et s'achevait (étonnamment) cette année par un certain docteur Terry Berry. Le décor se composait d'un mélange déconcertant de mobilier d'hôpital (très familier pour moi) et de vieille maison familiale : vilains rideaux imprimés, sols résistants, bouquets de fleurs artificielles couverts de poussière.

Nous sommes entrés dans la salle de réception pour nous retrouver face à un mur sonore. Une sono portative avait été installée, et la piste de danse était déjà bondée de danseurs de cinq à quatre-vingts ans, et illuminée au petit bonheur la chance par des spots colorés bon marché. Les danseurs faisaient semblant de chevaucher une monture en rythme avec la musique. J'ai regardé Raymond, totalement désemparée.

— Mon Dieu, a-t-il dit. J'ai besoin d'un verre.

Je l'ai suivi jusqu'au bar, reconnaissante. Les prix étaient d'une clémence plaisante ; je n'ai pas hésité à vider mon verre de Magners, sachant que j'avais assez d'argent pour m'en payer encore quelques-uns ; néanmoins, en dépit de mes protestations, Raymond m'a offert le premier. Nous avons cherché la table la plus éloignée possible de la source du vacarme.

— Les réunions de famille, a-t-il dit en secouant la tête. C'est déjà dur à supporter quand c'est sa propre famille, alors quand ce n'est même pas la sienne…

J'ai jeté un coup d'œil autour de moi. Pour ma part, je n'avais aucun élément de comparaison, mais ce qui me frappait le plus était les disparités d'âge, de classe sociale et de tenue vestimentaire des invités.

— On peut choisir ses amis… a repris Raymond, en levant sa pinte.

— … mais on ne choisit pas sa famille ! ai-je dit, ravie de pouvoir compléter le célèbre adage.

Ce n'était qu'une petite énigme de mots croisés, pas très complexe, mais une énigme quand même.

— Ça ressemble au cinquantième anniversaire de mon père, au soixantième de ma mère, et au mariage de ma sœur. Un DJ merdique, des gamins surexcités gavés de sucreries, des gens qui ne se sont pas vus depuis des années qui échangent des nouvelles et font semblant de s'apprécier. Je te parie ce que tu veux qu'on va avoir droit à un buffet de vol-au-vent et à une bagarre sur le parking à la fin de la fête.

J'étais intriguée.

— Mais ça doit quand même être un peu amusant, non ? D'apprendre ce que sont devenus les membres de ta famille ? Tous ces gens qui sont contents de te voir, qui s'intéressent à ta vie ?

Il m'a dévisagée.

— Tu sais quoi, Eleanor ? C'est vrai. Je ne suis qu'un sale râleur ; pardonne-moi.

Il a terminé sa bière.

— La même chose ? a-t-il demandé.

J'ai acquiescé, puis me suis reprise :

— Non, non, c'est mon tour. Tu prendras la même chose ?

Il a souri.

— Oui, avec plaisir. Merci, Eleanor.

J'ai ramassé mon cabas et me suis frayé un chemin jusqu'au bar. En chemin, j'ai croisé le regard de Sammy ; il était assis dans un fauteuil, entouré d'amis et de parents, comme à son habitude. Je suis allée le voir.

— Eleanor, ma petite ! Comment vas-tu ? Magnifique soirée, hein ?

J'ai opiné du chef.

— Je n'arrive pas à croire que mon petit bonhomme ait déjà quarante ans. Je le revois prendre le chemin de l'école pour la première fois ; j'ai l'impression que c'était hier. Tu devrais voir sa photo, il n'avait plus ses dents de devant, la petite canaille ! Et regarde-le, maintenant.

Il a pointé le doigt vers l'endroit où Keith et sa femme se tenaient par la taille et riaient à une plaisanterie que venait de faire un homme plus âgé qu'eux.

— Voir ses enfants heureux, que peut-on désirer de plus ? Je regrette seulement que ma Jean ne soit plus là pour les voir…

J'ai médité sur cette réflexion. Était-ce vraiment tout ce que désiraient les parents ? Voir leurs enfants heureux ? C'était plausible, oui. J'ai proposé à Sammy de lui apporter un verre, bien que, à mon humble avis de néophyte, il paraisse déjà assez imbibé.

— Non merci, ma petite. J'en ai encore quelques-uns qui m'attendent ! a-t-il répondu.

La table était couverte de verres à liqueur remplis de liquide ambré. Je lui ai promis de repasser plus tard et ai gagné le bar.

Il y avait une longue file d'attente, mais l'ambiance était sympathique. Par chance, le DJ prenait une pause ; je le voyais dans son coin, sirotant une canette et parlant dans son téléphone portable d'un air morose. Le fond sonore se composait d'un bourdonnement constant de voix masculines et féminines et d'éclats de rire nombreux. Les enfants, qui semblaient s'être multipliés, gravitaient les uns autour des autres en une joyeuse bande de chenapans. Il était clair que les adultes étaient trop occupés à s'amuser pour les empêcher de courir, crier et se poursuivre à loisir. Je leur ai souri avec une pointe d'envie.

Tant de choses semblaient évidentes pour les gens rassemblés dans cette pièce : il allait de soi qu'on les invitait à des événements sociaux, qu'ils y retrouvaient des parents et des amis pour discuter, qu'ils y tombaient peut-être amoureux, étaient aimés en retour et fondaient, peut-être, leur propre famille. Je me suis demandé comment je fêterais mon quarantième anniversaire. J'espérais que j'aurais assez de proches, le moment venu, pour célébrer l'événement avec eux. Le musicien serait peut-être là ; le nouveau soleil de ma vie ? Mais une chose était sûre : il n'était pas question que je l'organise dans un club de golf.

Quand j'ai regagné notre table, Raymond avait disparu. J'ai posé sa bière et bu mon Magners à petites gorgées. Il avait sans doute trouvé une personne intéressante à qui parler. J'ai regardé les danseurs évoluer sur la piste – le DJ était de retour aux platines et avait sélectionné dans ses bacs argentés un disque qui produisait un raffut de tous les diables, un truc qui parlait d'un homme après minuit. J'ai laissé mon esprit vagabonder. Je trouvais ce passe-temps très utile ; on prend une situation ou une personne donnée, et on imagine tout ce qu'il pourrait arriver d'agréable. On peut inventer ce qu'on veut : en pensée, tout devient possible.

J'ai sursauté quand une main s'est posée sur mon épaule.

— Désolé, a dit Raymond. J'ai fait un saut aux toilettes, et j'ai échangé deux mots avec quelqu'un sur le chemin du retour.

Je sentais toujours la chaleur de sa main contre ma peau ; elle n'était restée sur mon épaule qu'un instant, mais elle avait laissé une empreinte si nette que j'aurais pu la dessiner. Une main humaine avait le poids et la température idéaux pour entrer en contact avec une autre personne, ai-je songé. J'en avais serré bon nombre, ces dernières années – et plus encore ces derniers temps –, mais on ne m'avait pas touchée depuis une éternité.

Bien entendu, Declan et moi avions des rapports sexuels réguliers, chaque fois que l'envie lui en prenait, mais en réalité, il ne m'avait jamais *touchée*. C'était moi qui devais le toucher, il me disait comment, quand et où, et j'obéissais. Je n'avais pas voix au chapitre, mais je me souviens que, dans ces moments-là, j'avais le sentiment d'être une autre personne, comme si ce n'était pas ma main, comme si ce n'était pas mon corps. Je me contentais d'attendre que ça se termine. J'ai songé que j'avais trente ans et que je n'avais jamais marché main dans la main avec un homme. Personne n'avait massé mes épaules courbatues ni caressé mon visage. J'ai essayé d'imaginer un homme qui m'enlaçait, me serrait contre lui pour apaiser ma tristesse, ma fatigue, ma colère ; cette chaleur-là, cette pression-là.

— Eleanor ?

— Désolée, j'étais à des lieues d'ici, ai-je répondu à Raymond en buvant une gorgée de Magners.

— On dirait que tout le monde s'amuse, a-t-il dit en englobant la salle d'un geste.

J'ai approuvé.

— J'ai discuté avec l'autre fils de Sammy, Gary, et sa petite amie. Ils sont marrants.

J'ai jeté un nouveau coup d'œil circulaire. Comment se passeraient les soirées de ce type quand je m'y rendrais au bras du musicien ? Il s'assurerait que je me sente bien, me ferait danser quand j'en éprouverais l'envie (peu probable), sympathiserait avec les autres invités. Et, à la fin de la soirée, nous nous éclipserions et rentrerions chez nous pour nous blottir l'un contre l'autre, telles des tourterelles des bois.

— On dirait que nous sommes les seuls célibataires, ici, lui ai-je fait remarquer après avoir observé les autres invités.

Il a fait la moue.

— Ouais… Franchement, merci de m'avoir accompagné. C'est l'horreur de se pointer tout seul à ce genre de fête, hein ?

— Ah bon ? ai-je demandé, intéressée. Je n'ai pas d'élément de comparaison, à vrai dire.

— Tu as toujours été toute seule ? s'est-il étonné. Mais tu parlais d'un gars, la semaine dernière, celui qui… (il a cherché ses mots) … celui avec qui tu es sortie quand tu étais étudiante.

— Je te rappelle que je ne suis restée avec lui que deux ans. Et tu sais aussi comment ça s'est terminé.

Une gorgée de Magners.

— On s'habitue à la solitude. En fait, c'est bien mieux que d'être cognée au visage ou violée.

Il s'est étranglé en avalant sa bière et a mis un moment à retrouver une contenance. Puis il a parlé d'un ton très doux.

— Tu te rends compte, Eleanor, que ce ne sont pas là tes seules alternatives ? Les hommes ne sont pas tous comme Declan, tu sais.

— Je *sais*, oui ! me suis-je exclamée. J'en ai rencontré un !

En pensée, j'ai vu le musicien m'apporter un bouquet de freesias et déposer un baiser sur ma nuque. Raymond a eu l'air gêné. Je me demandais bien pourquoi.

— Je vais faire un tour au bar. Tu en restes au Magners ?

Je me sentais étrangement émue.

— Je vais prendre une vodka, s'il te plaît, ai-je décidé, sachant d'expérience que cela me ferait du bien, quelle que soit la raison de mon trouble.

J'ai suivi des yeux Raymond qui s'éloignait de son pas traînant. Si seulement il pouvait se tenir droit, et se raser ! Il faudrait aussi qu'il s'achète de belles chemises et des chaussures convenables, et lise un livre ou deux au lieu de jouer à l'ordinateur. Comment espérait-il se trouver une fille bien, sans cela ?

Keith est arrivé et m'a remerciée d'être venue. Je lui ai donné son cadeau d'anniversaire, qui a semblé le surprendre. Il a détaillé chaque article, arborant une expression que j'ai eu du mal à déchiffrer ; j'ai cependant vite éliminé « ennui » et « indifférence » de la liste des possibilités. J'étais contente ; c'était bon d'offrir un cadeau, de tendre un présent unique et attentionné que personne d'autre n'aurait eu l'idée de lui offrir. Il a posé le sac sur une table voisine.

— Aimeriez-vous, hum, aimeriez-vous danser, Eleanor ?

Mon cœur s'est mis à battre la chamade. Danser ? Moi ?

— Je ne sais pas trop danser, ai-je répondu.

Keith a ri et m'a aidée à me lever.

— Venez. Tout ira bien.

Au moment où nous atteignions la piste, la musique a changé. Il a grogné.

— Je suis désolé, mais je n'y arriverai pas. Je vais devoir attendre la prochaine. Le privilège de mes quarante ans !

Quelques personnes ont quitté la piste et d'autres les ont remplacées. La musique, très rythmée, était saturée de cuivres. Michelle, la petite amie de Gary, m'a fait signe de la main et m'a attirée vers un groupe de femmes du même âge qui m'ont accueillie avec de grands sourires joyeux. J'ai imité leur manière de se dandiner en restant sur place. Certaines personnes remuaient les bras comme si elles faisaient un jogging, d'autres pointaient les doigts au hasard, çà et là ; selon toute vraisemblance, chacun pouvait gigoter comme bon lui semblait, du moment qu'il restait en rythme avec la musique. Elle se décomposait en mesures de huit battements qui, par chance, étaient marqués d'une grosse caisse. Le rythme a changé d'un coup, et tout le monde s'est mis à dessiner des figures étranges, bras au-dessus de la tête. J'ai mis un certain temps à intégrer les différentes formes avant de pouvoir les reproduire. Je me trémousse, je dessine des formes en l'air ; je me trémousse, je dessine des formes en l'air. C'était vraiment facile de danser !

Je ne pensais plus à rien, un peu comme si j'avais bu de la vodka, à la différence près que je n'étais pas seule et que je chantais. YMCA ! YMCA ! Les bras en l'air pour dessiner les lettres – quelle idée géniale ! Je n'aurais jamais cru que la danse pouvait être si logique.

On se déhanchait de nouveau quand je me suis demandé pourquoi ce groupe chantait une chanson sur l'association des jeunes chrétiens[1]. Cela étant, si je me fiais à mes notions rudimentaires en musique pop, on trouvait bien des chansons sur les parapluies, les incendies et les romans d'Emily Brontë, alors pourquoi pas sur une bande de jeunes de la même religion ?

La chanson s'est terminée, aussitôt suivie d'une autre, bien moins amusante, celle-là ; fini les mouvements de bras collectifs, il fallait gigoter librement. Je suis malgré tout restée sur la piste avec le même groupe de femmes souriantes. J'avais l'impression de me trouver au cœur de l'action. Je commençais à comprendre pourquoi les gens aimaient danser, bien que je me sente incapable d'y consacrer toute une soirée. J'ai senti une petite tape sur mon épaule et me suis retournée, le sourire aux lèvres, m'attendant à voir Raymond et prête à lui parler de la chanson qu'on dansait avec les bras, mais ce n'était pas lui.

1. YMCA est l'acronyme de Young Men's Christian Association (« Association chrétienne de jeunes hommes »).

C'était un homme de trente-cinq, quarante ans, que je ne connaissais pas. Il m'a souri et a haussé les sourcils, comme s'il m'interrogeait du regard, puis s'est mis à s'agiter devant moi. Je me suis tournée vers le groupe de femmes rieuses, mais le cercle s'était refermé en mon absence. L'homme, petit, aux joues rougeaudes et au teint olivâtre d'un gars qui n'a jamais mangé une pomme de sa vie, a continué à sautiller sur place avec enthousiasme, mais à un rythme qui avait peu à voir avec celui de la musique. Ne sachant comment réagir, j'ai fini par arrêter de danser. Il s'est penché vers moi et a dit quelque chose que, bien entendu, le volume de la musique a rendu inaudible.

— Je vous demande pardon ? ai-je crié.

— J'ai dit, a-t-il crié encore plus fort, comment avez-vous rencontré Keith ?

Quelle étrange question à poser à une inconnue.

— J'ai porté secours à son père quand il a eu un malaise.

J'ai dû répéter cela deux fois de suite avant qu'il comprenne – il était peut-être sourd. Quand il a fini par tilter, il a pris un air intrigué. Il s'est élancé vers moi avec un regard que je qualifierais de sournois.

— Vous êtes infirmière ?

— Non. Je suis assistante comptable.

Il a semblé pris de court. J'ai levé les yeux au plafond et me suis remise à sautiller dans tous les sens pour le décourager de reprendre la conversation ; c'était une véritable gageure de danser et de parler en même temps.

Quand la chanson s'est terminée, j'ai senti que j'avais assez sautillé pour le moment et avais un besoin urgent de rafraîchissement.

— Je peux aller vous chercher un verre ? a hurlé l'homme, essayant de couvrir le morceau suivant.

Je me suis demandé si le DJ avait jamais songé à intercaler cinq minutes de pause entre deux disques, pour permettre aux gens de filer au bar ou aux toilettes. Je pourrais peut-être lui suggérer cela plus tard.

— Non merci, ai-je dit. Je préfère refuser, parce que si j'acceptais, il faudrait que je vous offre un verre en retour, et je crains de ne pas avoir envie de passer en votre compagnie le temps nécessaire à vider deux verres.

— Hein ? a-t-il dit, la main en cornet sur l'oreille.

Soit il souffrait d'acouphènes, soit il était malentendant. J'ai décidé de tenter le mime. J'ai secoué la tête et l'index en faisant « non » avec la bouche. Puis j'ai pivoté et suis partie à la recherche des toilettes sans lui laisser le temps de faire une autre tentative.

J'ai eu du mal à les trouver. Elles étaient situées au bout du couloir et marquées de l'indication *Dames*. Ce qui, je n'ai pas tardé à le découvrir, signifiait « Toilettes ». Pourquoi cherche-t-on toujours à qualifier les choses de ce qu'elles ne sont pas ? Il y avait une file d'attente, au bout de laquelle j'ai pris place derrière une femme ivre morte qui portait une tenue inconvenante pour son âge. Je trouve que les bustiers tube vont mieux aux femmes de moins de vingt-cinq ans, si tant est qu'ils aillent à qui que ce soit.

Sa veste fine et scintillante couvrait mal son énorme postérieur cellulitique. Son maquillage, qui aurait pu paraître subtil sur une actrice prête à entrer en scène au Royal Albert Hall, avait coulé. Bizarrement, je l'ai imaginée en train de sangloter dans l'escalier d'ici la fin de la soirée. Je n'en revenais pas de ma propre perspicacité, mais il y avait quelque chose de fébrile dans son attitude qui me poussait à tirer cette conclusion.

— Combien d'heures de ta vie penses-tu avoir passées à faire la queue devant des chiottes ? m'a-t-elle demandé pour passer le temps. Ils n'en mettent jamais assez, hein ?

Je n'ai pas répondu, puisque je calculais mon temps d'attente total devant des toilettes, mais ça n'a pas eu l'air de la déranger.

— Les hommes s'en sortent mieux, pas vrai ? a-t-elle repris, d'un ton aigre. Il n'y a jamais la queue devant les chiottes des mecs. Parfois, j'ai qu'une envie » y aller et m'accroupir devant l'urinoir. Ha ! Imagine leur tête !

Elle a éclaté d'un long rire de fumeuse qui s'est terminé en quinte de toux grasse.

— Oh, mais ce serait terriblement peu hygiénique, ai-je répondu. Il me semble qu'ils ne font pas grand cas de la propreté quand ils se retrouvent là-bas.

— Non, a-t-elle convenu, pleine d'amertume, ils entrent là-dedans, ils pissent partout, ils font demi-tour et ils laissent aux autres le soin de nettoyer après eux.

Elle a fixé un point dans le vague, pensant sans aucun doute à un individu en particulier.

— Ils m'inspirent plutôt de la compassion, en fait, ai-je dit.

Elle m'a fusillée du regard. Je me suis empressée de préciser ma pensée :

— Vous imaginez devoir uriner en rang, à côté d'inconnus, de connaissances ou même d'amis ? Ce doit être abominable. Imaginez ce que nous éprouverions si nous devions dévoiler notre intimité en public une fois arrivées en tête de cette file d'attente !

Elle a eu un léger haut-le-cœur, puis a examiné mes cicatrices sans vergogne. J'ai détourné la tête.

— T'es un peu barje, toi, hein ? a-t-elle dit sans agressivité aucune, mais d'une voix légèrement traînante.

C'était loin d'être la première fois que j'entendais ça.

— Oui, ai-je répondu. Sans doute.

Elle a acquiescé comme si je venais de confirmer un soupçon nourri de longue date. Puis nous avons cessé de discuter.

Quand j'ai rejoint la fête, l'atmosphère avait changé, la musique était moins rythmée. Je suis allée au bar et j'ai commandé un Magners, une vodka et un Coca, et, après réflexion, une bière pour Raymond. Ça n'a pas été simple de rapporter tout ça jusqu'à notre petite table, mais j'ai réussi à le faire sans renverser une seule goutte. J'étais contente de m'asseoir un moment après tous ces bonds sur la piste et cette attente prolongée devant les toilettes. J'ai bu ma vodka en deux gorgées. Danser donnait soif. La veste en jean de Raymond pendait toujours sur le dossier de sa chaise, mais je ne le voyais nulle part. Je me suis dit qu'il était peut-être sorti fumer. J'avais beaucoup de choses à lui raconter, à propos de la danse, de la dame qui avait fait la queue avec moi, et il me tardait de lui parler.

La musique a de nouveau changé, pour devenir encore plus lente. Beaucoup de danseurs ont quitté la piste, et ceux qui y sont restés se sont mis à tanguer deux par deux. C'était une vision étrange, comme une scène d'un reportage animalier sur des singes, peut-être, ou des oiseaux. Les femmes avaient toutes les bras passés autour du cou des hommes qui, eux, tenaient tous les femmes par la taille. Ils ondulaient de part et d'autre de la piste, traînant les pieds de manière maladroite, se regardant droit dans les yeux ou la tête posée sur l'épaule de leur partenaire.

Cela ressemblait à un rituel d'accouplement. Il est vrai qu'il devait être agréable de se déhancher au gré d'une musique douce, blotti contre la personne de ses rêves. Je les ai étudiés avec attention : leurs tailles, leurs formes ; j'ai envisagé d'autres combinaisons possibles. Et là, au milieu de la piste, j'ai reconnu Raymond qui dansait avec Laura. Il lui murmurait quelque chose à l'oreille, assez proche d'elle pour respirer son parfum. Et elle riait.

Je lui avais acheté un verre pour rien. Je l'ai saisi et ai bu toute la pinte au goût âcre et amer. Puis je me suis levée et ai enfilé mon pourpoint. J'allais faire un dernier saut chez les « Dames » avant de sauter dans un train pour retourner en ville. La soirée était terminée, semblait-il.

21

Lundi, lundi. Ça ne tournait pas rond ; je n'avais pas réussi à me détendre la veille, pas réussi à me concentrer sur quoi que ce soit. Je me sentais un peu à cran. Si mon humeur devait être une énigme de mots croisés, la réponse serait « bouleversée ». J'ai essayé de comprendre pourquoi, mais sans trouver de réponse plausible. J'avais fini par prendre le bus pour me rendre en ville dans l'après-midi (gratuitement, grâce à ma carte de transport), et avais rendu une nouvelle visite à Bobbi Brown. Une fois encore, Mlle Brown n'était pas à son poste – je nourrissais des doutes quant à son éthique professionnelle – et une autre dame m'avait maquillée, de la même manière que la fois précédente. J'avais profité de l'occasion pour m'acheter les différents produits et accessoires nécessaires pour recréer le même effet à la maison.

Le montant de la note était supérieur à celui des taxes locatives que j'acquittais chaque semaine, mais j'étais de si étrange humeur que cela ne m'a même pas dissuadée de faire mon achat. J'ai gardé mon maquillage toute la journée et m'en suis appliqué une nouvelle couche presque identique ce matin. La dame m'avait expliqué comment faire, et en particulier comment dissimuler mes cicatrices à l'aide du fond de teint. Le fard à paupières n'était pas aussi bien étalé aujourd'hui, mais, comme elle l'avait dit, c'était tout l'intérêt du fard à paupières : on n'avait pas besoin de l'appliquer de manière précise.

J'avais oublié que j'étais maquillée quand je suis entrée dans le bureau, et Billy a sifflé, ou plutôt poussé un cri de loup qui a incité tous les autres collègues à se tourner vers moi.

— Nouvelle coupe, un peu de rouge sur les lèvres, a-t-il dit en me collant un petit coup de coude. J'en connais une qui voudrait passer à l'action, si je ne m'abuse.

Les femmes se sont approchées de moi. Je portais ma nouvelle tenue. « Tu es magnifique, Eleanor ! », « Le noir te va à ravir », « J'adore tes bottines, elles viennent d'où ? ». J'ai scruté leurs visages à la recherche d'œillades sournoises, attendu les piques. Rien.

— Où t'es-tu fait faire cette coupe, dis ? m'a demandé Janey. Elle est très flatteuse.

— Chez Heliotrope, en ville. C'est Laura qui me l'a faite. C'est une de mes amies, ai-je ajouté avec fierté.

Janey a eu l'air impressionnée.

— Il faudra que je l'essaie, un de ces jours. Mon coiffeur déménage plus au nord, alors il m'en faudra un nouveau. Est-ce que ton amie fait des coiffures de mariage ?

J'ai fouillé mon cabas.

— Tiens. Sa carte. Tu n'as qu'à lui téléphoner.

Elle m'a remerciée d'un sourire rayonnant. Était-ce possible ? Je lui ai rendu son sourire (en cas de doute, toujours sourire) et me suis dirigée vers mon bureau.

C'était donc ainsi qu'on s'y prenait pour s'intégrer socialement ? Était-ce vraiment aussi simple ? S'appliquer un peu de rouge à lèvres, aller chez le coiffeur et changer de tenue ? Quelqu'un devrait écrire un livre là-dessus, ou au moins une notice explicative, pour diffuser l'information. J'avais davantage attiré leur attention aujourd'hui (une attention bienveillante, positive, j'entends) qu'au cours de ces dernières années. J'ai souri, contente d'avoir résolu une partie du mystère. Un message électronique est arrivé.

Tu as filé sans dire o revoir, samedi. Tout va bien ? R.

J'ai cliqué sur « Répondre ».

Je vais bien, merci. J'en avais juste assez de danser et de tous ces gens. E.

Il a répondu aussitôt.

Déj ? Endroit habituel, 12:30 ? R.

À ma grande surprise, je me suis aperçue que j'avais très envie de déjeuner avec Raymond et que j'étais vraiment ravie qu'il me le propose. Et nous avions un Endroit Habituel ! J'ai fait un effort pour calmer ma surexcitation et, les dents serrées, j'ai tapé d'un doigt :

A +, E.

Je me suis adossée à mon fauteuil ; la tête me tournait. La communication illettrée était plus rapide, certes, mais pas de beaucoup. L'abréviation m'avait épargné la peine de taper quatre caractères, voilà tout. Enfin, j'obéissais à mon nouveau credo : je tentais de nouvelles choses. J'avais essayé, et je n'aimais vraiment pas. LOL pouvait aller se faire voir. Je n'étais pas faite pour l'illettrisme, ça allait à l'encontre de ma nature. S'il est bon de tenter de nouvelles choses et d'être ouvert d'esprit, il est primordial de rester fidèle à la personne que vous êtes. J'avais lu ça dans un magazine, chez le coiffeur.

Raymond était déjà là à mon arrivée et papotait avec un jeune serveur barbu, le quasi-sosie de celui de la dernière fois. J'ai commandé un café mousseux et un scone au fromage, ce qui a fait sourire Raymond.

— Tu aimes tes petites habitudes, hein, Eleanor ?

J'ai haussé les épaules.

— Tu as bonne mine, aujourd'hui, a-t-il repris. J'aime beaucoup ta…

Il a englobé mon visage d'un geste vague. J'ai hoché la tête.

— On dirait que les gens m'aiment davantage quand je suis maquillée.

Il a arqué les sourcils et haussé les épaules, apparemment aussi sidéré que moi.

Le barbu nous a apporté nos plats, et Raymond a commencé à enfourner le sien.

— Alors, tu t'es bien amusée, samedi ? m'a-t-il demandé.

J'aurais préféré qu'il parle entre deux bouchées, mais il a choisi de parler *en mangeant*. Horrible.

— Oui, merci. C'était la première fois que j'essayais de danser, et j'ai beaucoup aimé.

Sa fourchette allait et venait de son assiette à sa bouche. Le processus et son bruit paraissaient presque industriels, tant ils étaient réguliers.

— Et *toi*, tu t'es amusé ? l'ai-je questionné.

— Hum, c'était sympa, non ?

Il ne se servait pas du couteau et tenait sa fourchette de la main droite, comme un enfant, ou un Américain. Il a souri.

J'ai failli lui demander si Laura et lui avaient dansé ensemble plusieurs fois, s'il l'avait raccompagnée chez elle, mais je me suis ravisée. Cela ne me regardait pas, après tout, et il est très mal poli de poser des questions personnelles.

— Alors… tu as décidé ce que tu allais faire pour le poste ? Tu vas l'accepter ?

Bien sûr, j'avais médité sur la question à mes moments perdus, ces derniers jours. J'avais cherché des signes, des indices. Mais rien n'était venu, en dehors du 12 horizontal de vendredi : *en faveur de (vers le haut) mouvement (9 lettres)*. J'y avais vu un signe d'encouragement.

— Je vais l'accepter, ai-je répondu.

Il a posé sa fourchette et levé la main. J'ai réalisé que j'étais supposée placer la mienne dessus pour faire un « check ».

— Bien joué, a-t-il dit en se remettant à manger. Félicitations.

J'ai éprouvé une joie intense, lumineuse, comme si une allumette venait d'être grattée dans mon cœur. Je ne me souvenais pas d'avoir jamais été félicitée. C'était vraiment très agréable.

— Comment va ta mère, Raymond ? ai-je demandé après avoir savouré l'instant et ma dernière bouchée de scone.

Il m'a parlé d'elle un moment, m'a dit qu'elle avait cherché à avoir de mes nouvelles. L'idée m'a mise mal à l'aise, un réflexe d'anxiété liée à l'inquisition maternelle, mais il m'a aussitôt rassurée.

— Elle t'apprécie beaucoup, elle dit que tu peux passer la voir quand tu veux. Elle se sent seule.

J'ai acquiescé. Je connaissais bien ce sentiment. Raymond s'est excusé et s'est éloigné vers les toilettes d'un pas lourd. J'ai jeté un œil dans la salle en attendant son retour. Deux femmes de mon âge étaient assises à la table voisine, chacune accompagnée d'un bébé vêtu de couleurs vives. Les deux nourrissons étaient installés dans des sièges auto ; l'un d'eux dormait et l'autre fixait un rai de lumière qui dansait sur le mur, l'air rêveur. Soudain, la machine à café s'est mise à siffler dans notre dos, et j'ai vu une vague d'alarme froisser le visage du bébé. Comme au ralenti, sa petite bouche rose s'est pincée puis s'est ouverte en grand pour émettre un gémissement des plus sonores. Sa mère a baissé les yeux vers lui pour voir s'il n'avait rien puis, rassurée, a repris sa conversation. Les cris ont redoublé. Il est dans l'intérêt de la survie de l'espèce, je suppose, qu'un bébé puisse pousser des cris de détresse d'une tonalité et d'un volume qu'aucun adulte ne serait capable d'ignorer.

Il commençait à s'agiter, les poings serrés par la colère et le visage écarlate. J'ai fermé les yeux et tenté de l'ignorer, en vain. *Je t'en prie, cesse de pleurer. Je ne sais pas pourquoi tu pleures. Que puis-je faire pour que tu t'arrêtes ? Je ne sais pas quoi faire. Tu as mal ? Tu es malade ? Tu as faim ? Je ne sais pas quoi faire. Je t'en prie, ne pleure pas. Il n'y a rien à manger. Maman ne va pas tarder à rentrer. Où est maman ?* Ma main tremblait quand j'ai porté ma tasse à mes lèvres. J'ai respiré le plus lentement possible, en gardant les yeux rivés sur la table.

Les pleurs ont cessé. J'ai regardé le bébé. Il était niché dans les bras de sa mère qui couvrait son visage de baisers. J'ai expiré. Mon cœur s'est gonflé de tendresse pour lui.

Quand Raymond est revenu, j'ai payé l'addition, puisque c'était lui qui l'avait fait la dernière fois ; je commençais à comprendre le concept d'invitations réciproques. Il a cependant insisté pour laisser un pourboire. Cinq livres ! Ce gars n'avait fait que nous apporter nos assiettes, travail pour lequel il était rémunéré par le propriétaire du café. Raymond était dépensier et inconsidéré ; je n'étais pas étonnée qu'il ne puisse pas s'offrir de chaussures convenables ni de fer à repasser.

Nous sommes retournés au bureau à pas lents, et Raymond m'a exposé en détail les caractéristiques d'un serveur informatique auquel je n'ai rien compris (et qui ne m'intéressait pas particulièrement) sur lequel il devrait travailler l'après-midi même. Dans le hall d'entrée, il s'est tourné vers l'escalier qui desservait son bureau.

— À bientôt, alors, hein ? Passe une bonne fin de journée.

Il avait l'air sincère, il avait vraiment envie qu'on se revoie bientôt et que je passe une bonne fin de journée. Une onde de chaleur a irradié dans ma poitrine, comme lorsqu'on boit une gorgée de thé chaud dans la fraîcheur du petit matin.

— Passe une bonne fin de journée, Raymond, ai-je répondu, tout aussi sincère.

Ce soir-là, j'avais prévu de me détendre avec une tasse de Viandox et d'écouter une émission de radio passionnante sur les hommes politiques sud-américains, sitôt que j'aurais effectué mes recherches quotidiennes sur les dernières activités de Johnnie Lomond. Il avait rédigé un tweet décousu à propos d'un personnage de série télé, et posté sur Facebook la photo d'une paire de bottes qui lui faisait très envie. Recevoir des nouvelles de maman un lundi était inattendu, et fâcheux.

— Eleanor, chérie. Ce n'est pas notre jour habituel, je sais, mais je pensais à toi. Je voulais juste te faire un coucou, voir comment tu allais, tout ça.

Je suis restée muette, sous le choc de cette intrusion inopinée dans ma soirée.

— Alors ? J'attends, ma chérie…

Je me suis éclairci la voix.

— Je, euh… Je vais bien, maman. Tu… *pensais* à moi ?

Une grande première.

— Hum. À deux choses, en réalité. D'abord : je me demandais si je pourrais te donner un coup de main pour ton projet ? Je ne peux pas faire grand-chose d'ici, évidemment, mais je pourrais peut-être, mettons, tirer quelques ficelles ? Trouver le moyen d'organiser une petite visite, qu'on te donne un petit coup de main ? J'imagine que ça te paraît irréalisable, mais sait-on jamais… avec volonté et détermination, on peut déplacer des montagnes, tu sais…

— Non, maman, non non non… ai-je balbutié.

Elle a inspiré. Je me suis exhortée au calme.

— Ce que je veux dire, maman (elle a exhalé l'air retenu dans ses poumons en émettant un petit sifflement), c'est que c'est très gentil à toi, mais que je vais devoir décliner ton offre.

— Pourrais-je savoir pourquoi ? a-t-elle demandé, un brin déconcertée.

— C'est que… je pense que j'ai la situation bien en main. Je pense qu'il vaudrait mieux que… tu restes là où tu es. Je ne suis pas certaine qu'on puisse faire quoi que ce soit de plus, pour le moment.

— Bon… si tu en es sûre, chérie. Mais je suis très efficace, tu sais ? Et, en toute franchise, tu es un peu empotée, par moments.

J'ai soupiré aussi discrètement que possible.

— Et de plus, a-t-elle poursuivi, je commence à perdre patience. Il est temps que les choses avancent avec ce type, tu sais. Il faut passer à l'action, Eleanor, voilà ce qu'il faut, chérie.

Son ton était plus calme.

— Oui, maman. Oui, tu as absolument raison, bien sûr.

Il était vrai que depuis que j'avais vu le musicien pour la première fois, mon intérêt pour lui et mes avancées sur ce plan-là avaient été supplantés par des choses plus urgentes. J'avais tant d'autres préoccupations, à présent – Raymond, ma promotion, Sammy et sa famille… Mais elle avait raison.

— Je vais essayer d'enclencher la vitesse supérieure, ai-je répondu.

J'espérais l'avoir rasséréné ; elle mettait un terme à notre conversation quand je l'ai interrompue :

— Oh, attends, maman ; attends une seconde. Tu as parlé de deux choses – quelle est la seconde chose à laquelle tu pensais ?

— Oh, oui, a-t-elle fait.

Je l'ai entendue souffler la fumée de sa cigarette du coin de la bouche.

— Je voulais juste te dire que tu n'étais qu'un tas de chair humaine parfaitement inutile. C'est tout. Salut, chérie ! a-t-elle conclu, tranchante comme un rasoir.

Silence.

@johnnieLrocks
Scoop ! Je quitte les Pilgrim Pioneers. Sans rancune respect TOTAL pour ces gars-là #soloartiste #astarisborn (1/2)

@johnnieLrocks
Je démarre une carrière solo, je pars dans une direction musicale résolument différente. D'autres news bientôt.
A + #iconoclaste (2/2)

22

Maman m'a appelée le mercredi suivant, comme d'habitude. L'intervalle entre les deux conversations avait été trop bref.

N'ayant récolté aucune nouvelle d'importance depuis lundi, je lui ai parlé de la soirée d'anniversaire de Keith.

— Tu papillonnes beaucoup en ce moment, hein, Eleanor ? a-t-elle dit d'une voix doucereuse.

Je n'ai pas répondu ; c'est toujours plus sûr, dans ces moments-là.

— Qu'est-ce que tu as mis ? Je parie que tu avais l'air grotesque. Pour l'amour de Dieu, ma fille, dis-moi que tu n'as pas essayé de danser, au moins !

Elle a déduit la réponse de mon silence crispé.

— Dieu du Ciel. La danse est réservée aux êtres qui ont la beauté pour eux, Eleanor. T'imaginer en train d'aller et venir sur une scène comme un morse…

Elle a éclaté d'un rire strident.

— Ha ! Merci, merci beaucoup, chérie. C'est le clou de ma soirée, vraiment. (Rires.) Eleanor sur une piste de danse !

— Comment vas-tu, maman ? ai-je demandé d'une voix très calme.

— Bien, ma chérie, au poil. Il fait frisquet ce soir, une bénédiction. On va voir un film tout à l'heure. Le plaisir du mercredi !

Son ton était léger, enjoué, mais porté par cette pointe de démence qui m'était familière.

— J'ai reçu de l'avancement, maman, ai-je dit, incapable de dissimuler ma fierté.

Elle a reniflé, méprisante.

— De l'avancement ! C'est *formidable*, chérie. Qu'est-ce que ça signifie, au juste ? Cinq livres de plus par mois ?

Je n'ai pas répondu.

— Enfin, a-t-elle dit d'une voix dégoulinante de condescendance, *tant mieux pour toi*, chérie.

J'ai baissé la tête, les larmes aux yeux. Elle s'est adressée à quelqu'un d'autre, râleuse : « Nan, pas question, putain ! J'ai dit *Sex and the City 2* ! Ouais, c'est ça ! Je pensais qu'on devait voter. Hein ? Encore ? Oh, putain de merde… »

— Les autres résidentes ont voté pour regarder *Les Évadés*, encore une fois, je rêve, m'a-t-elle dit ; ça ne fera que, oooh, le vingtième mercredi de suite… Écoute, ne te laisse pas distraire de ton objectif par ce *nouveau boulot* et ces histoires absurdes de *soirées d'anniversaire*. Tu as une tâche à accomplir, et il faut te concentrer dessus. Qui n'ose rien n'a rien, tu sais. Imagine que tu me ramènes un gendre convenable et séduisant, Eleanor. Rien ne serait plus *normal*, chérie, pas vrai ? Et nous formerions alors une famille *normale*.

Elle a éclaté de rire, et je l'ai imitée – l'idée était trop bizarre.

— J'ai eu le *malheur* de n'avoir que des filles, a-t-elle repris d'un ton triste, moi qui ai toujours voulu avoir un fils. Faute de mieux, un gendre ferait l'affaire, s'il est acceptable. Tu vois : poli, attentionné, prévenant, galant. Il est bien comme ça, n'est-ce pas, ton *projet*, Eleanor ? Un homme élégant ? Bien élevé ? Tu sais à quel point j'ai toujours insisté pour que tu t'exprimes correctement et que tu sois à la hauteur.

— Il a l'air vraiment bien, maman, ai-je dit. Convenable en tout point. Séduisant, talentueux et apprécié. Glamour ! ai-je continué sur ma lancée.

Je ne savais presque rien de lui, bien entendu, j'enjolivais les maigres renseignements que j'avais glanés sur Johnnie Lomond. C'était assez amusant.

Son ton était agacé, on sentait la menace couver. Le naturel revenait au galop.

— Mon Dieu, quel ennui ! Je suis lasse de cette conversation, je suis lasse d'attendre que tu mènes ce projet à bien. Continue à y aller au petit trot, Eleanor. Je t'en supplie, ne fais surtout aucun effort pour te remonter les manches et progresser. Continue à te tourner les pouces, s'il te plaît. Reste assise dans ton petit appartement et regarde la télévision seule, comme tu le fais TOUS LES SOIRS.

Je l'ai entendue crier. « J'arrive ! Commencez pas sans moi ! »

Le clic d'un briquet, une inspiration.

— Faut que je file, Eleanor. *Bye-byyye !*

Plus rien.

Je me suis assise et j'ai regardé la télévision seule, comme je le faisais TOUS LES SOIRS.

Je suppose que l'une des raisons qui nous permettent de vivre le temps qui nous est imparti dans cette verte vallée de larmes est qu'il y a toujours la possibilité que ça change, même très peu. Même dans mes rêves les plus fous, je n'avais jamais envisagé que mon travail puisse ressembler à autre chose qu'à une longue corvée quotidienne de huit heures. À présent, et j'en étais la première étonnée, il m'arrivait de jeter un regard à ma montre en pleine journée et de découvrir que des heures entières s'étaient écoulées sans que je m'en aperçoive ; et ce, plusieurs fois par semaine. Le travail de chef de service comportait bon nombre de nouvelles tâches que j'avais appris à accomplir et à maîtriser. Aucune d'elles n'était hors de portée d'un être humain, bien entendu, mais certaines étaient assez complexes, et j'étais surprise de la réaction enthousiaste de mon cerveau lorsque je le plaçais devant ces nouveaux défis. Mes collègues avaient paru très déçus d'apprendre ma promotion au poste de chef de service, mais pour l'instant je n'avais décelé aucun signe de mutinerie ou d'insubordination. Je restais dans mon coin, comme d'habitude, et les laissais travailler (ou accomplir ce qu'ils considéraient être leur travail, car en réalité ils ne faisaient jamais grand-chose et s'emmêlaient les pinceaux chaque fois qu'ils tentaient de remplir une tâche). Pour le moment, au moins, le *statu quo* était maintenu, et ils n'étaient pas moins efficaces qu'avant ma prise de fonctions.

Mon nouveau poste m'obligeait aussi à interagir plus souvent avec Bob, et j'ai découvert que c'était un interlocuteur plutôt amusant. Il me confiait des informations détaillées sur le fonctionnement de l'entreprise au jour le jour et se montrait d'une discrétion délicieuse à l'égard de ses clients. Clients qui, je n'ai pas tardé à le découvrir, pouvaient se montrer très exigeants. Je n'avais toujours que des contacts limités avec eux, ce qui me convenait très bien.

J'ai cru comprendre qu'ils étaient souvent incapables d'exprimer leurs besoins et que, au bout du compte, les designers devaient élaborer leurs créations à partir des vagues indices qu'ils parvenaient à articuler. Après de nombreuses heures de travail effectuées par toute une équipe de créatifs, le résultat était soumis à l'approbation du client, qui déclarait alors : « Non. C'est exactement ce que je ne veux *pas*. »

Le processus tortueux devait se répéter plusieurs fois avant que le client ou la cliente finisse par se déclarer satisfait du résultat. À tous les coups, disait Bob, la création validée était plus ou moins identique à la première œuvre proposée, rejetée d'emblée par le client. Je ne m'étonnais plus qu'il y ait tout ce stock de bière, de vin et de chocolat dans la salle de repos ni que les créatifs s'y ravitaillent si régulièrement.

À part ça, j'avais commencé à organiser le repas de Noël. Mon projet était encore vague, mais, comme nos clients, j'avais une idée très précise de ce que je ne voulais *pas*. Ni chaînes de restaurants ou d'hôtels, ni dinde, ni Père Noël ; aucun restaurant dont le site proposait d'organiser des « divertissements d'entreprise » ou des « fêtes de bureau ». Je mettrais sans doute un certain temps à trouver le lieu idéal et à concocter un événement parfait, mais j'avais plusieurs mois pour me décider.

Raymond et moi nous retrouvions toujours pour déjeuner, au moins une fois par semaine. Jamais le même jour, ce qui m'ennuyait, mais cet homme résistait comme un roc à toute routine (ce qui n'aurait pas dû me surprendre). Une fois, il m'a envoyé un e-mail moins de vingt-quatre heures après notre rencontre pour m'inviter à déjeuner le lendemain. J'arrivais presque à croire qu'on pouvait apprécier, ou en tout cas tolérer, ma compagnie, le temps d'un bref repas, mais j'étais sidérée qu'on puisse vouloir réitérer l'expérience la même semaine.

> Cher R, je serais ravie de te retrouver pour déjeuner une fois de plus, mais la proximité de ce rendez-vous avec le précédent me laisse perplexe. Tout va bien ? Amitiés, E.

Il m'a répondu ainsi :

> J'ai besoin de te parler. 12:30. R.

Nous étions si habitués à ces déjeuners qu'il n'avait même pas besoin de préciser le lieu.

Quand je suis arrivée, il n'était pas là. J'ai feuilleté un journal trouvé sur une chaise, à côté de moi. Contre toute attente, j'en étais venue à aimer ce restaurant minable ; ses employés, en dépit de leur aspect débraillé, étaient tous agréables et amicaux, et désormais, nombre d'entre eux me lançaient « Comme d'habitude ? » avant de me servir mon café et mon scone au fromage sans même que j'aie besoin de les commander. C'était très futile et superficiel de ma part, je le reconnais, mais cela me donnait un peu la sensation d'être un personnage de sitcom américaine, une « habituée », qui a son repas « habituel ». L'étape suivante consisterait à être capable de parler de tout et de rien, mais ça, ce ne serait pas pour demain. L'un des serveurs, Mikey, s'est avancé vers moi avec un verre d'eau.

— Vous voulez votre scone maintenant, ou vous attendez Raymond ?

Quand je lui ai dit que Raymond allait arriver d'un instant à l'autre, il a commencé à essuyer la table voisine.

— Vous allez bien ? s'est-il enquis.

— Oui, très bien. J'ai l'impression que nous vivons les derniers jours de l'été.

Je m'étais fait cette réflexion quand j'étais entrée dans le café, sentant les doux rayons du soleil sur mes joues et remarquant sur les pelouses quelques feuilles rouge et or. Mikey a acquiescé.

— J'arrête de travailler ici à la fin du mois, m'a-t-il annoncé.

— Oh ! Comme c'est dommage.

Mikey était gentil et délicat, il nous servait toujours des truffes avec le café sans nous les facturer.

— Vous avez trouvé un emploi ailleurs ?

— Non, a-t-il répondu en se perchant sur une chaise à côté de moi. Hazel fait une rechute.

Hazel était sa petite amie, ils habitaient dans le quartier avec leur bichon frisé et leur bébé, Lois.

— Je suis désolée de l'apprendre, Mikey.

— Ils pensaient s'en être débarrassés la dernière fois, mais c'est revenu, ça s'est attaqué aux glandes lymphatiques et au foie. Je voulais juste vous le dire…

— Vous préférez passer le temps qu'il lui reste avec elle et Lois plutôt que de servir des scones à une drôle de bonne femme.

À ma grande satisfaction, il a ri.

— La tumeur est grosse comme ça, m'a-t-il dit, joignant le geste à la parole.

J'ai rassemblé tout mon courage et posé la main sur son bras. J'aurais bien voulu lui parler mais, n'ayant aucune idée de ce que l'on pouvait dire en pareil cas, je me suis tue et contentée de le regarder, espérant qu'il comprendrait que j'étais vraiment désolée, que je l'admirais de s'occuper si bien de Hazel et Lois, de les aimer si tendrement, que je comprenais peut-être mieux que n'importe qui la douleur de perdre un être cher, que je devinais combien c'était atroce pour lui, et combien ça allait continuer à l'être. Tout l'amour du monde ne suffit pas toujours. L'amour, seul, n'a pas le pouvoir de protéger ceux qu'on aime…

— Merci, Eleanor, a-t-il murmuré.

Et il me remerciait !

Raymond est arrivé et s'est laissé tomber sur sa chaise.

— Comment ça va, mon pote ? a-t-il demandé à Mikey. Comment va Hazel ?

— Pas si mal, Raymond, pas si mal. Je vais te chercher un menu.

Après son départ, je me suis penchée par-dessus la table.

— Tu es déjà au courant pour Hazel ?

Il a hoché la tête.

— C'est la merde, hein ? Elle n'a pas trente ans, et la petite Lois n'a pas encore deux ans.

Il y a eu un silence. Il n'y avait rien à ajouter. Notre commande passée, Raymond s'est raclé la gorge.

— J'ai quelque chose à te dire, Eleanor. Ce ne sont pas des bonnes nouvelles, malheureusement.

Je me suis carrée dans mon siège et j'ai levé les yeux au plafond, me préparant à encaisser.

— Je t'écoute.

Très peu de choses en ce monde peuvent me surprendre ou me prendre au dépourvu. Rien ne pouvait être pire que ce que j'avais déjà vécu ; ça peut paraître un peu exagéré, mais c'est la vérité pure et simple. Je suppose que, d'une manière étrange, c'est ce qui fait ma force.

— C'est à propos de Sammy.

Je m'y attendais.

— Il est décédé au cours du week-end, Eleanor. Un infarctus. C'est allé vite, au moins.

J'ai hoché la tête. C'était à la fois une surprise, et pas si étonnant.

— Que s'est-il passé ?

Raymond s'est mis à manger, me livrant tous les détails de l'affaire entre deux bouchées – voire pendant qu'il mâchait. Je me demandais s'il existait une chose capable de lui couper l'appétit. Le virus Ebola, peut-être.

— Il était chez Laura, il regardait la télé. C'est arrivé sans prévenir.

— Elle était là ? ai-je demandé.

Je vous en prie, mon Dieu, faites qu'elle n'ait pas connu ça ! Devoir vivre après une chose pareille, devoir surmonter sa culpabilité, sa peine, son horreur… Je ne souhaitais cela à personne. Je l'aurais volontiers déchargée de ce fardeau, si j'avais pu. J'étais sûre que je ne le sentirais presque pas par-dessus celui qui m'écrasait déjà.

— Elle se trouvait à l'étage, elle se préparait pour sortir. Ça lui a causé un choc terrible, quand elle est descendue, de le découvrir comme ça sur le canapé.

Donc, ce n'était pas sa faute. Elle n'aurait pas pu le sauver, même si elle avait essayé. Bien. Enfin, aussi bien que la mort puisse l'être. J'ai réfléchi aux conséquences.

— Il était seul au moment où il est mort, alors, ai-je repris, sceptique. La police soupçonne-t-elle qu'il ait été emporté dans un moment de surexcitation ?

Raymond s'est étranglé avec son burger au halloumi. Je lui ai tendu un verre d'eau.

— Bon sang, Eleanor !

— Je suis désolée. Ça m'est juste passé par la tête.

— Ouais, eh ben, tu gagnerais à ne pas toujours dire à voix haute ce qui te passe par la tête, tu sais ? a-t-il chuchoté sans me regarder.

Je me sentais affreusement mal. Pour Sammy, pour sa famille, et aussi parce que j'avais mis Raymond en colère sans le vouloir, et je me sentais affreusement mal pour le serveur, pour sa petite amie et pour leur pauvre petit bébé.

La mort, toute cette souffrance qui s'abattait sur des gens si gentils qui n'avaient rien fait pour le mériter, et personne ne pouvait l'empêcher… Des larmes ont ruisselé sur mes joues ; plus j'essayais d'endiguer leur flot, plus elles redoublaient. J'avais la gorge nouée par une boule brûlante comme le feu, non, pitié, pas le feu…

Raymond a contourné la table pour s'asseoir à côté de moi, m'a prise par les épaules et a murmuré d'une voix très douce :

— Oh, je t'en prie, Eleanor, ne pleure pas. Je suis désolé… Je ne voulais pas me montrer cassant, vraiment pas… Je t'en prie, Eleanor…

Le plus étrange (je ne me serais jamais attendue à ça), c'est qu'on se sentait effectivement beaucoup mieux quand une personne passait un bras autour de vous et vous serrait très fort contre elle. Pourquoi ? Était-ce une caractéristique des mammifères, ce besoin de contact physique ? Raymond était chaud et ferme. Je sentais l'odeur de son déodorant et celle de la lessive qu'il utilisait pour laver ses vêtements, le tout enveloppé d'une légère patine de tabac. L'odeur de Raymond, en fait. Je me suis penchée vers lui, plus près.

J'ai fini par reprendre le contrôle de mes émotions, et mes pleurs embarrassants se sont apaisés. J'ai reniflé, et il est retourné s'asseoir de son côté de la table, a fouillé dans une poche de sa veste et m'a tendu un paquet de mouchoirs en papier. Je lui ai souri, et me suis mouchée. J'avais conscience de produire un boucan très peu féminin, mais comment l'éviter ?

— Navrée, ai-je dit.

— Je sais. C'est vraiment dur.

Je me suis accordé un moment pour enregistrer toutes les informations qu'il m'avait transmises.

— Comment va Laura ? Et Keith et Gary ?

— Ils sont à ramasser à la petite cuillère, tu t'en doutes.

— Je veux aller aux obsèques, ai-je déclaré d'un ton décidé.

— Moi aussi.

Il a avalé une grosse gorgée de Coca.

— C'était un drôle de vieux bonhomme, hein ?

J'ai souri et ravalé la boule qui s'était formée dans ma gorge.

— Il était gentil. Ça se voyait tout de suite, même alors qu'il était inconscient sur le trottoir.

Raymond a acquiescé. Il a posé sa main sur la mienne.

— Au moins, il a pu passer quelques semaines entouré de sa famille après l'accident. De belles semaines – sa petite soirée, les quarante ans de Keith. Il a eu l'occasion d'avoir du bon temps avec les gens qu'il aimait.

J'ai hoché la tête.

— Je peux te poser une question, Raymond ?

Il m'a regardée.

— Quelles sont les règles de bienséance lorsqu'on assiste à des obsèques ? Est-ce que tout le monde doit s'habiller en noir, les chapeaux sont-ils *de rigueur** ?

Il a haussé les épaules.

— Je n'en ai pas la moindre idée... Tu peux mettre ce que tu veux, je pense. Sammy n'était pas du genre à se soucier des conventions, pas vrai ?

J'y ai réfléchi.

— Je viendrai en noir, ce sera plus sûr. Mais sans chapeau.

— Non, moi non plus je ne mettrai pas de chapeau.

Nous avons éclaté d'un rire qui s'est éternisé sans raison, juste parce que ça faisait du bien.

Sur le chemin du bureau, nous n'avons pas discuté. Les faibles rayons du soleil caressaient notre visage. J'ai levé le mien, un instant, comme un chat. Raymond traînait les pieds sur le fin tapis de feuilles mortes, ses baskets rouge vif contrastant sur tout ce brun. Un gros écureuil a bondi en travers de notre route, formant de beaux arcs de cercle ; un parfum quasi automnal de pomme et de laine imprégnait l'air. Arrivés dans le hall de l'immeuble, nous n'avons pas échangé un mot. Raymond a pris mes mains dans les siennes, les a serrées un instant, puis les a lâchées. Il a gagné l'étage et je me suis dirigée vers mon bureau.

J'avais l'impression d'être un œuf pondu depuis peu, flasque et gluant à l'intérieur, et si fragile que la moindre pression risquait de me briser. Un e-mail m'attendait déjà dans ma boîte de réception quand je me suis assise devant mon ordinateur.

À vendredi. Biz. R.

Était-il nécessaire de répondre ? Je soupçonnais que non, alors je me suis contentée d'écrire :

Biz

23

Je commençais à bien me débrouiller en shopping. J'étais retournée au même grand magasin et, après avoir sollicité l'avis d'une autre vendeuse, m'étais acheté une robe noire, des collants noirs et des chaussures noires. C'était la première robe que je portais depuis mon enfance, et ça me faisait bizarre d'exhiber mes jambes. Cette femme-là aussi avait essayé de m'entraîner vers des talons d'une hauteur vertigineuse. Pourquoi ces vendeuses voulaient-elles à tout prix estropier leurs clientes ? C'était à se demander si les cordonniers et les chiropracteurs n'étaient pas de mèche avec elles. À la réflexion, elle n'avait pas tort lorsqu'elle avait déclaré que cette robe noire habillée « n'allait » ni avec mes nouvelles bottines (trop informelles) ni avec mes chaussures de travail à attaches Velcro (qui, à l'en croire, n'allaient avec rien ; moi qui pensais qu'elles symbolisaient la souplesse professionnelle).

Nous avions fini par tomber d'accord sur des talons au nom insensé de *kitten heels* qui, contre toute attente, n'ont aucun rapport avec des chatons. Ce sont des talons avec lesquels il est facile de marcher mais qui sont néanmoins « hyper féminins ».

Qui décidait de ce qui l'était ou pas ? Selon quels critères ? Cela avait-il la moindre importance ? Je me suis promis de faire une recherche sur les rapports hommes-femmes et l'identité féminine. Il devait bien exister un livre sur le sujet ; on écrivait des livres sur tout.

J'avais même acheté un sac à main, cette fois-ci, me disant que mon cabas ne conviendrait pas à un enterrement. L'imprimé en était très guilleret, et je craignais qu'il ne soit trop voyant dans un cimetière. En outre, ses roues rétractables grinçaient un peu.

Le sac que j'ai fini par choisir n'était pas très pratique, bien trop petit pour contenir un livre grand format ou une bouteille de Glen, par exemple. Une fois à la maison, je l'ai examiné de plus près, caressant son cuir verni et sa doublure soyeuse. Une longue chaîne en or permettait de le porter à l'épaule et d'avoir les mains libres.

J'avais aussi dépensé une somme effroyable pour m'acheter un manteau mi-long, en laine noire, bien ajusté. Il était chaud et simple, des qualités qui me séduisent toujours. J'ai détaillé mes achats étalés sur mon lit et calmé mes inquiétudes quant à leur coût en me disant que je pourrais les porter encore et encore, ensemble ou séparément. À présent, je possédais ce qu'on appelait une garde-robe de base qui s'accorderait à la plupart des événements sociaux auxquels le musicien et moi pourrions assister. Ainsi vêtue, je ne détonnerais pas à son bras. À un ballet, peut-être ? À l'avant-première d'un film ? Je savais qu'il m'ouvrirait de nouveaux horizons. Au moins, maintenant, j'avais des chaussures adaptées à ce genre de situation.

J'avais plus dépensé ces dernières semaines que ce que je déboursais d'ordinaire en un an. Les échanges sociaux se révélaient étonnamment onéreux. Transports, vêtements, boissons, déjeuners, cadeaux. Parfois, on s'y retrouvait quand même – comme avec l'alcool –, mais, selon moi, la plupart du temps, la dépense n'apportait aucun bénéfice. J'avais quelques économies, mais elles ne s'élevaient qu'à un mois de salaire, tout au plus, et Bob n'était guère généreux. Je me rendais compte que je n'aurais jamais pu dépenser cet argent si j'avais dû en investir dans les aspects sociaux de la vie avant ces derniers temps.

Maman avait des goûts extravagants, mais après… quand la situation avait changé… j'avais découvert que le manque d'argent pouvait causer des problèmes, et qu'il valait mieux le dépenser avec parcimonie. Je devais d'abord en demander, puis compter chaque pièce dans mes mains irritées. Je n'ai jamais oublié, n'ai jamais été autorisée à oublier, qui payait les vêtements que je portais, la nourriture que je mangeais, et même le chauffage de la chambre dans laquelle je dormais. Mes familles d'accueil recevaient une allocation supposée couvrir le coût de mon entretien, et je veillais à ne jamais leur occasionner de dépense supplémentaire en manifestant d'autres *besoins*. Et encore moins des *désirs*.

« Allocation » est un mot qui suggère la générosité, la prodigalité. Je gagne ma vie, à présent, bien sûr, mais je dois rester prudente en dépensant mon argent. Être capable de respecter son budget exige beaucoup d'adresse, et c'est une qualité très utile ; car si je venais à claquer toutes mes économies, si je venais à m'endetter, personne, absolument aucun être sur cette Terre ne pourrait me sortir de là. Je tomberais dans l'indigence. Je n'ai aucun bienfaiteur anonyme pour payer mon loyer, je n'ai ni parent ni ami pour me prêter l'argent nécessaire à remplacer un aspirateur cassé ou à payer ma facture de gaz en attendant mon prochain salaire. Il était primordial que je ne m'autorise jamais à l'oublier.

Néanmoins, je ne pouvais pas assister aux funérailles de Sammy dans une tenue inconvenante. La vendeuse m'avait assuré que la robe noire était élégante mais pouvait aussi se porter de manière « décontractée ». Le manteau me tiendrait chaud tout l'hiver. J'avais plus qu'amorti mon pourpoint au fil des années, mais je le mettrais de côté pour le ressortir à l'occasion. J'ai suspendu tous mes vêtements sur des cintres. J'étais parée. Apportez votre mort[1].

C'était un vendredi lumineux, même s'il était difficile d'affirmer qu'il allait le rester. Je me suis douchée et ai passé mes vêtements neufs. Cela faisait des années que je n'avais pas mis de collants, leur préférant les mi-bas faciles à porter sous mes pantalons, mais je me souvenais de la manière dont il fallait rouler chaque jambe avant de les enfiler. J'ai procédé avec une grande délicatesse ; ils étaient très fins, un ongle mal placé pouvait facilement les filer. C'était étrange, cette sensation d'être entravée, comme si je portais une seconde peau.

À présent, mes jambes étaient noires et mes cheveux blonds. J'avais allongé mes cils et ombré mes paupières, poudré mes joues d'un nuage de rose,

1. *Bring Out Your Dead*, chanson du film *Monthy Python : sacré Graal !*

et étalé sur mes lèvres une couche d'un rouge sombre que l'on ne trouvait guère dans la nature. Je devais donc, en toute logique, paraître moins humaine que jamais, pourtant mon apparence n'avait jamais été plus convenable, plus appropriée à ce monde, me semblait-il. C'était déconcertant. J'aurais sans doute pu aller encore plus loin : faire briller ma peau à l'aide d'un fond de teint, me parfumer avec un vaporisateur rempli de produits chimiques élaborés dans un laboratoire, distillés à partir de plantes et d'animaux morts. Mais je n'en avais pas envie. J'ai attrapé mon nouveau sac et fermé la porte derrière moi.

Pour des raisons de sécurité, j'avais insisté pour qu'on me récupère dans la rue principale, afin de ne pas communiquer l'adresse de mon domicile au chauffeur de taxi. Une voiture banalisée s'est arrêtée à l'endroit prévu à l'heure convenue. Le chauffeur m'a jeté un coup d'œil dans son rétroviseur tandis que je m'installais sur la banquette, à côté de Raymond. Ce qui m'a pris un certain temps, car je voulais éviter que l'ourlet de ma robe ne remonte plus haut que prévu et n'expose davantage mes jambes.

Tout prenait un temps fou, maintenant. Avant, je me contentais de me laver, de me passer un coup de brosse dans les cheveux et d'enfiler mon pantalon. Tout prenait des siècles quand on voulait être féminine, et il fallait savoir s'organiser à l'avance. J'imaginais difficilement comment une femme pourrait remonter vers la source du Nil à pied ou grimper à une échelle pour examiner une panne à l'intérieur d'un accélérateur de particules avec des *kitten heels* et un collant 10 deniers.

J'avais du mal à me faire une opinion sur l'élégance de Raymond dans cette voiture, mais il était clair qu'il portait une chemise blanche repassée, une cravate noire et un pantalon noir. Je ne voyais pas ses pieds, mais j'ai prié pour qu'il n'ait pas opté pour une autre paire de baskets, même noires.

— Tu es élégante, a-t-il dit.

J'ai souri, un peu mal à l'aise dans ma nouvelle robe, et l'ai examiné à la dérobée. Il ne s'était pas rasé et avait toujours cette barbichette étrange, mais il l'avait taillée, et ses cheveux étaient bien coiffés. Le taxi s'est coulé dans la circulation dense du matin. La radio débitait des absurdités. Nous ne nous sommes ni regardés ni parlé. Il n'y avait pas grand-chose à dire, en réalité.

Le crématorium se trouvait en banlieue ; c'était une monstruosité anguleuse en béton blanc des années 1970. Chose étonnante, son jardin, aussi net et stérile que le sont les parcs municipaux, foisonnait de roses. Son périmètre était délimité par de grands et beaux arbres. J'aimais me représenter leurs racines, qui se développaient et serpentaient sous la terre au fil des ans. Nous nous sommes arrêtés sur un gigantesque parking déjà plein, alors qu'il n'était que 10 h 30. L'endroit était isolé et impossible à atteindre en transports en commun, ce qui était totalement illogique. Il aurait dû être desservi par un train ou un bus, au minimum. C'était un lieu où chacun de nous était tôt ou tard assuré de se rendre.

Raymond a payé le chauffeur, et nous sommes restés un moment dehors, à regarder autour de nous.

— Prête ? a-t-il dit.

J'ai acquiescé. Beaucoup de proches de Sammy avançaient à pas lents sur la pelouse, comme des scarabées noirs. D'un accord tacite, nous avons remonté le chemin. Il n'y avait aucune raison de nous dépêcher de quitter le couvert des arbres, les roses et la lumière pour gagner l'intérieur du bâtiment. Un long corbillard était garé devant l'entrée. Nous avons regardé le cercueil, qui était surmonté de couronnes. Un cercueil ; la boîte en bois dans laquelle reposait le corps de Sammy. *Comment est-il habillé, là-dedans ?* me suis-je demandé. J'espérais qu'il portait son beau pull rouge, bien douillet et imprégné de son odeur.

Nous nous sommes assis sur le côté gauche de la salle, pas trop loin de l'avant. Elle était déjà à moitié pleine. Les conversations étouffées produisaient un son que je n'avais jamais entendu nulle part, une sorte de vrombissement d'insecte.

J'ai ramassé l'une des brochures placées sur les bancs : *Samuel McMurray Thom*, pouvait-on lire, *1940-2017*. Le programme était détaillé à l'intérieur : la liste des lectures et des cantiques. Soudain, j'ai eu envie que tout ceci soit terminé, je ne voulais plus être là, je ne voulais pas vivre ça.

Raymond et moi attendions en silence. Avec ses poutres en bois et ses hauts plafonds voûtés, la pièce était bien plus jolie que l'extérieur du bâtiment ne le laissait présager. Tout le mur de gauche, près duquel nous étions assis, était en verre, et nous pouvions voir les pelouses s'étirer vers d'autres vieux arbres. J'étais contente que la nature puisse manifester son existence en ce lieu ; une nature vivante, pas juste des fleurs coupées. Le soleil brillait de mille feux, à présent, et les arbres jetaient çà et là des ombres trapues, en dépit de la brise qui secouait les feuillages et nous rappelait que l'automne rôdait. Je me suis retournée et ai constaté que la salle était bondée. Nous devions être une centaine de personnes, peut-être plus. Le vrombissement allait finir par couvrir les accords monotones de la musique enregistrée d'un orgue.

Un ange est passé, et le silence s'est fait. Les deux fils de Sammy et quatre autres hommes que je me souvenais d'avoir aperçus à la fête d'anniversaire ont remonté l'allée en portant son cercueil qu'ils ont déposé délicatement sur un socle équipé d'un tapis roulant, à l'extrémité duquel on voyait des tentures de velours rouge. J'ai cherché à quoi ce socle me faisait penser, et j'ai fini par trouver : aux caisses de Tesco. Vous placiez vos articles au bout du tapis, et ils avançaient jusqu'à la caissière. Je me suis penchée vers Raymond pour lui faire part de ma découverte, mais il a sorti un sachet de pastilles à la menthe d'une poche de sa veste et m'en a tendu une au moment où je m'apprêtais à parler. Je l'ai envoyée dans ma bouche et sucée.

D'autres personnes s'étaient assises à côté de nous sur notre banc, de sorte que nous avions dû glisser latéralement, un peu comme des crabes, pour leur faire de la place. Je me trouvais donc très proche de M. Raymond Gibbons. J'ai remarqué qu'il sentait extrêmement bon, aujourd'hui : la menthe, bien sûr, mais aussi le savon et une odeur boisée, assez proche du cèdre. Je ne l'avais pas encore vu fumer. Je suppose que même lui devait juger inconvenant de fumer devant un crématorium.

Le reste de la famille est entré et s'est installé sur le premier banc, près des fils de Sammy. Laura était seule, follement glamour. Elle portait des lunettes de soleil ! À l'intérieur ! Je n'en revenais pas. Ils étaient suivis d'un pasteur à la mine joviale. Dans un coin, un homme assis devant un clavier s'est étiré les doigts et s'est mis à jouer, et tout le monde s'est levé. Les paroles du cantique étaient imprimées sur la brochure, mais je me suis rendu compte que j'en avais gardé le souvenir depuis l'enfance. Nos voix mêlées les unes aux autres produisaient un chant de piètre qualité, sorte de murmure sourd et monocorde, alors que la voix désagréable du pasteur résonnait bien trop fort ; sans doute parce qu'il portait un micro à son revers. Il aurait vraiment pu l'éteindre le temps des cantiques, ses miaulements ne méritaient guère d'être amplifiés. À mon immense surprise, Raymond avait une jolie voix de ténor et chantait correctement, à la différence du reste de l'assistance. Quand avait-on commencé à être gêné de chanter en public ? Fallait-il y voir le résultat de la baisse de la fréquentation des églises ? Pourtant, la grille des programmes télé était saturée de concours de chant auxquels des gens sans talent n'éprouvaient aucune honte à participer. Peut-être ne voulaient-ils se produire qu'en solo ?

Pouvait-on imaginer pire manque de respect ? Assister aux funérailles d'un homme et ânonner pendant des cantiques qui, si abominables qu'ils soient, avaient été choisis avec soin pour lui rendre hommage ? Je me suis mise à chanter plus fort. Raymond et moi avions plus de voix à nous deux que les occupants des quatre rangs précédents réunis, et j'en étais ravie. Les paroles, d'une tristesse incroyable, ne pouvaient apporter le moindre espoir, le moindre réconfort à une athée dans mon genre, néanmoins, il était de notre devoir de chanter avec notre plus belle voix, fièrement, en l'honneur de Sammy. À la fin de la chanson, je me suis rassise, heureuse que Raymond et moi lui ayons témoigné le respect qu'il méritait. Quelques têtes se sont tournées vers nous : sans doute les gens qui appréciaient l'hommage vocal que nous lui avions rendu.

Le pasteur nous a alors parlé de Sammy. C'était intéressant : j'ai découvert qu'il avait grandi dans un tout petit village du nord-est du pays, dans une ferme ovine. Au sortir de l'école, il était entré dans la marine marchande mais, vite lassé par la vie de marin, il s'était lancé à l'assaut de Glasgow avec un billet de 10 livres en poche, un costume neuf et la certitude qu'il ne voulait pas redevenir fermier. Il avait rencontré Jean chez Woolworths, alors qu'il cherchait du fil et une aiguille. L'air content de lui, le pasteur a ajouté que, par la suite, ils s'étaient confectionné une jolie petite vie sur mesure. Il nous a servi un petit discours religieux – les balivernes habituelles – puis, à la manière d'un vendeur de chez Tesco, a actionné le tapis roulant pour enregistrer le cercueil de Sammy.

Gai comme un pinson et un sourire collé aux lèvres, comme si nous arrivions au point d'orgue de ce terrible événement, il a annoncé qu'il était temps de chanter le cantique final. Raymond et moi avons fait preuve de vaillance, mais il est impossible de chanter quand on pleure, on a une sorte de boule de la taille d'une prune coincée dans la gorge qui empêche toute musique de passer. Raymond s'est mouché et m'a tendu son paquet de mouchoirs en papier, que j'ai accepté avec reconnaissance.

La famille, nous a informés le pasteur, serait très heureuse que nous la retrouvions à l'hôtel Hawthorn House après le service pour y partager quelques rafraîchissements. L'assemblée s'est dispersée avec poignées de main et échanges de platitudes. J'ai fait comme tout le monde. Un panier de collecte au profit de la Fondation britannique pour les maladies du cœur invitait à faire des dons au lieu d'offrir des fleurs ; Raymond y a laissé tomber un billet de 20 livres. J'y ai déposé trois pièces de 1 livre, et je me trouvais très généreuse. Il fallait des centaines de millions de dollars pour rechercher de nouveaux médicaments et des traitements efficaces contre les maladies cardiaques. Trois livres, ou même 300 livres, ne devaient guère peser dans la balance.

Je me suis assise sur un muret derrière le crématorium et ai levé le visage vers le soleil. J'étais épuisée. Au bout d'un moment, Raymond est venu s'asseoir à côté de moi, et j'ai entendu le cliquetis de son briquet. Je n'avais même pas l'énergie de m'écarter. Il a soufflé une longue volute de fumée.

— Ça va ? m'a-t-il demandé.

J'ai hoché la tête.

— Et toi ?

Il a haussé les épaules.

— Je ne suis pas fan d'enterrements, pour être honnête.

Il a détourné les yeux.

— Ça me rappelle celui de mon père. C'était il y a longtemps, mais c'est toujours aussi dur, tu sais.

J'ai acquiescé. Ça me paraissait logique. Le temps ne fait qu'émousser la douleur. Il ne l'efface pas.

— Je n'ai vraiment, mais vraiment pas envie d'aller prendre des rafraîchissements à l'hôtel Hawthorn House, Raymond. Je voudrais arrêter de penser à la mort. Je veux juste rentrer à la maison, enfiler des vêtements banals et regarder la télévision.

Il a écrasé sa cigarette et enfoui le mégot dans le parterre de fleurs, derrière nous.

— *Personne* n'a envie d'assister à ces trucs-là, Eleanor, a-t-il répondu d'une voix douce. Mais il le faut bien. Pour la famille.

J'ai dû avoir l'air triste, car il a repris d'un ton patient :

— Tu ne seras pas obligée de rester longtemps. Tu bois une tasse de thé, tu manges un friand à la saucisse, et le tour est joué.

— J'espère au moins qu'ils seront à haute teneur en viande et que la pâte feuilletée sera bien croustillante, ai-je dit, doutant que la réalité soit à la hauteur de mes attentes.

Puis j'ai posé mon sac sur mon épaule.

L'hôtel Hawthorn House se trouvait à deux pas du crématorium. La réceptionniste souriait, et il était impossible de ne pas remarquer qu'il lui manquait une dent de devant. Ses molaires avaient la couleur de la moutarde anglaise Colman's. Je ne suis pas du genre à critiquer le physique d'autrui, mais franchement, avec tous les chômeurs, cette femme était-elle la meilleure candidate pour être hôtesse d'accueil ? Elle nous a indiqué le chemin de la suite Bramble et gratifiés d'un sourire édenté compatissant.

Nous étions parmi les derniers arrivants, la plupart des gens ayant effectué le court trajet du crématorium à l'hôtel en voiture. Sans doute pour libérer des places de parking, le crématorium étant un endroit très fréquenté. Je n'étais pas sûre d'avoir envie d'être incinérée. Je préférais l'idée de servir de nourriture aux animaux du zoo : ce serait à la fois proenvironnemental et une belle surprise pour les grands carnivores. Je ne savais pas si on pouvait faire cette demande. Je me suis promis d'écrire au WWF pour me renseigner.

Je me suis approchée de Keith et lui ai présenté toutes mes condoléances, puis je suis allée trouver Gary et ai fait de même. Ils paraissaient tous deux dépassés par les événements, ce qui était compréhensible. Il faut beaucoup de temps pour se remettre de la perte d'un être cher, si tant est qu'on puisse jamais s'en remettre. Après toutes ces années, je progresse toujours pas à pas, à cet égard. Les petits enfants se tenaient sagement dans un coin, sûrement intimidés par l'atmosphère solennelle. Je devais également présenter mes condoléances à Laura, mais je ne la repérais pas. Elle était pourtant facile à repérer dans la foule, d'ordinaire. Et aujourd'hui, en plus de ses énormes lunettes de soleil, elle portait des talons vertigineux et une robe noire ultracourte avec un décolleté plongeant. Ses cheveux, relevés au sommet de sa tête en un chignon en forme de cage très artistique, la grandissaient de plusieurs centimètres.

Ne décelant aucun signe de sa présence ni de celle des rafraîchissements promis, je suis partie à la recherche des toilettes. J'étais prête à parier que je trouverais un pot-pourri poussiéreux parfumé à l'abricot à côté du lavabo, et je l'ai bel et bien trouvé. Sur le chemin du retour, j'ai aperçu le bout d'un talon compensé qui dépassait d'un rideau froncé dissimulant la banquette d'un bow-window. Laura était perchée sur les genoux d'un homme que je n'ai pas tardé à reconnaître, même si le couple était si étroitement enlacé dans un baiser fougueux que le visage de Raymond est resté caché un bon moment avant que je puisse l'identifier de manière catégorique.

J'ai regagné la suite Bramble sans les déranger. Ils étaient trop concentrés pour avoir remarqué ma présence. Ce scénario ne m'était que trop familier : me retrouver seule au milieu des gens, le regard perdu dans le vide. Ce n'était pas du tout un problème. C'était complètement normal. Après l'incendie, chaque fois que j'étais entrée dans une nouvelle école, j'avais fait de mon mieux pour m'intégrer, mais il y avait toujours quelque chose qui ne collait pas. Il n'existait pas de catégorie sociale de type Eleanor dans laquelle j'aurais pu me glisser.

Le hic, c'est que je ne sais pas faire semblant. Après ce qu'il était arrivé dans la maison en feu, au vu des événements qui s'y étaient déroulés, je ne voyais pas l'intérêt de dissimuler quoi que ce soit au monde. Je n'avais tout bonnement plus rien à perdre. Mais, à force d'observer les gens depuis mon banc de touche, j'avais fini par comprendre que le succès en société dépendait souvent de la capacité à faire semblant. Les personnes populaires devaient savoir rire de choses qu'elles ne trouvaient pas très drôles, et faire ce qu'elles n'avaient pas envie de faire avec des gens qu'elles n'appréciaient pas plus que ça. Moi pas. Il y avait longtemps, j'avais décidé que si je devais choisir entre ça et mener ma barque en solo, alors je mènerais ma barque en solo. C'était plus sûr. La douleur est la rançon de l'amour, dit-on. C'est trop cher payé.

Le buffet avait été dressé. Il y avait des friands à la saucisse, mais aussi des sandwichs. Posté près de deux Thermos distributeurs de boissons chaudes à l'odeur amère, le personnel de l'hôtel versait dans de la vaisselle blanche industrielle du thé et du café indifférenciables l'un de l'autre. Non, vraiment pas. Je n'étais pas d'humeur à boire du liquide brun tiède. J'étais d'humeur à boire de la vodka bien claire et bien fraîche.

Il y a des bars dans tous les hôtels, non ? Je n'étais pas une habituée de l'hôtellerie, mais je savais que les chambres et les bars étaient la *raison d'être** de ces établissements. Je me suis adressée à la réceptionniste à la denture hors norme, elle m'a indiqué un long couloir au bout duquel se trouvait un bar baptisé du nom original de Hawthorn Lounge. Je suis allée jeter un œil à l'intérieur de la salle. L'endroit était désert, les machines à sous clignotaient en pure perte. Je suis entrée. Juste moi. Eleanor. Seule.

Un barman regardait la télévision, l'air absent, tout en essuyant des verres.

— « Homes under the Hammer »[1], a-t-il dit en se tournant vers moi.

Je me souviens de ma surprise en découvrant qu'il était plutôt séduisant, et m'être aussitôt admonestée pour avoir pensé qu'aucun être beau et glamour n'aurait travaillé à l'hôtel Hawthorn House un vendredi midi. Certes, la réceptionniste apportait de l'eau à mon moulin, mais c'était une honte de nourrir de tels préjugés – d'où pouvaient-ils bien venir ? (Ma petite voix intérieure a murmuré la réponse : *maman*.)

Le barman a souri, révélant une belle rangée de dents blanches et des yeux d'un bleu limpide.

1. Émission de la BBC présentant des rénovations de biens immobiliers vendus aux enchères.

— Toujours les mêmes conneries, a-t-il dit d'une voix rugueuse comme du papier de verre, capable de débarrasser un mur de toute sa peinture.

Tu vois, j'te l'avais dit ! a murmuré maman.

— Ah oui ? ai-je rétorqué. Malheureusement, je suis rarement à la maison le jour où passe cette émission.

— Vous pouvez la regarder ici, si vous voulez, a-t-il proposé en haussant les épaules.

— Vraiment ?

— Pourquoi pas ? Ce n'est pas comme si j'étais débordé, hein ?

Il a englobé d'un geste la salle vide.

Je me suis perchée sur un tabouret de bar (j'avais toujours eu envie de le faire) et j'ai commandé une vodka-Coca. Il l'a préparée lentement, ajoutant des glaçons et du citron sans me demander mon avis, avant de la pousser vers moi.

— L'enterrement, hein ?

Je me suis demandé comment il savait, puis souvenue que j'étais en noir de la tête aux pieds, que mon maquillage avait coulé, et qu'il n'y avait aucune autre raison de se trouver dans cet hôtel à cette heure du jour. J'ai acquiescé. Comme rien ne nous obligeait à parler, nous nous sommes tus et avons regardé ce que Iain et Dorothy allaient faire de la maison mitoyenne des années 1970 qu'ils avaient achetée aux enchères pour 95 000 livres, et dont ils comptaient rénover la salle de bains, refaire la cuisine et « faire tomber » le mur qui séparait le salon de la salle à manger.

« Et en touche finale, disait le présentateur, nous avons peint la porte d'entrée… de cette ravissante nuance de vert. »

— « Green door », a dit le barman sans détacher les yeux de l'écran.

Et quelques secondes plus tard, la chanson[1] s'est élevée en fond sonore. Nous avons ri de concert et, de son propre chef, il a poussé une deuxième vodka vers moi.

Nous avons enchaîné avec « Loose Women », une autre émission que je ne connaissais pas. J'en étais alors à ma quatrième vodka, et, si j'avais toujours le service funéraire à l'esprit, la douleur était partie – un peu comme lorsque vous vous dites que vous avez un petit caillou dans votre chaussure alors que vous êtes assis, et non pas en train de marcher dessus.

J'ai pensé que je devrais peut-être goûter un friand à la saucisse, ou au moins en glisser dans mon sac pour plus tard, puis me suis souvenue que j'avais acheté cette pochette minuscule qui ne pouvait contenir qu'un ou deux amuse-gueules, au grand maximum. J'ai fait la moue.

— Qu'y a-t-il ? a demandé le barman.

Nous n'avions pas échangé nos prénoms, ça n'avait pas paru nécessaire. Je me suis avancée sur mon tabouret et j'ai fixé mon verre d'une manière assez clichesque.

— Oh, ce n'est rien, ai-je lancé d'un ton léger. Je suppose que je devrais aller manger un petit quelque chose, c'est tout.

Le barman, qui était devenu beaucoup moins séduisant de minute en minute, a pris mon verre, l'a rempli de vodka, a ajouté une goutte de Coca, et me l'a rendu.

1. *Green door* (« Porte verte »), chanson populaire américaine de la fin des années 1950.

— On n'est pas aux pièces, hein ? Pourquoi ne pas rester là à me tenir compagnie un peu plus longtemps ?

J'ai regardé autour de moi. Le bar était toujours désert.

— Vous risquez d'avoir besoin de vous allonger un peu après celui-ci, pas vrai ? a-t-il dit en tapotant sur mon verre et en se penchant très près de moi.

Je distinguais les pores dilatés des ailes de son nez, dont certains étaient obstrués par des points noirs microscopiques.

— Peut-être, ai-je convenu. Ça m'arrive d'avoir besoin de m'allonger un peu après de la vodka-Coca.

Il m'a adressé un sourire carnassier.

— Ça vous fout le cafard, hein ?

J'ai essayé de formuler une question avec mes sourcils, mais, étrangement, n'ai réussi à en hausser qu'un. J'avais trop bu parce que je souffrais trop, et parce que je ne savais que faire de cette douleur à part la noyer dans la vodka. C'était aussi simple que ça.

— Qu'est-ce que vous entendez par là ? ai-je demandé, consciente que mes consonnes étaient indistinctes.

— Les enterrements, a-t-il dit en s'approchant si près que son visage touchait presque le mien.

Il sentait l'oignon.

— Il n'y a pas de raison de se sentir mal, ajouta-t-il. La mort, tout ça… Vous ne trouvez pas qu'après, ça donne vraiment envie de…

— Eleanor !

J'ai senti une main sur mon épaule et ai pivoté sur mon tabouret à une lenteur incroyable.

— Oh, salut, Raymond ! C'est… En fait, je ne sais pas. Excusez-moi, comment vous appelez-vous, monsieur… ?

Le barman avait dû reculer à la vitesse de la lumière pour atteindre le bout du comptoir et se remettre à essuyer ses verres en regardant la télé. Raymond lui a adressé un regard que le mot « inamical » paraît le plus apte à décrire puis a posé un billet de 20 livres sur le comptoir.

— Attends, Raymond, ai-je dit en essayant d'attraper mon sac. J'ai de l'argent là-dedans…

— Viens, a-t-il dit en me tirant au bas de mon tabouret de manière très peu élégante. On réglera ça plus tard.

J'ai trotté à sa suite sur mes *kitten heels* et tiré sur sa manche.

— Raymond.

Il a baissé les yeux vers moi.

— Je ne veux pas me faire tatouer, ai-je déclaré. C'est décidé.

Quand j'ai vu son air déconcerté, je me suis rendu compte que j'avais oublié de lui dire que je l'envisageais depuis ma conversation avec le barman du bar du Cuttings. Il m'a fait asseoir sur la banquette d'un bow-window – pas celle où il était lui-même assis tout à l'heure – et m'a laissée là. J'ai regardé autour de moi, me demandant l'heure qu'il était et s'ils avaient déjà incinéré Sammy ou s'ils gardaient tous les corps jusqu'à la fin de la journée pour en faire une bonne flambée. Raymond est revenu avec une tasse de thé dans une main et un plat d'amuse-gueules dans l'autre.

— Avale ça et ne bouge pas d'ici, je reviens.

J'ai alors constaté que j'avais l'estomac dans les talons. Les autres invités allaient et venaient, mais personne ne prêtait attention à moi, seule dans mon petit coin. J'aimais bien ça. La banquette était confortable et le couloir bien chauffé, je me faisais l'effet d'un muscardin dans un nid douillet. Quand j'ai relevé les yeux, Raymond était de retour ; il me secouait gentiment, mais avec insistance.

— Réveille-toi, Eleanor. Il est 16 h 30. Il est temps de partir.

Nous avons pris un taxi pour nous rendre chez lui. Il habitait au sud de la ville, dans un quartier que je ne connaissais pas très bien et que je n'avais jamais visité, par choix. Ses colocataires étaient sortis, ai-je appris avec soulagement en entrant dans le couloir, trébuchant et me retenant de rire. Il m'a guidée sans la moindre galanterie vers le salon, où trônait un énorme téléviseur. Des tas d'objets, sans doute des consoles de jeux, étaient étalés un peu partout. Mais, en dehors du ramassis d'appareils informatiques, la pièce était d'une propreté étonnante.

— On ne dirait pas un intérieur de garçons, ai-je dit.

Il a ri.

— Nous ne sommes pas des animaux, Eleanor. Je manie très bien l'aspirateur et, pour tout te dire, Desi est un brin maniaque.

Je me suis assise, soulagée à l'idée que je ne risquais pas de retrouver quelque matière inconvenante collée à ma robe ou mon collant.

— Thé ? a-t-il proposé.

— Tu n'aurais pas de vodka ou de Magners, par hasard ?

Il a arqué les sourcils.

— Je vais tout à fait bien depuis les friands à la saucisse et la petite sieste, ai-je dit.

C'était vrai. Je me sentais propre et vaporeuse, désintoxiquée, juste assez engourdie pour ne rien ressentir trop vivement.

Il a ri.

— Bon, je ne refuserais pas un verre de rouge, moi non plus.

— De rouge quoi ?

— De vin rouge, Eleanor. J'ai du merlot, je crois ; si c'est bien ce qu'il y avait en promo chez Tesco cette semaine.

— Ah, Tesco ! Dans ce cas… La même chose pour moi. Mais juste un verre.

Je ne voulais pas que Raymond me prenne pour une dipsomane.

Il est revenu avec deux verres et une bouteille à bouchon dévissable.

— Je croyais que les bouteilles de vin avaient de vrais bouchons ?

Il m'a ignorée et a levé son verre.

— À Sammy.

Nous avons trinqué comme j'avais vu des gens le faire à la télévision. Le vin à température ambiante était velouté, avec un arrière-goût de confiture brûlée.

— Hé, tout doux ! s'est écrié Raymond en secouant un index grondeur d'une manière supposée être taquine, m'a-t-il semblé. Je n'ai pas envie que tu t'écroules sur le canapé !

J'ai souri.

— Comment s'est passé ton après-midi ? ai-je demandé après m'être régalée d'une autre gorgée de vin.

Lui-même en a bu une grosse goulée avant de répondre.

— Tu veux dire en dehors du moment où je t'ai sauvée des griffes d'un pervers ?

Je ne comprenais rien à ce qu'il racontait.

— Bah, plutôt bien, a-t-il repris en voyant que je ne réagissais pas. Aussi bien qu'on peut l'espérer dans ces circonstances. Ce n'est que demain qu'ils vont commencer à comprendre ce qui leur arrive. L'enterrement offre une distraction ; il faut s'occuper de toute l'organisation, prendre des décisions stupides pour choisir les scones, les biscuits, les cantiques…

— Les cantiques étaient très mauvais !

— … et puis gérer la journée elle-même, s'assurer de remercier tout le monde, le cortège, tous ces trucs… À ce propos, ils te remercient tous d'être venue, a-t-il terminé d'une voix éraillée.

C'était lui qui buvait tout le vin, ai-je noté ; il venait de se resservir alors que je n'avais avalé que deux gorgées.

— Mais les jours et les semaines qui suivent… c'est là que tout se corse.

— Ça s'est passé comme ça, pour toi ?

Il a hoché la tête. Il a allumé la cheminée – un de ces engins au gaz supposés avoir l'air plus vrais que nature –, et nous l'avons tous deux fixée des yeux. Il devait demeurer un circuit, dans nos cerveaux, qui nous reliait à nos ancêtres et nous rendait incapables d'éviter de regarder un feu, de scruter les flammes dansantes qui repoussaient les mauvais esprits et les animaux dangereux… Car c'était bien à cela que servaient les feux, n'est-ce pas ? Entre autres.

— Tu veux regarder un film, Eleanor ? Ça nous remonterait un peu le moral.

J'ai réfléchi à sa proposition.

— Oui, ce serait très bien.

Il a quitté la pièce et est revenu avec une autre bouteille de vin et un gros sachet de chips. *Paquet familial*, y lisait-on. Raison pour laquelle je n'en avais jamais acheté. Il l'a déchiré en son milieu et a tout renversé sur la table, devant le canapé sur lequel nous étions assis ; puis il a rempli nos verres. Il a de nouveau disparu et est réapparu avec une couette qu'il devait avoir prise sur son lit, ainsi qu'une épaisse couverture en laine polaire du même rouge que le pull de Sammy, qu'il m'a tendue. J'ai envoyé voler mes *kitten heels* et me suis pelotonnée dessous pendant qu'il tripotait une demi-douzaine de télécommandes. L'énorme téléviseur s'est allumé, et Raymond a zappé un petit moment.

— Celui-ci ? a-t-il demandé, pointant le menton vers l'écran tout en s'enveloppant dans sa couette.

La liste de sélection indiquait *Les Compagnons de la nouba.* Ça ne me disait rien, mais j'ai pensé que j'aurais pu regarder un match de golf tellement je me sentais bien, ici, assise au chaud à côté de lui.

— D'accord, ai-je dit.

Il était sur le point d'appuyer sur « Lecture » quand je l'ai arrêté.

— Dis, Raymond, tu ne devrais pas être avec Laura ?

Il m'a regardée, l'air déconcerté.

— Je vous ai vus, tout à l'heure ; et aussi l'autre soir, à l'anniversaire de Keith.

Son visage était inexpressif.

— Elle est en famille, comme il se doit, a-t-il répondu en haussant les épaules.

Comprenant qu'il ne voulait pas en parler davantage, j'ai hoché la tête.

— Prête ?

C'était un film en noir et blanc, sur un gros monsieur intelligent et un gars mince stupide qui s'engageaient dans la Légion étrangère. Ils étaient manifestement mal taillés pour ça. À un moment, Raymond a ri si fort qu'il a renversé du vin sur sa couette. Peu après, je me suis étranglée avec une chips familiale, et il a dû appuyer sur « Pause » et me taper dans le dos pour la déloger. J'étais très déçue que le film se termine, et aussi de constater que nous avions mangé toutes les chips et presque fini le vin – Raymond en avait bu bien plus que moi, je descendais mieux la vodka ou le Magners, semblait-il.

Il s'est dirigé vers la cuisine en titubant et a rapporté un gros sachet de cacahuètes.

— Merde, un bol, a-t-il dit.

Il est revenu avec un récipient dans lequel il a essayé de verser les arachides. Il visait si mal qu'elles se sont éparpillées sur la table basse. Je me suis mise à rire ; on se serait cru chez Laurel et Hardy. Nous étions tous les deux hilares. Il a éteint la télé et mis de la musique sur un autre appareil télécommandé. Je n'ai pas reconnu le morceau, mais c'était une mélodie agréable, douce, facile à écouter. Il a mâché une poignée de cacahuètes et a repris en postillonnant.

— Je peux te poser une question, Eleanor ?

— Bien sûr, ai-je répondu en espérant qu'il allait avaler avant de s'exécuter.

Il m'a dévisagée.

— Qu'est-il arrivé à ton visage ? Tu n'es pas…

Il s'est penché et a posé la main sur mon bras à travers la couverture.

— … tu n'es absolument pas obligée de répondre si tu n'en as pas envie. Je ne suis qu'un sale fouineur !

Je lui ai souri et ai avalé une gorgée de vin.

— Ça ne me dérange pas de te répondre, Raymond.

J'étais étonnée, mais c'était la vérité : j'avais vraiment envie de tout lui raconter, puisqu'il posait la question. Il ne m'interrogeait ni par curiosité malsaine ni pour la forme, à l'évidence ; il s'intéressait sincèrement à moi. On sent ce genre de chose.

— Il y a eu un incendie, quand j'avais dix ans. À la maison.

— Mon Dieu ! Ça a dû être terrible.

Il s'est ensuivi un long silence au cours duquel je pouvais presque voir les questions se former dans son esprit et s'inscrire au-dessus de sa tête.

— Un court-circuit ? Une friteuse ?

— Non, un incendie volontaire.

J'ai préféré en rester là.

— Nom d'un chien, Eleanor ! Un incendie criminel ?

J'ai bu un peu de ce vin si velouté.

— Et que s'est-il passé ensuite ?

— Eh bien, comme je te l'ai déjà dit, je n'ai pas connu mon père. Les services sociaux m'ont prise en charge après le sinistre. J'ai été placée dans des familles d'accueil, des foyers pour enfants, puis d'autres familles d'accueil ; ça changeait tous les dix-huit mois, à peu près. À dix-sept ans, j'ai réussi à entrer à l'université et on m'a attribué un logement social. L'appartement dans lequel je vis toujours.

Il paraissait si triste que ça m'a rendue triste, moi aussi.

— Ce n'est pas si rare, tu sais, Raymond, ai-je dit. Des tas de gens ont des enfances bien plus difficiles que la mienne ; c'est la vie, voilà tout.

— Ça n'excuse rien.

— J'ai toujours dormi dans un lit, j'ai toujours eu de quoi manger, de quoi m'habiller et des chaussures à me mettre. J'ai toujours bénéficié de l'attention d'un adulte. Il y a des millions d'enfants dans le monde qui, hélas, ne peuvent pas en dire autant.

Il avait l'air au bord des larmes. Ce devait être le vin. Ça rend les gens émotifs, paraît-il. Une question planait entre nous. *Ne la pose pas, ne la pose pas*, ai-je prié en silence, croisant les doigts sous ma couverture.

— Et ta mère, Eleanor ? Que lui est-il arrivé ?

J'ai vidé mon verre de vin cul sec.

— J'aimerais mieux éviter de parler de maman, si ça ne te dérange pas, Raymond.

Il a eu l'air surpris et (réaction familière) un peu déçu. À sa décharge, il n'a pas insisté.

— Comme tu veux, Eleanor. Mais tu pourras m'en parler quand tu voudras, tu le sais, n'est-ce pas ?

J'ai hoché la tête. Oui, bizarrement, je le savais.

— Je suis sincère, Eleanor, a-t-il repris d'une voix que le vin rendait plus solennelle. On est potes, maintenant, hein ?

— C'est vrai, ai-je convenu, radieuse.

Mon premier « pote » ! Certes, c'était un réparateur d'ordinateurs mal fagoté et un peu rustre, mais mon « pote » quand même ! J'avais mis tant de temps à m'en faire un ; j'étais tout à fait consciente que les personnes de mon âge avaient toutes au moins un ou deux amis. Je n'avais rien fait pour les faire fuir ni pour les attirer ; c'est juste que j'avais toujours eu du mal à rencontrer des gens dans mon genre. Après l'incendie, je n'avais jamais réussi à trouver une personne capable de combler les vides qui s'étaient creusés en moi. Je ne suis pas à plaindre, c'était ma faute, après tout. Et puis, je changeais si souvent d'endroit quand j'étais enfant qu'il m'était difficile de m'attacher à qui que ce soit, même si je l'avais voulu. Toutes ces familles d'accueil, toutes ces nouvelles écoles. À l'université, j'étais tombée amoureuse des classiques et je m'étais dévouée corps et âme à mes études. J'étais toujours prête à manquer une soirée à la maison des étudiants pour avoir de bonnes notes et mériter les félicitations de mes professeurs. Et puis, bien sûr, il y avait Declan. Il n'aimait pas que je sorte sans lui. Ni avec lui, d'ailleurs.

Mon diplôme en poche, j'avais commencé à travailler pour Bob, et Dieu sait qu'il n'y avait personne dans mon genre dans ce bureau. Mais, quand on a pris l'habitude d'être seule, ça devient naturel. En tout cas, ça l'était devenu pour moi.

Mais pourquoi Raymond voulait-il être mon ami ? Peut-être se sentait-il seul, lui aussi ? Je me suis tournée vers lui pour le lui demander, pour lui dire que j'étais contente d'avoir enfin trouvé un ami, mais sa tête pendait sur sa poitrine et sa bouche était entrouverte. Il n'a pas tardé à se réveiller en sursaut.

— Je ne dormais pas, a-t-il dit, je… me reposais les yeux une minute. Ça a été une sacrée journée.

— C'est sûr.

J'ai glissé mes pieds dans mes *kitten heels* et lui ai demandé de m'appeler un taxi. J'ai découvert avec horreur qu'il était presque 21 heures. J'ai jeté un coup d'œil anxieux entre les rideaux. Il faisait nuit. Mais, en taxi, je n'aurais rien à craindre. Les chauffeurs étaient tous contrôlés par la police, non ?

Raymond m'a accompagnée jusqu'au trottoir et a ouvert la portière de la voiture pour moi.

— Rentre bien, Eleanor, a-t-il dit. Passe un bon week-end. À lundi, hein ?

— À lundi, Raymond, ai-je répondu.

Et je lui ai fait signe jusqu'à ce que le taxi tourne au coin de la rue et que je ne puisse plus le voir.

24

@johnnieLrocks
Alerte concert d'adieu des Pilgrim Pioneers ! La fin d'un groupe sans sanglots. Détails à suivre. #anepas-manquer #concertdusiecle #largageduboismort

Cette fois, ça allait être parfait. J'avais vu son tweet et, à peine quelques heures plus tard, mes yeux s'étaient posés sur l'affiche collée sur la vitrine d'un disquaire indépendant, à côté du bureau. Son beau visage m'avait arrêtée net. Dans deux semaines. Un mardi soir. Parfait. Le destin s'en mêlait encore, nous déplaçait comme des pièces sur un échiquier. J'avais le roi dans ma ligne de mire.

Pour ne pas réitérer mon erreur lors du concert au Cuttings, j'ai mémorisé le nom de la salle et, en arrivant chez moi, réservé deux places *via* leur site Web ; une pour moi, et une de rechange au cas où je la perdrais. Raymond pourrait toujours m'accompagner si ça l'intéressait ; quoique, après réflexion, j'aimais autant qu'il ne vienne pas. Je craignais qu'il ne me fasse perdre mes moyens. Je n'ai pas tardé à découvrir qu'acheter deux tickets en ligne ne présentait aucun intérêt puisque, une fois la transaction terminée, je devais les récupérer sur place le soir même. Peu importe.

Après avoir dîné et écouté « The Archers », je me suis assise avec un crayon et un carnet et ai dressé la liste des choses dont j'aurais besoin pour me préparer à l'événement. Le plus important, après l'achat des billets, était d'aller repérer les lieux pour m'assurer que tout marcherait comme sur des roulettes le soir du concert et m'éviter de mauvaises surprises. En cela, au moins, Raymond pouvait m'être utile. Nous pourrions nous rendre à un autre concert donné dans cette même salle, peut-être le lendemain ou le surlendemain, ce qui me permettrait de jeter un œil sur le décor de ma rencontre avec mon destin.

Après avoir vérifié qu'il y avait toujours des tickets à vendre pour le concert du lendemain, je lui ai envoyé un message électronique :

Cher Raymond, aimerais-tu aller au Rank Dan avec moi demain soir ? E.

Il a répondu aussitôt.

Un concert de qui ?

Qu'est-ce que ça pouvait bien lui faire ? Il aurait pu regarder sur Google, si ça avait la moindre importance pour lui, n'est-ce pas ? J'ai répondu :

Agents of Insanity

J'ai attendu plusieurs minutes.

MDR Eleanor - ne savais pas que tu aimais ce genre de truc. Pas trop ma came. Mais veux b'1 t'akompagner, ça fé des lustres que g pas mis les pieds dans une salle de concert. T'as des billets ?

Pourquoi, pourquoi, pourquoi ne pouvait-il pas s'exprimer en anglais correct ?

Cool, à + alors

À la fin de cet échange, j'étais presque insensibilisée à son illettrisme épistolaire. C'est à la fois une bonne et une mauvaise chose que cette capacité des humains à presque tout endurer, s'il le faut.

Le lendemain soir, Raymond est arrivé en retard, comme toujours. Il avait l'air ridicule avec son sweat-shirt noir à capuche recouvert de sa veste en jean. Sans parler de la tête de mort imprimée sur son sweat.

— J'ai essayé de faire ce qu'il faut pour me fondre dans la foule, a-t-il dit avec un sourire radieux en se postant à côté de moi dans le foyer de la salle.

Je n'avais pas la moindre idée de ce qu'il entendait par là. Nous sommes allés récupérer les tickets que j'avais achetés en ligne. Le bar était très peu éclairé et, ainsi que le suggérait son nom[1], nauséabond. Des êtres grossiers et mal habillés des deux sexes étaient assis un peu partout dans cette obscurité stygienne, et la musique qui s'élevait d'une chaîne hi-fi était à la fois atrocement bruyante et d'une laideur indicible.

Nous sommes descendus pour gagner la salle de concert. Elle était déjà comble. Pendant que j'attendais

1. *(to) rank* signifie « puer ».

Raymond, un peu plus tôt, j'avais vu passer une foule de jeunes gens ridicules ; telle était donc leur destination. Nous étions cernés de noir. Vêtements noirs, cheveux noirs taillés en pointes, rasés ou sculptés. Maquillage noir, pour les hommes comme les femmes, appliqué d'une manière qui aurait choqué Bobbi Brown. Et beaucoup de pics, aussi : dans les cheveux, sur les bijoux, et même sur les sacs à dos. Je ne distinguais presque aucune paire de chaussures normales, tous chancelaient sur d'épaisses semelles compensées. *All Hallow's Eve*[1], ai-je songé. Raymond est revenu du bar avec une pinte de bière servie dans un gobelet en plastique pour lui, et un liquide plus clair qu'il avait choisi pour moi sans me demander mon avis.

— Du cidre ? ai-je crié, par-dessus le vacarme. Je ne bois pas de cidre !

— Ah oui, et c'est quoi, le Magners, selon toi, grosse maligne ? a-t-il lancé en me donnant un petit coup de coude amical.

Je l'ai goûté à contrecœur ; ce n'était pas aussi bon que le Magners, mais ça ferait l'affaire. L'ambiance étant trop bruyante pour qu'on puisse avoir une conversation, j'ai observé les lieux. La scène était petite et surélevée d'un mètre à peine. Quand je reviendrais ici, à supposer que Johnnie Lomond se tienne au centre de l'estrade, il n'aurait aucun mal à me voir, même si je me trouvais au milieu de la salle. Cupidon semblait avoir besoin d'un petit coup de pouce de temps à autre.

Le public, d'une seule voix, a soudain poussé un cri de bête avant de s'élancer vers l'avant. Nous

1. « La veille de la Toussaint », dont la contraction a donné le mot Halloween.

sommes restés où nous étions. Les musiciens s'étaient installés sur scène et avaient commencé à jouer. J'ai plaqué mes mains sur mes oreilles, sidérée par ce que j'entendais. Sans exagérer, c'était une cacophonie digne du vacarme qui devait résonner en enfer. Qu'est-ce qui *clochait* chez ces gens-là ? Le « chanteur » alternait cris et grognements.

Incapable d'en supporter davantage, j'ai couru à l'étage et me suis précipitée dehors, haletant et secouant la tête comme un chien, pour me débarrasser de ces sons abominables. Raymond n'a pas tardé à me rejoindre.

— Qu'est-ce qui ne va pas, Eleanor ? m'a-t-il demandé, l'air inquiet. Tu te sens mal ?

J'ai essuyé les larmes sur mes joues.

— Ce n'était pas de la musique, c'était… Oh, je ne sais pas. L'horreur, Raymond ! L'horreur !

Il a ri, ri à gorge déployée, jusqu'à finir par s'étouffer, plié en deux.

— Oh, Eleanor, a-t-il dit, le souffle court. Je *savais* que tu ne pouvais pas être fan de grindcore ! Qu'est-ce qui a bien pu te passer par la tête, bon sang ?

Il s'est remis à pouffer.

— Je voulais juste voir la salle, écouter un concert. Je ne pouvais pas imaginer qu'un tel son existait sur cette Terre.

Raymond avait retrouvé son sérieux.

— Bah, tu sais ce qu'on dit, il faut tout essayer pour ne pas mourir idiot, à part l'inceste et la danse folklorique. Peut-être qu'on devrait ajouter le death metal à la liste, hein ?

J'ai secoué la tête.

— Je ne comprends absolument rien à ce que tu dis, pas un mot, ai-je répondu.

J'ai pris plusieurs inspirations, jusqu'à ce que je me sente un peu plus calme.

— Replions-nous vers un café ou un pub, Raymond. Calme, s'il te plaît. Et laisse-moi t'offrir une bière pour compenser cette soirée gâchée.

— Oh, elle n'est pas gâchée, Eleanor. Si tu avais vu ta tête ! Ça fait des lustres que je ne m'étais pas autant amusé.

Il s'est remis à rire et, à ma propre surprise, je me suis jointe à lui. C'était *drôle* que j'aie ainsi pu passer totalement à côté du genre musical que nous allions écouter. Je me suis rendu compte que j'avais beaucoup à apprendre sur la musique, et que j'allais devoir m'y mettre si je voulais pouvoir communiquer avec le musicien.

— As-tu déjà entendu parler de Johnnie Lomond et des Pilgrim Pioneers ? lui ai-je demandé.

Il a fait « non » de la tête.

— Pourquoi ?

J'ai sorti mon téléphone et me suis connectée à la page Web du chanteur. Raymond l'a fait défiler pour lire le texte, puis il a sorti ses oreillettes pour en écouter un extrait.

— C'est nul, a-t-il dit en me rendant mon téléphone, l'air affligé.

Et ça de la part d'un gars qui avait une tête de mort sur son sweat-shirt !

— Ah oui ?

— Il a une barbe cliché, une super guitare dont il ne sait pas jouer, et un accent américain en toc. Il veut se faire passer pour un gars du Sud des États-Unis… Tu parles, South Lanarkshire, tout au plus, a conclu Raymond en soufflant de la fumée du coin de la bouche.

N'étant pas assez éclairée pour approuver ou désapprouver, j'ai gardé le silence. De toute façon, j'avais besoin d'être initiée aux rudiments de la musique populaire et, en dépit de l'opinion aberrante qu'il venait de me donner, je soupçonnais Raymond d'être ma meilleure source d'information en la matière.

— Tu t'y connais pas mal en musique, alors ? ai-je lancé tandis que nous prenions le chemin d'un pub dont il m'avait assuré qu'il était calme (« Un bon vieux pub pour mecs », avait-il dit, comme si ça pouvait m'évoquer quoi que ce soit).

— Euh, ouais, je suppose.

— Formidable. Alors, s'il te plaît : raconte-moi tout ce que tu sais.

25

C'était le jour du concert. J'étais prête. J'avais mis ma tenue de scène. J'étais dans mon personnage. J'aurais volontiers appuyé sur « Avance rapide » si je l'avais pu, pour que la soirée arrive plus vite. J'avais fini par trouver le moyen de passer la vitesse supérieure. De remplacer la perte par le gain.

Le musicien. Quelle chance j'avais qu'il se soit présenté dans ma vie au bon moment ! Le destin jouait en ma faveur : après ce soir, les différentes pièces du puzzle Eleanor allaient enfin s'assembler.

L'attente était délectable. L'impatience me serrait, me tordait l'estomac. Je ne voulais rien faire pour l'apaiser, et d'ailleurs je sentais d'instinct que la vodka ne m'y aiderait pas. Il me faudrait l'endurer jusqu'au moment de notre rencontre ; c'était tout l'intérêt de ce supplice particulier, délicieux. Juste quelques heures de plus à attendre. Ce soir, j'allais rencontrer l'homme dont l'amour allait changer ma vie.

J'étais prête à renaître de mes cendres.

LES MAUVAIS JOURS

26

Je suis nue, par terre, je regarde le dessous de la table. Le bois brut est plus clair, là ; et il y a une étiquette défraîchie sur laquelle est imprimé *Made in Taiwan*. Des articles importants sont alignés sur la table ; je ne les vois pas, mais je sens leur présence au-dessus de moi. Cette table hideuse en mélaminé bleu, bancale, au vernis écaillé par des décennies de désinvolture. Combien de cuisines cette table a-t-elle connues avant d'arriver chez moi ?

J'imagine sa grandeur et sa décadence ; on l'achète dans les années 1970, un couple s'assied là pour déguster des plats cuisinés grâce aux recettes tirées d'un livre de cuisine flambant neuf, dans des assiettes en porcelaine, en adultes dignes de ce nom. Ils emménagent en banlieue un ou deux ans plus tard ; trop petite pour une famille qui ne cesse de s'agrandir, la table est donnée à un cousin qui, venant de terminer ses études à l'université, a besoin de meubler son premier appartement à moindre coût. Au bout de quelques années, il déménage pour s'installer avec sa compagne et met son appartement en location. Durant les dix années qui suivent, elle voit défiler une procession de jeunes gens le plus souvent fauchés, tantôt tristes, tantôt gais, seuls ou en colocation avec des amis ou leur compagne ou compagnon. Elle reçoit des plats à emporter avalés à la va-vite, des dîners composés de cinq mets délicats pour séduire, des hydrocarbures avant d'aller courir, de la crème au chocolat après une peine de cœur. Et puis, le cousin finit par vendre la table, et les employés d'une société de débarras l'emportent. Elle traîne dans un entrepôt, des araignées tissent leurs toiles sous ses angles arrondis passés de mode et des mouches bleues pondent leurs œufs dans ses aspérités. Elle part pour l'entrepôt d'une autre association caritative. Qui me la donne à moi, la mal-aimée, l'indésirable, l'irréparable. Comme elle.

Tout est étalé dessus. Les analgésiques (douze boîtes de vingt-quatre comprimés, prescrits par le médecin et soigneusement alignés), le couteau à pain (presque neuf, aux dents acérées, comme prêtes à mordre), le déboucheur liquide (qui dissout tous les obstacles, même les cheveux et la graisse, même la chair et les viscères). Cette table, cette table à laquelle je ne me suis jamais assise avec quiconque pour partager une bouteille de vin. Cette cuisine où je n'ai jamais cuisiné que pour moi-même. Étendue sur le sol, comme un cadavre, je sens les petites croûtes de pain qui s'incrustent dans mes bras nus, mes fesses, mes cuisses, mes talons. J'ai froid. Je voudrais être un *cadavre*. Bientôt, bientôt.

Toutes les bouteilles de vodka vides sont dans mon champ de vision, abandonnées par terre sitôt bues. Je devrais être remplie de honte à l'idée qu'une personne va découvrir l'endroit dans cet état, mais je ne ressens rien. On finira par emporter mon corps, et une entreprise de nettoyage industriel sera sans doute détachée sur place. L'appartement sera reloué. J'espère que les nouveaux locataires y seront heureux et qu'ils laisseront des traces de leur amour sur les murs, les sols et les fissures autour des fenêtres pour ceux qui suivront. Je n'ai rien laissé. Je n'ai jamais vécu ici.

Je ne sais pas depuis quand je suis allongée là. Je ne me souviens pas comment je suis arrivée sur le sol de ma cuisine, ni pourquoi je suis nue. Je tends la main vers la bouteille, à côté de moi, espérant ne pas la trouver vide, soulagée de sentir son poids. C'est la dernière. Quand cette bouteille sera vide, je n'aurai plus que deux possibilités : me lever, m'habiller et sortir en acheter une autre, ou mettre fin à mes jours. De toute façon, j'ai décidé de me suicider. Il s'agit juste de savoir combien de vodka je boirai encore avant de passer à l'acte. J'en bois une bonne rasade et j'attends que la douleur s'estompe.

À mon réveil, je suis toujours au même endroit. Dix minutes se sont écoulées, ou dix heures ; je n'en ai pas la moindre idée. Je me suis recroquevillée en position fœtale. Si je ne peux pas être un cadavre, j'aimerais au moins être un bébé, niché dans le ventre d'une autre mère que la mienne, pure et désirée. Je tourne mon visage vers le sol et je vomis. Un liquide clair avec des stries jaunâtres – alcool et bile. Je n'ai pas mangé depuis longtemps.

Il y a tant de liquides et de substances dans mon corps. J'essaie d'en dresser la liste pendant que je suis allongée là. Sang, mucus, urine, selles, chyme, bile, salive, larmes. Je suis une vitrine de boucher spécialisé en organes ; des gros, des petits, des roses, des gris, des rouges. Le tout coincé entre des os, enserré dans une gaine de peau, et couvert de duvet. La gaine est abîmée, mouchetée de grains de beauté, de taches de rousseur, de petites varices. Et il y a les cicatrices, bien sûr. J'imagine qu'un médecin légiste examinera cette carcasse, notera chaque détail, pèsera chaque organe. Services sanitaires. Viande avariée.

Je n'arrive pas à comprendre comment j'ai pu croire un seul instant qu'une personne pourrait en venir à aimer ce sac de chair, de sang et d'os ambulants. Ça dépasse l'entendement. Je repense à cette fameuse soirée (Quand était-ce, déjà ? Il y a trois, quatre jours ?) et j'attrape la bouteille de vodka. Je vomis de nouveau à ce souvenir.

La journée avait mal commencé. Polly la plante était morte, ce matin-là. Je suis bien consciente du ridicule de cette formulation. Néanmoins, cette plante était l'unique lien vivant que je gardais avec mon enfance, le seul repère constant de ma vie d'avant et d'après l'incendie, la seule chose qui, en dehors de moi-même, avait survécu. Je la croyais indestructible, je pensais qu'elle continuerait à perdre ses feuilles et qu'il en pousserait toujours de nouvelles. Je l'avais négligée ces dernières semaines, trop occupée à aller à l'hôpital, à un enterrement et sur Facebook pour penser à l'arroser. Encore une chose vivante que j'avais laissée tomber. Je n'étais capable de prendre soin de rien ni de personne. Trop abasourdie pour pleurer, je l'avais jetée à la poubelle, avec le pot et la terre, et constaté que, durant toutes ces années, les racines qui la maintenaient en vie étaient restées d'une finesse et d'une fragilité extrêmes.

La vie était si fragile. Je le savais déjà, bien sûr. Personne n'en avait davantage conscience que moi.

Je me rends compte, oui, je me rends compte combien tout cela est ridicule, pathétique, mais certains jours, les jours les plus sombres, l'idée que la plante mourrait si je ne l'arrosais pas était la seule motivation qui parvenait à me tirer du lit.

Plus tard, ce même jour, j'étais rentrée du travail, j'avais sorti les poubelles puis m'étais habillée et préparée à aller au concert. J'y étais allée seule. Je voulais être seule lorsque je rencontrerais le musicien, éviter d'être distraite par autre chose, éviter toute complication. Il fallait qu'il se passe quelque chose, n'importe quoi. Je ne pouvais pas continuer à esquiver la vie, à passer au-dessus, au-dessous, autour. Je ne pouvais pas continuer à errer dans ce monde comme une apparition. Et il s'en est passé, des choses, ce soir-là. La première a été la découverte que le musicien ne m'avait absolument pas remarquée. Comment avais-je pu croire qu'il me verrait ? Stupidité, aveuglement, manque de réalisme ? À vous de choisir.

La honte. J'étais plantée là, emmaillotée dans mes nouveaux vêtements, maquillée comme un clown, chancelant sur des talons hauts. Grotesque. Quand il était arrivé sur scène, j'étais assez près pour voir le double nœud de ses lacets et la mèche de cheveux qui retombait sur son œil. Ses mains sur la guitare, ses ongles manucurés. Les projecteurs étaient braqués sur lui, et j'étais plongée dans l'ombre. Et pourtant, je pensais qu'il me verrait. Si nous étions faits l'un pour l'autre, et c'était un fait certain, il me remarquerait, comme je l'avais remarqué durant toutes ces semaines. Je suis restée là, immobile, les yeux rivés sur lui. Le groupe a commencé à jouer, et il a ouvert la bouche pour chanter. Je voyais ses dents, son palais bien rose. La chanson s'est terminée, et une autre a commencé. Il s'adressait au public, mais pas à moi. J'ai attendu, attendu pendant toute la chanson suivante. Puis la suivante. Il ne me voyait toujours pas. Et peu à peu, là, sous les éclairages, j'ai senti la musique battre autour de mon corps sans le pénétrer, puis la foule, incapable de traverser les couche de solitude qui me recouvraient, s'est refermée sur moi, et j'ai commencé à regarder la réalité en face. J'ai cligné des yeux, encore et encore, pour essayer de mieux voir devant moi, et l'image s'est figée.

J'étais une femme de trente ans et je craquais comme une adolescente sur un homme que je ne connaissais pas, et que je ne connaîtrais jamais. Je m'étais persuadée que c'était l'homme de ma vie, qu'il m'aiderait à devenir normale, qu'il réparerait tout ce qui clochait dans mon existence. Qu'il m'aiderait à gérer maman, l'empêcherait de murmurer à mon oreille, de me dire que j'étais mauvaise, que je me trompais, que je n'étais pas assez bien. Pourquoi y avais-je cru ?

Il n'aurait jamais été attiré par une femme comme moi. Il était très séduisant, et pouvait choisir sa future compagne parmi un large éventail de candidates. Il opterait pour une femme aussi séduisante que lui, plus jeune de quelques années, bien sûr. Nous étions mardi soir et j'étais seule, dans un sous-sol, entourée d'inconnus, à écouter de la musique qui ne me plaisait pas, parce que j'avais succombé à une tocade pour un garçon que je ne connaissais pas et qui ne connaîtrait jamais mon existence. J'ai pris conscience que je n'entendais plus la musique.

Il était toujours sur scène, appuyait sur les pédales de sa guitare et débitait des banalités sur sa tournée tout en accordant l'instrument. Qui était cet inconnu, pourquoi l'avais-je choisi parmi tous les hommes de cette ville, de ce pays, du monde, pour être mon sauveur ? J'ai repensé à un article que j'avais lu dans le journal de la veille, des jeunes adolescentes en larmes qui veillaient sous les fenêtres d'un chanteur parce qu'il s'était coupé les cheveux. J'avais ri sur le moment, mais n'étais-je pas en train de me comporter comme elles, comme ces fans énamourées qui écrivent des lettres à l'encre violette à leur idole et gravent son nom sur leur cartable ?

Je ne le connaissais ni d'Ève ni d'Adam, l'homme qui se tenait sur la scène devant moi. Il n'était qu'un fantasme. Y avait-il rien de plus pitoyable ? Moi, une femme adulte ? Je m'étais raconté un petit conte de fées minable, pensant que ça suffirait à tout arranger, à effacer le passé, que lui et moi serions heureux jusqu'à la fin des temps et que maman ne se mettrait plus en colère. J'étais Eleanor, la pauvre petite Eleanor Oliphant, avec mon boulot minable, ma vodka et mes dîners en solitaire ; et je le serais toujours. Rien ni personne, et certainement pas ce chanteur qui se recoiffait en regardant son portable pendant le solo de guitare d'un de ses musiciens, ne pourrait y changer quoi que ce soit. C'était à *moi* de régler le problème. Je ne pourrais jamais échapper au passé ni le réécrire. Après toutes ces semaines de délire, cette vérité m'apparaissait dans toute sa brutalité et me coupait le souffle. Le désespoir et la nausée sont montés en moi, et puis cette humeur noire, si familière, a tout balayé.

Je m'étais rendormie. Quand je me suis réveillée, j'avais la tête vide, enfin, de toute autre pensée que celles qui se rattachaient à mes sensations physiques : *j'ai froid, je tremble*. Il était temps de me décider. Et j'ai tranché en faveur de la vodka.

Je me suis levée, aussi lente que l'humain sur la frise de l'évolution, j'ai constaté le désordre autour de moi et j'ai hoché la tête en silence – c'était bon signe. Il se pouvait fort bien que je succombe avant d'avoir besoin de choisir l'une des méthodes étalées sur la table. J'ai pris un torchon suspendu à un crochet. *Un cadeau de Hadrian's Wall*, disait-il. Et il y avait un centurion et le sigle *SPQR* imprimé dessus. Mon préféré. Je m'en suis servie pour m'essuyer le visage, puis l'ai laissé tomber par terre.

Je n'ai pas pris la peine d'enfiler des sous-vêtements, j'ai juste attrapé les habits à portée de main étalés sur le sol de ma chambre. Ma tenue de mardi soir. J'ai enfoncé mes pieds nus dans mes chaussures à attaches Velcro et pris mon vieux pourpoint suspendu dans le placard du couloir. Je ne savais plus où j'avais mis mon manteau neuf. Mais il fallait que je retrouve mon sac. Je me suis rappelé avoir pris mon nouveau sac à main noir, ce soir-là. Il ne pouvait contenir que mon portefeuille et mon trousseau de clefs. Les clefs se trouvaient sur l'étagère du couloir, là où je les dépose toujours. J'ai trouvé mon sac à côté, lâché dans un coin, près de mon cabas. Je n'avais pas d'argent liquide dans mon portefeuille ; je ne parvenais pas à me souvenir comment j'étais rentrée à la maison ni quand j'avais acheté la vodka que j'avais bue – sans doute sur le chemin. Par chance, mes deux cartes bancaires se trouvaient toujours dans mon portefeuille. Ainsi que le billet du concert. Je l'ai jeté par terre.

Je me suis rendue à l'épicerie du coin. Il faisait jour, froid, le ciel était gris cendré. Un bip électronique a retenti à mon entrée dans le magasin et, derrière son comptoir, M. Dewan a levé la tête. Il a écarquillé les yeux et entrouvert la bouche.

— Mademoiselle Oliphant ? a-t-il dit d'une voix basse, réfléchie.

— Trois litres de Glen, s'il vous plaît.

Ma voix était bizarre : éraillée, cassée. Parce que je n'avais pas parlé depuis longtemps, ai-je supposé ; et aussi à cause de tous ces vomissements. Il a placé une bouteille devant moi et a semblé hésiter.

— Trois, mademoiselle Oliphant ?

J'ai acquiescé. Avec des gestes lents, il a posé deux autres bouteilles sur le comptoir. Elles étaient alignées comme des quilles qu'il fallait renverser, descendre.

— Autre chose ? a-t-il demandé.

J'ai envisagé d'acheter un pain de mie ou des spaghettis, mais je n'avais pas faim. J'ai secoué la tête et lui ai tendu ma carte de crédit. Ma main tremblait, j'ai essayé de l'immobiliser, en vain. J'ai tapé mon code et attendu que le ticket s'imprime, ce qui a pris un temps fou.

La pile des journaux du soir se trouvait à côté de la caisse, j'ai vu que nous étions vendredi. M. Dewan avait fixé un miroir sur le mur afin de surveiller les quatre coins du magasin. J'ai surpris mon reflet dedans. J'avais le teint grisâtre, couleur lave, et les cheveux ébouriffés. Mes yeux creusés de cernes noirs semblaient vides, morts. J'ai noté tout cela avec la plus parfaite indifférence. Rien ne m'importait moins que mon apparence, absolument rien. M. Dewan m'a tendu les bouteilles dans un sachet en plastique. Son odeur, les relents chimiques de polymères, m'ont encore plus retourné l'estomac.

— Faites attention à vous, mademoiselle Oliphant, a-t-il dit, la tête penchée sur le côté, le visage grave.

— Au revoir, monsieur Dewan.

Je n'étais qu'à dix minutes de la maison, mais le trajet de retour m'a pris une demi-heure, avec le sac de bouteilles et mes jambes lourdes. Il n'y avait aucun autre être vivant dans la rue, pas même un chat ou une pie. La lumière opaque enveloppait le monde de gris et de noir, et ce manque de nuance pesait encore davantage sur mon humeur. J'ai ouvert ma porte d'un coup de pied, l'ai refermée derrière moi et ai ôté mes vêtements, les abandonnant au sol dans mon sillage. En passant, j'ai senti une très mauvaise odeur – mélange de sueur, de vomi et d'une chose âcre et rance, sans doute l'alcool digéré. J'ai emporté le sac en plastique bleu dans la chambre et ai sorti ma chemise de nuit jaune citron. Je me suis glissée sous les couvertures et j'ai tendu la main à la recherche d'une bouteille.

Je l'ai bue avec la même concentration monomaniaque qu'un meurtrier, cependant mes pensées refusaient de se laisser noyer : elles s'obstinaient à flotter à la surface, tels d'horribles corps pâles gonflés de gaz. Il y avait quelque chose de terrible dans l'illusion que j'avais nourrie, bien sûr : lui, moi… *comment avais-je pu ?* Pire, bien pire encore, était la honte. Je me suis recroquevillée en boule, essayant d'occuper le moins d'espace possible dans le lit. Méprisable. Je m'étais ridiculisée. J'étais un fardeau, ainsi que maman l'avait toujours dit. Un son s'est échappé de l'oreiller, un gémissement bestial. Je n'arrivais pas à ouvrir les yeux. Je ne supportais pas l'idée de voir ne serait-ce qu'un centimètre de ma peau.

J'avais cru pouvoir régler le problème moi-même très facilement, comme si ce qui était arrivé des années plus tôt pouvait se régler. Je savais que personne n'était supposé vivre de cette manière : travailler, boire de la vodka, dormir, et répéter ce cycle en boucle, en tournant en rond ; se replier sur soi, sur le silence, la solitude. Éviter de sortir. À un moment donné, je me suis aperçue que ça n'allait pas. J'ai levé la tête juste ce qu'il fallait pour le voir, et, mue par le désir désespéré de changer, je me suis accrochée à une brindille, je me suis laissé porter par mon imagination, j'ai envisagé une forme d'avenir.

J'ai tressailli. Non, c'est faux. On tressaille quand on est embarrassé, quand on a honte. Mon âme se désincarnait, se dépouillait de l'existence de la personne qu'elle avait jadis occupée. Pourquoi m'étais-je autorisée à penser pouvoir mener une existence normale, une existence heureuse, comme les autres ? Comment avais-je pu penser que le chanteur pourrait en faire partie, pourrait m'aider à y parvenir ? La réponse m'a fait l'effet d'un coup de poignard : maman. Je voulais que maman m'aime. J'étais seule depuis si longtemps. J'avais besoin de quelqu'un à mes côtés pour m'aider à la supporter. Pourquoi n'existait-il aucun être humain sur Terre capable de m'aider à supporter maman ?

J'ai rejoué la scène dans ma tête, encore et encore, me remémorant la seconde chose que j'avais comprise ce soir-là. C'était un peu plus tard, alors que je me tenais plus loin de la scène, au beau milieu de la foule. J'étais allée me chercher un autre verre, et il n'y avait plus moyen de retrouver ma place. J'avais descendu ma vodka. (La sixième ? Septième ? Je ne me souviens plus.) Il ne pouvait plus me voir depuis la scène, c'était sûr. Les musiciens avaient cessé de jouer : l'un d'eux avait cassé une corde et était en train de la remplacer.

Il s'est penché vers le micro et a arqué un sourcil. Un beau sourire indolent errait sur ses lèvres. « Qu'est-ce qu'on fait, maintenant ? Puisque Davie met des plombes à changer une putain de corde ? » a-t-il dit. Il s'est tourné vers son partenaire qui, boudeur, a dressé son majeur sans lever les yeux de sa guitare. « Bon, alors voilà de quoi vous distraire, mesdames ! » Il s'est retourné, a défait sa ceinture, baissé son jean et remué les fesses.

Certains ont ri. D'autres ont crié des insultes. Le chanteur a réagi en adressant un geste obscène à la salle. Et l'évidence s'est imposée, flagrante : l'homme qui se trouvait sur scène devant moi était, à n'en pas douter, le dernier des cons. Le groupe a commencé à jouer la chanson suivante, tout le monde s'est mis à sauter sur place, et je me suis retrouvée au bar à commander une double vodka.

Plus tard. Je me suis encore réveillée. Je n'ai pas ouvert les yeux. Une chose m'intriguait. À quoi pouvais-je bien *servir* ? Je ne contribuais à rien en ce monde, à rien du tout, et je n'en retirais rien non plus. Quand je cesserais d'exister, personne ne le remarquerait.

En général, l'absence d'un être est ressentie par une poignée de personnes, au moins. Mais la mienne, non. Je n'illuminais jamais une pièce en y pénétrant. Personne n'avait hâte de me voir ou d'entendre le son de ma voix. Je ne m'apitoie pas sur mon sort, loin de là. J'énonce des faits.

J'avais passé ma vie à attendre la mort. Je ne veux pas dire que je la recherchais de manière active, juste que je n'avais pas très envie de vivre. Mais quelque chose avait changé. J'avais compris que je n'étais pas obligée de l'attendre. J'ai dévissé le bouchon d'une autre bouteille et bu avec avidité.

Ah, mais jamais deux sans trois, pas vrai ? Le meilleur pour la fin, et on arrivait à la fin du concert. Ma vision s'était embuée (la vodka, sans doute), je ne faisais plus confiance à mes yeux. Je les ai plissés, cherchant la confirmation de ce que je croyais voir. De la fumée ; une fumée grise, mouvante, toxique, qui arrivait des coulisses et glissait vers l'avant-scène. Elle remplissait peu à peu la salle. L'homme qui se tenait à côté de moi a toussé ; une réaction psychosomatique, puisque la fumée produite par l'azote qu'on envoyait ne produisait pas cet effet-là. Je l'ai sentie m'envelopper et j'ai distingué les lumières des projecteurs et des lasers qui s'efforçaient de la traverser. J'ai fermé les yeux. C'est à ce moment-là que je me suis retrouvée là-bas, dans la maison, à l'étage. Le feu. J'entendais des cris mais j'ignorais s'il s'agissait des miens. La grosse caisse marquait les pulsations de mon cœur, la caisse claire mon pouls. La chambre était envahie de fumée, je ne voyais plus rien. Des hurlements, les miens et les siens. La grosse caisse, la caisse claire. La poussée d'adrénaline, l'accélération du tempo, puissant à vomir, trop puissant pour mon petit corps, pour n'importe quel petit corps. Les hurlements. J'ai continué à avancer, repoussé tous les obstacles, trébuchant, haletante, jusqu'à ce que je me retrouve seule, dehors dans la nuit noire. Le dos contre le mur, je me suis laissée glisser à terre et suis restée étendue là, les hurlements dans mes oreilles, mon corps réduit à une pulsation. J'ai vomi. J'étais en vie. J'étais seule. Aucune âme, dans tout l'univers, n'était plus seule que moi. Ni plus *abominable* que moi.

Je me suis réveillée. Je n'avais pas fermé les doubles rideaux et la lumière pénétrait dans la chambre : le clair de lune. Une expression qui évoque le romantisme. J'ai agrippé une main avec l'autre et ai essayé d'imaginer ce que je ressentirais si quelqu'un la tenait ainsi. Certains jours, j'avais cru mourir de solitude. Des gens disent parfois qu'ils sont sur le point de mourir d'ennui, qu'ils meurent d'envie de boire une tasse de thé, mais pour moi, *mourir de solitude* n'a rien d'une hyperbole. Quand je me sens dans cet état, ma tête bascule vers l'avant, mes épaules s'affaissent, et j'éprouve le besoin douloureux d'un contact humain – j'ai vraiment le sentiment que je vais m'écrouler et succomber si quelqu'un ne me prend pas dans ses bras, ne me touche pas. Pas un amant, s'entend ; cette folie mise à part, j'avais depuis longtemps abandonné tout espoir qu'une personne puisse m'aimer de la sorte. J'espérais juste être aimée comme un être humain. Le massage crânien de la coiffeuse, ma vaccination contre la grippe de l'hiver dernier ; chaque fois que j'avais un contact humain, c'était parce que je le payais, et encore était-ce souvent à travers des gants en caoutchouc. J'énonce juste des faits.

Les gens n'aiment pas cette réalité, mais je n'y peux rien. Si quelqu'un vous demande comment vous allez, vous êtes supposé répondre BIEN. Vous n'êtes pas censé dire que vous avez pleuré jusqu'à l'épuisement, la veille au soir, parce que vous n'aviez pas parlé à âme qui vive en deux jours consécutifs. Vous répondez BIEN.

Quand j'ai commencé à travailler pour Bob, il y avait une vieille femme, au bureau, à deux mois de la retraite. Elle s'absentait souvent pour s'occuper de sa sœur qui avait un cancer des ovaires. Cette collègue ne parlait jamais du cancer, ne prononçait même pas le mot, et se référait toujours à la maladie de manière la plus elliptique qui soit. Je comprends que cette attitude était considérée comme habituelle, à l'époque. Aujourd'hui, la solitude est une sorte de nouveau cancer, une maladie honteuse, embarrassante, qui vous tombe dessus de manière obscure. Une maladie terrible et incurable, si horrifiante que vous n'osez pas la mentionner ; les autres ne veulent pas vous entendre prononcer le nom à voix haute de crainte d'être abattus, ou de tenter le destin et d'attirer sur eux une horreur similaire.

Je me suis mise à quatre pattes, je suis allée jusqu'à la fenêtre comme un vieux chien et j'ai fermé les rideaux sur la lune. Je suis retombée sur le lit et j'ai tendu la main vers la bouteille.

J'ai entendu des coups – *bang bang bang* – et un homme crier mon nom. Je rêvais d'un charnier dans une maison en flammes, de sang et de violence ; j'ai mis un moment à revenir au présent et à me rendre compte que les coups étaient réels et arrivaient de la porte d'entrée. J'ai tiré les couvertures sur ma tête, mais ça ne s'arrêtait pas. Je voulais désespérément que ça cesse, et me sentais tout aussi désespérée de ne pas voir d'autre moyen de faire taire ce bruit que d'aller ouvrir. Mes jambes tremblaient, et j'ai dû me retenir au mur pour avancer. Tout en me débattant avec les verrous, j'ai regardé mes pieds, petits et blancs comme le marbre. Un énorme bleu, violet et vert, avait fleuri sur l'un d'eux, jusqu'à mes orteils. J'étais surprise, je ne sentais rien, pas la moindre douleur, je n'avais aucun souvenir de la manière dont il avait pu arriver là. Il aurait aussi bien pu avoir été peint.

J'ai fini par réussir à ouvrir la porte, mais pas à lever la tête, je n'avais pas le courage de regarder devant moi. Au moins, les coups s'étaient arrêtés. C'était mon seul objectif.

— Dieu tout-puissant ! s'est écriée une voix masculine.

— Eleanor Oliphant, ai-je rectifié.

27

À mon réveil, j'étais allongée sur le canapé. Je sentais du tissu rêche sous mes mains. Étrange ; j'ai mis un moment à comprendre que j'étais couverte de serviettes de toilette, et non de couvertures. Je suis restée immobile et j'ai pris le temps d'évaluer ma situation. J'avais chaud. Quelque chose battait dans ma tête. Une douleur lancinante me traversait les entrailles, comme une pulsation. J'ai ouvert la bouche et senti la peau se craqueler contre mes gencives, comme lorsqu'on détache un quartier d'orange. Je portais ma chemise de nuit jaune.

J'ai entendu des bruits de chute et des fracas extérieurs à mon corps, et j'ai fini par comprendre qu'ils venaient du sèche-linge. Tout doucement, j'ai ouvert un œil (la paupière était collée) et j'ai vu que le salon n'avait pas changé ; le pouf grenouille me dévisageait. Étais-je en vie ? Je l'espérais, mais seulement parce que, si c'était ça l'au-delà, j'allais immédiatement porter plainte. À côté de moi, sur la table basse, se trouvait un grand verre de vodka. J'ai tendu la main ; elle tremblait violemment, mais j'ai réussi à l'attraper et à le lever à ma bouche sans trop en renverser. J'en avais bu la moitié quand je me suis aperçue que c'était de l'eau. J'ai eu un haut-le-cœur, la sentant glouglouter et cascader dans mon estomac. Un autre mauvais signe. Quelqu'un avait changé ma vodka en eau. Ce n'était pas mon genre de miracle préféré.

Je me suis rallongée et j'ai entendu d'autres bruits. Des pas. Quelqu'un fredonnait, un homme. Il y avait un homme dans ma cuisine ? J'étais étonnée de la manière dont les bruits résonnaient. J'étais toujours seule, ici, je n'avais jamais entendu personne évoluer dans mon appartement. J'ai bu encore un peu d'eau et me suis étranglée avec, ce qui m'a fait tousser, puis vomir – rien. Au bout d'une minute ou deux, quelqu'un a frappé un coup hésitant à la porte du salon, et un visage s'est glissé dans l'ouverture : Raymond.

J'avais envie de mourir. Cette fois, en plus de le vouloir au sens propre, je le voulais aussi au sens métaphorique du terme. *Oh, allons*, me suis-je dit, presque amusée, *à quel point et dans quelle mesure une personne doit-elle avoir envie de mourir avant que son vœu soit exaucé ? Franchement ?* Raymond m'a adressé un sourire triste et parlé d'une voix très douce :

— Comment te sens-tu, Eleanor ?

— Que s'est-il passé ? Que fais-tu chez moi ?

Il est entré dans le salon et est allé se poster au bout du canapé.

— Ne t'inquiète pas. Tu vas t'en tirer.

J'ai fermé les yeux. Aucune de ces deux phrases ne répondait à mes questions, et ce n'était pas ce que je voulais entendre.

— Tu as faim ?

J'ai réfléchi. Mon ventre n'allait pas bien, pas bien du tout. Peut-être était-ce en partie dû à la faim ? Ne sachant que répondre, j'ai haussé les épaules. Il a eu l'air content.

— Je vais te faire une soupe, alors.

Je me suis rallongée et j'ai fermé les yeux.

— Pas aux lentilles, ai-je dit.

Il est revenu au bout de quelques minutes. Doucement, très doucement, je me suis redressée pour m'asseoir, gardant les serviettes autour de moi. Il avait fait chauffer de la soupe à la tomate dans un mug qu'il a placé sur la table basse, devant moi.

— Une cuillère ? ai-je demandé.

Il est retourné à la cuisine sans dire un mot et m'en a rapporté une. Je l'ai prise dans ma main droite et j'ai essayé de manger un peu, mais je tremblais tant que je renversais tout sur les serviettes de toilette, et j'ai vite compris qu'il n'y avait qu'un moyen d'amener le liquide du mug à ma bouche.

— Tu ferais aussi bien de boire directement, a dit Raymond avec douceur.

J'ai acquiescé.

Il s'est assis sur l'accoudoir et m'a regardée siroter ma soupe, en silence. Puis j'ai posé le mug, sentant le liquide chaud se répandre en moi, le sucre et le sel circuler peu à peu dans mes veines. Le *tic-tac* de l'horloge Power Rangers au-dessus de la cheminée n'avait jamais résonné aussi fort. J'ai terminé de boire le verre d'eau, et Raymond est allé le remplir une nouvelle fois, toujours sans dire un mot.

— Merci, ai-je dit quand il me l'a tendu.

Il s'est levé et a quitté la pièce. Le sèche-linge s'était arrêté. J'ai entendu le *clic* de la porte, des bruits de pas. Il est revenu dans le salon, s'est approché de moi et m'a tendu ses deux mains.

— Allez, debout.

J'ai essayé de me lever sans son aide, en vain. Je me suis appuyée sur lui, et il a fallu qu'il passe son bras autour de ma taille pour que je parvienne à traverser le couloir. La porte de la chambre était ouverte, le lit avait été refait. Il m'a aidée à m'asseoir et a soulevé mes jambes pour les placer sous les couvertures. Les draps propres sentaient le frais ; le lit était chaud et douillet comme un nid d'oisillon.

— Repose-toi, maintenant, a murmuré Raymond en fermant les doubles rideaux et en éteignant la lumière.

Je me suis écroulée comme une masse.

J'ai dû dormir la moitié de la journée, au moins. Quand je me suis réveillée, j'ai tendu la main vers le verre d'eau qui avait été placé sur ma table de nuit et l'ai bu d'une traite. J'avais besoin de me laver à l'intérieur et à l'extérieur ; aussi, avec la plus grande précaution, je me suis rendue à la salle de bains et me suis plantée sous le pommeau de la douche. L'odeur du savon évoquait celle d'un jardin. Je me suis débarrassée de la crasse qui me collait au corps, de toutes ses traces visibles, et suis ressortie de la douche rose, propre et chaude. Je me suis essuyée avec la plus grande délicatesse, redoutant que ma peau ne tombe en lambeaux, puis j'ai enfilé de nouveaux vêtements, les plus doux et les plus propres que j'avais jamais portés.

Le sol de la cuisine étincelait, les bouteilles avaient été jetées et les surfaces nettoyées. Une pile de linge lavé et plié reposait sur une chaise. Il n'y avait rien sur la table à l'exception d'un vase, le seul que je possédais, rempli de tulipes jaunes. Un petit mot reposait contre sa base.

Il y a de quoi manger au frigo. Essaie de boire le plus possible. Appelle-moi quand tu seras debout. Bises. R.

Il avait griffonné son numéro de téléphone au-dessous. Je me suis assise et je l'ai fixé, puis j'ai posé les yeux sur les fleurs lumineuses. Personne ne m'avait jamais offert de fleurs. Je n'aimais pas trop les tulipes, mais il ne pouvait pas s'en douter. J'ai fondu en larmes ; j'ai été secouée de gros sanglots déchirants, comme une bête qui hurle à la mort. J'avais l'impression que ça ne cesserait jamais, que je ne pourrais pas m'arrêter. Mais l'épuisement physique a fini par avoir raison de mes pleurs. J'ai appuyé mon front sur la table.

J'ai réalisé que ma vie avait mal tourné. Très, très mal tourné. Je ne m'étais pas imaginé mener cette existence-là. Personne n'était censé vivre de la sorte. Le problème était que j'ignorais comment changer les choses. Suivre les conseils de maman ne m'avait rien apporté de bon, j'en avais conscience. Mais personne ne m'avait jamais montré le bon chemin et, bien qu'ayant fait de mon mieux au fil des années, je ne savais pas comment m'y prendre pour améliorer ma situation. Je ne parvenais pas à résoudre l'énigme que je représentais.

J'ai préparé du thé et réchauffé le plat que Raymond avait mis au frigo. J'ai découvert que j'avais une faim de loup. Ensuite, j'ai lavé mon mug et ma fourchette et les ai posés à côté de la vaisselle propre qu'il avait laissée sur l'égouttoir. Puis je suis allée au salon et j'ai décroché le téléphone. Il a répondu à la deuxième sonnerie.

— Eleanor, Dieu merci… Comment te sens-tu ?

— Bonjour, Raymond.

— Comment vas-tu ? a-t-il insisté d'un ton anxieux.

— Bien, merci.

Je savais que c'était la bonne réponse à donner.

— Bordel de merde, Eleanor. « Bien » ? Bon sang ! Je suis là dans une heure, d'accord ?

— Ce n'est pas la peine, Raymond, ai-je répondu d'une voix posée. J'ai mangé… (j'ignorais quelle heure il était, je ne savais pas s'il s'agissait du déjeuner ou du dîner) … et je me suis douchée ; je vais lire un peu, maintenant, et je me coucherai de bonne heure.

— Je suis là dans une heure, a-t-il répété avant de raccrocher.

Quand j'ai ouvert la porte, je l'ai trouvé avec une bouteille d'Irn-Bru dans une main et un sachet de Jelly Babies dans l'autre.

— Entre, ai-je dit.

Je me suis demandé comment il avait fait pour entrer la fois précédente, je ne me souvenais pas de lui avoir ouvert. Qu'avais-je dit ? Dans quel état étais-je ? Mon cœur s'est emballé. L'avais-je insulté ? ai-je songé, anxieuse. Étais-je nue ? Avions-nous commis l'irréparable ? J'ai senti la bouteille m'échapper des mains. Elle est tombée et a roulé par terre. Il l'a ramassée, a posé la main sur mon épaule et m'a guidée vers la cuisine. Il m'a fait asseoir à table et a mis la bouilloire électrique en marche. J'aurais dû m'offusquer d'être ainsi commandée chez moi, mais je n'éprouvais que du soulagement, un soulagement immense à l'idée que quelqu'un s'occupait de moi.

Nous sommes restés assis un moment face à face, sans rien nous dire, devant nos tasses de thé. C'est lui qui a pris la parole :

— Qu'est-ce que tu fous, Eleanor ?

J'ai été choquée d'entendre le tremblement dans sa voix, comme s'il était au bord des larmes. J'ai haussé les épaules. Il avait l'air en colère, à présent.

— Eleanor, ça fait trois jours que tu n'es pas venue au travail sans donner signe de vie, Bob était vraiment inquiet pour toi, nous l'étions tous. J'ai réussi à lui soutirer ton adresse et je suis venu voir si tu allais bien. Je t'ai trouvée… Je t'ai trouvée…

— … sur le point de me suicider ?

Il s'est passé une main sur le visage, et j'ai vu qu'il était à deux doigts de pleurer.

— Écoute, je sais que tu es une personne très secrète, et ce n'est pas un problème, mais nous sommes amis, non ? Tu peux te confier à moi. Tu n'es pas obligée de tout noyer dans l'alcool.

— Pourquoi pas ? En quoi le fait de raconter ses petits malheurs pourrait faire la moindre différence ? Ce n'est pas comme si quelqu'un d'autre pouvait résoudre mes problèmes.

— Non, personne ne peut sans doute tous les résoudre, Eleanor, mais en parler pourrait t'aider. Les autres aussi ont des problèmes, tu sais. Ils sont capables de comprendre les tiens. Un problème partagé est plus…

— Je pense que personne sur Terre ne peut comprendre ce que c'est d'être moi. J'énonce juste un fait. Je ne pense pas que quiconque ait jamais vécu la même succession d'épreuves que moi. Ou ait réussi à y survivre, en tout cas.

Cette précision me semblait très importante.

— Donne-moi une chance, a-t-il rétorqué.

Il m'a dévisagée. J'ai soutenu son regard.

— D'accord, pas à moi ; mais parle à quelqu'un d'autre, alors. À un psy, un thérapeute…

— Un psy ! « Asseyons-nous, dites-moi ce que vous ressentez et tout ira mieux comme par magie » ? Non, très peu pour moi, Raymond.

Il a souri.

— Comment le sais-tu si tu n'as jamais essayé ? Qu'est-ce que tu as à perdre ? Il y a aucune honte à être… déprimée, tu sais, ni à avoir une maladie mentale, ou quoi que ce soit d'autre…

J'ai failli m'étrangler avec mon thé.

— Une maladie mentale ? De *quoi* parles-tu, Raymond ? ai-je répondu, sidérée.

Il a levé les mains comme pour s'excuser.

— Écoute, je ne suis pas médecin. C'est juste que… eh bien… je ne pense pas qu'une personne qui boit jusqu'à l'intoxication alcoolique tout en planifiant son suicide soit, comment dire, tout à fait équilibrée.

C'était un résumé de ma situation si ridicule que je me suis retenue d'éclater de rire. Raymond n'était pas porté à l'exagération, d'ordinaire, mais là, il dépassait les bornes, et je ne pouvais pas le laisser croire qu'il s'agissait là d'un énoncé rigoureux des faits survenus la veille au soir.

— J'ai juste bu un peu trop de vodka après une soirée stressante, Raymond. Ça n'a rien d'un symptôme de *maladie mentale*.

— Où es-tu allée, ce soir-là ? Et que s'est-il passé depuis ?

J'ai haussé les épaules.

— Je suis allée assister à un concert. Il n'était pas très bon.

Il y a eu un long silence.

— Eleanor, a-t-il fini par reprendre. Je suis sérieux. Si je n'étais pas venu, tu serais peut-être morte, à l'heure qu'il est, soit d'une intoxication alcoolique, soit étouffée par ton vomi. Et encore, à condition que tu n'aies pas fait une overdose de médicaments ou je ne sais quoi.

J'ai incliné la tête sur le côté et j'ai réfléchi à tout ça.

— D'accord. Je concède que j'étais très malheureuse. Mais ça arrive à tout le monde, non ?

— Oui, bien sûr, Eleanor. Mais quand les gens se sentent tristes, ils pleurent un peu, ou ils mangent trop de glace et restent au lit tout l'après-midi. Mais ils ne boivent *pas* du déboucheur liquide et ils ne s'ouvrent pas les veines avec un couteau à pain.

Je n'ai pas pu m'empêcher de frissonner en visualisant les dents acérées du couteau.

— *Touché**, Raymond, ai-je dit. Ton raisonnement tient la route.

Il s'est penché, a posé les mains sur mes avant-bras et les a serrés. Il était fort.

— Tu veux bien envisager d'aller consulter un médecin généraliste, au moins ? Ça ne peut pas te faire de mal, tu ne crois pas ?

J'ai fait « oui » de la tête. De nouveau, c'était logique, et on ne peut rien opposer à la logique.

— Tu veux que j'appelle quelqu'un pour toi ? Un ami, un parent ? Ta mère ? Elle voudra sûrement savoir ce qu'il s'est passé, non ?

Il s'est tu, parce que je venais d'éclater de rire.

— Pas maman, non. Elle serait sûrement ravie de l'apprendre.

Il a eu l'air horrifié.

— Allons, Eleanor, c'est affreux de dire une chose pareille, a-t-il dit, choqué. Personne ne peut se réjouir de la souffrance de son enfant.

J'ai haussé les épaules, les yeux rivés au sol.

— Tu ne connais pas maman.

28

Les jours suivants ont été difficiles. À plusieurs reprises, Raymond est passé me voir sans prévenir, soi-disant pour m'apporter des provisions ou me transmettre des messages de Bob, mais, en réalité, pour vérifier que je n'avais pas attenté à mes jours. Si je devais rédiger une énigme de mots croisés pour décrire son attitude, je choisirais la formule : *l'opposé d'insondable.* J'espérais pour lui qu'il s'abstiendrait de jouer au poker avec des pros, sinon il y laisserait sa chemise.

J'étais étonnée qu'il se donne tant de mal pour moi, surtout considérant l'état dans lequel il m'avait trouvée après le concert. Par le passé, chaque fois que j'étais triste ou bouleversée, mes interlocuteurs du moment se contentaient d'appeler mon assistante sociale, et j'étais déplacée. Raymond n'avait prévenu personne ni demandé à une administration quelconque d'intervenir. Il avait choisi de s'occuper de moi lui-même. J'avais médité sur la question et conclu qu'il existait des êtres pour qui le comportement difficile d'un ami ne justifiait pas de mettre un terme à sa relation avec lui. S'ils vous apprécient – et je me souvenais que Raymond et moi avions convenu que nous étions désormais des potes –, il semble qu'ils soient prêts à rester en contact avec vous même lorsque vous êtes triste, bouleversé, ou que vous avez un comportement difficile. Je n'en revenais pas. C'était une véritable révélation.

Je me suis demandé ce que ça pouvait faire d'avoir une famille ; des parents, ou mettons une sœur, qui seraient là pour moi quoi qu'il advienne. Je ne veux pas dire des personnes sur lesquelles on pourrait se reposer comme si ça allait de soi – Dieu sait que rien ne va de soi, en ce monde –, mais des gens dont on saurait, presque sans y penser, qu'ils seraient toujours là en cas de besoin, quelle que soit la gravité de la situation. Je n'éprouve pas de jalousie, par principe, mais je dois avouer que je ressens un pincement au cœur quand je pense à ça. Mais la jalousie est une émotion mineure comparée à la tristesse que j'éprouve à l'idée de n'avoir jamais connu… quoi ? L'amour inconditionnel, je suppose.

Mais à quoi bon bâtir des châteaux en Espagne. Raymond m'avait donné une idée de ce que ça faisait, et je m'estimais heureuse de ma chance. Aujourd'hui, il était arrivé avec une boîte d'After Eight et, bizarrement, un ballon gonflé à l'hélium.

— Je sais que c'est stupide, a-t-il annoncé en souriant, mais en traversant le marché, sur la place, pour aller prendre le bus, j'ai vu un type qui vendait ça. Je me suis dit que ça t'amuserait.

J'ai regardé la chose et j'ai éclaté de rire, le cœur débordant d'une émotion singulière. Il m'a tendu le ruban, et le ballon s'est élancé vers mon plafond bas puis a rebondi dessus, comme s'il essayait de s'échapper.

— Qu'est-ce que c'est supposé représenter ? ai-je demandé. C'est… un fromage ?

On ne m'avait jamais offert de ballon à l'hélium, et surtout rien d'aussi étrange.

— C'est Bob l'Éponge, Eleanor, a-t-il articulé comme si j'étais une attardée. Bob l'Éponge carrée.

Une éponge de bain semi-humaine avec des dents de lapin ! À vendre comme si c'était une chose des plus banales ! Toute ma vie, j'avais entendu les gens dire que j'étais bizarre, mais franchement, quand je voyais ça, je me trouvais plutôt normale.

Je nous ai préparé du thé. Raymond avait posé les pieds sur la table basse. J'ai failli lui demander de les enlever, puis j'ai songé qu'il devait se sentir assez à l'aise chez moi pour se détendre et tirer parti du mobilier. Et je trouvais cela plutôt plaisant. Il a aspiré son thé (ce qui a produit un bruit très déplaisant) et a voulu savoir si j'étais allée chez le médecin. Un peu plus tôt dans la semaine, après avoir entendu les arguments solides de Raymond sur l'importance de demander un avis professionnel et objectif sur mon état émotionnel, et sur l'efficacité des traitements modernes dans le cas où ma santé mentale devait être remise en question, j'avais fini par accepter de prendre un rendez-vous.

— Je le vois demain. À 7 h 30.

— C'est bien, Eleanor, a-t-il approuvé. Maintenant, promets-moi que tu parleras en toute franchise avec le médecin, que tu lui raconteras ce que tu ressens et les épreuves que tu traverses.

J'ai réfléchi. J'avais décidé de presque tout lui raconter, mais je ne voulais pas lui parler de mon petit stock de pilules (qui n'existait plus, de toute façon, puisque, sans le moindre égard pour l'environnement,

Raymond avait tout jeté dans les W-C avant de tirer la chasse d'eau), et j'avais également décidé de faire l'impasse sur mes conversations avec maman et notre projet avorté ridicule. Maman dit toujours qu'on ne doit divulguer des informations aux fouineurs professionnels qu'avec la plus grande parcimonie, et ces informations-là n'étaient pas les plus pertinentes, en l'occurrence. Point n'était besoin d'aller fouiller dans le passé ni de parler de ce qu'on ne pouvait pas changer.

— C'est promis, ai-je dit.

Mais j'ai croisé les doigts derrière mon dos.

29

Quand le médecin m'avait mise en arrêt de maladie, je m'étais demandé si je finirais par m'habituer à cette vie oisive. J'avais toujours travaillé à plein temps, ayant obtenu mon emploi chez Bob une semaine après avoir décroché mon diplôme et ne m'étant jamais absentée depuis ; je n'avais jamais eu aucune raison de me faire porter pâle. Par chance, j'étais dotée d'une constitution robuste.

La première semaine, celle après l'incident avec la vodka et la visite de Raymond, j'avais beaucoup dormi. Je devais avoir fait d'autres choses, des banalités comme sortir acheter du lait ou prendre une douche, mais je n'en gardais aucun souvenir.

Se fondant sur les maigres informations que je lui avais communiquées, le médecin avait abouti à la conclusion que je faisais une dépression. Elle avait suggéré qu'un traitement médicamenteux associé à une psychothérapie serait la méthode de soin la plus efficace, pour commencer du moins. Je craignais de finir par dépendre de ces psychotropes comme j'en étais venue à dépendre de la vodka. Néanmoins, j'ai accepté de prendre un premier rendez-vous avec une psychothérapeute, auquel je devais me rendre aujourd'hui. On m'avait recommandé une certaine Maria Temple – juste ce nom, sans aucune autre précision. Son statut marital ne m'intéressait guère, mais il m'aurait été utile de savoir à l'avance si elle possédait la moindre qualification médicale.

Son cabinet se trouvait au troisième étage d'un grand immeuble moderne du centre-ville. L'ascenseur m'a renvoyé à l'une des moins *belles époques** qu'on puisse imaginer : les années 1980. Du gris, du gris et du gris, des pastels terreux, des plastiques sales, d'affreuses moquettes. Et on aurait dit que rien n'avait été lavé depuis. J'étais déjà réticente à l'idée de consulter un thérapeute, mais le faire dans ce cadre-là me réjouissait encore moins – si tant est que le verbe « réjouir » puisse jamais convenir à ce genre de situation. Malheureusement, ce cadre ne m'était que trop familier, ce qui, en un sens, me rassurait. J'avais traversé une infinité de ces couloirs de services publics aux plafonds en crépi brossé décorés de frises florales.

J'ai frappé à une porte (en fin contreplaqué, grise, sans plaque) qui s'est ouverte un peu trop vite, comme si Maria Temple me guettait juste derrière. Elle m'a invitée à entrer. La pièce était minuscule, meublée d'une chaise de salle à manger et de deux fauteuils de bureau (du genre propre et confortable), installés devant une table basse sur laquelle était posée une boîte de mouchoirs en papier « man size » sans marque. Taille homme ? Je trouvais l'expression troublante. Le nez des hommes était, à peu de chose près, plus ou moins de la même taille que le nôtre, non ? Le fait de posséder un chromosome XY entraînait-il *de facto* le besoin d'une plus grande surface de mouchage ? Pourquoi ? Je soupçonnais que, dans le fond, je n'avais pas réellement envie de connaître la réponse à cette question.

Il n'y avait pas de fenêtre, et l'image encadrée accrochée au mur (un vase de roses réalisé à l'ordinateur par une personne émotionnellement morte) était plus agressive pour l'œil humain que le mur blanc nu.

— Vous devez être Eleanor ? a-t-elle dit, en me souriant.

— Mlle Oliphant, plus exactement, ai-je répondu, en ôtant mon pourpoint et me demandant où j'allais bien pouvoir le poser.

Elle m'a désigné une rangée de crochets fixée au dos de la porte, et je l'ai suspendu le plus loin possible de l'imperméable qui en occupait déjà un. Je me suis assise devant elle ; les vieux coussins du fauteuil ont émis un petit soupir rance. Elle m'a souri. Ses dents ! *Oh, mademoiselle Temple !* Elle avait fait de son mieux, mais rien ne pouvait les rapetisser, j'imagine. Il aurait mieux valu que ces dents se trouvent dans une bouche beaucoup plus grande, peut-être même une bouche animale. Elles me faisaient penser à une photo imprimée dans le *Telegraph*, il y a longtemps ; celle d'un singe qui avait attrapé l'appareil et l'avait retourné vers lui pour se photographier avec un grand sourire (un « selfie »). Pauvre femme ; s'il existe un adjectif que personne ne voudrait voir associé à sa denture, c'est bien *simiesque*.

— Je suis Maria Temple, Eleanor… euh, mademoiselle Oliphant. Je suis ravie de vous rencontrer.

Elle a sondé mon regard, ce qui m'a poussée à me glisser au bord de mon fauteuil pour ne pas trahir ma gêne.

— Avez-vous déjà fait une thérapie, mademoiselle Oliphant ? a-t-elle demandé en sortant un cahier de son sac à main.

J'ai remarqué que divers accessoires y étaient attachés, un porte-clefs et d'autres choses de ce genre (un petit singe rose à poils longs, un grand « M » en métal, et le plus hideux : des minitalons aiguilles à paillettes rouges). J'avais déjà croisé ce type de femme-là. Mlle Temple était une « marrante ».

— Oui et non, ai-je répondu.

Elle a arqué un sourcil perplexe, mais je ne me suis pas donné la peine d'expliciter. Il s'est installé un silence au cours duquel j'ai entendu les cliquetis de l'ascenseur sans percevoir le moindre signe d'une présence humaine dedans. Je me sentais piégée.

— Bien, a-t-elle repris d'une voix enjouée ; trop enjouée. Commençons. Avant tout, je veux vous assurer que tout ce dont nous discuterons ici demeurera strictement confidentiel. Je suis membre de toutes les organisations professionnelles compétentes, et notre code de déontologie est très strict. Vous devez toujours vous sentir à votre aise et en sécurité ici, et surtout, posez-moi toutes les questions que vous voulez, à tout moment, en particulier si vous avez des doutes sur ce que nous faisons, et pourquoi.

Elle semblait attendre une réponse de ma part, mais je n'en avais aucune à lui donner. J'ai haussé les épaules.

Elle s'est carrée dans son fauteuil et a commencé à lire son cahier.

— C'est votre médecin généraliste qui vous envoie, et vous souffrez de dépression.

J'ai acquiescé.

— Pouvez-vous me parler de ce que vous ressentez ?

Son sourire avait, soudain, quelque chose de figé.

— Je dirais que je suis triste.

J'ai regardé ses chaussures. On aurait dit des chaussures de golf, sans les crampons. Elles étaient dorées. Sidérant.

— Depuis quand vous sentez-vous triste, Ele... mademoiselle Oliphant ? (Elle a tapoté ses dents énormes avec le bout de son crayon.) Excusez-moi, mais cela ne vous dérangerait pas que je vous appelle Eleanor ? Je pense que la discussion serait, disons, un peu plus fluide et détendue si nous nous appelions par nos prénoms. Vous voulez bien ?

Elle a souri.

— Je préfère mademoiselle Oliphant, mais d'accord, je pense que c'est possible, ai-je concédé pour être aimable.

Pourtant, j'aurais préféré en rester aux titres et aux noms de famille. Après tout, je ne la connaissais ni d'Ève ni d'Adam. Ce n'était pas mon amie, c'était une personne payée pour discuter avec moi. Instaurer une saine distance professionnelle était tout à fait souhaitable, me semblait-il, lorsque, par exemple, un inconnu examinait vos pupilles à la recherche d'une tumeur, ou farfouillait dans votre bouche à l'aide d'un instrument pointu. Ou, en l'occurrence, titillait votre cerveau pour en faire émerger vos sentiments et les exposer dans toute leur horreur, à votre plus grande honte.

— Magnifique, a-t-elle déclaré d'un ton ravi.

Il paraissait évident qu'elle avait déjà compris que je n'étais résolument pas « marrante ». Nous ne ferions jamais un saut à l'élastique et n'irions jamais à un bal costumé ensemble. Qu'est-ce qui est censé être drôle, encore ? Chanter en chœur ? Courir un marathon ? Aller voir un spectacle de magie ? Je n'en ai aucune idée ; pour ma part, j'aimais les animaux, les mots croisés et (jusque très récemment) la vodka. Que pouvait-il exister de plus amusant que cela ? Pas des cours de danse du ventre dans une « maison pour tous », ni un week-end « meurtre et mystère ». Un enterrement de vie de jeune fille ? Non.

— Est-ce un événement particulier qui vous a poussée à consulter votre médecin généraliste ? Un incident, une rencontre ? Il est parfois très difficile de confier ses sentiments à quelqu'un, mais c'est formidable que vous ayez réussi à faire ce premier pas essentiel.

— Un ami m'a suggéré de consulter, ai-je dit, parcourue d'un frisson de plaisir en prononçant le mot en « A ». Raymond, ai-je précisé.

J'aimais prononcer son prénom, avec son roulement initial. C'était un beau prénom, un bon prénom, et cela, au moins, ne me semblait être que justice. Il méritait un peu de chance, quand on considérait les maigres avantages physiques dont il était doté : il avait assez de tares sans avoir en plus à se retrouver affublé d'un prénom comme Eustace ou Tyson.

— Voudriez-vous me parler des événements qui vous ont poussée à consulter votre généraliste ? Qu'est-ce qui a encouragé votre ami à vous suggérer de le faire ? Comment vous sentiez-vous, alors ?

— J'étais un peu triste et dépassée par les événements, c'est tout. Alors mon ami m'a conseillé d'aller voir mon médecin. Et mon médecin m'a dit qu'il fallait que je vienne ici si je ne voulais pas prendre de pilules.

Elle m'a dévisagée.

— Pourriez-vous m'expliquer pourquoi vous étiez triste ?

J'ai laissé échapper un soupir bien plus long et beaucoup plus théâtral que je m'y attendais. J'ai senti ma gorge se nouer et des larmes me monter aux yeux. Ne pleure pas, Eleanor. NE PLEURE PAS DEVANT UNE INCONNUE.

— C'est assez ennuyeux, comme histoire, l'ai-je prévenue, faisant de mon mieux pour paraître nonchalante. C'est juste… une petite affaire de cœur qui a mal tourné. Rien de plus. Une situation très banale.

Il y a eu un long silence. Au bout d'un moment, pour essayer d'en finir le plus vite possible, j'ai repris la parole :

— Il y a eu un malentendu. Je pensais… J'ai mal interprété certains signaux. Et je me suis rendu compte que je m'étais complètement trompée sur la personne en question.

— Cela s'était-il déjà produit ? a-t-elle questionné d'une voix douce.

— Non.

Encore un silence longuet.

— Qui était cette personne, Eleanor ? Vous pouvez m'en dire un peu plus sur ce qui vous a… comment dire… sur ces signaux que vous avez mal interprétés ? Quels *étaient-ils,* au juste ?

— Eh bien, c'est à cause de cet homme qui m'attirait, j'ai eu comme qui dirait un petit coup de cœur pour lui, et je me suis emballée un peu vite jusqu'à ce que je comprenne que je faisais fausse route. Nous n'étions pas faits l'un pour l'autre. Et il… Enfin, j'ai compris qu'il n'était pas du tout l'homme qu'il me fallait. Que je m'étais trompée sur son compte. Ça m'a attristée, et je me suis sentie très bête de m'être à ce point trompée. C'est tout…

Ma voix s'est brisée sur la fin.

— Bien, je vois… Il y a quelques points que j'aimerais éclaircir avec vous. Comment avez-vous rencontré cet homme ? Quelle était la nature de votre relation avec lui ?

— Oh, je ne l'ai jamais vraiment rencontré.

Elle a arrêté d'écrire sur son cahier, et il y a eu une petite pause gênée. Je pense qu'au théâtre, on appellerait ça un « moment de flottement ».

— Bien… Comment vos chemins se sont-ils croisés, dans ce cas ? a-t-elle demandé.

— Il est musicien. Je l'ai vu se produire sur scène et… j'ai craqué pour lui, comme on dit.

Maria Temple parlait du bout des lèvres.

— Et il… Est-il célèbre ?

J'ai secoué la tête.

— Il est d'ici. Il habite Glasgow. Pas loin de chez moi, en fait. Il n'est pas très célèbre. Pas encore.

Maria Temple n'a rien dit, elle attendait que je poursuive. Elle n'a pas même arqué un sourcil. Rien. J'ai compris que je lui avais peut-être donné une fausse idée de mon comportement.

— Attention. Je n'ai rien d'une… harceleuse. J'ai juste découvert où il habitait, et j'ai recopié un poème que je ne lui ai même pas envoyé. Ah oui, je lui ai tweeté un message, aussi, c'est tout. Ce n'est pas un crime. Je n'ai commis aucune infraction ni rien.

— Et vous ne vous étiez encore jamais retrouvée dans ce genre de situation, Eleanor, avec un autre homme ?

Voilà qu'elle me prenait pour une sorte de monomaniaque, de harceleuse en série. Charmant.

— Non, jamais, ai-je répondu d'un ton ferme vibrant de sincérité. C'est juste qu'il… a attiré mon regard, piqué mon intérêt. Il est séduisant, voyez-vous…

Il y a eu une autre pause.

Maria Temple a fini par s'adosser à son fauteuil et se mettre à discourir. Un vrai soulagement. C'était épuisant de répondre à ses questions, de parler de moi, et de craindre de paraître aussi stupide et d'une naïveté aussi embarrassante que j'en avais l'impression.

— Je vais vous proposer un scénario. Je vous l'expose, et vous me dites ce que vous en pensez. Pour les besoins de la discussion, Eleanor, mettons que vous avez bien eu un élan du cœur pour cet homme. Ce type de sentiment constitue en général une sorte de « coup d'essai » avant une véritable relation. C'est un sentiment très intense. Cela vous paraît-il raisonnable et plausible ?

Je l'ai dévisagée.

— Donc, a-t-elle poursuivi, vous êtes là, à savourer votre élan du cœur, à *éprouver ce sentiment*. Maintenant, racontez-moi ce qui a mis un terme à cette situation. Qu'est-ce qui a assené le coup de grâce à votre coup de cœur ?

Je me suis avachie dans mon fauteuil. Elle me prenait au dépourvu avec son résumé de ma situation d'une rigueur surprenante, et sa question pertinente. Malgré ses chaussures dorées et ses porte-clefs fantaisie, je voyais déjà que Maria Temple était loin d'être une imbécile. J'allais mettre un certain temps à traiter cette information ; en attendant, j'ai essayé de me concentrer pour lui fournir une réponse cohérente.

— Je suppose que, dans une certaine mesure, j'avais l'impression que tout cela *était* réel, et que, lorsque la rencontre se produirait, nous tomberions amoureux l'un de l'autre et nous marierions. Je me sentais… prête pour ce genre de relation. Des gens – des hommes – comme lui ne croisent pas si souvent ma route. Il me semblait logique de ne pas laisser passer cette chance. Et j'étais persuadée… que certaines personnes… seraient heureuses d'apprendre que je l'avais rencontré. Mais lorsque nous avons fini par nous retrouver dans la même pièce – après que j'ai eu tout fait pour que ça arrive –, tout s'est… dissous. Vous comprenez ?

Elle a hoché la tête pour m'encourager à poursuivre.

— Je suppose qu'à cet instant précis j'ai compris que je m'étais comportée comme une idiote, comme une adolescente et non une femme de trente ans. Il n'avait rien d'extraordinaire, j'avais fait une fixation sur lui, mais ça aurait pu être n'importe qui d'autre. J'essayais juste de faire plaisir à m…

Elle m'a interrompue en acquiesçant, ce qui m'a empêchée, heureusement, d'aller plus loin.

— Il y a déjà là un certain nombre de points que j'aimerais que nous explorions lors de nos prochaines séances, a-t-elle dit. Nous venons d'évoquer les événements les plus récents, mais, à un moment, j'aimerais que vous me parliez de votre enfance…

— Il n'en est pas question, ai-je dit, croisant les bras et baissant les yeux sur la moquette.

Ce qu'il se passe dans cette maison ne regarde pas ces dames.

— Je comprends qu'il peut être difficile d'évoquer ces choses-là.

— Je ne veux pas en parler, Maria. S'il vous plaît, ne me demandez *pas* de vous parler de maman.

Zut, zut et rezut. Elle a sauté sur l'occasion, bien sûr. Maman a toujours été la vedette, le pôle d'attraction.

— Quel type de relation entretenez-vous avec votre mère, Eleanor ? Êtes-vous proches l'une de l'autre ?

— Maman et moi avons des contacts réguliers. Trop réguliers, ai-je répondu.

Le loup était sorti du bois, maintenant.

— Donc, vous ne vous entendez pas bien ?

— C'est… compliqué.

Je me suis sentie me tortiller dans mon fauteuil, à la fois physiquement et dans ma tête.

— Pouvez-vous me dire pourquoi ? a questionné Maria, vive comme l'éclair, fureteuse, indiscrète, sans vergogne.

— Non.

Il y a eu une longue pause.

— Je sais que c'est difficile, très difficile, de parler de choses douloureuses, mais comme je vous l'ai dit, c'est le meilleur moyen d'avancer. Essayons de progresser pas à pas. Pouvez-vous me dire *pourquoi* vous n'aimez pas parler de votre mère ?

— Je… Elle n'aime pas ça.

C'était vrai. Je me souvenais de la dernière (et seule) fois que ça m'était arrivé, avec un professeur. Ce n'était pas le genre d'erreur qu'on avait envie de répéter.

Mes jambes se sont mises à trembler ; un tout petit peu, mais une fois que ça commençait, je n'arrivais plus à les contrôler. J'ai envoyé ma tête en arrière et émis un bruit, une sorte de soupir masqué par un toussotement, pour ne pas attirer l'attention de mon interlocutrice.

— D'accord, a-t-elle dit, patiente. Si cela vous convient, nous allons en rester là. J'aimerais vous proposer un exercice un peu différent. Ça s'appelle la chaise vide.

Je l'ai fixée et j'ai de nouveau croisé les bras.

— J'aimerais que vous imaginiez que cette chaise que vous voyez là (elle a désigné la chaise de salle à manger, plus loin) est votre mère. (Elle a anticipé ma réponse :) Je sais que ça peut paraître idiot, ou embarrassant, mais essayez, s'il vous plaît. Il n'y a personne pour vous juger, ici. Vous êtes dans un espace protégé.

Je me tordais les mains sur les genoux, geste qui reflétait ce qui se passait dans mes entrailles.

— Vous voulez bien essayer ?

J'ai fixé la porte : je voulais partir, je voulais que les aiguilles de la pendulette donnent le signal de la fin de la séance.

— Eleanor, a-t-elle insisté avec douceur. Je suis là pour vous aider, et vous êtes ici pour vous aider vous aussi, n'est-ce pas ? Je pense que vous voulez être heureuse. En fait, j'en suis certaine. Qui ne le souhaite pas ? Nous pouvons travailler ensemble pour vous aider à y parvenir. Ça ne va pas être facile, ni rapide, mais je pense que ça en vaut vraiment la peine. Qu'avez-vous à perdre, après tout ? Vous êtes ici pour une heure, de toute façon, alors pourquoi ne pas essayer ?

Elle marquait un point, là. J'ai levé les yeux et décroisé les doigts, un à un.

— Magnifique ! Merci, Eleanor. Bien… Alors imaginons que cette chaise est votre mère. Qu'auriez-vous envie de lui dire en ce moment ? Si vous pouviez lui parler, ici même, sans être interrompue. Sans craindre d'être jugée ? Allons, ne vous inquiétez pas. Vous pouvez dire tout ce qui vous passe par la tête…

Je me suis tournée pour faire face à la chaise. Mes jambes tremblaient toujours. Je me suis éclairci la voix. Je n'avais rien à craindre. Elle n'était pas vraiment là, elle ne m'écoutait pas réellement. J'ai repensé à la maison, au froid, à l'odeur d'humidité, aux bleuets du papier peint, à la moquette marron. J'entendais les voitures passer au-dehors, en route pour des endroits sûrs, alors que nous étions là, toutes seules, ou pire, avec elle.

— Maman… s'il te plaît ? ai-je dit.

J'entendais ma voix résonner dans la pièce, désincarnée, flottante. Elle était aiguë, et très très basse. J'ai inspiré.

— S'il te plaît, ne nous fais pas de mal.

30

Par principe, je ne dis jamais de grossièretés, mais cette première séance chez la psychothérapeute, hier, a été foutrement grotesque. J'ai fondu en larmes devant le docteur Temple à la fin de son stupide exercice de la chaise vide, sur quoi elle a déclaré avec une douceur feinte que nous arrivions à la fin de notre séance et que nous nous reverrions la semaine suivante à la même heure. Puis elle m'a littéralement fichue dehors et je me suis retrouvée sur le trottoir, bousculée par les passants, les larmes ruisselant sur mon visage. Comment osait-elle ? Comment un être humain pouvait-il abandonner son semblable dans la détresse, détresse qu'il avait lui-même provoquée, cherché à faire sortir, avant de le jeter à la rue pour qu'il se débrouille seul avec ?

Il était 11 heures, et je n'étais pas censée boire, mais j'ai essuyé mes joues, je me suis rendue dans le pub le plus proche et j'ai commandé une double vodka. J'ai porté un toast silencieux aux amis absents et ai bu mon verre d'une traite. Je suis ressortie avant que les habitués du matin aient l'idée de m'aborder. Puis je suis rentrée à la maison et me suis couchée.

Pendant mon arrêt maladie, Raymond et moi continuions à nous retrouver pour déjeuner dans notre café habituel. Il m'envoyait un texto pour me proposer l'heure et la date (les seuls messages que j'avais reçus sur mon nouveau portable, jusqu'à présent). J'avais découvert que, lorsqu'on fréquente la même personne de manière régulière, la conversation s'installe d'emblée, plaisante et détendue ; on peut la reprendre là où on l'a laissée la fois précédente, ou en démarrer une nouvelle.

Au fil de nos échanges, Raymond m'interrogeait parfois sur maman – pourquoi ne l'avais-je pas prévenue que je ne me sentais pas bien, pourquoi ne me rendait-elle jamais visite, et pourquoi n'allais-je jamais la voir –, jusqu'à ce que je finisse par lui délivrer une biographie succincte. Il savait déjà pour l'incendie, bien sûr, et aussi que j'avais été placée dans divers foyers. Je lui ai expliqué que c'était parce qu'il m'avait été impossible de vivre avec maman, après tout ça, en raison de son lieu de résidence. J'espérais que ça suffirait à satisfaire sa curiosité, mais non.

— Où vivait-elle ? À l'hôpital, dans une maison de repos ?

J'ai secoué la tête.

— Un endroit affreux, pour les gens affreux, ai-je dit.

Il a réfléchi un moment.

— Pas en prison, quand même ?

Il avait l'air choqué. J'ai soutenu son regard sans un mot. Au bout d'un moment, il m'a demandé – comme c'était à prévoir – quel crime elle avait commis.

— Je ne me souviens pas.

Il m'a dévisagée avec une moue dubitative.

— C'est des conneries. Allons, Eleanor. Tu peux me le dire. Ça ne changera rien entre nous, je te le promets. Ce n'est pas comme si c'était *toi* qui l'avais fait – quoi que ça puisse être.

Une bouffée de chaleur est montée de ma poitrine à ma tête et est redescendue dans mon dos, sensation que je n'avais ressentie qu'après avoir été mise sous sédatif avant une anesthésie générale. Mon pouls battait, fort, dans mes veines.

— C'est sûr, ai-je convenu. Mais je ne sais vraiment pas. Je pense qu'on a dû me le dire, à l'époque, mais je n'arrive jamais à m'en souvenir. Je n'avais que dix ans. Tout le monde prenait garde de ne jamais en parler devant moi…

— Oh, je t'en prie. Elle devait avoir commis un acte terrible pour… Et à l'école ? Les gamins sont parfois cruels avec ces choses-là. Quand tu disais ton nom ? Remarque, à bien y réfléchir, je me souviens pas d'avoir jamais entendu parler d'un crime impliquant une Oliphant…

— Oui, je suppose qu'un Oliphant ne passerait pas inaperçu, ai-je dit.

Il n'a pas ri. Il faut avouer que ce n'était pas une blague très brillante.

— Oliphant n'est pas mon vrai nom, ai-je expliqué. Il me plaît, il m'a toujours plu, et je suis très reconnaissante à la personne qui l'a choisi pour moi. On ne croise pas souvent d'Oliphant, c'est certain. C'est un nom unique.

Il m'a dévisagée comme s'il regardait un film.

— On m'a donné une nouvelle identité après, et ils m'ont envoyée ici… pour que les gens ne me reconnaissent pas, pour me protéger. C'est l'ironie de la chose.

— Pourquoi ?

J'ai soupiré.

— Être placée en foyer n'est pas toujours drôle. Attention, j'avais tout ce dont j'avais besoin, mais ça n'était pas vraiment une partie de plaisir.

Il a haussé les sourcils. J'ai touillé mon café.

— La terminologie est différente, aujourd'hui, ai-je dit. On appelle les enfants placés des « protégés ». Mais *tous* les enfants devraient être « protégés »... Ça devrait aller de soi.

Ma voix résonnait fort, triste et furieuse, à mes oreilles. Personne n'aime s'entendre parler sur ce ton-là. Si quelqu'un vous demande : « S'il vous plaît, pouvez-vous vous décrire en deux mots ? », et que vous répondez : « Euh... Un instant... Triste et furieuse ? », ça n'indique rien de bon.

Raymond avait posé la main sur mon épaule, il l'a massée gentiment. C'était un geste superficiel et vain, et pourtant étonnamment agréable.

— Tu veux que je fasse des recherches pour découvrir ce qu'elle a fait ? a-t-il demandé. Je devrais pouvoir y arriver sans mal. L'interweb peut accomplir des miracles, hein ?

— Non, merci, ai-je répondu d'un ton sans appel. Je serais parfaitement capable de découvrir tout ça de moi-même, s'il m'en prenait l'envie un jour. Tu n'es pas la seule personne à savoir te servir d'un ordinateur, tu sais.

Son visage est devenu très rose.

— Quoi qu'il en soit, ai-je repris, comme tu l'as très justement fait remarquer, ça devait être un truc plutôt horrible. N'oublie pas que je dois parler avec elle une fois par semaine, c'est déjà assez difficile comme ça. Ce serait impossible si je savais ce qu'elle a fait… quoi que ça puisse être.

Il a hoché la tête. À sa décharge, il avait l'air un peu honteux – et légèrement déçu.

Il n'était pas aussi malsain que la plupart des gens, vraiment. Après cette conversation, il a continué à m'interroger sur ma mère, mais comme le ferait n'importe quel ami (ami ! J'avais un ami !) : comment allait-elle, avions-nous parlé récemment ? Et je lui posais les mêmes questions en retour. C'était normal. Je ne lui racontais pas grand-chose de ce que maman me disait pendant nos conversations, bien sûr – c'était trop pénible, embarrassant et humiliant pour être répété. J'étais certaine que Raymond s'était déjà rendu compte de mes nombreuses défaillances physiques et comportementales, je n'avais aucun besoin de les lui rappeler en lui rapportant les *bons mots** de maman.

Parfois, il me faisait taire un moment pour réfléchir. Nous avions parlé des vacances, de son projet de voyager quand il serait à la retraite et qu'il aurait assez d'argent pour se montrer exigent.

— Maman a tellement voyagé, vécu dans tant d'endroits différents, ai-je dit, en en énonçant quelques-uns au hasard.

À ma grande surprise, Raymond n'a pas du tout paru impressionné.

— Quel âge a ta mère ?

J'étais prise de court. Quel âge *avait*-elle ? J'ai tenté de faire le calcul.

— Eh bien… j'ai trente ans, et je pense qu'elle m'a eue très jeune – à dix-neuf, vingt ans ? Ce qui fait qu'elle doit avoir… la petite cinquantaine, je dirais ?

Il a acquiescé.

— D'accord. Dans ce cas… je me demande… enfin, je n'ai pas d'enfants, alors je ne peux rien affirmer, mais j'imagine que ça ne doit pas être facile de vivre dans une fumerie d'opium à Tanger avec un enfant en bas âge ? Ni… quel était l'autre endroit, au fait ? De travailler comme croupier à Macao ? a-t-il dit d'une voix très douce, comme s'il craignait de me contrarier. Je veux dire que, si tu additionnes tout ce qu'elle dit avoir fait, est-ce que ça ne couvrirait pas une période plus longue que trente ans ? À moins que tout ça se soit passé avant ta naissance, quand elle était adolescente. Auquel cas… eh bien, je me demande… où elle a trouvé l'argent pour financer tous ces voyages, et est-ce qu'elle n'était pas un peu jeune pour aller dans ces endroits-là toute seule ? Et ton père ? Où l'a-t-elle rencontré ?

J'ai détourné les yeux. C'étaient là des questions importantes, mais auxquelles je ne pouvais pas répondre. Des interrogations auxquelles je n'étais pas sûre de vouloir répondre. Et néanmoins, pourquoi ne me les étais-je jamais posées ?

Cette conversation avec Raymond est revenue sur le tapis lorsque j'ai parlé avec ma mère, la semaine suivante.

— Salut, chérie, a-t-elle dit.

Il m'a semblé entendre des crépitements, ou peut-être le bourdonnement d'un néon, ainsi qu'un autre bruit, qui évoquait celui d'un boulon qu'on resserre.

— Salut, maman, ai-je murmuré.

Je l'entendais mâchonner.

— Tu manges ?

Elle a soupiré, puis il y a eu un bruit affreux, humide, comme celui que produit un chat qui essaie de régurgiter une boule de poils.

— Je chique du tabac, a-t-elle dit d'un ton anodin. C'est dégoûtant, je ne te le recommande pas, chérie.

— Il y a peu de risques que je me mette à mâchonner du tabac, maman, tu ne crois pas ?

— Non, tu as sans doute raison. Tu n'as jamais été très audacieuse. Mais ne rejette pas l'idée avant d'avoir essayé. Je m'autorisais un *paan* de temps à autre, quand je vivais à Lahore.

Comme je l'avais dit à Raymond, maman avait vécu à Bombay, Tachkent, São Paulo et Taipei. Elle avait fait du trekking dans la jungle du Sarawak et escaladé le djebel Toubkal. Elle avait été reçue par le dalaï-lama à Katmandou et pris le thé avec un maharaja à Jaipur. Et la liste était loin d'être exhaustive.

— Maman, j'aimerais te poser une question. Quel… Quel âge avais-tu quand tu m'as eue ?

Elle a ri, d'un rire sans joie.

— J'avais treize ans… non, attends… quarante-neuf. On s'en fiche. Qu'est-ce que ça peut bien te faire ? Qu'est-ce que ça change pour toi, ma fille ?

— C'est juste que je me posais la question…

Elle a soupiré.

— Je me souviens de t'avoir déjà répondu, Eleanor, a-t-elle repris d'un ton sec. J'apprécierais que tu m'écoutes, de temps en temps.

Il y a eu un bref silence.

— J'avais vingt ans, a-t-elle repris, plus calme. D'un point de vue biologique, c'est le meilleur moment pour avoir un enfant, tu sais. Tout reprend sa place après. Remarque, je suis toujours bien roulée, j'ai les seins aussi fermes que ceux d'un mannequin en début de carrière…

— Maman, par pitié !

Elle a pouffé.

— Ça ne va pas, Eleanor ? Je t'embarrasse ? Quelle drôle d'enfant tu fais ! Tu as toujours été une drôle de fille. Difficile à aimer. Oui, c'est ça, difficile à aimer.

Son rire s'est terminé en une quinte de toux pénible à entendre.

— Dieu tout-puissant, je commence à partir en sucette.

C'était la première fois que je percevais de la tristesse dans sa voix, me semblait-il.

— Tu ne vas pas bien, maman ?

Elle a soupiré.

— Oh, si, je vais bien, Eleanor. Nos conversations me vivifient toujours.

J'ai regardé le mur en face de moi et me suis préparée à l'assaut. Je la sentais presque rassembler ses forces, se préparer pour frapper.

— Tu es seule, n'est-ce pas ? Tu n'as personne à qui parler, personne avec qui t'amuser. Et tu ne peux t'en prendre qu'à toi-même. Pauvre, étrange, triste Eleanor. Trop intelligente pour ton propre bien, pas vrai ? Depuis toujours. Et pourtant… à bien des égards, tu es d'une bêtise sans nom. Incapable de voir ce que tu as sous le nez. Ou devrais-je dire… *qui*…

Elle a toussé une fois de plus. J'ai retenu mon souffle, attendu la suite.

— Oh, je suis si *fatiguée* de parler, si tu savais. À ton tour, Eleanor. Si tu possédais un minimum de *savoir-vivre**, tu saurais qu'une conversation, ça marche dans les deux sens, que c'est un tennis verbal.

Je te l'ai pourtant appris, tu ne t'en souviens pas ? Allons, dis-moi, qu'as-tu fait cette semaine ?

Je n'ai pas répondu. Je n'étais pas certaine d'être capable de parler.

— Je dois dire que j'ai été surprise quand tu m'as appris ta promotion, au travail, a-t-elle poursuivi. Tu as toujours été plus suiveuse que leader, pas vrai, chérie ?

Devais-je lui dire que j'étais en arrêt maladie ? J'avais évité de lui parler de mon travail, ces derniers temps, mais maintenant qu'elle abordait le sujet… Savait-elle que je m'étais absentée ? Était-ce un piège ? J'ai essayé de vite peser le pour et le contre, mais je n'étais pas très douée pour ça. Trop lente, Eleanor, trop tard…

— Maman, j'ai… Je ne vais pas très bien. Je ne travaille pas en ce moment. Je suis en arrêt maladie.

Je l'ai entendue prendre une profonde inspiration. Était-elle surprise ? Inquiète ? Elle a expiré lentement dans le téléphone et dans mon oreille.

— C'est mieux, a-t-elle dit d'un ton enjoué. À quoi bon chiquer du tabac quand on peut fumer une de ces délicieuses Sobranie ?

Elle a tiré une autre bouffée de sa cigarette et repris, d'une voix encore plus lasse qu'un peu plus tôt :

— Écoute, je n'ai pas beaucoup de temps, alors sois brève. Qu'est-ce qui peut bien t'empêcher d'aller au boulot ? C'est sérieux ? Mortel ? Tu en es au stade terminal ?

— Je souffre de dépression clinique, maman, me suis-je empressée de répondre.

Elle a reniflé.

— Conneries ! Ça n'existe pas.

J'ai pensé à ce que le médecin et Raymond avaient dit, et à la gentillesse de Bob, qui s'était montré compréhensif. Sa sœur avait fait une dépression plusieurs années auparavant, m'avait-il dit. Je n'en avais aucune idée.

— Maman, ai-je rétorqué, d'un ton exprimant toute la révolte dont j'étais capable. Je souffre de dépression clinique. Je vois une psychothérapeute, nous explorons ce qui s'est passé durant mon enfance, et…

— NON ! a-t-elle hurlé, si fort que j'ai reculé d'un pas.

Lorsqu'elle a repris la parole, elle était de nouveau calme, d'un calme à faire peur.

— Maintenant, tu vas m'écouter, Eleanor. En aucune circonstance tu ne dois parler de ton enfance à quiconque, et surtout pas à ta soi-disant « psychothérapeute ». Tu m'entends ? Tu n'as pas intérêt. Je te préviens, Eleanor. Si tu t'engages dans cette voie-là, tu sais ce qui va t'arriver ? Tu sais ce que je vais faire ? Je vais…

Silence de mort.

Comme toujours, maman m'avait fait peur. Et cependant, cette fois – pour la toute première fois –, elle aussi avait l'air d'avoir peur.

31

Plusieurs semaines se sont écoulées, et les séances avec Maria Temple se sont intégrées à mon train-train de manière naturelle. C'était bon de sortir, en dépit du vent, et j'avais décidé de marcher au lieu de prendre le bus, pour profiter des derniers rayons du soleil. Des tas de gens avaient eu la même idée que moi. C'était bon d'évoluer au cœur de la foule, et j'ai savouré le doux plaisir de ce contact. J'ai laissé tomber une pièce de 20 pence dans le gobelet en carton d'un monsieur assis sur le trottoir au côté d'un très beau chien. Je me suis acheté un donut au caramel chez Greggs et je l'ai mangé en marchant. J'ai souri à un bébé d'une laideur extraordinaire qui levait son poing vers moi, assis dans une poussette tape-à-l'œil. C'était bon de m'attarder sur ces petits détails. De minuscules particules de vie qui s'additionnaient et vous aidaient à vous sentir la partie d'un tout, un petit bout utile de l'humanité, si minuscule fût-il. Telles étaient mes réflexions alors que j'attendais de traverser à un feu. J'ai sursauté en sentant une petite tape sur mon bras.

— Eleanor ?

C'était Laura, aussi glamour qu'un personnage de dessin animé, comme toujours. Je ne l'avais pas revue depuis l'enterrement de Sammy.

— Oh, salut, ai-je dit. Comment vas-tu ? Je suis désolée de ne pas avoir pu te parler aux funérailles de ton père.

Elle a ri.

— T'inquiète, Eleanor, Ray m'a expliqué que tu étais un peu pompette, ce jour-là.

Me sentant rougir, j'ai regardé le trottoir. Je devais avoir bu pas mal de vodka, cet après-midi-là. Elle m'a donné un petit coup de coude dans le bras.

— Ne fais pas l'idiote, c'est à ça que servent les enterrements, pas vrai : on boit un coup et on se souvient, a-t-elle dit en souriant.

J'ai haussé les épaules sans oser la regarder.

— Ta coupe de cheveux est toujours très bien, a-t-elle remarqué, enjouée.

J'ai hoché la tête et fixé ses yeux redessinés au khôl.

— Plusieurs personnes m'ont complimentée à son sujet, tu sais, ai-je dit, un peu plus sûre de moi. Ce qui m'encourage à penser que tu as fait du très bon boulot.

— Ouais, c'est agréable à entendre. Repasse au salon quand tu veux. Je trouverai toujours un moyen de te caser, Eleanor. Tu as été adorable avec mon père, vraiment.

— C'est lui qui a été adorable avec moi. Tu as de la chance d'avoir eu un père aussi formidable.

Ses yeux se sont mis à briller, mais elle a cligné des paupières pour refouler ses larmes, sans nul doute aidée en cela par les gigantesques faux cils qu'elle s'était collés là. Le feu est passé au rouge et les lumières ont clignoté, indiquant aux piétons qu'ils pouvaient traverser.

— Raymond m'a dit à quel point vous vous étiez attachés à lui, tous les deux, a-t-elle dit d'une petite voix.

Elle a jeté un œil à sa montre.

— Oh, mon Dieu, excuse-moi, il faut que je file, Eleanor – ma voiture est garée dans une zone payante, et tu sais comment sont les agents de police si on a une petite minute de retard.

Je n'avais absolument aucune idée de ce dont elle parlait, mais j'ai laissé couler.

— Je vois Ray ce week-end, a-t-elle dit en me touchant le bras.

Elle a souri.

— Il est sympa, hein ? Il est passé sous mes radars au début, mais une fois qu'on le connaît… (Encore un sourire.) En tout cas, je lui dirai que tu as demandé de ses nouvelles, Eleanor.

— Pas la peine, ai-je rétorqué, un rien brusque. Nous avons déjeuné ensemble l'autre jour. Dommage que je ne te croise que maintenant, c'est *moi* qui aurais pu lui dire que tu avais demandé de ses nouvelles.

Elle m'a dévisagée.

— Je ne… Je veux dire, j'ignorais que vous étiez proches, tous les deux.

— Nous déjeunons ensemble chaque semaine.

— Ah, bien, a-t-elle dit l'air soulagée, pour une raison inconnue. Bon, comme je le disais, il faut que je file. Ça m'a fait plaisir de te voir, Eleanor !

J'ai levé la main pour la saluer. Je n'en revenais pas qu'elle puisse courir si vite avec ces talons-là. Je me faisais du souci pour ses chevilles. Par chance, elles étaient assez épaisses.

Maria Temple portait un collant jaune, aujourd'hui, avec des bottines violettes. Les collants jaunes n'avantageaient en rien un mollet musclé, ai-je remarqué.

— Je me demandais si nous pourrions reparler de votre mère, Eleanor ? Il y a peut-être un moyen de…

— Non.

Un silence.

— Bien, bien, aucun problème. Pourriez-vous me parler un peu de votre père, dans ce cas ? Vous n'avez encore jamais fait allusion à lui.

— Je n'ai pas de père.

Encore un de ces silences affreux. C'était ennuyeux, mais au bout du compte, ça marchait, son refus de parler. Elle a tenu comme ça une éternité, et j'ai fini par craquer.

— Maman m'a dit qu'elle s'était… j'ai supposé qu'elle s'était… enfin, elle ne me l'a pas dit expressément quand j'étais enfant, mais une fois adulte, j'ai compris qu'elle avait été victime d'un… d'une agression sexuelle.

C'était assez inélégant, comme formulation. Je n'ai pas obtenu de réponse.

— Je ne connais pas le nom de ce monsieur et je ne l'ai jamais rencontré.

Elle écrivait dans son cahier. Elle a levé les yeux.

— Est-ce que, parfois, vous regrettez de ne pas avoir eu de père ou de figure paternelle dans votre vie, Eleanor ? Est-ce une chose qui vous a manqué ?

J'ai fixé mes mains. C'était difficile de parler de ces choses-là, de les exhumer et d'en faire un sujet d'étude quand on aurait préféré les laisser là où elles étaient – enterrées.

— Ce que vous n'avez jamais connu ne peut pas vous manquer, ai-je fini par répondre.

J'avais lu ça quelque part, et ça sonnait juste. D'aussi loin que remonte ma mémoire, il n'y a jamais eu que moi et… elle. Personne avec qui jouer, parler, ou partager des souvenirs d'enfance. Je ne pense pas que ce soit si rare que ça. Et cela ne m'a fait aucun mal, en fin de compte.

J'ai ressenti l'impact de ces mots dans mes entrailles ; leur acidité, leur amertume se mêlant à ma bile.

Elle s'était remise à écrire dans son cahier.

— Votre mère vous a-t-elle raconté cette agression ? a-t-elle questionné sans lever les yeux. Connaissait-elle son assaillant ?

— J'ai été claire lors de notre première séance, je vous ai dit que je ne voulais pas parler d'elle.

Elle m'a répondu d'une voix très douce :

— Bien sûr. Ne vous inquiétez pas, Eleanor, nous ne parlerons pas d'elle si tel est votre désir. Je vous posais la question à cause de votre père, j'essaie d'en savoir un peu plus sur lui, sur vos sentiments à son égard, c'est tout.

J'ai réfléchi.

— Je *n'ai pas* de sentiments à son égard, Maria.

— Avez-vous déjà songé à le rechercher ?

— Un violeur ? Très peu pour moi.

— La relation d'une fille avec son père peut influencer ses relations futures avec les hommes. Y avez-vous déjà pensé, Eleanor ?

J'ai médité sur la question.

— Eh bien, maman n'était pas une grande fan des hommes. Cela étant, elle n'aimait pas grand monde. Elle trouvait que personne ne nous correspondait, homme ou femme.

— Qu'entendez-vous par là ?

Et voilà : nous recommencions à parler de maman alors que j'avais expressément refusé de le faire. Néanmoins, à mon propre étonnement, il ne me déplaisait pas de tenir cour de la sorte, de bénéficier de l'attention pleine et entière du docteur Temple. Peut-être était-ce parce que je pouvais éviter de la regarder dans les yeux. Je me sentais détendue, un peu comme si je parlais toute seule.

— Le fait est qu'elle voulait que nous ne rencontrions que des gens *bien*, des gens *convenables* ; c'était son obsession. Elle insistait toujours pour que nous nous montrions polies et bien élevées… elle nous donnait des cours de diction, au moins une heure par jour. Elle avait… Disons qu'elle avait des méthodes *expéditives* pour nous corriger quand nous parlions ou agissions mal ; à savoir, presque toujours.

Maria a dodeliné de la tête, m'encourageant à poursuivre.

— Elle disait que nous méritions le meilleur, et que, même dans les moments difficiles, nous devions toujours nous comporter avec la plus parfaite des corrections. C'était comme si nous étions des membres d'une famille royale en exil, vous voyez… la famille d'un tsar déchu, ou d'un monarque renversé. J'avais beau m'appliquer du mieux que je le pouvais, je n'arrivais jamais à me hisser à la hauteur de ses espérances, à agir comme je l'aurais dû. Ça la rendait très malheureuse, et ça la mettait hors d'elle. Remarquez, ce n'était pas seulement moi. Personne n'était à la hauteur, pour elle. Elle n'arrêtait pas de me répéter que nous devions toujours nous tenir prêtes à rencontrer des personnes assez bien pour nous. (J'ai secoué la tête.) C'est ce qui m'a amenée dans ce fauteuil, j'imagine, ai-je conclu. Le désir de croiser ce genre de personne, mon erreur, toute cette folie.

Je me suis rendu compte que je tremblais de tous mes membres, comme un chien mouillé par la rosée du matin. Maria a levé les yeux.

— Laissons ça de côté pour le moment, a-t-elle proposé avec douceur. Voulez-vous me parler d'une chose qui vous est arrivée après que vous avez été séparée de votre mère ? Lorsque les services sociaux vous ont prise en charge ? Comment était-ce ?

J'ai haussé les épaules.

— Les familles d'accueil étaient… bien. Les foyers étaient… bien. Personne ne me battait, on me donnait de quoi manger et boire, des vêtements propres, et j'avais un toit au-dessus de ma tête. Je suis allée à l'école jusqu'à mes dix-sept ans, puis à l'université. Je n'ai pas vraiment de raison de me plaindre.

— Qu'en était-il de vos autres besoins, Eleanor ? a-t-elle demandé avec gentillesse.

— Je ne suis pas certaine de vous comprendre, Maria, ai-je dit, perplexe.

— Les êtres humains ont un large éventail de besoins qui doivent être assouvis, Eleanor, afin qu'ils deviennent des individus heureux et équilibrés. Vous m'expliquez qu'on subvenait à vos besoins élémentaires – la chaleur, la nourriture, un toit. Mais qu'en était-il de vos besoins émotionnels ?

— Mais nous *n'avons pas* de besoins émotionnels.

Un silence s'est installé entre nous. Elle a fini par se racler la gorge et reprendre :

— Tout le monde en a, Eleanor. Chacun d'entre nous. Et les enfants encore plus : ils ont besoin de se savoir aimés, chéris, acceptés et compris…

Première nouvelle. Je n'ai pas répondu. J'ai pris le temps d'intégrer cette information. Ça paraissait plausible, mais c'était un concept sur lequel il me faudrait méditer à la maison.

— Y avait-il quelqu'un pour remplir ce rôle dans votre vie, Eleanor ? Une personne qui vous comprenait, qui vous aimait telle que vous êtes, vous vouait un amour inconditionnel ?

Ma première impulsion a été de répondre non, bien sûr. Maman ne rentrait sûrement pas dans cette catégorie. Mais quelque chose – une présence – me titillait, un peu comme quand on vous tire la manche. J'ai essayé de l'ignorer, mais elle ne voulait pas s'en aller. Cette petite voix, ces petites mains.

— Je… Oui.

— Doucement, Eleanor. Prenez votre temps. De quoi vous souvenez-vous ?

J'ai pris une inspiration. Notre ancienne maison, par une belle journée. Des rayons de soleil caressent la moquette, un plateau de jeu est posé par terre, deux dés, deux jetons aux couleurs vives. Un jour avec plus d'échelles que de serpents.

— Des yeux noisette. Et un chien. Mais je n'ai jamais eu de chien…

J'ai senti l'angoisse monter, mon estomac se serrer, j'étais troublée. Il y avait un souvenir enfoui, là-bas, très loin, trop douloureux pour que je le laisse remonter.

— D'accord, a-t-elle dit en me tendant la boîte de mouchoirs géants, dont j'avais grand besoin. C'est la fin de la séance.

Elle a consulté son agenda.

— Pouvons-nous nous revoir la semaine prochaine à la même heure, et reprendre où nous en sommes restées aujourd'hui ?

Je n'y croyais pas. Après tout ce travail, j'étais si proche, si près du but, et elle me jetait de nouveau à la rue. Après tout ce que je lui avais confié, tout ce que j'avais laissé remonter, et tout ce qui s'apprêtait à me revenir. J'ai jeté le mouchoir par terre.

— Allez au diable, ai-je murmuré.

32

« La colère est une excellente chose », a-t-elle dit pendant que je remettais mon manteau. Le fait que j'exprime enfin la mienne indiquait, selon elle, que je progressais dans mon travail sur moi-même, que je laissais sortir des choses que j'avais enfouies au plus profond de mon être pour, enfin, les affronter. Pour la première fois de ma vie, je prenais conscience que je n'avais jamais éprouvé de colère avant ce jour. De l'irritation, de l'ennui, de la tristesse, oui, mais pas de vraie colère. Maria marquait sans doute un point, là ; peut-être m'était-il arrivé des choses qui auraient mérité que je me mette en colère. J'avais trouvé cela agréable, de donner libre cours à mon exaspération, même s'il n'était pas juste de la diriger contre le docteur Temple qui, après tout, ne faisait que son travail. Je me suis alors confondue en excuses, et elle s'est montrée très compréhensive, contente, même. Néanmoins, je ne comptais pas faire une habitude d'envoyer les gens au diable. L'obscénité est le signe distinctif d'un déplorable appauvrissement lexical.

Parallèlement à tout ça, j'essayais d'adopter un nouveau train-train quotidien, mais ce n'était pas gagné. Pendant plus de neuf ans, je m'étais levée chaque matin pour aller au travail et en étais rentrée chaque soir. Le week-end, j'avais ma vodka. Rien de tout cela ne m'intéressait plus, à présent. J'ai décidé de nettoyer mon appartement de fond en comble. Je me rendais bien compte qu'il était sale et défraîchi. Il reflétait mon sentiment d'être mal-aimée, négligée. J'ai imaginé que j'y invitais quelqu'un à déjeuner – Raymond, par exemple – et ai tenté de découvrir les lieux avec un œil neuf. J'avais conscience qu'il y avait moyen d'améliorer certaines choses à moindre coût, et que ça pourrait faire une grande différence. Acheter une autre plante, des coussins colorés. J'ai pensé à la maison de Laura, si belle, si élégante. Elle vivait seule, elle travaillait, dirigeait même sa propre boîte. Pourtant, elle semblait avoir une vie intéressante, elle ne se contentait pas de vivoter. Et elle avait l'air heureuse. C'est donc que c'était possible.

La sonnerie m'a fait sursauter en plein ménage. Ce n'était pas un son habituel. Comme toujours, c'est avec appréhension que j'ai tourné les verrous. J'ai senti mon cœur s'emballer et mes mains devenir moites quand j'ai jeté un œil par l'entrebâillement, par-dessus la chaînette de sécurité tendue. Un jeune homme en tenue de sport se tenait sur mon paillasson et tapait des pieds. En fait, c'était comme si tout son corps vibrait d'énergie. Il portait sa casquette à l'envers. Pourquoi ? D'instinct, j'ai reculé d'un pas.

— Oliphant ?

J'ai hoché la tête, inquiète. Il s'est baissé à côté de la porte, disparaissant à moitié, puis a ressurgi les bras chargés d'un énorme panier plein de fleurs et enveloppé de cellophane et de rubans. Il me l'a tendu et j'ai défait la chaînette pour l'attraper, méfiante, craignant qu'il ne s'agisse là d'une farce quelconque. Il a fouillé dans la poche de sa veste et en a sorti un gadget électronique noir.

— Signez ici, je vous prie, a-t-il dit en me présentant le stylo en plastique qui, jusqu'alors (horreur), était coincé derrière son oreille.

Je lui ai offert ma plus belle signature, qu'il n'a même pas daigné regarder.

— Bonne journée ! a-t-il lancé, dévalant déjà l'escalier.

Je n'avais jamais vu une telle énergie amassée dans un seul corps.

Une enveloppe minuscule – comme une carte d'anniversaire pour hamster – était agrafée à l'emballage. Elle contenait une carte de visite blanche sans nom sur laquelle était écrit :

Remettez-vous vite, Eleanor - nous pensons tous à vous. Avec notre affection et nos meilleurs vœux, de la part de Bob et tous vos collègues de By Design.

J'ai porté le panier à la cuisine et l'ai posé sur la table. Ils pensaient à moi. J'ai ôté la cellophane, et une odeur estivale de jardin, suave et entêtante, m'a enveloppée. Ils pensaient à moi. À moi ! Je me suis assise et j'ai caressé les pétales d'un gerbera rouge, le sourire aux lèvres.

J'ai déposé les fleurs sur ma table basse et continué mes travaux ménagers. Tout en nettoyant, j'ai réfléchi à ce que l'on appelait se faire un nid douillet. Je n'avais pas beaucoup d'expérience en la matière. J'ai ouvert toutes les fenêtres, tourné le bouton de la radio jusqu'à ce que je trouve une musique douce et astiqué chaque pièce. Certaines taches de la moquette ne partaient pas, mais j'ai réussi à faire disparaître la plupart d'entre elles. J'ai rempli quatre sacs-poubelle de saletés – vieilles pages de mots croisés, stylos-feutres secs, affreux bibelots accumulés au fil des années. J'ai trié les livres de ma bibliothèque et fait une pile de ceux que je pouvais donner (ou rendre) à la boutique de charité.

Je venais de terminer un livre sur le management qui semblait s'adresser à des psychopathes dénués de tout bon sens (un alliage des plus dangereux). J'avais toujours aimé lire mais jamais su choisir les bons ouvrages. Il y a tellement de livres dans le monde, comment trouver les bons ? Ceux qui correspondent à vos goûts et vos centres d'intérêt ? C'est pourquoi je prends toujours le premier qui me tombe sous la main. À quoi bon se donner la peine d'essayer de faire un choix ? Les résumés ne sont d'aucune aide, puisqu'ils sont toujours élogieux et, comme je l'ai appris à mes dépens, disent rarement la vérité. « Exaltant », « Merveilleux », « Hilarant ». Non.

Le seul critère qui compte pour moi est la propreté, ce qui m'oblige à rejeter beaucoup de lectures potentielles lorsque je vais à la boutique de charité. Je ne me rends jamais à la bibliothèque pour la même raison, bien que, en théorie comme en pratique, les bibliothèques soient des palais dédiés à l'émerveillement. Ce n'est pas leur faute à elles, mais à moi. Je pense à toutes les mains sales qui ont tripoté ces ouvrages ; aux gens qui lisent dans leur bain, ou laissent leurs chiens s'asseoir sur leur livre, ou se curent le nez avant de tourner une page. Je pense aux gens qui mangent des chips au fromage puis lisent quelques chapitres sans s'être lavé les mains.

Les livres de chez Tesco sont tout beaux, tout propres, eux. Parfois, les jours de paie, je m'en offre quelques-uns.

À la fin de mon grand ménage, l'appartement était propre, et presque vide. Je me suis préparé une tasse de thé et j'ai regardé autour de moi. Il manquait quelques tableaux au mur, et un tapis ou deux. Des nouvelles plantes, aussi. Désolée, Polly. Les fleurs feraient l'affaire, en attendant. J'ai pris une profonde inspiration, puis ramassé le pouf que j'ai fourré dans un grand sac-poubelle. Ça n'a pas été une mince affaire. Tout en m'exécutant, j'imaginais le spectacle que je devais donner, bataillant à terre, les bras passés autour de la grenouille géante. J'ai tellement ri que j'en ai eu mal au ventre. Quand je me suis relevée et que j'ai noué les poignées coulissantes du sac, une musique pop guillerette s'élevait de la radio, et je me suis rendu compte que j'étais… heureuse. C'était un sentiment singulier, inhabituel – léger, serein, comme si j'avais avalé un rayon de soleil. Le matin même, j'avais éprouvé de la colère, et voilà que je me sentais sereine et heureuse. Je commençais à me familiariser avec toute la gamme de sentiments humains existants, et aussi avec leur intensité, leur soudaineté et leur variabilité. Jusqu'à présent, chaque fois que des émotions ou des sentiments menaçaient de me submerger, je buvais pour les noyer aussi vite que possible. C'était ce qui m'avait permis de survivre, mais je commençais à comprendre ce dont j'avais besoin : je voulais plus que cela, aujourd'hui.

J'ai descendu les sacs-poubelle et, à mon retour, j'ai trouvé que tout l'appartement sentait le citron. C'était un plaisir de rentrer chez moi. D'ordinaire, je ne remarquais jamais ce qui m'entourait. C'était comme ce matin, quand j'avais marché jusqu'au cabinet de Maria Temple : lorsqu'on prend le temps de regarder autour de soi, on remarque des tas de détails, et on se sent… plus léger.

Des amis ou une famille peuvent vous aider à remarquer ces petites choses-là plus souvent, peut-être. Ils peuvent vous les désigner. J'ai éteint la radio et me suis assise sur le canapé pour boire une autre tasse de thé. J'entendais une douce brise siffler par la fenêtre ouverte, deux hommes rire dans la rue, en contrebas. Un après-midi en semaine. J'aurais dû être au travail, en train de guetter l'heure de rentrer à la maison, de manger ma pizza, de boire ma vodka puis d'attendre le vendredi et les trois longues nuits avant le lundi. À l'exception du verre bu au pub, je n'avais pas avalé de vodka depuis plusieurs semaines. J'avais toujours pensé qu'elle m'aidait à dormir, mais en réalité, je n'avais jamais eu un sommeil si profond et si peu troublé par des mauvais rêves que depuis que je n'en buvais plus.

Un bruit électronique m'a fait sursauter, j'ai failli en renverser mon thé. On m'avait envoyé un texto. J'ai couru chercher mon téléphone dans l'entrée. La petite enveloppe clignotait :

Tu es là en début de soirée ? Je peux passer ? Jé 1 surprise pour toi ! Biz. R.

Une surprise ! J'ai répondu sans attendre.

Oui. Eleanor O.

Jusqu'alors, personne n'avait jamais demandé à me rendre visite. L'assistante sociale prenait rendez-vous, et le technicien qui relevait le compteur d'électricité passait à l'improviste. J'étais consciente que les deux premières visites de Raymond n'avaient pas été une sinécure – ni pour lui ni pour moi –, et j'ai décidé de me racheter. J'ai enfilé mon pourpoint et me suis rendue à l'épicerie du coin. M. Dewan a levé les yeux de son journal en entendant le carillon électronique. Ça devait l'empêcher de se concentrer, tous ces bips à longueur de journée. Il m'a souri du bout des lèvres. Je me suis équipée d'un panier et ai pris du lait ainsi que des sachets de thé Earl Grey et un citron, au cas où Raymond préférerait ce genre de thé-là. J'ai passé un temps infini dans chaque rayon, un peu dépassée par le large choix de produits. J'ai fini par opter pour un paquet de biscuits Garibaldi, et un autre de gaufrettes roses – il valait sans doute mieux offrir le choix à ses invités. Je me suis demandé si Raymond préférerait du salé, et j'ai décidé d'ajouter des crackers et du fromage en tranches. J'avais assuré mes arrières.

Je me suis mise dans la file d'attente et j'ai écouté malgré moi la conversation du couple de devant. Au bout d'un moment, je me suis sentie obligée d'intervenir pour leur venir en aide.

— C'est « tagine », ai-je dit.

Pas de réponse. J'ai soupiré et me suis penchée en avant.

— Tagine, ai-je répété en articulant chaque syllabe et avec un accent français correct, m'a-t-il semblé.

— Pardon ? a dit la femme sans avoir l'air désolée le moins du monde.

L'homme s'est contenté de me dévisager d'une manière que l'on pourrait qualifier de légèrement hostile.

— Vous dites ne pas vous souvenir du mot qui désigne un « plat en céramique avec un couvercle conique », qu'une certaine « Judith » a mis sur sa liste de mariage, ce qui vous porte à la considérer comme une (là, j'ai regardé la femme) « sale prétentieuse ».

J'aimais bien faire le petit geste suggérant des guillemets, à présent que je le maîtrisais.

Leur silence m'a encouragée à poursuivre.

— Un tagine est une poterie traditionnelle d'origine nord-africaine, ai-je expliqué avec amabilité. Elle est faite de terre glaise passée au four puis vernie de couleurs vives. C'est aussi le nom du mets que l'on y cuit à l'étouffée.

L'homme a entrouvert la bouche, et celle de la femme s'est figée en une ligne très, très fine. Elle s'est tournée vers lui et ils se sont mis à murmurer entre eux, coulant vers moi quelques regards appuyés.

Nous n'avons plus échangé aucune parole, puis ils sont ressortis après avoir payé leurs achats, me gratifiant d'un regard noir. Je n'ai même pas eu droit à un merci. Je leur ai fait au revoir de la main.

Quand j'ai enfin atteint la caisse, M. Dewan m'a adressé un sourire chaleureux.

— Le degré de grossièreté et le manque de correction de nos concitoyens ne cessent de me décevoir, monsieur Dewan, ai-je dit en secouant la tête.

Il a acquiescé, compatissant.

— Quel plaisir de vous revoir, mademoiselle Oliphant ! Vous avez bonne mine.

Je me suis illuminée.

— Merci beaucoup, monsieur Dewan. C'est un plaisir de vous voir aussi. Il fait beau, n'est-ce pas ?

Il a hoché la tête en souriant et enregistré mes articles. Puis son sourire s'est un peu estompé.

— Il vous faudra autre chose, mademoiselle Oliphant ?

Dans son dos, les bouteilles étincelaient dans la lumière des néons, rouge et or, translucides.

— Oui ! J'allais oublier !

Je me suis penchée vers le présentoir à journaux et ai attrapé un *Telegraph* – j'étais impatiente de me remettre à faire des mots croisés.

De retour à la maison, j'ai allumé la cheminée au gaz et sorti des tasses à thé. J'aurais préféré qu'elles soient assorties, mais j'étais sûre que Raymond ne s'en formaliserait pas. J'ai coupé le citron en tranches et disposé les biscuits en intercalant les deux variétés jusqu'à former une roue sur ma plus belle assiette, celle à motif floral. J'ai décidé de garder le salé en réserve. Nul besoin d'exagérer.

Étant mal entraînée, je n'avais fait que la moitié des mots croisés quand on a sonné à la porte, un peu plus tard que je ne m'y attendais. J'avais été prise d'une telle fringale que j'avais avalé quelques biscuits et qu'il manquait une partie des rayons à ma belle roue. Dommage.

Raymond tenait dans une main une boîte en carton équipée de deux poignées, et dans l'autre un énorme sac en plastique plein à craquer. Hors d'haleine, il a posé les deux articles sur la moquette de mon entrée sans me demander mon avis, puis il a ôté sa veste, haletant et soufflant comme un marsouin à peau blanche. Fumer tue.

Il m'a tendu sa veste. Je l'ai regardée un moment, puis j'ai fini par comprendre que j'étais supposée la suspendre. Ne trouvant rien qui puisse servir de portemanteau, je l'ai pliée en carré du mieux que j'ai pu et l'ai posée dans un coin du vestibule. Pour une raison mystérieuse, il n'a pas semblé très content. Pourtant, ce n'était pas une veste très onéreuse.

Je l'ai invité à gagner le salon et lui ai offert du thé. Il paraissait surexcité.

— Plus tard, peut-être. Il faut d'abord que je te parle de ma surprise, Eleanor.

Je me suis assise.

— Je t'écoute, ai-je dit, me préparant à encaisser le choc.

Mon expérience des surprises était limitée et pas très positive. Il est allé chercher le carton dans l'entrée et l'a placé par terre.

— Maintenant, sache que tu n'es pas obligée. Ma mère serait plus que ravie de la prendre. Mais je me suis dit que… eh bien…

Il a ouvert le couvercle avec délicatesse et, d'instinct, j'ai reculé d'un pas.

— *Viens, mon chou*, a-t-il dit d'une voix douce et chantante que je ne lui avais jamais entendue. *N'aie pas peur…*

Il a plongé les bras dans le carton et en a sorti la chatte la plus grassouillette que j'aie jamais vue. Elle était noire comme du jais, en théorie – même sa truffe et ses moustaches –, mais des zones pelées, plus claires, parsemaient sa fourrure épaisse. Raymond l'a serrée contre son torse et a continué à lui murmurer des mots tendres à l'oreille. L'animal paraissait paniqué.

— Qu'en penses-tu ? m'a-t-il demandé.

J'ai plongé mes yeux dans ceux, verts, de la chatte, qui a soutenu mon regard. J'ai avancé d'un pas et Raymond me l'a tendue. Après un instant de gêne, elle est passée de ses bras aux miens d'un coup. Je l'ai serrée contre ma poitrine, comme un bébé, et j'ai senti, plus que je n'ai entendu, son ronronnement puissant et régulier. Oh, cette chaleur et son poids contre moi ! J'ai enfoui mon visage dans ce qu'il lui restait de fourrure, et elle a tourné la tête pour humer mes cheveux.

Quand j'ai fini par me redresser, Raymond ouvrait le sac qui contenait une litière, un coussin moelleux et une petite boîte de croquettes. La chatte s'est tortillée dans mes bras et a atterri sur la moquette avec un bruit sourd. Elle s'est approchée de la litière, s'est accroupie dedans et a uriné bruyamment, sans me quitter des yeux un seul instant. Après ce déluge, elle a recouvert ses traces avec ses pattes arrière, envoyant des granulés de litière sur mon sol propre.

Une femme bien dans sa peau n'éprouve que du mépris pour les conventions sociales de la bonne société. Nous allions très bien nous entendre, elle et moi.

Raymond a décliné mes offres de biscuits et de thé. Il m'a demandé de la bière ou du café, mais je n'avais ni l'un ni l'autre. Prendre soin de ses invités se révélait plus difficile que prévu. Desi, un de ses colocataires, avait trouvé cette chatte dans la cour de leur immeuble, m'a-t-il expliqué. Quelqu'un l'avait jetée dans une poubelle en métal avant d'y mettre le feu ;

Desi avait entendu des feulements alors qu'il rentrait du travail. Je me suis levée et j'ai couru à la salle de bains, où j'ai vomi les gaufrettes roses. Raymond a frappé un petit coup à la porte, mais je lui ai crié de me laisser seule. Quand je suis ressortie, la chatte et lui étaient assis sur le canapé, à bonne distance l'un de l'autre. Je me suis installée dans le fauteuil, en face, et ils m'ont tous deux observée avec attention.

— Qui a pu faire une chose pareille, Raymond ? ai-je réussi à articuler.

Ils avaient l'air tristes, la chatte et lui.

— Un cinglé, a-t-il répondu en secouant la tête. Desi l'a ramenée à la maison et a vérifié qu'elle allait bien. Mais il est allergique aux poils, alors on ne peut pas la garder. Je comptais l'amener à la société protectrice des animaux, ou demander à maman si elle en voulait un autre, quand… je ne sais pas, j'ai pensé qu'elle pourrait te tenir compagnie, Eleanor. Tu peux dire non, si tu n'en as pas envie. C'est une grosse responsabilité, un animal…

J'étais embêtée. D'un côté, je ne pouvais nier que je me sentais attirée par elle. Sa désinvolture, son alopécie et son insouciance lui conféraient un charme indéniable qui aurait attendri un cœur de pierre. Je voyais bien que cette chatte ne tolérerait pas les mièvreries. Mais c'était aussi une créature vulnérable qui avait besoin qu'on s'occupe d'elle. Et c'était là que le bât blessait. Serais-je à la hauteur de la tâche ?

J'ai pensé à mes séances de thérapie, à notre manière rationnelle d'envisager les choses, de reconnaître les schémas comportementaux nocifs, d'apprendre à trouver le courage de changer nos façons de faire. *Allons, Eleanor*, me suis-je dit. *Du courage. Tu n'es plus dans la même situation, plus du tout.*

C'est un chat, et tu es une femme adulte. Tu es tout à fait capable d'y arriver.

— J'accepte d'endosser cette responsabilité, Raymond, ai-je dit d'un ton ferme. Cet animal bénéficiera de mes soins assidus.

Il a souri.

— Je n'en doute pas. Elle a déjà l'air de se sentir chez elle.

La chatte était étalée de tout son long sur les coussins du canapé, quasi endormie, bien que secouant toujours une de ses oreilles de manière intermittente comme si elle épiait la conversation.

— Comment vas-tu l'appeler ? a-t-il demandé.

J'ai penché la tête sur le côté pour réfléchir à la question. Au bout d'un moment, Raymond s'est levé.

— Je descends fumer une clope. Je laisserai la porte entrouverte.

— Ne souffle pas la fumée vers mes fenêtres ! ai-je crié dans son dos.

Quand il est revenu, dix minutes plus tard, je lui ai annoncé que la chatte s'appelait Glen. Il a ri.

— Glen ? C'est un nom de garçon, non ?

J'ai pensé à toutes ces étiquettes rouges et ces bouteilles vides.

— C'est le nom d'un vieil ami, ai-je dit.

Le lendemain, je me suis réveillée en sursaut et j'ai trouvé Glen allongée à côté de moi, la tête sur l'oreiller et le corps sous les couvertures, à la manière d'un être humain. Elle me fixait de ses immenses yeux verts, comme si elle voulait me tirer du sommeil. Elle m'a suivie dans la cuisine où je lui ai donné de l'eau, qu'elle a dédaignée, et des croquettes, qu'elle a dévorées puis aussitôt régurgitées par terre. Je suis allée chercher de quoi nettoyer, sous l'évier, mais quand je me suis retournée, elle était en train de manger son vomi.

— Bon chat, Glen, ai-je dit.

Pas de gaspillage. Raymond n'ayant apporté que le strict minimum pour la nuit, j'ai profité de ce qu'elle faisait un somme sur la couette pour m'éclipser et prendre le bus jusqu'à la zone commerciale, où je savais pouvoir trouver une animalerie. Je lui ai acheté un coussin pour dormir, plus grand et plus confortable que l'autre, une litière digne de ce nom avec un couvercle pour plus d'intimité, quatre variétés de croquettes et de pâtée, et un sachet de litière organique. J'ai pris une bouteille d'huile supposée être bonne pour son poil – une cuillère à café à mélanger à sa nourriture chaque jour. Je me moquais que sa fourrure repousse ou non, parce qu'elle était très bien comme ça, mais je me disais qu'elle se sentirait mieux sans ces zones de peau mises à nu. Elle n'avait pas l'air du genre à aimer les jouets, mais juste au cas où, je lui ai acheté une balle pailletée et une énorme souris en peluche, de la taille d'un chausson d'homme, fourrée d'herbe à chat. Quand j'ai poussé mon caddie jusqu'aux caisses, je me suis rendu compte qu'il faudrait que j'appelle un taxi pour rentrer à la maison. Cela dit, j'étais plutôt fière de moi.

Le chauffeur n'a pas daigné m'aider à décharger la voiture, de sorte que j'étais en nage quand j'ai enfin réussi à tout monter à l'étage. L'expédition m'avait pris deux heures au total. Glen dormait toujours sur la couette.

J'ai passé la journée à faire des bricoles à la maison. Glen était de bonne compagnie : calme, dans son coin, souvent endormie. Ce soir-là, quand je me suis assise avec une tasse de thé pour écouter une pièce de théâtre à la radio, elle a sauté sur mes genoux et s'est mise à me pétrir les cuisses de ses pattes aux griffes légèrement sorties. C'était un peu inconfortable, mais je voyais bien qu'elle voulait se montrer gentille. Au bout d'une minute ou deux, elle s'est couchée dans mon giron et s'est endormie. Vingt minutes plus tard, j'ai eu besoin d'aller aux toilettes ; besoin exacerbé par le fait que Glen était loin d'être légère et pesait de tout son poids sur ma vessie. J'ai essayé de la soulever d'un côté, mais elle a résisté. J'ai réessayé. À la troisième tentative, elle s'est levée tout doucement, a fait le dos rond et a poussé un long soupir saccadé pour manifester son mécontentement, avant de sauter à terre et de gagner son nouveau lit. Une fois installée dessus, elle m'a fusillée du regard tandis que je quittais la pièce ; à mon retour, elle a continué à me couler des œillades furieuses, pour le reste de la soirée. Ça ne m'inquiétait pas. J'avais connu bien pire que de l'irritation féline.

Raymond m'a rendu visite quelques jours plus tard pour voir comment Glen s'acclimatait à son nouveau foyer. Je l'avais invité avec sa mère, après qu'il eut mentionné qu'elle avait très envie de me voir. Connaissant son obsession pour les chats, je me disais qu'elle serait contente de faire la connaissance de Glen. En outre, il me restait plein de biscuits auxquels nous n'avions pas touché lors de sa première visite, alors ça ne me coûtait rien.

Ils sont arrivés en taxi, à la grande satisfaction de Mme Gibbons.

— Le chauffeur était adorable, Eleanor, pas vrai, Raymond ?

Son fils a hoché la tête. J'ai cru détecter un brin de lassitude dans son expression, à peine perceptible, comme si ce n'était pas la première fois qu'elle abordait le sujet depuis qu'ils avaient quitté le sud de la ville pour parcourir le court trajet qui les séparait des quartiers est.

— Oh, on n'aurait pu imaginer plus aimable. Il m'a aidée à monter et à descendre de voiture ! Et m'a tenu la portière le temps que je prenne mon déambulateur et que…

— C'est bon, maman, l'a coupée Raymond en coinçant l'objet dans un coin du salon tandis qu'elle s'installait sur le canapé.

Toujours aussi iconoclaste, Glen a filé au lit – dans *mon* lit – dès leur arrivée, et ils n'ont rien pu voir d'autre qu'un renflement de la couette émettant un léger ronflement. Mme Gibbons était très déçue, mais je l'ai laissée faire défiler les photos prises sur mon téléphone pendant que je préparais le thé. Raymond m'a rejointe dans la cuisine. Il s'est adossé au comptoir et m'a regardée remplir la théière. Puis il a placé un sac en plastique à côté de moi.

— Ce n'est pas grand-chose, a-t-il dit.

J'ai jeté un œil à l'intérieur.

Il contenait un emballage en carton d'une boulangerie, fermé par un ruban. Il y avait aussi une petite boîte de pâtée pour chat Gourmet.

— Comme c'est gentil ! ai-je dit, ravie.

— J'espère que tu aimeras, je ne voulais pas venir les mains vides… a-t-il dit, rougissant. J'ai pensé que tu étais… que tu étais le genre de femme à aimer les choses raffinées. (Il m'a regardée.) Que tu *méritais* des choses raffinées, a-t-il aussitôt rectifié.

C'était étrange. Je dois reconnaître que ça m'a laissée sans voix, sur le moment. Je *méritais* des choses raffinées ? Ah bon ?

— C'est amusant, tu sais, Raymond. Grandir avec maman était très déroutant. Certains jours, elle nous servait des choses raffinées, et d'autres… non. Je veux dire que certaines semaines, on pouvait tremper des œufs de caille dans du sel de céleri ou gober des huîtres, et d'autres, mourir de faim. Au sens littéral du terme, j'entends : être privées de nourriture et d'eau.

Ses yeux se sont élargis d'horreur.

— Tout était extrême, si extrême, avec elle, ai-je murmuré, comme pour moi-même. Je rêvais de *normalité*. Tu sais, d'avoir trois repas par jour avec des choses simples – soupe à la tomate, purée de pommes de terre, corn-flakes…

J'ai défait le ruban et regardé à l'intérieur de la boîte. La génoise qu'elle contenait était confectionnée de main de maître, avec une ganache au chocolat piquée de framboises aux allures de pierres précieuses. Raymond avait choisi un dessert ordinaire mais raffiné, juste pour moi.

— Merci, ai-je dit en sentant des larmes monter.

Il n'y avait vraiment rien à ajouter.

— Merci à toi de nous avoir invités, Eleanor. Maman adore sortir, mais elle n'en a pas souvent l'occasion.

— Vous serez toujours les bienvenus ici, tous les deux, ai-je dit, sincère.

J'ai disposé le gâteau sur un plateau avec les tasses, mais Raymond l'a soulevé avant même que j'esquisse un geste pour le faire. Je l'ai suivi. Il était allé chez le coiffeur et s'était fait couper les cheveux, ai-je remarqué.

— Comment vous sentez-vous, Eleanor ? m'a demandé Mme Gibbons quand nous nous sommes tous assis. Raymond a fait allusion à un petit coup de fatigue ?

Son visage exprimait une inquiétude polie, sans plus, et j'ai songé avec gratitude qu'il ne lui avait fourni aucun détail.

— Je me sens bien mieux, merci. Raymond a veillé sur moi. J'ai beaucoup de chance.

Il a paru surpris. Sa mère pas.

— Il a un cœur d'or, mon petit, a-t-elle acquiescé.

Raymond faisait la même tête que Glen lorsqu'elle avait essayé de sauter du canapé au rebord de la fenêtre et avait loupé son coup. J'ai éclaté de rire.

— Tu es gêné !

— Non, c'est *vous* qui vous ridiculisez, à cancaner à propos de tout et de rien comme deux vieilles commères. Quelqu'un reveut du thé ?

Il s'est penché pour attraper la théière, et j'ai vu qu'il souriait.

Les Gibbons étaient des gens simples et d'agréable compagnie. Je crois que nous étions tous un peu surpris de la rapidité avec laquelle le temps s'était écoulé quand le taxi commandé à l'avance a klaxonné, irrité, une heure plus tard, les obligeant à partir de manière un peu précipitée.

— À votre tour de venir à la maison, la prochaine fois, Eleanor, a dit Mme Gibbons, tandis qu'ils se dépêchaient de gagner la porte avec le déambulateur et que Raymond enfilait sa veste à la va-vite.

J'ai hoché la tête. Elle m'a déposé un baiser sur la joue (sur ma cicatrice) et je n'ai même pas cillé.

— Revenez donc prendre le thé avec Raymond et passer un moment avec nous, un de ces samedis, a-t-elle suggéré.

J'ai acquiescé une fois de plus.

Raymond s'est avancé vers moi et, avant que je puisse réagir, s'est penché et m'a embrassée sur la même joue que sa mère.

— On se voit au boulot.

Et il s'est débrouillé pour faire descendre sa mère et ses roues, de la manière la plus hasardeuse qui soit. J'ai posé la main sur ma joue. C'était une famille très bisous, ces Gibbons – il y a des familles comme ça.

J'ai lavé les tasses et les assiettes à dessert, après quoi la chatte a daigné réapparaître.

— Ce n'était pas très sociable de ta part, Glen, ai-je dit.

Elle m'a dévisagée et a émis un drôle de petit bruit, plus proche du pépiement que du miaulement. Sa signification était claire : elle n'en avait cure. J'ai versé dans son bol la pâtée spéciale apportée par Raymond. Elle y a réagi avec beaucoup d'enthousiasme, mais j'ai constaté avec regret que sa façon de manger était très semblable à celle de son bienfaiteur.

Raymond avait laissé un quotidien à scandales sur le fauteuil du salon – il avait la triste habitude d'en avoir toujours un roulé dans la poche arrière de son pantalon. Je l'ai feuilleté, au cas où il proposerait une grille de mots croisés sympathique, puis me suis arrêtée sur le gros titre de la page 9.

Glasgow Evening Times
Culture
Les Pilgrim Pioneers découvrent l'Amérique : un groupe originaire de Glasgow « à la conquête de l'Ouest »

Le groupe écossais les Pilgrim Pioneers a fêté son entrée en 5e place du Top 100 des ventes de disques aux États-Unis.

Après s'être produits dans des pubs et des clubs locaux, les quatre musiciens résidant à Glasgow sont partis conquérir le marché américain.

Leur single Don't Miss You[1], *écrit après la défection de l'acrimonieux leader du groupe, a été remarqué sur YouTube le mois dernier par un professionnel de l'industrie du disque. Depuis, ce titre a été choisi comme bande-son de la campagne publicitaire d'une grande compagnie de téléphonie américaine qui est diffusée chaque soir.*

Le groupe s'envole pour les États-Unis le mois prochain pour traverser le pays d'est en ouest.

Cet article m'a renvoyée dans le passé, face à une autre personne : celle que j'essayais en vain de devenir en opérant des changements sur moi-même et dans ma vie. Je me moquais du chanteur, dans le fond ; Maria Temple m'avait aidée à m'en apercevoir.

J'étais si impatiente de changer, de me lier à quelqu'un, que je m'étais concentrée sur le mauvais objet, la mauvaise personne. À la question : « L'accusée est-elle coupable d'être une catastrophe ambulante indigne d'appartenir au genre humain ? »,

1. Que l'on pourrait traduire par : « Tu ne nous manques pas ».

je commençais, avec l'aide de Maria, à pouvoir répondre : « Non coupable. »

L'article ne disait pas ce que devenait Johnnie Lomond. Et ça n'avait pas d'importance. J'ai plié le journal ; je comptais le réutiliser pour en tapisser la litière de Glen.

@johnnieLrocks 7h
Félicitations les gars, super nouvelles, vraiment, et c'est mérité. Trop content pour eux #usa #legrand-jeu
[pas de likes]

@johnnieLrocks 44 m
Putain. Putain putain putain putain.
[effacé plus tard]

33

Maria avait l'air de bonne humeur à mon arrivée dans son cabinet, et je l'étais aussi. Mettre mon cerveau sur le qui-vive m'a demandé un gros effort quand elle a recommencé à évoquer mon passé.

— Nous n'avons pas beaucoup parlé de l'incendie. Je me demandais… Aimeriez-vous entrer un peu dans les détails ?

J'ai hoché la tête, méfiante.

— Bien. Maintenant, acceptez-vous de fermer les yeux, s'il vous plaît, Eleanor ? Il est parfois plus facile d'accéder à ses souvenirs de cette façon. Prenez une profonde inspiration, puis expirez. Parfait. Maintenant, j'aimerais que vous réfléchissiez. Vous voilà de retour chez vous, la veille de l'incendie. De quoi vous souvenez-vous ? Prenez votre temps…

Je m'étais sentie si légère, si libre, si centrée que rien ne m'avait préparée à ça. En fermant les yeux et en expirant à la demande de Maria, j'avais le sentiment, inquiète, avant même d'en être tout à fait consciente, que mon cerveau était déjà en route vers des recoins de ma mémoire que je n'avais nulle envie de visiter, qu'il s'élançait dans des pièces dérobées avant que je puisse lui en barrer le passage. Mais, à présent qu'il était trop tard, j'ai fait contre mauvaise fortune bon cœur. On éprouve un certain plaisir à lâcher prise.

— Maman. Elle pique une colère. Maman dormait mais nous l'avons encore réveillée. Maman en a marre de nous.

Je sentais des larmes rouler sur mes joues mais n'éprouvais aucune tristesse particulière. C'était comme si je racontais un film que j'avais vu.

— C'est formidable, Eleanor, vous vous en sortez très bien, a dit Maria. Pouvez-vous continuer à me parler de maman ?

D'une toute petite voix, j'ai répondu :

— Je ne veux pas.

— Vous vous débrouillez très bien, Eleanor. Essayons d'aller plus loin. Alors, qu'a fait maman… ?

Je n'ai pas parlé pendant un très long moment. J'ai laissé mon esprit vagabonder dans la maison, libérer les souvenirs tels des oiseaux qu'on aurait retenus dans des cages. Et puis, j'ai murmuré. Trois mots.

— Où est Marianne ?

34

Dimanche. Je devais partir à midi pour déjeuner avec Raymond. Glen faisait une sieste dans son nouveau lit, et j'ai utilisé la fonction appareil photo de mon téléphone portable pour prendre quelques clichés d'elle. Quand j'ai regardé la première photo, j'ai découvert qu'elle avait mis une patte sur ses yeux pour se protéger de la lumière. Je me suis agenouillée à côté d'elle et j'ai enfoui mon visage dans ce qu'il lui restait de fourrure. Elle a remué un peu et ronronné plus fort. J'ai déposé un baiser sur son crâne si doux.

— À tout à l'heure, Glen. Je reviens vite.

Mon départ n'a pas semblé troubler sa quiétude.

Fin prête, j'ai ouvert la porte en faisant le moins de bruit possible, puis je suis quand même retournée au salon sur la pointe des pieds pour vérifier qu'elle dormait toujours. Je l'ai trouvée sur la souris géante fourrée d'herbe à chat. Les deux bêtes me faisaient face, et les yeux figés de la souris semblaient fixer le lointain, derrière moi. Les pattes avant posées de part et d'autre de la tête du rongeur, Glen la pétrissait énergiquement. Je les ai laissées à leurs jeux.

Depuis ma dernière séance, je n'arrêtais pas de penser à Marianne. Marianne Marianne Marianne ; je tournais et retournais ce prénom dans ma tête, encore et encore, comme une pièce de monnaie entre mes doigts. Le docteur Temple m'avait demandé de me préparer à en reparler la fois suivante. Je n'étais pas certaine de savoir ce que je ressentais à cette perspective. Valait-il mieux savoir ou pas ? À voir.

L'esprit libre de toute question philosophique, Raymond m'attendait déjà quand je suis arrivée au Black Dog ; il lisait le *Sunday Mail* en sirotant sa bière.

— Désolée, je suis en retard, ai-je dit.

Son visage était plus pâle que d'ordinaire, et quand il s'est levé pour me serrer dans ses bras, j'ai senti une odeur de bière éventée en plus de celle de la bière fraîche et des relents de cigarette.

— Comment vas-tu ? m'a-t-il demandé d'une voix un peu tendue.

— Bien, et *toi* ?

Il a grommelé.

— En toute honnêteté, j'ai failli t'envoyer un texto pour annuler. Je me suis couché un peu tard, hier.

Il n'avait pas l'air bien du tout.

— Vous êtes sortis, Laura et toi ?

Il m'a regardée, sidéré.

— Comment tu le sais ? m'a-t-il demandé, incrédule.

Me remémorant un geste que Billy avait fait au bureau, je me suis tapoté le nez de l'index.

Il a ri.

— Je crois qu'il y a une sorcière qui sommeille en toi, Eleanor.

J'ai haussé les épaules. J'avais même un chat noir pour le prouver, désormais.

— J'ai croisé Laura il y a quelque temps. Elle m'a dit que vous vous voyiez.

Il a bu une longue goulée de sa pinte.

— Ouais. C'est vrai, elle m'a appelé plusieurs fois, pour qu'on se retrouve quelque part. On est allés au ciné hier soir, et boire un pot après.

— Sympa. C'est ta petite amie, alors ?

Il a fait signe au serveur de lui apporter la même chose.

— Laura est adorable, a-t-il dit, mais je ne pense pas que je vais la revoir.

Un autre serveur a apporté sa bière à Raymond et nous a tendu des menus. J'ai commandé un soda au pissenlit et à la bardane. Bizarrement – quand on considère que c'était un bar branché du centre-ville –, ils n'en avaient pas. À la place, j'ai opté pour un Dr Pepper.

— Ah bon, pourquoi ? me suis-je étonnée. Laura est très glamour.

Il a soupiré.

— C'est un peu plus compliqué que ça, Eleanor, tu sais. Je pense qu'elle est un peu… au-dessus de mes moyens, si tu vois ce que je veux dire.

— Pas vraiment, non.

— En toute franchise, ce n'est pas mon type de femme.

Il a bu une gorgée en émettant des bruits gutturaux.

— Le physique compte, bien sûr, mais il faut aussi pouvoir rire un peu, apprécier la compagnie de l'autre, tu comprends ? Je ne suis pas certain que Laura et moi ayons grand-chose en commun.

J'ai haussé les épaules, ne sachant que lui dire. Je n'étais pas du tout experte en la matière. Nous sommes restés silencieux un moment. Il avait l'air abattu et mal à l'aise. Symptômes classiques de la gueule de bois. Heureusement, je n'en avais jamais souffert, grâce à ma bonne constitution.

J'ai commandé une omelette du chef, Arnold Bennett, et Raymond a choisi un petit déjeuner complet avec un supplément de pain frit.

— J'ai un peu abusé du Jack Daniel's avec Desi quand je suis rentré à la maison hier soir, a-t-il expliqué. Ça devrait aider à tout éponger.

— N'en fais pas une habitude, Raymond, ai-je dit d'une voix légèrement triste. Tu ne voudrais pas finir comme moi, hein ?

Il a posé la main sur mon bras et l'a serré un moment.

— Tu es parfaite, Eleanor.

Nos plats sont arrivés, et je me suis efforcée de ne pas le regarder manger. Ce n'était jamais une vision très agréable. Je me suis demandé comment allait Glen. Est-ce que je pourrais un jour l'emmener dans un endroit comme celui-ci ? Est-ce qu'elle pourrait s'asseoir avec nous sur une sorte de chaise haute ? Je ne voyais pas ce qui pourrait l'en empêcher, en dehors des éventuelles protestations de quelques esprits étroits hostiles aux félins.

— Regarde, Raymond ! me suis-je exclamée en lui brandissant mon téléphone sous le nez.

Il a jeté un œil aux trois ou quatre premières photos.

— Ah, c'est sympa, Eleanor, on dirait qu'elle se sent vraiment chez elle.

— Continue, il y en a d'autres, ai-je dit.

Il en a regardé quelques-unes de plus, l'air absent ; je voyais bien que ça ne l'intéressait pas. De la confiture aux cochons.

Nous avons parlé de choses et d'autres en attendant nos cafés. Quand on nous les a servis, la conversation s'est tarie, et Raymond a renversé un sachet de sucre sur la table. Il s'est mis à tracer des formes dedans du bout de l'index, en fredonnant d'une voix monocorde, comme à son habitude lorsque quelque chose le tracassait. Il s'était rongé les cuticules et ses ongles n'étaient pas très propres – il pouvait être si agaçant, parfois.

— Eleanor, a-t-il fini par reprendre. J'ai quelque chose à te dire, et j'aimerais que tu me promettes de ne pas te mettre en colère.

Je me suis carrée dans mon fauteuil et j'ai attendu la suite.

— J'ai effectué des recherches en ligne sur ta mère, et sur ce qui s'est passé à l'époque.

J'ai observé les grains de sucre. Comment pouvaient-ils être si minuscules et néanmoins avoir des angles aussi parfaits ?

— Eleanor ? Je ne suis pas sûr de l'exactitude de ce que j'ai lu, mais en tapant « incendie criminel », l'année et « Londres » sur Google, je suis tombé sur des articles de presse auxquels tu pourrais avoir envie de jeter un œil. Rien ne t'y oblige, si tu n'en as pas envie. Je voulais juste te le dire, au cas où… eh bien, au cas où tu changerais d'avis et que tu voudrais savoir.

Je me suis réfugiée un moment dans la région heureuse de mon esprit, la région vaporeuse rose et blanche, avec ses rouges-gorges bleus, ses torrents aux clapotis joyeux, et, depuis peu, le ronronnement sonore de mon chat alopécique.

— Où disais-tu que ta mère se trouve, à présent ? a-t-il demandé d'une voix très douce.

— Je ne sais pas. C'est elle qui me contacte. Jamais l'inverse.

J'ai essayé de déchiffrer son expression. J'avais parfois du mal à lire sur les visages. Mes mots croisés complexes étaient bien plus faciles à résoudre. Si j'avais dû deviner ce qu'exprimaient ses traits, j'aurais dit : de la tristesse, de la pitié et de la peur. Rien de bon. Mais le sentiment sous-jacent n'était que douceur et gentillesse. Il était triste et inquiet pour moi, mais il ne voulait pas me faire de mal, surtout pas me blesser. J'ai puisé du réconfort de cette certitude.

— Écoute, n'en parlons plus, d'accord ? Sache seulement que… si quoi que ce soit finit par ressurgir… pendant une séance de psy ou ailleurs… il se pourrait bien que je sois en mesure de te fournir certaines réponses. Mais seulement si tu en as envie, s'est-il empressé d'ajouter.

J'y ai réfléchi, et j'ai commencé à ressentir une pointe d'agacement.

— Raymond. Je ne pense pas que ce soit bien de ta part de me pousser dans cette voie, pas tant que je ne suis pas prête. Je progresse très bien toute seule, tu sais.

Sois patiente, Marianne. J'arrive. J'ai observé le visage de Raymond, encore plus blême qu'à mon arrivée. Sa bouche entrouverte, ses yeux vitreux et fatigués. Ce n'était pas agréable à regarder.

— Tu n'es pas le seul être au monde à savoir te servir d'un moteur de recherche, tu sais. C'est ma vie, et quand je serai prête, je serai tout à fait capable de… (je l'ai fusillé d'un de mes regards les plus francs) … découvrir moi-même ce qui s'est vraiment passé.

Il a hoché la tête et ouvert la bouche pour parler, mais je lui ai imposé le silence de ma main levée, paume tournée vers lui. C'était un geste très grossier, et je dois avouer qu'il m'a procuré un frisson de plaisir interdit. Puis, pour enfoncer le clou, j'ai voulu boire une longue rasade de mon Dr Pepper. Malheureusement, je l'avais déjà presque terminé ; la paille a produit un bruit de succion fort déplaisant, mais je pense que le message a néanmoins été bien reçu.

Après avoir vidé mon verre, j'ai attrapé le regard du serveur pour lui indiquer que je souhaitais l'addition. Raymond se tenait la tête, il ne disait plus rien. J'ai ressenti une douleur à la poitrine. Je l'avais blessé – Raymond. J'ai posé la main sur ma bouche et senti les larmes me venir. Il a levé les yeux vers moi, s'est penché sur la table et a pris mes deux mains entre les siennes d'un geste plutôt assuré. Sa petite barbe s'est hérissée sous une bouffée d'haleine rance.

— Je suis vraiment désolé.

Nous avions parlé en même temps. Nous avons réessayé, avec le même résultat. Il a ri, et moi aussi. Des petits gloussements qui se sont transformés en grands éclats de rire véritable et authentique, de ceux qui vous secouent de la tête aux pieds. J'avais la bouche ouverte, la respiration sifflante et les yeux fermés. Je me sentais vulnérable, et pourtant détendue et bien dans ma peau. Je me suis dit que vomir ou faire mes besoins devant lui me ferait le même effet.

— Écoute, c'est totalement ma faute, a-t-il déclaré quand nous avons fini par nous calmer. Je suis vraiment désolé de t'avoir mise en colère, Eleanor. Je n'aurais jamais dû en parler, surtout pas aujourd'hui, avec cette gueule de bois – j'ai le cerveau en compote. Tu as tout à fait raison. Cent pour cent raison. Ce ne sont pas mes oignons.

Il serrait toujours mes mains. C'était très agréable.

— Ça va, Raymond, ai-je dit, sincère. Je suis désolée si ma réaction était disproportionnée. Je sais que tu veux bien agir, et que tu ne cherchais qu'à m'aider.

Voyant le soulagement se peindre sur son visage, je lui ai souri du bout des lèvres.

Il a lâché mes mains. Je n'avais jamais remarqué ses yeux jusqu'alors. Ils étaient gris, tachetés de brun. Très singuliers.

Il m'a souri et s'est frotté le visage en grognant.

— Mon Dieu. Dire qu'il faut que j'aille voir ma mère et m'occuper des chats. J'ai tout juste envie de ramper jusqu'à mon lit et de dormir jusqu'à mardi.

Je me suis retenue de sourire et j'ai payé l'addition. Il a protesté, mais j'ai profité de sa faiblesse sans aucun scrupule.

— Tu veux venir avec moi ? m'a-t-il proposé. Ma mère serait heureuse de te voir.

Je n'ai même pas eu besoin d'y réfléchir.

— Non merci, pas aujourd'hui, Raymond. Glen va bientôt devoir faire ses besoins, et je n'aime pas laisser ses excréments dans la litière plus d'une heure ou deux, au cas où elle aurait besoin d'y retourner pour faire pipi.

Raymond s'est levé d'un bond.

— Je dois faire un saut aux toilettes, a-t-il lancé en filant.

J'ai acheté de la nourriture pour chat sur le chemin du retour. Le truc, avec Glen, c'est que, en dépit de son indifférence affectée, elle m'aime. Je sais, ce n'est qu'un chat. Mais ça n'en ressent pas moins de l'amour ; les animaux, les êtres humains. C'est inconditionnel, et c'est la chose la plus simple et la plus compliquée du monde.

Parfois, après mes séances de psy, je meurs d'envie de m'acheter de la vodka, des litres et des litres. De les rapporter à la maison et de tout boire. Je ne le fais jamais. Je ne le fais pas pour des tas de raisons, mais surtout parce que, si je n'étais pas en état, qui pourrait nourrir Glen ? Elle n'est pas capable de prendre soin d'elle-même. Elle a besoin de moi.

Ce n'est pas ennuyeux, cette contrainte, ce n'est pas un fardeau. C'est un privilège. Je suis responsable. J'ai choisi d'assumer cette responsabilité. Le désir de m'occuper de ce petit animal dépendant et vulnérable est inné ; je le fais sans y réfléchir. C'est aussi naturel que respirer.

Pour certains d'entre nous.

35

Nous avons augmenté la fréquence des séances de thérapie. Nous sommes passées à deux par semaine, ce qui m'a paru un peu excessif quand Maria me l'a proposé mais qui, à mon grand étonnement, me paraissait désormais à peine suffisant. J'espérais que je n'étais pas en train de me transformer en une de ces grandes déprimées qui n'en finissent pas de ressasser leurs problèmes. Barbant.

Je commençais à m'habituer à parler de mon enfance, ayant passé la plus grande partie de mes trente années à m'appliquer à éviter le sujet. Cela étant, chaque fois que nous abordions le cas de Marianne, je bloquais. Avant chaque séance, je me disais que le moment était venu de parler d'elle, et chaque fois qu'il s'agissait de le faire, je me cabrais. Aujourd'hui, de nouveau, le docteur Temple m'a demandé de lui parler de Marianne ; quand j'ai secoué la tête, elle a suggéré que le fait de séparer mon enfance en deux périodes distinctes – *avant* et *après* l'incendie – pourrait m'aider à aborder la question de Marianne. Oui, ai-je dit, ça pourra aider. Mais ce sera très douloureux aussi.

— Dites-moi, quel est votre souvenir le plus heureux *d'avant* l'incendie ?

J'ai réfléchi. Plusieurs minutes se sont écoulées.

— Je me rappelle certains moments, çà et là, des fragments, mais je n'ai aucun souvenir précis. Non, attendez. Un pique-nique, à l'école. Ce devait être à la fin de l'année, ou un autre moment de ce genre ; nous étions tous dehors, en tout cas, au soleil.

Ça n'était pas grand-chose, comme point de départ, certainement pas un souvenir très clair.

— Qu'est-ce qui vous a rendue si heureuse, ce jour-là, à votre avis ? a-t-elle demandé avec douceur.

— Je me sentais… en sécurité. Et je savais que Marianne aussi était en sécurité.

Oui, c'était ça. Marianne – *ne réfléchis pas trop* –, c'est ça, elle était allée à la maternelle, ce jour-là. Nous avions emballé nos déjeuners, un sandwich au fromage et une pomme. Le soleil, le pique-nique. Marianne et moi étions rentrées ensemble, comme toujours, marchant à tout petits pas et nous racontant nos journées respectives. Elle était drôle, très douée pour les imitations. Ça faisait mal de repenser à son humour.

L'école était notre refuge. Les professeurs nous demandaient comment nous nous étions fait telle coupure ou tel bleu puis nous envoyaient à l'infirmerie, où nous étions au chaud et en sécurité. L'infirmière préposée à la lutte contre les poux nous coiffait doucement, avec délicatesse, nous disait que nous pouvions garder les élastiques parce que nous étions de gentilles petites. Les déjeuners à l'école. Je pouvais me détendre à l'école, je savais que Marianne était à la maternelle, en sécurité et bien au chaud.

Les petits avaient leur propre patère pour y suspendre leur manteau. Elle adorait aller à la maternelle.

Peu après le pique-nique, maman avait découvert que Mme Rose m'avait posé des questions sur mes bleus. Après ça, nous avons été scolarisées à la maison, toute la journée, tous les jours – fini les échappées de 9 heures à 16 heures, du lundi au vendredi. C'est devenu de pire en pire, très très vite, de plus en plus chaud, le feu. C'était moi qui avais tout déclenché, c'était ma faute, comme toujours, la faute de la stupide Eleanor, et le pire, c'est que j'avais précipité Marianne là-dedans. Elle n'avait rien fait de mal. Elle ne faisait jamais rien de mal.

Le docteur Temple a poussé la boîte de mouchoirs en papier vers moi, et j'ai essuyé mes larmes.

— Vous avez mentionné Marianne à plusieurs reprises, a-t-elle repris, quand vous parliez de votre enfance.

J'étais désormais prête à le dire à voix haute.

— C'est ma sœur.

J'ai laissé aux mots le temps de se cristalliser dans le silence. Oui, voilà, Marianne. Ma petite sœur. Ma pièce manquante, l'amie absente. Les larmes ruisselaient sur mes joues, à présent ; Maria m'a laissée pleurer, a attendu que je me ressaisisse et reprenne la parole.

— Je ne veux pas parler de ce qui lui est arrivé. Je ne suis pas prête pour ça !

Le docteur Temple était très calme.

— Ne vous inquiétez pas, Eleanor. Nous allons avancer pas à pas. Le fait de vous souvenir que Marianne est votre sœur, c'est formidable. Nous aborderons la suite en temps voulu.

— J'aimerais vous en parler maintenant, ai-je dit, furieuse contre moi. Mais je ne peux pas.

— Bien sûr, Eleanor.

Elle a marqué une pause.

— Est-ce parce que vous ne *pouvez* pas vous souvenir de ce qui est arrivé à Marianne ? Ou parce que vous ne *voulez* pas vous en souvenir ?

Sa voix était toujours aussi délicate.

— Je ne veux pas, ai-je murmuré.

J'ai posé les coudes sur mes genoux et me suis pris la tête entre les mains.

— Ne soyez pas dure avec vous-même, Eleanor. Vous vous débrouillez vraiment bien.

J'ai failli éclater de rire. Je n'avais pas du tout l'impression de bien me débrouiller.

Avant et après l'incendie. Quelque chose d'essentiel avait disparu dans les flammes : Marianne.

— Que puis-je faire ? ai-je dit, soudain tenaillée par le désir désespéré de progresser, d'aller mieux, de *vivre*. Comment réparer ça ? Comment *me* réparer ?

Maria Temple a posé son stylo et a dit d'une voix plus ferme :

— C'est ce que vous êtes en train de faire, Eleanor. Vous êtes plus courageuse et plus forte que vous ne le pensez. Continuez comme ça.

Elle me souriait, son visage chiffonné de rides chaleureuses. De nouveau, j'ai caché ma tête entre mes mains pour dissimuler mon émotion chauffée à blanc. La boule dans ma gorge. Le picotement des larmes, mes joues en feu. J'étais en sécurité, ici, je finirais par parler de ma sœur, bientôt, coûte que coûte.

— On se revoit la semaine prochaine ? ai-je lancé.

Quand j'ai levé les yeux, Maria me souriait toujours.

Plus tard, ce jour-là, Glen et moi regardions un jeu télévisé dans lequel des gens dramatiquement peu doués en statistiques (ou plutôt en théorie des probabilités) devaient choisir des boîtes numérotées qu'ils ouvraient ensuite, portés par l'espoir délirant d'y trouver un chèque d'une somme à six chiffres. Ils fondaient leur sélection de tel ou tel chiffre sur des facteurs des plus hasardeux, comme leur date de naissance ou celle d'un proche, leur numéro de rue ou, pire encore, « un bon pressentiment ».

— Les êtres humains sont des idiots, Glen, ai-je dit.

Puis j'ai déposé un baiser sur le sommet de son crâne avant d'enfouir mon visage dans sa fourrure, qui avait repoussé avec une telle luxuriance qu'elle pouvait s'offrir le luxe d'en semer un peu partout sur mes vêtements et sur le mobilier de la maison avec une grande libéralité. Elle a émis un ronronnement approbateur.

On a sonné chez moi. Glen s'est étirée de manière extravagante et a bondi par terre. Je n'attendais personne. Je suis restée un instant debout devant la porte, songeant que je devrais peut-être me faire installer un judas afin de pouvoir jeter un œil à mes visiteurs avant de leur ouvrir. Je trouvais ce geste banal d'une théâtralité fastidieuse. Qui peut bien se trouver sur mon palier ? Barbant. Je n'aime pas les mimes et les énigmes visuelles – j'aime avoir des informations concrètes à ma disposition afin de pouvoir réfléchir bien en avance avant de formuler ma réponse. J'ai ouvert la porte et ai découvert Keith, le fils de Sammy, nerveux. Un brin surprise, je l'ai invité à entrer.

Le temps que Keith s'installe sur mon canapé avec une tasse de thé, Glen avait disparu. Elle préférait être seule. Elle me tolérait, mais, dans le fond, c'était une recluse dans l'âme, un peu comme J. D. Salinger ou Unabomber.

— Merci pour le thé, Eleanor. Mais je ne peux pas m'attarder, a dit Keith après que nous eûmes échangé les amabilités d'usage. Ma femme a son cours de zumba, ce soir, il faut que je rentre m'occuper des enfants.

J'ai acquiescé, me demandant ce que pouvait bien être la zumba. Il a plongé la main dans son sac à dos, a repoussé son ordinateur portable et sorti un paquet, un objet enveloppé d'un sac en plastique – un sac Tesco, ai-je remarqué, approbatrice.

— Nous avons trié les affaires de papa, a-t-il dit d'un ton égal en me regardant droit dans les yeux, comme s'il voulait se donner du courage. Ce n'est pas grand-chose, mais nous nous demandions si vous vouliez le garder en souvenir de lui ? Raymond a mentionné que vous l'aviez beaucoup admiré, le jour où vous avez aidé papa à…

Les mots se sont étranglés dans sa gorge.

J'ai ouvert le paquet avec délicatesse. Il contenait le magnifique pull rouge, celui que Sammy portait le jour où Raymond et moi l'avions vu tomber par terre. L'odeur était toujours perceptible, mêlée à celle des pommes, du whisky et de l'amour : l'odeur de la douce exubérance de Sammy ; je l'ai serré contre moi, à pleines mains, savourant sa douceur et sa tiédeur.

Keith s'était approché de la fenêtre pour observer la rue. Une réaction que je comprenais très bien. Quand on a du mal à contrôler ses émotions, il est très difficile de se trouver en situation de devoir gérer celles d'un témoin. Il ne pouvait supporter la vue de mes larmes. Je me souviens, je me souviens.

— Merci, ai-je dit.

Il a hoché la tête, toujours face à la fenêtre. Tout était là, évident pour nous deux mais impossible à formuler. Et parfois, cela vaut mieux.

Après son départ, j'ai enfilé le pull. Il était beaucoup trop grand pour moi, bien sûr, mais c'était là l'intérêt de la chose : il avait toute la surface nécessaire pour m'envelopper en cas de besoin. Le cadeau de départ de Sammy.

36

Pour me rendre au cabinet du docteur Temple, je devais prendre un bus pour le centre-ville puis marcher un peu. Ma carte de transport avait expiré, et je n'avais pas pris la peine de la renouveler la semaine précédente, attitude symptomatique de mon sentiment de *Weltschmerz*, d'anomie. Marianne. Tout le reste était inconséquent. J'ai glissé 2 livres dans la fente de la caisse située à côté du chauffeur, me fichant comme d'une guigne de l'autocollant qui disait *Nous ne rendons pas la monnaie*, et donc de sacrifier 20 pence. 20 pence de plus ou de moins, quelle différence ça pouvait faire ?

Toutes les rangées étaient occupées, ce qui signifiait que j'allais devoir effectuer mon trajet assise à côté d'un inconnu. À un autre moment, je l'aurais pris comme un jeu ; dix secondes pour jeter un œil sur tous les occupants du bus afin de sélectionner le plus mince, le plus sain, le plus propre d'entre eux. En choisissant la mauvaise personne, on se condamne à effectuer ce trajet de quinze minutes dans des conditions bien moins agréables – recroquevillée à côté d'un gros tas avachi sur son siège, ou à respirer par la bouche pour éviter autant que possible d'être submergée par les effluves nauséabonds émanant d'un corps crasseux. Tels étaient les privilèges offerts par les transports en commun.

Cependant, le jeu ne m'attirait guère, aujourd'hui ; je me suis contentée du siège le plus proche de l'avant du bus, indifférente aux avantages et inconvénients de mon voisin. Par chance, je me suis retrouvée à côté d'une femme âgée un peu ronde, mais pas de manière gênante, qui sentait la laque et n'était pas loquace. Parfait.

Elle est descendue à l'arrêt suivant et j'ai pu savourer ma solitude retrouvée. D'autres personnes sont montées, et j'ai regardé un jeune homme séduisant, grand, mince, avec d'immenses yeux noisette, qui jouait à mon jeu. J'espérais qu'il s'assiérait à côté de moi, certaine qu'il n'était ni dingue ni malodorant.

Mais il m'a dépassée et s'est assis dans la rangée opposée, à côté d'un homme de petite taille à l'air bourru vêtu d'une veste de sport. Sidérant ! Deux autres voyageurs sont montés à l'arrêt suivant – l'un d'eux a gagné l'impériale, et le second a lui aussi dédaigné la place vacante à côté de moi pour se diriger vers l'arrière du bus, où (j'ai tourné la tête) il s'est assis à côté d'un homme sans chaussettes. Des chevilles nues d'une pâleur effrayante dépassaient de ses richelieus en cuir bordeaux, qu'il avait assortis à un pantalon de jogging vert. Un dingue.

J'ai baissé les yeux, le cerveau fonctionnant à cent à l'heure. Avais-je… Avais-je l'allure d'une personne à éviter dans ce jeu-là ? La conclusion s'imposait d'elle-même : sans nul doute. Mais pourquoi ?

Je devais procéder par élimination pour trouver la réponse. Je n'étais pas grosse. Je ne sentais pas mauvais – je me douchais tous les jours et lavais régulièrement mes vêtements. Restait la folie. Étais-je folle ? Non. Non, je n'étais pas folle. Je souffrais de dépression, c'était une maladie. Ce n'était pas de la folie. Avais-je l'air folle ? Était-ce mon comportement ? Je ne pensais pas, non. D'un autre côté, je n'étais pas experte en la matière. Était-ce ma cicatrice ? Mon eczéma ? Mon pourpoint ? Douter de sa propre santé mentale pouvait-il suffire à vous faire paraître fou ? J'ai posé les coudes sur mes genoux et pris ma tête entre mes mains. Oh, mon Dieu, mon Dieu, mon Dieu.

— Ça ne va pas, mademoiselle ?

J'ai sursauté et me suis redressée, sentant une main sur mon épaule. C'était l'homme sans chaussettes qui s'était arrêté alors qu'il gagnait l'avant du bus.

— Si, merci, ai-je répondu sans le regarder.

Il s'est assis à côté de moi en attendant l'arrêt suivant.

— Vous êtes sûre ? a-t-il insisté gentiment.

— Oui, merci.

Je me suis risquée à jeter un coup d'œil vers son visage. Il avait un regard très doux, ses yeux étaient du même vert que les jeunes bourgeons.

— Vous avez besoin de souffler un moment, pas vrai ? (Il m'a tapoté le bras.) Tout le monde a besoin de souffler un peu de temps en temps, hein ?

Il m'a adressé un sourire radieux et s'est levé pour partir. Le bus ralentissait.

— Merci ! ai-je lancé dans son dos.

Il ne s'est pas retourné mais a levé la main pour me saluer, l'ourlet de son pantalon dénudant ses chevilles alors qu'il s'éloignait.

Il n'était pas fou. Il ne portait pas de chaussettes, voilà tout.

Eleanor, me suis-je dit, parfois tu juges les gens trop vite. Il y a des tas de raisons pour lesquelles tu peux ne pas avoir envie de t'asseoir à côté de telle ou telle personne dans un bus, mais tu ne peux pas te faire une idée précise de quelqu'un après l'avoir regardé pendant dix secondes. Ce n'est pas assez. C'est comme lorsque tu évites de t'asseoir à côté des obèses. Il n'y a aucun mal à être en surpoids. Ils mangent peut-être parce qu'ils sont tristes, comme toi tu bois de la vodka. Leurs parents ne leur ont peut-être jamais appris à cuisiner ou à manger équilibré. Ils ont peut-être un handicap qui les empêche de faire de la gym, voire une maladie qui les fait grossir en dépit de tous leurs efforts pour rester minces. Tu n'en sais rien, Eleanor, me suis-je admonestée.

La voix dans ma tête – ma voix – me semblait sensée et rationnelle. C'était la voix de maman qui portait tous ces jugements à l'emporte-pièce et m'encourageait à en faire autant. Je commençais à aimer ma propre voix et mes propres pensées. Je voulais m'y fier davantage. Elles me faisaient du bien, me calmaient. Elles me donnaient le sentiment d'être *moi*.

37

Vieilles habitudes, nouvelles habitudes. Voire, parfois, pas d'habitudes du tout. En attendant (et aussi longtemps qu'il le faudrait), je me rendais en ville deux fois par semaine et, dédaignant le vieil ascenseur, je grimpais l'escalier qui menait au cabinet du docteur Temple. Je ne le trouvais plus désagréable ; je commençais à comprendre l'efficacité de son aspect neutre, impersonnel, de la boîte de mouchoirs en papier, des fauteuils, de la vilaine image encadrée. Il n'y avait rien d'autre à étudier que soi-même, aucun endroit où se replier. Elle était plus maligne qu'elle ne le paraissait au premier abord, cette Maria Temple. Ce qui ne m'empêchait pas de trouver ses boucles d'oreilles du jour, en attrape-rêves… abominables.

J'étais sur le point de monter sur scène et de me lancer dans mon monologue. Mais je ne jouais pas la comédie. Je suis une très mauvaise actrice, ne suis, par nature, pas portée à mentir ou à feindre. Je pense pouvoir affirmer que le nom d'Eleanor Oliphant ne sera jamais écrit en lettres éclairées au néon, et c'est tant mieux. Je me sens plus à l'aise fondue dans le décor, tranquille dans mon coin. Cela fait trop longtemps que j'obéis aux directives de maman.

Parler de Marianne, m'efforcer de rassembler le courage de faire remonter des souvenirs de lieux que je ne voulais pas revisiter, m'avait beaucoup perturbée. Nous étions convenues de ne pas précipiter les choses pour la laisser réapparaître d'elle-même, espérant qu'elle le ferait à mesure que j'évoquerais mon enfance. J'avais donné mon accord. Hier soir, pendant que j'écoutais la radio avec Glen, la mémoire m'est revenue, la vérité m'est apparue d'un coup. Je passais une soirée des plus banales quand, sans crier gare, elle s'est imposée à moi. La vérité pure et simple. Et je comptais exprimer cette vérité à voix haute ce jour même, dans cette pièce, la dire à Maria. Mais j'avais besoin de m'y préparer. Je ne pouvais pas cracher le morceau de but en blanc. Je comptais laisser Maria m'aider à y venir doucement.

Et il n'y aurait pas moyen d'interdire l'accès de cette pièce à maman, aujourd'hui. J'avais du mal à croire que j'allais le faire, et pourtant, nous y étions. Et le ciel ne m'est pas tombé sur la tête, maman ne s'est pas matérialisée d'un coup tel un démon à la simple mention de son nom. Si choquant que cela puisse paraître, le docteur Temple et moi-même avons eu une conversation calme et raisonnable à son sujet.

— Maman est quelqu'un de mauvais, ai-je dit. Très mauvais. Je le sais, je l'ai toujours su. Et je me demande… à votre avis, se pourrait-il que je sois mauvaise, moi aussi ? Les gens héritent de tas de choses de leurs parents, n'est-ce pas – des veines variqueuses, des maladies cardiaques. Peut-on hériter de la *méchanceté* ?

Maria s'est carrée dans son fauteuil et a trituré son écharpe.

— C'est une question très intéressante, Eleanor. Les exemples que vous me donnez sont des affections congénitales. Ce dont vous parlez est très différent ; vous parlez de personnalité, de comportement. Pensez-vous qu'on puisse hériter de certains types de comportements ?

— Je ne sais pas. J'y ai un peu réfléchi et, franchement, j'espère que non.

Je me suis tue un instant avant de reprendre :

— On parle de nature et de culture. Je *sais* que je n'ai pas hérité de sa nature. Je veux dire que… certes, il m'arrive d'être une personne difficile… mais je ne suis pas… je ne suis *pas du tout* comme elle. Je ne sais pas si je pourrais supporter de vivre si je pensais être comme elle.

Maria Temple a haussé les sourcils.

— Ce sont des mots très forts, Eleanor. Pourquoi dites-vous cela ?

— Je ne pourrais pas supporter l'idée d'avoir *envie* de faire du mal à autrui. De profiter de la faiblesse des plus faibles, des plus petits. De les laisser se débrouiller seuls, de… de…

Ma voix s'est brisée. Ça avait été très, très dur à dire. J'éprouvais une douleur réelle, physique, mais aussi plus profonde : existentielle. *Pour l'amour de Dieu – une douleur existentielle, Eleanor !* me suis-je dit. *Reprends-toi.*

Maria a parlé d'une voix douce :

— Mais vous n'êtes *pas* votre mère, n'est-ce pas, Eleanor ? Vous êtes une tout autre personne, une femme indépendante, qui fait ses propres choix.

Elle m'a adressé un sourire encourageant.

— Vous êtes encore très jeune, vous pourriez fonder votre propre famille, un jour, si vous le désiriez, et être une mère radicalement différente. Qu'en dites-vous ?

Cette question-là était facile.

— Oh, je n'aurai jamais d'enfants, ai-je dit d'un ton calme, purement informatif.

Elle m'a fait signe de poursuivre.

— C'est évident, non ? Je veux dire, et si je transmettais le truc de maman ? Même si je ne l'ai pas, ça peut sauter une génération, non ? À moins que… ce ne soit la maternité elle-même qui fasse ressortir ça chez une femme ? Ça peut rester en sommeil pendant tout ce temps…

Maria avait un air grave.

— Eleanor, au fil des années, j'ai travaillé avec plusieurs patients qui nourrissaient les mêmes inquiétudes que vous. C'est normal de ressentir cela. Mais n'oubliez pas que nous venons de remarquer à quel point vous êtes différente de votre mère, vos choix sont différents des siens…

— Mais maman est toujours dans ma vie, même après tout ce temps. Ça m'inquiète. Elle a une mauvaise influence sur moi, une très mauvaise influence.

Maria a levé les yeux du cahier dans lequel elle prenait des notes.

— Vous lui parlez toujours, alors ? a-t-elle demandé, le stylo suspendu en l'air.

— Oui.

J'ai serré mes mains et pris une profonde inspiration.

— Mais je pense qu'il faut que ça s'arrête. Il faut que ça s'arrête.

Le docteur Temple avait l'air grave, je ne l'avais jamais vue aussi sérieuse.

— Ce n'est pas à moi de vous dicter ce que vous devez faire, Eleanor. Cependant, je vais vous dire ceci : je trouve que c'est une excellente idée. Mais, en fin de compte, la décision vous appartient. Elle vous a toujours appartenu, a-t-elle affirmé d'un ton très posé, et même un peu indifférent.

J'avais l'impression qu'elle faisait un effort surhumain pour rester neutre. Je me suis demandé pourquoi.

— Le problème, c'est que, en dépit de tout ce qu'elle a fait, ça reste ma maman. Je n'ai personne d'autre. Et les gentilles filles aiment leur mère. Après l'incendie, je me sentais toujours si seule. Et une maman, n'importe laquelle, valait mieux que pas de maman du tout…

Je me suis tue, je pleurais, et j'ai vu que le docteur Temple compatissait, qu'elle comprenait très bien ce que je lui disais, qu'elle m'écoutait sans porter de jugement.

— Plus tard, ai-je repris, puisant de la force et du courage dans son regard doux et son soutien silencieux, plus tard, j'ai fini par me rendre compte qu'elle était… vraiment *mauvaise*. Que c'est *elle* la méchante. Pas moi. Que ce n'est pas ma faute. Ce n'est pas moi qui l'ai rendue mauvaise, et ce n'est pas mal de ma part de ne pas vouloir de contact avec elle, d'être triste, d'être en colère, et même furieuse, contre elle, à cause de ce qu'elle a fait.

La suite allait être difficile. J'ai regardé mes mains, que j'avais serrées l'une contre l'autre en parlant. Je craignais que le docteur Temple ne change d'attitude quand elle entendrait les mots que je m'apprêtais à prononcer.

— Je *savais* qu'il y avait quelque chose de très très mauvais chez elle. Je l'avais toujours su, d'aussi loin que remontaient mes souvenirs. Mais je ne l'avais jamais dit à personne. Et quelqu'un est mort…

J'ai pris le risque de lever les yeux, puis je me suis avachie dans mon fauteuil tant j'ai été soulagée de constater que l'expression de Maria Temple demeurait inchangée.

— Qui est mort, Eleanor ? a-t-elle demandé à voix basse.

J'ai pris une profonde inspiration.

— Marianne, ai-je dit. Marianne est morte.

J'ai de nouveau regardé mes mains, puis Maria.

— C'est maman qui a déclenché l'incendie. Elle voulait nous tuer toutes les deux, sauf que Marianne est morte et moi non.

Maria a acquiescé. Elle ne paraissait pas surprise. Avait-elle déjà compris depuis un moment ? Elle semblait attendre que j'ajoute quelque chose, mais je n'ai rien dit. Nous sommes restées longtemps silencieuses.

— C'est la culpabilité, ai-je murmuré.

J'avais du mal à parler, physiquement, du mal à prononcer les mots.

— J'étais sa grande sœur, j'aurais dû la protéger. Elle était si petite. J'ai essayé, j'ai vraiment essayé, mais… ça n'a pas suffi. Je l'ai laissée tomber, Maria, et je suis toujours là, ce n'est pas normal. C'est elle qui aurait dû survivre. Je ne mérite pas d'être heureuse, je ne mérite pas de mener une belle vie, alors que Marianne…

— Eleanor, a-t-elle repris lorsque j'ai réussi à me dominer. Vous sentir coupable d'avoir survécu, à l'inverse de Marianne, est une réaction tout à fait normale. N'oubliez pas que vous n'étiez vous-même qu'une enfant quand votre mère a commis ce crime. Il est primordial que vous compreniez que ce n'est pas votre faute, que rien de tout cela n'est votre faute.

Je me suis remise à sangloter.

— Vous étiez une enfant et elle une adulte. C'était elle qui devait vous protéger, votre sœur et vous. Au lieu de quoi vous n'avez obtenu de sa part que négligence, violence et torture psychologique, et les conséquences en ont été terribles, absolument terribles pour toutes les parties concernées. Mais rien de tout cela n'est votre faute, Eleanor, rien du tout. Je ne saurais vous dire si vous avez besoin de pardonner à votre mère, Eleanor. Mais je suis certaine d'une chose : vous avez besoin de vous pardonner à vous-même.

J'ai hoché la tête, toujours en larmes. Ça se tenait. Je n'étais pas certaine d'y croire tout à fait, pas encore, mais ça se tenait. Que demander de plus ?

Je me suis mouchée sans prêter attention au bruit de trompette que je produisais (qu'était-ce, comparé aux horreurs que je venais de déverser devant le docteur Temple ?), et j'ai pris ma décision. Il était temps de dire adieu à maman une fois pour toutes.

38

Raymond avait insisté pour venir m'attendre devant l'immeuble après ma séance, pour aller boire un café. Je l'ai regardé s'avancer vers moi de son pas tranquille. Tout à coup, sa démarche au rebond particulier me paraissait presque attendrissante – je ne l'aurais plus reconnu s'il s'était mis à marcher comme tous les autres hommes. Il avait les mains enfoncées dans les poches de son jean taille basse, et portait un drôle de chapeau en feutre trop grand pour lui. On aurait dit un chapeau de gobelin sorti tout droit d'une illustration d'un conte du XIXe siècle ; celui du boulanger cruel avec ses enfants qui finit par recevoir la correction qu'il mérite d'une horde d'elfes, par exemple. Je l'adorais, celui-là.

— Ça va ? m'a-t-il demandé. Je me suis gelé les fesses à t'attendre ici.

Il a soufflé dans ses mains.

— Le temps n'est pas très clément, aujourd'hui, ai-je convenu, bien que ce soit un plaisir de voir le soleil briller ainsi.

Il m'a souri.

— C'est vrai, Eleanor.

Je l'ai remercié d'avoir pris le temps de venir jusque-là. C'était très gentil de sa part, et je le lui ai dit.

— En route, Eleanor, a-t-il lancé en jetant son mégot de cigarette. Tout est bon pour prendre une demi-journée. Et puis, ça fait du bien de parler d'autre chose que des licences de logiciels et de Windows 10.

— Mais tu *adores* parler de logiciels, Raymond, ai-je rétorqué en reniflant avant de lui coller un petit coup de coude doux et intrépide dans les côtes.

Il a ri et m'a rendu la pareille.

— Je plaide coupable, mademoiselle O.

Nous sommes entrés dans un café appartenant à une chaîne – il y en avait partout dans la ville. Nous avons fait la queue, et j'ai commandé un grand mocaccino avec un supplément de crème et de sirop de noisette. Le jeune homme de la caisse m'a demandé mon nom.

— Pourquoi voulez-vous le connaître ? ai-je demandé, déconcertée.

— Pour l'écrire sur votre gobelet, afin d'éviter les confusions.

Ridicule.

— Je n'ai jamais entendu quiconque commander la même boisson que moi jusqu'ici, ai-je répondu d'un ton ferme. Je suis parfaitement capable d'identifier ma commande lorsqu'elle arrivera.

Il m'a dévisagée, son feutre figé en l'air.

— Je dois écrire votre prénom sur le gobelet, a-t-il répété du ton ferme et las qu'adoptent souvent les personnes en uniforme.

— Je tiens à préserver ce minimum d'intimité qui consiste à ne pas donner mon nom à tout bout de champ dans un café, ai-je répondu avec la même fermeté que lui.

Derrière moi, une personne a poussé un soupir exaspéré, et une autre a marmonné quelque chose qui ressemblait à *fait chier*. Il me semblait que nous étions arrivés dans une impasse.

— Bien, d'accord, ai-je cédé. Mon nom est Mlle Eleanor Oliphant.

Il a écarquillé les yeux.

— Euh, je vais juste écrire Ellie, a-t-il dit en griffonnant.

Raymond était muet, mais ses larges épaules et son corps informe tressautaient. C'était son tour de passer commande.

— Raoul, s'est-il présenté avant d'épeler le prénom.

Après avoir récupéré nos boissons, sans aucune difficulté, nous avons choisi une table près de la vitre et avons regardé les passants. Raymond a versé trois sachets de sucre dans son americano, et j'ai résisté à la pulsion de lui suggérer de faire des choix plus équilibrés.

— Alors, a-t-il dit, après un silence qui m'a paru détendu. Ça s'est bien passé, aujourd'hui ?

— Plutôt, oui, ai-je répondu.

Il m'a regardée avec attention.

— On dirait que tu as pleuré.

— Oui. Mais ça va. C'est normal de pleurer quand tu parles de ta sœur défunte.

Le choc a tordu ses traits.

— Elle est morte dans l'incendie de la maison. C'est maman qui l'avait allumé. Nous ne devions pas en sortir vivantes. J'ai survécu, mais pas ma petite sœur.

J'éprouvais un calme curieux en prononçant ces paroles. Puis j'ai détourné les yeux, m'attendant à ce que l'expression de Raymond trahisse des émotions que je ne me sentais pas disposée à revivre tandis qu'il intégrait ces informations. Il a essayé de parler, mais sans succès.

— Je sais, ai-je dit pour lui donner le temps de retrouver une contenance.

C'était difficile à assimiler d'un coup, pour n'importe qui. J'avais moi-même mis plusieurs décennies. Je lui ai fourni quelques détails sur ce qui était arrivé à Marianne, sur ce qu'avait commis maman.

— À présent que j'ai enfin réussi à parler de ce qu'elle nous a fait, à ma sœur et moi, je ne peux plus continuer à laisser une place à maman dans ma vie. J'ai besoin de m'en affranchir.

Il a acquiescé.

— Est-ce que ça signifie que tu vas…

— Oui. Mercredi prochain, la prochaine fois que je lui parlerai. Je vais lui dire que c'est terminé. Qu'il est temps de couper les ponts pour de bon.

Il a hoché la tête, l'air approbateur. Je me sentais sereine, certaine de ce qu'il me restait à faire. C'était nouveau, comme sensation.

— Et il y a autre chose que je dois faire. Je veux savoir ce qui m'est arrivé, ce qui nous est arrivé, là-bas. Je me souviens de certains détails, mais j'ai besoin de tout savoir, à présent. (Je me suis raclé la gorge.) Tu veux bien m'aider, Raymond, m'aider à découvrir ce qui s'est passé pendant l'incendie ?

Ma voix s'était réduite à un murmure, je n'osais pas le regarder.

— Tu veux bien, s'il te plaît ?

Demander de l'aide me mettait au supplice. Je l'avais avoué à Maria. « Et en quoi ça vous a été utile, jusqu'ici ? » m'avait-elle demandé. Je n'avais pas apprécié son ton cassant, et pourtant, elle avait raison. Mais cela ne me simplifiait pas la tâche pour autant.

— Bien sûr, Eleanor. Tout ce que tu voudras. Dis-moi quand tu seras prête. Je te dirai tout ce que tu veux savoir.

Il a pris mes mains dans les siennes et les a serrées gentiment.

— Merci, ai-je répondu, soulagée, reconnaissante.

— Je trouve que c'est formidable, ce que tu fais, Eleanor, a-t-il dit, plongeant ses yeux dans les miens.

Voici ce que j'ai ressenti : j'ai senti la chaleur de ses mains se communiquer aux miennes, j'ai perçu sa sincérité dans son sourire, et une onde de chaleur délicate m'a traversée tandis que quelque chose s'ouvrait en moi, m'évoquant l'éclosion d'une fleur sous les rayons du soleil matinal. Je savais ce qu'il se passait. C'était la partie intacte de mon cœur, juste assez grande pour accueillir un peu d'affection. Il restait encore un tout petit espace sans cicatrice.

— Tu n'imagines pas ce que ça représente pour moi, Raymond, d'avoir un ami ; un ami sincère qui se soucie de moi. Tu m'as sauvé la vie, ai-je murmuré en craignant de me remettre à pleurer, là, dans ce café, et de nous embarrasser tous les deux.

À présent que j'avais commencé à pleurer en public, j'avais l'impression de sangloter à tout bout de champ.

— Ne me remercie pas, Eleanor. Tu aurais fait la même chose pour moi, je le sais.

J'ai hoché la tête. *Il a raison*, ai-je songé, surprise.

— Je me souviens de notre première rencontre, a-t-il repris en secouant la tête, amusé. Je t'ai prise pour une barje.

— Je *suis* barje, ai-je rétorqué, étonnée qu'il puisse penser le contraire.

Je me l'étais entendu dire toute ma vie.

— Non, pas du tout. C'est vrai que tu es un peu dingue, mais d'une manière sympa. Tu me fais rire, Eleanor. Tu te fous de toutes les conneries qui sont si importantes pour les gens, toutes ces bêtises, comme, je ne sais pas, avoir l'air cool, respecter le règlement de la boîte. Tu fais tes trucs comme tu l'entends, pas vrai ?

Cette fois, je pleurais – pas moyen de me retenir.

— Raymond, espèce d'andouille. À cause de toi, mon maquillage va couler.

J'étais vraiment agacée au moment où j'ai prononcé ces paroles, puis j'ai soudain pouffé de rire. Il a ri aussi et m'a passé une serviette en papier avec laquelle j'ai essuyé mes larmes.

— C'est bien mieux, a-t-il dit.

Nous sommes sortis et avons marché jusqu'au point où nos routes se séparaient pour que nous prenions nos bus respectifs.

— On se voit bientôt, alors ? a-t-il lancé.

— Oh, et plus tôt que tu ne le penses ! ai-je répondu avec le sourire.

— Qu'est-ce que ça veut dire ?

Il avait l'air troublé, et un brin amusé.

— C'est une surprise ! ai-je dit en agitant les mains et en haussant les épaules de manière extravagante.

Je n'avais jamais vu de magicien sur scène, mais j'ai tenté le coup. Raymond a éclaté de rire.

— Je suis impatient de voir ça.

Il a fouillé dans ses poches à la recherche de ses cigarettes. J'ai pris congé de lui, d'humeur distraite ; mes pensées ne cessaient de retourner vers Marianne et maman. J'avais du pain sur la planche. Le passé m'avait échappé – ou c'était moi qui lui avais échappé –, et pourtant, il rôdait toujours dans l'ombre. Il était temps de laisser entrer de la lumière.

39

Au boulot ! Un cocorico m'avait tirée de mon profond sommeil. Ce glorieux son matinal était alimenté par une pile AA et délivré par les minuscules enceintes de mon réveil que j'avais réglé la veille au soir, et non produit par la poussée de testostérone d'un ami volatile au lever du soleil. Il serait juste d'ajouter que ma chambre à coucher est, pour l'heure, une zone exempte de testostérone et de soleil. *Mais l'hiver finira bien par passer*, me suis-je dit, *ne l'oublie pas, Eleanor.* Couchée sur mes pieds, leur tenant chaud, Glen a fait la sourde oreille.

Impatiente de commencer la journée, j'ai enfilé un nouveau chemisier blanc, une nouvelle jupe noire, un collant et les bottines que je m'étais achetées pour aller à un concert où je n'aurais jamais dû mettre les pieds. Une tenue dynamique, pratique, *normale.* Oui, je reprenais le travail.

Des années auparavant, l'une de mes familles d'accueil nous avait emmenés, moi et ses propres enfants, faire des courses pour la rentrée scolaire. Nous avions tous trois eu le droit de choisir de nouvelles chaussures, un nouveau cartable, et avions été équipés d'un nouvel uniforme (même si ma jupe et mon blazer de l'année précédente m'allaient toujours très bien). Le point culminant de la journée avait été une visite à WHSmith, où nous avions pu écumer les riches rayonnages de papeterie. Nous avions eu le droit de choisir parmi les articles les plus abstrus (équerres, attaches parisiennes, étiquettes de papeterie trésor : à quoi tout ça pouvait-il bien servir ?), et ce butin était destiné à être conservé dans la magnifique trousse à fermeture Éclair qui était à moi et rien qu'à moi. Je ne suis pas du genre à me parfumer, préférant l'odeur du savon et de mon musc naturel, mais, s'il existait un flacon de parfum à l'odeur de copeaux de crayon et de gomme, je m'en aspergerais chaque jour avec joie.

J'ai pris mon petit déjeuner (du porridge et une prune, comme toujours) et suis sortie juste à temps pour attraper mon bus. Glen s'était glissée sous la couette pour occuper la place que j'avais abandonnée, puis rendormie. Je lui ai laissé de l'eau fraîche et un grand bol de croquettes, mais je doutais qu'elle remarque mon départ avant que je ne glisse la clef dans la serrure à mon retour du travail. Elle était très facile à vivre, à cet égard (il fallait avouer que, à bien d'autres égards, elle ne l'était guère).

La marche jusqu'à l'arrêt de bus était plus intéressante que dans mon souvenir, peut-être parce que ma longue absence me permettait de porter un regard neuf sur ce qui m'entourait. Il y avait une trop grande quantité d'ordures et aucune poubelle, l'un étant sans doute la conséquence de l'autre. Cette partie de la ville était d'une grisaille agressive, mais la nature luttait pour conserver son territoire : çà et là, on remarquait de la mousse sur un mur, des mauvaises herbes dans les gouttières, un arbre rachitique. J'ai toujours vécu en ville, mais j'éprouvais le besoin d'être entourée de verdure, un désir viscéral.

J'atteignais le carrefour que je devais traverser pour prendre mon bus quand je me suis arrêtée net, le regard attiré par un mouvement discret, une tache rousse. J'ai rempli mes poumons d'air matinal. À la lueur orange du feu tricolore, j'ai surpris un renard en train de laper du café. Il ne le tenait pas entre ses pattes – il a clairement été établi que je ne suis pas *folle* – mais avait la gueule plongée dans un gobelet Starbucks. Se sentant observé, il a relevé la tête et a soutenu mon regard. *Et alors ?* semblait-il me dire. *Je bois mon café du matin, où est le problème ?* Et il s'est remis à laper. Peut-être qu'il s'était couché très tard après avoir fouillé dans les poubelles, et qu'il avait du mal à se mettre en train à cette heure froide et sombre du petit matin. J'ai éclaté de rire et ai repris ma route.

Bob m'avait dit que, durant mon congé maladie, je pourrais faire un saut au bureau pour le voir ou l'appeler pour papoter, n'importe quand. La semaine précédente, quelques jours avant de reprendre le travail, alors que j'hésitais encore entre retourner chez le médecin pour faire prolonger mon arrêt et retourner au bureau le lundi d'après, je l'avais appelé, préférant ne pas me rendre sur place pour éviter de devoir répondre aux questions indiscrètes de mes collègues sans avoir préparé mes réponses.

— Eleanor ! s'était-il écrié. C'est bon de vous entendre ! Comment ça va ?

— Merci pour les fleurs. Je vais bien… je veux dire, bien mieux, merci, Bob. Ça n'a pas été facile, mais j'avance.

— Magnifique. Ce sont d'excellentes nouvelles ! Vous savez déjà quand, euh, quand vous pourriez envisager de revenir ?

Je l'ai entendu inspirer, comme s'il cherchait ses mots.

— Il n'y a pas d'urgence, bien sûr… aucune urgence. Je ne veux pas vous mettre la pression ; prenez tout votre temps. Ne revenez que lorsque vous serez tout à fait prête.

— Vous ne *voulez pas* que je revienne, Bob ? ai-je demandé, tentant un trait d'humour.

Il a soupiré.

— Eleanor, cette boîte part à vau-l'eau, sans vous ! Mince, Billy n'est même pas fichu d'établir une facture, quant à Janey…

— Je blaguais, Bob, l'ai-je coupé.

J'ai souri ; il fallait reconnaître que j'étais plutôt satisfaite d'apprendre que mes collègues n'avaient pas assuré du tout en mon absence.

— Vous blaguiez, Eleanor ! Eh bien, c'est très bon signe, vous devez être sur la bonne voie, dans ce cas, a dit Bob, l'air soulagé, soit parce que je plaisantais, soit parce que j'allais mieux – les deux, je suppose.

— Je reviens lundi. Je suis prête, ai-je affirmé d'une voix ferme, sûre de moi.

— Génial ! Vous êtes certaine que c'est le bon moment ? C'est magnifique, Eleanor. Je suis impatient de vous voir lundi matin.

Je le sentais sincère, en raison de toute la chaleur qui irradiait du téléphone. La voix est différente, altérée, quand on sourit.

— Merci de vous montrer si… compréhensif envers tout ça, Bob, ai-je dit en sentant une boule se former dans ma gorge. Merci pour votre soutien.

Je voulais vous dire que… je suis désolée de ne pas toujours avoir été une employée très… enthousiaste, par le passé…

— Allons, allons (je le voyais presque secouer la tête), cette boîte ne serait pas ce qu'elle est sans vous, Eleanor, je suis sérieux. Vous êtes une institution.

J'ai entendu sonner son téléphone portable. Il a soupiré.

— Désolé, je dois répondre, Eleanor. C'est un nouveau client. Bon, alors, prenez soin de vous, et on se voit lundi, d'accord ?

— D'accord.

En raccrochant, je me souviens d'avoir espéré que Janey n'apporterait pas un de ses gâteaux maison pour fêter mon retour ; elle le faisait souvent quand une personne revenait après une absence. Le mot « sec » est loin d'exprimer la texture aride de sa génoise au café et aux noisettes.

Quand je suis arrivée devant l'immeuble peu attrayant, j'ai hésité un instant. Je n'y avais pas mis les pieds depuis près de deux mois, et Dieu seul savait quelles rumeurs infondées avaient pu circuler sur moi. Durant tout ce temps, je n'avais pas accordé une seule pensée à mon tableur, mes comptes clients, mes commandes et la TVA. Serais-je toujours capable d'accomplir mes tâches ? Et mon mot de passe ? Oui, bien sûr. Trois mots, *Ignis aurum probat*. « Le feu éprouve l'or. » La fin de la phrase : « … et l'adversité éprouve le brave. » Comme c'était vrai. Un mot de passe puissant et à haut niveau de sécurité, tout à fait ce que requiert l'ordinateur. Merci Sénèque.

Ah, mais je sentais déjà la panique papillonner dans mon ventre. Je n'y arriverais pas. Ou peut-être que si ? Non, je n'étais pas prête. Il valait mieux que je rentre à la maison, que je téléphone à Bob et lui dise que j'avais besoin d'une semaine de plus. Il comprendrait.

J'ai entendu un pas traînant derrière moi. Je me suis empressée d'essuyer mes larmes, qui avaient coulé pendant que je fixais l'immeuble massif. Tout à coup, je me suis sentie pivoter à cent quatre-vingts degrés, et deux bras m'ont enserrée dans une étreinte. J'ai senti le contact rugueux de la laine (chapeau, écharpe, gants) contre ma peau, et humé une odeur de pomme, de savon et de Marlboro rouges.

— Eleanor ! s'est exclamé Raymond. Voilà donc ce que tu voulais dire en annonçant qu'on se reverrait bientôt !

Je me suis abandonnée à son étreinte et même serrée contre lui, parce que force était de reconnaître que, à ce moment particulier, dans ces circonstances particulières, à un moment où je me sentais submergée par l'émotion, me retrouver tout à coup dans ses bras relevait du miracle. Je n'ai rien dit et, lentement, aussi craintive que les rayons du soleil hivernal, j'ai laissé descendre mes bras jusqu'à sa taille pour mieux l'étreindre. Ma tête reposait contre sa poitrine. Il n'a rien dit, sentant peut-être que ce dont j'avais le plus besoin en cet instant était ce qu'il m'offrait, et rien d'autre.

Nous sommes restés ainsi un long moment, puis j'ai reculé, me suis passé la main dans les cheveux et essuyé les yeux. J'ai vérifié l'heure à ma montre.

— Tu as dix minutes de retard, Raymond, ai-je dit.

Il a ri.

— Toi aussi !

Il s'est avancé et m'a dévisagée. J'ai soutenu son regard, comme le renard avait soutenu le mien.

— Allez, viens, a-t-il dit en me tendant son bras. On est en retard. Allons-y. Je ne dirais pas non à une tasse de thé, et toi ?

J'ai glissé mon bras sous le sien, et il m'a accompagnée jusqu'à la porte du service comptabilité. Je me suis alors empressée de reprendre mon bras, craignant que quelqu'un ne nous surprenne dans cette posture. Il s'est penché, a approché son visage du mien et m'a parlé d'un ton paternaliste (du moins, je supposais qu'il l'était – j'étais loin de faire autorité en la matière).

— Bon, maintenant, je vais t'expliquer ce qui va se passer. Tu vas entrer là-dedans, tu vas suspendre ton manteau, brancher la bouilloire et te mettre au travail. Personne ne va te sauter dessus, il n'y aura aucune effusion, ce sera comme si tu n'étais jamais partie.

Il a hoché la tête pour appuyer son propos.

— Mais, et si…

Il m'a interrompue :

— Vraiment, Eleanor, fais-moi confiance. Tout va bien se passer. Tu as été souffrante, tu as pris un peu de repos, et à présent te voilà de retour dans l'arène. Tu es une excellente employée, et ils seront tous aux anges de te voir à ton poste. Point final, a-t-il dit, sérieux, sincère, gentil.

Ses paroles m'ont calmée – un peu.

— Merci, Raymond, ai-je soufflé.

Il m'a donné un coup de poing dans l'épaule – léger, un semblant de coup de poing – et m'a souri.

— Nous sommes à la bourre ! a-t-il lancé, les yeux écarquillés d'horreur feinte. On se retrouve pour déjeuner, à 13 heures ?

J'ai fait « oui » de la tête.

— Allez, entre, et fais-leur vivre l'enfer !

Il s'est éloigné et a monté l'escalier comme un éléphant de cirque exécutant un nouveau numéro. Je me suis raclé la gorge, j'ai lissé ma jupe et ouvert la porte.

Une chose à la fois : avant de gagner mon bureau et d'affronter les regards, je devais en passer par le redoutable entretien de reprise d'activité. Apparemment, le département des ressources humaines vous obligeait à avoir un entretien avec votre patron chaque fois que vous vous absentiez plus de quarante-huit heures ; officiellement pour vérifier que vous étiez en état de reprendre le travail et pour convenir d'éventuels aménagements qui vous aideraient à vous maintenir dans cet état. De l'opinion générale, cette entrevue avait pour seul but d'intimider l'employé en question, de le dissuader de s'absenter de nouveau, et de vérifier qu'il ne s'agissait pas d'un – quelle était l'expression, déjà ? – *tire-au-flanc*. Mais, en général, ces employés-là n'étaient pas reçus par Bob. Seuls les directeurs de service avaient des comptes à lui rendre. Et j'étais l'un d'eux, à présent, je faisais partie de la garde prétorienne. Et Bob était un empereur d'un genre singulier.

Il s'est levé, m'a embrassée sur la joue et serrée contre lui – je me suis retenue de rire en sentant son gros ventre contre le mien. Il m'a donné deux ou trois tapes sur l'épaule. Je ressentais une gêne presque insupportable, néanmoins c'était très très agréable.

Il m'a préparé une tasse de thé et m'a proposé des biscuits tout en s'assurant que j'étais bien installée.

— Venons-en à cet entretien. Vous n'avez aucune inquiétude à avoir, Eleanor, c'est une formalité ; le DRH va juste me remonter les bretelles si je ne fais pas les choses dans les règles, vous savez ce que c'est. (Il a grimacé.) On va juste cocher les cases (*Quoi ?*), signer le formulaire, et je vous libérerai.

Il a aspiré une gorgée de café et en a renversé quelques gouttes sur sa chemise. Les chemises de Bob étaient fines, on voyait son maillot de corps en dessous, ce qui accentuait son allure d'écolier ayant grandi trop vite. Il a pris un formulaire et m'a énuméré une liste de questions d'une banalité insultante. À notre soulagement à tous les deux, le processus s'est révélé plus ennuyeux que douloureux.

— Bien, a-t-il conclu. Une bonne chose de faite, Dieu merci. Désirez-vous m'entretenir de quoi que ce soit ? Il est un peu tôt pour entrer dans le vif du sujet, je sais. Nous pourrions nous revoir demain, quand vous aurez pu faire le point, si vous voulez ?

— Pour le repas de Noël, ai-je demandé, tout est déjà organisé ?

Son petit visage rond s'est fripé, et il a juré de la manière la moins enfantine qu'on puisse imaginer.

— Ça m'était complètement sorti de l'esprit ! Il y avait tant d'autres choses à régler que c'est, comment dire, sorti de mon radar. Merde…

— Ne vous inquiétez pas, Bob. Je m'en occupe de ce pas. (J'ai marqué une pause.) Enfin, juste après avoir mis tous mes comptes à jour, évidemment.

Il a eu l'air inquiet.

— Vous en êtes certaine ? Je ne voudrais pas vous écraser de travail, Eleanor ; vous revenez tout juste, je pense que vous avez assez de pain sur la planche…

— *No problemo*, Bob, ai-je répondu, sûre de moi, levant mes deux pouces.

C'était la première fois que j'essayais ce geste de Raymond. Bob a écarquillé les yeux. J'espérais l'avoir fait correctement, à bon escient. Je me débrouille bien avec les mots, en général, mais je dois avouer qu'il m'arrive de faire des faux pas avec ces choses-là.

— Eh bien, si vous en êtes certaine… a-t-il dit.

Il faut reconnaître que son ton suggérait qu'il nourrissait, quant à lui, certains doutes.

— Absolument, Bob. Tout sera organisé et réservé avant la fin de la semaine. Vous pouvez compter sur moi.

— Bon, bien, ce serait formidable, a-t-il dit en griffonnant sa signature sur le formulaire avant de me le tendre. J'ai besoin que vous remplissiez cet encart au bas de la page, et nous en aurons terminé.

J'ai signé d'un geste théâtral. J'ai rarement l'occasion de signer quoi que ce soit au quotidien, ce qui est bien dommage car j'ai une « John Hancock[1] » des plus intéressantes, comme diraient nos cousins d'outre-Atlantique. Sans vouloir me vanter. C'est juste que tous les gens qui ont pu la voir l'ont trouvée très inhabituelle et particulière. Personnellement, je ne comprends pas pourquoi ils en font tout un plat. C'est donné à tout le monde de faire un « O »

1. Comprendre « signature ». John Hancock fut le président du second congrès continental qui signa la Déclaration d'indépendance des États-Unis en 1793.

en coquille d'escargot, après tout, et mélanger les minuscules et les majuscules relève du bon sens – ça rend une signature plus difficile à imiter. La sécurité personnelle et la protection des données sont primordiales.

Quand j'ai fini par m'asseoir à mon bureau, la première chose qui a attiré mon regard a été les fleurs. Elles étaient masquées par l'écran quand je m'étais avancée, mais à présent je pouvais même voir le vase qui les contenait (enfin, le verre de bière ; on manquait toujours de vases, de couteaux et de flûtes à champagne, au bureau, en dépit des célébrations d'événements de la vie qui semblaient avoir lieu chaque semaine). Un bouquet de fleurs de saison, de panicauts maritimes, d'agapanthes et d'iris ; magnifique.

Une enveloppe était posée devant. Je l'ai décachetée avec soin. Elle contenait une carte de vœux sublime, illustrée d'un écureuil en train de manger une noisette. À l'intérieur, quelqu'un avait écrit (Bernadette, sans doute, à en juger par les gribouillis enfantins) *BON RETOUR PARMI NOUS ELEANOR !* et une multitude de signatures accompagnées de *Meilleurs vœux* ou *Bisous* s'étalaient sur les deux volets de la carte. Je n'en revenais pas. Bisous ! Meilleurs vœux ! Je ne savais qu'en penser.

J'ai allumé mon ordinateur en réfléchissant à tout ça. J'avais tant d'e-mails en attente que j'ai commencé par lire ceux du jour. *Autant effacer tous les autres*, me suis-je dit. Les expéditeurs ne manqueraient pas de me contacter si c'était important. Le message le plus récent était de Raymond, envoyé dix minutes plus tôt. Le sujet était : LIS-MOI !!!

Pense que cé le meilleur moyen d'être remarqué parmi les millions de messages qui se trouvent dans ta boîte LOL. Oublié de te dire l'autre jour, jé deux billets de concert, classique, je ne sé pas si tu aimes, mais jé pensé que sans doute oui. Cé dans 2 semaines, samedi si tu es libre - on pourrait aller dîner après ?
On se voit @ midi.
Biz. R.

Je m'apprêtais à répondre quand je me suis aperçue que mes collègues s'étaient rassemblés en cercle autour de mon bureau. Je les ai regardés. Leurs visages exprimaient toutes sortes d'émotions, de l'ennui à la bienveillance. Janey avait l'air un peu inquiète.

— Nous savons que tu n'aimes pas les effusions, Eleanor, a-t-elle dit, ayant manifestement été désignée comme porte-parole. Nous voulions juste que tu saches que nous sommes heureux que tu te sentes mieux, et, eh bien : bon retour parmi nous !

Il y a eu des hochements de tête et des murmures d'assentiment. Ça n'avait rien de churchillien, comme discours, mais c'était très gentil de leur part.

Je n'étais pas douée pour m'exprimer en public, mais j'ai senti qu'ils seraient déçus si je ne prononçais pas quelques mots.

— Merci beaucoup pour les fleurs, pour la carte et pour vos bons vœux, ai-je déclaré, les yeux baissés sur mon bureau.

Il y a eu un silence que personne, moi moins que quiconque, n'a trouvé le moyen de briser. J'ai levé les yeux.

— Bon, les factures échues ne vont pas s'établir toutes seules, pas vrai ?

— La revoilà ! s'est exclamé Billy, provoquant un éclat de rire général (auquel j'ai joint le mien).

Oui, Eleanor Oliphant était de retour.

40

Mercredi soir. Le moment était venu.

— Salut, maman.

Ma voix était neutre, sans émotion.

— Comment sais-tu que c'est moi ?

La sienne cassante, irritée.

— C'est *toujours* toi, maman.

— Effrontée ! Ne sois pas insolente, Eleanor. Ça ne te va pas du tout. Maman n'aime pas les vilaines filles qui répondent à leur mère, et tu le sais très bien.

La vieille rengaine, je l'avais entendue si souvent.

— Ce que tu aimes ou pas ne m'intéresse plus, maman.

Elle a reniflé, moqueuse.

— Oh, on est d'humeur ronchonne, je vois. Que se passe-t-il, tu as tes règles ? Ce sont les *hormones* qui te travaillent, chérie ? Ou autre chose… Laisse-moi réfléchir. On t'a monté la tête ? Tu t'es laissé raconter des mensonges sur mon compte ? Combien de fois t'ai-je mise en garde ? Maman n'est pas…

Je l'ai interrompue :

— Maman, je vais devoir te dire adieu, ce soir.

Elle a éclaté de rire.

— Adieu ? Comme c'est… définitif, chérie. Il n'y a aucune raison. Que deviendrais-tu sans nos petites conversations ? Et ton grand projet – ne devrais-tu pas au moins raconter tes avancées à maman ?

— Le projet n'était pas la solution, maman. C'était mal de ta part, très mal, de me faire croire le contraire, ai-je dit, ni triste ni gaie, informative.

Elle a pouffé.

— C'était *ton* idée, si je ne m'abuse, chérie. Je n'ai fait que… t'encourager depuis les tribunes. C'est ce que ferait n'importe quelle maman attentionnée, pas vrai ?

J'y ai réfléchi. Attentionnée. Attentionnée… Qu'entendait-elle par là, au juste ? Une mère attentionnée se soucierait de mon bien-être, ne voudrait que le meilleur pour moi. Une mère attentionnée aurait lavé mes draps souillés d'urine, aurait veillé à ce que je rentre à la maison, saine et sauve, après l'école, m'aurait acheté un ballon ridicule pour me consoler quand j'étais triste. Je n'avais aucun désir de me remémorer toutes ses négligences, ses maltraitances, toutes les horreurs qu'elle nous avait fait vivre, à Marianne et moi, ce qu'elle avait fait, ce qu'elle n'avait pas fait. Il était trop tard pour cela.

— Tu as mis le feu à la maison pendant notre sommeil, à Marianne et moi. Et elle est morte. Ce n'est pas ce que j'appelle se montrer attentionnée, ai-je dit en m'efforçant de rester calme, sans y parvenir tout à fait.

— Oui, c'est bien ce que je disais, quelqu'un t'a raconté des mensonges ; je le savais ! a-t-elle dit d'un ton triomphant.

Sa voix vibrait d'exaltation quand elle a repris :

— Réfléchis, chérie – n'importe qui aurait agi comme moi dans les mêmes circonstances. Je te l'ai déjà dit : si tu veux que ta situation change, fais ce qu'il faut pour ça ! Bien sûr, il y a des inconvénients à tout… Il faut faire avec, et ne pas trop se soucier des conséquences.

Elle était de bonne humeur, ravie de dispenser sa sagesse. J'ai réalisé qu'elle était en train de justifier notre assassinat, à Marianne et moi, que les *inconvénients*, c'était nous. Bizarrement, ça m'a aidée.

J'ai inspiré à fond, même si je n'en avais pas vraiment besoin.

— Adieu, maman.

Mes derniers mots. Ma voix était ferme, posée, assurée. Je n'étais pas triste. J'étais sûre de moi. Et, derrière tout ça, un petit embryon se formait – minuscule, délicat, juste un amas de cellules, les battements d'un cœur plus petit qu'une tête d'épingle : c'était moi. Eleanor Oliphant.

Et d'un coup, maman a disparu.

DES JOURS MEILLEURS

41

J'avais beau me sentir parfaitement bien, prête à me remettre au boulot, le DRH a insisté pour que mon retour se fasse « en plusieurs étapes » ; de sorte que, pendant plusieurs semaines, je ne devais travailler que le matin. Qu'à cela ne tienne : s'ils voulaient me payer mon salaire intégral pour un mi-temps, libre à eux. Le vendredi midi, à l'issue de ma brève journée de travail, j'ai retrouvé Raymond pour la seconde fois de la semaine.

Entre-temps, nous n'avions communiqué que par courrier électronique. J'avais passé la soirée de la veille à faire des recherches sur Internet. C'était si facile de trouver ce qu'on cherchait. Trop facile, peut-être. J'avais imprimé deux articles de journaux dont les titres avaient retenu mon attention et les avais mis dans une enveloppe que j'avais scellée, sans les lire. Je savais que Raymond les avait déjà dénichés, mais il était important que je mène moi-même ces recherches. C'était *mon* histoire, celle de personne d'autre. En tout cas, d'aucune autre personne encore en vie.

Il m'a rejointe à notre café, comme je le lui avais demandé, afin que je ne sois pas seule quand je les lirais. J'essayais de tout endurer seule depuis trop longtemps, et ça ne m'avait pas réussi. Parfois, on a juste besoin de sentir une présence bienveillante à côté de soi pour supporter une épreuve.

— Je me fais l'effet d'un espion, a dit Raymond en regardant l'enveloppe fermée posée sur la table entre nous.

— Tu n'es pas du tout taillé pour une carrière d'espion.

Il a haussé les sourcils.

— Tu as un visage trop honnête, ai-je précisé.

Il a souri.

— Prête ? a-t-il repris, soudain sérieux.

J'ai acquiescé.

C'était une enveloppe à bulles brune, de format A4, que j'avais dérobée dans le placard des fournitures du bureau. Le papier aussi venait de là. Je culpabilisais un peu, surtout depuis que je savais que Bob devait déduire ces articles de ses dépenses courantes. J'ai ouvert la bouche pour lui parler du budget des fournitures de bureau, mais il a pointé le menton vers l'enveloppe pour m'encourager, et j'ai compris que je ne pouvais plus repousser le moment. Je l'ai décachetée et je lui ai montré les deux feuilles. Il s'est approché encore plus près de moi. Nous étions côte à côte, à présent, synchrones. Je sentais sa chaleur, sa force, et je me suis reposée dessus avec reconnaissance. J'ai commencé à lire.

The Sun, 5 août 1997, p. 2

« Le démon au visage d'ange » : la tueuse d'enfants « nous a tous mystifiés », déclarent les voisins

« La mère tueuse » Sharon Smyth (en photo), 29 ans, vivait dans une rue tranquille de Maida Vale depuis

deux ans, aux dires des voisins, lorsqu'elle a déclenché un incendie volontaire qui a viré à la tragédie.

« C'était une fort jolie jeune femme – elle nous a tous mystifiés », a déclaré un voisin qui souhaite rester anonyme. « Ses petites filles étaient toujours très élégantes, et elles s'exprimaient si bien ; tout le monde disait qu'elles étaient très bien élevées », a-t-il confié à notre reporter.

« Mais, au fil du temps, on a bien vu que quelque chose ne tournait pas rond. Les petites semblaient être terrifiées en présence de leur mère. Elles avaient des bleus, parfois, et il paraît qu'on entendait beaucoup de pleurs dans cette maison. Elle n'était pas souvent là. Nous supposions qu'il y avait une baby-sitter, mais avec le recul...

« Un jour, je discutais avec la plus grande des filles – elle ne devait pas avoir plus de 10 ans, alors – quand la mère lui a jeté un regard si noir qu'elle s'est mise à trembler de tous ses membres, comme un chiot terrifié. Je n'ose imaginer ce qu'il se passait derrière ces murs. »

La police a confirmé hier que l'incendie meurtrier de la maison est d'origine criminelle.

Une enfant (de 10 ans) dont nous n'avons pas le droit de révéler l'identité se trouve encore à l'hôpital, dans un état critique.

Je me suis tournée vers Raymond. Il a soutenu mon regard. Aucun de nous n'a prononcé une parole pendant un long moment.

— Tu sais comment ça s'est terminé, hein, m'a-t-il dit d'une voix très douce.

Je suis passée au second article.

London Evening Standard,
28 septembre 1997, p. 9
Dernières nouvelles du crime de Maida Vale : deux morts, la courageuse orpheline se remet de ses blessures

La police a confirmé ce jour que les corps retrouvés sur la scène du crime survenu le mois dernier dans une maison de Maida Vale incendiée sont ceux de Sharon Smyth (29 ans) et de sa plus jeune fille Marianne (4 ans). Sa fille aînée, Eleanor (10 ans), a quitté l'hôpital ce jour ; une guérison miraculeuse, disent les médecins : l'enfant avait été brûlée au troisième degré et avait inhalé de la fumée.

Le porte-parole de la police a confirmé que le feu avait été allumé volontairement par Mme Smyth, décédée des suites d'une asphyxie alors qu'elle s'enfuyait de sa propriété. Les tests pratiqués sur les deux enfants ont révélé qu'un sédatif leur avait été administré ; elles portaient également les marques des liens qui les immobilisaient.

Selon notre reporter, dans un premier temps, Eleanor Smyth aurait réussi à échapper aux flammes. Puis des voisins ont vu la fillette de 10 ans, blessée, retourner dans la maison avant l'arrivée des secours. Les pompiers l'auraient découverte devant un placard de la chambre du haut dont elle essayait vainement d'ouvrir la porte. Le corps de sa sœur de 4 ans a été découvert à l'intérieur de ce placard.

La police n'a pas été en mesure de retrouver des parents de l'enfant, qui a été prise en charge par les services sociaux.

— C'est tout ce que j'ai trouvé, moi aussi, a dit Raymond quand j'ai poussé les articles vers lui.

J'ai regardé par la vitre. Les gens faisaient des courses, parlaient dans leur téléphone portable, promenaient leurs bébés en poussettes. Le monde continuait de tourner, indifférent à tout ça. C'était la vie.

— Ça va ? m'a demandé Raymond après un long silence.

J'ai fait « oui » de la tête.

— Je vais poursuivre ma thérapie. Ça m'aide.

Il m'a dévisagée.

— Comment tu te sens ?

— Tu ne vas pas t'y mettre, toi aussi ? ai-je soupiré.

Puis j'ai souri, pour qu'il comprenne que je plaisantais.

— Je vais bien. Enfin, il est clair que j'ai pas mal de trucs à digérer, et pas qu'un peu. Le docteur Temple et moi allons encore en parler. De la mort de Marianne, de celle de maman, des raisons pour lesquelles j'ai prétendu qu'elle était toujours là, qu'elle me parlait… Ça prendra du temps, ça ne sera pas facile.

Je me sentais sereine.

— Mais pour le reste, pour l'essentiel… je me sens bien. Vraiment bien, ai-je répété en insistant, parce que, enfin, c'était vrai.

Une femme est passée à toute vitesse ; elle courait après un chihuahua en criant son nom d'une voix de plus en plus anxieuse.

— Marianne adorait les chiens, ai-je dit. Chaque fois qu'elle en voyait un, elle le pointait du doigt puis elle essayait de le prendre dans ses bras.

Raymond s'est raclé la gorge. D'autres cafés sont arrivés, que nous avons bus lentement.

— Tu vas t'en sortir ? a-t-il demandé.

Il a soudain paru irrité par lui-même.

— Désolé. C'est bête, comme question. J'aurais juste voulu savoir tout ça plus tôt. J'aurais voulu être plus apte à t'aider.

Il a fixé le mur, comme s'il se retenait de pleurer.

— Personne ne devrait avoir à supporter ce que tu as supporté, a-t-il fini par déclarer, furieux. Tu as perdu ta petite sœur même si tu as tout tenté pour la sauver, et tu n'étais toi-même qu'une enfant. Avoir vécu tout ça, et avoir dû passer toutes ces années à essayer de t'en sortir toute seule, c'est…

Je l'ai interrompu :

— Quand tu lis des histoires sur des « monstres » célèbres… tu oublies qu'ils ont des familles. Mais ils ne jaillissent pas de nulle part. On ne pense jamais aux gens qu'ils laissent derrière eux et qui doivent subir les conséquences de leurs actes.

Il a hoché la tête.

— J'ai demandé aux services sociaux de me permettre d'accéder à mon dossier. J'ai des raisons de réviser mon opinion sur la loi sur la liberté de l'information, Raymond, et laisse-moi te dire une chose, je trouve que c'est une loi formidable. Quand mon dossier arrivera, je compte m'asseoir et le lire du début à la fin – le *Reader's Digest* de la vie d'Eleanor. Je veux tout savoir, connaître les moindres détails de cette histoire. Ça va m'aider. Ou me déprimer. Ou les deux.

J'ai souri pour bien lui montrer que je n'étais pas inquiète, et pour m'assurer qu'il ne l'était pas non plus.

— Mais il ne contient pas tout, n'est-ce pas ? a-t-il dit. Il ne parle pas de toutes ces années perdues.

Tu as vécu des choses terribles. Tu avais tant besoin d'aide, et tu n'en as jamais reçu. Tu dois l'exiger, maintenant, Eleanor…

Il a secoué la tête, incapable de formuler sa pensée.

— Au bout du compte, l'important, c'est que j'aie survécu.

Je lui ai adressé un sourire radieux.

— J'ai survécu, Raymond ! ai-je dit.

J'étais consciente que, dans mon malheur, j'avais eu de la chance, et je savourais aussi celle d'être là.

Au moment de partir, j'ai apprécié l'effort de Raymond pour changer de sujet, entamer une conversation banale.

— Qu'as-tu l'intention de faire, ce week-end ?

J'ai énuméré mes projets en les comptant sur mes doigts :

— Il faut que j'emmène Glen se faire vacciner, et je dois organiser un repas de Noël au Safari Parc. À en croire leur site Web, ils ferment pendant l'hiver, mais je suis certaine de pouvoir les persuader de faire une exception.

Nous sommes sortis et sommes restés devant le café un moment pour profiter du soleil. Raymond s'est frotté le visage et a regardé les arbres, pardessus mon épaule. Il s'est une fois de plus raclé la gorge. Un des nombreux dangers qui guettaient les fumeurs.

— Tu as reçu mon e-mail à propos du concert, Eleanor ? Je me demandais si…

— Oui, ai-je répondu en souriant.

Il a hoché la tête, m'a regardée dans les yeux, et a esquissé un sourire. L'instant s'est éternisé comme une goutte de miel qui tomberait d'une grosse cuillère dorée. Nous nous sommes écartés de la porte pour laisser passer une femme en fauteuil roulant et son ami. La pause déjeuner de Raymond touchait à sa fin. J'avais tout un après-midi pour moi seule.

— Au revoir, Raymond, ai-je dit.

Il m'a attirée contre lui et m'a serrée dans ses bras un moment, coinçant d'un geste tendre une mèche de cheveux rebelle derrière mon oreille. Son corps massif me paraissait doux et fort. Quand notre étreinte s'est brisée, je l'ai embrassé sur la joue. Sa barbe naissante m'a chatouillé les lèvres.

— À bientôt, Eleanor Oliphant.

J'ai ramassé mon cabas, fermé mon pourpoint et repris le chemin de la maison.

REMERCIEMENTS

Merci à mes amis et à ma famille, ainsi qu'à toutes les personnes et les organisations suivantes :

Janice Galloway, pour sa sagesse et ses encouragements.

Mon formidable agent Madeleine Milburn et ses collègues, pour leur enthousiasme, leurs compétences, leurs conseils et leur soutien.

Mes éditeurs, Martha Ashby au Royaume-Uni et Pamela Dorman aux États-Unis, qui ont pris grand soin de ce livre et l'ont enrichi de leur regard éclairé, de leur sagesse et de leur humour. Mes remerciements à leurs collègues talentueux de chez HarperCollins et Penguin Random House, qui ont participé à la conception, la production et au rayonnement de ce roman. J'ai eu beaucoup de chance de me trouver en de si bonnes mains.

The Scottish Book Trust qui m'a mise sur la liste du Next Chapter Award ce qui, entre autres, m'a permis de passer du temps à écrire et à me relire au centre pour écrivains de Moniack Mhor. Je dois toute ma reconnaissance à ces deux organisations.

À mon groupe d'écriture, pour ses critiques, ses discussions constructives et son agréable compagnie.

George et Annie pour leur généreuse hospitalité et leurs constants encouragements.

Enfin, merci à George Craig, Vicki Jarrett, Kristy Mitchell et Philip Murnin. Je suis très chanceuse d'avoir pu bénéficier de leur amitié, de leur expérience éditoriale et de leur soutien bienveillant tandis que j'écrivais (ou n'écrivais pas) ce livre.

MIXTE
Papier issu de
sources responsables
FSC® C003309

10/18, une marque d'Univers Poche,
est un éditeur qui s'engage pour
la préservation de l'environnement
et qui utilise du papier fabriqué à partir
de bois provenant de forêts gérées
de manière responsable.

Imprimé en France par CPI

N° d'impression : 3032101
X07310/02

Graeme Hague was born in 1959 and now lives in Queensland. When he's not writing he alternates between being a professional musician and working as a technician in live theatre.

Also by G. M. Hague in Pan

Ghost Beyond Earth
A Place to Fear
Voices of Evil

THE DEVIL'S NUMBERS

G.M.HAGUE

PAN

Pan Macmillan Australia

First published 1997 in Pan by Pan Macmillan Australia Pty Limited
St Martins Tower, 31 Market Street, Sydney

This edition published 2001 by Hinkler Books Pty. Ltd.
17-23 Redwood Drive, Dingley, Victoria 3172 Australia

National Library of Australia
cataloguing-in-publication data:

Hague, G. M.
The devil's numbers.

ISBN 186515 6396

I. Title.
A823.3

Typeset in Sabon 10.5/12.5pt by Post Typesetters, Brisbane
Printed in Australia

For my mother, Nancy May Francis.

FOREWORD

In my last novel, *Voices of Evil*, parts of the story moved to the First World War and the Gallipoli campaign. In this book I've done something similar by including the story of a haunted German submarine in 1917 and I suppose I should offer my regular readers some sort of apology for committing the writer's cardinal sin of repetition. However, I have an excellent excuse in that the haunted U-boat is a true story that I've adapted only marginally to fit the larger, fictional plot around it. All the events described in those segments of the novel are a matter of record in German naval military archives. Even the overnight stay on board by Admiral Schroeder to try and convince the terrified crew that an exorcism worked, actually happened. Please note, though, that while I've often used the correct names of some of the officers involved, the characters in the novel aren't supposed to accurately portray the real people who were there. As an author, it was an easy way of finding so many German surnames. I must apologise also for substituting Anglicised versions of the German officers' ranks, which are mostly cumbersome and difficult to pronounce.

My research into this fascinating story struck a few blatant discrepancies, such as where the submarine was built, and I found one account discrediting the whole episode (of course, a good ghost story lacks credibility if there isn't a bunch of 'experts' determined to debunk it), but I believe the tale as I've represented it is close to the original, official version. It makes it one hell of a ghost story about supernatural events witnessed by almost the entire crew of a submarine—I say 'almost', because, interestingly, some of the crew just couldn't 'see' any of the spectres.

I guess that made them the lucky ones.

PROLOGUE

They once burned witches here. Somewhere close, and not so long ago. The dark forest with its gloomy, forbidding shadows crowded the edge of the road. The stories and legends about the forest were rife with all manner of creatures eager to feast on the flesh of a ten-year-old lad walking alone, and although Matthew was old enough to recognise that most were the foolish ramblings of the town drunkards with their bellies full of sour ale and cider, he knew that some of the tales were based on the truth.

After all, Matthew himself was born on the same day the town elders burned three witches and razed the women's homes to ashes for good measure.

Somewhere in this forest.

Deeper in the forest, though, he reminded himself once more, but the comforting words echoed hollowly in his mind. *Not close at all, to tell the truth. It was on the other side of the town, far from here—too far for him to worry.*

Unless it was true witches could fly, as the stories said. Then nowhere in the forest would be far enough away.

Matthew dreaded this nightly trek through the forest to his tutor's shack. He hated the outward-bound evening journey more than the return trip at night. It *should* have been worse going home later in the dark, but then Matthew could run, using the distant oil-lamps of the houses to guide him while he let the fear build in his chest, and look forward to the joyous release of reaching the safety of the old gatekeeper's home on the edge of town.

But he couldn't run now. Running from the village towards his tutor's dismal shack rendered Matthew useless for the trip back. It was the *running* that did it, triggering inside him a burst of fear like a startled animal taking flight when it understands the meaning of a hunter's bow. The terror stayed in his heart during the lessons and meant he'd have to study longer, later into the night. It was hard enough to concentrate on the puzzling sums and words Matthew was expected to learn, without being terrified at the same time.

The twilight brought the voices of the forest alive with strange noises twittering and croaking all around him. Matthew's common sense told him they were frogs and small birds calling to each other. But his fevered imagination whispered it was the ghosts and evil spirits of the dead witches dragging their charred feet through the leaves as they followed him, waiting for their moment.

Matthew didn't know why he was attending a tutor who lived beyond the town's boundaries. He didn't know why he needed tutoring at all. Matthew would have been quite happy concentrating on his work in the stables and being with horses for the rest of his life. He knew only that it was his mother's insistence that he learn letters and numbers, while his father's grudging consent had gone so far as paying the pittance the estranged tutor asked, rather than the substantial fees demanded by the scholars within the town. His mother was attempting to nurture his spark of intelligence into a flame which might see Matthew rise above their backward, rural town huddled within the hills of the Ilkley moors. It wasn't pure selflessness—she prayed Matthew might one day travel to one of the cities and find work in a factory. Then, of course, he would send his money home.

But it was a grand plan that meant nothing to a small boy, when the cost involved his walking through this threatening forest every evening. All the learning in the world wouldn't save him from the beasts he imagined were lurking in the shadows.

This evening, as always, Matthew survived the trip to see the glow of the tutor's lamps glimmering between the trees. His relief at reaching the small cottage was tempered with the anxiety of spending more time with this strange man. And, again as always, the tutor opened the door as Matthew approached, despite the windows having sacks drawn across them and Matthew unconsciously creeping as quietly as he could.

How does he know? he asked himself, not for the first time.

'You should come earlier,' the tutor called as Matthew approached. 'It grows dark sooner now and I need to burn the lamp brighter to see your work. I cannot afford the oil.'

'I can't leave the stables any earlier,' Matthew replied tremulously.

The tutor snorted disdainfully and moved aside to let the boy through. Matthew could smell him as he passed, a musty but not unpleasant odour. The tutor was quite tall and had long, unkempt hair past his shoulders. His moustache and beard were straggly too, falling easily to his chest. He wore a heavy coat of dark material reaching the floor. The boy hadn't seen him in anything else and sometimes wondered if the tutor was hiding a disfigurement beneath the coat.

The tiny shack consisted of a single room with a table in its centre, a low cupboard where Matthew assumed the tutor kept his bread and other foodstuffs (though he was certain the man survived mainly on roots and berries found in the forest), and a narrow bunk covered in sacking. Several shelves, scattered haphazardly around the walls, led a tenuous existence by being heavily loaded with jars and bottles, the contents of which Matthew couldn't begin to guess. Another table, piled high with books, ran against the wall beside the bed. Mainly, the room was dominated by a stone fireplace making up one end of the shack. It was an impressive structure obviously laboured over with more attention than the rest of the dwelling. Typically, an iron pot was suspended over the flames.

'Sit, sit,' the tutor said tersely, gesturing to the stool pulled up to the table. Matthew did as he was told and placed his slate in front of him. He retrieved a piece of chalk, already sharpened, from his vest pocket. The tutor was peering over his shoulder.

'You did the sums I gave you?'

Matthew nodded and looked down at the slate, praying his work was still legible. It wasn't easy preserving the problems the tutor gave him every night to be presented, completed, the next evening. On some days he was actually grateful when it rained, because the tutor grudgingly accepted it was impossible to avoid the chalk either being rubbed off under Matthew's clothing or washed away by the rain.

'Adding was easy,' Matthew told him. 'So was taking away, but the . . . multiplying,' he had to slow his speech to say the word properly. 'It took some time. I think I got it right.'

The tutor was looking thoughtful, studying the slate. 'You got them correct,' he said, the faintest tone of approval in his voice. 'Still, we'll do more now and then I'll show you something new.'

For all his strangeness the tutor was a good teacher. He was surprisingly patient with Matthew, compared to the vexation with which he seemed to regard everything else in the world, and he willingly understood that mathematics and reading, so familiar to himself, could be a confusing and illogical mystery to a peasant boy from the town. Slowly he took Matthew through several sums, watching as the boy frowned at the slate and eventually scrawled the correct answers. In the stillness of the evening the chalk scratched and squeaked loudly. The only other sound was an occasional spitting crackle from the fireplace.

'Good,' the tutor said with a quick nod, as Matthew finished the last problem. 'Now, this may be in haste, but you seem to have a gift for understanding mathematics, so I'll show you something that I would normally leave for some weeks yet. It is the opposite to multiplication, called *division*. It is the reverse process. Wipe your slate clean.'

Matthew did as he was told, using the moment to hide his concern over having to find room in his overtaxed mind for something new. The tutor leaned over him and took the chalk from his fingers. With deft strokes he wrote numbers on the slate, explaining in a quiet voice what he was doing. Matthew's apprehension disappeared quickly when he realised he could easily grasp what the tutor was doing.

'Do something harder,' he suddenly interrupted.

'Use bigger numbers.' This could have brought a rebuke from the tutor for sheer cheek, but the old man simply glanced at him sharply, then obliged. Minutes later Matthew was confidently dividing large numbers himself, filling the slate with his calculations and always arriving triumphantly at the right solution. This went on for some time and Matthew felt a flush of success.

'We'll go back to the smaller numbers,' the tutor announced unexpectedly.

'But why, sir? They are easy! Can I try something even bigger instead?'

The tutor gave him a look designed to curb Matthew's youthful exuberance. It worked and the boy dutifully cleaned his slate again without needing to be told. The old man leaned close again, wrote '776' at the top and handed the chalk back to Matthew. 'Divide it by the number three,' he instructed, then moved away towards the fireplace and picked up a ladle to tend the pot. Matthew watched him with mild surprise. The tutor usually only did such things after giving his pupil something time-consuming to complete. With a shrug he set to his task, confident the solution would come quickly.

The answer was a recurring number. A silence filled the small room, broken only by the scraping of the chalk and the faintest whispering from the tutor as he stirred his pot. Finally, with a frustrated sigh, Matthew stopped writing. 'I'm doing something wrong,' he admitted to the tutor's back. The old man replied without turning around.

'And why is that?'

'I can't finish the problem.'

'No? But you were so filled with your own cleverness.'

'I haven't enough room on my slate,' Matthew said defensively, although he had a suspicion this wasn't the true cause of his dilemma.

The tutor let out a rough chuckle—a rare sound from him—and turned from the fireplace. 'If your slate was as big as the forest, you still wouldn't finish your answer. It is one of the mysteries to be found in numbers. You needed reminding that you are not a scholar yet.'

The combination of mentioning the forest and mysteries in the same breath was another unpleasant reminder for Matthew—that he still faced the journey home. It took a moment for him to drag his mind back to the business at hand. 'I—I don't understand,' he said, frowning down at the slate.

'Your solution is correct,' the tutor said gently. 'But you will never complete it. It has no end. It is an *infinite* number, like the stars in the sky above us tonight.'

'But I could count the stars, if I wanted to,' Matthew said with more confidence than he felt. 'It might take me all night,' he added, in case the tutor made him try.

'Is that so? And could you count all the trees in this forest?'

'Well, no—because I can't see them all. Some of the trees get in the way—' Matthew was suddenly getting flustered, aware the discussion had taken a turn into deep waters.

'And so it is with the stars, you foolish boy,' the tutor told him, his tone becoming sharp for a moment. Guiltily, Matthew regarded his slate again.

'Seven hundred and seventy-six isn't such a large number,' he said, searching for something smart to say to regain the tutor's favour. 'And dividing it by three makes it even smaller. How can there be something with *no end* within it?' There was a silence. Matthew figured he had said something wrong again.

But the tutor had been anticipating this chance for weeks. Now, he was judging if the time was right. These things had to be approached correctly, or the consequences could be dire.

It wasn't about tutoring. The old man really had no need to teach a rudimentary education to anyone. He could survive out in the forest quite easily and didn't care for contact with other humans at all. Not even their money. But he did have a knowledge of the sciences and certain *black* arts—some would call it witchcraft—he felt impelled to pass on once more before his death, an event the tutor was instinctively aware loomed not too many years away.

In short, he was looking for his last apprentice. And the gods had conveniently brought young Matthew knocking on his front door, searching for an education.

Now the mood in the room changed palpably, causing Matthew to look up from his slate in alarm. Silhouetted by the fire, the tutor was looking at him intently. When he spoke the old man had a compelling quality in his voice, demanding Matthew's fullest attention. The words sounded like the most important ever spoken.

'There are many places we cannot go, Matthew.' The sound of his name jarred the boy. It was rare for the tutor to use it. 'We are even surrounded by things we cannot see. People fear what they imagine lives at the bottom of the deepest lakes or dwells within the heart of the largest forest, but in truth they would do better to be afraid of the demons inhabiting whispered words and counted numbers. The number in front of you has a time and a *space* where we will never venture, even though it is written on a slate held in your own hands. You might calculate the answer for the rest of your life, but there will always be a place between your maddened scribing and the solution you seek—a place that might be as small as your fingertip or vast enough to swallow the forest. Such is the *infinite*.' The tutor paused, deciding if the boy had understood. He added, meaningfully, 'So who knows what might dwell in such a place that has no boundaries?'

Instead of being awed or frightened into silence, Matthew surprised him with a question.

'But what if I wrote the numbers faster? Faster than—than anything?' He struggled with his own idea. 'Wouldn't I reach this place? Catch up to it, like a man on a horse will catch someone running on their feet?'

'You are thinking, which is good,' the tutor said, hiding his pleasure that Matthew hadn't been too scared by his words. 'But no, you couldn't write the numbers fast enough. That is not the way to reach these . . . places.'

Matthew was at once exhilarated and frightened by the lesson's unusual turn. He knew it might be drawing him into something dangerous, but his youthful curiosity wouldn't be denied. 'You mean *spells*,' he said breathlessly, and suddenly all sorts of unspoken questions about the old tutor made sense. 'You mean *magic* spells, don't you?'

But the tutor knew how to dangle his bait in front of his prey's nose. The boy's interest had been aroused and that was enough for one night. He said, 'Perhaps, but we will speak no more of such things now. It's getting late and you haven't read any words yet. I will give you something to learn and you will study it, while I look for some herbs.'

'Herbs? You're going into the forest at night?'

'The plants are more pungent at night and I can find them easier by their smell. The forest holds no fears for me in the dark.'

'Can I try another of these numbers first? Are there others? Do they have a name?'

'We *are* full of questions tonight! You should be so excited every lesson. Yes, there are many such numbers—then perhaps they are all the same one.

We will look at them again another time.' At Matthew's disappointment the tutor added, 'Very well, you may study one in your own time. Divide the number twenty-two by seven and bring me your answer tomorrow. It has a special significance and even has a name. It is called by the Latin name *pi*.'

'*Pi*,' Matthew repeated wonderingly, as he quickly wrote the numbers on his slate.

'Come here, boy. It's time for reading. Forget about numbers now. I need to add those herbs to my pot soon.'

'Do you protect yourself with spells in the forest?' Matthew asked eagerly.

The tutor suddenly snapped, 'I told you! Enough talk of magic and spells for this night! Now, come to the book and learn some letters.'

Reluctantly, Matthew put his slate on the table and went to the piled books. He knew little about reading, but the tutor was slowly introducing him to simple words and teaching him to recognise them. Similarly, this evening, he showed Matthew several new ones and then instructed him to look at a thick text which perpetually lay open on the table.

'Look through the pages, boy. Find the words I just taught you. Find as many as you can while I'm out, and remember—start at the top left hand corner of the page and move to your right, and then down to the next line. Don't search the page with your eyes like a farmer watching over his flock, looking for the black sheep. Soon enough you will be learning the words one after the other.'

Matthew nodded and began his task, listening to the tutor move away and leave the shack. As soon as he thought it was safe, he looked up. He didn't like reading, but he was better at it than the tutor knew, so this was a moment he could be lazy and get away with it. Matthew's attention was caught by another book nearby. This was one, he knew, that the tutor was writing himself in a laborious longhand. There was a small pile of freshly pressed, blank parchment with an inkwell and pen ready. The completed pages were kept between two leather covers, which would be the book's binding. Matthew cautiously lifted one of the covers and looked at the written page beneath. None of the words were familiar immediately, so he decided it must be written in a different language from what the tutor was teaching him. Disappointed, Matthew carefully put the cover back exactly as he found it.

Now his eye fell on the slate and the mathematical problem he was supposed to consider in his own time—*twenty-two divided by seven*. What did the tutor call it? *Pi*. Matthew considered working on the problem for a while, wondering if he would get enough warning of the old man's return to be able to erase the work. Then a bold idea came to him, making him catch his breath. Matthew had never written with pen and ink on paper. In front of him now he had everything he needed, and surely the old man wouldn't miss just one of his pieces of parchment? After all, there was a small pile.

Removing one could hardly be noticed.

Matthew made up his mind before he dared think of the consequences of being caught. With a trembling hand he reached out, plucking the pen out of the inkwell. Just in time he stopped himself from bringing it across the table, because it dripped several large gobs of ink. When he was absolutely sure it wouldn't drip any more Matthew used his free hand to pull one of the pieces of parchment in front of him, then carefully brought the pen to it. He began to write the equation. The first few figures smudged, but he quickly realised he didn't need such a heavy hand as he used with chalk. Next he learned to dip the pen's nib only fleetingly into the inkwell for more ink. The writing came out as ochre-brown on the parchment.

Twenty-two divided by seven.

Matthew began filling the page with numbers. He saw the answer to this problem was a fascinating thing—not just a single number repeating itself, but six numbers appearing again and again!

3.142857142857142857142857 . . .

He became totally absorbed, refusing to believe his own eyes, because it was more fun that way. Matthew continued solving the equation, the answer getting longer and longer with its own unique repetition and the rest of the parchment becoming a jumble of his scrawled computations.

He lost track of time, mesmerised by both his own apparent cleverness and the novelty of writing with ink. One side of the parchment was nearly completely covered and half his mind was considering how he might carry on overleaf, when a distant, dry cough came from somewhere outside.

The old man was returning.

Matthew was instantly overcome with fear. He'd been intending to hide the evidence well before the tutor returned. Now he had left it too late. It was easy enough to plunge the pen back into its well, but the parchment was a different story. In his panic Matthew made a mistake. He could have folded the parchment and hidden it under his clothing—perhaps he would have got away with that. But instead he quickly screwed it into a ball and lobbed it on the fire beneath the pot. The dry paper instantly flared to a bright flame and Matthew watched it anxiously, willing the leaping fire to die down to its customary coals, before the tutor came through the door. He was still staring at the fireplace when he heard the door behind him open. Matthew whirled around. He couldn't have looked more guilty.

'What have you been doing?' the tutor asked, his eyes sweeping the room. The parchment in the fireplace was a curled-up, blackened ball still burning fiercely.

'Nothing,' Matthew replied in a nervous croak.

'Don't lie, boy. Do you think I'm stupid, or blind?'

'No—no, sir.'

The tutor moved menacingly towards him. Matthew shrank back, feeling the heat of the fire on his back. The old man glared at him, the flames reflecting eerily in his eyes. 'What are you burning? What have you put in the fire?'

Matthew couldn't lie, because there was nothing plausible to use. What else could he have thrown into the flames? He admitted miserably, 'I wrote on a piece of your parchment, then put it in the fire to hide it. I'm sorry, I—I won't—'

'What parchment? *My* parchment?' The look on the tutor's face, a combination of disbelief and sudden dread, was worse to Matthew than his anger of before.

'It was a blank piece,' Matthew explained, hoping this would help. He added quickly, in case the tutor thought he was lying again, 'Until I wrote on it, of course.'

Now the old man was staring past him into the flames. His face had gone still. 'What did you write on my paper?' he asked softly.

'I did the problem you gave me. I divided twenty-two by seven. It is the most amazing thing! I had an answer that—'

The tutor cut him off with a wave. 'Be silent! You must go.'

The finality in his tone shocked Matthew and, surprisingly, saddened him. He wouldn't have thought his being caught would bring such a curt, almost savage response. And it sounded as though he had to leave *forever*, not just for this evening. Matthew suddenly wanted to learn from the old man. Not the numbers and letters of a formal education, but the secrets that had been hinted at. Surely the tutor didn't really mean leave for good?

Matthew tried to ask, 'Honestly, I didn't know it was going to be so bad—'

The tutor turned from the fire and raised his voice to a bark, making Matthew recoil. 'I told you, boy! You must go, and go *now*. Get out of my sight.' He glared menacingly at Matthew as the boy ducked nervously around the tutor and moved towards the door, picking up his slate as he passed. There Matthew looked around, thinking he would try one last appeal, but the expression in the old man's eyes was enough to keep him silent. Without another word he slipped outside. Moments later, as he stepped onto the road, he heard the shack's door slam shut.

The tutor stood in the middle of the room and returned his gaze to the flames. He felt afraid. The boy's foolishness had suddenly turned what had been a promising evening into a disaster—perhaps. The old man wasn't prepared to take the risk of finding out, and if anything *was* going to happen, it must happen to the boy on his way home. There was a good chance any evil would satiate its hunger on the child and wouldn't find its way back to the shack. Back to *him*. Still, he must look in his books for precautions, just in case.

The paper Matthew wrote on was special, like the book the old man was creating and the blood-based ink with which he wrote. To burn it was dangerous. To burn it with *writing* could cause anything to happen—or nothing. The tutor simply didn't know. There were other fears to consider as well. If the boy did come to some harm, it wouldn't be long before the townsfolk would be looking for the old man himself. Not that they cared much about a missing peasant boy, but they needed little excuse for a witch-hunt and the sport it provided.

At first light it might be prudent for the tutor to take his valuables—the books and his iron pot—and hide deep in the forest for a while.

For the first time Matthew didn't run towards the town. His mother would be waiting for his return and at best Matthew would have to explain that maybe he wasn't supposed to go back to the tutor ever again.

As he thought about this, he figured a better plan. He would simply say nothing and go for his lesson as usual on the following evening. If the tutor turned him away, so be it. But there was a chance the old man would have mellowed and forgiven him by then, in which case there was no harm done. There was no point in souring things at home until Matthew knew for sure there was trouble to be faced.

Feeling more confident Matthew pirouetted to glance back towards the tutor's shack, but he had already gone around a slight bend in the road and the light, if it was still burning, was obscured. It made Matthew notice how dark it was, surrounded here only by the forest. It would be some minutes before he could see the glow from the town.

It was silent, too. Completely silent.

Perhaps it was time to start running.

But the darkness was too complete and without the town's oil-lamps to guide him Matthew couldn't bring himself to run blindly into it. He knew before long his eyesight would adjust enough for the stars above to give him *some* light. He tipped his head back and looked hopefully upwards. As if to mock him, at that moment a drizzle of rain chilled his face. It explained why the night seemed darker than he had ever experienced before, but it was no comfort. Belatedly he noticed the road was muddy. It must have been raining while he was inside the tutor's shack. Matthew hurried his step and gripped his slate tighter. He stared ahead, willing the lights of the town to appear.

From behind, someone softly called his name.

'Matthew!'

Matthew stopped and spun around, his heart racing. 'Hello?' he called nervously into the night. 'Who's there?' He thought it might be the tutor calling after him to say he was welcome to return the next evening. 'Hello?' he called again.

There was no answer.

A chill ran down the boy's back. His fear was building and he began to shake. Matthew wanted to turn and run now—more than anything. But he found it was impossible to turn his back on the direction from where the voice had come.

Had he really heard it? Maybe it was the rain dripping from the trees.

The idea stilled his fear for a moment. Then his name was called again, this time from somewhere in front of him—in the direction of the town.

'Matthew, I'm here.'

Matthew turned on his heel again, digging a hole in the mud of the road. Suddenly he wanted to be sick, he was so scared now. He could taste the bile at the back of his throat.

'Who—who's there? Who is it? Is it you, tutor?'

This brought a low chuckle, but there was nothing humorous in the sound. It reminded Matthew of the crackling of the flames as they consumed the stolen sheet of parchment. Now he didn't know where to run.

'Matthew, what are you waiting for? Why did you bring me here?'

The voice had a mocking quality. Teasing, like a strong man who is pretending to be subservient to a smaller, weaker opponent.

'I don't know what you mean! Who are you?' Matthew's muscles were locked rigid with his growing terror.

'But you called me, Matthew. Remember? You opened the doors.'

This time the voice came from Matthew's left, from somewhere in the forest. The young boy didn't wait to consider how the person stalking him could move around so quickly without his hearing *something*. Matthew broke and ran blindly towards the town, tears filling his eyes. After only a few steps he stumbled on leaves and shrubs, so he knew he had veered off the road. Desperately he corrected himself, then nearly fell as his footing dropped into a wheel rut. He tripped heavily on the mound of dirt between the tracks and his momentum carried him forward into the brush on the opposite side of the road. The other wheel rut between was enough to completely ruin his balance and send him sprawling. Matthew had an instant to realise his mouth was filling with dirt, before his forehead struck a tree trunk and brought a blinding burst of pain.

He rolled over on his back and lay there, stunned. Next he was aware of someone crouched beside him, bent over his prone body. Although it was only a vague, human shape in the darkness, Matthew screamed with a terror that threatened to stop his heart. He couldn't move. Strange, guttural noises came from the thing poised above him and a sickening stench filled Matthew's nostrils. Still paralysed with fear he stared up at the shape. It seemed to shift and change in a way no human could. The throaty, dead chuckle came again.

'You couldn't write the numbers fast enough,

Matthew, could you? But the fire could. The fire wrote them for you and let me come visit.'

The innocent term 'come visit' was filled with all the horror of a death sentence. Matthew felt someone touching him. It was like a lover's caress, but the fingers were roughened and smelled of dried blood. The fingernails were long and chipped, scratching at his cheeks as they were drawn over his face and eyes. The hand stroked his neck once, then moved down to his chest. It stayed there a moment, resting lightly as Matthew panted for breath. Then, shockingly, it felt as if the hand pressed itself straight *through* the boy's chest and inside him. Cold fingers gripped his heart and squeezed. A white light seemed to burst all around and Matthew caught a fleeting glimpse of his attacker. It was enough to free the terror-induced paralysis and let him scream again. It was a scream born from the utmost fear and horror. His attacker delighted in the noise and laughed aloud.

He laughed until the boy's screaming stopped.

Back at the cottage the old man heard the shrieking pierce the night. He allowed himself only a heavy sigh, because it was a shame. The boy had shown promise. Somehow he *had* made the numbers do their work.

1

'I'm telling you, this computer chip will revolutionise the whole damned industry,' Teleson insisted, the alcohol in his system making his eyes swim behind the thick lenses. His associate tried to keep his distance from a waft of beer-laden breath, but he was careful not to offend Teleson either. This was getting interesting.

Roland Teleson was a small, thin man of thirty-seven years. His lank, black hair had already thinned considerably, to the point where he had a pronounced bald spot on the back of his head. He wore heavy-framed, unfashionable glasses and always looked unhealthy. His skin was pale, like most Londoners, but his pallor also had the appearance of someone who doesn't eat properly and avoids the sun, all of which was true. Teleson lived for his work—to a large extent because he hadn't much of a life beyond it. He worked long hours, skipped meals and rarely relaxed. If nothing else, it made one thing certain: he had become one of the most brilliant in his field. Teleson was an electronics expert in many areas, but his reputation for designing and building computer processing chips was unquestionable and deserved.

His companion, John Frankeston, who worked for a rival company but had known Teleson for years, tried to look nonchalant. For the last hour Teleson had been suggesting he had something important on his mind. Frankeston had probed and given the other man all sorts of opportunities to open up, but so far to no avail. However, he could recognise the signs that his friend had drunk too much. He knew Teleson was finally about to be indiscreet. Still, Frankeston needed a subtle hand to keep the information rolling. At any moment Teleson might realise what he was doing and shut his mouth.

'Everyone's always coming up with new shit, Roland,' Frankeston said, dismissing Teleson with a casual wave. 'What the hell makes yours any more revolutionary than anyone else's new shit?'

'New shit, new shit, new shit—' Teleson recklessly grabbed his pint glass from the bar, slopping some of the contents. He didn't notice. 'That's the problem with you guys. You're always looking for something new. New *systems*, right? You know what?' He pointed an accusing finger. 'We're all so busy trying to come up with the latest, new fucking whizz-bang idea that we hardly ever explore the technology we already have. It's like inventing the wheel, then trying to invent a *better* one, before thinking about putting one behind the other and making a bicycle, for Christ's sake.'

Frankeston looked at him thoughtfully. 'Okay, you're obviously about to tell me something I'll find impressive, Roland. So, what have you done?'

Teleson looked sly and for a moment Frankeston thought he was going to play games, until he saw him shrug. 'I've been working on last year's processor.'

'Last year's? What the hell for? Your own company has already released a new generation since then and there's a rumour Intel have already got it beaten.'

'New generation? We've changed the theory a little, that's all. So have Intel—so what? It means we can put a new number in front of it and charge the poor bloody consumer another million dollars for the "latest" technology.'

'That's business,' Frankeston murmured. 'Not my department. I'm only interested in what you've done that makes you so clever.'

'I've made it faster, John.'

'Faster? So what? They're all *faster*, Roland.'

'No, not like this. I'm not saying fast, John. I'm saying fucking *fast*, okay? This baby can crunch numbers like you've never seen.'

Frankeston was intrigued, but well aware he could be on a wild-goose chase. That, he thought, was the trouble with dealing with this sort of half-mad boffin.

'Give me an example, Roland,' he said casually, trying to catch the barmaid's eye to order more drinks. With a smirk Teleson leaned close and whispered the results of a test in Frankeston's ear. Frankeston immediately gave up any attempt to buy more drinks, instead turning to fix Teleson with a stare.

'That's got to be crap,' he said, curtly.

Teleson turned his palms upwards. 'Hey, you asked and I just gave you an example. If you don't believe me—' He changed his gesture to beckoning the barmaid, who was now passing close by. Once Frankeston gave her the drinks order Teleson added, 'And I haven't even tried to do something difficult yet. I was waiting for somebody to be a witness, in case it only gets halfway there.'

'Why haven't you shown this to anyone in your office?'

'Because I reckon I could retire on this one,' Teleson said meaningfully, draining his glass before the fresh drinks arrived. There was a silence between them.

'I see,' Frankeston nodded eventually.

And he did. In that one sentence Teleson was

saying a lot. It concerned who actually owned the improved processing chip. Technically speaking, the company that employed him, Dataworks, owned all the rights of design and manufacture simply because Teleson had been hired and paid to do the job, regardless of how great his achievements were. So the problem was, at best, if the computer chip did prove revolutionary and reliable, Teleson could expect a congratulatory slap on the back and maybe a bonus in his pay packet. But if Frankeston was reading between the lines correctly, Teleson hadn't shown his project to anyone at Dataworks yet. It was conceivable he was hinting about quietly selling the improved chip to Frankeston's company for a price well beyond any company bonuses, although it would mean relinquishing any claims to having invented it in return for the money. The risk was comparatively low. Teleson could always tell Dataworks Frankeston's company had simply beaten him to the line.

Frankeston lengthened the silence by deliberately finishing his drink. 'It's not that I don't believe you, but it'd be interesting to see this chip work for myself,' he said, carefully.

Teleson seemed suddenly sober, as if he'd just realised the path he was embarking on. It was certainly unethical and he didn't dare dwell on whether it was illegal or not—in fact it *had* to be, but he wasn't willing to find out to what extent. He might lose his nerve.

His answer now would determine what he was going to do.

With a mental shrug he went all the way.

'Don't jerk me around on this one, John,' Teleson said, his face serious. 'I'm taking a hell of a risk. If you guys *see* it, then you're going to buy it. I don't want to hear any bullshit that you're not interested, after I make the effort to stick my neck out.'

Frankeston was unmoved. This sort of industrial espionage was really his prime assignment. He had many such 'associates' within the computer industry and had fished among them successfully for years—this was just another catch. He was used to dealing with the sort of nervousness Teleson was displaying now. 'No promises, Roland,' he said firmly. 'First you show us the damned thing works, that's all. Apart from that, we don't want to know where it comes from and don't you dare even breathe the name "Dataworks" when the time comes, okay?'

Teleson blinked, suddenly understanding he didn't have as much control over the situation as he'd thought he would—and wishing he hadn't drunk quite so much. 'How are we going to do this?'

'Well, we're not going to come waltzing into Dataworks and gather around your workstation, are we? You'll have to bring it to our laboratories and set it up in one of our machines. How many have you got?' Frankeston threw this last question in on a whim, not expecting Teleson to reply honestly, but the latter was preoccupied and worried by the events. He answered without thinking.

'I've modified four, but I've only installed one,' he said absently.

'Then bring one of the three spares—hell, bring 'em all,' Frankeston shrugged.

Teleson had woken up. 'No,' he said sharply. 'I'll only bring the one I've tested. You'll get the others if a deal goes through.'

'Whatever you like,' Frankeston said easily. He had achieved all he needed already. 'We'll make it an evening, so there's as few of our staff around as necessary.' He dropped a wink. 'Can't trust anyone these days, can you?' The humour was lost on Teleson, but Frankeston ignored that. 'Just name a day and we'll arrange something,' he added, cheerfully.

Frankeston's company was called Pro-Link. Involved in research-and-development only, they didn't distribute their own brand of computer, but sold the electronic innards to the larger manufacturers. The Pro-Link offices were in a small building close to Heathrow airport.

It was eight o'clock in the evening when Teleson nosed his Volkswagen Golf to a stop at a gate set into a high fence and topped with razor wire. For a moment nothing happened and he was so surprised by the extent of the security measures he didn't notice a low intercom column near his car window. He jumped violently when it squawked into life.

'Yes, can we help you? Please state your name and business.'

Teleson started to reply through the glass of his window, then changed his mind and nervously wound it down. 'My name's Robert Archer,' he said, using the false name Frankeston agreed to. 'I'm here to see John Frankeston. He's expecting me.' He waited for a reply, stupidly watching the intercom, and began to fidget when no answer came. Then he saw from the corner of his eye that the gate had slid noiselessly aside. Cursing under his breath—though he didn't know why—he put the car into gear and drove through. Frankeston met him in the carpark.

'Glad you could make it,' he said, extending his hand and sounding as if Teleson had simply dropped in for a social drink.

Teleson awkwardly swapped his briefcase to his left hand and shook hands, the courtesy feeling false and unnecessary. Then he followed Frankeston into the building and through a series of white-painted corridors until they turned through a doorway into an executive lounge. Frankeston went straight to the bar. 'We've got cans of lager,' he explained, ducking down behind the counter and calling out. 'But can I offer you a scotch or something? Brandy?'

'Scotch and water,' Teleson nodded uneasily.

Frankeston kept talking as he prepared the drinks. 'We're just waiting for Matt to get here—he's our chief designer and he'll know better than anyone else in Pro-Link what your little toy can do. I know he's already got a machine set up in the lab to slot the processor into.'

Teleson accepted the drink and turned at the sound of someone walking through the door. Matt Pulson was totally different from Teleson—yet it was also obvious he was of the same breed. While he was taller, larger framed and his face was almost entirely obscured by a thick black beard and moustache, and his hair was an unruly black mop, it was plain Pulson spent most of his time indoors and his diet consisted mainly of junk food. His life revolved around electronics and what he could make them do in a computer. He eyed Teleson suspiciously. Frankeston stepped between them and performed the introductions.

'John tells me you have something pretty impressive,' Pulson said, not sounding impressed at all.

'I'll let you make up your own mind,' Teleson replied, keeping his voice neutral.

'Personally, I've had a hard day,' Frankeston said, trying to defuse the sudden rivalry with enforced good humour. 'So before we go anywhere I'm going to finish this drink.'

They exchanged desultory conversation about the traffic conditions Teleson encountered on the way over, but the tense atmosphere didn't dissolve. Giving up, Frankeston downed the rest of his drink and said, 'Well, let's go and play around and see what Roland's got.'

The other two dutifully finished their own drinks

and followed him. The laboratory proved to be close by, but they were delayed by Frankeston having to key a security code into a locked door. Once inside, Pulson led them to a computer which already had its protective cover removed. 'Go right ahead,' he said to Teleson, who nodded and put his briefcase on the table, flipping open the lid at the same time.

After donning a pair of clean white cotton gloves he carefully opened a sterile envelope and took out a processing chip. He inspected the pins to make sure they hadn't been bent somehow, then he leaned over the computer to locate the motherboard. After a final glance at Frankeston, who smiled encouragingly, Teleson gingerly pressed the processor into place. Next, he dragged a chair to the keyboard, found the power button for the machine and pressed it, quickly stripping off the gloves while he waited for the screen to come to life. Frankeston and Pulson moved to either side of him, watching the monitor over his shoulder. The hard-drive of the computer clicked and whirred efficiently while the start-up procedure wrote itself rapidly across the screen. Soon, it was waiting for the next command.

'I have to reconfigure the machine,' Teleson said, without taking his eyes off the monitor.

'Of course,' Pulson agreed, annoyed at being told the obvious.

Teleson began typing in commands, bringing up different screens and making adjustments. To spite

Pulson he worked fast, knowing the other engineer would be trying hard to understand exactly what improvements he had developed through analysing the configurations, but by making the adjustments quickly the screen was changing before Pulson could make any sense of them. Teleson heard the smallest grunt of frustration from behind him and had to hide a smile.

'There,' he said eventually, sitting back in the seat. 'It's ready to go. What would you like it to do?'

'This machine is networked into the mainframe,' Pulson said. 'There are a few procedures that we can get it to do and I know exactly how long it should take to do them.' He gestured for Teleson to move from the chair and immediately took his place. With the same impatient dexterity as Teleson, Pulson entered some commands into the keyboard. He explained, 'I've cleared the file so there's no way the computer can find a previous solution, rather than work it out for itself, so I figure it—' he stopped.

The answer was already displayed on the monitor.

'That can't be right,' he said, blinking.

'You mean the answer's wrong?' Frankeston asked quickly.

'No—I mean it can't have performed the task just like *that*. It must have somehow accessed the result from the last file after all.' Pulson sounded perplexed and defensive.

'Then try something you haven't done before,' Teleson suggested calmly.

Pulson gave him a glare over his shoulder but didn't say anything. After a moment, during which he frowned at the keyboard, he typed in more commands, again talking as he worked. 'This is a variation of something I was doing this morning, so there's no way a solution is already sitting in the memory anywhere—' he stopped again. Within a second of his finishing typing, the computer had supplied the answer.

'That's fucking impossible,' he decided. 'It's got to be some sort of trick.'

'For God's sake!' Teleson growled. 'Do you think I'd be so stupid as to take this much risk with my career trying to *trick* you? Give me a break!'

Frankeston was chuckling. 'Okay, okay, already it looks like you've done something pretty damned impressive, Roland. Seriously, Matt, what do you think?'

Frustrated, Pulson swept a hand through his hair and stared angrily at the monitor for a few seconds. 'These tests are just nibbling at the edge. God knows if the bloody thing will cope with any other applications. It'll take time to give the chip a thorough going-over, of course.'

'Uh-uh.' Teleson was immediately shaking his head. 'No way am I waiting around for you people to pull it to bits and work out the design for yourselves. You can see enough right here and now to decide if you want it, or not.' He turned to

Frankeston. 'I hope you're not going to tell me you can't make that sort of decision, John.' Teleson hoped he sounded a lot more confident than he felt.

'Don't worry, Roland, I've got a certain amount of authority,' Frankeston said, but without really committing himself. 'Come on, Matt. Can you give me a better answer than that?'

Pulson tapped the desktop nervously, unhappy with the pressure put on him. 'Look,' he said finally. 'I don't know about the rest, but it can obviously do this sort of shit about a hundred times faster than anything we've got.'

There was a silence while Frankeston came to a decision. 'Okay, Roland,' he said heavily. 'Let's go back to the lounge, have another drink, and talk some business.'

Teleson looked uncertainly at the computer and hesitated. Frankeston reached out and touched his arm. 'Be fair and at least let Matt have a play around, while we have a chat.' With Teleson reluctantly moving, Frankeston looked at Pulson. 'And you've got about twenty minutes to find out if he's scamming us,' he told him lightly, but there was a glint in his eye that said he was very serious.

'I'll try a few more tricky ones,' Pulson said, nodding. He didn't sound happy.

Back in the lounge Frankeston poured more drinks, handing one to Teleson. 'First of all, I want your word,' Frankeston said.

'My word?' Teleson frowned up at him. 'My word on what?'

'That it isn't some sort of trick. That your microprocessor isn't just a piece of cleverness that looks good, but can't actually do anything.'

'You're just as bad as Pulson. Do you really think I'd try something like that? I'd be well and truly cutting my own professional throat, wouldn't I? I need the utmost security in this deal to protect my career. I don't think ripping off Pro-Link would be a smart way to operate,' he finished acidly.

'I'm glad you feel that way,' Frankeston nodded. 'But what happens tomorrow? After all, this *is* your line of business, Roland. What else can we expect you to do but try and beat the competition's product—the product that you're trying to sell to us.'

Teleson surprised him by looking sly. 'But that's how this industry works, isn't it, John? All I can offer in return for a substantial amount of money is, I'll agree not to give Dataworks a comparable chip to release in competition to your company. But the race to develop something *better* is the same—as it always is.'

'But that's not entirely fair. You'll have an undoubted edge in that, too.'

'After, Pro-Link will have the first release of a revolutionary product. You'll make ten times more money than any follow-up development,' Teleson shot back.

This was true. As with any radical new software or computer hardware that was a significant improvement on the norm, the first company to release it for sale reaped much higher benefits than their competitors who belatedly offered similar products.

'All right,' Frankeston conceded and became thoughtful for a while—even though he had nothing to consider. He had already been given his limits by Pro-Link's management. 'So, what do you call a substantial amount of money?'

Matt Pulson was feeling a mixture of frustration, confusion and more than a little professional jealousy. He was running out of problematical questions to feed into the computer that might cause Teleson's processor to electronically think for more than milliseconds. He had no idea what the man had done to create such a marvel, and Pulson couldn't bring himself to feel awe or respect for the achievement. Only anger and resentment. On a whim, he typed in a mathematical equation that he knew would result in a numerical anomaly and, just for good measure, he included a recurring factor to make things worse.

'There, chew on that bastard for a while,' he muttered, knowing he was being childish now. The result was as he expected. The solution was another recurring number and the monitor screen was incapable of reproducing the stream of figures as fast as the processing chip was providing them. The ensuing blur of movement on the screen gave Pulson something to stare at blindly, while he considered his next option.

He was thinking about analysing Teleson's system reconfigurations when he could have sworn a pattern was forming among the fleeting, swirling numbers on the computer monitor.

'Why don't you make me an offer I can't refuse?' Teleson said, feeling he was back on firmer ground.

'How about ten thousand pounds and you simply leave that thing behind right now—tonight? Send us the other three within twenty-four hours.'

'Ten thousand? You've got to be kidding! If you release a PC on the market with that chip in it, you'll make that much profit in the first week!'

Frankeston was playing the game, looking rueful and shaking his head. 'Don't be getting too greedy on us, Roland.'

'It's not greed, John. It's common sense. How dumb do you think I am? Hell, I could take this to someone else and probably get twice that amount without even asking.'

Changing tactics, Frankeston snapped, 'And I'm not interested in trying to read your mind—or squabbling over this thing like it's a piece of pottery in the damned Camden Town markets. You must have some idea how much you want. Why don't you tell me straight out, so we can avoid all this bullshit.'

There was a silence, then Teleson took a deep breath and said, 'Okay, fifty thousand pounds, non-negotiable. I won't take a penny less.'

Frankeston pondered his drink—secretly delighted, because he had been authorised to go to nearly twice that amount. He unwrapped one of his fingers from the glass to point at Teleson. 'I'll tell you what, Roland. We'll keep this simple. I'll give you your fifty thousand, all right? Just like that. I can see you're not going to budge from that amount and, as I said, I'm not interested in squabbling over it. I can even give you a cheque right now, if you like.'

'Right now?' Again, Teleson was put on the back foot and a suspicion he had sold too cheaply stole into his mind.

'I told you, I've got a certain amount of authority and fifty thousand falls within those boundaries. You've got yourself a deal, Roland. And a bloody good one at that.' Frankeston downed his drink with a single gulp. 'I believe we should have another to celebrate, what do you think?'

A horrified scream suddenly echoed down the hallway into the room.

The two men froze, staring at each other.

'My God, what the *hell* was that?' Teleson whispered.

'It must be Matt!' Twisting around, Frankeston threw his drink back onto the bar. Unheeded it slid across the shiny surface and disappeared over the edge. Frankeston was already out of the room and running towards the laboratory. Teleson followed, his mind filled with fear at what they might find. The scream had been *inhuman*. Down the hallway it needed a few seconds for Frankeston to key in the security code for opening the door to the laboratory. It let Teleson catch up, so the two men burst through the doorway together.

Inside they stopped cold, staring in horror.

Pulson lay on the floor, his chair overturned beside him. His face was completely white, drained of blood. His dead, staring eyes were locked onto a vision no one would ever know. A line of pink spittle ran from the corner of his mouth. The single, intense scream had ruptured his throat and Pulson's failing heart had managed a flutter, before it stopped. The place stank of excrement and urine. Pulson's clothes were heavily stained by his last, involuntary bodily functions.

The computer screen was offering a normal, patient invitation to access the hard-drive.

'Jesus Christ,' do you think he's dead, John?' Teleson asked hoarsely, still unable to move from the doorway.

Frankeston slowly twisted his head and looked at him, stunned. He rasped, disbelieving, 'What the fuck do *you* think?'

By the time Teleson was allowed to go home it was well after midnight. His mind was still reeling with the shock of what had happened and it was lucky he managed to drive without mishap all the way to his upper-floor flat in Clapham Common. He kept trying to accept the police's unsupported opinion that Pulson had died of some massive attack, like an enormous epileptic fit the victim was totally unaware he was capable of suffering. If they were right, Teleson believed a hallucination must have come with the seizure, to account for the expression of terror on Pulson's face. He could still see it in his mind's eye and knew it wouldn't fail to haunt his dreams that night. It was tempting to try staying awake, just to avoid a nightmare, but Teleson was also feeling bone-tired from the reaction of the night's events.

He wearily stomped upstairs uncaring, for once, what the tenants below might think of the noisy, squeaking treads. He vaguely registered his phone was ringing. At first he wasn't going to answer it, but some common sense fought through his numbed brain and he figured that whoever was attempting to call him at this hour would probably persist all night. It may even be Frankeston, because Teleson left Pro-Link's offices without retrieving his processing chip or getting the promised cheque for fifty thousand pounds.

Instead, it was Teleson's employer, calling to say their offices had been broken into and apparently burgled, though it wasn't certain exactly what had been taken. He needed Teleson to come down straight away, because his work section had obviously received some attention from the thieves and they needed to know right there and then what had been stolen. It was a matter of utmost, company security.

Though he was feeling completely exhausted,

Teleson agreed. He had to drive to Dataworks and go through the motions until he could claim that nothing, mysteriously, was missing. But he knew what *would* be missing. Frankeston had obviously covered all his bets—either on Pro-Link's behalf or perhaps as a private venture. The other three, developed processing chips would be gone. Worse, they were neatly packaged in a buff envelope with all his research and production notes.

Teleson felt an utter despair at how he could have been so naive and stupid.

2

Teleson waited. The first four weeks were an agony for him, expecting a telephone call from the police or even a visit to his house. For some reason he felt responsible for Matt Pulson's death, although there was really no conceivable reason why he should. Meanwhile, he tried to lead a normal life and went to work each day. He was lucky to be in a research department where a lack of discernible results or progress wasn't particularly noticeable, for a while at least. He didn't mention the missing processing chips from his desk and didn't bother attempting to contact Frankeston either. The spectre of a police investigation scared him too much. Also, without his notes, he couldn't bring himself to go through all the hard work and calculations to replace the chips so that he might try to sell them somewhere else. But Teleson was too frightened and confused to achieve anything.

After the first month, when it seemed Teleson himself wasn't under suspicion, a strong sense of being *wronged* came to the surface and he finally found the courage to try putting a call through to Frankeston. Besides, he figured Pro-Link owed him money, since they still definitely had one of his chips, even if he couldn't directly accuse them of stealing the others. But Teleson made the mistake of identifying himself to the female receptionist, because Frankeston was suddenly 'unavailable', when previously she had been sure Frankeston was in the building somewhere. Over the next few days he attempted again and again to contact Frankeston but he met with the same wall of unavailability. For added measure he sent several faxes as well, in the hope that someone else at Pro-Link might get curious or annoyed enough to force Frankeston into action.

Finally Frankeston did return a call. 'Meet me at the bar at six this evening,' he said curtly, and hung up. He didn't have to say which bar. They had met in only one.

Predictably, Frankeston wasn't his usual, jovial

self. When Teleson appeared beside him he fixed the electronics expert with a cold stare.

'You're starting to annoy the shit out of me with these constant phone calls,' he said, without any preamble.

Teleson tried to put on a brave front. 'You only have to answer one.'

'Well I'm answering one now—just once, understand? To tell you we have nothing to discuss, there has been no business between us and I'm not interested in meeting or talking with you again.' Frankeston took a drink from his glass and pointedly scanned the room, as if Teleson standing directly in front of him wasn't even there.

'What about our deal?'

'What deal?'

'Don't pull that crap on me! You've still got one of my prototype chips, you bastard. And you've had it long enough to pull it apart and copy it, so don't give me any rubbish about just giving it back. Your company owes me *money*. Fifty grand, to be precise.'

'Keep your voice down, damn it!' Frankeston hissed.

Teleson sensed he had an edge. 'I'll make more noise than Pro-Link want to hear, that's for damned sure. I might ruin myself in the computer industry, but I reckon some of the tabloids would pay a hell of a lot of money to hear about the sort of *research and development* your company excels in.' Teleson was almost making this up as he went, surprising himself with the threat, but feeling oddly elated that it made sense. He wondered why he hadn't thought of it before.

Frankeston leaned menacingly close. 'Okay, then we can all be accessories to your murder charge, is that it?'

Instantly subdued, Teleson swallowed hard and stepped back. 'What the hell are you talking about?'

'We've destroyed your chip, Roland. We *had* to, after discovering the subliminal patterns you programmed into it. That's what killed Matt and it's also what nearly killed another technician. It was lucky someone else came into the room in time and pulled the plug on the machine.'

Teleson was shaken. 'That's complete bullshit. I haven't programmed any such thing into the chip. I haven't a bloody *clue* what you're talking about.'

'No, of course you haven't,' Frankeston snarled, but quietly. 'That's why I haven't got any idea what "deal" you're talking about either. So we're square, got it?' He suddenly jabbed a finger in Teleson's face, making him jerk backwards. '*Don't* contact me again, do you understand? Not for anything.'

Frankeston started to leave the bar, but Teleson grabbed a handful of his sleeve and spun him back around. He said desperately, 'Where's the rest? Where are the other three chips?'

'How the hell would I know?' Frankeston said, innocently. Too innocently.

'Don't try to snowball me, John. I'm not that bloody stupid. Only you and your company knew I was even developing the damned things and they were stolen from my office at the same time I was with you at Pro-Link.'

'Then you must be wrong about that, mustn't you? Because we haven't got them, and we sure as hell don't want them!' Frankeston put his face close to Teleson's, startling him into drawing back again. 'Do you realise the sort of people we deal with, Roland? Have you got any idea who Pro-Link sells to—and what would happen if we handed over something that had a virus like yours in it? I'll give you a friendly warning, all right? Don't be in too much of a hurry to answer your door, without checking who's there first. There's already a few *unscrupulous* people who are a little upset with you!'

Frankeston was suddenly gone, leaving Teleson standing dazed at the bar and wondering what he'd meant. Then the full implication that he'd been threatening his well-being, maybe even his life, struck him and Teleson felt weak. He ordered a neat, double scotch and downed it in one gulp, the raw spirit burning his throat. He had another, then a pint of lager which he nursed until Teleson could feel the alcohol in his system calming him down. Feeling as if his every move was being watched, he left the bar and hurried to the nearest tube station. The rush hour was approaching and Teleson normally didn't like the close press of strangers, but now he felt safer hidden among the crowds.

The paranoia stayed with him, which was probably just the sort of torture Frankeston had been hoping to inflict upon him—whether the danger was real or not. But slowly Teleson's anger grew again with the belief he had been ripped off by Pro-Link, even though the deal was illegal in the first place. He honestly had no clue what Frankeston had been talking about, when it came to subliminal patterns that, Teleson assumed, could trigger fatal seizures. Without his research notes he couldn't even review his own work to decipher any possibilities.

He didn't believe Frankeston or anyone at Pro-Link would have destroyed the improved chip, even if the dangerous, subliminal patterns existed. And Frankeston's all-too-innocent denial of stealing the other three from Teleson's desk hit a raw nerve. Teleson wanted to find out for sure if Pro-Link were still working with his processing chip.

Teleson had once gone through a stage of computer 'hacking', as it was called. But the thrill of successfully breaking into another computer system via the telephone lines began to fade when he got too good at it. And the rewards of it—the actual information he managed to access—while often being confidential was also usually boring. Bank accounts and personnel files became tedious reading if you didn't know the people involved.

Teleson never wanted to alter anything or install a virus. Eventually he stopped hacking through lack of interest. His responsibilities at Dataworks became too time-consuming anyway.

Teleson didn't know if he could hack into Pro-Link's system, because their security would be tight, but he decided it was worth a try. Once he was inside their mainframe computer all he had to do was search around until he discovered his own particular system configuration—the one Teleson himself entered with Matt Pulson looking over his shoulder. If Pro-Link were still experimenting with that chip, despite Frankeston's frightening stories of dangerous, subliminal patterns, then Teleson's unique system configuration needed to be in place. Even better, it wouldn't function for any of the existing microprocessors on the market, so if Teleson found the configuration he would also have located his chip.

The night Teleson determined to attempt breaking into Pro-Link's system he needed to keep a tight rein on his impatience. The normal working day finished at five o'clock, but Frankeston and Matt Pulson had still been in Pro-Link's offices after eight on the night Teleson went to see them—albeit for that very reason. But he knew he wasn't beyond staying in his own office until after ten o'clock if he got caught up in an interesting project.

He decided to wait until midnight, but in the end he gave in to his impatience at eleven o'clock.

Alcohol he'd been drinking during the wait was making him sleepy, despite the anxiety over what he was about to do, so he needed to do something. Make a move.

Start hacking into Pro-Link's computers.

He took out a crumpled piece of paper on which he had written Pro-Link's fax number. It was a trick Teleson knew often worked—while a company's normal Internet address might be secure beyond hacking, a facsimile machine, which was really just another computer common to the building's network for all employees to send faxes, was frequently wide open. It had to be, to receive incoming messages.

The clicking of his computer dialling the Pro-Link fax number made Teleson hold his breath, although it was the easiest part. The fax address dutifully answered. Teleson's next instructions were enough to confuse the device. Instead of closing down, it offered access to different 'drivers' and programs to help Teleson along, which was exactly what he needed. He began finding his way through the software, entering commands and still creating problems, instead of providing answers, so the computer continued to supply possible solutions and therefore more openings into the heart of the database. Soon Teleson had free entry to any part of Pro-Link's entire computer system. It was too easy.

Teleson was sweating freely, his perspiration stinking of the beer he'd drunk. It was like working through a maze as he discovered accounting systems, mailing lists and design programs, all of which had meaningless, abbreviated names so he needed to investigate them all simply to see what they were. He was tempted to read some of these files in depth, because they promised internal memos and production reports which might tell Teleson which direction Pro-Link's research was going. There was an entire directory with large files devoted to the United States Air Force and the American defence industry, but it would have taken too long to transfer to his computer. Teleson's own, personal mission was more important.

After half an hour he struck a system which wouldn't give him immediate access. Feeling close, he tried several different methods and met with the same resistance. The particular part of the mainframe he was hacking into had a radically different system configuration to suit his own experimental microprocessor. Making adjustments on his own computer Teleson tried again, and this time got in. He was now controlling a computer inside Pro-Link that had his microprocessor installed.

'You lying bastard, Frankeston,' he murmured grimly to himself. 'Now it's time for me to have a little fun.'

He ran a few self-test programs. It seemed Pro-Link had made no changes or modifications themselves, because the chip tested the same as when Teleson last used it.

Perhaps, without Pulson around, nobody there

has a damned clue what to do with it, Teleson thought with grim satisfaction. *But what about the others? The chips they stole. Have they got them somewhere, too?*

It was difficult to find out. Teleson's only choice was to continue his electronic wandering within Pro-Link's network until he stumbled across a similar configuration again, but it would be almost a maze without end. He had no idea how many computers they had in their building and until he reached a point where he could be confident he was retracing familiar territory, Teleson could only keep searching. It might take many hours and he still couldn't be sure he'd checked everywhere. It was always possible, too, that a technician at Pro-Link was examining one of the stolen chips in a stand-alone computer. One that wasn't networked into the mainframe with the rest. Teleson had no way of knowing.

The only thing he *could* do was destroy Pro-Link's ability to work with this chip. That was easy. But first Teleson wanted the computer to do a complete system self-analysis and download it through the modem into his computer at the same time.

Hell, Teleson suddenly thought. *Why not wipe out their entire mainframe system? The bastards owe me fifty grand, but they're not going to pay up. I'll teach them to fuck me around.*

It could put Pro-Link's professional status in the industry back months, if not years. Teleson liked that idea.

First, he prepared his own computer to receive

the downloaded information, then he entered the command for a self-analysis. Pleased with himself, Teleson leaned back in his chair to watch the screen for results.

It went blank, but before Teleson could react it returned with a swirl of colours that, he quickly decided, was information scrolling so fast it was unreadable. Then he remembered Frankeston's accusation of subliminal patterns. Teleson frowned and concentrated on the screen, hoping to see what Frankeston had been talking about, even though in theory he wouldn't be able to *see* them.

'Hello, Roland. It's so nice to see you again.'

Teleson was so startled by the voice coming from somewhere in his flat that he cried out and spun around in his chair too quickly, nearly falling off. He sat and stared in fear at an apparition standing on the other side of the room.

It was Matt Pulson, looking back at Teleson with amused eyes.

'How did you get in here—wait a minute. It—it *can't* be you,' Teleson said, shocked and pushing his chair backwards, but coming against his desk. 'You're *dead,* for God's sake.'

'But it must be me, Roland. You called me.'

'What? Called you? What are you talking about? How could I have *called* you?' Teleson stood and quickly sidled to a nearby wall, backing up against it and never taking his eyes off Pulson's image. 'Hey, what is this—some kind of joke? Is this Frankeston's idea of keeping me quiet?'

Pulson's spectre shimmered and shrank, and Teleson found himself confronted by a small, sad-looking boy who watched him with wide eyes. The boy wasn't threatening, but the ghostly transition told Teleson this was no practical joke and his terror instantly grew.

'Jesus Christ, what is *happening* here?' he yelled, moving around the wall. A sudden rapping sound made him jump, then he realised it was the neighbours below banging on their ceiling at his noise. Teleson looked helplessly at the floor. What could he do? Call for help?

The small boy took a step towards him and asked in a plaintive voice, *'Can you write the numbers fast enough?'*

Teleson turned rigid with fear as the ghostly child moved closer. But something in the boy's words triggered a memory in Teleson and he thought of Frankeston's 'subliminal' patterns again. Was this real? Was this really happening? If he turned off the computer, would it all go away?

He stepped shakily away from the wall, reaching desperately for the reset button on his machine. But something happened to the child, causing him to falter and hesitate. The boy altered with the same, shimmering movement and became something terrible. Something beyond Teleson's worst nightmare and anything he might imagine. He screamed uncontrollably at the sight as it lunged to come between him and the computer. But Teleson didn't care about turning anything off any more.

He changed direction, just wanting to get away from the frightful *thing* in his room.

Feeling his skin crawl as he came close to the dreadful figure, he threw himself back against the wall. A whispery touch against his cheek made him cry out and thrash at the air, until he realised he had moved against a window curtain. When Teleson turned his attention back to the terrifying shape in the room he saw it coming towards him. As it moved, it let out a howling sound—a howl of delight and glee at his terror. Teleson jerked convulsively backwards again and felt, rather than heard, the glass and wooden frame of the window behind him crack and give way. For the first instant of falling he didn't stop himself, thinking desperately this was a way of escaping to the safety of the street below, whatever it cost him in injury. But self-preservation instincts came to the fore as he collapsed through the breaking glass. His arms flailing, he tried in vain to grasp hold of the frame. His attempt came too late and Teleson pitched backwards into space. He screamed again as he realised his fall would take him directly down onto a brick and wrought-iron fence that separated the front of his building from the footpath.

Two of the ornate iron hooks punched deep into Teleson's back and lower abdomen, skewering him cruelly while the entire fence vibrated with a deep, musical sound. At first he wriggled grotesquely, like an insect impaled on a pin. The gate latch next to his impaled body rattled in sympathy with

Teleson's silent, agonised writhing, his punctured lungs having no air left in them to let him cry out. He feebly tried to reach behind him and pluck at the steel, his fingers becoming slick with blood. Beyond the growing dark mist of death he saw something move into the window above him and stare back down with pitiless, terrible eyes. A soft, wicked laughter echoed down.

The very last thing Teleson heard coming through the smashed window, before he died, was the cheerful beep of his computer announcing the self-analysis was complete.

3

The F-111C fighter bomber had been around for more than twenty years, a long time in terms of modern technology and aircraft development, especially when the world had such events as the Gulf War and Bosnia to inspire improvements—there is nothing like real warfare as a testing ground for weapons. But no one had come up with a better alternative to the 'Aardvark'—as the aeroplane was affectionately known—and its manufacturers simply updated the aircraft with new gadgetry as it was needed.

Major Russell Cross, of the United States Air

Force, loved flying the Aardvark. As a test pilot he had flown them all, so Cross privately figured he knew best. The plane was a twin-seater, but today Cross would be flying without a navigator. This was his first test flight for the week and he didn't need someone in the co-pilot's seat. It wasn't really the aeroplane he was testing. This particular machine had been in service with the air force nearly eight years. But a company involved in advanced aviation electronics had suddenly come up with a new guidance computer and had been given the go-ahead to fit it into the F-111 for a trial. It was Cross's job to see how well it worked.

He climbed out of the back of the jeep and walked towards the waiting aircraft. Cross was already fully kitted out in his flying suit with all the attachments that would marry him into the plane's electronics and life-support systems. He resembled an astronaut rather than a pilot who wouldn't quite leave the earth's atmosphere.

Two ground crew, sergeants called Brennan and Jones, were standing at the bottom of the cockpit stairs. 'Good morning, Major,' one of them called.

'Morning, gentlemen,' Cross replied, nodding to them both and smiling. They didn't bother with any formal saluting. The three men were a close-knit team who had become good friends. Cross didn't test-pilot any aircraft that hadn't first been checked down to the last rivet by these two master sergeants. 'How's she looking?'

'Same as ever,' Brennan told him with a jerk of his thumb at the plane behind him. 'We've gone over the old girl from top to bottom and can't find a damned thing that's different. All the systems checks do the same.'

Cross started up the aluminium stairs with Brennan following close behind. Jones walked quickly around the aircraft's nose to a ladder reaching to the opposite side of the cockpit. Both sergeants waited while Cross carefully lowered himself into the pilot's seat, then they fussed around him connecting oxygen pipes and communication lines. Jones had to stretch over the empty co-pilot's seat to do his share.

'You don't want to come along for the ride?' Cross asked him, his voice muffled by an oxygen mask he was adjusting.

'No thanks, Major.' Jones shook his head vigorously as he checked Cross's harness one more time. 'You know I don't like heights. Besides, I got cleaned out last night by my partner over there. Reckoned it was going to be a friendly game of poker and now I haven't got the spare change for a coffee. I guess I must be having a run of bad luck, so you sure as hell don't want a jinx like me sitting in the passenger seat.'

Brennan called across the cockpit, 'If you want to play with the big boys, don't complain when you don't measure up.'

Grinning their rivalry at each other past Cross, the two sergeants missed a sad look that came over the pilot's face for a moment. He shook it off before they noticed.

'How the hell did you get into the air force?' he said to Jones, forcing a cheerfulness into his voice. 'With your fear of heights?'

'That's why I'm here strapping you in, sir. And you get to be the hero confronting the enemy.'

'Yeah, right,' Cross said gruffly. Rather than cheering him up, Jones had added to the pilot's sudden, melancholy thoughts. 'Okay, let me get the hell out of here.'

Jones dropped out of his sight and the top of the ladder disappeared. On his side Brennan went quickly through his allotted checks one last time, then touched Cross's shoulder to tell him he was satisfied. The pilot raised his hand in acknowledgement, not taking his eyes from the dashboard where he was running through his pre-flight routine. A minute later the pilot's stairs had been pulled away and the wheel chocks removed. After a warning from Cross, the jet's engines whined into life, the sound quickly building to a deafening roar. The sergeants stood well back, the protective ear muffs that had been slung around their necks now firmly in their proper place. Then, with a final wave from the cockpit, the plane moved off.

Cross taxied as quickly as he was allowed through the network of access lanes towards the runway, but the air traffic controller still instructed him to wait, stopping the F-111's nose just short of the wide strip of bitumen.

The morning sun was getting very hot through the curved glass of the canopy, making Cross sweat under his helmet. A rivulet ran down to sting his eyes and he cursed. To his right he could see the glaring landing lights of an aircraft slowly coming closer and in his discomfort it seemed to be taking forever.

Jones mentioning a jinx in the co-pilot's seat had started bringing back bad memories for Cross.

Major Russell Cross served in the Gulf War flying seventy-four 'sorties' into the enemy airspace. At the time he had been piloting Intruders, another fighter-bomber similar to the F-111 in one aspect at least—the two-man crew sat beside each other rather than the navigator behind the pilot, as in the Phantoms and the F-18s. Sitting and waiting like this, sweating in the amplified heat caused by the canopy, was just like the many occasions Cross had done exactly the same thing from a base in Saudi Arabia. But it wasn't memories of danger and combat that were disturbing him. Cross had taken his aeroplane into heavy anti-aircraft fire over Baghdad many times and more than proved himself to his own satisfaction. *He'd* always survived to tell the tale.

But there had been one mission when he had brought back a badly damaged aircraft only barely flying. And a dead navigator.

It wasn't anyone's fault. Cross hadn't done anything foolhardy or courageous during that flight to expose himself and his navigator to unnecessary danger. The co-pilot's name was Granger and they had been teamed up for only six weeks, but a strong bond quickly developed between the two men. On a bombing run over the city a near-miss by a shrapnel burst instantly turned the Intruder into a pilot's nightmare of failed electronics and unpressurised hydraulics. Granger was badly wounded, his flying suit covered in blood, while it was a miracle Cross escaped completely unharmed. In the struggle to fly the stricken aircraft back to base—the quickest way to get medical help for Granger—Cross was too absorbed in the task to notice exactly when Granger died.

They were supposed to call it 'the fortunes of war'. The pilots preferred to say it was all a matter of luck—bad luck for Granger. A psychiatrist described it as exactly that to Cross in the days following, when he had to undergo the standard counselling before being declared fit to continue flying operations. Cross could remember thinking at the time that the old ways of farewelling a fallen comrade, with the surviving squadron members getting blind drunk in the mess, were probably much more beneficial than being interrogated by a shrink.

In reality Cross was severely affected by the incident. Aircrew casualties in the Gulf War were comparatively few measured against previous conflicts such as Vietnam or Korea, and Cross's experience of bringing home a dead friend soaked in blood was unique.

Today, flying in an F-111 with the navigator's seat vacant beside him, with Jones's reference to bad luck and now with Cross sitting in the heat waiting for clearance, it all combined to bring back memories of the sense of loss and failure he'd suffered immediately after Granger's death. They had been unwarranted feelings, he knew, in moments of common sense, but at other times he considered what might have been if he'd twisted the control column just an inch in one direction or the other. *He* had been piloting the plane and at five hundred kilometres an hour such minute alterations made a vast difference. Perhaps the difference between life or death.

Between Granger or me getting killed, Cross thought, just before being snapped back to the present day by the roaring arrival of the incoming aircraft.

It dropped expertly onto the end of the runway in front of him. He watched its progress as a parachute blossomed behind, obscuring the aircraft from Cross's point of vision. The pilot succeeded in slowing his plane quickly enough to veer straight onto an exit lane and clear the runway for the following aircraft.

His callsign crackled over the headphones. *'Tester One, this is Control. You are cleared for runway three and take-off. Acknowledge, over.'*

Cross thumbed his microphone. 'Thank you, Control. I'm on my way.'

He increased the throttle and swung the

Aardvark onto the runway. As soon as the nose of the aircraft pointed down the centreline Cross went for broke, punching in full throttle and sending the plane hurtling down the concrete until it lifted smoothly into the air. Rocketing upwards and watching the blue sky above visibly darken towards space, feeling his body pressed hard into the seat, were part of the joys of flying aircraft of this kind and something to be experienced at every possible opportunity. It was his boyhood dreams coming true.

At the top of his climb Cross put the column slightly forward to allow the plane to drop gently into level flight. He checked his instruments and saw nothing unusual, so he called in. 'Control, this is Tester One. I'm at my ceiling, over.'

'Tester One, Mr Frankeston wants a status report, please.'

Cross frowned and pressed his microphone button. 'Who the hell is Mr Frankeston, Control?'

A different voice came on. Cross was already guessing it was a technician from whoever supplied the new electronics. *'John Frankeston here, Major Cross. I represent the company supplying the new hardware. We're a little anxious down here, that's all.'*

Cross was surprised to hear an English accent. Before he replied, the normal controller interrupted drily.

'He has full security clearance, Tester One.'

'Okay—then everything is absolutely normal,

Control. Nothing unusual or *improved* that I can see.' Cross smiled into his oxygen mask. Possibly billions of dollars could be riding on the results of this test and tensions would be high in the control tower. A small barb at their expense made him feel better, at least.

'Roger that, Tester One. Proceed to the weapons range for manoeuvres, over.'

'Okay, Control,' Cross replied easily. 'ETA in around five minutes, out.'

He banked hard for the sheer fun of it and brought the plane to a course for the weapons range. This was a wide area of land devoid of human habitation and domesticated animals. The natural wildlife had to take its chances with the military testing all sorts of high explosive bombs, missiles and with the fighters performing strafing practices. Minutes later, just as Cross was about to report his position, his radio came back to life.

'Tester One, this is Control. Radar reports you in clear airspace above the weapons range. It's been requested you carry out manoeuvres to assess the performance of the aircraft, over.'

The dry tone filtering through the radio suggested the controller had several technicians breathing down his neck and annoying him. Cross smiled again. 'Roger, Controller. I'll do a few tricks and see if something exciting happens, out.'

He didn't need further urging. Cross began throwing the Aardvark around the sky using all his skills and sometimes emulating the evasive manoeuvres he had come to learn so well above the sands of Iraq. He felt his body pushed and pulled within the confines of his harness from gravitational forces caused by the violent aerobatics. He took the F-111 screaming straight upwards to a stall turn, seeing the sky change to near-black and begin to fill with stars, while the blinding sun was somewhere beneath his wings, before the nose dropped away and he was plunging like a hunting eagle towards the green-brown of the land below. He pulled out of the dive gently, not wanting to lose consciousness, as was normal at such a time. In a proven aircraft he wouldn't have been concerned, confident he would revive within seconds and still find himself in a plane flying properly, but in an aircraft with experimental electronics Cross didn't want to black out at a crucial moment when something might technically fail. Coming to straight and level once again he tried several more hard, banking turns to finish off with. By now he was panting hard and sweating, but feeling totally exhilarated. He took some time to get his breath back.

'Control, this is Tester One. I've just pushed this old girl pretty damned hard and she's come out with flying colours. Nothing went wrong or even glitched in the slightest, over.'

'Tester One, this is Control. Stand by, out.'

The controller took so long to come back that Cross had to perform a lazy turn to keep himself inside the weapons range. He was expecting to be instructed to return home, but he was wrong.

'Tester One, this is Control. You have four friendlies arriving from heading three-one-zero. It's been requested you multiple-target acquire them and engage. Understood, over?'

Cross was surprised enough to need a moment before he replied that he understood. He listened to the controller explaining to the other pilots what was happening, then he busied himself lighting up the targeting radar and locating the four aircraft. This was part of a new procedure with the advanced electronics, because normally he wouldn't be able to lock his radar onto more than one target at a time. Also, it wasn't usually his job, but his co-pilot's—who was more an electronic weapons operator rather than an alternative pilot. Cross had to stretch across to some of the opposite seat's controls. Frowning with concentration he keyed in the instructions and watched the results carefully.

'I'll be damned,' he muttered, seeing each of the blips glow as an acquired target and a firing solution showing on the display. He brought the plane around to head directly for the approaching aircraft, closing in on them at a combined speed of over twelve hundred kilometres an hour. The targeting computer didn't falter, the firing solutions rapidly altering and always ready to launch. He saw the targets visually, four gleams of silver streaking towards him at an incredible speed—then in a moment they had passed as Cross's Aardvark screamed over the top of them. A glance over his shoulder let him see the other flight split into a fan, the four aircraft all going in separate directions.

'Bastards,' Cross said good-humouredly. Normally they should have at least paired off with a leader and wingman each, offering him two targets instead of four. 'Maybe they know something I don't,' he decided, hauling his F-111 into a tight turn and slapping open the throttles to chase the nearest. His hand was automatically reaching for the computer to make adjustments and concentrate on one 'enemy' at a time, but he stopped himself when he saw the display was still showing target locks with all four aircraft. This was despite the fact that they were all now heading in different directions and at varying speeds away from Cross's aircraft. 'Bloody *hell,*' he said, impressed but also suspicious. 'It can't be *that* good.'

He was closing in on the first target. Cross was determined to record an undisputed radar 'lock' on his target—regarded as a kill in training manoeuvres—before the others fell on him. He didn't need the computer to see through his canopy at least two fast-moving specks on either side of him getting into position for beam attacks. It was going to be a close thing.

'Come on, darling,' he urged his plane, nudging the throttles forward again even though he knew they were already hard against the stops. The F-15 in front of him suddenly twisted to the right—the pilot waking up to his danger. 'Too late, pal,' Cross said with a grim smile, because it was only going to be a matter of seconds before he would be considered a guaranteed kill. But he had to hurry. The strident, multiple beeping of an alarm in his headphones meant that more than one other aircraft had locked onto his own aeroplane as a target. A momentary inspection of the radar told him the fourth opponent had come in behind him. Cross was caught in a classic pincer movement with the added dimension of it being a real overkill, four against one.

Suddenly his combat experience in the Middle East came to the fore and made him consider the reality of what he was doing. In *reality,* Cross would already be trying to escape his own destruction to fight another day.

All five aircraft were close and moving at incredible speeds. Cross suddenly threw his F-111 into a tight, turning dive causing all of them to scatter haphazardly across the sky. This time the manoeuvre did make him black out for a few seconds. When his eyesight cleared the first thing he looked for was the targeting computer. With such a sudden and radical change in every aircraft's position the computer should have lost at least one—if not all—the firing solutions. Instead, Cross saw the display still calmly offered a launch status on all four targets.

Incredible, he thought, through his clearing mind.

Then he realised there was a small boy sitting in the navigator's seat beside him.

It was such an unexpected sight—so utterly impossible—that Cross didn't know how to react. So it was with an unreal mixture of amazement, fear and disbelief that he turned his head to look directly at the boy.

But the image disappeared at that moment, as if it wouldn't allow direct attention. Immediately, Cross wasn't even sure he had seen it at all. He tried to concentrate on what he'd seen, and to remember. The boy had been dressed oddly, almost in rags. His face had been white—very white, as if he was terrified.

For Christ's sake, what am I thinking? Cross told himself angrily. *Of course I didn't see it! It must have been some sort of after-effect from blacking out with the tight turn. Though why the hell I should see a small boy, I don't know.*

Cross was divorced from a childless marriage. He didn't even have any nephews or know any friends with such a child. The image had been a complete stranger to him.

The alarm sounded in his headsets. One of the attacking aircraft had locked their radar onto him again. Automatically, Cross threw the F-111 into another tight, evasive manoeuvre, but he was struggling to concentrate on the job and during the brief moments of his confusion the aircraft had lost a lot of altitude. He didn't have much room to move. Then his anger crept back in, because he was supposed to be a professional—one of the best, in fact—and he should've been able to quickly evaluate and accept the phenomenon of the small boy as something from his own mind. Something caused by a medical condition that, as a test pilot, he should be noting and examining for his post-flight debriefing.

His next question was: *Am I still fit to continue this flight? Will I hallucinate again and endanger myself and this aircraft?* The answer was that he felt fine. *Another sixty seconds,* he decided. *I'll try and pin one of these bastards in under a minute, then I'll quit, just in case. And if it happens again I'll try to keep my wits about me and figure out what the hell is going on.*

The radar told him the other aircraft were all closing in again, but once more they were using a standard, predictable tactic.

'Time to start biting back,' Cross said through a tight smile.

This time he pulled the plane into the same near-vertical climb, the two engines howling as they pushed the F-111 towards the upper atmosphere. The Aardvark's rate of climb was slightly less than that of the F-15s trying to follow, but Cross had the advantage of starting first and, besides, he wanted the others to catch up. Once again the sky in front of him began to darken to a deeper, mysterious blue and some of the brighter stars started to wink through. The sun was a glaring, white-hot disc to his right. Cross didn't wait for the aircraft to stall, instead bringing it over into a lazy loop at the top, and he literally started to fall back in among the following F-15s. The timing was almost perfect. His opponents' radars hadn't been locked on long enough to give them a firing solution. Now he'd created another extreme change of position with the added fact that he was suddenly flying within their own airspace. Any missiles they might have theoretically fired would have had the same problems, with the added difficulty of flying and manoeuvring in the thinner air of high altitudes.

In the meantime, Cross still had firm target locks on all four of his opponents and it was again only a matter of seconds before he had confirmed firing solutions on all of them. A corner of his busy mind wondered if the solutions would be just as quick—or even quicker—if he actually had missiles to fire. The new electronics might be glitching only on a lack of response from any munitions. He grinned triumphantly as he realised the F-15s were frantically dispersing in every direction, but the firing solutions were still on offer. 'I could take out the bloody lot of you,' he said aloud, delighted.

'Bloody hell, Cross, this hurts. This Goddamn hurts.'

It was a voice that made Cross's heart freeze. He was looking forward through the canopy, but suddenly he knew someone was once again sitting in the navigator's seat beside him. In the instant he was aware of that, he stopped himself from turning his head to see—because it wasn't the small boy. It was someone else.

Someone he knew.

'What the fuck's happening, Cross? Are you okay? What hit us? Jesus, this is hurting bad.'

Cross *had* to look. He couldn't stop himself. Turning his head slowly against neck muscles locked rigid with fear he found himself staring into the agonised eyes of Granger, who now occupied the navigator's seat of the F-111. Granger appeared exactly as he had immediately after the anti-aircraft shell shattered the Intruder over Baghdad. His flying suit was soaked in blood, almost pooling in his lap. The ruined, bloodied fabric mercifully hid the true horror of his wounds. Granger's face was already deathly white as he looked imploringly at Cross to help him.

Unheeded, the F-111 was already well below the other aircraft. It was flying by itself. Cross sat, unable to move with shock, staring at Granger's image. Finally, he tentatively reached out a hand, then drew it back, afraid to touch the vision.

'Grange?' he croaked out. 'My—my God, is that you?' Cross became suddenly aware of what was happening—actually *happening*—and it shook him to the core. He was flying an aircraft, trapped in the cockpit with a bloodied ghost for a co-pilot. The control tower crackled a voice in his headsets, but Cross hardly registered it and didn't answer.

'Jesus, this hurts, Russell. What happened? Are we going to eject?'

A small corner of his mind worked perfectly for a moment, and it told him that he didn't remember either of them mentioning ejecting that day. In the shattered Intruder he had been so absorbed in flying the stricken aircraft and shocked by what had happened, that today he had no clear recollection of anything Granger had said. But falling into the Iraqis' hands was the last thing anybody had wanted.

Cross was trapped in more ways than one. He was consumed by a building fear threatening to become uncontrollable and he had no idea what to *do*. Was this really happening? Or was it all in his head? Should he talk to this—this *ghost*?

The Aardvark was still descending and increasing speed.

Involuntarily, Cross heard himself reply in a whisper, 'We can't eject, Grange. I have to try and get you back.'

The look in Granger's eyes hardened to something alien and even more frightening. A trickle of blood dropped out of one nostril.

'We should have ejected, Russell. It was my only chance.'

The change to past tense was chilling. This wasn't just some horrifying, mental replay of what happened that could only be *inside* Cross's head. Granger was accusing him of being responsible for his death. Cross stared at the ghost and tried to think of the right thing to do—to *say*. His reactions were still automatic.

'We—we couldn't eject, Grange. Everyone agreed we should always try to get home. You know that.'

The F-111 hit a wall of turbulence, battering it hard and making the aircraft shake. It was enough to remind Cross he still had a plane to fly, no matter what, and he almost absently pulled the nose up into straight and level flying. His heart lurched as he saw from the corner of his eye Granger writhing in agony, the blood splattering away from him to cover nearby controls and gauges. Cross realised all the time he was willing—even praying—that the ghostly image would fade away, go back to where it came from. He felt sick with fear and uncertainty. He dimly realised the F-15s now had multiple target locks on him and were crowing their victory in his headsets, while the air traffic controller was beginning to sound desperate in his attempts to get Cross to respond. Still, he couldn't bring himself to thumb his microphone switch and reply. Normal words for normal things would become locked, choking in his throat.

'We should have ejected, Russell. I wouldn't be dead now, if we'd ejected.' Granger's ghost was groaning this through his pain as he twisted and bucked against a blood-soaked harness.

'For God's sake, Grange!' Cross cried, his voice close to breaking. 'Don't *do* this to me! What the fuck is happening here?'

One of the F-15s passed overhead, the plane tilted so its pilot could look down into Cross's cockpit. Glancing up, Cross could see the curious expression on the other pilot's face and he vaguely wondered if Granger's ghost was visible to anyone except himself. For a moment he allowed himself to listen in to the conversations over the radio. He heard the F-15 pilot report that he, Cross, appeared okay and there was no apparent reason he wasn't answering his callsign.

'We gotta eject, you bastard. You're not going to do this to me.'

'Grange, no—I'll get you back like I did last time. It's not so far this trip—' Cross faltered to a silence as he realised what he was doing. Talking to a dead man and promising him hope, offering life to the bloodied spirit of someone killed more than five years before.

'It's all your goddamned fault. I'm dying. We should be ejecting. You could save me.'

Suddenly Cross could see the spirit's tortured movements weren't just a human being contorted by the agony of his wounds. Granger was trying to locate the ejection lever beside his seat, reaching down with clutching, bleeding fingers.

'Jesus—*no*! Grange, don't do it!' Automatically, Cross made to grasp Granger's upper arm and haul him sideways, away from that side of his seat and the lever. Incredibly, Cross's hand passed straight through the spirit. He gasped in shock and from the sensation of intense cold, as if he'd dipped his hand into freezing water. An evil, delighted laughter filled his head and Granger turned to face him with a look of sheer malevolence and hate.

'You can't stop me this time, you murdering bastard.'

Amid his fear and confusion Cross couldn't understand the hate in Granger's expression. And it was somehow inhuman. The laughter echoed again inside his head and he suddenly knew it wasn't Granger. Someone *else* was laughing at them both—or maybe just at Cross—and the sound filled him with an uncontrollable, numbing dread.

Then the world exploded.

The first bang was a minor charge blowing away the cockpit canopy. A second was a spine-jarring detonation beneath Cross's seat which instantly transported him from the close, man-made surroundings of the cockpit to an utterly alien environment of tumbling blue sky alternating with the richly coloured earth below. The air itself was bitingly cold on the exposed parts of his face. The rush of wind roared around his helmet and oxygen mask. Cross caught a fleeting glimpse of an F-15 flashing in front of him. He had only seconds to marvel—and panic—at the experience of free-falling through the atmosphere and being thousands of feet above the ground, then a whiteness like a cloud streamed out behind him. Cross realised just in time as the parachute blossomed to fullness and he braced himself for the shock of deceleration.

Next he was dangling high above the earth, the parachute's silk swollen protectively over him. There was little sensation of dropping, he was still so far up. Cross became aware of a roaring, whining sound and he looked around to locate the F-15 doing its best to circle him. He managed a wave, but the movement hurt his back and shoulder. He thought he detected a gloved hand waving back, but the reflection off the plane's canopy made it difficult to see. Following the F-15's line of flight Cross spotted another aircraft far beyond it. This one was doing a gentle curve earthwards—his own F-111. He lost sight of it as it blended with the ground, but seconds later he saw a bright pinpoint of orange flame.

4

The colonel glowered at Cross from behind his impressive cedar wood desk. The desktop was highly polished and bare of anything that looked like documents or any sort of work. However, Colonel Barton was a highly accomplished and respected officer in the air force, not just another cog in an overcrowded officer corps. His desk was clear because he got things done, and despite his unfriendly expression he was the best friend Cross had at the moment. The two men knew each other well.

Barton cleared his throat and growled, 'Russell,

I've got the old "good news and bad news" routine to run past you, but I figure it's still not the worst result you might have got.'

'I appreciate you've been trying to help me out, Colonel,' Cross nodded. He shifted uncomfortably in his seat. It was three weeks after the F-111 crash and some intensive physiotherapy had ironed out most of the aches and pains he suffered from the ejection, but sitting still in any chair—as he was now—could bring a few twinges to his lower back.

Barton said gruffly, 'Well, the facts—or lack of them—work in your favour. Your plane had an electronic, remote capability to trigger the ejection sequence which *may* have fired accidentally due to the experimental equipment you had fitted. At the same time, you've sworn on a stack of training flight manuals you didn't purposely eject from a perfectly good aircraft, for God knows whatever reason you might want to do *that*. At the end of the day, we've all got no choice but to believe you and, of course, I personally do. That's the good news. However, the fact remains you parked a fully functional, very expensive F-111 nose-first at about seven hundred miles an hour. The top brass are insisting on a full enquiry for which, at a rough estimate, it will take around six months to collate all the accident and crash site information and you, Major Cross, have to accept a temporary grounding until that enquiry is finished.' The colonel sighed heavily, knowing how this news would be taken.

'A grounding?' Cross was too surprised at first to be angry. 'I'm a test pilot, for God's sake! Test aircraft crash all the time. It goes with the job. Don't blame me if the damned thing doesn't work properly.'

'I agree, but someone's got a bee in their bonnet, because a wing didn't fall off or the tailplane self-destruct before you stepped outside of the bloody plane. I bet a year's wages it'll be some old fighter-jock who managed to fly some write-off back to base during the Vietnam War, or some such shit. He doesn't want to understand the plane *itself* spat you out.'

'I didn't eject,' Cross said grimly, feeling his anger build. 'I keep telling these people. Why doesn't someone listen? The sequence started on its own and I couldn't do a damned thing about it. Hell, they should be explaining to *me* how I suddenly ended up hanging off a 'chute miles above the ground.'

'Look, don't worry about it too much,' Barton said soothingly. 'If you make a fuss, the same dick-head will probably dig *his* heels in, too, and we'll end up with a major argument that'll go on *your* record sheet. My advice is to accept a reassignment until the enquiry has run its course, because I guarantee we'll get the same result and you'll be back flying the next day. In the meantime, I'll try and find out who's making things difficult and head 'em off at the pass for you.'

The anger just as quickly left Cross and he ran a

hand through his hair. 'Thanks, Colonel. I shouldn't be getting loud about it with you, I know.'

There was a silence between them and Barton used it to study the man in front of him. Apart from his injuries through the crash, Cross was in excellent physical condition. He was one of the best pilots Barton had come across in all his years in the air force and a genuinely decent person, too. It wasn't surprising that this, combined with his natural, rugged good looks, caught the attention of many women and Cross ended up marrying young. It also wasn't surprising that his dedication to the job and doing it right got in the way, and his divorce came just as quickly. Barton simply believed Cross was a pilot worth protecting and keeping—and trusting, about whatever happened in that F-111.

Barton said, 'It's probably those few minutes of radio silence, before you hit the silk. One of the F-15 guys reckons you were just sitting there, doing nothing and not answering your callsign.'

The lie came easily to Cross because he'd already used versions of it many times. 'I was too busy trying to figure out what the targeting computer was doing. That's what I was testing, for Christ's sake—not their combat ability. I thought at the time they were just a bunch of rookies who wanted to know how I whipped their tails when I was outnumbered four-to-one. I didn't need that sort of bullshit in my ears when I was trying to do my job. If I'd known I was going to be hanging in midair a few seconds later, I would have responded to prove I was okay—' Cross stopped and shook his head in frustration. 'It's just one of those things that would mean absolutely nothing if everything hadn't gone so wrong a minute later.'

Barton nodded slowly. 'Well, your service record and reputation should make that stick, when the time comes. Especially when I support it. Now the thing is, what do we do with you for six months?'

'You mean, you haven't already decided?' Cross asked wrily.

'To be honest, I have got a few options for you.'

After a moment's hesitation Cross shrugged. 'Okay, I'll do what you say and lie low until after the enquiry. What are my choices?'

'You can stay here and drive a desk—listen to your buddies talk about what they did up in the air that day.'

'Sounds wonderful. What else?'

'Do you know about Major Dowering's problem?'

Cross nodded. Dowering was another test pilot. He had just been told his wife was diagnosed with a terminal cancer. It was the sort of tragic news that ran through the whole base like wildfire. 'Bad luck,' Cross said. *What else was there to say?*

'Yes, for want of a better description,' Barton agreed, reaching into a drawer and dropping a file onto his desk. 'My problem is Dowering was supposed to travel to the UK for us. It's like an exchange program on training methods, electronic warfare techniques—that sort of thing. In reality, I don't think anybody tells anyone stuff we don't already know, but it keeps an appearance of being allies and not holding any secrets from each other, get the idea?' At Cross's nod Barton went on. 'Anyway, Dowering was supposed to go, and now, for obvious reasons, he can't. The space is open for someone to take his place and it looks like an excellent opportunity to take you out of circulation for a while. What do you think?'

It was a lot to absorb within a short time. Cross scratched the back of his head and tried to stall, but Barton was watching him expectantly. 'Sounds okay,' Cross said carefully. 'I've never been to England, so I wouldn't mind the chance. But what's the odds of getting my slot back here at the end of it? Once I let go of it, it can be damned hard grabbing it back. Maybe I'd be better off just marking time here somewhere, keeping my face familiar, rather than disappearing.'

'I'm not going anywhere, Russell. And I call the shots around here, remember? If I say you get your job back after the enquiry—then you get it back. Besides, you'll have to come back for the enquiry itself, no matter what happens. So it's not a case of your maybe getting stuck over there. Anyway, it's nothing like a six-month appointment.'

'No?' Cross raised his eyebrows. 'So what happens then?'

Barton drew a ticket folder from the file and slid

it across his desk. 'This is the other thing I've been asked by Dowering to talk to you about.'

Cross picked it up and studied the ticket, expecting an airline reservation. To his surprise it was a passenger pass to a luxury ocean liner called the *Futura*. 'I don't get it,' Cross said, reading the ticket.

'Dowering and his wife booked themselves that ocean cruise for the return trip as part of their holidays,' Barton explained. 'Dowering asked me to offer it to whoever was taking his place.'

'Uncle Sam will pay me to do this trip?' Cross asked in disbelief. He held up the ticket.

'Of course not. You've got enough leave time—with a bit of wrangling.'

'I guess I probably have,' Cross murmured absently. 'When do you need an answer to all of this, sir?'

'Tomorrow morning at ten o'clock. I've only got about five minutes spare, so don't make life difficult for me.'

Cross suddenly grinned, but it still had a tired look about it. 'Have you already put through the official paperwork, sir?'

'Of course,' Barton said, keeping a straight face. 'You only need to make up your mind about the cruise. It looks to me like you could use a bit of sea air. Crossing the Atlantic Ocean should give you enough.'

Cross frowned at the ticket. 'I'm not much of a sailor,' he said. 'This thing could be pretty well wasted on me. Someone else might appreciate it more.' He looked up to see Barton's expression had turned hard.

'You don't really have a choice, Major. I want you the hell out of my way and that cruise is about as far removed as you can get. Besides, I think you need a rest, am I making myself clear?'

Cross stood and reached across to shake Barton's hand. 'Absolutely clear, sir. And thank you again, Colonel. I know how much you're doing for me. I'll get a few things straightened out in my head tonight, maybe make a few calls. I'll—ah, let you know tomorrow. In less than five minutes,' he added quickly, with a resigned smile.

5

Bruges Shipyards: Belgium, March 1916

Otto Vulcan was the youngest of the three Vulcan brothers who owned the shipyard. All of them were deemed either too old or too valuable in their roles as shipbuilders to be called into service with the German Army, which was now well and truly entrenched in the mud of Flanders. An end to the war looked a long way away and certainly didn't seem on offer to either side with the opposing armies bludgeoning themselves to death at an equal pace. But there seemed to be another way, and the shipyards of A. G. Vulcan were playing a principal part in creating that opportunity for the Kaiser and the Fatherland.

The shipyard didn't build ships any more. Only submarines, a new weapon of war that was proving a potential winner, starving England and France of vital supplies by sinking thousands of tons of shipping. Otto was surveying the keel-laying of yet another vessel, this one to be designated submarine U-65. A network of steel was being placed into a pattern and riveted together. The girders shone wetly under the work-lights, the brilliant lamps turned on because the day was heavily overcast and dark with a fine drizzle falling. However, the wet weather didn't dampen Otto's high spirits.

'Twenty-four of these to be built,' he said to his brother Erik, who came up beside him. 'The war is good for us.'

'As long as we win, of course,' Erik said quietly. Doubts about the outcome of the conflict weren't something to be expressed aloud, in case the wrong person heard.

'Of course we will win!' Otto told him good-naturedly. 'It is these submarines that will win it for us. We are sending the English merchant navy to the bottom of the ocean. Their army will starve and so will their country if they continue to resist.'

'You possess all the battle fervour of someone who will not see a trench,' Erik said drily. It deflated Otto, as it was meant to.

'And that's how it should be,' Otto said, after an

uncomfortable silence, then he suddenly waved at the slipway in front of them where a tightly packed crowd of men were arranging the long steel girders into the beginnings of the submarine's keel. 'For these men, too. However, still we steadily lose them to the army's call and have to replace them with the young and inexperienced, or the old and the foolish. Why don't they stay? They are absolved from National Service and make three times the money working for us.'

'War is always an adventure for the young, until you join it. Others feel guilty and believe they are not doing their share, if they are not in Flanders.'

Otto snorted. 'And leave us, so their brothers in the submarine service go to sea in leaking boats with loose rivets, because we lose more skilled tradesmen every day. These ships are an engineering nightmare! The rounded hulls are circles built within circles. I shall be glad when I never have to deal with that damned *pi* calculation ever again. You never get a precise answer. It's no wonder the hulls are a trial to piece together, and leak. We *need* to keep our skilled men.'

'Don't say such foolish things!' Erik hissed, genuine anger flashing in his eyes. 'If anyone at the Admiralty were to be told our work may be suffering, there would be hell to pay!'

'But they should know of our dilemma, too,' Otto growled, then hastily changed the subject as he saw Erik's anger threatening to grow. 'There have been more reports of that strange boy in the yards. We think he might be a vagrant and living somewhere in one of the sheds, but no one's found anything.'

'He's just a boy,' Erik muttered. 'Don't waste too much time on him. The problem will resolve itself—or do some people think he's an Allied spy?' he added with a humourless smile.

'Some have said he's not—normal,' Otto said reluctantly. 'He's scared some of the men.'

'Scared them? What—a young child? What in God's name could be frightening about—' Erik was stopped by a sudden cry coming from the slipway.

The scene in front of them was like a frozen tableau. Almost all of the workers had stopped and were staring upwards. Above them one of the huge girders for the submarine's keel was hanging from a giant crane ready for lowering, but the cradle supporting the girder had slipped and the steel beam was now dangling precariously, threatening to fall on the workers below.

'Dear God!' Erik whispered, before striding off down the slipway waving his arms vigorously and shouting at the top of his voice. 'Get out of the way, you fools! Move out from under the crane! *Move.*'

It galvanised everyone into fleeing, but the slipway was a difficult place to move with the maze of steelwork already in position. Men began clambering over and under the skeleton of girders, hindered by the slippery wetness and the crowd of fellow workers all trying to escape the slipway at the same time. Otto stayed where he was, dancing anxiously from one foot to the other. He was in a perfect position to watch the suspended girder slide silently and without warning from its cradle and drop almost gracefully to the earth.

It bounced spectacularly among the steel already in place, making a tremendous clanging noise like a huge bell. The sound nearly drowned the scream of agony that came from somewhere on the slipway, then the girder dropped into a final position with more of the deafening clatter of steel. There were other cries from the workers, but so many of the men were yelling out in fear it was impossible to tell how many were shouts of pain through injury.

A few seconds of dreadful silence followed. Only Erik, keeping his wits and aware the danger was over, continued to pick his way hurriedly into the network of the slipway. By the time he was onto the new keel itself other men had reacted, gathered in an anxious knot around the fallen girder. 'Make way, make way,' he yelled, puffing and red-faced. He pushed his way through the circle of men and looked down. Erik felt the colour drain from his own cheeks at the sight in front of him.

'Dear God in heaven,' he groaned, forcing himself to drop down next to the injured man. The girder pinned the worker against other steelwork. It was impossible, with the weight involved, that the man couldn't be badly hurt with at least a broken back. His face was deathly pale and a thin line of blood ran from the corner of his mouth.

'Heinrich is here, too, Mr Vulcan,' someone called from beyond the close circle of onlookers. 'But he is certainly dead. His head has been crushed. There is nothing we can do.'

Erik was rising from his crouch, but he stopped himself. 'Get something to cover him,' he called back, his voice rough. Then he angrily looked upwards at the empty sling hanging above them. 'And for God's sake, somebody get that fucking crane lowered! We have to lift the iron beam off this man! And has somebody called for an ambulance? Do I have to do all the thinking for myself?'

Several men reacted together, scurrying off and shouting for someone else to call an ambulance. Long minutes passed with Erik feeling absolutely useless. All he could do was hold the injured man's hand and murmur encouragement he felt in his heart was a lie. The worker stared back up at him with bright, hopeful eyes, but he was incapable of speech. The trickle of blood continued to flow from the corner of his lips. Somebody stepped close to Erik and handed over some blankets. He quickly used one to cover the worker from the neck down and the other as a pillow, cushioning his head from the hard-edged steel beneath him.

'What is happening with that damned crane?' Erik rasped, looking up again to see the cradle hadn't moved. At that moment Otto shoved his way through. He was stunned to silence for a moment, staring down at the dying man.

'The automatic braking system on the crane engaged without warning,' Otto told Erik in a shocked voice. 'It's what caused the girder to be jolted loose in the first place. Now the men are having trouble releasing the brake. We cannot lower the crane until we do.'

'What? How long will it take them?' Erik asked, disbelieving.

'The gearing seems seized together. They are not even sure they can fix it quickly, without a major operation.'

'But this man is dying!'

'It's not my fault, Erik,' Otto said, his eyes flicking to the injured man. 'The crane is broken.'

'Then get back to the damned crane and make sure they are making every effort! Send someone with a report to me every five minutes without fail!'

Otto hurried away to be replaced by two ambulance men climbing inexpertly through the steelwork. One of them had a stretcher slung over his shoulder, while the other carried a leather medical bag. Erik was glad of the excuse to move aside, away from the injured worker's eyes. The ambulance men quickly inspected the hurt man, injected morphine, then immediately turned to Erik.

'We have to remove the steel. He can't be dragged out from underneath. It will kill him.'

'I can see that,' Erik replied curtly. 'Do you think I'm stupid? We're attempting to repair the crane now.'

The ambulance man stared upwards at the hanging cradle and seemed to understand what happened. 'Is there another way? Another crane, perhaps? I don't think we have much time to waste.'

'No other crane will reach this slipway,' Erik said. He looked grim as he considered his options, then seemed to reluctantly come to a decision. 'We will try to move him manually. We may at least be able to lift it enough to allow pulling him out from underneath.'

He turned away and started shouting orders, calling for his leading hands. Erik quickly became even angrier, discovering that for many of the workers the novelty had already worn off. They were using the opportunity to sneak away to shelter from the drizzle and opening their flasks of hot tea and bags of sandwiches. It took some time to round them all up again, but when Erik tried to distribute the men evenly along the steel beam and attempt a direct lift a murmur of dissent travelled down the line. One of the leading hands came to Erik to explain.

He said, almost shamefacedly, 'Most of the men want Heinrich's body removed first. It's upsetting them.'

Once again Erik had to press down hard on his temper, which was trying to burst into violence. 'You mean it *hasn't* been removed? God in heaven, do I have to do *everything*?' His show of anger covered a moment of guilt, because being absorbed with the injured man and the damaged crane, Erik had shut the dead man out of his own thoughts, too. The news that the man's head had been crushed was extra incentive to avoid having a look.

It needed four men, one on each corner, to negotiate the stretcher through the steelwork without inadvertently tipping its tragic load off. As it was, Heinrich's arms, covered in blood, hung out on either side of the stretcher. Erik waited until they had cleared the slipway.

'Now,' he said, contempt for his workers showing, 'let us see if we can remove the man who has a chance of living.'

More vital minutes were wasted while as many men as possible got their hands onto the steel girder. When Erik finally gave the order to lift, it raised the steel less than six inches with the faces of the workers showing the strain of the effort. The ambulance men didn't hesitate to make any judgements, hastily pulling the injured man, who screamed in agony, out from underneath. They lowered the girder again with Erik calling for everyone to drop it the last few centimetres. It landed with a clang of steel like an enormous tomb door being slammed closed.

By the time the stretcher returned and the worker had been carried to the ambulance, nearly an hour had passed since the accident occurred.

Their efforts were all for nothing. A doctor, who appeared just as the stretcher was carried off the slipway, pronounced the man dead and covered his face. They loaded the body in beside Heinrich's and closed the doors.

Erik stood in the drizzle and watched the ambulance splash its way towards the dockyard gates. From the corner of his eye, a movement attracted his attention and he turned quickly to see a small shape dart between two nearby sheds. He knew it was the strange child they had been troubled with and Erik was surprised to feel the hairs on the back of his neck prickle with an unexplained fear. He tried to shake the feeling off. It wasn't easy.

Erik and Otto stood before a wood stove in one of the construction offices and glumly sipped tin mugs of tea. Their eldest brother, Sigmund, was away in Berlin and wouldn't get to hear of the accident for several days.

'What will we do?' Otto asked, not taking his eyes from the stove top.

'Do? What do you mean? We've had men killed here before.' Erik shrugged. 'Must be five or six years since the last time, but nothing's changed. We will pay the funeral costs and organise a collection for the widows, just as usual.'

'And what about the submarine?'

Erik turned to frown at him, but a more distant look in his eyes said he knew what Otto was really talking about. 'What about the submarine?'

'We must arrange to have the name changed, or the men will not be happy working on it. You know as well as I do these dockyard people are more superstitious than sailors themselves. They hate working on a jinxed ship and a name change will put them at ease.'

Erik grunted and said, 'It was one accident, not a "jinx", as you put it. The submarine doesn't even have a name and is nothing more than a collection of keel pieces on the slipway anyway.' At Otto's sigh of disagreement he added, 'This isn't a private venture, remember. We cannot approach the owners and request they change the vessel's name, at least while it is in the shipyard, simply to counter foolish superstitions. This submarine belongs to the people of Germany. It is designated U-65 and that is what it will stay. Can you imagine the nightmare of official paperwork to change the number, even if they agreed?' Erik took a sip of his tea, allowing Otto a chance to argue, but his brother stayed silent.

Erik said firmly, 'No, Otto. U-65 it is, and that will be the number we paint on her side.'

6

The main reason Russell Cross didn't reveal to anyone the exact details of what happened in the F-111 before he ejected, started out as a well-meaning lie. He was shocked, literally, from the back injuries suffered from the ejection sequence and hospitalised for over a week. During this time he was given painkillers and sleeping tablets, leaving him in a perpetual state of drowsiness and mild confusion. The only shred of common sense he managed to maintain was a conviction that to discuss with anyone Granger's ghostly appearance in the cockpit and the ensuing events would simply be a fast track to his own decommissioning, maybe a medical discharge and even a visit to the funny farm. So he decided to keep silent, at least while the drugs in his system had him struggling to remember his own name some mornings, let alone provide a coherent explanation of what happened in the aircraft.

But the lie perpetuated itself, especially when he was told unofficially by a friend that the ejection sequence could have triggered itself and the crash site investigators were unable to come up with a better answer. That the co-pilot's seat firing first was a matter of 'black box' record helped a lot, and as far as everyone else was concerned there had been no one occupying *that* seat. The plane was flying straight and level at the time. There had been no recoverable spin-out or loss of control where Cross may have prematurely panicked. No evidence at all, except the small amount available pointing to a minor glitch in the aeroplane's electronics which resulted in a major consequence, the pilot being thrown out of the cockpit. It could almost be funny, if there weren't millions of dollars involved.

As the week in hospital passed by, Cross began to understand he might not need to mention the supernatural version of what occurred—but at the same time his growing enthusiasm to keep things to himself was worrying. It went against his years of training. Shocking and incredible as the encounter had been, and therefore seemingly beyond the circumstances of the moment, there was still a chance it was a direct result of his flying. It could well have been a new symptom for any of the multitude of ill-effects pilots in high-altitude, high-performance aircraft were known to suffer and Cross should probably report it. Seeing and talking to Granger's ghost *might* have been a significant medical phenomenon that should be made known to the authorities.

But he didn't tell anyone, because Cross also had a gut feeling something else was involved—something personal. Beyond that, it was too confusing and frightening to try and comprehend. It was a question he kept putting on his mental back-burner until he felt in a better frame of mind to cope with it. But after a while he began to doubt if he'd ever be able to face the truth of what happened—and the problem with *that* was whether it might occur again. What would he do?

Then Cross was swept up in the excitement of travelling to England and becoming involved in his duties there. Colonel Barton's dismissive explanation that Cross's visit was little more than a gesture of goodwill was actually an understatement. The Royal Air Force pilots were more intent on showing Cross the delights of their own squadron mess hall, or night-time London, rather than any electronic warfare secrets. He got to fly a lot but, unknown to his hosts, Cross managed to pace himself and resume his flying carefully and always, in the beginning, with a co-pilot. Eventually he piloted an aircraft solo and nothing untoward happened. Encouraged, he flew some more, and it wasn't long before the strange episode in the F-111 began to feel like a weird dream of weeks before, rather than an actual event. Something he should forget.

Before he knew it, it was time to leave. There was a rush of paperwork and final reports—most of which were daunting exercises in trying to sound as if he'd actually done something worthwhile—then he left his RAF friends and got bundled on to a train for the hour's journey to Southampton. It became an odd transition, with Cross constantly telling himself he was now officially on holidays and about to board a luxury ocean liner. It was a strange feeling. The occasional trip in a small boat was all that Cross had experienced of ships, so the next few weeks were certainly going to be something different until he adjusted to a sea-going life.

The Southampton Passenger Terminal was similar to an airport. Among a bustle of passengers and their relatives wishing them farewell Cross picked his way to the check-in counter and processed his ticket. There was some confusion while the woman behind the counter came to grips with the idea Cross was travelling alone, but that the ticket had been originally sold to a husband and wife. While he was waiting Cross glanced at two closed-in gangplanks leading to the ship. They gave little impression he was about to leave dry land. His luggage disappeared and he was told nearly an hour had to pass before the ship would leave the dock. Cross still had strong misgivings about doing the cruise at all—it just wasn't his sort of scene. Wanting to delay the moment he actually stepped aboard, he made his way to an upstairs bar. After buying a drink he went and sat at the windows, discovering he had quite a good view of the M.V. *Futura*.

The ship looked new—as it should. The passage from New York to Southampton had been her maiden voyage, and her visits to exotic ports of call on the way claimed a lot of space in the glossy magazines and weekend newspapers. The *Futura* was supposed to be the latest thing in ocean-going liners—in a modern age when such ships were nothing less than an extravagant and expensive way to travel.

The vessel gleamed white in the weak, early spring sunshine. From where Cross sat he could see a raked, upper superstructure conveying an impression the ship could be fast, if she wished. A slice of deep blue, half hidden from his view by a funnel, told him a swimming pool was located on the top deck. He could also see a fenced-in tennis court, volleyball court and a wide expanse of empty deck with a confusion of coloured lines marked out. This, he figured, would be for the deckgames that ocean cruises were infamous for. Cross made an early promise to himself to stay well away from these. Movement caught his eye and he needed to press his face against the glass to see. In the distance, at the stern of the ship, he could just make out a white-painted derrick swinging out over the dock. Cross hoped no one had inadvertently dropped his luggage into the cold Southampton waters.

He had another beer and smiled to himself, because he couldn't quite work out why he didn't want to board the ship yet. Finishing the beer, he decided to go for a final stroll along the terminal, then take the plunge and go aboard. He could see on the lower floor the crowds of passengers and well-wishers getting thicker and Cross figured it might be wise not to dally too much longer, otherwise he might get caught in a last minute rush.

The walk along the terminal proved not to be very exciting, because the ship was little more than a wall of white partially obscured by tall, plastic windows frosted by salt and seagull's droppings, and turned opaque through too much sunlight. Only at the very end was there an opening, roped off with signs warning the unauthorised not to proceed further. A pair of labourers nearby watched Cross suspiciously, until it was obvious he wasn't going to break any rules. The opening gave Cross a clear look at the ship's crane loading luggage and supplies aboard. At that moment a cargo net filled with bulging, rough sacks, which Cross guessed were stores of vegetables, was suspended above the dock and about to be swung over the boat's transom.

The derrick's cable looked surprisingly thin and,

watching it, Cross must have raised his eyebrows, because one of the labourers called over in a friendly voice, 'Don't panic, mate. You could lift the whole bleedin' boat with that bastard.'

'Glad to hear it,' Cross replied with a smile, giving them a wave before he turned around to head back towards the gangplanks.

Cross was used to junior officers and enlisted men treating him with the deference due his rank, but he felt a little uncomfortable with the attention he was given by the ship's hospitality crew when he emerged from the gangplank onto the ship itself. Cross felt sure he could find his way to his cabin alone but he allowed himself to be led by an immaculately dressed youth through a succession of corridors and high-silled, waterproof doors to one of the lower decks. At a purser's office dedicated to Cross's deck alone the youth took a key-tag and continued through two more passages until they arrived at one of a line of polished wooden doors with Cross's cabin number in gold metal lettering discreetly above the lock. The youth unlocked it and held open the door for Cross, who self-consciously squeezed past.

'Is there anything else, sir?' the youth asked from the door.

'No, no this will be fine for the moment, thank you—Jeff,' Cross told him, glancing at his name-tag, then belatedly put a hand in his pocket for a tip. But the youth was shaking his head.

'That's not necessary, sir,' he said, and handed

Cross the keys before he disappeared behind the closing door.

'Okay, thank you—' Cross tried to say, too late.

Shrugging, he took stock of his surroundings. The cabin was larger than he expected with a sizeable double bed and bedside tables dominating the room and one wall. His luggage had been placed beside the bed. The opposite wall appeared to consist of built-in wardrobes with full-length mirrors for sliding doors, then Cross discovered one of them led to a bathroom. There was a shower offering a choice of salt or fresh water, along with a polite sign suggesting that, to conserve fresh water, guests might like to use salt water and only turn on the fresh for a final rinse. Cross grunted with amusement, wondering how many of the guests took any notice. A small cabinet offered soap, shampoo and a toothbrush, all hygienically wrapped.

Back in the cabin, on the same side as the main door, was a minibar refrigerator, a writing table with scattered pamphlets of all the relevant information concerning Cross's 'comfort and well-being', an office chair and two lounge chairs separated by a glass coffee table. A television was suspended from the ceiling. On the opposite wall, which was, of course, the ship's side, was a porthole. Cross inspected this with more than mild interest after looking out and seeing the water was uncomfortably close. The porthole was locked with heavy metal lugs and a key system Cross could see wasn't a part of his room-tag. The glass itself seemed to be over half an inch thick.

Sighing, then shrugging, because he still wasn't sure how he should feel about all this—or at least, he couldn't explain the *lack* of excitement he felt, Cross opened his luggage and took out some folded shirts which he placed on the bed. It was then that he noticed for the first time a panel set flush into the wall beside his bedhead. Intrigued, he slid it open and was surprised to see a computer monitor with a large selection of menu buttons underneath. Cross knew the *Futura* boasted a fully computerised catering system for its passengers, but he hadn't expected a terminal in every cabin. He stepped over to the writing table and sorted through the pamphlets until he found one explaining how to use the console. After a brief read Cross pulled a face and threw it back on the table.

'Worse than flying an F-15,' he decided, turning back to his unpacking.

It didn't take him long to finish and he found himself at a loss as to what to do next. Exploring the ship was the obvious answer, but he was hoping to leave that until after they left port and the decks wouldn't still be crowded with passengers savouring the novelty of it all. He plucked a beer from the minibar, aware he was drinking more than usual, but figured he was, after all, on holiday. Pulling the tab and taking a long draught his eye fell on the computer panel again. His curiosity renewed, he found the pamphlet and looked for something he could do. The quickest and easiest seemed to be calling up the selection of video movies being shown that day. Cross put his beer down and, holding the pamphlet with one hand so he could follow the instructions, he slowly pressed the right buttons—or so he thought. The screen flared satisfyingly to life, but the message was disappointing.

CANNOT ACCESS INFORMATION. PLEASE TRY AGAIN LATER.

'Bloody typical,' Cross said, shutting the system off. With a mental shrug this time he stood in the middle of the cabin and finished his beer quickly. Then he found the keys and left the cabin. Cross hesitated outside before closing the door, out of habit making sure the keys would work. It made him wonder why the ship didn't use the sort of electronic card most hotels used these days and he stared thoughtfully down at the lock. He heard footsteps coming up the corridor behind him, so he pressed himself close to the door to let whoever it was pass.

'Is everything okay?'

Cross turned to see an attractive woman about his own age watching him from further up the corridor. She was wearing one of the ship's white uniforms.

'I'm just making sure it works,' he explained, a little guiltily. She came towards him to help.

'I've got a master key, if it doesn't. Is it all right?' she asked.

'Sure,' Cross replied. 'Thanks anyway. Do you work this deck level as well?' he said hopefully. 'With—ah, Jeff?' he managed to remember the name just in time.

'Sort of,' she replied with a knowing smile. 'It's a case of all hands on deck, when we first take on passengers. Just about everyone except the captain is helping people find their cabins. But normally, I steer the boat,' she added glibly.

'I'm sorry?' Cross blinked at her.

She tapped one of the gold braid bars on her shoulders. 'These are the real thing. I'm a qualified navigator and lieutenant in the merchant marine, and I'm the navigator of this ship.' She turned away and started walking quickly down the corridor, saying over her shoulder, 'But at the moment, I'm a baggage carrier and tour-guide operator, so if you're okay I'd better be off to find more passengers in distress.'

'Well, thanks for stopping, Mr Navigator—ah, sir,' Cross called after her, amused. He stayed next to his door, watching her slim figure until it vanished around a corner. He decided he liked the uniform a lot. It prompted another wistful sigh.

Following signs he made his way to the upper decks. It seemed he was just in time for the big event. Passengers lined the railings and were standing hopefully with streamers and ticker-tape. However, in an anticlimax the closed-in style of the departure terminal made it impossible to throw anything to people farewelling the boat. Some glumly tossed streamers anyway, seeing them stick momentarily to the terminal windows or drop disappointingly into the water. Cross stood on the higher deck, along with some other passengers, and looked down at all the people saying their goodbyes. He let a moment of melancholy overtake him, because he didn't have anyone in his life who would miss him or be so enthusiastic about waving him farewell. Then he shook the feeling off. There was no point in dwelling on such things.

The ship rumbled and vibrated, causing a ripple of excitement among the passengers. Cross felt the boat lurch slightly and he leaned out, looking towards the bow. The heavy lines attaching them to the wharf were cast off and being retrieved, dripping water. Astern they were doing the same and he could see a boil of white water swelling between the ship and the pylons of the wharf. The barnacle-encrusted pylons became visible—the gap to the terminal had already widened perceptibly. A shattering hoot of the ship's horn coming from the funnel just behind Cross made him wince with the noise. Other people around him did the same, instinctively ducking and crying out, laughing good-naturedly at the fright. A cheer went up from the passengers and any streamers that hadn't been thrown arced through the air to bounce off the windows and fall ineffectually into the dark water with the rest. Cross simply stood and watched, taking it all in. He suddenly let out a soft laugh.

'What the hell am I doing here?' he asked

himself. Among the noise of passengers still calling out towards the shore no one heard him.

As the ship got closer to the open sea the river's banks drew further away until they became misty with the distance. Up ahead, the dark bulk of the Isle of Wight loomed on the horizon. A sudden chill crept through Cross's clothing and he wondered whether he should go inside and get a jacket or begin exploring the ship in the hope that moving around would warm him up. A musical bell sounded, followed by an announcement, making the decision for him. Lunch was soon to be served and passengers were asked to check their cabin rosters and find out which sitting they had been assigned. They could even, the announcement added, pre-order their meals from the menu page on their personal cabin terminals.

'If the damned thing works,' Cross muttered. He had no idea when he was supposed to attend lunch, so he figured he'd better go below and find out.

In his cabin he once again consulted the instructions for the computer terminal. A courtesy card he found among the pamphlets informed him he was scheduled for lunch in the first sitting. Cross thought it might be interesting to give the terminal a second chance and try to pre-order his meal. This time he had more luck, although by the time he had gone through all the required steps and button-pushing, then almost another two minutes before the computer announced MEAL ORDER ACCEPTED, Cross was convinced it would be a damn sight easier to waggle his finger at a passing waiter. A map of the boat showed him where his dining room was situated. Not wishing to be seen wandering around with the map in his hand, Cross memorised the way and confidently set off.

He found it easily enough. It was a very large room filled with an expanse of round, white-table-clothed tables. A waiter marked Cross's name off a list and led him through the room to a setting near a window. As they got closer Cross could see he wasn't the first to arrive. Two older couples watched him approach, aware he was coming to their table. Beside them was a pretty girl in her teens and a woman Cross quickly guessed to be in her fifties, although she was so liberal with make-up it was difficult to be sure.

The waiter pulled out his chair and said, 'I'll be back to take your order soon, sir.'

Cross stopped him as he started backing away. 'Actually, I've already put in an order through my cabin terminal.'

'Have you?' The waiter looked either surprised or impressed. 'I'll check for you, sir.' He turned on his heel and weaved his way back through the tables.

The older woman with the heavy make-up was the first to speak. 'Goodness! You've managed to work out that automatic thing?' She fixed Cross with a smile, which had him instantly thinking of a nervous parrot sitting on a perch, watching a stranger.

'Only out of interest's sake,' he told her. 'I doubt if I got it right.' He reached across the table and offered his hand, introducing himself. Her name was Enid and she wore a flowing, pink satin dress as if she had just stepped off a cabaret stage. The teenage girl's name was Susan and she tried hard not to look impressed with Cross, but held his hand a fraction longer than was necessary.

Cross hid his surprise when he learnt one of the older couples was a Catholic priest, Father Westhaven, and his sister who introduced herself as Mrs June Tranter. Westhaven was quietly polite and, while he looked very physically fit for a man of his age, he also appeared drawn and tired. Cross guessed he was ill. The other couple was the Nicholsons. Roughly the same age as Enid, they were dressed formally in the sort of dark clothing Cross found common in England. When an uncomfortable silence threatened, Cross made an attempt.

'Are you travelling by yourself?' he asked Susan.

'Oh no,' she said gaily. 'My parents are sitting somewhere over there with all their travelling companions.' She waved vaguely at the other side of the room. 'They could have made room for me at their table, but I like to get out and meet different people, so I said I'd just sit somewhere else. I think it threw a spanner in the works, though.'

'I don't think it takes much to confuse the computer system,' Cross agreed.

'Did you know there's a computer terminal in every cabin?'

'Well, I guess there must be. I was surprised, I must admit.'

Mrs Nicholson turned the corners of her mouth down. 'Well, I won't be bothering with the thing at all. We haven't paid all this money to talk to a machine every time we need some cabin service. I'll be picking up the phone and speaking to a real person.'

Cross caught the smallest roll of her husband's eyes and had to suppress a smile. 'I'm sure that will make you quite popular, Mrs Nicholson,' he said. 'I'd say a lot of the staff on this boat don't like being replaced by a computer and would much prefer to give you personal service.'

'Quite right,' Mrs Nicholson said, looking at him sharply. She wasn't sure if Cross was being genuine or making fun of her. Susan was making a point of looking steadfastly down at the tablecloth.

A drinks waiter arrived, relieving them for the moment of creating any conversation. Cross offered to share a bottle of wine with Enid, who agreed, then Susan asked if she could have a small glass as well, claiming she was sixteen and nearly old enough anyway.

'Sure,' Cross said, without hesitation. 'But I don't want to hear about us getting into trouble about it, okay? I'll just assume your parents don't object.'

'Oh, they won't mind at all,' Susan said, Cross's approval rating obviously going up another notch. Enid gave him a small nod, too, and Cross stopped himself from pulling an amused face.

The drinks arrived quickly and the alcohol went some way towards loosening the stiff atmosphere. They managed some desultory conversation about the ship itself, but most of it was based on the pamphlets they'd all found in their cabins. Reluctantly drawn into the conversation June Tranter seemed to share the Nicholsons' unwillingness to embrace the computer technology. Her brother didn't comment, while Enid said she liked the idea, but couldn't exactly understand it all. The difference of opinion seemed to be establishing two separate, social camps at the table which, if it weren't for Enid's age, could have been more a generation gap. Already, Cross was wondering what he'd let himself in for.

'Do you think anyone else will be joining us?' Enid asked, looking at the empty chair at their table.

'Unless they're feeling seasick, you'd expect them to be here by now.' Cross shrugged.

'The last chair is for members of the crew to join us for informal get-togethers,' Susan said knowledgeably. At Cross's look she added, 'I read that in a pamphlet, too.'

'I'll remember to ask you about anything then, shall I?' he said, teasing. She blushed and took a drink to hide her face. Cross saw her eyes focus, interested, on something in the distance and he was about to follow her line of sight when she lowered her glass.

She said conspiratorially, 'Here come the weirdos.'

The others turned to look, except for Cross, who politely kept his attention on Susan. 'The who?'

'The weirdos,' she repeated, nodding. 'Some religious guys who have taken about nine cabins on our deck all in a row. Their leader's really sick. I saw them bringing him aboard in a wheelchair and all rugged up. You couldn't even see his face. I'll bet they need special food, too,' Susan decided, seriously.

'What sort of religion are they?' Cross asked, not expecting her to know.

'Their own. We got a letter months ago from the travel company, asking Mum and Dad if they minded these guys taking over the deck lounge for half an hour a day. Some sort of prayers, or something. We didn't give a damn and Dad said so.'

Cross waited until everyone else stopped staring at the other table, then casually turned for a look himself. He was expecting to see alternative-looking people in something like kaftans or colourful clothing, but instead there were two full tables of very serious-looking men dressed in the best of three-piece suits. They might have been a convention of successful businessmen, rather than a religious group. 'I don't know about the rest of it, but they obviously worship a good tailor,' Cross said.

This earned a disapproving expression from Mrs Tranter, on behalf of her brother, who didn't seem to care. Susan leaned closer to Cross and whispered, 'I've already met some of them and they're ridiculously polite and friendly. You've only got to walk past them in the corridor and they ask you how you are and "How's your day". That sort of stuff. Just like Americans—' she stopped and put a hand to her mouth. 'Oops, sorry.'

'I'll take it as a compliment,' Cross said, laughing quietly. The waiter appeared at his elbow.

'What would we all like for lunch?' he asked, then bent to Cross's ear. 'And I'm afraid your meal order has been mislaid, sir,' he said, unhappily. 'Can I take it with the rest, now?'

'Of course, it's not a problem,' Cross said, giving the others a 'What else should we expect?' look. He reached for a menu, needing a reminder of what was available.

The two 'camps' accepted the status quo and occasionally exchanged opinions, but on the whole Cross spoke only to Susan and Enid, while the other couples murmured a conversation between themselves, with Father Westhaven, Cross noticed, saying almost nothing. At the end of the meal Cross excused himself and left quickly, before either Enid or Susan got the idea of inviting him to a game or something similar. He figured there would be plenty of time for activities of that kind later on and didn't want to tie himself down to just a small group of people. Like Susan, he wanted to get out and meet others.

Out on deck he was surprised to see the Isle of Wight already behind them and the ship well into the English Channel. The wind of the ship's passage was fresh and bracing, laden with the salty smell of the water. Cross took some deep, appreciative breaths and decided to do leisurely laps of each deck and discover the rest of the ship. He found a stairwell and went down, getting to the lowest, outside deck. This had a solid steel outer barrier with a wooden handrail on top. Cross stopped for a moment and leaned out, watching the sea swirl past. The foam splashed away from the ship's side in endless, different patterns. Cross stayed for some time, then pushed himself away from the rail and made his way slowly towards the stern. At the end of the wooden walkway area it opened out to a utility space where the loading derrick was mounted and several hatches were spread out across the steel deck. The ceiling overhead was higher to accommodate the crane and Cross had to think for a moment, marvelling that directly above was the outer area of the saltwater swimming pool at the rear of the next deck. A freshwater pool was located on the next deck up again. He found the engineering design of the boat quite fascinating. This area in front of him was obviously considered part of the crew's domain, but there were no signs restricting passengers' entry, so Cross wandered to the very back railing and looked over.

The boil of water coming out from the ship's stern was mesmerising. It thrashed whitely, the propellers churning the ocean with impressive power and thrusting the *Futura* forward, leaving behind a long trail of heaving foam spreading wide until it eventually began to dissipate in the distance. Cross couldn't help thinking about what it would be like to jump over and be sucked down, being tossed and tumbled in the froth, knowing that at any moment the propellers themselves were going to smash you to pieces.

'Don't jump, will you?'

Cross had been so immersed in his dreadful fantasy he was startled by the voice calling out. He twisted around and saw one of the crew members, obviously a chef, judging from his white uniform, propped against the far rail while he had a smoke.

'No, I wouldn't dream of it,' Cross said, trying to sound as if he meant it but, curiously, having trouble.

'Well, you wouldn't be the first,' the chef said gruffly. 'I don't know about stepping over, but many a sailor got so caught up watching the water they lean out too far without realising and—' the chef whistled and made a motion with his hand of diving into the water. 'You're gone. At the back of the boat, too. If the propellers don't get you, you're going to get left behind anyway. It's a big place, the ocean, on your own.'

Cross looked back out over the stern at the white trail of foam and imagined himself floating in it, watching the ship receding into the distance away from him. 'No, I wouldn't like it very much,' he said after a while, and suddenly decided he wanted to change the subject. 'Is it okay to be here? Being a passenger, I mean.'

‘Not according to the rules,’ the chef said with a shrug. ‘There’s a yellow line painted on the deck over there, which is supposed to designate an area which passengers are “requested” to stay clear of.’ He flicked his cigarette over the edge, leaning over the railing to watch it land in the water. ‘Most of us don’t mind though. By the end of the last trip we usually got a few passengers down here watching the fishing lines we throw over the back. It gets quite chatty.’

‘Do you catch much?’ Cross looked around, but he couldn’t see any lines.

The chef winked and moved towards a doorway. ‘I’d be bloody surprised, but don’t tell anyone I said that. Probably have more luck with the sea anchor there,’ he laughed, before waving. ‘Have a nice trip.’

‘Thank you,’ Cross waved back, but the chef had already disappeared into the corridor. Cross took one last look over the back at the ship’s wake, shuddered, and set off to walk down the opposite side of the boat.

Close to the bow, where the main superstructure of the passengers’ accommodation ended, Cross noticed this time the yellow line across the deck. In front of him was the ship’s forecastle area, cluttered with machinery and in particular the huge winches for the main anchor chains. Cross didn’t feel tempted to step over the line and investigate—it all looked a bit daunting. Besides, he would be walking out under the eyes of anyone on the ship’s bridge high above and was more likely to get into some sort of trouble.

Cross smiled to himself, thinking of his rank and authority in the air force, and of how it all amounted to nothing here. He was definitely out of his league on a ship, sailing the big, blue ocean. 'I'll take you for a ride in an Aardvark,' he told the ship around him. 'Then we'll be even, okay?'

He turned around and retraced his steps until he came to a stairway to the next deck above. In front of him was the saltwater swimming pool. A few of the passengers were lounging around in the Lilos and canvas deckchairs, but everyone was still fully clothed. Some were eyeing the water doubtfully, as if they were somehow obligated to go in and didn't want to—it would be a few days yet before the ship reached latitudes more encouraging for swimmers. Cross headed forward, walking past the windows of first a casino, then a large lounge and bar and after that the dining room. Most of this level was devoted to shops, a delicatessen (though Cross couldn't understand why anyone would want to buy something, when so much delicious food was provided free), a milk bar, chemist, a small boutique of clothing suitable for shipboard life—at outrageous prices—and a newsagent filled mainly with paperback novels.

Coming to the end of the deck he had to go up another stairway. This brought him to the second recreational area. It was more open, but was also the level for the lifeboats and the huge base of the funnel structure which in turn was straddled in front by twin masts connected at the top by radar arrays and radio antennae. Also on this deck were several small steel 'shacks' that housed equipment vital to the operation of the ship. In front was a metal stairway painted bright yellow, leading to the upper superstructure, with an archway sign erected over the first step informing passengers that this was the access to the bridge and passengers were expected to keep a tight rein on their curiosity, 'by order of the Captain'.

'Yes, sir,' Cross muttered at the sign, touching his forehead in mock salute.

Next, squeezed between the bridge structure and the base of the funnel, was a volleyball court surrounded by a high netting, then a half-size tennis court. Behind the funnel structure was the second swimming pool, this one fresh water. Next to it was something that looked like a double-sided, open telephone booth. Cross sauntered over to see. Not surprisingly, on one side was one of the ubiquitous signs, this one informing passengers the water was fresh, but chlorinated and unsuitable for drinking. It went on to say that if the pool's water level was diminished 'by evaporation, excessive splashing or inclement weather', it couldn't be replenished until the ship next docked, and then 'only if the relevant Port Authority allowed it'. Shaking his head at the thought of such 'inclement weather' that it tipped water from the pool, Cross went to see what was on the other side.

It was a computer terminal, protected by glass and soft plastic so the buttons could still be pressed. 'I'll be damned,' Cross said, peering at the instructions. These gave you the method of determining a personal fitness program according to your age, height, weight and gender. Simply enter in all these factors and the computer would supply a recommended schedule of swimming pool laps, or walking circuits of the deck, and various exercises for the more advanced exercise devotee. There was a more complicated option for people more in the know about such things as calorie intake, heart rate and blood pressure, and also a read-out detailing the water temperature of the pool.

It made Cross wonder just how many computer terminals were spread around the ship. It had to be in the hundreds—and it had to be one hell of a computer.

He finished his exploration of the deck by walking around the pool to the end railing and looking once again over the rear of the ship. From this height and range the swirling water of the *Futura*'s wake didn't look at all beckoning or menacing. It was just a pretty stretch of white foam, sliding arrow-straight from underneath the ship and into the distance. Cross turned around, put his back against the railing and watched other passengers meandering around the deck and appearing at the tops of the stairs like curious gophers emerging from the burrows to investigate the world. He got an impression—a *little* false at least, he hoped — that everyone else was discovering the same thing as he. That cruise ships were a place for rest and relaxation in a true sense.

Because there wasn't much else to do.

'Don't be so negative,' he told himself, but the lack of conviction in his own voice made Cross laugh out aloud. He decided to head back to his cabin and read up some more of the ship's literature to find out exactly what did happen on this tub, and for the novelty he aimed for the opposite stairwell. On this side was a similar, yellow stair with an identical sign leading up to the bridge. Cross paused and looked up wistfully, thinking there was a place up there full of radios and radar units—all the things he knew about and enjoyed.

And an attractive navigator in a uniform.

I don't like your chances there, Cross thought. *If she's not safely married to the captain, every able-bodied officer and crewman on the ship will be beating a path to her cabin door. And passengers are probably off-limits to the crew anyway.* It all smacked of the same sort of regulations the air force was belaboured with, too. But they were also the rules broken more than any others.

From somewhere above him a door slammed and someone said, disgusted, 'We should just chuck this whole bloody mainframe over the side and start again. Why the hell they let this ship sail with the computer network the way it is, is beyond me!' There was the scratching of a match and a moment later Cross saw a smoking sliver arc out towards the water. Intrigued, he paused at the top of the stairs to listen.

Someone else, in a milder voice, replied, 'Because they obviously figured the boat would make it to the UK and two suckers like us would get landed with the problem instead. I guess the rest of the boat was ready on time, so the design team didn't want to admit our network system wasn't cutting it.'

'Well, that makes me feel a whole lot better,' the first voice said acidly. 'So what the hell are we going to do? The way things are at the moment, a serious dinner order might send this bloody ship to the Arctic Circle by accident.'

'We'll probably have to install this new processor they've sent us. We've nothing else to try.'

'It's supposed to be a last resort. They didn't get a chance to test it properly, apparently. I got the feeling it cost a million quid, though.'

'I don't understand how it's suddenly appeared out of the blue as a solution to all our problems.'

'It was still in the research stage. I guess somebody convinced them our need was worth the hurry-up.'

There was a silence between the two men. Cross was beginning to think they'd quietly left, then a cigarette butt flipped through the air in front of him and someone said, 'Okay, let's do it. We've already crashed this damned computer so many times, once more to put in the new processor won't make much difference. But if it doesn't look good straight away, we'll pull it back out, put back the old one and tell the captain he'll have to close down half his customer services, just so the computer can keep the boat going in the right direction.'

'You can tell him,' the other said, their voices fading. 'You get paid more.'

Cross shook his head in amusement and started down the stairs. Technology, it appeared, wasn't quite ready to replace a bit of old-fashioned seamanship.

7

The two men confronted with the ship's uncooperative computer were Edward Watson and George Smythe. They worked in the UK for the company awarded the contract for installing the ship's computer network. However, as Watson noted, the *Futura* was built in the USA and had been allowed to cross the Atlantic with its system operating intermittently and with the programs full of 'bugs', as they were called. The *Futura*'s owners were sympathetic for a while, because such projects were expected to experience some teething problems and the computer system, because of the very nature of what it was supposed to do, had to be one of the last things to be installed. But now it looked like Watson and Smythe had to deal with a near-disastrous truth. The computer system was not only inefficient and riddled with faults, but the main cause was a bad, basic design and it was technically incapable of performing the tasks asked of it. The system relied on one central, mainframe computer controlling everything, rather than several different computers assigned to various applications but networked together. Watson suspected somebody used a lot of cost-cutting and compromise to keep the contract under budget, or perhaps to increase the profit margin. Whatever the reason, the final result was a system that didn't really work and two technicians faced with the job of performing miracles or making good excuses to the *Futura*'s owners—at the moment represented by the ship's captain. And the owners' patience had apparently begun wearing thin, because the captain pointedly mentioned a suggestion of ripping the entire system out when they returned to the States and replacing it with one that *did* work. The cost would be enormous—and carried by the computer company, probably to the brink of bankruptcy.

But the two technicians may have already been provided with their miracle. Someone in their UK office had come up with a new microprocessor, something that hadn't even been released on the market yet. It was the sort of deal where too many questions weren't welcome, which didn't help Watson and Smythe when it came to installing the chip, but at least it was a possible way out of their dilemma.

The ship's mainframe computer was housed just below the entrance to the bridge area. The room was protected by a solid steel, windowless door controlled by an electronic lock and a PIN number, then a second, glass door which was effectively an airlock, since it couldn't be opened without closing the outer door first. Next was a small corridor and two doors, one for the computer room and the other to a radio room. However, the latter was rarely manned because most of the *Futura*'s signals were sent via a satellite link established from the communications room on a lower deck. The elaborate precautions with sealed and lockable doors for the two rooms weren't so much for security, but for ensuring the delicate electronic equipment wasn't subjected to the damaging salt-laden air. The inner rooms with their corridor were sealed and air-conditioned by a special unit delivering only dry, completely 'clean' air. There were no windows, with the light in the computer room provided by low-wattage neons that didn't create too much glare on the screens.

The computer itself was an unimpressive white aluminium casing sitting on a table against one wall. On the wall itself, behind a glass panel, was a complex board of buttons and electronics readouts. A bench along another wall had three terminals with their attendant screens and keyboards.

The ship's own computer expert, a young officer called Simmons who had been given a nominal rank not recognised outside the company, was sitting at one of these terminals and frowning at the information on the screen. Despite all the drama the faulty computer had so far created, Simmons still managed during the maiden voyage to find time to work on his suntan and keep up his athletic, healthy appearance. He was handsome and knew it. His blond hair was always a little longer than the captain preferred and he had a dazzling smile with perfect white teeth to complement his tanned face. Simmons was a popular attendant of the passengers' dining tables, flirting constantly with all the women. The captain, not being comfortable with the total computerisation of his ship or the trumped-up junior officer he needed for operating it, only just tolerated Simmons at the best of times.

Simmons looked up as the two Englishmen came back in. 'I just can't see any way of re-working these assignments,' he told them, nodding at the screen. 'There's always something that will lock up the system and stop everything else on that assignment from running. You always run out of processing power. I don't know what the hell your designers were thinking of when they came up with this thing.'

Watson shrugged unhappily. Over the last few

days he'd nurtured a dislike for Simmons because of his youth, health, good looks and enviable employment, but Watson had to admit Simmons had an excellent understanding of computers and how they worked.

'George and I just decided to try something a little drastic. We'll need to shut down the system again. Only for about fifteen minutes.'

'What are you going to try?'

'They gave us a replacement microprocessor to fit.' Watson kept his face straight and hoped Smythe would do the same. 'It's time we gave it a go.'

Simmons looked back at his screen and said doubtfully, 'I don't think there's anything wrong with the processor. Why fit a spare? It all seems to be working okay. It just can't handle the workload.'

'But it should be able to,' Watson insisted, hoping he wouldn't have to admit he knew almost nothing about it.

'Really? Then why haven't we tried it before now? It could have saved us a lot of stuffing around.'

'It's always a last resort, technically speaking,' Watson said in a tight voice, betraying his slipping temperament. 'We can't afford to waste too much more time and we haven't got any better choices. The helicopter picks us up in less than two hours.'

'And you guys get to leave me with this mess,' Simmons muttered half-heartedly, aware he was wearing his welcome thin. He suddenly sprang out of his chair and went to the glass panel beside the main computer. Opening it, he said, 'I'll isolate us again.' Then he added in a martyred tone, 'I'll ride shotgun on the telephone, while you guys do whatever you have to do.'

'Thank you,' Watson said drily.

Simmons deftly pressed a series of buttons on the panel, peered for some moments at the read-outs, then turned to them and announced, 'All clear.' A moment later the telephone began its strident beeping. 'And bingo,' Simmons said, pointing at the phone.

Watson and Smythe ignored him as they began removing the casing from the main computer. Simmons was trying to sound confident and in control, but his manner quickly turned apologetic and he hung up the phone with a relieved whistle.

'Whew, that was Carol Jackson, the navigator, wanting to know what was happening with the system. That woman can bite! She told me that the next time I decide to shut down the navigation system, make sure they're not in the middle of dangerous waters or avoiding a damned collision! I must admit I jumped the gun a bit,' Simmons decided ruefully. Then he tried to make himself feel better by saying, 'But I thought we were in the open sea. She also reminded me the navigation repeater is something the captain can recognise as not working, so he can be a bit of a tyrant about it. Christ, he hates all this stuff, as it is. He should be sailing square-riggers around Cape Horn, if you ask me—'

The telephone rang again, saving the other two technicians from more of Simmons's discourse on the captain's worthiness. This time the complaint came from the head purser.

Watson and Smythe didn't care. They were working as quickly as haste would allow without making any mistakes. With the computer's cover off and the complex electronic entrails of the machine revealed, Watson went to his briefcase and reverently took out a padded package. He carefully tipped the contents out onto the palm of his hand. It was a processing chip along with a single sheet of instructions.

'You want to pull the old one out, George?' he asked, without pausing in his examination of the microprocessor he held.

'Give me a minute,' Smythe said, bent low over the computer. Then he came over and held his own hand next to Watson's. The processing chip Smythe held looked identical to the one still on Watson's palm.

'It's the same pin configuration and everything,' Smythe whispered, wonderingly. 'If this works, it will be a bloody miracle. Are you sure it's something new?'

'I'm certain *this* is new,' Watson nodded. 'But at a guess, I'd say it's only an improvement, not a completely new and radical design.' He shrugged. 'Let's hope it's improved enough.'

Smythe put the old chip aside and unfolded the instruction sheet. 'Who's Pro-Link?' he asked quietly.

'A research and development mob out at Heathrow. This thing is their latest work, so they say—and maybe the answer to all our hassles. Right now I don't care how much it cost, as long as it fixes things.'

Simmons was fielding another telephone call and was trying to make signs to say he wanted the others to wait until he was finished, but Watson looked at him blankly then ignored him. Smythe took the new processing chip from him and installed it inside the computer. Then he reopened the glass panel and reversed all of Simmons's isolation procedure. 'Try that,' he told Watson, who was already sitting at one of the terminals.

'Come on, darling,' Watson murmured, keying in a start-up program. After a minute he was satisfied with what he saw on the screen, so he reached into his briefcase, took out a notebook and flipped it to the right page. Reading carefully and having to recite the lines aloud, because Watson couldn't touch-type, he entered in the configuration. 'This is a pretty wild set-up,' he said to Smythe, who was watching over his shoulder. Smythe grunted in surprised agreement.

With a snort of disgust Simmons hung up the phone, then deliberately cocked the receiver slightly offset, so it would cause an engaged signal. He got out of the chair and joined Smythe next to Watson's chair. 'Any luck?' he asked.

'We'll soon know,' Watson told him. 'I'm just about to run a self-diagnose program.'

Simmons threw a glance at the glassed-in panel and raised his eyebrows. 'Hang on a second,' he said, going over to it. 'Look at this.'

'What's wrong?' Watson was annoyed.

'That's the point—nothing.' Simmons was examining the panel closely. 'Hell, there's not a *flicker* of anything being locked up. You definitely de-isolated everything, didn't you?' He didn't expect an answer, because it was there in front of him to see. 'Yep,' he said, running his finger down the read-outs.

'Hell, it can't be *that* much of an improvement,' Watson said, forgetting his deception for a moment and coming up behind him to look. He didn't dare allow himself to believe their problems were over so quickly.

'It looks like it.'

There was a brief silence while all three men considered the possibilities. 'I've got an idea,' Simmons announced. In the back of his mind he had been thinking of the navigator, Carol Jackson, and how he might get back into her favour. 'Maybe I can go ask Carol to throw a curly one at the computer and see if it copes. I know she was complaining on the trip out that it was taking too long to work out ETA predictions. I'll ask her to try one now and see how long it takes to answer.'

Watson and Smythe looked at each other. 'Why not?' Smythe offered. 'We can put the cover back on this bastard, punch in the self-diagnose program and go outside for another smoke while it chews the diagnose over.'

'Sounds good to me, especially if the bloody thing works,' Watson shrugged.

'I'll go and see Carol, rather than call her,' Simmons decided. 'I'll be back in a minute.'

When he was out of the room the technicians exchanged another look, which confirmed that they couldn't have cared less if Simmons didn't return at all. It made them break out into a laugh. After screwing the cover back onto the computer Watson didn't bother sitting down to re-type the self-diagnose command. With a flourish, he pressed the 'Enter' key and jerked his head towards the door.

'Let's have that smoke,' he told Smythe, who was already heading that way.

A few minutes earlier, outside the steel door and about to climb further up the stairs to the bridge, Simmons was surprised to find his way blocked by a small boy standing on the steps.

'Hello,' Simmons said cheerfully, but keeping his distance. The child was looking at him strangely. 'I'm afraid you shouldn't really be here. Didn't you read the sign over the stairs?' As he said this, Simmons wasn't sure the boy was old enough to read such a sign. He seemed about ten years old.

The boy didn't answer him.

'Where are your parents?' Simmons asked him, getting annoyed that he might get caught up in someone else's problems. He was busy, and needed one of the hospitality crew to deal with this. Then something odd struck him—the way the boy was dressed. The clothes looked cast-off, almost ragged. *Damn it, don't tell me I'm looking at a bloody stowaway,* Simmons thought, alarmed that he might be in a situation he had no idea how to handle. Still not wanting to go nearer, he asked, 'Can you tell me your name? Do you know your cabin number?'

Again, the boy didn't answer him. He just stared at Simmons with curiously empty eyes.

'Damn it,' Simmons said aloud this time. On a landing above them was a doorway leading to a small kitchen where bridge officers on duty could fix themselves drinks and snacks. Simmons looked up there in frustration, wondering if somebody might be in the kitchen who might help him. Careful not to touch the child in case it provoked a bad reaction—the boy spooked him a little—Simmons edged past him on the step, saying as he went, 'You just stay right there for a minute, okay? I think I'd better get someone to help you, my little man.' Simmons was disconcerted to see the boy didn't turn to follow his progress up the stairs. Instead, he remained where he was, staring at the space Simmons had occupied. *Maybe he's a bit simple or crazy,* Simmons thought. Reaching the landing and about to go through the kitchen hatchway Simmons glanced back down the stairs to make sure the boy was still there.

He was gone.

'Bloody hell, the little bastard moves fast,' Simmons said, leaning over the handrail to search the deck below. He hadn't even heard the child run down the steps. At that moment Watson and Smythe emerged from the computer room for their cigarette. 'Hey, did you guys see a small boy just now?'

The technicians looked up quizzically. Watson said, 'What, in there?' He pointed at the doorway.

'No, never mind,' Simmons decided quickly. He stood on the landing and tried to come to a decision. The small boy had certainly appeared out of place. If anyone *looked* like a stowaway, then he had. But the security on the gangplanks had been tight—it always was—despite the confusion and chaos of showing a new complement of passengers to their cabins, depositing luggage, and having relatives on the ship saying farewells. Simmons could start a minor crisis by declaring he thought he'd seen an illegal passenger. Perhaps it would be better to do some more checking around first, before he started pressing any panic buttons.

With that idea, he dropped any more pretence of concern. Sooner or later it would become someone else's problem, as it should be.

Simmons had more important things to do, like find Carol Jackson and ask her to tax the computer system with a navigational program.

Cross had bought a scotch and Coke and was leaning over the rail outside the bar watching the water slide past the ship. It was, he'd decided, a very relaxing thing to do. But the gentle swishing of the ocean being pressed away from the side of the boat was slowly intruded upon by another sound. A sound Cross recognised easily, long before other passengers, who began staring about curiously, understood what was happening.

A helicopter, flying low over the water, was sweeping in to intercept the ship. At first Cross thought it was merely going to buzz the vessel in a friendly gesture, but then he realised the ship was perceptibly slowing down. Curious, Cross downed his drink and went to take a look.

The aircraft was already close enough to have attracted a lot of people out to the railings. As it hovered just off the starboard side the beat of its rotors could be felt in the air and the passengers had to yell above the noise. Cross descended to the lowest deck and made his way forward. At the break in the superstructure, where the closed-in deck became the forecastle with its anchor winches, a plastic chain had been erected and a crewman was on watch. He saw Cross approaching and put up a warning hand.

'I'm sorry, sir, but this area is out of bounds to passengers.'

'Can I watch from here?' Cross asked.

'Sure,' the crewman shrugged. 'But there's not much to see.'

There was for Cross, who hadn't trained in helicopters and the idea of setting one down on a moving ship—no matter how often it was done these days—sounded like an interesting exercise.

One of the forward hatches between the massive winches had a white circle painted on it. It looked like the helicopter would have plenty of clearance for its rotors, but the area it needed to place its wheels looked alarmingly small. The aircraft inched its way along the length of the *Futura*. Cross recognised it as an Iroquois, such as the US Army and Marines used, except this one was painted bright blue and had the markings of a civilian aviation company. He could see the faces of the pilot and, behind him, his co-pilot as they peered through their perspex at the luxury liner. The ship would be a majestic sight with all its white paintwork against a backdrop of the darkening, late afternoon ocean.

Still facing the same direction as the ship, the Iroquois sidled in, the roar of its rotors becoming deafening. Whether by design or the pilot changing his mind, the tail assembly swung around at the last moment and the helicopter dropped to the landing pad beam-on to the ship's heading. It bounced spectacularly a few times and the engine noise slackened, but Cross could tell it hadn't been switched off completely and figured this was only a quick stop. A side door opened and two men, who Cross couldn't see previously, hurried out from where they had been waiting against the base of the bridge superstructure. They moved in an exaggerated crouch to avoid the rotors and tumbled through the helicopter's door. Cross could tell they weren't the sort of men who usually travelled by chopper and suddenly knew they were the two computer technicians he'd overheard earlier in the afternoon.

'Rats leaving a sinking ship,' Cross murmured.

'Please, don't say things like that.'

The voice came from directly behind him. Cross turned in surprise, not expecting—and not wanting—anyone to hear him. Someone had been watching the helicopter's arrival over his shoulder, because the space at the end of the corridor was only small.

Cross found himself face to face with a man about his own age. He was well dressed in a grey suit, wore a trim black moustache to suit his close-cropped hair and had a wide, open face.

Cross raised his voice over the sound of the helicopter. 'I'm sorry, I didn't mean to startle you. I actually have no idea who they are or why they're leaving,' he lied, without knowing why. 'And I'm pretty sure someone would have let us know by now if the ship was sinking.'

'Hey, I know. I was only sort of kidding, too.' The man smiled and awkwardly offered his hand in the press of people crowding to see the aircraft. 'My name's Johnathon Harvester.'

'Russell Cross.' Something familiar about Harvester nagged at Cross's mind, but the circumstances wouldn't let him grasp it. Before he could say anything more the Iroquois built up power and lifted away from the ship. Cross turned back to look, but the helicopter steered directly ahead, taking it to the opposite side of the ship where it was quickly hidden from view by the superstructure.

'Those are some birds, aren't they?' Harvester said, leaning out and looking forward over the rail, as if he had a chance of seeing the departing Iroquois. 'They can go anywhere, move fast and land anywhere—they've got to be one of the better inventions to come out of the twentieth century.'

'Damned noisy, though,' Cross said, and was tempted to add they were easy to shoot down from a fighter plane. He stopped himself just in time, remembering he wasn't in the company of other pilots. Perhaps Harvester's clean-cut appearance had distracted him? He could easily have passed for a serviceman in civilian clothes.

'That's true,' Harvester said heartily. For a moment Cross thought he might slap him on the back. 'And is this your first cruise, Russell?'

'My very first,' Cross said, moving slowly towards the stairs. Harvester fell into step beside him.

'They say it takes a while to get used to the swing of things around here.'

Cross thought, *Or to get used to the lack of things swinging,* but he said, 'I'm in no hurry. It looks like we'll have plenty of time to get acquainted with sailing the wide ocean blue.'

Harvester laughed. 'You make it sound like we're

sailing with Columbus, instead of a luxury ocean liner.'

'I don't think the *Santa Maria* had a choice of swimming pools.'

'True again.' Harvester was still chuckling. 'So, have you seen the rest of the ship?'

Knowing where it would lead, Cross admitted, 'I've done enough investigating for one day. Actually, I was having a scotch at the bar before that helicopter's arrival rudely interrupted me. I think I might wander back and have another.'

'A drink at the bar! Now, that's an idea. Do you mind if I join you?'

'Of course not.' They were at the base of a narrow set of stairs and Cross motioned for Harvester to go in front of him. 'After you.'

In the bar Cross was surprised to see Harvester drinking only a Coke. He ordered his own scotch and when it came offered a salute to his new companion. 'And what brings you sailing the ocean, Johnathon? A holiday?'

Harvester smiled, raising his own glass in acknowledgement. 'I get to mix a little bit of pleasure with business, fortunately,' he said, then his face went grim. 'Our delegation just finished some pretty hard work back in the UK and our boss hasn't taken it well. He isn't a healthy man at the best of times and now he's quite sick. We're cruising back to the States on the doctor's orders. You know what they say about the sea air.' Harvester spread his arms, careful not to spill his drink, and his smile returned. 'Heck, I'm sure things are going to get better. Luke's a strong man inside. He'll beat this thing.'

Suddenly a lot of things fell into place for Cross. The mention of a 'delegation' and the clean-cut image, the impeccable dressing, the over-friendliness and now, substituting the old-fashioned use of the word 'heck', when almost no one these days had any problem with saying 'hell'. It all made sense. Harvester was part of the religious cult Susan pointed out to him at lunch. Cross suspected he wasn't allowed to have alcohol either.

'I think I saw you guys at lunch,' Cross said carefully. 'Aren't you with some sort of religious group?'

'We all share a common belief,' Harvester said smoothly, nodding and taking a sip of his drink. 'And it's our work—very satisfying work, if you don't mind me saying.'

'I'm not surprised,' Cross murmured.

Harvester took this magnanimously and said with a wide smile, 'Now, Russell. I know you're talking about us being on this cruise and everything. I'm very grateful Luke chose me among the others to accompany him on this trip, but don't think we're the sort of church that expects our followers to embrace piety with austerity, while its leaders live a life of luxury. These sorts of treats are offered to all our devout members, once they have proved themselves truly in support of our doctrine.'

The smiling, assured face was still there and Harvester's friendly manner hadn't altered, but the words coming from him totally changed the man. Cross was at once fascinated and also slightly contemptuous of someone who could be completely obsessed by one of these cult, religious orders. There was also something vaguely unsettling in the way everything about Harvester remained animated and even ardent—except for his eyes which, if anything, had turned dull and lifeless.

'I'm sorry, but I know nothing about your . . . beliefs,' Cross said, still trying to keep his tone neutral. 'I don't know if I've ever heard of you. What do you call your church?'

'We call ourselves the Followers of Luke,' Harvester said, watching Cross intently. 'But that's only so people don't get us confused with other, less legitimate causes. As far as *we* are concerned, we don't need a label or a name. We all know who we are, and we all know each other. It's like a family thing. You'd be surprised how many ordinary people who join us come up and say, "This is like being in the biggest, happiest family",' he finished, shaking his head at the wondrous fact.

'Right,' Cross said, doubtfully. 'And is it "Luke", as in the Bible's Luke? I suppose that's a dumb question,' he added quickly.

'The only "dumb" question is the one that's not asked—did you know that?' Harvester looked at him as if he'd just revealed the most interesting fact and Cross should be fascinated. Then he said reverently, 'No, the Luke we follow is a vibrant, caring man full of love for his fellow man.'

'I thought you said he's sick?' Cross told him flatly, wondering if there was anything he could say that would stop Harvester being so damned pleasant. He smiled to rob his next words of offence. 'Does he glow, or something?'

Harvester's enthusiasm ebbed a fraction. He wasn't offended, but he'd decided Cross wasn't open to suggestions that his religious beliefs, or his leader Luke, were something to be impressed by—not yet, anyway. With the smallest, resigned sigh and a trace of condescension, Harvester said, 'Well, he kind of glows for us, do you know what I mean? He's somebody special in our lives and that gives him a glow. And other people are starting to see that glow, too,' he added meaningfully.

Cross looked back at him blankly. 'Actually, I was only kidding about the glow—but I don't understand. Do you all worship this Luke?'

Harvester stared down at the carpet for a moment, lost for words. Cross couldn't decide if it was a carefully rehearsed, contrived act. 'Gee, it's hard to explain, just sitting at the bar here having a few drinks. At our meetings it's all a lot clearer.' He paused again to gather his thoughts, or perhaps he was giving Cross a chance to rise to the 'meetings' bait and invite himself along, but Cross remained silent. 'Okay, Russell. Let me say that Luke is in *contact* with our next existence—whatever that may be. We actively encourage our members to worship any God they wish, and in any way they want. But no one really knows who God is, do they? Even Luke doesn't know who God is—but he *does* know He exists in some form. Luke is much closer to God than the common man. So we're offering to everyone "Worship *through* Luke" and he will tell God you believe in Him. Luke can get your message through.' Harvester relaxed slightly. 'Some people prefer to worship Luke himself and rely on him for guidance. It takes away some of the burden of doubt for them. They simply trust there is a God, without having to worry about His name or the name of His church, and they believe Luke provides the love and guidance as He wishes it.'

'I see,' Cross said, bemused by the unexpected sermon. 'So, by worshipping God through your Luke or worshipping Luke himself, you're sort of covering all the religious bases? You're laying a bet on the whole field.'

'Hey, that's a fun way of putting it,' Harvester smiled. 'I'll tell Luke you said that. He might like to use it at one of our meetings. Do you mind?'

Cross was finishing his drink and waved a casual consent with his free hand. However, he was feeling a little annoyed to know this conversation might be the subject of some sort of 'daily action report' to the exalted Luke. 'Do what you like,' he said finally, putting down his empty glass. Cross was considering ways to make his escape, but Harvester glanced at his watch.

'We have one of our meetings happening in a few minutes. I'd better be going, or I'll be late.' He paused, halfway off his stool. 'Say, you wouldn't like to come along, would you, Russell? You might find it interesting.'

'No, it's definitely not my scene,' Cross said firmly. 'I'll be having another drink, then maybe wander back to the cabin for a quick nap before dinner.'

'Okay, then.' Harvester raised his hand in farewell and started backing away. 'It was great to meet you. Maybe we can have a game of tennis or something, some time?'

'Sure. Next time we run into each other, we'll work it out.'

Harvester left the bar and Cross thankfully watched him go. What started out as an innocent, chance meeting turned into a social minefield. Cross couldn't see himself spending any time with Johnathon Harvester without suspecting that every action, or every word the man spoke, was a subversive attempt to get Cross into their religious fold.

Harvester went quickly down the stairs and into the accommodation areas. Outside the stateroom where Luke was staying he paused a moment at the door, before knocking politely and going straight in without waiting for an invitation. Instantly his face beaded with sweat, because the room was unnaturally hot. None of the other Followers was in there. Just Luke himself.

'Luke,' Harvester whispered reverently. 'We're about to have another meeting. We know you'll be there with us. You promised you would be. I can *feel* you're getting better. The others do, too.'

There was no answer. After a long pause Harvester ducked his head in respect and left again, shutting the door gently behind him.

The lit candles surrounding the corpse on the bed fluttered with the closing door and gave the impression that his skin twitched with life. Suddenly someone else was beside the bed. A small boy, the same one Simmons saw, stood and gazed impassively at the dead man. He reached out slowly and grasped at the dead man's hand.

And the corpse's fingers curled in a reflex attempt to return the spectral grip.

8

Cross had his sleep and awoke with only half an hour to dinner. When he'd checked with the purser, on the way back to his cabin after his encounter with Harvester, the exact time of the evening meal the purser advised him with a wink that the first dinner of the cruise was normally considered a formal affair. Cross didn't remind him the *Futura* had so far had only one opportunity to establish the tradition. It didn't matter anyway, because he had nothing formal to wear, unless he dragged out one of his uniforms—which he definitely didn't want to do.

Still, he figured he should make some sort of effort, so he had a shower and made use of an iron and small, fold-out table he found in the wardrobe. Dressed and ready, he still had five minutes to waste, so against his better judgement he tried once again to preview the menu and order his meal through the computer terminal. He was quicker with the buttons this time, being more familiar with the procedure, but what really surprised him was the response of the computer after Cross pressed the final 'Enter' command. In an instant, the answer was printing across the screen.

MEAL ORDER ACCEPTED.

'Well, you've certainly improved,' Cross told it, remembering the two minutes it needed last time to process his meal order. The two technicians he'd seen getting aboard the helicopter had obviously done their job. After a final check in the mirror he left his cabin for the dining room.

As he made his way through the tables, again led by a waiter, Cross saw someone in a white uniform sitting at his table. He wasn't surprised. The formalities of having members of the crew mix with the paying guests during meals were bound to be enforced early in the cruise, while the passengers were most intent on making sure they got value for their dollars. But Cross's interest jumped several degrees when he recognised the navigator he'd met outside his cabin.

'Hello again,' he said, sitting down. 'Shouldn't

you be steering the boat or something? It's dark out there.'

'I have to let the captain steer sometimes, or he gets quite upset,' she answered, keeping a straight face. 'It is his ship, after all.'

'You two obviously know each other,' Enid said, watching them both. 'I won't bother with an introduction.'

'Actually, we haven't formally met,' Cross told her.

'Okay then,' Enid obliged, a small smile on her lips. 'Russell—Cross, isn't it? This is Carol Jackson. *Lieutenant* Carol Jackson, as a matter of fact. She's our ship's navigator.'

'I'm very pleased to meet you,' Cross said, shaking her hand. They had to reach across Susan, who watched this contact glumly. She knew when she was out-gunned.

'Have you settled in all right?' Carol asked. 'Mrs Tranter was telling me you attempted to solve the mysteries of our cabin computer terminals.'

'Yes, but with no success,' Cross said, then stole a line from the overheard conversation between the computer technicians. 'I tried to order dinner tonight, but I think I might have turned the ship towards Greenland instead.'

'I like to think I'd notice that, being the navigator.'

'Then, let's see what I get for dinner. If it's wrong, maybe you'd like to go check our heading?'

'I might just do that,' Carol said, a smile finally breaking through.

It was the last chance for a while that Cross could talk privately with her. The Nicholsons demanded all her attention, asking how she earned her commission and the plum job of being appointed to the new *Futura*, plus her duties on the bridge. Cross listened with interest to her first answers, but when she got on to explaining the ship's radar and navigation system, which all sounded fairly familiar, he paid some attention to Susan, who was glad of the chance to get back some points. At one stage Susan leaned her mouth very close to Cross's ear.

'Do you think she's attractive?' she whispered.

'Very much,' Cross whispered back. 'Nearly as pretty as yourself.'

Susan blushed and sat back in her chair, then recognised the compliment for what it was and sighed in resignation. Cross caught Enid's eye and she winked, indicating she knew exactly what had just gone on. He managed a sly wink back and smiled, but made a mental note to remember Enid was a little too observant at times.

Carol was now talking to Father Westhaven and his sister. 'Is this a holiday for you, Father?' she asked, deliberately trying to involve them in some polite conversation. Oddly, his sister answered for them.

'My brother needs some rest,' June Tranter told her firmly, as if Carol's very question was preventing that. But the Father put a hand on his sister's arm to quieten her.

His smile was soft and kindly, but a deep exhaustion was plain in his eyes. 'I've had a rather trying few months,' he explained in a low voice, sounding so gentle Carol couldn't help looking sympathetic. 'My sister has been so very kind to take me on this cruise. I don't know what I'd do without her.'

'Yes, what a lovely thing to do,' Carol said, brightening her smile. She was suddenly feeling out of her depth and began searching for a change of subject. She asked if they had been overseas before.

After a while Cross was beginning to despair of getting another chance to talk to Carol Jackson, but between the main course and dessert Susan suddenly announced she needed a quick chat with her parents and she left, leaving only her empty chair separating Cross and Carol.

'You've gone very quiet, Mr Cross,' she said, keeping the conversation to themselves. 'Does navigation bore you?'

'Not at all,' he said. 'But I wear a uniform myself, most of the time—and please, call me Russell.'

'I see. And what sort of uniform do you wear?'

'I'm a pilot in the United States Air Force, ma'am.'

'Ma'am!' She laughed softly. 'I'll bet you outrank me by a fair margin, am I right?'

'Actually, I'm a major,' he admitted.

'So, I should be calling you "sir", as a courtesy?' She arched her eyebrows at him.

'No, if you stick to Russell, I'll be very grateful—as long as I can call you Carol.'

'That's a deal.' She took a sip from her glass, which was filled with a non-alcoholic wine. 'And what brings someone like you, who probably has all the excitement in the world every day, on our slow old cruise?'

Trying not to sound too morbid, Cross explained what happened to Major Dowering and his wife, and how he'd been posted to the United Kingdom in his place with the opportunity to sail home on the *Futura*. He didn't mention crashing the F-111.

'My,' Carol said. 'You air force types get to travel all over the world.'

'Says you,' Cross grinned back at her. 'You're not exactly stuck behind a desk yourself. What part of the States are you from, anyway?'

Carol managed to look offended. 'Sydney,' she said.

'I'm sorry?'

She leaned closer and he caught a whiff of her perfume. 'Sydney, Australia,' she said slowly, mocking him for his mistake. 'I'm Australian, and I've got the passport to prove it.'

Cross shrugged. 'Well, you could have fooled me—in fact, you did. But now you mention it, I can hear that accent sneaking through.' He looked at her innocently. 'Say something Australian, so I can listen properly.'

'All right, I admit I've probably spent too much time in the States,' she said, giving in and leaning back in her seat. 'I'll be going home for a few months after this trip, though. I have to check on the old home town.' Carol looked around her, searching. 'I hope the desserts get here soon. We have a course change coming up and I should be on the bridge for it. Did you get the right meal, by the way?'

'Correct to the last potato,' Cross said. 'Your navigation is still on course and the ship's computer is working.'

Carol lowered her voice. 'For a change,' she said. 'It's been giving us a hard time since we left New York. If it's not finally fixed this time, I'd say we'll be looking at a major refit as soon as we hit the US. The captain doesn't like to even talk about the thing, he's so fed up with it failing.'

Cross smiled. 'I'll assume, Lieutenant Jackson, you wouldn't like me to repeat any of that to my fellow passengers? I'm sure they wouldn't like to know the ship's main computer is faulty.'

'I'll trust your professional integrity,' she said easily. 'Or you'll be walking the plank first thing in the morning.'

'My lips are sealed,' he gave her a small, mock salute. 'Actually, I was at the bottom of the bridge stairway this afternoon and thinking there was a place up there full of radar screens and such—all the things I like to play with. You're lucky I didn't gate-crash and come for a look.'

'Would you like to?' Carol looked at him seriously. 'You could come with me now, if you like, for this course change.' She suddenly dismissed the idea. 'But maybe you'd rather see it during the day—'

'No, it would be better now,' Cross said quickly. 'All the electronic stuff isn't half as much fun in daylight.'

For the briefest moment Cross thought they shared a knowing look, then she said, 'I'm sure you've already seen it all, but you're more than welcome.' She lowered her voice further. 'But please don't make it too public, or we'll have half the ship wanting a guided tour as well. It's not something the captain welcomes, but he won't mind you, being in the services—and a major at that,' she added, taking a last shot at him.

'Thank you, ma'am.'

9

The *Futura* was a steam-turbine vessel with twin propellers and a single rudder. Technically, she was the latest around and one area where this was particularly reflected was in her crew complement. The engine room needed only two people on duty at any time—and that was usually two too many, because of the automation, so it wasn't unusual for just one man to be left behind to tend to things while his partner had his evening meal.

Tonight, the senior man was Bergmann. He had spent many years at sea in a variety of ships and liked the opportunity to declaim his wisdom of the years at the dining table. The rest of the engineering crew were already tired of his endless stories, but no one had the courage to tell him.

'It's dinner time,' Bergmann yelled over the noise of the roaring engines to his junior partner, named McClain. 'I'm going now. There's a course change in about ten minutes or so, but it shouldn't worry us. The navigator tells me there'll be no change in speed. You don't have to do a thing.'

'When does anyone do a thing down here?' McClain called back from where he was studying a service manual at a desk. His speciality was the electronic engineering in the ship. He had been chosen and trained by the company to learn the intricate wiring and all the electronic-servo devices in the *Futura*. In return, McClain signed a five year contract with the company and was paid considerably more than the other engineers, which occasionally was cause for friction among engine-room crew. The fact that he was paid so much more, yet had to work little because of the efficiency and automation of his department, led to McClain being absorbed into the engine-room watches.

'You shouldn't complain,' Bergmann said, giving him a stern look. 'One day you might be on a ship where you're up to your armpits in grease and shit every day, trying to keep the engines going. Then you'll miss this ship, you mark my words.' Bergmann was already moving towards the exit ladder.

'Yeah, yeah, I know,' McClain muttered, making sure he couldn't be heard. He watched Bergmann's boots disappear upwards.

The desk he was studying at belonged to the head engineer, which was why it had a computer monitor mounted on one corner and a keyboard beneath. The head engineer rarely consulted the screen and never touched the keyboard. He had little idea how the system worked and didn't care. He could tell if the engines were running smoothly by listening to them, sensing their vibration through the steel deck and simply walking around the engineering space and getting a 'feel' for them.

McClain was reading a paragraph in the manual and blindly reached for a near-full can of Coke beside him on the desk, but instead of grasping it he knocked the can over. The sticky brown liquid splashed onto the computer's keyboard desk and across the desk, threatening to soak some of the head engineer's papers.

'Shit, shit—oh, *shit*,' McClain cursed, trying to retrieve the can, pick up the papers and stop the flow of the spilt drink all at the same time. 'Oh *no*,' he added, as the computer monitor began to flicker uncertainly. He stood up, put some papers on his seat and used his free hand to flip the keyboard onto its face to make the Coca-Cola run back out. 'The boss is going to kill me! I just know it,' he muttered in his panic. He looked around desperately for a clean rag to wipe up the mess.

Movement on one of the catwalks caught his eye instead.

'Hello?' McClain called, surprised. He was sure everyone was having their meal. There was no answer, but while he looked a fleeting shadow crossed one of the grilles. 'Hey, who is that?' he said loudly, his instincts telling him there was something wrong.

The engine space of any ship is the same, and despite being new the *Futura* was no different—a confusing, tightly packed maze of steam pipes, lubrication lines, fuel hoses, ladders, catwalks and the bulk of the engines themselves. It was impossible to see in a straight line in any one direction for more than a few metres, before the view was blocked.

To investigate, McClain had to move. He stood undecided beside the desk for a moment, looking helplessly at the mess and the can of Coke in one hand. Another flicker of movement on the other end of the catwalk made McClain look up.

'Hey, who the hell is that?' he demanded angrily. 'If this is some—' He stopped, seeing a small white face peering down at him from the gloom of the upper catwalks. He muttered to himself, 'Damn it, it's some *kid*. It must be one of the passengers' little bastards. Why can't people keep control of their brats?'

McClain forgot the spilled Coke for a moment and moved down the walkway a short distance so he could see the child better, but the face disappeared. McClain shouted upwards, 'I know where you are and, pal, you're in a lot of trouble! You just stay right where you are until I get there.' For an answer he got a few loud, clanging noises, followed by a childish peal of laughter. 'What the *hell* is he doing up there?' McClain growled, heading for the nearest catwalk ladder. At the bottom, before he started climbing, he looked back towards the desk and remembered the spilled drink and also thought about calling the dining hall and telling his chief about the child running loose in the engine space.

It might cause a major panic, McClain thought. *When all I've got to do is grab the little bastard and throw him out on his ear. I can blame him for spilling the Coke on the computer, too. I'll say he crept up behind and scared the hell out of me, or something.*

The decision made, he started climbing the ladder. McClain was about to call out again, when another shrill of laughter came from further down the upper catwalk. Unexpectedly, it made the skin on McClain's back crawl with a chill of dread. Suddenly, he felt there was something *wrong* about all this.

'Goddamn, I'm going crazy,' he whispered to himself in a shaky voice. 'It's just a pesky *kid*.'

It sounded as if the child was going all the way through the engineering spaces to the steerage compartment, where the hydraulics for turning the massive rudder were housed. *This little shit will be sorry, when I catch him,* McClain told himself, forcing himself to get more annoyed, instead of frightened. The catwalk stretched nearly half the length of the ship and in places he had to duck low. It was also noisy and got very hot. The engineering crew usually took the longer route through a higher deck and back down again, just to avoid this. The only good news for McClain was that the catwalk was a dead-end. Unless the boy went down a ladder in the steerage space and actually left the compartment, in which case he'd be in the crew's area and bound to be caught, he would have nowhere else to run.

We'll see if he laughs when I corner the little bastard, McClain thought, stooping low to avoid a steampipe and feeling the heat of it as he passed underneath. It didn't help to chase away the cold fear he was still trying to ignore.

But when he reached the steering compartment there was no sign of the boy. McClain stayed up on the catwalk, using the height to search what areas he could see below him. He didn't want to call out and tell the boy to reveal himself, because by now McClain wanted the child to give him some trouble. He wanted an excuse to show the anger he felt. Looking from the catwalk didn't achieve anything, so McClain gave up and headed for the long ladder at the end. This would take him down to another grilled floor surrounded by, and suspended above, the hydraulic machinery. The steering compartment wasn't really a room but a tall space filled with a series of ladders and steel-grille landings to allow access to the rudder mechanism and, further below, the special seals where the propeller shafts passed through the ship's hull.

At the end of the upper catwalk McClain turned around so he could descend the ladder. After two rungs, with his belly at the height of the walkway, all the lights in the compartment snapped out.

'You little shit!' he yelled in fright, telling himself it was just the boy playing a trick. With a moment's thought McClain might have realised he couldn't even remember a light switch for this—or any other—engineering space. But he was concentrating on keeping his anger growing, rather than let his mind slide into uncontrolled fear. In front of McClain's face was the catwalk he'd just traversed. Light from the engine room in the distance provided a very faint illumination where he stood, but below him was complete darkness. It was still noisy here, too. The sound of the engines carried easily down the length of the ship, adding to the rumble of the spinning propeller shafts below.

A peal of the child's laughter, cutting clearly above the noise, startled McClain. It echoed eerily around the compartment and again McClain noticed the laugh had a strange, frightening quality about it.

'I think the kid's half mad,' he said aloud, not caring if the child heard him. He realised he had been standing on the ladder for almost a minute, unsure what to do. 'Come on, do something, you silly bugger!' he told himself. He decided to go back along the catwalk to the engine room. The child could either suffer in the dark alone or turn the lights back on and make his escape. Either way, McClain figured he might be able to get to a phone fast enough to call in some reinforcements and catch the boy.

As McClain was about to begin climbing back up the ladder a shadow passed across the catwalk in front of him. 'What the hell—?' he looked up.

The shadow resolved itself into a human shape, larger than the child McClain expected. The figure darted forward, thrusting a face into McClain's. It was a shocking, terrifying face even in the darkness and a waft of fetid breath washed over McClain as it uttered two words in a low, guttural growl.

'Don't fall.'

But McClain was already falling. He couldn't stop himself screaming with fright and instinctively leaning backwards, putting both his hands in front of his own face to ward off the dreadful presence. Too late, he knew he'd gone too far and scrambled desperately for a handhold back on the ladder, but his fingers grasped uselessly at the air and McClain toppled into the blackness below. His body hit the steel grille of the next landing. At the same time his head struck a handrail, knocking him unconscious. McClain's limp form slid underneath the lower railing and fell further, this time to land wedged beside one of the hydraulic rams controlling the rudder.

A small boy walked out of the dark to stand next to McClain and stare with expressionless eyes at the unconscious man.

Up on the bridge Carol introduced Cross to Captain Brooks, a heavily built man with a full, greying beard and thick hair. The captain was wearing a formal, blue dress uniform, having also withdrawn from the dining room for the course change. He was hard to see in the darkened bridge, lit only by several radar screen repeaters and computer terminals scattered around the benches underneath the wide windows. One group of screens was dominant in the centre of the bridge and represented, Cross figured, the traditional ship's binnacle or controlling point. It was on a raised platform for a better view through the windows. Cross stared breathlessly at the near-dark ocean all around them, softly glowing silver in the light of a star-filled sky. After a few minutes his eyes grew used to the darkness and he saw another faint luminescence on the horizon to port. Cross was unaware Captain Brooks was watching him carefully until he spoke, and he turned to see the captain move closer.

'It's the southern coast of France, Major Cross. Normally, we wouldn't be going anywhere near it, but Miss Jackson here has programmed a minor course change into the ship's computer to make sure, and we are all waiting with bated breath to see if the damned thing works.'

'Modern technology, sir,' Cross said sympathetically, discerning the captain's mood. 'Sometimes they seem to take things a bit far.'

'My thoughts exactly,' Brooks nodded, pleased. Then, to let Cross know he wasn't any fool that could be patronised without his realising it, he added, 'Although, I suppose you're not exactly flying biplanes, are you?'

'No, sir,' Cross smiled. 'But most pilots like to take control of their aircraft at every opportunity. Nobody likes being a passenger in their own plane.'

He'd obviously struck the right chord with the captain, because Brooks nodded again and let out a friendly grunt of agreement before moving back to the windows. Cross took the opportunity to sidle over to Carol, who was staring intently at a computer terminal.

'Can I interrupt?'

'Sure,' she said, not taking her eyes off the terminal.

'This is probably a silly question—but where's the wheel?'

'The wheel?' She looked at him.

'The ship's wheel. You know, with the big spokes and things that you're supposed to lash yourself to in bad weather.' Cross kept his voice low, in case the captain got offended.

'Oh,' she smiled at him in the dark and gestured at the terminal. 'This is it—well, not really. We have a real one in the wheelroom just below us, with the ship's bo'sun ready to take over if the computer lets us down and I have to punch in a manual override command. But, otherwise, it's all controlled by the computer which will send instructions to the ship's rudder. The wheel will still turn, if you want, though,' she said, as if that might make him feel better.

'Amazing,' he said. 'Do you guys ever have to do anything?'

'We just watch the screen,' she replied. Cross couldn't tell if Carol were serious or not, but she had turned her attention to the computer anyway. 'It's a minute away,' she murmured, watching a clock read-out in one corner of the screen and picking up a telephone beside the terminal. Cross listened to her instruct the bo'sun that they would give the computer thirty seconds grace before calling it a failure and performing the course change manually. She sounded very confident and in control, and he was impressed.

'There it is,' she announced triumphantly, soon after. 'Our heading's changing—am I right, sir?'

'I believe so,' Brooks said gravely.

Cross couldn't feel or see any discernible difference in the ship's movement. He looked at the glow on the horizon and thought it seemed to have moved. Carol tapped the computer screen with her finger.

'See?' she invited him.

Cross saw one of the figures, the ship's course, slowly ticking over to a new number. 'Okay, I believe you,' he said doubtfully.

'Oh, come here,' Carol said in mock exasperation, taking his arm and pulling him towards a door leading out to the starboard bridge wing. Cross was still enjoying the feel of her hand when they were outside in the night air, the wind of the ship's passage chilly on their faces. The wing space wasn't large and they had to stand close together. Cross didn't mind.

'Look at that,' Carol told him, tricking Cross by pointing astern. He obliged by turning around.

The *Futura*'s wake, gleaming white on the dark ocean, now had a gentle curve.

'Congratulations,' Cross said. 'It looks like your computer's finally doing as it's told.'

Her reply was surprisingly intense. 'I studied long and hard enough to get here and the last thing I needed was faulty equipment letting me down and making me look bad. It's about time the damned thing started working properly.' Carol was silent for a moment, then she shrugged off her mood with an apology. 'Hey, it's only just a big bunch of wires and stuff. Nothing to get too worked up over.'

In the steering compartment the change of course required only a small amount of operation by the hydraulics, moving the rudder less than ten degrees. McClain claimed an instant of consciousness, waking to the dangerous noises of the pumps and rams stirring. He was awake long enough to know he was about to die. Wedged in tightly, the movement of the ram was enough to crush his lower abdomen and snap his spine just above his pelvis. He died too quickly to even get out a scream of terror, the sound dying with him in a froth of bloody bubbles spilling out over his chin.

10

The officers had their own mess room on the *Futura* which supplied a small bar, a table for everyone to eat their meals and a lounge area in one corner with a repeater of the ship's in-house television. Captain Brooks originally held meetings for all the officers here too, but as the ship settled into a smoother operation he tended to avoid these general gatherings because it inconvenienced those people who should be resting after night watches. Instead, he had private discussions with each officer of the relevant branch when the time suited.

So it was considered unusual when Captain

Brooks called a full meeting of the officers. Not only that, but it was very early in the morning. Some of the officers were shaken out of their bunks. Carol Jackson was the only woman there, because she was the sole female officer with enough seniority and qualifications to perform officer-of-the-day duties and bridge watch-keeping, making her part of the ship's upper-echelon authority. There wasn't enough room for everyone to be seated at the table. A few of the younger officers, like Simmons, recognised their place in the scheme of things and remained standing.

Brooks, looking grim, stood at the head of the table and waited patiently for everyone to arrive. His second-in-command, an extremely well-groomed man called Western, who would've looked more at home heading the boardroom of a multinational corporation, was also wearing a grave expression. Western held the rank of Commander and, if he waited long enough, could probably expect to take over Brooks's job when the older man left the ship. Two other officers knew the reason behind the sudden meeting. The rest waited in confusion, some of them quietly speculating what it was all about.

'Is everybody here?' Brooks asked gently, looking up from the table. There was a murmur among everyone and a voice spoke up.

'Wade's not here—I can't see him, anyway.'

'Wade is on the bridge,' Brooks told them gruffly. 'He is the only officer not expected to be here.'

There was more muttering and somebody had the courage to call out, 'I think everyone's here then, sir.'

'Thank you,' Brooks nodded and rapped softly on the table to make sure everyone was paying attention. 'Ladies and gentlemen, we have a problem. One of our crew members, an engineer called McClain, was killed in an accident some time during the night and we need to make absolutely sure no news of this reaches the passengers. I do *not* want any of the paying customers on this ship being aware we've had a fatal accident.'

The assembled officers were silent anyway, but the announcement created an atmosphere of shock and dismay.

'How did it happen?' someone asked. After a glance at Brooks, Commander Western answered.

'He apparently had a fall in one of the engineering spaces—the steering compartment, to be exact. It's not really clear how it happened. Mr Stilson found him this morning after an exhaustive search. As far as we can tell, there were no witnesses and no one even heard anything that, in retrospect, might have something to do with it.' Stilson was the head engineer of the *Futura* and was normally referred to as 'Mister', rather than his rank of lieutenant.

From the rear of the group Simmons asked, in an over-loud voice, 'There's no doubt it was an accident, sir?'

Both the captain and Western searched him out

among the faces and gave Simmons a glare. Brooks said sharply, 'Without any witnesses, as Commander Western just explained was the case, it's clearly impossible to be certain about anything. But I see no reason to suspect any sort of foul play. The circumstances strongly suggest an unfortunate accident and anything else would be irresponsible conjecture—which is exactly the sort of thing I want to prevent occurring among our passengers.' Brooks surveyed them all with a hard, sweeping gaze. 'Is that quite clear to everyone? It is your responsibility within your own departments to ensure none of the crew discusses this at all. It would take only one indiscreet remark in front of a passenger and the news would leak out.' He paused and sighed, conveying to everyone that he wasn't enjoying this either. 'I personally believe this is a good approach, but I might add it's also company policy. It's a callous thing to contemplate in the face of a tragedy, but we have to consider the possibility that this sort of event might upset a passenger enough to ruin their cruise altogether.' Brooks pulled a wry face. 'Then we might be on the end of a serious law suit. That, unfortunately, is the way of the world these days.'

There was silence while everyone absorbed this. It was Carol Jackson who asked, 'So, what are we doing with the body, sir? Will it be medivaced off the ship?'

Brooks said, 'I've decided a helicopter evacuation would probably draw too much of the sort of attention I just said we want to avoid, and I'm led to believe it's not necessary.' He looked around the gathered officers. 'Dr Foreman, did you check your equipment?'

Foreman was the ship's surgeon and, like Simmons, a civilian given a nominal officer's rank within the company to give him authority. Although he couldn't perform watch-keeping duties, the reasons for his attendance at the meeting were obvious.

'We have facilities for storing two cadavers in the hospital,' Foreman announced, surprising many of his listeners. 'Short of a breakdown in the refrigeration systems, we're not in any hurry to dispose of the body. We can easily wait until the first port of call.'

'Where we will quietly take the body ashore and arrange to have it flown onwards to—wherever,' Brooks continued. 'My main concern is to keep a very tight lid on this whole affair. Need I make that any clearer?'

After a moment there was a murmur of consent and Brooks dismissed them all. It was a subdued group of officers who filed out of the mess room.

Dr Foreman and an assistant put McClain's corpse in the left-hand drawer of the morgue refrigerator. It was a piece of equipment he'd hoped never to use. The worst-case scenario he'd imagined was perhaps an elderly passenger passing away, but he privately joked that the sea air and relaxation were supposed to rejuvenate people, not kill them.

Ten minutes after the drawer was closed, in the cold, dark interior of the refrigerator, McClain's eyes fluttered open for a moment, staring at the blackness. One of his hands clenched itself slowly, then relaxed. But McClain wasn't alive or somehow, impossibly, returning from the dead.

It was only the evil thing that was discovering itself, coming to dreadful life aboard the *Futura* in a place no one would imagine. It was just having some fun.

11

The U-65 was nearing completion. There had been no more serious mishaps during her building, but several minor accidents happened which, instead of being accepted as a normal part of the hazardous work of a busy shipyard, were attributed to the boat being a 'jinx' vessel. Many other things were blamed on the submarine too, held guilty through mere association by the superstitious workers. At this stage of the war thousands of German soldiers were being killed on the Western Front every week, but the chances of a violent death befalling a friend or relative in the trenches were considered vastly increased if you were unlucky enough to be assigned to the construction of the U-65.

As a result the Vulcan brothers had a difficult time keeping the submarine's manufacture on schedule. Men detailed as workers one day would become ill and absent from the shipyard the next, meaning they had to be replaced. Sometimes the 'illness' lasted three or four days—long enough to ensure their place on the U-65's slipway was filled by somebody else.

But with stubbornness and not a little bullying Erik and Otto managed to keep the boat's construction rolling. Contractual obligations and a dedication to the war effort aside, they figured the sooner U-65 was finished, the earlier it could be handed over to the navy for commissioning and the shipyard would be rid of it. It seemed as if they were going to succeed and perhaps be able to claim they'd broken a jinx. Then a second disaster struck and the rumours and superstitions increased tenfold.

The three men were senior tradesmen with the job of inspecting each completed section of the U-65. Each man specialised in different departments.

'I will be glad to see the end of this damned boat,' said Bolle, leading them into the tiny galley. He began twisting valves and sniffing for kerosene at the stove. 'It gives me the creeps, like someone is constantly walking over my grave.'

'Come now, Bolle. You are not dead yet,' Kanter mocked him lightly. 'Modern technology has no place for those old superstitions. I wouldn't have picked you as a man who gave them any stead.'

'I was just about to turn the lights out, too,' said the third man, called Christensen. 'Shall I wait until you've left the galley? Or perhaps you'd like me to hold your hand in the dark?'

'You can both laugh,' Bolle grunted, not pausing in his work. 'I don't know that much about any superstitions, except they make the men nervous as alley cats and unhappy workers. The haste they employ to get things done in this submarine, just so they can get out again, makes our job harder.'

'I think the Vulcans should have renamed her after the slipway accident,' Christensen nodded. 'It helps, even if it doesn't make sense.' He began checking an electrical loom, making sure the carpenters who fastened wooden racks and cupboards to the bulkheads hadn't pierced the cabling with their screws.

Kanter snorted. 'And I think the Vulcan brothers know the war can't be asked to wait for such trivial paperwork. They also know the Kaiser won't be handing out the next submarine contract to a shipyard that misses completion schedules and ties up his procurement ministry with idiotic requests.'

'But it's only changing a number on the conning tower,' Bolle argued amiably as he jotted notes on his clipboard. 'Not exactly a difficult thing. It's not even painted on, yet.'

'Not difficult? It could cause chaos!' Kanter was a rare German who believed his country's penchant for industrial efficiency, diligence and record-keeping was too enthusiastic. He was often heard calling for a reduction in the bureaucratic red tape binding everything, in return for faster production.

'Anyway, what is next?' Christensen asked, deliberately breaking up the debate.

Bolle flipped a page on his clipboard. 'I have some things to do in the forward torpedo store.'

'So have I,' Christensen agreed, consulting his own sheets.

'Then I am outvoted two to one,' Kanter said with a grin. He waved at the door. 'After you, gentlemen.'

They ducked and weaved through the submarine. The air inside the ship was stuffy and smelled of perspiration, oil and the acrid, burning odour of welding. The hull began booming constantly with a loud hammering from above, echoing through the U-65. On the upper deck someone was riveting the forward gunmounting to the outer hull. The noise was enough to force everyone to shout.

'I was hoping to get out of here before they started that job again,' Christensen yelled over his shoulder at the others following. 'It makes my head hurt.'

'Perhaps a little less time in the beer hall might cure that,' Kanter laughed at his discomfort.

The forward torpedo storage room, like almost every other part of the submarine, served at least a dual purpose. First, it stored most of the U-65's arsenal of torpedoes and also shells for the gun being mounted above them. The actual firing room in the bows of the boat was behind an extra bulkhead in front of them, and where another rack of torpedoes was installed and the compressed-air firing tubes were manned by their crew.

The storage room also doubled as sleeping quarters for most of the lower ranks. Bunks were squeezed in between the torpedo racks along with hanging points on the ceiling and bulkheads for hammocks. As living quarters for men who couldn't bathe properly and suffered inadequate diets, torpedo stores had a reputation for poor, cramped conditions.

The bulkhead hatch into the store was closed. Because of the slipway angle of the vessel, Christensen needed most of his strength to pull the heavy hatch open, hold it while the other two slipped past, then let it close behind him. It thudded into place with a hollow bang that was lost among the noise of the riveting above. The three men found themselves alone in the compartment.

'How the hell do they all sleep in here?' Kanter asked, looking at the bunks between the empty torpedo racks.

'You learn to love your fellow man—or hate him, if his hygiene is worse than yours,' Christensen said absently, gazing around for the job he expected to see finished.

'No, I meant sleep in here with the warheads. An

accident in here and you wouldn't have a hope of surviving.'

Bolle was trying to operate the opposite hatch into the firing compartment. It wouldn't budge and the wheel-lock didn't turn. 'On the contrary,' he offered, frowning with his efforts, 'you wouldn't *want* to hope. I'd rather die an instant, ignorant death, than die like a rat trapped in a flooded sewer pipe—or worse, suffocate on the bottom of the ocean in one of these steel coffins. Hey, is there a trick to these hatches? An extra lock? This one doesn't seem to want to open.'

'You are such a cheerful fellow,' Christensen told him from where he stooped next to a row of bakelite boxes, 'speaking of drowning and asphyxiation! You would do better to be afraid of these damned batteries working off a sulphuric acid solution. All these submarines need so many of them, just to operate for a few hours under the surface, but they are so heavy. The designers spread them through the ship to evenly distribute the weight. It's like having a cyanide gas artillery shell in every compartment!' Christensen looked up from his work, realising Bolle wasn't listening, and saw his companion still struggling with the forward hatchway. 'It probably doesn't fit properly. The fool running the steel-cutting shop struggles with that *pi* calculation and can't make anything round. But have you tried knocking or shouting?'

'Very funny. It's enough to put up with that accursed hammering from the gunmounting.'

'I'm serious. Some of these damned-lazy, local shipyard workers might be having a card game in there and they've deliberately jammed the hatchway. Just rap on the door, tell them you're nobody important and ask them to let you in.'

Bolle was reluctant. 'And have to go through all sorts of trouble penalising them? I was only curious. I don't have any real reason for going in there.'

'But now you've got *me* curious—and Kanter as well, probably. Isn't that right, Rudy?'

'I just can't wait,' Kanter grinned, teasing. 'They may even be indulging in a little sabotage. You should certainly check. We're in a defeated, occupied country, remember? You know we can't trust the Belgian workers.'

'Then *you* knock on the damned hatch, while I do my inspection,' Bolle told him, pleased with himself for thinking of it. Before his friends had a chance to argue he picked up his clipboard and headed for the other end of the compartment. Kanter, still grinning impishly, made way for him.

Both Bolle and Christensen became absorbed in their tasks, trying to concentrate beyond the steel clammering of the gunmount riveting above them, while Kanter apparently wandered aimlessly about them. Neither noticed him gleefully discover a large set-spanner and take it to the forward hatch. Then, without warning Kanter smashed the spanner three times against the hatchway, the noise in the steel confines of the torpedo store a painful, metallic banging.

‘Come on, you fools in there!’ Kanter bellowed with outraged authority, as he wielded the spanner against the hatch. ‘I know what you’re up to! Open this door!’

Before his third blow struck the hatch both Bolle and Christensen were startled into crying out, with Bolle yelling angrily, ‘Kanter, you pile of horse’s shit! You nearly scared us to death!’

‘I’m stopping the card game,’ Kanter laughed at him, then both men realised Christensen’s cries were more than just a burst of anger.

‘God, no!’ he was yelling, backing away from where he was working and clawing at his face. He let out a choking cough and shouted hoarsely, ‘Quick, we’ve got to get out of here. I’ve broken one of the seals on the batteries.’

Bolle moved towards Christensen and was alarmed to see his eyes were already red-rimmed and brimming with tears. ‘Is the sulphuric acid leaking out?’ he asked fearfully.

‘The fumes are enough to kill us! We must get out!’ Christensen rasped out another cough and suddenly fell awkwardly to the floor.

Bolle didn’t need any more urging, but he responded to the pleading desperation on Christensen’s face and reached out to help. The fear in Bolle wound itself up another degree when he felt his own eyes begin stinging and watering, and an acidic taste start burning the back of his throat.

Kanter, coming up from the opposite end of the

compartment, thrust one hand under Christensen's armpit and bodily lifted him the last metre towards Bolle. With Bolle doing the same under Christensen's other arm, together they hauled him to the hatch where they had entered. Without bothering to drop Christensen, Bolle put his boot against the hatch and kicked hard.

The door didn't move.

'Why did the fool bother locking it?' Bolle snarled, releasing the now-spasmodically coughing Christensen to the deck so he could grab the wheel-lock. He tried to twist it first one way, then the other. It wouldn't turn. Bolle desperately threw his weight against the hatch, but with no success. 'What in God's name is wrong with these hatches? Are they all faulty?' His last word came as a convulsive cough and Bolle felt the acid fumes biting his throat and warming his lungs. A fierce headache burst into life behind his eyes.

'The hull must be twisting on the slipway!' Kanter said, starting to cough.

'But it can't be that bad. Let's use our weight together.'

Leaving Christensen to curl into an agonised ball on the deck, the two men put their shoulders to the hatchway and, counting to three, shoved hard. Only one of them was in a real position to get any leverage, with the other man too close to the hinges. Still, with the two of them pushing, it should have achieved something.

The hatchway still didn't move.

'This is insane!' Kanter yelled, then suddenly gagged and dry-retched uncontrollably.

Bolle began hammering with his fists on the metal of the hatch, but it made little noise and was lost in the pounding of the riveters above. He turned to tell Kanter to do the same, but Kanter had collapsed on his hands and knees beside Christensen. Bolle was terrified to see Christensen bleeding from his eyes and mouth, the redness running freely down his cheeks, then he realised in horror Christensen had been scratching at his own eyes, trying to stop the agonising itching. Bolle's eyes, too, were irritating him madly and he fought the urge to claw at them. The pain in Bolle's head grew to a blinding throb, as if his skull might explode. It made him very dizzy. Fighting to stay on his feet he staggered back the length of the compartment and found the large spanner. Taking it back to the hatch, he stumbled on the bodies of his two friends. They didn't react. Bolle fell against the hatch and discovered he didn't have the strength to rise again. He clung weakly to the spanner and managed to hit it against the steel.

'Help!' he called, the words ripping at his raw throat. It was the first time any of them had cried out for assistance.

And the last.

Bolle thought his mouth and lungs were filling with his own blood, making a bitter, metallic taste. A trickle ran down from his nostrils, curving around his open, gasping mouth. His eyes itched agonisingly, and as his eyesight dimmed with pain and oncoming death Bolle saw Kanter and Christensen lying still on the deck, each of them staring at nothing. A shape appeared just beyond them and Bolle's instant of hope vanished when he realised he must be hallucinating. He could see a small, strangely dressed boy watching him curiously. Vaguely, Bolle rubbed at his eyes to make the image go away and suddenly couldn't resist clawing at them with his fingernails, trying to stop the itching. He shredded the thin flesh of his eyelids, but didn't know it.

Strangely, Bolle's last coherent thought was an attempt to tell the difference between the pounding ache in his head and the still-deafening hammering of the riveters installing the gunmount on the outer hull.

The sulphuric fumes were an invisible, but efficient killer. The gas didn't dissipate. A fourth worker, the next man unfortunate enough to open the hatchway, became violently ill just from the brief exposure he suffered, before slamming the door closed again. In the end, they opened an overhead, watertight hatch designed for loading the torpedoes—something which none of the three dead men thought to try to use as an escape, or even remembered was there.

Far too late, the fumes slowly vented out to the open air.

Erik supervised removing the bodies through the

torpedo loading hatch. One of the yard's leading hands, called Couper, stood anxiously beside him after emerging from the submarine. He was pale and shaken.

Erik asked, 'How could this happen? Could you tell?' They were watching the first corpse, strapped to a stretcher, come awkwardly through the hatch.

'One of the seals for the batteries was broken. The fumes obviously overcame these men and killed them.'

'So quickly! I knew these batteries were dangerous, but for God's sake!'

'Well, it shouldn't *be* so sudden. There would have been time for all three men to escape. In fact, all the bodies were piled up together at the stern hatchway as if they were trying—' Couper's voice trailed off, betraying his puzzlement.

'What are you saying, Couper?'

Couper took a deep breath. 'Mr Vulcan, the hatchway was undogged and free. All they needed to do was push it open. I checked the firing room hatch and it was the same. All they had to do was pull that. Even weakened by the gas, surely between the three of them they could have managed it?'

Erik felt disturbed. Dealing with this tragedy was difficult enough, but something else felt wrong, too. 'Perhaps they were disorientated by the fumes? Who knows what effect they had,' he said unconvincingly.

'But all of them?' Couper repeated. 'And there

were no cries for help or anything. I've had men working over this submarine all day and nobody heard anything.'

'It's a mystery,' Erik conceded, hearing himself falling into the trap of accepting the superstitions surrounding the U-65. He hardened his tone. 'But it is a *tragedy*, too. I don't want any more foolish tales about jinxes or curses. This was an accident and these poor men were killed by a poisonous gas that overtook them too rapidly, that's all.'

'Of course, Mr Vulcan,' Couper said mechanically. It made Erik realise his words probably had the opposite effect and he shouldn't have mentioned the superstitions at all. 'How far off completion is this vessel?' he asked angrily.

'There was no damage. We need only replace the battery. The ship will be finished on time in three weeks—well, a month at the most, if I can keep people working on her,' Couper added meaningfully. He wanted Erik to be completely aware it wasn't his fault the men hated working on the U-65—and today's disaster wasn't going to help matters.

'Double the amount of men assigned to her,' Erik snapped, adding caustically, 'perhaps that way, they can hold each other's hands for comfort as they work.' Couper looked at him blankly, making Erik feel childish for his barb. 'And make it a standing order from this moment on. No one is to work in any of the submarine's confined spaces with the hatches closed. Anyone who is caught doing so will be instantly dismissed.' Erik knew this was an empty threat and that Couper knew it, too. They couldn't afford to lose any more skilled workers over such a trivial misdemeanour. Erik softened his voice, hoping he was appealing to Couper's sense of comradeship. 'We'll let the fools in the navy risk their lives with these damned batteries. There is no need for us to keep the hatches closed.'

The stretcher was being lowered back through the hatch for the next victim. Erik turned away, heading for the gangplank and calling over his shoulder, 'Get this boat finished, Couper. So we can get rid of it.'

12

Cross spent most of the next morning sitting in a deckchair on the upper deck, reading a novel. It was cold, but an improvement on the previous day. The *Futura* was edging towards a warmer climate. However, this deck was more exposed than the others and not so popular yet. Only a few other passengers were scattered along the railing enjoying the fresh air. Cross was having trouble concentrating on what he was reading. Thoughts of Carol Jackson kept intruding. The previous evening, after making sure the course change was correct, she'd given him a quick tour of the rest of the ship's bridge structure, then made them coffee in a small kitchen designed to cater only for the bridge itself. There had been an officers' mess room, but several of the ship's other officers were in there relaxing and Cross could understand that perhaps Carol didn't want to be seen socialising too closely with a male passenger. The coffee finished, she excused herself, explaining she had an early start in the morning and walked him to the bottom of the bridge stairs. Cross resisted the urge to ask about seeing her more privately again and merely thanked her, wishing her good night. Half-heartedly, he'd gone to the casino and met Susan's parents and ended up having quite a good night there, too.

Now he was sitting in a blustery wind, trying to read a book with one corner of his mind while another brooded on the possibility he actually had a chance with Carol Jackson—otherwise, why had she so readily invited him to see the bridge? Another, more cynical voice suggested she was being nice to him only because he was one of the few male passengers under forty, let alone unattached. If Cross were to misinterpret that as real interest on her part, he would most likely find himself in a rather embarrassing situation some time in the future when she told him the facts.

Finally, he managed to laugh at himself and his own preoccupation with things that he really had little control over. It would all work out for the best, one way or another.

But that night, at the evening meal and waiting for someone to take his order, he had to stop himself continually glancing towards the entrance for a sight of Carol Jackson coming to join them. Susan chattered gaily in his ear, unaware that he wasn't really listening. A waiter appeared to take their orders and Cross had to reluctantly admit that Carol wasn't coming. He asked for a bottle of wine to go with his meal, to make himself feel better.

The wine made him the last to leave the table, because he still had a full glass when everybody else had finished their meal. Cross said goodnight to his dinner companions, took an extra five minutes to finish his wine and went to leave the dining room, but in the corridor outside, as he pushed past passengers beginning to enter for the second sitting, he found himself face to face with Carol.

'You're late,' he joked, before he could stop himself.

'For you, maybe,' she said. 'I'm having dinner with the second sitting this evening. I have to spread myself around, you know.'

'I forgot we weren't the only ones using the table,' he said honestly. 'I wanted to thank you for the guided tour.'

'You already did, last night.'

'Yes, I suppose I did.' The two of them standing there were causing a congestion for the passengers trying to get into the dining room. Cross figured he didn't have much time and took the plunge. 'Look, are you allowed to have a drink or something after dinner with me—that's if you'd like to, of course,' he added hurriedly.

Carol glanced around to see if anyone was taking any notice of them. 'I could,' she said, carefully lowering her voice and moving closer. 'After dinner here, in the lounge bar, and I'd need time to get changed. It's better if I don't wear the uniform, or I keep getting bugged and asked silly questions by the passengers.'

'So, what? In about an hour?' Cross said, his pulse picking up slightly.

'Make it ninety minutes at least,' she said, moving away towards the dining room. 'Maybe even longer, but I'll get there eventually.'

'I'll wait,' Cross waved, then dropped his hand quickly when she frowned and shook her head, but trying not to smile.

Returning to his cabin Cross stepped from the staircase and was about to walk down the passageway when a muted cheer echoed up the stairwell from the deck below. Curious, he turned back and went quickly down the extra flight to emerge into an identical deck, but as he walked into the corridor Cross was surprised to find a man barring his way. The man, dressed in a tailored three-piece suit and making himself immediately identifiable as one of Luke's 'Followers', held his hand out with the flat of the palm forward.

'This is a private area,' he snapped coldly. 'Your cabin isn't even on this deck.'

Cross stopped himself from giving an angry response, but it was impossible not to sound annoyed. 'I beg your pardon? There are no private areas in the corridors. I was going to see if a friend is in his cabin,' he lied, surprising himself.

'You don't know anybody down this corridor. You must be mistaken. We have booked all the cabins down here.'

Cross managed to glance past the man. The passageway beyond was crowded with the suited figures of the other Followers. They all seemed to be pressing around the last doorway. A curious, flickering light spilled out onto the corridor wall. 'What's happening down there? I heard a cheer.'

'We are celebrating, but it's a *private* celebration,' the man told him flatly.

'Really? What are you celebrating?'

'Life,' came the tight reply. This certainly wasn't one of the friendly, over-polite Followers Susan had been telling Cross about.

'That's original,' Cross said, trying to needle him. These people just annoyed him.

'It's *Luke's* life. He lives again.'

Cross put on an amused grin. 'Didn't he always? I thought he came—'

'Brother Robert!' The curt call came from the crowd of Followers. 'Is everything all right?'

Cross couldn't see who was calling, but the man in front of him looked more confident now. 'Everything is under control,' he said over his shoulder, without taking his eyes off Cross's own.

'This gentleman has made a mistake and is on the wrong deck.'

The group of Followers were falling silent, aware a confrontation was taking place. Cross decided he'd had enough fun and it was time to beat a retreat. The situation was plainly getting ugly.

'Give my regards to Luke,' he said condescendingly. 'I hope he gets better.'

'Oh, he's much better,' the man nodded smugly. 'He'll be up and about in no time. You have a good day, now,' he added, just as insincerely.

Cross didn't reply, spinning on his heel and trotting back up the stairs. *Those guys are definitely weird,* he told himself, walking to his cabin door. He wasn't sure whether to laugh at them or be angry at the way they'd treated him. *Well, hey! Why the hell should I care?*

His instincts told him he *should* be concerned. Obviously, the Followers of Luke weren't as innocent or as harmless as everybody else was led to believe.

Cross sat at the bar and made sure he didn't drink too much while he waited. Carol took the expected hour and a half, but although by then he was anticipating her arrival she still surprised him. Carol was wearing a baggy woollen pullover, jeans and white runners, looking totally different from the uniformed, navigating officer.

'A complete stranger,' Cross said, nodding at her clothes.

'A real human being after all,' she replied, sitting on a barstool beside him and waving a greeting to the barman. He came over and Cross ordered drinks for them both.

'A hard day at the office?' Cross asked.

She pulled a face. 'We've had better.'

'Don't tell me. The computer has been misbehaving again?'

'No,' she hesitated, then decided despite Brooks's orders to tell Cross. She felt sure he was trustworthy. Carol made sure no one was within listening range and said quietly, 'We had an accident in one of the engineering spaces last night. One of the crew was killed. I'm not supposed to be discussing it, of course,' she added guiltily.

'I'll keep it to myself,' Cross said sincerely. 'How did it happen?'

She shrugged. 'Nobody knows. There were no witnesses. It seems it was just a fall—bad luck, that's all.'

'The worst luck,' Cross said, shaking his head. 'Hey, we should talk about happier things. I think you should tell me how you got to be navigator of this tub.'

'And why shouldn't I be?' Carol had a dangerous glint in her eye.

'Now, I wasn't saying you shouldn't be,' Cross raised his hands in surrender. 'I'm only saying it seems to be quite an achievement.'

'Why?' She wasn't letting him off the hook.

'Okay, to be honest, I'd say you're a little young

and—well, a female. Let's face it, you'd expect a senior, male officer to be the navigator of a new ship like this.' Cross decided to dig his heels in and not be patronising, even though he hadn't wanted to get into such a heavy conversation. 'Look, I'm not questioning your ability or anything. I'm just saying what I'd *expect,* and I've had some experience of women officers trying to get into senior positions. The prejudice is still there, no matter how much people talk about "equal opportunity" and stuff.' He stopped, wondering if he'd overstepped his welcome already.

But Carol was smiling. 'I like your honesty. Most people just pat me on the back and say I must be a very clever girl—you're right, the prejudice is still there.' She paused to take a sip of her drink, before explaining. 'I had to do a very specialised course for twelve months to qualify for the navigation system on this ship, which is a little funny when you consider it's designed to do everything for you. Anyway, it's experimental and maybe it won't work well enough, so there's a chance my year's study will be wasted. Factors like that, plus those senior male officers you're talking about don't take to retraining too well, all added up to reducing the field a fair amount. In the end, though, I sometimes can't help the suspicion I might be a token female, you know what I mean? Like, if you wanted to keep those "equal opportunity" types happy, what better position to give a woman than a job that's being safely done by a computer anyway? Maybe they were thinking: "It doesn't matter if she can't do the job. The computer's there to do it".

'Captain Brooks didn't strike me as someone who would tolerate that sort of thing. I'm sure he wouldn't want anyone but competent officers around him, and he wouldn't give a damn about any equal opportunity rubbish,' Cross said. 'I'd say you're selling yourself a little short there.'

'The captain's great,' Carol nodded. 'He doesn't treat me as anything except a professional officer. But I'm pretty sure he has a lot of trouble not calling me "my dear" and things like that, he's such an old-fashioned gentleman.' It made her smile at the thought. 'So, what's your story? A major and a pilot in the US Air Force, I know. But what do you do?'

'I'm one of the glamour guys,' Cross said, wearing an expression to make sure she knew he wasn't serious. 'A test pilot, actually—if you can believe my boss, who swears my job is still waiting for me when I get back.'

'Why shouldn't it be?'

'I've been sort of hiding in England, while they get an enquiry set up.' He looked wry and told her, 'In the words of Colonel Barton, my superior officer, I parked an F-111 nose-first at seven hundred miles an hour. It's standard procedure to have an enquiry after such things.'

It took her a moment to understand, but then she seemed to find it funny. 'You *crashed* it?'

'It wasn't my fault.'

'That's your story.'

'No, really. It's already been established it was a fault in the aircraft's electronics. The enquiry's just a formality.'

Carol raised her eyebrows a moment and looked doubtful. 'I'm sure it'll all turn out for the best. Still, it does sound like you were a little bit irresponsible—'

'Okay,' Cross cut her off with a laugh. 'I'm sorry for suggesting you are too young and too female to have your job. I'm sure you were by far the best choice.'

'Let's say we're even, then?'

'Deal.'

They changed the subject to what Cross might expect on the rest of the cruise. They talked easily and with the familiarity of friends who have known each other for years. Cross didn't mention his encounter with the Followers, afraid it might snap Carol back to her professional status. After another drink each Cross asked, 'Would you like to do a lap of the deck? I wouldn't mind getting out of this stuffy atmosphere for a while.'

The bar was getting a little smoky and crowded with people giving up on the gambling next door and coming into the lounge to get away from the noise of the casino.

'That's a good idea,' she said, slipping off the stool.

It was after nine o'clock and the exterior lights of the ship had been dimmed, making it a comfortable, anonymous dark. There were other couples strolling the decks, enjoying the open air and pausing at the rails to take in the sky filled with stars. Cross and Carol walked very slowly, staying close and silent for the moment.

'How's your astral navigation?' he asked, finally.

'I pride myself in it,' she replied, taking his arm and leading him to the rail. 'On clear nights out here and up on the higher decks away from the lights, it's a fantastic sight. I've always been fascinated by the stars. It's what started me thinking about navigation as a career, after I knew I wanted to go to sea.'

'I've got a rough idea, but I haven't used it for years,' Cross admitted. 'Like you, these days I've always got a computer or a radar to tell me where I am.' He stared out over the rail for a moment. 'What are we looking at?' he asked.

Carol took a few seconds to get her bearings, then started pointing out the various constellations she could see, explaining their shapes and how they got their names. It quickly became apparent she had an extensive knowledge.

'I certainly hope you're around if I ever get lost,' Cross told her, continuing their walk around the deck.

'And the weather's clear,' she added. 'It helps.'

On an impulse Cross offered his arm and she casually linked hers through. Neither of them made it an important thing—but it was. They did two circuits of the deck and on the second time around Carol stopped them at a stairway leading upwards.

'I'd better hit the sack,' she said. 'I've got an early watch in the morning. This has been very nice. Thank you.'

'Well, thank you back.' Cross released her arm. 'I'd be honoured if we could do it again some time soon.'

'I really shouldn't be seen associating with the same passenger all the time,' she explained. 'It's a bit hard and Captain Brooks wouldn't approve.'

'Oh,' Cross said, trying not to sound disappointed.

She let him hang for a moment, then touched his arm. 'I said, I shouldn't be *seen*. It would be nice to do something like this again, though. If you can swallow your male pride and let me call you, I'll leave a message in your cabin soon and arrange to meet you somewhere. It's difficult to call me, without someone knowing.'

'Okay,' he said, instantly feeling better. 'But I'll be seeing you at the dinner table sometimes, won't I?'

'Maybe,' she shrugged. 'We're supposed to rotate there, too.'

'Is it possible to have a private dinner somewhere? Can you do that?'

Carol hesitated. 'In your cabin?'

'Is there anywhere else?'

'We'll see,' she said cryptically. 'I must go. Thank you again.'

'Good night, Carol,' he waved, watching her climb the stairs until she vanished over the top.

13

Father Westhaven was a troubled man. He was one of the few priests entrusted by the Catholic Church to perform exorcisms and lately he had been a very busy man. It seemed the forces of evil were on the uprise, infiltrating society in ways never considered before. Either that, or the church was becoming much more accepting that Evil might manifest itself in some dreadful form and his services were the answer. Not so many years ago, it would have taken a mountain of paperwork, countless hours of church council meetings and the petitioning of the bishops, before the option of an exorcism would even be considered. But nowadays he was investigating and often acting on 'genuine' cases at least twice a month. Sometimes it was the maddened mind of the victim. Sometimes it was nothing at all.

And sometimes it was the real thing.

They drained him—sickened him. Some of the exorcisms became days-long episodes of physical effort as he fought with the demons, whatever form they took. He always needed time to recover, and lately that time became longer as his ageing body rebelled against the abuse. Father Westhaven's mind was just as tortured during these fights, his faith attacked and his sanity on the brink of being wrestled away from him.

For months he had begged the church to give him some rest and finally his request was granted. His sister June immediately came to the rescue—which was unusual, because she steadfastly disbelieved everything his work involved, but then again Westhaven could understand it was her way of coping with an awful truth. He didn't know how he handled it himself, sometimes.

When June told him of the cruise he could hardly believe it. It was the complete opposite of his accustomed, rather austere lifestyle. But his sister reminded him she was a rich widow with little to spend her money on, and she plainly stated she had no intention of dying with a healthy bank balance. Finally, in unexpected recognition of his work and what had happened to his health, June told him that as far as holidays and rest were concerned, he deserved the best.

Apart from his passion for the church, Westhaven was also a man dedicated to his own physical fitness. He needed to be, considering the rigours of some of the exorcisms he'd faced. He'd kept a strict regime of exercise and correct diet since his youth and, apart from his current run-down state, looked several years younger than the sixty he possessed. He was small, but still had a firm stomach and a muscled torso.

Like most fitness enthusiasts, Father Westhaven seemed impervious to the pain experienced by normal, unhealthy people when it came to exercise. The pain such as might be expected from diving into the *Futura*'s chilly, freshwater swimming pool just after dawn, when the rest of the ship's passengers—including his sister—were still huddled sensibly underneath their blankets.

It was a magnificent time and place to be. The sun was just climbing above the horizon on a beautiful, clear morning, turning the ocean to the east into a shimmering, golden colour. The air was bitingly fresh and Westhaven paused on the upper deck simply to close his eyes and take deep breaths. He was all alone and he welcomed the privacy and solitude, so he could think over a morning prayer to his God. Then he started doing some stretching exercises, spreading his arms wide and twisting from side to side, before touching his toes. It all made him feel good to be alive. The devil and his minions seemed very far away.

Next, he went to the pool side, took the towel from around his neck and stripped off his track-suit. A rash of goosebumps broke out over his body, but Westhaven almost enjoyed the sensation. Standing at the edge of the water he dipped in one foot, testing the temperature, and gasped at the cold. Movement below the surface caught his eye. It was the pool's automatic cleaning device, which consisted of a long, convoluted pipe with a vibrating sucker on the end of it. The cleaning action of the sucker meant it drifted randomly over the pool, eventually covering the entire submersed area like an underwater vacuum cleaner. As Westhaven watched, the bright blue pipe flipped sinuously just below the surface like some exotic snake, then sank again. He followed the line of the pipe back to its source at the far end of the pool. There was a chance he might run into it during his laps, but there was nothing he could do about that.

He knew his sister hated most of the 'modern' aspects of the ship, so he'd never admitted to her that the computer terminal with its fitness exercise program was a joy to him—the cream on top of the cake, as far as the facilities aboard this ship were concerned. It was one of the first things he'd enquired about when he came aboard and was disappointed to discover it seemed to be the last thing any of the hospitality crew knew anything about. It appeared that, until now, no one had seriously tried its capabilities. Undaunted, Westhaven set out to understand it for himself and while he was initially frustrated—unknown to him—by the computer itself failing, he suddenly began getting results and finding his way through the program. The Father wasn't normally a computer-literate person and his success made him feel quite clever.

With a feeling of achievement he confidently approached the terminal now. He entered in his name and cabin number. The screen came to life.

GOOD MORNING MISTER FATHER WESTHAVEN.

'Good morning to you,' Westhaven replied, cordially. 'We must try and sort out that little identity problem you have with my title, but for the moment you are forgiven.' He typed in his weight, something he checked every day, then the computer asked him how many calories he'd eaten that morning. The answer was none. The next question was whether the Father wanted to perform passive exercise to maintain his current level of fitness, or did he wish to complete a program of active exercise to improve his condition? Westhaven chose the latter. In an instant the screen came back with instructions to swim thirty continuous laps of the pool or walk fifty circuits of the deck followed by a complete set of Category A exercises. A further prompt offered to display exactly what Category A exercises were, but the Father was here to swim. He left the program running, because when he'd finished his swimming he was supposed to enter this in to update his own personal record. He could have done it straight away. He had no intention of doing anything except finishing his allotted exercise, but that wouldn't give him the same satisfaction. Westhaven preferred to sign off when the work was done.

He walked to the deep end of the pool. There were no starting blocks and he poised himself on the edge and did some more breathing, closing his eyes and bracing himself for the shock of hitting the icy water. Just before he dived Father Westhaven opened his eyes again and glanced up the length of the pool to check that the suction pipe of the automatic cleaner wasn't going to be in his way. The first lap was always important, while he established his rhythm.

He noticed a small boy standing at the far end, watching him.

Something about the boy's unsettling gaze made Westhaven stop himself, before diving. There was a long moment with the two of them staring at each other across the water.

'Good morning, young man,' Westhaven called uncertainly. 'Isn't it very early for someone like yourself to be up and about? Where are your parents?'

The boy didn't answer, but remained absolutely still. Even from the distance Westhaven thought the child looked unnaturally pale—not just the pallor of most English children after the winter. Then he noticed his clothes. They were ragged and roughly made and seemed very old-fashioned. The effect was quite odd. Westhaven remembered that the followers of some religious cult were aboard and he wondered if this boy was one of them. Westhaven knew it wasn't unusual for these people to adopt strange ideas, like wearing clothing from a past century.

'Do your parents know you're up here?' Westhaven tried again. He couldn't explain why he found the child so disturbing. Again, he got no answer. Something was wrong, Westhaven was certain of that, but that was all he could understand. The alarming notion he was looking at a stowaway came into Westhaven's mind. Immediately, it seemed impossible in this day and age—and on a vessel like this. But it would explain the boy being on his own and his ragged clothes, too. Perhaps he'd sneaked aboard looking for something to steal or simply eat, then been caught out by the *Futura* sailing. The idea made Westhaven feel ill-prepared for such a confrontation, standing on the edge of the pool in his bathing costume. If he'd been dressed in the cloth of his office the Father wouldn't have hesitated to swoop down on the boy and take charge—get to the bottom of things, as he liked to say, even if he was wrong and it incurred some parental indignation.

At the same time he was annoyed. Westhaven hadn't come on a cruise to get involved in such problems. For once in his life he should be allowed to leave them to others. All he really wanted to do at that moment was make his dive, enjoy his exercise and return below for a light, healthy breakfast with his sister. He thought about a compromise. He could swim his laps as he wanted, and if the child was still there at the end of it, perhaps Westhaven could take him to a crew member and let someone else sort things out.

'Well, you can watch, if you want to,' he called, satisfied and beginning to shake himself and flex his muscles, warming them once more for the shock of hitting the cold water. He didn't look up, as he saw out of the corner of his eye the boy begin to move, until he realised the child was walking towards him.

Across the surface of the pool.

It was a profound shock to the Father, not just because of the impossibility of it, but also from the personal and religious connotations associated with such an act. At first, his mind refused to believe what he was seeing and panicked. Illogical explanations shouted inside his head. Perhaps there was some sort of transparent protective cover on the pool? Westhaven might had dived straight onto it and badly hurt himself. But he had already dipped his foot into the water, testing the temperature. If there was a cover of some sort, it didn't extend the entire length of the pool—and that didn't make sense. Could the boy be balancing on the pipe for the automatic cleaner? The answer to that, too, was no. The hose was clearly well under the surface and close to Westhaven at that moment. The thing was, the surface of the pool was obviously exactly that—*the surface of the pool.*

The child was walking across water.

In the brief seconds it took for Westhaven to grasp what he was witnessing and accept it, the boy reached more than halfway towards the Father and stopped, impossibly standing in the middle of the pool. The expression on the child's face hadn't changed. It was almost a blank, yet slightly curious look, as his eyes never left Westhaven's. A voice suddenly came into Westhaven's mind, making him flinch.

'I don't like you here.'

Then without warning the child sank below the surface, leaving behind hardly a ripple. Westhaven cried out in horror as he saw the boy's figure, distorted by the water, lying close to the bottom.

The Father didn't stop to think what he might be doing or what the voice had meant. He launched himself forward in a flat dive and began swimming hard, needing only a few strokes to reach where the child sank. Then he duck-dived, his legs breaking the surface and flailing wildly at the air in his haste, before he managed to submerge himself enough to grab at the boy.

In the moment he pulled the child to his chest Father Westhaven noted something odd. In the blur of the water he saw the boy was staring at him with wide eyes and an open mouth, but no bubbles were streaming out. It was as if the child had not a breath of air in his lungs, when he'd gone under. Westhaven reversed himself, his feet now searching for the bottom so he could push back to the surface. The pool wasn't that deep anyway and he should have been able to stand with his face just breaking the surface.

But something was holding him down, dragging him to the bottom. The boy's arms wrapped themselves around his neck and Westhaven was surprised at the strength in them. The child weighed twice as much as he'd expected—more, even. He was a dead-weight that the Father was going to have trouble bringing to the surface. Westhaven's feet were still trying to get a purchase on the pool's bottom, but the boy kept pushing him backwards and Westhaven only succeeded in propelling himself further into the deep end.

The first pain of his lungs needing fresh air caused a flash of panic. He tried rolling over, getting the child underneath him so that he might at least get a moment to turn his mouth to the surface and snatch a breath, but it didn't work. The boy was heavy—too heavy. The grip around Westhaven's neck was crushing now, as if echoing his own desperation to reach the surface. His lungs were beginning to burn and black spots burst in front of his eyes. Westhaven suddenly, involuntarily, opened his mouth and tried to suck in a breath, instead flooding his lungs with water, which made him choke. In his agony he abandoned any effort at rescuing the child, clawing at the body clinging to his, trying to prise it away from his chest and break the arms encircling his neck. The child had wrapped his legs around Westhaven's waist too, doubling his purchase and remaining on top, pushing Westhaven's back against the bottom of the pool.

The Father dimly understood he was far into the process of drowning when the hold around his neck relaxed slightly and the child leaned backwards to put his face in front of Westhaven's. A moment of hope for the Father was replaced with instant terror as he stared into an unholy, dreadful face smiling at his dying. It was a leering, evil grin just centimetres from his eyes, the sight made somehow worse by the blurring water. Westhaven tried to scream, but his lungs were already filled with water. Behind the face, the images fading as he died, he could see the glittering surface of the pool with its fresh air and safety impossibly far away. He felt large, calloused hands press against his chest and force him downwards again until the back of his head struck the bottom.

The last moments of drowning are reputed to be peaceful—almost blissful. Father Westhaven was terrified until the very last instant when his life ended. His life didn't flash in front of his eyes, only horrible images of the thing killing him and some of the worst scenes from his past, taunting him and telling the Father he had lost his last exorcism, before he even knew he must perform it.

Westhaven's body was found quite late, considering the number of passengers who walked past the pool on their own exercise routines before breakfast. Perhaps it was because most people tended to gaze out over the ocean as they strolled. In comparison, an ordinary swimming pool wasn't worth a second glance.

And the Father didn't come to the surface straight away.

It was the Nicholsons who finally found him. They had been looking into the pool with interest because Westhaven had told them at the dinner table he intended to use it a lot. At the same moment they saw the human shape on the bottom, wrapped in several coils of the cleaning machine's blue hose. Mr Nicholson at first thought it was a discarded wetsuit or some sort of advertising cardboard cut-out thrown in the water for a joke. But the truth quickly dawned.

'Hey,' he asked his wife shakily, 'is that a real body in the water? What *is* that?'

There were only a dozen people on the entire deck and half of those were out of hearing. The rest paused in whatever they were doing and looked about in confusion. Some of them leaned over the railing and checked the ocean flowing past.

'No, over here in the swimming pool,' Nicholson cried, fixing on an elderly couple at the railing nearby. Reluctantly, they came for a closer look. The four of them stood side by side and stared at the shape at the bottom of the pool.

'Unfortunately, I think you've got that right,' the other man said, nodding slowly. 'Some poor fellow's got himself drowned in the pool.' His wife let out a gasp and turned away.

'How—how *dreadful*!' Mrs Nicholson said, making it sound inappropriate, but she had turned pale and looked shocked.

'We should inform someone,' her husband said shakily. 'I'll find one of the crew. You should sit down,' he told his wife, as he walked towards the stairway.

But she stayed, staring as if mesmerised at the contorted figure of Father Westhaven trapped deep in the water. The second man stood with her. 'I don't think I shall swim in this pool, when it gets warmer,' she said dully.

'Looks like he got caught in the hose,' he decided. 'I reckon you'd be safe, if that wasn't in there.'

'Yes, you're probably right,' she agreed absently, still watching the corpse.

14

'Wow, have you heard the news?' Susan hissed at Cross before he had a chance to settle in at the breakfast table. He glanced at Enid, who gave him a quick, non-committal shrug. Father Westhaven and his sister were missing, but the Nicholsons were there. They muttered a solemn good morning and bent their heads back to bowls of cereal.

'I'm not jumping up and down with excitement like you, so I guess I haven't,' Cross replied, sitting.

'It's not something to get excited about,' Enid told him sombrely.

'Really?' Cross looked at Susan.

'They found Father Westhaven *dead* in one of the pools,' she said, failing to be subdued.

Cross hesitated only a second. 'Are you sure? I know one of the crew had an accident,' he told her carefully. 'I don't think it was in one of the swimming pools, though.'

'No, of course I'm sure! It was the *Father*—in the freshwater swimming pool this morning.'

'Susan, please,' Enid said quickly. 'Treat it with a little more respect. This is a real tragedy. His sister will be absolutely distraught.'

'I suppose so,' Susan said, calming down a little. 'But it *is* big news and kind of exciting.'

'Well, I'm glad to hear that,' Mrs Nicholson murmured. They hadn't revealed they were the couple who discovered the priest's body. Susan managed to roll her eyes without being caught.

'What was that about an accident?' Enid asked Cross. 'One of the crew, you said?'

'No, I think I got the wrong end of the real story,' Cross said, nodding at Susan. 'You know how these things get confused as they pass along.'

She frowned, not looking convinced. 'There's quite a difference between one of the passengers—'

'Good morning, everyone,' someone said cheerfully, interrupting. One of the ship's younger, male officers appeared at the table and took a seat where Carol Jackson would normally have sat. It was Cross's turn to look dismayed, while Susan perked up even more. 'My name's Don Simmons. Do you mind if I join you for breakfast?'

'It would be our pleasure,' Enid said formally, after a moment's hesitation and glancing at Cross. Then she introduced everyone else.

'What do you do on the ship, Mr Simmons?' Susan asked quickly, before anyone else could monopolise him. Her eyes were sparkling, the subject of Westhaven's body suddenly forgotten.

'Please, call me Don,' Simmons said, theatrically fluffing out a napkin and placing it on his lap.

'Okay, what do you do, Don?'

Simmons looked secretive. 'Actually, nobody knows quite what to call me,' he admitted quietly. 'But I look after the ship's computers and make sure everything there's working okay. It's a bit of a new thing and no one's too sure what I am, if you know what I mean. It's not like being called the navigator, or the signals officer or something.'

'How about the computer officer?' Susan asked, looking around the table for support. Cross was busy buttering a piece of toast.

'I quite like that,' Simmons smiled. 'I might run that past the captain, when he's in a good mood. He might agree.'

Enid asked him smoothly, 'But isn't the captain always in a good mood?'

'Well, most of the time,' he winked back at her.

'I hear you haven't been having such a good time with your computers,' Cross said mildly, now concentrating on spreading marmalade. He'd acquired a taste for it in England and layered it on thickly. 'Until lately, that is.'

'A few teething problems,' Simmons agreed easily, but it could be seen on his face he was trying to work out where Cross got his information. 'Everything seems okay now.'

'Glad to hear it.' Cross smiled at him. It was hard to decide if it was genuine.

'How long have you been an officer?' Susan asked him, steering Simmons away from Cross and kicking Cross under the table at the same time.

'Not long enough, so everyone tells me.'

Cross turned to Enid and struck up a conversation, leaving Susan to her own devices. They talked for a while and the breakfasts arrived, quietening everyone. Over more coffee Susan was determined to corner Simmons for herself. Nobody minded. Then a corner of Cross's mind told him the two had fallen suddenly silent. He looked around to see the attention of both Simmons and Susan fixed on Johnathon Harvester and the rest of the cult members filing calmly into the dining room towards their tables.

'There's one of the reasons the captain is in a bad mood today,' Simmons said in a low voice. It was obvious he wanted to impress Susan with some inside information. Cross recognised the young officer was about to be indiscreet and wondered if he should say something. He quickly reminded himself it was none of his business.

'Why?' Susan whispered, leaning eagerly towards him.

'Did you hear about the accident in the swimming pool this morning? Everyone else already has,' Simmons said, taking in the rest of the table with a quick look, but the story was really for Susan's benefit.

'Excuse me—' Mr Nicholson said abruptly, pushing himself to his feet. His wife stood, too. 'We, ah—have had enough to eat and we'll excuse ourselves. Have a nice breakfast,' he added automatically. They quickly walked away.

'They must be a little more sensitive than I figured,' Simmons said, looking more worried that he was in trouble, rather than he might have upset the older couple.

'Father Westhaven sat at this table,' Susan told him, delighting in the discomfort it caused Simmons.

'Oops,' Simmons said, choking on a much stronger expletive. 'That's a bit of bad luck.'

Susan said, 'I was one of the first to know—about the drowning, I mean.'

'Were you?' Simmons recovered in the face of her eager expression, ignoring the disapproving looks from the others.

Susan's eyes went wider. 'Sure! So, what was the captain mad about?'

Simmons jerked his head slightly towards the cult's tables. 'These guys heard about it and went to see the captain. They wanted him to stop the ship at eight o'clock this evening, so they could hold some sort of candlelight ceremony around the pool, like a mark of respect from their religion to his.' Simmons dismissed this idea with a shrug. 'Of course, Captain Brooks refused and told them it was a matter for himself and the ship's chaplain to deal with. They didn't like it and things got a little heated, I'm told. The captain got his way, as he should. Still, it was the last thing he needed, what with the—' Simmons stopped himself. 'Well, everything—you know?'

Enid cut in. 'What's this we hear about an accident with one of the crew members?'

Simmons looked at her too blankly. 'I'm sorry, ma'am. I don't know anything about that.' Before she could ask him any more he quickly took his napkin off his lap and dumped it unceremoniously on his plate. 'And I must be off, by the way. It's time to check the ol' computer's batteries aren't running out.' He stood and gave them all a wave. 'Thanks for breakfast, everyone. Have a nice day.'

Simmons was gone as suddenly as he had arrived. Cross raised his eyebrows at Enid, who returned a knowing look.

'That scared him off,' he said.

'Not as much as you tried to,' Susan accused him, leaving Enid with her mouth open, ready to reply.

Instead, she said, 'Susan, I don't see why Russell would want to scare off Mr Simmons.'

'So he won't sit at this table again,' Susan told her wrily. 'And Carol the navigator can come back.'

'I think your imagination is getting a bit carried away,' Cross murmured, reaching for the coffee pot. Silence from both the women told how convincing he'd sounded.

Dr Foreman was an experienced physician. He'd seen his fair share of bodies during his career and even carried out autopsies on more than one drowning victim. What he couldn't understand in the case of Father Westhaven was the expression of pure terror locked on the victim's face. Death wrought many changes on the human form and many of them were often considered reflections on the way a person died, or their state of mind just prior to death. But the truth was most of the attitudes of a corpse, including facial expressions, were simply a result of final, spasmodic muscular contortions. A single, massive heart attack suffered by someone otherwise sleeping peacefully might leave them twisted as if they'd been writhing in agony for hours, when in fact death was almost instantaneous.

But this was different. Foreman knew the grimace on Westhaven's face was from a horror he witnessed in the last moments of his life. A horror so frightening it stamped itself indelibly on the dead man. The doctor couldn't begin to guess what caused this, except that it must have been a hallucination seen in the agony of drowning. Anything else, he wasn't prepared to find out. The ship was only three and a half days out of New York.

Foreman didn't see any value in getting involved with autopsies and medical examinations, when much better facilities were so close. The dead man's sister was upset enough, believing he had drowned—perhaps due to a heart attack—without Foreman making things worse by cutting up the corpse in a rather pointless search for an exact cause of death.

With a final sigh, Foreman drew a white sheet over the corpse's head and went to close the second drawer of his morgue. At that moment Captain Brooks let himself through the door.

'All my rooms are full, Captain,' Foreman told him heavily. 'Any more problems like this and we'll have to start dropping them over the side in the time-honoured fashion.'

'Or storing them in the meat locker, but I think the head chef might have something to say about that,' Brooks said, leaning against the doorway. 'Any idea what happened?'

'He drowned, there's no doubt about that, unless a heart attack or something got him first. I couldn't find any evidence of foul play. I would have told you about that straight away. I had a close look for any abrasions or bumps on the head, in case he slipped and fell into the pool, but there was nothing like that either. Apart from that, I see no reason to investigate further, unless you insist. I have the facilities, but it gets a little messy and New York is so close.'

'No,' Brooks said, shaking his head. 'As long as

you're satisfied it was accidental, or at least natural. The details don't concern me.'

'Do you think he got caught in that cleaning contraption? There could be legal hell to pay, if that's what happened.'

'The bo'sun is absolutely certain it didn't happen that way, but just to be sure he's going to slip on a wetsuit late tonight and give me a demonstration on how easy it is to push that thing out of the way. He's convinced it simply wrapped around him after he was dead.'

'I suppose the passengers are having a field day?'

Brooks had already heard from just about every officer who attended breakfast tables during the morning that the main topic of conversation was the priest's unfortunate drowning. At the moment it was nothing more than a swell of morbid curiosity, as such tragedies can cause, but he was even more worried now the news of McClain's death would leak out. Two deaths in the space of twenty-four hours was a different thing altogether. It could start nasty and frightening rumours among the enclosed community of a ship.

Sighing, Brooks said, 'It beats the shit out of shuffleboard on the boat deck.' He turned to leave, then hesitated. 'Doctor, at the risk of sounding pessimistic, if we do have any more—problems, put McClain somewhere else. I don't want any paying customers accusing us of maltreating the human remains of any loved ones.'

There was a silence between them, then Foreman

said, 'Surely, we've had our fair share of this sort of business?' He tried to be confident. 'I mean, how often does it usually happen, for God's sake?'

'Never before on one of my ships,' Brooks said. 'Not a passenger, anyway. Maybe I'm overdue—no, no you're right,' he decided suddenly. 'We must have had our fair share for one cruise. I just wanted to make sure I didn't have a murderer on board somewhere. Good day, Doctor.'

Foreman stared thoughtfully at the empty doorway for a while, thinking that Captain Brooks was a very capable seaman who could handle the trickiest of seas, but perhaps he wasn't so well versed at handling the vagaries of wealthy passengers who might launch a law suit at any given opportunity. The doctor allowed himself a sad smile of sympathy and was too absorbed in these thoughts, and facing the wrong direction, to notice a small movement beneath the sheet covering Westhaven. It resulted in the dead man's arm dropping out to hang off the morgue shelf. But Foreman heard the rustling noise of this and turned to see. With a professional detachment he tucked the arm firmly back beside the body and closed the drawer.

15

The Vulcan brothers made good their contract with the German Navy and the U-65 thundered down the slipway on time with the rest of her sister vessels.

The vessel was to be commanded by Captain Heinrich Wolfhart, a popular man who successfully trod a fine line between aloof authority and displaying compassion for his men for the severe conditions they were expected to work under.

Typically, a submarine's new crew was made up of mostly raw recruits under the charge of officers, petty officers and leading hands promoted and transferred from other submarines. Wolfhart himself had been a Second Officer, a boat's second-in-command, and the U-65 was his first command.

For some time Erik and his brothers managed to keep secret the supposed jinx from the U-boat's new crew. They used a combination of deft paperwork and outright threats to any of their employees who were coming into direct contact with the navy men. The paperwork involved making sure the U-65 spent her few remaining days docked at the far end of the shipyard, and at the end of a line of completed vessels also with their new crews. This meant the submarine was surrounded by naval people ignorant of the stories, and the dockyard workers were kept at a safe distance.

But Captain Wolfhart finally learned about the boat's reputation from his master gunner, a man call Erich Eberhardt, on the day before the submarine's sea trials.

The two men were standing on the prow of the boat—the furthest point forward on the outer hull—looking back at the two-pounder gun.

'It could be heavier,' Eberhardt sighed. 'They're already making provisions for four-pounder howitzers to be mounted on the next class of boat.'

'It will do the job,' Wolfhart confidently replied.

After a hesitation Eberhardt said quietly, 'I've been hearing some interesting stories, Captain. From the shipyard's leading hand in the paintshop. About our boat.'

'And what was this?' Wolfhart asked, frowning disapprovingly.

'That no one under his authority would agree to painting our identification number on the conning tower. In fact, getting anyone to work on this vessel is difficult.'

'Why?'

Eberhardt sounded surprised he needed to explain further. 'Because it has a bad reputation, of course! Three men were killed last month in the torpedo store by a leaking battery and two others in the early weeks of construction. In between, dozens of men have been hurt in other ways during the building of this ship,' Eberhardt finished, adding numbers to the tale already exaggerated by the shipyard painter.

'So, you are saying our new submarine is cursed? My first command is a jinxed ship?' Wolfhart gave him a hard look. 'Have you mentioned this to anyone else?'

'No, Captain,' Eberhardt lied quickly, seeing the glint in Wolfhart's eye. 'Such a story wouldn't be a good start to our commission.'

'Very wise of you, Master Gunner. In fact, I hope this is the last I ever hear of such nonsense.' Wolfhart paused, looking around him to let Eberhardt know the subject was closed.

The next day, scheduled as the U-65's first sea trials, dawned with a sky leaden from one horizon to the other. A strong wind rattled at everything loose in the shipyard and snapped at the proud, new German ensigns being flown from those submarines with naval crews. Rain squalls swept in from the ocean bouncing huge droplets off the steel decks and flattening the river.

Two officers braved the conditions on the U-65's conning tower, standing side by side with their greatcoat collars turned up and caps pulled low over their foreheads to protect their eyes from the rain. One man was Wolfhart. The other was his second-in-command, Second Officer Jan Dornier. Both of them watched shipyard workers hurry through final preparations for sending the submarine to sea, handing equipment and belongings through the forward torpedo hatch. Other men stood by the lines holding the boat to the wharf, ready to cast them off.

'There will be no last-minute reprieve, Captain,' Dornier said, only half-joking, his voice muffled by a scarf wrapped around his neck and high over his face. 'We really are going out today. It will be blowing a gale out there.'

'Perhaps in peace time, Jan,' Wolfhart said, 'this trial would be cancelled. But we are at war and we wouldn't be here without it. Besides, we will be expected to operate in bad weather, so why run from it now?'

'An auspicious start for the new men,' Dornier said with a malicious smile. 'I hope Mr Meyer has borrowed extra buckets from the shipyard.'

Wolfhart grinned, too. 'Chief Petty Officer

Meyer instructed the cook to keep our breakfast light. An experienced man, our Meyer.'

'He came with you from your last boat?'

'He was due the promotion and I managed to arrange it. We have sailed together for some time. Believe me, Jan. He is a man you can depend on.'

Twenty minutes later the U-65 edged away from the wharf and out into the sluggish, dirty water of Bruges harbour. The boat's diesel motors rumbled with a gratifying smoothness and initially the exhaust spewed out its blue smoke to be whipped straight over the conning tower. The officers were glad to change the submarine's heading so the fumes were carried behind them.

Their first sight of the open sea, ahead through the harbour entrance and partially obscured by more driving rain squalls, showed Wolfhart and Dornier an ominous ocean filled with whitecaps and flying spray. Neither of them commented. There was no point. As soon as they cleared the harbour Wolfhart ordered eight knots of speed, hoping the U-65 would cut through a majority of the steep, chopping swell. Instead, the submarine met each wave with a shuddering jolt.

'I fear they haven't improved the seaworthiness of these craft,' Dornier shouted light-heartedly for the benefit of the two nervous lookout ratings now squeezed onto the conning tower with them.

Wolfhart replied, 'They are definitely happier under the water, rather than on top. Still, this is a good opportunity to see if something wants to shake loose.'

Dornier nodded, hiding his wry amusement. When they changed course to beam-on in a sea like this the submarine would corkscrew wickedly. The captain was testing the resolve of his crew, just as much as the vessel itself.

Ten minutes after the course change with the U-65 twisting abominably to the side-swell a call came up the ladder from the control room.

'Captain! Mr Vulcan wishes to speak with you on the bridge.' This was Otto, accompanying the crew as the shipyard's official representative on the sea trials.

'I'll bet he does,' Wolfhart muttered to Dornier. 'I'm surprised it's taken him this long to think of something to ask, so he can come up into the fresh air.' He turned and bent to the white-faced seaman clinging to the ladder. 'Tell Mr Vulcan we will be preparing for our first dive in five minutes and I will be coming below. Unless it is absolutely urgent, it can wait until then.' The seaman managed a salute without toppling from the ladder and disappeared.

Wolfhart waited exactly the five minutes, then told Dornier to bring the submarine back to a course straight out to sea. The boat returned to the jarring movement of before, but it was better than the corkscrewing.

'Ask Mr Meyer to test the bowplanes,' Wolfhart said.

These were the hydroplanes on the front of the submarine which could be angled to control the boat's rate of dive or ascent. It was good practice to check them before each dive after leaving the docks, in case debris from the polluted harbour waters had fouled them. Dornier passed the command on through a voicetube, one of a row of them and the usual means of communicating between the bridge and other parts of the submarine. It took longer than expected for the answer to come. A frown was growing on Dornier's face, when a voice echoed back from the tube.

'Mr Meyer isn't satisfied with the bowplanes, sir.'

'What?' Dornier glanced at Wolfhart, then said, 'Ask him to come up to the bridge.' He got an approving nod from the captain.

Meyer's head popped above the hatchway a minute later. 'They're stiff as hell, sir,' he yelled above the waves crashing around the hull. 'I don't know why, and Mr Vulcan can't explain it either. I'm not happy about doing a dive, but maybe they'll respond better fully submerged. It's a difficult choice.'

'What do you recommend, Meyer?' Dornier asked.

'Sending someone forward for a look, first. See if we fouled anything in the harbour.'

Dornier looked at Wolfhart and got another nod. He turned back to Meyer. 'Make sure it's an experienced man and send him out the forward torpedo hatch. She's riding hard, as you can tell, and we're taking a fair sea over the deck, but the guard-rail is still rigged.'

'I'll have someone out there within five minutes,' Meyer waved, dropping back down the ladder.

Chief Petty Officer Meyer took two men with him to the base of the ladder at the torpedo store hatch. One was a petty officer called Stein, who headed the firing team in the next compartment. The other was a leading hand named Albert. Albert was deathly pale and uncommunicative, gripping the ladder with white-knuckled hands and staring into space.

'Will he be all right?' Meyer asked Stein quietly. 'He looks terrified.'

'He nearly begged me for the chance to get out of here,' Stein shrugged. 'And this is his third boat. He knows how to mind himself in a rough sea.' They continued to speak low, their voices masked from Albert by the sea booming against the outer hull. Meyer shrugged back at Stein. Both men needed to hang on in the pitching compartment.

'As long as you're sure,' Meyer said, then turned to Albert. 'Listen closely, Albert. Don't take any unnecessary risks. Just get out there and try to see if anything is caught around the hydroplanes on either side.'

Albert nodded nervously without looking at Meyer, who glanced again towards Stein.

'He'll be all right,' Stein said.

'So you tell me.' Meyer patted Albert on the

shoulder. The seaman flinched visibly. 'Up you go. I'll be right behind you, but I might have to close the hatch again, if we start shipping too much water.'

Albert mechanically undogged the lower, inner hatch, swinging it downwards. Immediately nearly a gallon of water poured down the ladder. Expecting it, Meyer and Stein were standing back, but now Meyer moved forward to follow Albert.

The rating was already heaving back the main hatch, which fell with a loud clang against the deck. Then Albert's boots disappeared quickly and Meyer had to hurry up the ladder to keep watch. When his head cleared the coaming a daunting sight awaited him.

Rolling grey swells hissed past each side of the submarine, sometimes higher than the deck. It was raining hard, too. The droplets tapped painfully on Meyer's bare scalp. Adding to this was a stinging salt spray coming from the tops of the waves, driven by the gale. Meyer blinked the salt water from his eyes and looked forward for Albert. A wave had just broached the bow and was running down the deck towards the hatchway. Albert was waiting, standing on one leg and letting it pass in a foaming rush around his knee. From Meyer's perspective, standing on the ladder with his eyesight just above deck level, it appeared as a wall of water rushing towards him. He didn't have time to reach over and pull the hatch closed, so he ducked below the level of the coaming.

The wave roared over the top, momentarily defying gravity and smothering the hatchway like a thick, green blanket. Then the U-65 rose through the wave, bursting to the surface, but bringing a cascade of freezing water into the compartment below. Meyer was soaked and he yelled a curse, struggling to stay put under the icy waterfall. Stein, waiting at the bottom of the ladder, didn't fare much better. Coughing and spluttering, Meyer raised himself another rung with the intention of pulling the hatch half-closed in readiness for the next wave. At the same time he looked for Albert to make sure he was all right. The leading hand was almost all the way forward, stepping easily and without hurry down the deck.

'That's far enough,' Meyer said aloud, even though he knew Albert couldn't hear him. Then he frowned and asked Stein who was still below, 'What is the fool doing?' Albert had gone beyond the hydroplanes and was moving towards the prow. 'Come back and check the hydroplanes, you idiot!' Meyer called uselessly into the storm.

But Albert kept going. He went to the very front of the submarine, worked his way agilely around the jagged mine-cutting blade and walked calmly into the ocean, literally stepping into the next wave as if it were a doorway.

He was gone in an instant.

'Dear God!' Meyer shouted, stunned. He was halfway out of the hatchway before he realised the same, big sea that swallowed Albert was now driving down the deck. Meyer reversed direction, grabbing the hatchcover and hauling it after him as he dropped down the ladder. The hatch closed with a deafening clang and Meyer twirled the locking wheel, his mind working furiously. It was already too late for him to try to save Albert. The only hope was for the submarine to turn a circle and attempt to pick up the missing man—and the torpedo hatch definitely needed to be closed if the U-65 was to be brought beam-on to the swell again.

All this went through Meyer's head in a moment. He skimmed down the ladder further so he could close the lower hatch, at the same time yelling to Stein, 'Man overboard! Albert's gone over! Tell the captain *man overboard*!'

But Wolfhart and Dornier already knew. They had witnessed the whole thing from the conning tower bridge.

'God—did you see that?' Dornier cried, gripping Wolfhart's arm unnecessarily to get his attention. 'That man walked straight over the side!'

'I told Meyer to send an experienced man,' Wolfhart snapped, leaning out to watch the forward hatch close. He counted to ten slowly, giving Meyer time to dog the latches. 'Bring her hard to port. You men, both of you, look for him,' he added to the two lookouts, who would have been expected to keep watching for an enemy while others searched for Albert.

The submarine came about, yawing sickeningly as the swell caught her side-on. Uncaring, Wolfhart steered two long, concentric circles, but every minute of failure made it harder to estimate where Albert might be—if he was on the surface at all. Dornier grimly mentioned this.

'He was heavily clothed against the weather,' he reminded Wolfhart. 'He probably sank like a stone.'

'I know,' Wolfhart said shortly. 'But we must make the effort, as we would for any man.'

It took forty-five minutes from the moment Albert disappeared for the second circle to bring the submarine back to its original course. Nothing at all had been seen of the missing seaman—not a cap or a glove. Nothing.

'Another search, Captain?' Dornier asked. 'Or we head back to base?'

'Keep her on this course,' Wolfhart told him flatly. 'We still have a diving test to perform. Tell Mr Meyer to call diving stations in five minutes.'

Dornier was unable to hide his surprise. He heard it echoed in Meyer's acknowledgement of the order.

'What about the hydroplanes?' he asked Dornier.

Wolfhart, overhearing them, ordered, 'Check them again.'

Dornier repeated it to Meyer, who asked for a few minutes, but came back more quickly. He sounded confused.

'The hydroplanes seem to be working perfectly,' he reported doubtfully.

'Are you sure?'

'What else can I do? I keep trying them, and they keep working!'

Dornier stopped himself from reprimanding Mcyer for his familiarity. Instead, he said to Wolfhart, 'Meyer reports the hydroplanes are now operating perfectly.'

'Good,' Wolfhart nodded. It was left unsaid between them that the temporary malfunction, whatever it had been, cost a man his life. 'We will go ahead with the test dive.'

On time, Wolfhart sent the lookouts below, called for diving stations and sent Dornier down the ladder as well. It was a tradition that the captain should be the last one to leave the bridge before a dive. Wolfhart had a moment to feel they were abandoning Albert, even though in truth he must have been frozen or drowned—or both—by now.

The U-65 hadn't been out of Bruges harbour more than two hours, a mere fraction of the time she would be expected to stay at sea on an active patrol. However, as Wolfhart dropped into the control room his nostrils were assaulted by the stench of too many men in an enclosed space. The normal stink of a submarine was establishing itself in this boat, joined today by the acrid stench of vomit.

'Where is Mr Vulcan?' Wolfhart asked generally.

'Coming, Captain,' Otto answered, coming through a forward hatch.

'Stay close, please. I may have some questions for you.' Wolfhart looked for Dornier.

'Take her down to fifty feet and make revolutions for four knots.'

A klaxon sounded throughout the submarine. Dornier gave his orders quietly and confidently, blowing ballast, angling the bowplanes and taking the U-65 beneath the heavy seas. The relief of leaving the pitching, uncomfortable surface was replaced by an atmosphere of anxiety as the submarine performed for the first time the purpose she was built for. Within seconds the boat's motion smoothed out, but at the same time the hull around them began an ominous creaking. The officers in the control room kept their faces expressionless, but the ratings manning the equipment couldn't stop nervous glances around them, as if they could see the hull bending to the pressure.

'I want to know of any leaks, however small,' Wolfhart snapped at Dornier, who broadcast the order over the boat's crew address system.

The U-65 levelled off at fifty feet. There, Wolfhart performed a series of manoeuvres, watching the results carefully on various gauges by peering over the ratings' shoulders. Satisfied, he took the submarine up to periscope depth and tested the periscope itself. With his cap pressed on the back of his head Wolfhart searched the entire horizon, then changed magnification and did it all again. Through all the tests he didn't complain or question anything. Neither did he praise anyone or the boat. Otto kept silent and tried to stay out of the way in the crowded control room.

Wolfhart snapped the handles of the periscope closed. 'Down periscope,' he said calmly. 'How much water are we in, Jan?'

'The chart still says one hundred feet, sir. We have ten above our sail.'

'Stop both engines and take her down to the bottom as gently as you can.'

'Yes, sir.'

The submarine would be treated a lot more harshly under realistic conditions, but now it didn't harm to be overly cautious. Dornier flooded the tanks slowly, settling the U-65 so delicately the depth-gauge meter seemed hardly to move. Again the hull creaked and popped all around them—it always would. The steel skin of the outer hull was expected to flex. There was no sensation of moving forward or sinking. The submarine was like an aeroplane flying in thick cloud with only the gauges to tell them depth and the engine revolutions, now idle, to give them speed.

'Soon, Captain,' Dornier reported, seeing the depth-gauge needle touching on ninety feet.

The charts were accurate. It took a full two minutes of gentle controlling for the U-65 to sink an extra ten feet, then the submarine rocked slightly and ended up with a minor list to port. She had settled on the muddy bottom.

'We're on the bottom,' Dornier said officially.

'I will inspect the boat from stem to stern

myself,' Wolfhart told him. 'Are you coming, Mr Vulcan?'

'Of course, Captain,' Otto said quickly. He was frightened. To build these craft was one thing, but to take the risk of travelling in them was quite another. It was something he didn't do willingly.

It took half an hour for Wolfhart to complete his inspection, then he returned to the control room. 'Any comments, Mr Dornier?' he asked.

'Some instruments appear a little inaccurate. They can be easily recalibrated. The batteries are holding up well. Taking her deeper is the only other test I need.'

'You can't do that, can you?' Otto interrupted anxiously.

'Not today, Mr Vulcan,' Wolfhart told him with dry amusement. 'You are safe. We'll return to Bruges and take stock of what we've learned. Bring her to the surface please, Mr Dornier.'

'With a little more haste than we submerged,' Dornier said with a smile. 'One final test for the day.'

'As you wish.'

Dornier gave orders for the ballast tanks to be blown to bring the U-65 off the mud. There should have been the loud hiss of compressed air flowing into the tanks. When this didn't happen Dornier repeated his order to the crewman, adding with a growl, 'Come on, man! Have you fallen asleep?'

'The valves don't seem to be responding,' the crewman explained nervously.

'Mr Meyer, what is the problem?' Dornier turned to the chief petty officer, who watched the crewman go through his procedure.

'It's not his fault,' Meyer said carefully. 'He's right. The valves aren't answering the controls.'

There was a taut silence.

Wolfhart broke it, saying, 'Let's not get excited, gentlemen. I'm sure this is nothing too worrying. Any suggestions, Mr Vulcan?'

This was the last thing Otto expected. 'Ah, this sort of engineering isn't within my field of expertise, I'm afraid. I'm merely a representative of the shipyard today to—'

'You are *merely* a passenger with nothing useful to contribute,' Wolfhart cut him off, making Otto blush with embarrassment. 'Meyer, what should we do?'

'There are several areas I can check. Give me five minutes,' Meyer said, already moving off. He seemed about to invite Otto to join him, then changed his mind with obvious disdain.

While Meyer was gone, Wolfhart and Dornier withdrew to the furthest corner of the control room for a whispered discussion on their options. There weren't many. Blowing the ballast tanks, refilling them with air, was a basic function of the submarine's design. It was a part of the very core of her purpose—her reason for existing being the ability to submerge and re-surface. There were no alternatives if either one didn't function.

For the moment, both officers avoided voicing

the possibility that they were facing a real disaster. It was too early.

Meyer returned. 'I've closely examined everything I can in the system, but a lot of it is beyond us between the hulls or in the tanks themselves. I can't find anything wrong.'

'Try again,' Wolfhart instructed the crewman at the controls. He did, but the tell-tale hiss of moving air didn't come.

'We definitely have the air in the cylinders?' he asked Meyer, although he knew it was unnecessary. Meyer would have checked several times. Wolfhart was trying to fill the awful silences between them—testimony that their options were very limited.

'I checked the gauges twice,' Meyer told him. 'Then I even cracked the connections a little and bled some out—not much,' he added quickly. The compressed air was the only thing to save their lives and shouldn't be wasted. 'The cylinders are full and the gauges are apparently working.'

Wolfhart turned to Dornier. 'How hard did you put us down, Jan? Do you think, if we lost some weight, we might drift up?'

'I was very gentle, Captain,' Dornier replied doubtfully. 'It's possible, but how much weight can we lose? What could we do?'

'If the bows are clear, we could fire off all our torpedoes. The twelve missiles would represent a fair amount. But have we got air to the tubes? Are they operating?'

Stein, still looking shaken from the loss of Albert, answered him. 'As far as all the indications go, we can fire the tubes,' he said. 'But we wouldn't know until we tried. I mean, by all instruments our ballast tanks should blow, isn't that right?' He shrugged. 'So I won't guarantee anything. What is our trim?'

Dornier went over and consulted a set of glass tubes with bubbles in them, identical to an ordinary, carpenter's spirit level. It was a simple, but effective means of determining if the submarine was travelling straight and upright—or in this case, how she lay on the bottom. 'She seems to be sitting quite flat, except for a slight list to port,' he decided. 'If you use only the portside tubes, it should be safe, as long as there isn't some underwater hillock or mound right in front of us.'

'We would set the torpedoes to safe anyway,' Stein muttered, even in the dire circumstances unhappy with wasting twelve torpedoes in an attempt that probably wouldn't work. 'They need only clear the tubes.'

'Any other suggestions?' Wolfhart asked.

After a hesitation Meyer said, 'I can't understand why, but perhaps it is the way the submarine rests on the bottom? Our outer hull may be twisted in some manner preventing the ballast tanks from being blown. If we set the hydroplanes to a sharp rise, then gave the motors a few seconds of full power, would it shift us? Push us along the bottom and at least alter the way we're sitting?'

'And we might just bury ourselves deep into the mud,' Dornier warned quickly.

'I can see that, Jan,' Wolfhart said gently. 'And our propellers aren't necessarily sitting in loose mud either. We could tear them off, suddenly applying—' He stopped, interrupted by a commotion from the next compartment. It ended just as abruptly, then a petty officer walked into the control room, looking unconcerned.

Dornier reminded Wolfhart with a murmur, 'That's Jorgensen, Captain.'

Wolfhart asked loudly, 'Is there a problem, Jorgensen?'

The petty officer looked up, apparently surprised the captain had heard the disturbance. 'It was nothing important, Captain,' he said respectfully. 'I've dealt with it.'

Something in his manner made Wolfhart suspicious. 'Really? I would still like to know what it was.'

Jorgensen was uncomfortable. 'I overheard one of the men suggesting Albert was aware this was going to happen and he preferred to take his chances in the open sea. Albert had been telling everyone this boat is . . . ah, unlucky,' he added, changing his final word at the last moment.

'And how did you deal with it?' Wolfhart asked expectantly.

'I have restricted the man to the boat for twenty-four hours, commencing from when we return to port,' Jorgensen replied.

'Very good, Jorgensen. That's all, thank you.'

The petty officer nodded and self-consciously pushed his way through the control room. Wolfhart waited until he was gone, wondering whether he might rescind Jorgensen's punishment once they were safely back in Bruges. Already, tensions were beginning to get out of hand and the men were no doubt talking fancifully all over the boat. The rating had been unfortunate to be overheard and Wolfhart didn't want to be known as a harsh disciplinarian.

He pulled a pack of cigarettes from his pocket, took one out and stared at it, still thinking about the U-boat's bad reputation.

Dornier misread Wolfhart's thoughts. 'You want me to ban smoking, Captain?' Their breathable air was now a finite quantity that needed to be conserved, and Dornier knew that smoking would exhaust their supplies faster.

But Wolfhart dismissed it with a frown and deliberately lit his cigarette with a polished silver lighter. 'No, Jan,' he said. 'Not yet. Besides, we may be facing the inevitable. I see no advantage in simply prolonging our fate by denying the men creature comforts.' He looked towards Otto, who was visibly frightened and pale. 'I can't imagine Mr Vulcan's brother will come knocking at the door with a repair kit, hey?'

The gathered officers smiled grimly at Wolfhart's black humour and the discomfort it caused Otto.

'All right, Stein,' Wolfhart said, becoming brisk.

'I suggest we do both. We will fire off all our torpedoes to lighten the boat, then try Meyer's idea of attempting to move the submarine along the bottom. Use only the port tube and fire at your own discretion. Just let me know when you're jettisoning the first one.'

Stein saluted and moved away. The first two torpedoes would be fired quickly. After that, it would become a long and difficult process transferring the others across from the starboard side, then eight more from the torpedo storage room. Wolfhart was gambling their precious supply of air, using some to fire the torpedoes and even more from the extra exertion of the men labouring hard.

And there was something else to worry about.

With every breath expelled, each man added more deadly carbon dioxide to their environment. At a desperate point in the near future Wolfhart might elect to supplement the dwindling supply of oxygen in the atmosphere by bleeding more air from the compressed air cylinders, even though it would deplete the reserves required to blow the ballast and surface—if by some means they effected repairs. But replenishing the oxygen didn't remove the carbon dioxide. In fact, it gave the eighty-two people in the boat more breathing time to increase the poison level.

With the firing of the first torpedo many of the crew exchanged hopeful glances, but the shuddering of the submarine was only the normal vibration caused by the missile being propelled out of the tube by a blast of compressed air. It wasn't followed by any creaking or popping noises coming from the hull, which would mean the boat was rising and the water pressure on the outer casing decreasing. A second torpedo quickly followed the first. Again, nothing happened.

The officers in the control room breathed sighs of relief. The warheads of the torpedoes were set to 'safe', but such things weren't guaranteed, if indeed the torpedoes were being fired straight into a mound of mud. Then the officers looked at each other with raised eyebrows and shrugs, feigning the nonchalance of men resigned to nothing other than a long wait, while the remaining torpedoes were moved forward and fired.

Over three hours later, Petty Officer Stein was fussing around the harness of the last torpedo when he noticed one of the restraining buckles was beginning to slip though its clasp. He grabbed the tail end of the strapping and snapped at the nearest crewman over his shoulder, 'You! Get everybody in here to take this weight, while I refasten this catch. Quickly!' The man didn't respond and Stein twisted around awkwardly to see what the problem was. Immediately, he realised it wasn't one of his own crew, but an older man who stood watching silently and holding a clipboard under one arm. Obviously, it was an observer from the shipyard taking notes during the sea trials—yet it wasn't Otto Vulcan, whom Stein knew well enough to recognise. At the moment it didn't matter. The heavy torpedo was threatening to drop to the deck and any help would do. The canvas strapping slipped more, making Stein turn his attention back and try to get a better purchase, then he glared over his shoulder.

'Come on, man! Go and call the others—'

The man had vanished—to be replaced by a small boy dressed in odd clothing. He was watching Stein with an expressionless face—except for his eyes, which glowed with malicious delight.

Stein blinked and shook his head involuntarily. When he looked again the boy, too, had disappeared.

A cold chill ran down Stein's spine and suddenly the sweat on his forehead was icy. It was conceivable the man had darted back through the open hatch towards the control room, but he must have moved fast. *Then again,* Stein thought, *maybe he did. Perhaps he thought the warhead was going to explode.* But it didn't explain seeing the odd, frightening child. *It must be the atmosphere,* he decided desperately, trying to convince himself. *The carbon dioxide is building up in here already. I'm starting to see things. I must be very careful.* Then a press of crewmen came back into the store to assist with the last missile and Stein's fears were swept aside for the moment.

But a minute later someone called urgently, 'Mr Stein! Look at this.'

The man was at the front of the torpedo and he

pointed fearfully at a white substance seeping out from one of the seals on the warhead. Now Stein's dread returned, but for a different reason. He picked up a trace of the substance on the tip of his finger and smelled it.

'Damn,' he swore quietly, making the men watching grow anxious. 'This is the last thing we need. Lower it back onto the cradle and pack it carefully with extra blankets. I won't risk trying to jettison this one. I'll go and tell the captain.'

Wolfhart listened, his face expressionless, while the others in the control room reacted with dismay and barely concealed fear.

'The explosive must have been corrupted before we even loaded the torpedo,' Stein explained.

'How unstable is it?' Wolfhart asked.

'Who knows?' Stein shrugged. 'I don't recommend firing it through the tubes, especially with the risk of it hitting one of the other warheads that might be lying right in front of us, stuck in some mud. One explosion alone might be disastrous, but if all twelve were to be set off—'

'Yes, yes, I know,' Wolfhart said testily, watching the alarm grow on some nearby faces. 'When we get to the surface, remove the warhead and dump it over the side.'

When Stein was gone Dornier asked delicately, 'Captain, if the submarine moves, won't we be driving straight over the top of any torpedoes that might be lodged in the mud?'

'That's true, Lieutenant,' Wolfhart said, as he

moved around the control room checking gauges once more. 'But to try reversing would expose the propeller to damage, if it will turn at all, and we would lose any benefit from the hydroplanes. Whereas there is a good chance the torpedoes ran for much of their life expectancy and may well be exhausting themselves over three miles ahead of us.'

'I see,' Dornier nodded, trying to sound convinced.

'Call the men to action stations. We will try to force our new ship into behaving itself.'

It took thirty seconds for all the different sections of the submarine to report in as ready. Wolfhart looked around at the faces in the control room as they watched him anxiously. After nearly four hours of being submerged, the strain was showing in their expressions. The air was bad from cigarette smoke and the sweat of fear, and obviously getting low on oxygen by the way everybody's breathing was becoming laboured. Condensation dripped from everything, making things slick and causing some of the glass gauges to fog.

'All right, Lieutenant Dornier,' Wolfhart said. 'Let's give her one knot of revolutions and see if the propeller will turn.'

Dornier passed the order through a voicepipe. A moment later there was a low whine, then the submarine began juddering and shaking violently.

'Keep her there!' Wolfhart snapped, seeing Dornier bend to the voicepipe again. The vibration slowly eased to an almost steady shimmering. 'That's cleared any mud away from the propeller blades,' Wolfhart explained aloud. 'Now, let's see if we can move this wreck. Bowplanes full up! Increase revolutions to maximum power.'

The shimmering returned to a more brutal shaking. Everything in the control room that could move in the slightest was rattling and vibrating violently with gauge needles unreadable and loose things everywhere falling to the floor. The crew were hanging on with Wolfhart gripping an overhead pipe one-handed and staring ahead, as if he might see the boat begin to move forward. It was actually impossible to know if the submarine was moving at all.

'Captain!' Dornier cried out anxiously, after a full minute of the dreadful shaking. 'We'll knock the diesel motors off their mounting like this, if we're not careful.'

'Stop all power,' Wolfhart agreed wearily. It seemed an eternity before the submarine became still again. In the silence that followed he ordered, 'Blow main ballast. Take us to the surface.'

The crewman on the controls hardly waited for Dornier to echo Wolfhart's command. He went through the procedure quickly, turning the last valve with a flourish.

Nothing happened.

It needed all of Wolfhart's willpower not to hang his head in despair and frustration. Their plan hadn't worked.

'Secure the action stations,' he said grimly. 'Have

all departments check for damage. Mr Dornier, pass the word that smoking will be prohibited in ten minutes' time. I'm going aft to talk with the engineers.'

Wolfhart couldn't resist a wrathful look in Otto's direction as he stepped through the hatchway.

They again checked and rechecked every part of the system they could reach and no defects could be found. The incredible part of it was that six valves in all, in the ballast tanks, needed to be faulty at the same time—and the odds of that happening were nearly impossible. The only other alternative, which Wolfhart didn't dare mention, was that the supposed jinx on the U-65 was holding true and was going to achieve the ultimate this time. Kill the entire crew.

They had been submerged for seven hours. The atmosphere in the submarine was foul to a point of making some of the new recruits ill. Everyone was now panting, drawing in lungfuls of air in an instinctive attempt to get enough oxygen with each breath. Just moving around was exhausting and brought on dizzy spells. Wolfhart, like everyone else, was finding it hard to concentrate. He was thinking now of what his last duties should be. Was he expected to announce their deaths were unavoidable and offer prayers while they were all still able? His head ached badly and Wolfhart knew he was in as bad a condition as the others, although he was the captain and wanted to set a brave example.

Meyer staggered into the control room. He had been making one last attempt to trace all the compressed air lines and figure out what they could have missed, but everything kept fuzzing in front of him. His skull felt as if a giant vice was squeezing it from both sides.

'Captain Wolfhart,' he gasped, drawing himself upright. 'Permission to bleed more air into the atmosphere? The men are collapsing all over the boat.'

'It's the carbon dioxide, Hans,' Wolfhart told him weakly. 'We are being poisoned faster than we are being suffocated, but—' he waved a hand. 'If it relieves the men for a few minutes more, it should be done.'

'Wait!' Dornier said, stopping Meyer as he turned to leave. 'Captain, by my calculations, if we bleed off any more air from the cylinders, we won't have enough to blow the ballast tanks. We'll be truly stuck down here.'

'But we already *are* stuck down here,' Wolfhart told him with a sickened smile. 'But all right. Try to blow the tanks one more time. If they don't respond, let Meyer keep his men alive a little longer.'

Dornier went over to the dive controls. The rating manning them had his head cradled on his arms and he was either asleep or unconscious. Dornier pushed him out of the way and the rating fell in a heap to the deck. He didn't wake. Concentrating hard, Dornier went through the procedure for blowing the ballast tanks.

The sharp hiss of moving air echoed through the boat. Everyone who was coherent stared at each other in amazement, not daring to believe what they were hearing. Beneath their feet the U-65 lurched drunkenly, while the hissing turned to the muted roar of the seawater being blasted out of the tanks. Around them the hull began its ominous groaning and creaking, but now it was the most welcome of sounds.

The submarine was rising rapidly towards the surface.

The mood in the control room changed from shock to elation, then concern as Wolfhart found the strength to cry out, 'Everybody grab hold! Brace yourselves! We're going to broach!'

The submarine took on an angle that steepened every second as the boat speared for the surface. Weakened by the ordeal of the last few hours Dornier was thrown back from the dive controls, so even if he wanted to partially flood the ballast tanks again and slow their ascent, it was too late. He went sprawling, then tumbled away down the deck tripping Wolfhart and two others.

U-65 burst through the surface like an enormous steel whale with more than two-thirds of the boat climbing above the waves, before crashing down in a spectacular explosion of spray. The storm was still raging and the submarine immediately began to wallow dramatically, throwing her already shaken crew violently around the interior. Wolfhart dragged himself up the ladder and undogged the lower hatch of the conning tower. Freezing seawater poured down, but it revived him enough to give him the strength to open the upper hatch. Wolfhart blindly climbed out into the open, the fresh air making his head spin and stopping him from understanding why everything was black. The rain battered at him. He felt someone clambering out of the hatch beside him and Wolfhart recognised the figure of Dornier.

'I don't think I'll ever see a finer night,' Dornier laughed, his voice cracking.

Of course! Wolfhart berated himself. *We've been submerged for more than seven hours. The sun has set.* He slapped Dornier on the back. 'And we have you to thank for it!' he shouted above the storm. 'I'm not sure I would have tried to blow the tanks one last time.'

'Of course you would have, Captain,' Dornier yelled back. 'It was presumptuous of me to remind you.'

Wolfhart gripped his shoulder. 'You are a good man, Jan.' He lowered his head to the hatchway and called down, 'Meyer! Start the diesels and get some steerage way on this boat, before we capsize in our moment of salvation.'

Wolfhart set a course taking them safely parallel to the coast, while he took stock of his situation. He allowed an extra three men at a time to crowd into the conning tower with him for two minutes only. By the time half the crew had enjoyed the privilege, some men were content with the clean air drawn in by the diesels and elected to pass on the conning tower offer, preferring to stay dry instead.

Eventually Dornier rejoined Wolfhart on the bridge. 'The harbour won't be too difficult in this storm, Captain?' he asked, conversationally.

'No, I've done it often enough,' Wolfhart said. 'But we have something else to attend to, first. It would be irresponsible to re-enter harbour with that corrupted warhead. What if it were to explode at a critical moment and sink us in the channel? We have to dump it overboard in deep water, while we still can.'

'Of course,' Dornier nodded, 'I will do it myself.'

'If you like, but Meyer or Stein can attend to it,' Wolfhart said quietly, but above the storm.

'Between us, then. In this storm, it will take a team effort just to keep the hatch open. And it might be good for the enlisted men to see the officers taking a few risks.'

'Very well,' Wolfhart said, approvingly. 'When we come around the headland there'll still be plenty of water under our keel, but the wind and swell might be lessened a little. We should do it then.'

'I'll go and speak with Meyer and Stein.'

Dornier disappeared down the ladder and a junior officer, called Vanderbilt, came up to replace him.

Wolfhart leaned to the voicetube connecting to the control room and called for Dornier. His second-in-command answered immediately.

'What's your progress, Jan?' Wolfhart asked.

'We've separated the warhead from the main torpedo assembly, Captain. It's simply a matter of walking it up the forward ladder and tossing it over the side, whenever you are ready.'

'Five minutes, Mr Dornier,' Wolfhart judged. He had already checked their bearings and felt the wind, if not the swell, had dropped slightly as they moved into the lee of the headland. But 'slightly', compared to the storm conditions they had been enduring since they reached the open ocean, still meant the U-65 was pitching and rolling in three-metre-high waves.

In the torpedo store Meyer waited impatiently for the word to open the upper hatch. He was going to climb completely out and make sure the heavy, steel lid didn't flip closed on top of Dornier as he exited the submarine with the warhead cradled in his arms. Stein and another man were staying at the ladder, steadying Dornier as he mounted the ladder. Three other crewmen were on hand to help, if necessary. One of them was manning the sound-powered telephone.

It rang and he snatched it up, listened and nodded jerkily, then called as he hung up, 'The captain says to begin now. He wants it dropped in the deepest water.'

'And I just want to get rid of it,' Meyer muttered, swiftly climbing the ladder. 'The sooner it's done, the faster we get home and I get to drink a bottle of schnapps all to myself!'

He undogged the hatch and swung it back. Seawater poured in—he must have accidentally timed it as a wave passed over the top. Meyer knew they had to be careful, but they also needed to be quick to reduce the amount of water the submarine shipped through the open hatch. He climbed out and crouched on the upper deck, holding the hatch down and also using it to anchor himself. The night around him was wild. The wind still whipped, flaying him painfully with rain and spume driven from the waves. The U-65 was heaving itself like a roller-coaster. Meyer had to trust his instincts, because it was absolutely black. He felt the bow pitch downwards and knew a wave would be racing along the deck any moment.

'Wait!' he yelled into the hatchway.

He felt a wave coming just a second before it hit him. Meyer let out a bellow as the freezing water soaked him, because he was still crouched down. The force of the wave threatened to sweep him off the deck, but he held hard onto the hatch and waited for the water to subside, feeling the U-65's bows begin to lift.

'Quickly, Mr Dornier!' he said to the anxious face of the second-in-command, framed in a red circle of light. Dornier nodded and started to climb the ladder. Stein and another man came up with him, holding him upright against the ladder as he struggled with the heavy warhead. It was wrapped in a canvas sling and between Meyer and Dornier they planned to judge their moment and toss it beyond the bulbous ballast tanks. When the warhead hit the water would be the critical instant, because the impact might set off the unstable explosive, but they had no choice about that.

Dornier was weaker than he realised, and the warhead heavier than he anticipated. Without the use of his own arms to pull himself up the rungs it became a struggle to raise himself, while Stein and his assistant found it difficult to help once Dornier was confined within the steel ring of the hatch mechanism. Watching from above, Meyer could see Dornier wasn't going to clear the hatch before the next wave hit.

'You're going to have to hang on tight!' he shouted into Dornier's face, as he felt the bows dip again. 'You're perfectly safe, but it's going to get very wet and cold! For God's sake, don't fall.'

Dornier looked at him fearfully, the whites of his eyes reflecting an eerie red from the lights below. The submarine began to level out, meaning the wave was foaming towards them down the deck. Meyer cried out for them all to hang on and braced himself. The wave hit, bigger this time and surging over Meyer's head while he clung on for his life. He kept his eyes half-open, fixing on the blur of red and the dark shape blocking the hatchway. He saw the shape drop and the redness glow for a moment as the hatch cleared.

Meyer reacted instinctively, letting go of the hatch and allowing the wave to carry him backwards. There was a deafening roar and the submarine kicked underneath him. Shutting out the awful truth of what must have happened Meyer began flailing about him beneath the water, knowing that within moments he would strike the gunmounting and his only chance of hanging on to the submarine, before being taken off the deck and into the sea. He grunted in pain as his back was pinned hard against something sharp, but he managed to roll over inside the wave and wrap his arms around the base of the gun itself. The U-65 rose clear of the wave and Meyer blinked the salt from his eyes and stared forward, terrified of what he would see.

But he couldn't see anything. The only thing that should have been visible was the red light of the torpedo store shining up out of the hatch. It was gone.

Wolfhart and Vanderbilt saw everything from the conning tower. Their eyes were used to the blackness, so the red of the open hatch and the dark figure of Meyer climbing out were plainly visible. They saw the first wave carry over and how the redness shone strangely through the water, then when it was clear again another man appeared in the hatchway, but slowly and obviously labouring with something.

'Too slow, Jan. Too slow,' Wolfhart muttered. Against the wind he heard Meyer shout his warning. The submarine buried her bow into the next wave and a line of whiteness hissed menacingly down the deck. Wolfhart's hands gripped the edge of the conning tower, as if it might help the men holding on below him. Then the shape in the hatchway disappeared under the weight of the water.

Wolfhart didn't have the time to fear what might happen before the submarine bucked and shuddered and a column of flame leapt out of the hatchway. Beside him, Vanderbilt cried out in horror and fell backwards. Wolfhart didn't bother with the voicetube, instead doubling over the open hatch of the conning tower.

He screamed, 'Damage control to the torpedo room! To the *torpedo store*!'

Below him the control room was in chaos, but he knew someone had heard him. Now Wolfhart grabbed for a portable signal light that had been passed up just before, so they could flash their identification code to the harbour defences. This was no time to be worrying about giving away their position to the enemy. He turned it on and played the beam over the foredeck, having just a few seconds before the next wave struck. The open hatch was a smoking hole, the fumes being torn away by the wind. There was no sign of anyone. Then Wolfhart noticed movement closer to the conning tower and shone the light on Meyer, desperately holding onto the gun.

'Quickly,' Wolfhart snapped at one of the lookouts, slapping his shoulder. 'Get down there and help him.'

The lookout hesitated only a fraction, knowing the climb down the side of the conning tower would be a precarious thing, then he scrambled to obey. There was another, smaller hatch behind the gunmounting for passing up ammunition and Wolfhart yelled down a voicetube for someone to go there and help bring Meyer in. Beneath his feet Wolfhart could feel the submarine was still riding the waves—she wasn't taking water, or at least not much. It was almost a miracle. He prayed for God to let the miracle last another twenty minutes, when they would be inside the harbour and out of the storm.

The U-65 survived because it *was* a torpedo warhead exploding inside her. Torpedoes are designed to use the water pressure surrounding any ship's hull to accentuate the strength of their detonation. They concentrate their destructive force—heightened many times by the water pressure—on a small area and pierce the metal skin of their target, much like the sharpened point of a pencil will easily penetrate a sheet of aluminium foil, when the reverse, blunt end won't. Because of this, the warheads were comparatively small in size and didn't get much bigger until thick, armour-plated hulls became commonplace.

So the warhead detonating inside the U-65's torpedo store didn't have the required water surrounding it or the other torpedoes usually kept there that might have exploded in sympathy. They had already been jettisoned. Even the open hatch would have helped in dissipating the force of the explosion.

That was Wolfhart's miracle. It killed six men, Dornier and Stein included, and severely damaged the submarine. But it didn't hole her hull or affect her motors, so the U-65 managed to limp back into Bruges harbour. She was dry-docked immediately and repairs were begun.

Among the difficulties of assessing the damage and deciding how best to rectify it, it went almost unnoticed that all six ballast tank valves were tested and found one hundred per cent reliable. There was absolutely nothing wrong with them and they were never changed. No one could explain why they refused to operate for seven hours, while the U-65 lay on the bottom, nearly suffocating the entire crew.

16

Cross was beginning to wonder how people could handle world-wide cruises on a ship like this. He found the cycle of shipboard life too repetitive, and centred, it seemed, around the dining room. Eating appeared to be the most active thing many of the passengers did, and he wasn't too different himself. The drama of finding the priest's body in the swimming pool that morning had already waned and the normal routine of tramping the deck, relaxing in deckchairs or drinking in one of the bars or the casino had soon re-established itself.

But that evening, when Cross once again let

himself into the dining room for his meal, he discovered the place curiously empty. Only Enid and Susan sat at his table.

'Hello,' he said, looking around. 'Is everybody ill—or have they changed the dinner times and nobody's told me?'

'Everyone's in the casino,' Susan said. 'No one's interested in eating tonight. Even Mum and Dad are in there.'

'What, a big bingo night or something?' Cross wasn't serious.

Enid shrugged and seemed worried. 'It seems the poker machines in there have gotten very generous all of a sudden. I've heard people saying out on the deck that it's impossible not to win money. The trouble is, getting to play one of them.'

'Have you tried?' Cross asked her, smiling.

'It's not for me. I'll have a small flutter on the horses now and then, just for fun. I can't see any sense in pouring good money down one of those electronic contraptions.'

'But they're not pouring money away,' Susan told her. 'Everybody's winning—well, most of them anyway. As long as you get the right machine, you can't lose.'

'This I've got to see,' Cross said, picking up the menu. He felt the two of them looking at him and dropped the menu. 'Just to have a look,' he said firmly. 'I'm not interested in gambling either.'

The three of them went together. After the peace and quiet of the dining room, stepping into the casino was like entering a kind of Dante's inferno. It was a large room garishly lit at the best of times. Now it was filled to capacity with shrieking passengers gathered in large numbers around the many rows of poker machines. The noise and clatter of the machines being played at once was a constant roar, underscored by musical tinkling from everywhere announcing a winning combination had been dealt. Sweating, harassed waiters were struggling with trays of drinks to get through the crowd. The place was hot and stuffy, filled by so many excited bodies.

'I think they've all gone mad,' Enid shouted to Cross. Susan was standing on tiptoe, hopelessly trying to catch sight of her parents without needing to brave the crush of people.

Cross looked closer and knew what Enid meant. The first impression was of a room filled with people having a good time. But a closer look revealed a shining avarice in the eyes of those actually playing the machines, while those passengers who could only look on were obviously suppressing a jealousy and impatience to have a chance on the machines, too. With every win a cry of congratulations would rise from the group watching, but much of the body-language of the observers suggested disappointment, because another win meant a longer waiting period before they were able to play.

Not all the machines were winning so continuously. Some were being played by passengers grimly persevering, putting more and more money in with the hope their machine would suddenly begin paying off like the others. The shrill cries of success from all around only brought glares of annoyance from these players. Cross couldn't see how many machines were affected, but judging by the more subdued sounds coming from other parts of the room, it was only a few. Without doubt, the ratio of winning machines to the usual ones was far from normal. The way things appeared, it should have been the other way around. The gambling tables and the roulette wheel were crowded as well. But many of these were people who'd tired of waiting for a poker machine and decided to try their luck on other games.

'Look,' Cross said, pointing to a small bar that wasn't quite so crowded. People were using the drinks waiters instead, so they wouldn't lose their place on a machine or in the queue to use one next. 'Let's have one drink. It's kind of interesting.'

'I don't feel like one,' Susan said, wrinkling her nose at the cigarette smells and the noise. 'I might get a breath of fresh air and catch up with you later.' Waving, she turned around and went back out through the door.

'I'll join you,' Enid told Cross. He led the way towards the bar, using his body to push through the crowd and make it easy for her to follow.

After he bought drinks they huddled against the bar and watched the passing parade of gamblers. It was interesting, as Cross said. The atmosphere in the place wasn't normal. The profusion of winning was creating a kind of madness and a sense of urgency among those playing the machines. The laughter was beginning to sound brittle. Drinks were being spilt carelessly and the usual standard of decorum Cross had come to expect among the class of passenger who could afford the *Futura* was slipping.

With all the tensions in the crowded room, it was inevitable that it should happen. An altercation broke out close to where Cross and Enid were watching.

'It was my machine!' a woman was shouting at another. They were both dressed in evening gowns and fur stoles. 'You said you'd look after it while I was in the bathroom. You weren't supposed to *play* it.'

'It was just the once,' her friend snapped back. 'What's the big deal? You've been winning all night. I'll just have what I won with that game.'

'You'll have nothing of the sort. It's my machine and you had no right to play it. Those winnings are mine.'

Another well-dressed woman on a neighbouring machine offered, 'You *have* been there all night. Why don't you let somebody else have a go?'

'And why don't you mind your own damned business?'

The argument was quickly spreading a nasty feeling throughout the casino as people heard the commotion, found out what it was about and sympathised with either side. More nearby players were getting involved, raising their own voices to offer opinions.

'This is getting ugly,' Cross said to Enid. He was at once intrigued and alarmed at the change of mood.

'The funny thing is,' she said, leaning close so he could hear her, 'Both those women are wearing clothes and jewellery worth a hundred times more than what those two-bob machines are paying out as a maximum.'

'Two bob?' Cross looked at her.

'What do you call it? Nickel and dime?'

'Or penny-ante,' he grinned. 'I know what you mean. Anyway, the same could be said of all these people, probably. The machines are meant to be fun, more than anything. You can't win any serious money on any of them, so why are they all so hyped up about it?'

'Human nature,' she said with a smile. 'Gambling like this embraces quite a few of the seven deadly sins, you know. And we tend to get rather passionate about them.'

Cross admitted, 'I wouldn't even know what they are.'

'Pride, covetousness, lust, envy, gluttony, anger and sloth,' Enid recited confidently.

Cross surveyed the casino. 'Yeah, I'd say we have a fair representation of all seven here, right now.'

He watched a ship's officer, distinctive in his white uniform, move in between the arguing women and attempt to calm them down. He had a clipboard and made notes, then took signatures. Cross guessed that for the sake of peace the casino was paying the winnings to both women. When the officer turned away again, the dispute settled, Cross saw that it was Don Simmons. Unexpectedly, Simmons caught Cross's eye and came over.

'You look like you need a drink,' Cross told him, surprising himself.

'I can't. I'm actually on duty—oh, to hell with that,' Simmons let out a whistle. 'This place is going crazy.' He started digging in his pocket. 'Could you get me a scotch? I'd rather not let the bar staff see me drinking. It's against the rules.'

Cross waved his money away and went to the bar. When he returned Simmons gratefully took the drink and swallowed half of it in one gulp. Cross asked him, 'Is this a regular event during the cruise?'

'What?' Simmons looked at him over the rim of his glass.

'Letting everybody win for a night. I suppose they all have fun and return to lose the money again later.'

'Are you kidding?' Simmons's voice was high-pitched. 'Let them win? This is a genuine, licensed casino. All these machines are regulated the same way as every other international casino and there's no way we can tamper with them to arrange a winning night.' He gestured at the mayhem around them. 'This is crazy! In fact, it's more than that. I'd say it is statistically *impossible*, except it's happening right in front of my eyes.'

Cross frowned. 'Are you saying all this winning is entirely coincidental? You haven't rigged it?'

'We don't have any control over these poker machines at all.' Simmons paused and changed his mind. 'Well, they're all linked to the main computer for keeping records, that's all. We can look at them any time, but we have no way of altering the odds or the win ratio. That's why I'm down here, though. The captain figures if it's got a microchip in it, then I'm the boy to send. Some computer technician, hey? Separating little old ladies who want to tear each other apart over a few bucks.'

Enid asked, 'So, how do you explain all these winning streaks?'

Simmons looked flustered for a moment and shrugged. 'Well, I *can't*, to be honest. It's just crazy, like I said.'

Voices raised in anger suddenly erupted from somewhere on the far side of the room, the words carrying clearly above the noise. Simmons's shoulders slumped and he quickly downed the rest of his drink. 'Here I go again, back into the battle. Thanks for the drink.' Putting the glass on a nearby coffee table and gripping his clipboard under one arm, Simmons set off into the crowd.

Cross tried to see where he was going, but lost sight of him. Then he realised Susan had returned and was standing in front of him. 'Back again so soon? Do you want something to drink?'

'Those cult guys are doing their thing around the pool. You should see it,' she shouted above the din.

Cross looked around. 'Has the ship stopped? It doesn't feel like it.'

'No, they didn't stop the ship, but they're doing it anyway. Really, come and have a look. It's a spin-out.'

Cross had nearly finished his drink and he downed the remainder, but when he remembered to check with Enid he saw she was still nursing a half-filled glass. 'Are you coming for a look?' he asked. 'I'm sure you can bring that along.'

'I might just take it somewhere quieter,' Enid said. 'Like maybe next door. I'm not interested in watching a bunch of kooks.'

'I'll give you a full report,' Cross promised, then felt his hand grabbed as Susan started dragging him towards the door.

The air outside was a welcome relief from the thick atmosphere in the casino. Susan apparently enjoyed the excuse to latch onto Cross's hand, because she didn't let go once they were on the deck. 'They're up here,' she said unnecessarily, leading him towards the stairway for the upper pool deck.

The higher they climbed, the more a breeze began to swirl around them. When Cross reached the top of the stairway and turned to look towards the pool a strange, almost surreal sight awaited him.

All the cult members of the Followers of Luke were gathered at the far end of the pool, close to the funnel to gain some protection from the wind. They held candles fluttering bravely in the breeze and threatening to be extinguished. As a result, each of the cult members stood with one hand cupped around the flames.

Cross and Susan kept against the rail and moved up just enough to watch, without being too obvious about it.

'It's weird,' Susan whispered. 'But it's kind of nice, too.'

'Nice?'

'Well, at least these guys care about it, instead of just gossiping.'

Cross didn't mention that Susan had been the worst offender he'd met so far for gossiping about the priest's drowning. He studied the gathering closely and realised one of the members was speaking in a low monotone almost lost among the sounds of the passing sea and the rumble of the ship's engines. It had to be their leader, Luke, but in the gloom of dimmed lights and with the way the candles threw a flickering light onto their faces it couldn't be seen which member was speaking. Cross failed to even make out the familiar face of Johnathon Harvester.

The more Cross saw of the Followers of Luke, the more he thought they were a frightening group. Especially now, when their single-mindedness and willingness to be led publicly by such an obscure, unsupported religious tenet and by a self-appointed leader was being so plainly displayed. Although he knew only a little about their beliefs, he didn't like the idea of something dominating a person's life completely to the point where, it seemed, individuality was suppressed or taken away. The way these men obeyed Luke's wishes was strange. It made Cross wonder how far he could take them, if he wanted. All the way to a Jonestown-style massacre? History had shown too many times it wasn't out of the question.

Cross realised one of the cult in the middle of the group had raised and turned his face and was looking directly at him. It was as if somehow that person had read Cross's disapproving thoughts and taken exception, because the look in his eyes displayed a real glare of anger. Cross returned the look steadily, unconcerned but intrigued. It was impossible anyone could tell what he'd been thinking. Then he realised the low speaking had stopped and he instinctively knew it was Luke himself trading stares across the distance. Cross thought it was about to turn into a childish competition to see who dropped their eyes first, but several candles were suddenly blown out by a whirl of wind and the otherwise static gathering broke into a fuss of exchanging flames until all the candles were lit again. Luke turned away to supervise.

'Obviously the fresh ocean air has done miracles for him,' Cross murmured to himself. 'He's able to cast the wheelchair aside. I wonder if he ever needed it in the first place?'

'What?' Susan asked him, straining to hear his murmuring against the breeze.

'Look, a miraculous recovery,' he told her, nodding at the group.

'That's what they've been telling everybody,' Susan said, in a matter-of-fact manner. 'I heard some of the passengers have been asking to join their meetings. They're suddenly becoming quite popular.'

'What a surprise,' Cross said, pulling a face.

'There's Carol,' Susan said, surprising Cross. She pointed and he saw the navigator standing on the far side of the deck against the opposite rail. Carol was talking to another officer, but she was looking towards Cross and their eyes met. Then her companion touched her arm in farewell and disappeared down a stairway.

'Come on, let's say hello,' Cross said.

'Oh sure, as if you want me along,' Susan said wrily. 'I'll stay right here and watch these guys a while longer. Maybe they'll start doing something really weird and they'll let me join in.'

Cross paused as he was about to walk away. 'Susan, these people don't appear to have much of a mind of their own, do you know what I mean? I wouldn't be so quick to join in with anything they do. These cults have a habit of not letting you go so easily.'

'Give me a break, Russell,' she said, giving him a

severe look. 'How stupid do you think I am? I'm not going to start waving candles and stuff in the air. I was only kidding.'

'Glad to hear it. Anyway, I don't care if you come and say hi to Carol. What do you think *I'm* going to try and do?'

'Yeah, right.' Susan smiled in the dark. 'I'll stay right here.'

Cross took a wide berth around the swimming pool to reach the other side. 'Enjoying the show?' he asked Carol quietly as he drew close.

'They certainly are devoted, aren't they?' she said, still watching the cult gathering. 'The captain is not impressed.'

'Why? He didn't have to halt the ship.'

'He thinks this isn't so much a genuine dedication to the poor man who drowned, but more an opportunity to put on show the cult's sense of compassion and caring for fellow human beings.' Carol sounded as sarcastic as the captain apparently felt, too.

'You mean this is just a promotional stunt?' Cross was amused at her cynicism.

'I think the Followers of Luke seem to take everything just a little bit too far,' she said, closely following Cross's thoughts of before. 'I mean, maybe it's a nice gesture, but the candles in a fifteen-knot breeze is a bit silly. Why bother—and why at night?'

'So you can see the candles,' Cross said, without thinking.

'Exactly. That's showmanship, not tradition. These guys haven't been around long enough to have any traditions anyway.'

'You obviously feel quite strongly about these things.'

Carol relaxed and let out a soft laugh. 'Yes, I suppose I do. I'm not a very religious person, as you can probably guess.'

'That makes two of us.'

'Fancy a coffee?'

'I'd love one. I'd better check on my young companion—' Cross turned towards Susan, but the teenager had disappeared.

'She was gone the moment you turned your back,' Carol told him. 'Another broken heart to add to your list.'

Cross was momentarily flustered. 'She's a nice kid. I didn't realise she was thinking anything like that. Are you sure?'

'Trust me. I know when I'm being targeted as the competition. And you're not so dumb or blind, either.'

Cross didn't know what to say to that. Carol laughed at his expression.

'Come on up to the bridge kitchen for that coffee. Things are pretty quiet around here at the moment. I don't know why.'

'Not like the casino,' Cross said, following her up the bridge stairs.

'I heard. That's just insane.'

They drank their coffee outside the kitchen,

standing close together on the small landing. Part of the bridge's superstructure sheltered them from the wind of the ship's passage and it wasn't too cold to be out. At one point Cross gestured to the next landing below them and said, 'On my first day aboard I was standing below there listening to two guys arguing whether or not to put some new, experimental chip in your computer. I guessed it must have worked, but they didn't sound too happy about the idea.'

'Really?' Carol thought about this for a moment. 'It's not my department, but I'm surprised I haven't heard anything about it.'

'Maybe the captain didn't want you to worry too much about it—being experimental and everything.'

'I can guarantee the captain will know nothing about it, or if he did, he didn't try to understand it at all,' Carol said with a laugh. 'The computer aboard this ship is not his favourite subject.'

'And are you his favourite officer?'

'Watch it, Major Cross,' she said sternly. 'We don't want any rumours like that started aboard our ship.'

'Yes, ma'am,' he replied formally.

'And get too smart and you might be the first air force major to walk the plank in modern times.'

They talked and drank coffee for nearly two hours, before Carol reluctantly announced she needed some sleep. There was an awkward moment as they parted, with both of them unsure what to do—if anything.

'You've only got two more nights,' Carol told him. 'You get off at New York.'

'How did you know?'

'I checked, of course.' She turned and stepped over the sill of the doorway, then paused to look back at him. 'If you're going to make a move, you'd better make it quick,' she said with a smile. 'Good night.'

'Hey, but I thought you were going to leave me a message?' Cross called after her as she walked down the corridor.

'That's right, I forgot,' she called back. 'Tomorrow, then. Good night,' she repeated, her voice fading as she vanished around a corner.

'Two nights,' Cross muttered to himself. 'Damn.'

17

'You'll need to explain this to me slowly,' Captain Brooks told the two nervous officers standing in front of him. One was Don Simmons. The other was Lieutenant Douglas, who was the ship's communications officer and another of the younger generation of merchant marine officers, like Simmons. Watching from a distance was Commander Western with Carol Jackson. They had been discussing the weather charts and in particular a storm system that looked uncomfortably close, but now they stopped to listen. It was Douglas who answered first.

'I was asked to send a facsimile for one of the passengers, but when I told the computer to establish a satellite link it gave an error message saying a link wasn't possible at the moment.'

'Atmospheric conditions?' Brooks asked, turning to frown at the perfectly clear morning beyond the bridge windows.

'Don here thinks it might be a glitch in the computer software.'

'The computer again,' Brooks said heavily.

'It's been performing very well the last few days,' Simmons said quickly.

'But it's not performing now?'

'Apparently—sir,' he admitted.

'And?' Brooks turned back to Douglas.

'Well, next I tried to get a radio-telephone link through instead, but the main radio units have been shut down by an electronic breaker system to protect them from power surges and such.'

'When did we have this power surge?'

'Well, the chief says we didn't.' Douglas shrugged, forgetting himself.

'Is it all the radios?' Brooks raised his eyebrows, sensing something worse was coming.

'They all run through the same protection system, sir,' Douglas nodded.

'And what is required to reset this protection device?'

'It's very simple, sir. Just a row of switches in the radio room. They're only contact breakers.'

Brooks took his time looking from one to the

other, making both officers uncomfortable under his gaze. 'Then if it's all so simple, why are you here telling me about it? Why do I have the impression you're not telling me everything?'

'We can't get to the radio room,' Douglas said quickly, as if the haste might make it sound inconsequential.

'I'm sorry?' Brooks's face was getting darker.

'There's a lock on the outer door that needs a PIN number, like a bankcard when you use—'

'I'm well aware of what a PIN number is!' Brooks snapped.

'Well—it's locked,' Douglas finished lamely.

'You don't know the PIN number to open it?'

Simmons spoke for the first time. 'I'm certain I know the correct number, Captain. But it doesn't seem to work. I've checked with some of the other officers and they've all offered the same number, so I know it's right. There's no alternative or override number, either.'

Brooks took a moment to absorb this. 'So we have a locked door and no one knows the electronic key to open it?'

'Not exactly, sir. I think we do have the correct number. It's just not working.' Simmons was starting to wither under Brooks's growing displeasure.

'Well, don't mess around with it any longer,' Brooks said, turning away to conceal his anger. 'Get the bo'sun to break off the lock.' When neither of the officers seemed about to move he looked back. 'You have a problem with that? I will take full responsibility for any damage, of course,' he added with barely hidden sarcasm.

'It's just that it's an electronic lock, sir,' Simmons explained unhappily. 'Smashing the controller won't actually affect the steel locking mechanism itself, which I think the bo'sun might find a little hard to break into.'

Brooks let a condemning silence hang for a time. 'Let me see if I've got this right,' he told them. 'We can't send any satellite transmissions from the communications room, because the computer refuses to establish a link. In fact, we can't even go into the radio room and transmit anything on a good, *old-fashioned* short-wave radio,' he paused to glare at Simmons, 'because the radios are shut down and we can't get to them. The outer door to both the radios and the mainframe computer is electronically locked—by the damned computer itself, Mr Simmons—and we have no way of opening it.'

'Yet,' Simmons managed to sneak in.

'I'll note your optimism,' Brooks nodded. 'But the truth is, aboard possibly the newest ship afloat on the Atlantic and in this modern day and age, we have absolutely no contact with the outside world—is that correct?'

'As far as I can tell.' Douglas sighed miserably. 'Even the best mobile phones don't stay in range more than six hours from Southampton.'

'Thank you, Mr Douglas. Now, do we have any choices? Please tell me, either one of you.'

'I'm going to try overriding or disabling the PIN

number from a remote terminal,' Simmons announced, trying to sound capable. 'Otherwise, we'll have to break down the door somehow.'

'Commander Western?' Brooks asked over his shoulder.

Western answered loudly from where he stood. 'Those doors are sealed airtight for the benefit of the equipment and their basic structure is eight-inch steel plate. That's a big job to cut through with a blowtorch. It would take a while and be very messy. The end result would be ugly, too.'

Brooks turned to one of the windows and stared out for a long time. Then he said quietly, 'Simmons, you have until ten o'clock this evening to find a better way. Then I'll ask the bo'sun to cut off the door when, hopefully, not too many passengers will be around to witness our necessity to take to this fine, modern ship with a blowtorch.' He twisted back from the window to see Douglas and Simmons still standing there. 'That is my decision, gentlemen. You're supposed to be doing something about it already!'

The two men scurried off the bridge, grateful to get away from Brooks's anger.

'Lieutenant Jackson, what speed are we making?' Brooks asked, even though he knew.

'Fifteen knots, sir,' she replied formally.

'Please reduce it to ten.' Carol couldn't disguise her curiosity, so Brooks went on to explain. 'Stranger things have happened at sea, Carol. If we were to hit a submerged container or some other hazard right now and rip the keel off this boat, we can't even send a distress signal. So let's keep things in our favour a little more and tread carefully.' He looked at Western. 'Peter, could you make a note in the ship's log about my decision to break down the door? What seems like a perfectly rational decision today might appear a little over-reactive when we reach New York and I have to explain this to the owners. I want to be there when the bo'sun does the job, too.'

'I'll type it in tonight with a full explanation,' the commander said with a wry grin.

'Into the computer—I know,' Brooks answered Western's smile.

'I understand too, sir,' Carol said, really to acknowledge the captain's greater experience and wisdom. Moving to the navigation terminal she entered in the command, then picked a direct telephone to the engine room to warn Stilson what was happening, before pressing the 'Enter' button.

Down in the engine room Stilson hung up the phone and listened to the turbines wind down to a slower rate. He punched a button on his keyboard to wake up his computer screen and saw the speed reduction order being carried out. He didn't even have to leave his chair.

'I'm just a passenger on this damned boat,' he grumbled, only half joking.

*

Carol Jackson had the bridge watch that evening until nine o'clock. Time seemed to be dragging for her, because she had left a message in Cross's cabin to meet her in the lounge bar shortly afterwards and now she was fighting with an unexpected case of nervousness about it. What exactly she was going to do from that point on, Carol didn't know. She wasn't in the habit of encouraging shipboard romances, especially with one of the paying customers and one with so little time aboard anyway. It felt like a waste of time and emotions. But Cross attracted her in a way she hadn't experienced for a long time. Even with only scant days left together and a small chance of ever meeting again, Carol wanted to investigate her feelings further. These things didn't happen very often.

The sun showed itself briefly at dusk, dropping below the cloud cover that had built up during the afternoon. By seven o'clock it was raining steadily and the temperature had dropped at least ten degrees with the damp air. The passengers had been warned and apparently took it to heart. The decks were deserted, even in the sheltered areas. Many passengers returned to the casino in the hope of repeating the previous night's success, but the poker machines tonight were playing resolutely normal and the only thing the staff of the casino had to put up with was the occasional murmur of disappointment from a guest.

An hour later Carol had eaten an impressive sandwich made by a chef in the bridge kitchen and drunk too many rich coffees. That was one of the problems with a posting to a 'luxury' vessel, she thought unfairly, to occupy her mind. It was impossible to get normal food. The chefs on the *Futura* didn't know how to make a simple sandwich or brew coffee that didn't taste like part of an expensive dinner. Looking for conversation, Carol said as much to Captain Brooks, who in his blue serge uniform was a dark shape on the other side of the bridge. He was the only other person there.

'I've had my share of tinned vegetables and corned meat,' he said gruffly, but with humour. 'I'll take this pampering while I can, thank you very much.'

'So, what was the worst ship you ever sailed on?' she asked. 'For everything, not just the food, I mean.'

'That would be hard to say. They all seem to have something wrong with them, like the food or accommodation—or even their captain—but in other areas they make up for it.'

'And the *Futura*?' Carol asked gently. 'What's the worst about this ship?'

Brooks surprised her by taking a while to answer and when he spoke his voice was unexpectedly grave. 'Oh, there's something not quite right about this ship, that's for certain. However, I haven't made up my mind what that is, yet.' Before Carol could think of a reply he went on briskly, 'Anyway, that's enough of that old seadog rubbish. What did Commander Western have to say about that storm system earlier on?'

'The same as we told the passengers,' Carol said. 'We should be passing through the very northern tip of the storm and have this rain for most of the night, but it should be clear by morning. We might also experience a negligible swell soon, but nothing to worry about. It'll be gone by sunrise as well, or at least on our port quarter, which we'll hardly feel.'

'And do you agree with that assessment?' Brooks asked.

'I'm certain of it,' Carol said. 'Because I think Peter wants a chance to try out the stabilisers of the ship. I offered him a course change to the north so we'd miss the whole lot. With a few extra knots of speed we'd still make New York on time, but he said something vague about a few waves never hurting anyone and that I shouldn't worry.'

'The company directors would faint at such a cavalier attitude towards our passengers,' Brooks said, a smile in his voice. 'But Peter's right. The swell shouldn't be too large and we haven't had an opportunity to test the stabilisers at all. The trip over was like a millpond all the way. I wouldn't mind some indication of what she can handle, when needs be.'

He changed the subject to more mundane matters and Carol was glad of the distraction. Keeping a watch on the *Futura* was the most responsible, yet dull, duty she needed to perform. The computer had warning systems for each function and it didn't take long for the keenest of the officers to recognise the computer was a lot more efficient than a mere human being.

A telephone rang and Brooks answered it. He listened a while, his face turning grim, before agreeing to something and hanging up. 'The passengers are starting to revolt,' he told Carol as he walked over to the windows and stared moodily out. 'Some loud-mouthed millionaire is refusing to understand we don't have a single means of communicating with the outside world and demands a meeting with me in the morning for an explanation. Damn it, I'm not the captain of this ship, you know? I'm the bloody head purser! All I ever seem to do of any significance is listen to complaints. Simmons better get some results!'

'I'm sure he's trying his best, Captain Brooks,' Carol said mildly, feeling sorry for the captain. It was true—he was the senior officer, but on the *Futura* that meant he had the least to do.

'Is something wrong, Miss Jackson?' Brooks suddenly asked her.

'No, why?' she said, alarmed she might have missed something.

'You keep looking at the clock.'

'Oh—' Carol tried to sound nonchalant. 'I'm meeting someone after my watch is finished.'

'One of the passengers?'

'The air force major you met the other day.'

'I see,' Brooks nodded. There was a silence and Carol thought Brooks might 'suggest' consorting with a passenger wasn't wise. Instead he said,

'Carol, I don't have a problem with that. What you do in your private time is your concern. An affair with another of the ship's officers would be a different thing, of course. It could cause—ah, friction.'

'Of course,' Carol agreed, blinking in the darkness with surprise at his candour. 'That wouldn't be very smart at all.'

'If you'd like to finish your watch early, I'll complete it for you. There's nothing happening anyway.'

Carol saw this as a challenge to her professionalism and replied firmly, 'I still have twenty minutes to go before my relief is due, sir. Thank you, but I'll complete my watch.'

Brooks said, almost sadly and as if he'd read Carol's thoughts earlier, 'As captain I don't hold my own watches any more. And with all the damned computers and gadgetry aboard this ship I rarely feel I have control over anything. Perhaps you'd do me the favour of indulging your captain, if only for twenty minutes, in a chance to take the helm of my own ship? Even if I don't actually get to do anything.'

Carol wasn't sure if he was serious. Did Brooks really want to keep the last part of her watch, or was it just a clever argument to do her a favour? Either way, she had only one answer. 'Well, just this once, Captain, if it's okay with you. It doesn't really feel right.'

'I'll tell your relief I've sent you on a job,' Brooks

said. 'We don't want any allegations of favouritism.'

'Thank you, sir.' Carol waited a moment, then turned formal and repeated the ship's course and condition. Brooks listened and nodded his acceptance of her responsibilities.

'Good night, Carol.'

'Good night, Captain. And thank you again.'

Brooks watched her leave the bridge, then turned to stare through the rain-mottled windows towards the ship's bows. There were no stars visible tonight and the moon was too high, concealed by the cloud cover. Only a running light at the very front of the ship glowed hazily in the falling rain. The rest of the *Futura*'s lights, burning for the passengers' benefit, were behind the bridge structure.

Brooks had accepted the captain's position of the *Futura* for many reasons, including extra pay and the prestige, but the main incentive was the comparative luxury offered in this, possibly, his last command. Lately Brooks had started to regret the decision, even though common sense told him he would, in turn, regret reversing it. It was just the lack of anything to do—to *decide*—in a boat so automated. And his own judgement, backed by decades of experience, was constantly placed beside a wealth of technology and compared. Usually, the result was the same and perhaps he could have taken some comfort in that, but it was also frightening for a man like Brooks. It indicated that one day the comparison wouldn't be needed any more. The computer would be captain of this ship.

In a small way, it was why he didn't hesitate to order the locked doorway to be cut off later that night. It was the sort of decision the computer couldn't make. A microchip might be able to make a more educated guess at weather predictions, fuel consumptions and everything else involving figures, but it couldn't make a human estimation of something like the radio room's locked door. A computer wouldn't come up with the result: 'cut the door away'. For those same reasons, Brooks told Western to make his decision official and enter it into the ship's log—which he'd watched the commander do earlier in the evening. It was proof that a ship like the *Futura* needed a human captain at the helm to make the real choices.

But still, Brooks often felt like an obsolete cog in an enormous, computerised machine. He was a gratuitous, sovereign head-of-state in a country long since turned republic and making decisions for itself without him.

The captain's melancholy thoughts were interrupted by a knocking.

It puzzled him. The sound was unmistakably that of rapping on glass, but the bridge had no glass doors other than the half-size windows in the doors leading to the open-air wings on either side, and it was impossible for anyone to be out on them without Brooks knowing. The only other glass was the line of bridge windows themselves, but the outside of these was the sheer face of the bridge's superstructure.

This line of thought made Brooks think it might be a seabird of some kind, confused by the weather and flying into the glass. He tried to watch all the windows at the same time, but when the knocking came again he didn't see any movement beyond them. Besides, the sound came from somewhere beside or behind him.

'Yes, come in!' Brooks called, deciding it was someone standing at either one of the bridge's entrances. The *Futura* was a wide ship and had a correspondingly wide bridge. If Brooks were to walk over and check the starboard doorway to the bridge, he wouldn't have been able to see in the gloom the opposite, port-side entrance. Placing himself in the middle, he waited impatiently for someone to appear at either end.

The rapping came again and this time Brooks was able to pinpoint where it was coming from. He twisted left, knowing it came from the closed door of the port wing. It was impossible, he knew. The wings were simply external platforms where he could view one entire side of his vessel almost to the waterline, but the only access was a sliding door with its window and that door led directly onto the bridge itself. It was vaguely conceivable, he conceded, someone had sneaked out there in the gloom, but Brooks wouldn't have such childish behaviour and he believed his crew knew that.

As he looked, the knocking came once more. Prepared this time, Brooks caught a glimpse of a pale face pressed against the window of the bridge-wing door.

'Who the hell is that?' he snapped, striding the width of the bridge and jerking the door aside so hard it bounced against its stops.

The wing was empty.

'How in God's name—' Brooks began, staring at the bare platform. The rain was splashing down on the steel and a fine mist chilled his face. He would have sworn someone had been out here. The face at the glass had been unmistakable. Almost stupidly, Brooks turned and looked around the bridge, but he was still alone. A shiver ran down his back and he hurriedly closed the door again. He wondered if it had been a reflection of one of the radar screens, even though he hadn't seen it before. He walked back to the same spot on the bridge where he'd been standing and tried to see it again, but nothing at all appeared to be in the window, let alone a face. Besides, it didn't explain the knocking.

Which came again, as he puzzled over it.

And a white face reappeared at the bridge-wing window.

Brooks suddenly understood it was a trick of some kind—by who and why he didn't know, but it *was* a trick and he hated to be fooled like this. Determined to get to the bottom of it, he walked quickly back to the doorway and shoved it aside again, hoping he was quick enough to beat anyone trying to hide.

The wing was still empty.

'This is not amusing,' Brooks called into the darkness. 'Whoever you are, show yourself at once. I've had enough of this.' It didn't make sense, shouting at an empty space where no one could hide, but Brooks suddenly wasn't feeling very sensible.

On an impulse he stepped out into the rain and looked around. Astern, the lights of the passenger section and a high, blazing steering light on the funnel effectively ruined any nightsight he might have. The *Futura* was a brightly glowing island moving through an otherwise black ocean. Ahead, he could still see the ship's bow light, but nothing else. He could feel the rain begin to seep through the thick serge of his uniform jacket. His head was already soaked and rivulets of cold water ran down his neck. Brooks was about to leave the wing in disgust and utter confusion, when he heard a child's mocking laughter float up to him from somewhere just below the wing.

Disbelieving, but with no choice, Brooks leaned out over the wing and looked down. To his horror, a young boy swung suspended from the base of the wing. Brooks hadn't known there was any sort of purchase down there where somebody *could* hang from, and he had no idea how the child got there. In the shock of the moment, he didn't think about how the boy was also getting up and down to tease him with the knocking at the window. Brooks only understood the child was in danger of falling to the deck below or, perhaps worse, the ocean beyond.

'Dear God! You foolish child!' Brooks snapped, more from his fear the boy would fall. 'Here, give me your hand.' He leaned over, reaching.

The boy's white face stared up at him with a curious lack of expression. He hung from one hand and stretched his other upwards, grasping at Brooks, but the gap was too wide. Their fingers were still twenty centimetres apart. Beneath him the deck and splashes of white foam on the dark water spun dizzily for Brooks as the boy twisted desperately in his attempts to pull himself up.

'Come on, son. You can do it,' Brooks encouraged him, leaning further and balancing his weight precariously on top of the railing to do it. Now their reaching hands were half the distance apart, tantalisingly close. Brooks stretched impossibly further, grunting at the effort and staring into the face of the child. Suddenly, the boy's blank expression changed to an incomprehensible look of greed and evil glee. Brooks felt himself go cold with dread and instinctively tried to pull himself back. But in that same instant the child lunged upwards the few centimetres and locked his grip around Brooks's wrist. The boy let out a shocking, delighted laugh that seemed to echo over the dark ocean, a sound filled with a corrupt mischief.

Instead of Brooks being able to draw the much smaller, lighter body back over the railing, he felt himself being hauled downwards by an inexorable weight.

'Hey—no! For God's sake!' Brooks felt his shoes slip on the slick, wet surface of the bridge-wing and he started scrabbling them for a purchase that wasn't there. Most of his weight was still on the railing. He splayed his fingers completely, no longer trying to hold the child, but the boy's hold around his wrist was like an encircling vice. In the last few seconds everything had turned around. Now Brooks himself was fighting not to be pulled over the railing.

He tried to call out for help but he was already short of breath and needed most of his wind for the effort of keeping his balance. The child laughed again and against the breeze of the *Futura*'s passage a foul smell washed over Brooks's face. The captain was staring into the boy's eyes and what he saw was terrifying. He knew now it wasn't a child he was fighting—it was something else. Something so dreadful it was indescribable. Brooks hooked his free hand over the railing, but it wasn't a good purchase. He could only hope to lock himself in place until someone arrived to help. He didn't know how long he could last. The deadweight on his other arm felt as if it could pull his shoulder from its socket.

Brooks's undoing was the swell that Commander Western was so keen to experience. The *Futura* was cruising through moderate seas already, but this was the first wave of the storm swell rolling up from the south. Everyone on board felt it. Most of the passengers in the bars let out a 'whoa!' of mock concern as the deck pitched significantly for the first time. It wasn't big enough to be alarming, just exciting.

It gave Brooks a moment of hope as the ship's side rose with the swell in his favour and he got some of his precarious balance back, but before he could take advantage of it the *Futura* rolled down the other side into a deeper trough and Brooks found himself hanging further into nothingness. The child laughed again with more wicked delight at the sudden expression of terror on Brooks's face as the captain knew he'd lost his fight.

Brooks's shoes slipped once more on the wet deck and he toppled over the railing, cartwheeling with the momentum of the child's pull. It had the effect of throwing him outwards and as Brooks registered a brief instant of tumbling through space, he realised he would land in the water. His falling cry was faint. The grip around his wrist vanished.

He crashed into the water badly, slapping against the surface with his back and punching what little breath he had out of his lungs. Brooks went under deep in a maelstrom of roaring bubbles and he thrashed weakly with no idea of whether he was reaching for the surface. A dull throbbing filled his whole body and a new voice of fear warned him it was the sound of the propellers rapidly getting closer as he drifted down the side of the ship. The water was numbingly cold and Brooks's heavy uniform kept him below the surface. He fought desperately at the thin, foaming ocean around him with little effect. His chest began to ache with a lack of oxygen.

Brooks suddenly popped to the surface to be confronted by the massive side of the *Futura* sliding past him. It was a terrifying moment and he tried to push himself away, feeling the rough steel grate against his legs. He twisted to his right and saw the boil of white water at the ship's stern, a phosphoric mound reflected in the boat's stern light, moving closer to him. Brooks tried again to swim away from the side of the ship, then an unseen force tugged him below the surface again and he was tossing and tumbling among a booming thump of the propellers and hissing, thrashing water. He curled himself into a ball, giving up the fight for life, and waited for the agony of the huge steel blades striking his body.

It didn't come. An eternity later with his lungs craving air Brooks surfaced again. It took him a moment to overcome his shock and understand what had happened. He was completely alone in the ocean, then a swell lifted him high and he quickly twisted around in the water. The stern of the *Futura* was pulling away from him at an alarming speed. Brooks cried out for help and waved an arm, but he knew it was a futile gesture and his call too weak. And he couldn't see anyone of the crew at the stern who might hear anyway. The weather had driven them all inside.

The *Futura* was leaving her captain behind to drown in the freezing Atlantic.

Lieutenant Douglas, the Communications Officer, unlike his friend Simmons, was expected to do watch-keeping duties. Although young, Douglas had done all his training in the various marine services at sea, not been drafted in like Simmons because of his expertise in any particular field. He was due to take over from Carol Jackson at nine sharp and that, according to his watch, was exactly the time he stepped off the top stair onto the bridge.

He knew enough to immediately realise the empty bridge represented some sort of serious crime. The *Futura*'s extensive automation not withstanding, it was still unthinkable not to have an officer on the bridge and in charge of the vessel at all times.

But Douglas *was* young and he considered Carol very attractive and likeable. He was also naive enough to consider before anything else that Carol must have left the bridge for some mysterious, womanly thing and he reminded himself she was one of the most responsible officers aboard, second only perhaps to Western and the captain himself. Therefore, Carol would have been missing only a short time, aware that Douglas was due any minute.

He didn't think for a moment something serious might have occurred.

Douglas wondered only about how much his discretion on Carol's behalf and her ensuing gratitude might break down some of the subtle, but definitely cool, barriers she put between herself and the male officers, and where it might lead. A favour was a favour, after all. He kept one eye on the bridge stairs, expecting her to arrive any moment to explain where she'd been.

But it was an hour until the next person arrived on the bridge. It was the head engineer, Stilson. Cursing at the rain he stepped through the doorway and brushed water from his hair, then looked around.

'Where's the captain?' he asked without a greeting.

'I haven't seen him all night,' Douglas replied, as always in awe of the gruff engineer.

'But it's ten o'clock,' Stilson said. Douglas looked blank, so the engineer explained with an exaggerated patience, 'The captain wants us to cut the door off the radio room, if Simmons hadn't got it open some other way by now. But I'm not going to ask the bo'sun to drag the oxyacetylene gear all the way up here until the captain re-confirms it. It's going to be a bastard of a job bringing the stuff up all these stairs in the rain. He might let us wait until morning.'

'Do you want me to call the captain?' Douglas asked timidly.

'No, I'll do it myself.'

Stilson went to a special telephone with a direct

line to Brooks's cabin and lifted the receiver. He didn't need to dial and the telephone on the other end should be automatically ringing. Stilson was obviously composing himself for an apology to Brooks for disturbing him, but his expression of concentration changed to a frown of puzzlement as his call remained unanswered. 'That's odd,' he muttered. 'He wouldn't normally be mixing with the passengers at this time of night.' He glanced at the clock. 'Well, maybe—' he changed his mind, reluctantly.

He let the phone ring further until it was more than certain the captain wasn't going to answer it. Then Stilson went to another, normal telephone and used a beeper system. All the *Futura*'s senior officers wore a beeper and were required to call the bridge immediately if their personal alarm went off. Stilson waited exactly five minutes, watching the bridge clock, before deciding the captain wasn't going to call and the beeper hadn't worked. Then he took several more minutes putting calls through to the different bars and the casino, asking the staff there if the captain was anywhere to be seen. Finally, his frown even deeper, Stilson put the phone down and shook his head.

'Where the hell would he be?' he asked, not really expecting Douglas to answer, but he did.

'Maybe he's having a meeting with Commander Western in the commander's cabin?'

Stilson flicked a glance at him, acceding it was a good suggestion and picked up the phone again.

This time he got to speak to Western, but after only a short conversation Stilson replaced the receiver thoughtfully.

'The commander's on his way up,' he told Douglas. 'He hasn't seen the captain either.'

Douglas's eyes went wide. 'Do you think something's happened to him?'

'Keep calm, Mr Douglas,' Stilson said sternly. 'Perhaps the captain is ill, but I'm not about to go bursting into his cabin without the commander with me. Anyway, I'm sure there's a simple explanation.'

In an awkward silence they waited for Western to appear. It took less than two minutes, with the commander striding purposefully onto the bridge. 'You have the watch, Douglas?' he asked briskly.

'Yes, sir.' Douglas nodded nervously.

'And you haven't seen the captain the entire time you've been on the bridge?'

'No, sir. I haven't seen or heard from him.' Douglas was trying to sound efficient.

'Whose watch did you relieve?'

Douglas made the mistake of hesitating. 'Ah, Miss Jackson's.'

Western looked at him with a cold stare. 'Was there a problem?'

'Well, she wasn't actually on the bridge when I took over the watch, sir. I just assumed she was—well, below decks, in the bathroom or something.'

Western's face turned angry. 'Are you telling me you found the bridge unattended and you didn't inform any superior officer about it? Do you *realise* how serious that is?'

Douglas was starting to look alarmed. 'I—I thought it must only have been for a few moments, like a coincidence.'

'You are not qualified to make that sort of judgement, Mr Douglas!' Western turned away in disgust and consulted a list on the wall of all the officers' cabin telephone numbers. Stabbing at the phone, he dialled Carol Jackson's, but got no answer.

Stilson coughed discreetly. 'Ah, Peter. We seem to have Carol Jackson and the captain both missing. You don't suppose—'

Western stopped and looked at him disbelievingly. 'I find the idea a little hard to accept,' he said after a pause. 'Surely they'd answer the phone?'

'I suppose so.'

'Then damn it, I'll page her! If they've heard phones ringing and pagers beeping, maybe they'll understand we've been trying to reach them for a reason.'

Western dialled the number for Carol's pager and hung up, waiting for her to call back. He jumped visibly when the telephone beside him rang loudly less than a minute later. He snatched up the receiver, talked into it briefly and hung up again.

In the lounge bar Carol Jackson and Cross were getting close. Something was going to happen, both of them could sense it. It was just a matter of how to do it properly and, for Carol's sake, discreetly.

Then her beeper went off.

'Damn,' she said, obviously very disappointed. 'This better not be anything too serious.'

Cross smiled. 'It serves you right for wearing a beeper.'

'Ship's regulations,' she explained with a wry look. Carol left the table and went to the bar, beckoning to a barman and asking him for the phone. Cross watched as she made a call and the resulting conversation clearly upset her. She hurried back to the table.

'I have to report to the bridge without delay,' she said, disturbed.

'Will you come back?'

'I don't know. Something's wrong, but Peter Western sounds like he's after my blood, too. I can't understand it.' Carol looked at her watch. 'Look, if I'm not back in half an hour, I guess I'm not coming, okay? I'm sorry.' She reached out and squeezed his hand, but Cross used it as a chance to grab hold.

He said urgently, but making sure no one else could hear, 'Carol, come and see me in my cabin afterwards—I don't care what time it is. We can raid the minibar and order something crazy through cabin service. You can even hide in the cupboard when they deliver, if it'll make you feel better.'

Carol looked confused. 'Russell, I don't know—

this isn't exactly what I thought was going to happen tonight.'

'I just want to spend some more time with you, away from beepers and ship's bridges. Nothing else.'

Carol nodded quickly. 'Okay—but I still don't know what the problem on the bridge is. I might not be able to get back at all.'

'I don't care what time it is. Do you still have a master key? Let yourself in if I don't answer the door.'

She managed a small smile. 'If you don't answer the door, you're obviously not that excited at the prospect of my visiting.'

'I'll be awake, don't you worry.' Cross realised he shouldn't say more. Carol was anxious to get to the bridge. 'Get going,' he said encouragingly. 'The sooner you get there, the sooner you'll get back.'

'I'll try,' she said, walking away. Once her back was to Cross she allowed herself an angry, silent curse of disappointment. Then her professionalism reasserted itself and she remembered that Commander Western hadn't sounded very happy at all and his hostility seemed directed straight at her.

'Why weren't you on the bridge to be properly relieved of your watch?' Western snapped at her, taking in her civilian clothes with a disapproving look. Carol ignored that. She wasn't required to wear her uniform unless she was on duty.

Something about the atmosphere on the bridge warned her to be very careful and correct until she knew what was going on. Douglas and Stilson were watching from close by.

'I was on the bridge when I was relieved, Commander Western,' she replied stiffly.

'Really?' Western waved towards the communications officer. 'But Mr Douglas here claims the bridge wasn't manned when he arrived for his duties at nine o'clock.'

'That's because Captain Brooks relieved me of my watch early. So the captain—' Carol paused, aware too late she was about to suggest Brooks was derelict in his duty. 'I'm sorry, but the circumstances are Captain Brooks, not I, should have been here to receive Mr Douglas.'

Western stared at her in silence for a moment.

'And why were you relieved early?'

Carol realised Western was worried and concerned about something. Still, the commander had no right to interrogate her like this in front of a junior officer such as Douglas. Carol kept silent and glanced pointedly at the communications officer. Shaking his head at his own thoughtlessness, Western let his official manner dissolve and he took Carol's arm gently, leading her to the far side of the bridge away from the others.

'Please, tell me what happened, Carol.'

Carol wanted to ask what it was all about, but she knew it would all become clear soon enough. She explained quietly, 'Captain Brooks found out I was meeting someone after my watch finished. He offered to relieve me early, but I refused. I said I didn't think it was the right thing to do, but then the captain asked if I would do it as a favour anyway. He said he didn't get a chance to run his own ship any more, being the captain and with all the automation and he wanted to be at the helm for a while, even if it was only twenty minutes, before Douglas arrived.' Carol looked at Western's grim face in the low light of the bridge. 'Why? Did something go wrong?' She suddenly thought of a possible reason for all this and Carol felt her own anger rise. 'Is the captain denying he did that? Is he saying I left the bridge unattended, for Christ's sake—?'

'The captain is *missing*,' Western cut her off with a harsh whisper. 'He wasn't here when Douglas arrived. It seems you're the last person to see him.'

Carol felt a chill of apprehension. 'Well, I definitely left him alive and well on the bridge about twenty minutes to nine.' She paused, watching Western. 'Peter, what are you going to do next?'

He said unhappily, 'We've called everywhere we can and haven't found anything. He doesn't answer his pager.' Western lowered his voice even more. 'Carol, let's keep this really quiet for the moment. I want you to find Dr Foreman and his bag of tricks and meet me at the captain's cabin as soon as you can. Wait a second—' He looked around, caught Stilson's eye and gestured for him to join them. 'Rob, I don't think we have any choice but to break into the captain's cabin. He might be ill and collapsed or something, so I've got Carol here finding the doctor. Can you fetch something to break the lock?'

Stilson turned grim. 'It's a wooden door, no problem. Give me five minutes to get a small sledgehammer to smash the jamb.'

'Okay, get going the both of you. I'll meet you there.'

Carol and Stilson hurried away. Western went back to Douglas. 'You still have the watch, Mr Douglas. Don't breathe a word of this to anyone, do you understand?'

'Absolutely, sir.' Douglas nodded, daunted by the commander's harsh expression.

The officers' quarters aboard the *Futura* were in a small section below the bridge. Some of the juniors had to share, while the more senior officers including Carol got a cabin of their own. The captain went one step better, having a large living area and a dining room for entertaining important guests. It also meant the door to his cabin stood alone at the end of a short corridor. It was a tight squeeze for the four of them with Western in the lead, followed by Stilson with a mini-sledgehammer, then Dr Foreman and Carol Jackson. Western rapped loudly on the door.

'Captain Brooks? It's Peter Western. Are you in there, sir?'

There was no response and Western tried again.

When there was still no reply he shrugged heavily and moved out of the way, gesturing for Stilson to step forward in his place.

'We can't wait any longer, Rob. Break the bloody thing down.'

The engineer studied the lock for a few seconds, then with several swift blows smashed the wood surrounding it. It needed only one hard shove with his shoulder for the door to swing open leaving the shattered locking mechanism behind in the frame. Afraid of what they might find, all of them anxiously pressed through the doorway and looked around.

Captain Brooks was nowhere to be seen. The four officers felt an initial relief, after checking close beside the bed in case Brooks had fallen somewhere they couldn't see and Foreman searched the bathroom, but their relief changed first to puzzlement, then a new anxiety.

'So, where the hell is he?' Western asked aloud. 'He can't be with a passenger somewhere or he'd surely have answered his pager. We know the system works, because Carol answered hers.'

'I suppose the next best thing is to make an announcement throughout the ship,' Stilson suggested.

Western glanced at his watch. 'At ten-thirty in the evening?'

Foreman said something no one else had the courage to suggest so far. 'We're all assuming Captain Brooks is still aboard somewhere, of course.'

They all exchanged a look. Western said, 'For Christ's sake, how could a man with Captain Brooks's experience go overboard in a sea like this?'

Foreman replied solemnly, 'Voluntarily, obviously. Carol told me he sounded concerned—upset, maybe—that he doesn't have much control over this ship, even though he's the captain. Maybe thinking about that, alone on the bridge, got to him too much.'

'Unthinkable,' Stilson said, nearly snarling. 'The captain is not the sort of man to take his own life, for God's sake!'

'It looks like he was here, though,' Carol called from the other side of the cabin. They turned to see her at the captain's own computer terminal. She was studying the screen which, like the rest of the terminals in operating areas when they weren't currently doing something, displayed instead a latest-activity report. 'This says he logged off at about ten minutes to nine,' Carol told them wonderingly. She started tapping some keys.

Western moved over for a look. 'He came down here and used the computer? That doesn't make sense. What the hell would he find more important on the computer than keeping his bridge watch? With only ten minutes at stake, anyway.'

'There's more to it than that,' Carol said absently, still keying the computer. 'Captain Brooks hates this system. I honestly doubt he's ever touched this computer since the day he came aboard. I don't think he even has a clue how to do it.' She stopped and pointed at the screen. 'And look at this. It says he only logged *off*. It doesn't tell us when he logged on, or what part of the program he was using. In fact, that's downright weird. How can you log off this system, without registering yourself on first?'

'I didn't know you could,' Western frowned. 'We'd have to check with Simmons about that.'

'What does that mean, exactly? That the computer's finished with him?' Foreman asked.

'Well, the other way around,' Carol said. 'We can access different programs for our personal use, like a word-processor for writing letters or there's even a chess game where you play against the computer, but to use these you're supposed to log onto the system first, then log off again when you're finished. It's just a security thing keeping track of who uses what—' she shrugged.

'Could someone else have used the captain's terminal in here?' Stilson asked.

'Possibly, with entry to the cabin itself,' Western answered, looking around thoughtfully.

'I think we're wasting time,' Stilson said, suddenly more urgent. Memories of his decisions when he was searching for the missing McClain were coming back. 'We have to establish once and for all, and damned quickly, if the captain is still aboard. Because if he isn't, we have to turn around and go looking for him.'

'Of course we'll have to,' Western said quietly. 'But we must be realistic. At his age, and in these waters, he wouldn't have lasted more than... what, Doctor? Twenty minutes?'

'The water's still too cold at this latitude,' Foreman nodded grimly. 'Half an hour at the very most.'

Carol said, 'Commander, why can't I turn the ship around now? Reverse our course? We're less than two hours from when he was last known aboard. Even if we only retrace our course, it's just four extra hours' sailing. We can make it up later, if anyone really gives a damn about the passengers getting to New York four hours late. The captain may be surviving somehow and every minute will count.'

Western opened his mouth to reply, but his beeper went off in his pocket. Without another word he scooped up a nearby phone and called the bridge.

'*What?*' he asked the caller. The others listening knew the news was bad. The commander slammed the receiver back and hurried towards the door.

He called urgently over his shoulder at Stilson, 'Rob, there's been some sort of explosion in one of the aft storage areas. We have to get down there fast! Carol, get the rest of the officers on the bridge.' His last order echoed from the hallway. 'And turn the ship around, but slowly. Take half the bloody ocean, if you must. Just don't panic the passengers.'

Stilson had already gone, following Western. Foreman was standing in the middle of the cabin, looking dumbfounded. 'Don't panic the passengers?' he asked her. 'When we've just had an explosion on the ship? Shouldn't we be telling everyone to get to their lifeboat stations?'

Carol had been thinking fast. 'We didn't hear or feel anything here. Admittedly, we're a long way away, but if it was serious we'd have felt something. There's no alarms or anything, either.' She started to leave the cabin, heading for the bridge and her navigation computer, even though she could have entered the course change in on the captain's cabin terminal. 'You might have some business to do in your sickbay, Doctor.'

'Of course.' Foreman snapped out of his daze and rushed after her. He muttered to himself, 'I hope there's nothing too serious. We've run out of damned room in the morgue, remember.'

18

Traditionally, the bo'sun was responsible for the day-to-day seaworthiness of the ship itself. In modern times his job was becoming more authoritative and less practical as the different areas of a contemporary vessel needed their own specialists, such as engineers, experts in hydraulics and qualified riggers. Still, the bo'sun was also meant to be a capable tradesman in many fields so he could supervise an entire crew, whatever the job required.

The *Futura*'s bo'sun was a man called Franckovic and he came from an old family of seafaring men, mainly bo'suns, who had managed despite their habit of disappearing from their spouses in favour of the seven seas, to father children and keep their own family tradition alive. Franckovic was a tough man who prided himself in doing anything he could himself, rather than delegating it to a seaman. Which was why, after a full day's work, the bo'sun made himself available for the job of cutting away the radio room's steel door. By ten thirty that night, Franckovic was still waiting—but with fading patience—outside the aft storage room for Stilson to return and confirm they'd be doing the job that night.

He lit a cigarette, telling himself he would wait until it was smoked, as a further time-wasting device, before doing something. Then he decided to bring out the oxyacetylene rig anyway. The job had to be done *some time*, as far as Franckovic was concerned—he had only a scant understanding and no faith in Simmons's attempts to break the PIN number combination through a computer terminal. And while the rainy night meant it would be difficult getting the cutting rig up the wet stairs, it also helped keep the passengers out of harm's way and maintain the appearance that everything aboard the *Futura* was under control. Franckovic knew that on a passenger liner like this, appearances were everything.

The aft storage locker was a small room with a locked, steel door. It was in here they kept the flammable or dangerous goods, although there were few on the *Futura*. The two tanks of the cutting rig, one filled with oxygen and the other with acetylene, were chained together on a trolley with large rubber wheels for negotiating stairs. The whole thing was secured in the locker.

The bo'sun took a large bunch of keys from his belt loop, located the right one and unlocked the door. It opened outwards, so he needed to swing it fully aside. Before going in he groped around the edge of the door-frame and found the light switch, flicking it on.

A sequence of events happened too fast for Franckovic to react to any of them in time. First, he was amazed to see a small boy standing calmly inside the locker room.

'How the hell did you get in here?' Franckovic asked. There was no other way into the storage space and it hadn't been opened for days. 'Hey, what is going on—hey! Hey, stop!'

The boy was running past Franckovic and through the door, ducking under his grasping hand as the bo'sun tried to catch him. Franckovic gasped as a sensation of intense cold numbed his fingers, but he didn't understand what caused it. He went to spin around and follow the boy, but a smell suddenly struck his nostrils that filled Franckovic with an instant dread.

The storage room was saturated with acetylene gas. The boy had been playing with the valves on the gas tanks and apparently opened up the highly flammable cylinder. Now the gas was spilling out of the room over Franckovic and into the workshop space.

And he had a lit cigarette in his mouth.

It caused a whooshing fireball that seemed almost slow, rather than a true explosion. It pushed the bo'sun backwards, searing the front of his body, and spent itself in a single, intense flare of heat that charred everything exposed in the workshop, as if a giant black paintbrush had been swept over the room. Franckovic was instantly unconscious from the pain, but he would have collapsed from a lack of oxygen anyway since the flash-fire consumed all available. Fortunately, the cylinder filled with oxygen in the storage locker apparently hadn't been tampered with, otherwise the explosion would have been much worse.

An alarm went off, a strident but low-volume device restricted to these aft sections of the ship. The crew were trained to react instantly, because the alarm wasn't used for practice drills. The noise of it, however, wouldn't carry to the passenger sections. The designers of the *Futura* knew their priorities. There was no need to upset the guests until it was absolutely necessary and a fire in one small part of the crew's area didn't qualify. There was the ship's reputation to think about.

Carol arrived on the bridge to find Douglas's white face peering anxiously at her from the centre binnacle. He got out of the way quickly as she stepped up on the platform and started scanning the computer screens and radar repeaters.

'What's happening?' he asked nervously.

'You tell me,' she said curtly, not taking her eyes off the screens. 'What about this explosion?'

'It—it's a fire, really. In one of the workshops—well, it was. It was already out by the time any crew got there.'

'Have you alerted the rest of the officers?'

'I haven't actually spoken to them all, no. I thought they'd already know—' Douglas's voice trailed off as he realised this wasn't such smart thinking.

'Then do that now, Mr Douglas.' Carol fell silent a moment as she concentrated on expanding the radar's working field. It could 'see' further, but wouldn't show smaller contacts on the screen. Carol clicked her tongue at a fuzzy area appearing on one corner of the radar. The storm they were supposed to be avoiding was closer than expected.

She added, to Douglas, 'Make sure every officer who is a head of department is aware we've had a fire aft, but let them know it's under control. At the same time, ask any of them who are not essential to their duties to come to the bridge, understand? Commander Western wants that.'

'Even the chefs?' Douglas asked. It wasn't an odd question. The kitchen staff with their lordly chefs were by convention expected to be an authority of their own, separate from the rest of the ship's crew.

'Yes, even the bloody chefs,' Carol snapped, still trying to concentrate.

She made sure there wasn't anyone or anything near the *Futura* for kilometres around. Carol wanted to make the ship's course reversal so gradual they would perform an enormous loop and arrive back at their present point, but heading in the opposite direction. There was no sense in steering a huge, circular turnaround and cutting across their previous course at a position halfway back to where Brooks supposedly disappeared. They had to search the entire leg of their course although, obviously, the water they had sailed immediately after nine o'clock would be their best chance.

Carol was good at her job. She plotted a change of course in increments so moderate the passengers wouldn't feel the ship leaning out of any turns. The rain clouds obscured the stars, so anyone aware of those as a reference couldn't tell. There was no moon yet and even the ship's wake wouldn't show a curve until well beyond the glow of the stern light. Only people familiar with the *Futura*'s movement in the storm swell, and how that would change as the course altered, might realise the ship's heading was shifting.

After checking and re-checking her calculations, Carol was finally satisfied and entered in a command for the course change to begin. 'Come on, come on,' she muttered at the screen, which hadn't reacted. Twenty seconds later she pushed the Enter button again, thinking perhaps it hadn't quite contacted before. The computer displayed a small symbol which indicated her instructions were being processed, then it returned to its normal screen.

The course didn't begin changing.

'Not now, you bastard,' Carol snarled under her breath. She made a quick decision and pressed a microphone beside the console which gave her direct communication with the wheelroom below.

'It's the navigator here,' she announced bluntly. 'Who is on watch?'

'Ah, Kenneth, sir—I mean, ma'am,' came a confused reply from a small speaker, the voice tinny on the room's microphone. Kenneth had probably been deeply immersed in a book or magazine.

'We have to go to manual override and steer a course reversal,' Carol said in clipped tones that didn't allow questioning. 'Take the wheel, please.'

'I have the wheel,' Kenneth replied formally.

Carol bent back to the keyboard and tapped in commands, telling the computer she wanted a manual override of the navigation programming. It wouldn't be so easy to steer her gentle course reversal—not as smoothly as the computer could do it, at least. But she didn't want to waste time struggling with computer glitches right now.

Again, the computer apparently processed her command, but confirmation she was now controlling the ship didn't appear.

With a bad feeling in her stomach Carol ordered, 'Kenneth, come ten degrees to port.'

He acknowledged and Carol anxiously watched the read-out of the ship's heading. Nothing changed.

'Kenneth, what's happening?'

'The wheel doesn't seem to be responding, Lieutenant Jackson. Have you done the override?'

'I thought I had. Let me try again.' Carol felt a bitter twist. The last thing she needed right now was the crew's confidence in her being undermined by things not going right. Quickly, she repeated the programming commands for the override. 'Okay, Kenneth. Try that course change again, please. Come ten degrees to port.'

Kenneth didn't take so long to answer this time. 'I don't think I'm making any difference, Lieutenant.'

'Okay, I'm coming down.'

With a look at Douglas, Carol left the bridge and went down the stairs two levels to another doorway. This let her back into the bridge structure and the wheelroom. Kenneth was in there on his own. He was a wiry man who had been at sea most of his life. He had tattoos on his arms and legs, but in an unusual turn of mind he often wore long-sleeved shirts and trousers to hide them. He stood behind the large chrome wheel, but he wasn't holding it.

'It's nothing I'm doing, ma'am,' he said, as soon as Carol appeared at the door. Like many of the crew, he treated her with a mixture of respect for her rank and deference to her good looks, tainted by a mistrust because she was female.

'I know that,' Carol said, going to a small control panel on the wall. This was an emergency override mechanism for the wheelroom itself, but the system was akin to breaking the glass on a fire alarm system. If she were to use it, Carol needed a good reason, because it was difficult to reverse. After the briefest hesitation she took a set of keys from her pocket and used one to open the cabinet.

'You can witness I'm responsible for this,' she said to Kenneth over her shoulder. 'Commander Western is too busy and we haven't got time to waste.'

'Yes, ma'am,' Kenneth said doubtfully.

Carol quickly punched a row of 'cancel' buttons and watched corresponding green lights wink out and change to red. 'Okay,' she said, satisfied. 'You've got the steering. Bring her to port with ten degrees of wheel to a heading of—' she paused and looked at the repeater. 'Two-five-oh. I'll get back to the bridge and we'll be bringing the ship around in a long loop over the next thirty minutes or so. Faster, if I think we can get away with it. Understand?'

Kenneth was nodding, but uncertainly. With a frown he stopped Carol before she got out the door. 'I still don't think she's responding,' he said loudly.

'What?'

Keeping her face calm she came back to the wheel and watched the repeater. Kenneth spun the spokes in a harder turn than she had ordered, but the heading of the *Futura* didn't change.

'See?' he said.

'But that's impossible. I've turned all the computerisation and automatic pilots off. Are we completely out of control?' she asked, a cold feeling in her stomach.

'Just a minute,' Kenneth said, watching the repeater keenly. Seconds dragged by slowly, then he pointed at the screen. 'Look. The swell pushed us a few degrees off course and the steering made a correction to bring us back on our heading. It wasn't me,' he said unnecessarily, holding up his hands. 'The automatic pilot must still be operating.'

'It's not supposed to be,' Carol said, staring towards the panel where red lights still showed. 'I'll get back to the bridge and see what I can do up there. You'll have to keep a sharp eye on this, in case the damned thing decides to cut out and go manual, like it should.'

'Yes, ma'am,' Kenneth said, dutifully eyeing the repeater. But again, before she could leave, he stopped her by asking, 'Why are we turning around, Lieutenant?'

Carol thought for a moment, then decided the crew didn't deserve to be treated like fools. Besides, knowing the situation was a genuine emergency and not perhaps just some passenger's belongings falling overboard, might help to make Kenneth more conscientious.

'We might have lost somebody overboard,' she told him quietly, her tone saying this wasn't something to be discussed too much. 'We're looking all over the ship, but in the meantime we have to start heading back for a possible search location. I want to do the turnaround very slowly, so the passengers don't know what's going on until we absolutely have to tell them.'

'No problems, ma'am. We can ease her around, so they won't even spill their tea,' Kenneth said, with a new respect.

'If we can get rid of this bloody computer,' Carol added, disappearing through the door. Her bad language wasn't a slip. Carol knew a well-placed profanity and deriding the computer, which was universally mistrusted by the older crew, would help in her acceptance, although it irked her she needed to bother with such games.

Back on the bridge, she was confronted by most of the ship's officers. Western was there, his face, hands and clothing blackened from his inspection of the charred workshop. He seemed to be waiting for everyone to arrive, and when he saw Carol step onto the bridge he quickly went over and guided her into a corner where they could talk privately.

'We had a flash-fire in one of the workshops,' he said in a clipped voice. 'But it's under control. In fact it was out before anyone got there. The bo'sun was already *in* there, though. He's been very badly burned. The doctor won't even try guessing his chances at the moment.'

'God, this is turning into a nightmare trip,' Carol

breathed. Western could tell she had bad news of her own.

'Why aren't you turning the ship?' he asked, as if he knew he wasn't going to like the answer. 'I've seen the heading. It hasn't changed.'

'Because I can't,' Carol told him dourly. 'I can't override the automatic pilot. The computer is steering the ship and there's nothing I can do about it. I've even tried the emergency shut-down panel in the wheelroom, but it hasn't worked—which is supposed to be impossible. Frankly, Peter, I don't have an explanation for that.'

Western needed some time to understand this. 'Do you mean we don't have control of the ship at *all*?'

'At the moment, not the steering, no.'

'What if we find ourselves on a collision course?'

'We have to talk to Simmons—or whoever the hell understands all the electronic networks on this ship.'

'Jesus Christ, that was McClain!' At Carol's questioning look, he told her, 'The engineer who was killed in the fall. He was the man trained in the electronics engineering of the ship.'

'There was only one person? One crew member who understands the system?'

Western glanced over his shoulder at the small gathering of officers on the bridge. 'Hell, there's only one of us for *every* department on this ship. We're all just human back-ups for the bloody computer.'

Stilson was watching them. At Western's glance he'd caught the commander's eye and now he came over. 'I think everyone's here who can be, Peter,' he said.

'Okay, but just before we start.' Western looked at Carol. 'Tell him.'

Carol explained the problems with the steering and what she tried to do to remedy things. Stilson's face went more grim as she spoke.

'This is insane,' he said. 'We might have to put out a damned distress signal! We don't actually have control of the ship, Peter.'

'I'm aware of that,' Western replied angrily. 'And I might even give that distress signal serious thought, if I could get into the radio room to send it. We were going to cut the door off, remember?'

'Well, as soon as this—' Stilson went quiet. 'Christ, it was the *acetylene* that exploded in the storage locker!' He thought hard for a moment. 'I don't think we have any other way of cutting that door off, now,' he said, almost wonderingly.

'Then you might have to get some men out there with bloody cold chisels and hammers,' Western said. 'I don't give a damn what the passengers will think any more.'

Stilson shook his head. 'We can try, but the building of this ship was subsidised by the government, remember?' Both Western and Carol looked puzzled, so Stilson leaned away and rapped his knuckles on a nearby steel stanchion. 'The *Futura* is designed to be converted into a troop carrier at a moment's notice, like half the other liners on the ocean these days. These upper superstructures are made from eight-inch armour plating. It's not much in the way of protection from modern weapons, just an anti-shrapnel measure really.' Stilson paused for effect. 'But it could take days to make a dent in that door with a cold chisel.'

'We don't have days,' Carol told them. 'The ship will drive straight into New York harbour, at ten knots, before then.'

'We'll simply stop the engines before then,' Western said, but he wasn't confident.

Stilson said for him, 'As long as the computer will let us, right?'

'We'll try a speed alteration after the meeting. But let's get the meeting over with, first.'

Western walked over to the binnacle and stepped up. Everyone on the bridge realised he was about to speak and gathered around. The faces looking up at him, only just discernible in the gloom, were mostly perplexed at the late-hour summons and the fact that Western was speaking, not the captain. One or two people were annoyed at the call, having been working odd shifts and needing rest.

'Okay, everyone,' Western began in a weary voice. 'You all already know most of it. We've had a fire down aft and the bo'sun was badly hurt, but the ship herself is at no risk. As far as I'm aware none of the passengers knows it even happened and it will be in our best interests to make sure it stays that way.' He emphasised his last words, making sure they understood him. 'What you *don't* know is the captain appears to be missing.'

A murmur of surprise and consternation went through the gathered officers and now all the faces were alike, filled with concern.

Western went on, 'We have searched the ship to the best of our abilities, but obviously we haven't done anything so rash as a cabin-to-cabin search in the passengers' quarters. So, immediately, if anyone here has any knowledge of the captain having a liaison with a female passenger—or even a goddamned *male*, I don't care—I want to hear about it right now.'

It wasn't an unreasonable demand. There were officers present from the purser's department and other sections of the hospitality crew and if Captain Brooks were to be spending time with one of the passengers, then these officers would probably know, or at least suspect it, but would be correctly discreet about it. Apparently it wasn't the case, because no one spoke up. Western let the silence go until he was certain.

'Then I have to assume the captain is no longer aboard the ship,' he said gravely. 'Somehow, Captain Brooks is overboard, though God knows how that happened. As of now, until I'm assured otherwise, I am the captain of the *Futura* and I'll take over all Captain Brooks's responsibilities.'

'Will we be searching for him?' someone quickly called out.

'We can't,' Western announced heavily, then held

his hands up to still the sudden chatter of questions. 'Listen to me, everyone! Listen!' He went on to explain the situation with the automatic pilot. Then, as if it weren't enough, he told them about the locked radio room and their complete lack of communications. It caused a sombre mood. 'I've already decided our best course of action,' he told them. 'We are making ten knots at the moment. It gives us steerage and normality, as far as the passengers are concerned. There is a storm system to the south which we'll avoid on our present heading, apart from the inclement conditions we're experiencing now, but they should be clearing in the morning. If *all else fails,*' he paused and looked at them all, 'when we close with the coastline of New York we'll simply pull the plug on the engines and anchor at a safe distance. I'm sure that will get somebody's attention,' he added with a humourless smile. 'Every passenger on board will probably sue the hell out of us and we'll be bankrupt, but while there's a chance we can fix things in the meantime and get back to normal, we *must* keep this situation to ourselves. The passengers are not to know about any of these problems, otherwise we will have *more* problems—like a damned panic or a riot. The truth is, we're in the middle of the Atlantic Ocean and in no immediate danger.'

He let his words sink in. Watching him from just behind the binnacle Carol let her eyes turn to the bridge windows and the black, night sky beyond. Apart from the slow, even pitching of the ship in the storm swell everything seemed absolutely normal.

But as far as she believed, the *real* truth was, they were in serious trouble.

Western was finishing the meeting, saying, 'I don't like the situation about Captain Brooks any more than you all do. One fact is, it's still possible he's aboard the ship somewhere and for some unknown reason hasn't been able to respond to our attempts to contact him. However, I find it difficult to believe that with a man of the captain's calibre we haven't had a tragedy of some kind. There's no other explanation for his disappearance or lack of reply. But I want each and every one of you to take steps in ascertaining that the captain's not aboard—without alerting the passengers. That means a quiet, discreet search of every compartment within your jurisdiction. And don't stop looking until we step off the boat in New York. That's all.' Western started to move off the binnacle but stopped in mid-stride. 'Oh,' he called, halting their movement. 'And I want another meeting of everyone at twelve noon tomorrow in the officers' mess.' He waved their dismissal, stepped off the binnacle and reached out to touch Simmons, who was passing close.

'I want to speak to you in a minute,' he said quietly. Simmons nodded and edged out of the way, towards the windows. Carol stayed behind, too. She wanted to warn Western that the storm system was closer than he realised.

When the bridge cleared of the extra personnel Simmons and Carol gathered close to Western again.

'What sort of progress are you having getting control of the computer again?' he asked Simmons, who for once wasn't looking so youthful. He seemed about to reply in a positive way, then his face fell and he shrugged.

'None, I'm afraid, Commander. It just keeps ignoring me, or denying access to the programming I'm trying to break into. It's almost impossible to get priority, too, without being at the workstation in the computer room.'

'What do you mean, priority?'

'The computer has an automatic listing of priorities, which is sometimes governed by which terminal you're using. Like, a request from the kitchen could be delayed in favour of Carol here using her navigation program—' Simmons went quiet as something occurred to him. He added thoughtfully, more to himself, 'But then again, this microprocessor hasn't been having any trouble handling anything, since the repairs. So I wonder why the hell it keeps putting my requests on a backburner?'

'It must be the new experimental microprocessor,' Carol said, annoyed at herself for not thinking of this sooner. She'd known about it for over twenty-four hours, since Cross told her about his overheard conversation. 'That's what is causing all these malfunctions. If we can get back into the computer room and swap it back to the old one, we may bring back all the old problems too, but none of these serious ones.'

'What experimental chip?' Western asked, frowning at Simmons.

Simmons looked helpless. 'I don't know what she's talking about. There *isn't* any experimental microprocessor.'

'But someone I've met on board told me he overheard a heated discussion between those two technicians,' Carol insisted, getting angry at Simmons, because she thought he was pretending ignorance. 'They were talking about putting in a new chip, saying it was a last resort and experimental, but they had no choice.'

'Well, he's talking a load of shit,' Simmons said, reacting to her anger. 'They put in a *spare* chip, identical to the one we had before, not something new.'

'So why are we having all these problems—and why does the damned thing work so well in other areas?'

Western put up his hand to calm them both down. 'Simmons, is it possible they put in this experimental version without telling you?'

Simmons opened his mouth to deny this, but he had a sudden memory of Watson's unfriendly, almost contemptuous manner. 'I guess it's possible,' he admitted instead. 'I don't know if I would have let them do it, if they had suggested it. Maybe they thought it was a better idea to do something without telling me.'

That's covering yourself, Carol thought wrily. She said to Western, 'I can call this passenger and ask him again, to make sure. It's not too late.'

Western glanced at the clock and looked surprised. 'Then would he come to the bridge and talk to me? I can ask someone to fetch him.'

'He knows the way. I gave him a tour and he met the captain. He won't mind coming to the bridge. I'll call him now.'

Carol went to a telephone on the far side of the bridge where Western and Simmons wouldn't overhear. It took a minute for her to get an answer from the purser on Cross's deck, then arrange a connection to his cabin. Cross picked up the phone straight away.

'Hello?'

'It's Carol,' she said quietly, looking at the other two officers to make sure they weren't trying to listen.

'Hi, are you coming down? I'm still wide awake, just sitting here watching a dumb movie. I'd much rather be talking to you.'

'We've got some real problems up here and I've just managed to get you involved. I'm sorry. Can you come up to the bridge and talk to Commander Western?'

'Right now? What's it about?'

'Remember that conversation you told me about? The two computer technicians talking about the experimental chip for the ship's system? It's suddenly got very important and the commander wants to ask you about it.' She heard squeaking noises and guessed Cross was getting off the bed and probably dressing one-handed while he spoke.

'What could I know more than anyone else?'

'That's the whole point,' Carol said. 'You do seem to know more than anyone else.'

'I'll be there in a few minutes.'

'Thanks.'

She went back to Western and Simmons and gave them a watered-down version of her conversation with Cross and explained he was a major in the US Air Force. Like Brooks before him, this seemed to comfort Western a little.

Cross arrived within minutes and Carol introduced him to the commander, then Cross nodded a familiar greeting to Simmons. Western asked him to repeat his story of the computer technicians and Cross obliged, feeling a little like a schoolboy telling tales. At the end of it, Western turned to Simmons.

'So, what do you think?'

Simmons didn't know whether to be angry or embarrassed that something had happened in his department that he didn't know about. 'It certainly sounds like they put something new in the mainframe,' he said tightly. 'The bastards. They told me it was a spare, exactly the same as the one they took out.'

'But is there anything we can do about it? Does it help you at all?'

'If I can look at the system configuration I might see something. Even switch a few things off and bring the whole mainframe down, but there's still that priority problem I was telling you about. The configuration is exactly the place the computer won't let me get to. It's almost as if it knows what I'll find and is trying to stop me.'

'There was that weird thing with the captain's log-off on his cabin terminal, too,' Carol reminded Western. 'We were going to ask Simmons about that.'

Simmons had brightened. 'Hey, the captain's terminal! That should have a high priority listing. I might be able to do something from there.'

Western said to Carol, 'Go with him to the captain's cabin and show him what you're talking about, then see what you can do from there,' he added to Simmons. He turned to Cross. 'Thank you, Mr Cross. I'm sorry we had to drag you up here at this time of the night, but it's very important.'

'No problem at all,' Cross said, taking it as a dismissal and following Carol and Simmons to the stairs. He caught up with her on the top step.

'Can I come along and watch?' he asked quietly. 'I'm completely awake now—oh, but you're going to the captain's cabin,' he remembered, disappointed.

'The captain is missing,' Carol whispered, as they walked quickly down the stairs. 'That's one of our problems. You can stay with us, if you like. If you get any bright, air force ideas on how to get us out of this mess, don't be afraid to speak up.'

Now they were winding their way through the narrow corridors to Brooks's cabin, so Cross couldn't get a chance to ask what the 'mess' was Carol was talking about. He observed without comment the smashed door to the cabin, then stood in the background as Simmons grabbed an office chair from a nearby writing desk and pulled it up to the computer. As he was about to start typing commands Carol stopped him and pointed out the odd, logging-off anomaly on the activities screen.

'That's strange,' Simmons said. 'I didn't think the captain ever touched any of this stuff.'

'That's what I said,' Carol nodded. 'And how did he do that? There's no record of him logging on in the first place.'

'Beats me,' Simmons frowned at the screen. 'Is it important? I'd rather be using my time trying to fix everything else.'

'No, you're right. See what you can do,' Carol said, moving back to stand beside Cross.

They watched Simmons in silence for a while, then Cross said quietly, 'You obviously have a few problems. What the hell's been going on? Where's the captain?'

'We don't know, but we've searched the ship as best we can without disturbing the passengers and haven't found a trace of him. Western is prepared to believe Brooks is overboard, rather than start turfing the passengers out of their beds for a cabin search as well.'

Cross let out a low whistle. 'That's bad news. *Really* bad. Are we turning around to look for Brooks?'

Carol nodded towards Simmons, who was tapping at the computer's keyboard and staring at the screen intently. 'It gets worse. I tried to turn us around and discovered the automatic pilot is locked on. I've tried everything to override it, but no luck. At the moment, this ship is driving itself and there's not a damned thing we can do about it.'

'Have you put out a signal about the man overboard, so others can search?'

'There's an electronic lock on the radio room and the computer room. It has a PIN number controlled by—you want to guess? And we can't get in.'

Cross silently thought over everything and didn't like his conclusions at all. 'Carol, what you're saying is, this ship's out of control.'

'Basically, yes,' she replied calmly.

Simmons suddenly exclaimed, 'This fucking thing has a mind of its own. It's giving me all sorts of crap excuses, like lack of memory and network conflicts—anything to stop me getting into the programming. But I think I might be able to trick it.' Simmons stopped and rubbed at his chin thoughtfully. 'There's got to be a way. It's just going to take me a while to figure it out.'

'Oh damn, that's all I need right now,' Carol said

in a low voice, then said louder, 'I don't know how you got in here, young man, but I think you'd better get back to your cabin straight away. Your mother will be very worried, if she sees you're missing.'

It completely confused Cross, until he realised Carol was talking to someone at the cabin doorway. He leaned forward to see past Carol. Simmons twisted in his seat for a look, too.

'Hey, I've seen that weird kid before,' Simmons said, pointing. 'He was hanging around the bridge the other day.'

A small boy was standing in the entrance, the shattered door having swung wide open. He struck Carol as odd-looking, as well as weird. His skin was pale to a point of looking sickly, his face expressionless. The clothes he wore were strange, too. At first she thought they were rags, then Carol decided they were very old-fashioned and crudely made. It reminded her of a character out of Dickens's *Oliver Twist*.

'Hey, maybe he's sleepwalking,' Carol said, because of the blank look on the child's face.

The boy slowly lifted an arm to point back at Simmons. '*Leave me alone*,' he said in a dead, monotone voice. Speechless, Simmons stared at the child.

Carol started to walk towards him, but the boy turned and ran, disappearing back into the corridor. 'Damn!' she said, stopping and undecided whether to give chase.

'I wouldn't worry about him,' Simmons told her, recovering and turning back to the computer. 'He moves like lightning. You'll never catch him, believe me.'

Carol went to the door and looked around the corner. 'It looks like you're right,' she said doubtfully, coming back. 'But I don't like the idea of him running around the bridge areas like that. I'd better have a word to the head purser in the morning, see if we can work out who he is and tell his parents to keep him under control.'

Then she noticed Cross's face. It had gone very white. 'Russell, are you okay? You look like you've seen a ghost.'

For Cross, that was exactly what he'd seen. The child in the doorway was the same boy he briefly saw in the cockpit of his F-111. Just before the dying Granger appeared.

'I'll—ah, be okay,' he said shakily, unable to take his eyes off the doorway.

'Sure, you're going to be okay,' Carol said. 'Except you look like you're going to faint. What's wrong?'

'It's a little hard to explain,' he told her, his voice getting stronger. He managed to drag his gaze away from the door and look her in the eyes. His expression pleaded with her not to ask any more questions.

Carol turned to Simmons, who wasn't taking any notice anyway. 'Do you need me here?' she asked.

'There's nothing you can do except watch, if you

want,' he said absently, still typing. 'And it's going to take me quite a while to try out all the possibilities. I might get lucky in five minutes, or it might take me five hours. You're better off getting some rest and I'll call you as soon as I've had any luck.'

'Then I'm going to get Russell back to his cabin. He looks like he might fall down the stairs on his own.'

Cross didn't speak all the way back to his cabin. Carol had a master key and used it to open the door, then she followed him in, closing the door behind her.

'Sit on the bed,' she said, then stood in front of him. 'Do you want a drink?'

'A scotch,' he said, staring off into space. 'Nothing else. And make it a big one.'

'Do you mind if I have something myself?'

'No—no, of course not.'

Carol made the drinks, handed one to Cross, then resumed her place standing directly in front of him. 'So?' she asked suddenly. 'What's the story? Are you an epileptic or something? Did you start having a fit? You looked like it.'

'Nothing like that,' he said, gulping down half his drink. He fell silent.

'Are you going to tell me?' Carol asked impatiently.

'I'm sorry, Carol,' Cross waved a hand. 'I'm trying to deal with something myself. I—I think—' he stopped again, then got angry at himself. 'Damn it!

I think I *did* see a ghost! That boy is a ghost for me, at least.'

'What?' Carol's manner softened to confusion. 'What do you mean?'

Cross took another sip of his drink, then a deep breath, and started to tell Carol everything about the aircraft crash and what occurred before it. He didn't leave anything out. It was a relief to actually tell someone the entire truth at last. During his recital Carol stepped blindly backwards, found a chair and lowered herself into it. She didn't interrupt him once.

'That's quite a story,' she said carefully, when Cross finally ran out of words.

'Yes,' he laughed ruefully. 'That's one way of putting it. Do you believe it, though?'

'Well, I believe you saw what you *think* you saw,' Carol nodded slowly. 'But I can't begin to guess what caused it. As you said yourself, you were at a high altitude and on oxygen, plus you'd just been performing some high-speed aerobatics. All in all, it must have been a very stressful situation and the mind can play all sorts of tricks in those conditions.'

'And I ejected myself?'

'I don't understand that side of things, Russell. I'm not a pilot. I don't know what you can and can't do in the cockpit of a fighter plane.'

'Okay, then what about that boy? You saw him, too.'

'He might just look like—like whoever it is you

saw,' Carol said calmly. 'Face it, all kids that age look alike to people who haven't had children of their own. Give 'em all the same hair colour and clothes and they're identical.'

'Exactly,' Cross said, getting excited. 'What about those clothes? Did you see them? They're sort of funny, like old-fashioned and roughly made. How many kids do you see wearing clothes like that? Especially on a luxury liner like this?'

'Not many, it's true,' Carol admitted reluctantly. 'Look, I don't get this at all, but I'll tell you what. Tomorrow I'll search the passenger list, find all the kids about his age and sex, and you can check them out for yourself, okay?'

After a hesitation Cross said, 'Sure, I'll do that. It sounds crazy right now, me snooping around the ship looking for kids, but it might put my mind at rest.'

Carol laughed quietly and self-consciously, staring into her glass as she swirled her drink around. 'This situation isn't exactly what I had in mind.'

Cross looked at her and said, 'Let's make it what we had in mind, then.' He leaned off the bed and used a switch to dim the lights. 'At least come over here and sit on the bed with me.'

'I don't know, Russell—'

'Come on, Carol, we don't have too much time,' he said gently, but with an urgency.

She shrugged with a sudden decision and went over, sitting next to him on the bed with her legs curled up underneath her. Cross sat up beside her.

'Now what?' she asked, looking at him over the rim of her glass as she drank.

'We can talk a while, and see what happens,' he said, taking the glass out of her hand, 'or we can just skip the talking bit altogether.'

He put her glass on the bedside table without watching what he was doing, concentrating instead on kissing her on the lips.

Carol couldn't respond at first, doubts running through her mind whether this was what she wanted. The truth quickly won. She wouldn't have been there, in his cabin and sitting on the bed, if she hadn't wanted this to happen. And she needed an escape—they both did—from the frightening things happening around them. Carol began to hungrily return his kiss, surprising him with her sudden passion. It wasn't long before their upright position became awkward and Cross gently pressed her back onto the bedcovers. He took a moment to strip off his shirt, then returned to kissing her face and neck. Carol ran her fingers over his bare chest and curled her arms around him to softly scratch his back with her nails. She felt his fingers at the buttons of her shirt and then the cool air on the skin of her stomach and shoulders. Cross started running his lips over the exposed tops of her breasts, while she stroked his hair.

'Wait,' she breathed, lifting herself off the bed to reach behind and release her brassiere. He pulled it away as she fell back again, then lowered his head to kiss her breasts in earnest, using his teeth gently on her nipples. She moaned softly and encouraged him, squirming slightly with the pleasure. Next his hands were at the clasp of her jeans and pulling down the zip. 'Just take the damned things off,' she said, knowing they would be tight on her legs and hard to pull down with any sort of romance. He obliged, kneeling next to her and tugging them off. He slid off her panties, too, and she stretched luxuriously in front of him, showing herself to him. 'You, too,' she whispered, looking at his own jeans.

Cross quickly stood and undressed, then he lowered his naked body onto hers. They eagerly explored each other, running their hands and lips over every inch of their bodies. Finally they couldn't wait any longer and made love, both of them gasping as Cross thrust himself deep inside her. Carol cried out for him to do what he wanted—what he needed, knowing there was plenty of time. But he cared for her too, and tended to her own needs.

In the end, she curled exhausted into his arms and snuggled against the warmth of his chest. Cross reached out, flicked the light off and lay listening to Carol's deep, contented breathing.

Neither of them thought they would sleep.

Hours later, Cross had to go to the bathroom. He tried to disentangle himself from Carol, who had finally dozed off into a fitful sleep, but she woke with a murmur.

'What are you doing?'

'Just going to the bathroom,' he said softly.

'Can you get me a drink of cold water, please?'

'Sure.'

When he returned, sitting on the bed beside her while she drank, Cross nodded at the porthole. 'You should see the moon. It's just dropping out of the clouds and setting. It'll only be there for a few minutes before it gets below the horizon.'

Carol slipped off the bed and stood at the porthole, pressing her face against the cool glass to stare out. From behind, Cross unashamedly admired the faint silhouette of her naked body, feeling himself become aroused again. Then he saw her stiffen and suddenly turn from the porthole, whispering a curse under her breath.

Cross said, 'Hey, what's up—'

Carol found the light switch and flicked it on, making him blink. She started searching for her clothes. 'I've got to get to the bridge,' she said urgently. 'You can come, if you want to.'

'Why?' he asked, automatically reaching for his own jeans.

'Because the moon's in the wrong place. We've changed course. This ship *doesn't* change its heading without me knowing about it.'

'Maybe they couldn't find you?' he suggested guiltily.

Carol swept up a small device on the bedside table and showed him. 'My beeper. If they couldn't get me in my cabin, they would have paged me.'

'Do you want to call?' he asked, tugging on his runners without undoing the laces.

'We'll be there in a minute anyway.'

When the two of them burst onto the bridge they found Lieutenant Wade, the most junior of the ship's officers, keeping the watch. He looked around, startled then confused at seeing Carol out of uniform and the unfamiliar Cross behind her.

'Good morning, Miss Jackson—ah, Carol,' he said, uncertain. 'Is everything okay?'

'When did we change course?' she snapped, moving to the binnacle. 'And why wasn't I informed?'

'But we haven't. We can't change course, because the automatic pilot is locked on—' Wade's voice trailed away, aware that she would know all this.

'When was the last time you checked?' she said, glaring at him accusingly.

'Well—' he seemed about to lie, then he admitted, 'I haven't been taking much notice, really. I've been watching the radar like a hawk for any possible collision hazards, like Commander Western told me,' Wade said, as if to redeem himself. 'I thought we *couldn't* change course.' He got the courage to ask, as he came over to the binnacle, 'Why? Have we?' Wade was almost wincing, afraid of what her answer would be.

'We've turned south by forty degrees,' she told him flatly. 'You don't know when it happened? No one ordered it? Simmons hasn't had any success breaking back into the computer programming?'

'No,' Wade answered inadequately to all three

questions. 'I haven't heard from anyone. I was supposed to wake Commander Western if anything at all happened.'

'Then you'd better wake him now, hadn't you?'

Cross watched as Carol entered some commands into the computer. After a minute of typing and anxiously watching the screen for a result, she looked up at him. 'I can't change it back,' she said. 'The ship's locked onto the new course. It doesn't make sense. We're heading straight for Florida now—something we've never done before, so it's not as if it were an old course heading the computer has glitched in at random. Damn!' she added, something else occurring to her. She turned to the radar screen and made some adjustments. '*And* we're moving much closer to that storm now. I don't like the look of this at all.'

Commander Western appeared on the bridge, overhearing Carol and asking, 'You don't like the look of what?' He looked tired and oddly more human, dressed in a baggy tracksuit rather than his usual, immaculate uniform.

'The computer turned us forty degrees south and locked itself onto that heading. We're on a collision course with that storm system now, Commander,' Carol said, looking up from the radar. 'It looks more intense, too. We could be in for quite a ride, if we can't turn away from it.'

'Why did it change our course?' Western looked mystified.

'Well, I don't know if it deliberately changed it,'

Carol told him. 'It could have been a random event that could happen at any time. It might decide some time to throw us into a circle, for all we know.'

Western's puzzlement faded as he started to wake up and think properly. 'We should have asked Stilson if he could somehow freeze the steering for us. At least, that way we'd arrive somewhere close to our destination and not have something like this occurring. Where will we landfall the coast of the US now?'

'I'll try a course projection—' Carol said doubtfully. After entering some data she got an answer. 'The computer doesn't seem to mind doing more menial tasks for us. I wonder if Simmons has been making some headway? This course takes us towards the southern tip of the Florida Peninsula. It doesn't seem to be any specific port, though.'

'Straight through the Bermuda Triangle,' Western observed absently, his mind on other things and not giving the notorious area any serious credence. 'In fact, how close will we go to Bermuda itself?'

'We'll pass about two hundred kilometres to the south.'

'They'll ignore us, at that distance,' Western decided, disappointed. 'I haven't heard from Simmons. Has anyone else? I'm assuming he hasn't had any success yet.'

'I haven't heard anything,' Wade said quickly, trying to sound competent. He'd been worrying that Carol might tell the commander he hadn't noticed the course change.

Carol said, 'I left him in the captain's cabin hours ago. He said it might take him five minutes or five hours to achieve anything.'

Western grunted and said, 'Which means he hasn't a bloody clue what to do either.'

The bridge went silent with everyone contemplating the near future. Cross was regretting having followed Carol. He didn't belong there and felt like an intruder, although no one seemed to care. For the time being he was hanging back at the rear of the bridge. Now he sidled towards the stairway, thinking about slipping away and not sure if he should even say farewell to Carol. Neither Western nor Wade appeared to have given his presence there much thought and, for the sake of discretion, Cross didn't want to give them any reason to start wondering about it.

But on a whim he couldn't resist going through the half-open bridge-wing door for a quick look. The rolling movement of the *Futura* in the storm swell was enhanced out here with the bridge-wing just leaning out over the ocean. Cross imagined that in a bigger sea the effect would be alarming. The strong breeze was bringing the rain from behind him, leaving the wing comparatively protected by the bridge superstructure and allowing just a fine mist of cold droplets. Looking aft, he couldn't decide if there was the beginning of dawn on the horizon. The bright steering light on the funnel took away too much of his night sight, making everything else beyond seem darker. As he stared, trying to make up his mind, a shadow passed across the front of the funnel. Cross was going to dismiss it until he realised it had to be something large swinging between him and the light, not just the shadow of anything small made unnaturally large against the white expanse of the funnel. He waited for the shadow to pass again.

When it came swinging past once more the shape of it made Cross gasp with shock, but he didn't say anything until he was certain. It took long seconds for the *Futura* to corkscrew her way through the swell and into the next, bringing the shadow back.

This time he was sure.

Cross pulled the door aside and went to call Carol, but stopped himself in time. He said quietly, 'Commander Western, you'd better come and have a look at this.'

In the gloom of the bridge Cross could see Western stiffen and hesitate. He knew it was because the commander hadn't really considered Cross's presence there, and now a mere passenger was demanding his attention. Without a word Western came over and pressed himself onto the wing beside Cross, who pointed at the funnel.

'Watch,' he said.

Again it needed a few moments for the ship to negotiate a swell and bring the shape swinging across. Western was on the brink of impatiently asking what Cross was concerned about, when it happened. Instead, he said fearfully, 'Christ, what the hell is that?'

'I think it's a person, Commander,' Cross told him, feeling slightly sick at the thought. 'Either that, or it's a very bad joke. It must be hanging from the funnel.'

The shadow passed again and Western reacted with a curse, then quickly left the wing and went straight down the stairs. He called over his shoulder, 'It's tied to the signal halyards, whatever it is.'

Cross was already following, with Carol hurrying across the bridge to join them. The stairs were slick with the rain and Cross forced himself to take care.

The signal halyards were a series of thin wires running on the ship's mast beside the main flag hoist. The mast itself was one of a pair mirrored by another on the opposite side of the upper recreation deck with the funnel just behind. At the base of the two masts was another small, raised deck which was roped off in a token gesture to discourage passengers from climbing up there. Western flung this rope aside in his haste, then came to an abrupt halt with no room left to hurry. A control panel was mounted on the mast above a large cupboard. As Cross and Carol arrived on the deck Western was about to use his keys to unlock the controls, but he'd belatedly realised a set already dangled from the locks. The cupboard was also open and some brightly coloured flags spilled out. A lot of blood, shining black in the reflected mastlight and streaked by the rain, was splattered over everything—the base of the mast, the metal cupboards and soaking into the timber decking. Both Carol and Cross craned their heads backwards, blinking their eyes against the rainfall, to look at the figure hanging above them. It was undoubtedly a man suspended from one of the wires, held by his hands.

'Who the hell is it?' Cross asked hoarsely.

'I can't tell from here,' Carol answered him.

'Can't we get him down?'

'I'm trying!' Western snapped from where he was peering, frustrated in the dim light, at the control panel.

'The flags are motorised?' Cross said in surprise to Carol.

'Everything on this ship is either computerised or motorised.' She gestured helplessly at the mast. 'The halyards have motors on them for hoisting with a tension setting to keep the wires really tight. It stops them flapping against the mast itself and making all sorts of annoying noises to upset the passengers relaxing up here,' she added wrily.

Western had been able to make the motors whirr and clunk for a few seconds at a time with the wires moving only centimetres, before stopping again.

Overhearing Carol, he searched the panel and found a switch to turn off the automatic tension. He twisted it savagely, then stabbed at the control buttons again. With unexpected speed, motors inside the mast whined into life and the wires began to race through the guides.

'Look out,' Cross cried, dragging Carol with him to one side. The body dropped sickeningly to the deck and was in danger of being hauled to jam against the mast, but Western desperately punched the controls and stopped the motors in time.

In the silence, they stared down at the dead man.

It was Simmons.

'What in God's name happened?' Carol asked, watching as Cross stooped to check, without any hope, for breathing or a pulse. 'Who could have done this to him?'

'It looks like he might have done this to himself,' Cross said, grunting with the effort of rolling Simmons onto his back. 'Can you see this?'

He was pointing at Simmons's wrists, which were bound by a tangled loop of the halyard wire. The officer's neck and upper body were saturated in the same black blood, but the injury must have been from some sort of blow or cut hidden under the gore, because the wire wasn't anywhere near Simmons's neck. Cross looked up and saw a steel ladder on the mast. It ended about three metres above the deck, so it needed another portable ladder to get up there, preventing adventurous passengers from climbing the mast. It looked very likely Simmons had struck the lowest rung as he was being lifted by the halyard and was tragically unfortunate enough to slice through an artery as well as being knocked unconscious. He had actually bled to death, as far as Cross could determine.

'I don't think this is a deliberate knot,' Cross said, trying to examine the wire cutting into the dead man's wrists without touching it. 'It looks like he got tangled and somehow engaged the motors, which hauled him up into the air. He must have hit the ladder on the way through.'

'This is insane,' Carol said, looking up at the ladder and trying to picture it all. 'What the hell did he think he was doing?'

'Signal flags,' Western said heavily, nodding at the open cupboard. 'I'd say he got the idea to raise a distress message of some kind, though God knows why he tried to do it on his own—and in the middle of the night. He would hardly know what to actually *fly*. He wasn't exactly the most capable seaman we've known.'

'Which is maybe why he tried to do it alone,' Cross said. 'He told us at dinner that no one knew what he was supposed to be on this ship—like, he had no official title. Perhaps he thought it would be clever to do this and show everyone in the morning how smart and seamanlike he could be.'

'It will probably all make more sense after I've checked the captain's liquor cabinet,' Western said. 'He's got quite a selection in there. I'll bet Simmons was helping himself before he came up with this bright bloody idea.' Wearily, Western looked down at the corpse. 'Stay here for a moment, will you,

Carol? I'll go call the doctor and find some people to remove him.'

Carol nodded and watched him walk stoop-shouldered towards the bridge. She suddenly shook herself against a chill. The rain had soaked her clothing by now. 'You don't have to stay,' she told Cross bleakly. 'There's no point in both of us catching pneumonia.'

'I'm not going to leave you here alone, like this,' Cross replied firmly. 'Don't be crazy.'

Carol gestured at the corpse. '*This* is crazy. The whole boat is going crazy.'

'Something . . . strange is happening,' he agreed carefully. 'But I couldn't begin to guess what it is. Nothing makes sense.'

The deck lifted significantly under their feet. Carol gazed out into the darkness, as if she could see the ocean in the night. 'We're getting closer to the storm,' she said quietly. 'The passengers will be howling in the morning if they wake up to weather like this. I wonder what Western will tell them?'

'They won't like it, whatever he thinks of,' Cross said.

Dr Foreman arrived, closely followed by four crew members, one of them carrying the collapsible stretcher. They all must have been forewarned about the circumstances and Cross guessed Western gave instructions not to waste time or linger, discussing anything. Everyone stayed silent as the doctor quickly examined Simmons and needlessly confirmed in an official voice that he was dead. They rolled the body onto the stretcher, covered it with a blanket and hurried it away, the crew members exchanging quiet curses about negotiating the stairs and the rain soaking them. Foreman merely nodded at Carol and Cross, then followed the stretcher.

With a glance towards the bridge Carol told Cross she wanted to go back to her own cabin, get changed into a dry uniform, and start work again on trying to override the computer's automatic navigation. He could only shrug, feeling helpless and disappointed.

'Come and have breakfast with me?' he asked. 'It will be light in an hour or so.'

'Maybe,' she replied. 'I'll see how things are going. It might not be such a good idea, an officer showing her face in the dining room this morning.'

Cross knew she was talking about the bad weather. 'There might not be too many of them around.'

'No, you're probably right. Anyway, I'll see you later.' Carol took his hand and squeezed it, then she was gone, heading for the bridge stairs.

Cross stood in the rain a minute more, his mind filled with confusing, frightening images of corpses swinging above the deck, his time making love to Carol Jackson, and the appearance of a small, strange boy at the door of Captain Brooks's cabin.

A boy Cross was convinced was a ghost of some kind—but not just a lost, tragic spirit. He was also a harbinger of death and somehow connected to

Cross himself, having followed him halfway across the world.

Cross couldn't help thinking maybe the child was trying to kill him, too.

19

Cross spent two sleepless hours in his cabin, alternately trying to get some rest, reading a book or puzzling over the events aboard the *Futura* since leaving Southampton. There was much he didn't know, but it wasn't hard to guess. The first 'accident' Carol told him about didn't seem to be so accidental any more. Too much had happened since. Each individual incident, examined by itself, didn't appear to be anything except an unfortunate tragedy, even if the circumstances—as in Simmons's case—were bizarre. But view them all together and, as incredible as it looked, a malignant force seemed to be present aboard the ship causing fatal mishaps. The more Cross considered it, the more he believed he was right. The difficult part was getting someone else to agree with him. Carol was the obvious choice, but he wasn't certain when he might get another chance to talk with her.

A grey dawn filtered through his rain-speckled porthole. Cross got off the bed and pressed his face to the glass. The ocean outside was line upon line of heaving swell bearing down on the ship and seemingly threatening to swamp over the porthole. The idea made Cross shudder, but he forced himself to stay and watch until the boat's side lifted with the sea. Still, it didn't make him feel any safer and he stepped back to examine the steel deadlight that could be locked down over the porthole. He didn't know if it was supposed to be waterproof, but Cross decided it would make him feel a lot better in this weather if it were shut and he made a note to ask one of the hospitality crew to close it for him. A noise behind him attracted his attention and he turned to see a note had been slipped under his door. Believing it was Carol he rushed to the door and opened it, sticking his head out into the corridor, her name on his lips. Instead, he surprised one of the deck porters, bending to put another note under the adjacent door.

'Sorry,' Cross said quickly. 'And—ah, good morning.'

'Good morning,' the porter answered, curious at Cross's manner.

Cross felt compelled to explain, 'I was expecting someone else.'

'Oh, I see.' The porter didn't look convinced.

Cross closed the door and picked up the paper. It was an invitation to passengers to borrow wet weather jackets from the purser's office. It made him think of doing just that and braving the deck for a while, for the experience. Besides, it might be wise to get one of the offered jackets early, before everyone else had the same idea. He dressed quickly, thought about having a coffee and rejected the notion, then mulled over getting a message to Carol and asking her to join him at breakfast as soon as the dining room opened. It was tempting, but Cross managed to stop himself with a reminder that she was one of the ship's senior officers aboard a boat that was, technically at least, out of control. The last thing Carol needed was a passenger leaving messages and bugging her, despite the strong attraction they felt for one another. He'd already invited her the night before. If she had the time and inclination, Cross would see her when she got the chance.

It made him consider the deception going on all around him at the moment—something none of the other passengers was aware of. The *Futura was* out of control. Her acting captain and crew had no means of steering a chosen course or even telling the outside world about their problems. Yet the semblance of normality was being carefully maintained, mostly by not telling anyone anything and by making sure the ship's daily routine didn't change. Cross wondered how many of the lower-rank crew members knew of the ship's difficulties. The accidental deaths and the captain's disappearance would be common knowledge, but Western might be keeping to himself the fact that the computer was not responding to commands and that they weren't even heading for New York any more. The fewer the people who knew, the less chance there was of any passengers finding out. However, the illusion couldn't last much longer. Everyone was expecting to arrive in New York in a little over twenty-four hours. Instead, if the ship kept her present course, they would find themselves several hundred kilometres further south and nowhere near land.

And that, Cross thought as he let himself out of his cabin, might get a few people upset.

The purser manning the desk didn't look surprised Cross was up so early. 'It is a little fresh outside,' he said cheerfully, handing over the jacket. He sounded as if it was a perfectly normal occurrence that a luxury liner like the *Futura* could find itself in seas that caused, at times, an alarming ten degree roll.

Cross went up on the highest deck without thinking it would bring him close to where Simmons was killed. It was only when he saw the small, raised deck and the controls for the halyards that he remembered. Going closer for a quick examination he saw all the bloodstains were gone, either removed by the crew some time in the night or washed away by the rain, which was gusting in short, sudden squalls. The wind was stronger, too, beyond being called a 'breeze'.

In the light of day it was hard to understand how Simmons's accident could have occurred. It needed an extraordinary combination of the right, chance loop in the wire to hold his suspended weight and for the electric motors to kick in at the exact moment to haul him upwards.

They say stranger things happen at sea, Cross thought, disturbed.

Someone called, 'Are you thinking of flying an SOS flag, Russell?'

Cross turned to see Johnathon Harvester looking up at him. He was dressed in a raincoat similar to Cross's with the hood pulled over his head, shadowing his face, but the white of his teeth in a broad smile showed through. It took Cross a second to remind himself Harvester couldn't possibly know of the night's events or how close to poor taste his joke came.

'They're all run by motors,' Cross told him, for want of a better thing to say. 'To stop the wires flapping against the mast and annoying people.'

'I figure they've thought of just about everything on this ship—apart from the weather,' Harvester waved at the ocean over the railing, his smile still beaming.

Cross came down from the raised deck. 'It's something to see, isn't it? Did it wake you up? It's early.'

'No, we're always up this early for a morning dedication. Life's too short to waste sleeping while the sun is up.'

'Each to his own,' Cross murmured. Something caught his eye and he walked over for a look, with Harvester following. The freshwater swimming pool presented an unusual sight. Some of the water level had already been lost, but now with the rolling of the ship the pool water itself appeared to be ponderously moving from side to side, angling itself and exposing the sides each time. 'I remember when I first came aboard and I was exploring,' Cross said, looking for a change of subject. 'There's a sign over there saying the crew won't replenish the pool water if it's lost due to inclement conditions. I thought at the time it sounded like a rather unlikely occurrence. Now I know different.'

'This swimming pool has a lot to answer for,' Harvester said gravely. 'You were up here the other night, weren't you? When we were doing our memorial service? I saw you.'

'I was just curious,' Cross shrugged. 'None of my business, really.'

'You could have joined in, if you'd wanted. We welcome anyone who wants to participate.'

Cross suppressed a flash of annoyance. 'Like I said, it was none of my business. I wasn't even interested. The young girl who was with me, Susan, brought me up for a look.'

'Yes, young Susan,' Harvester nodded inside the hood. 'She's a nice girl.'

'You know her?'

'We've had a few chats. She's very bright.'

'I didn't know—that you'd been talking, I mean,' Cross said, then got annoyed at himself for sounding like believing it was something he *should* have known, when in fact it was none of his business either. Still, it worried him that Susan had been talking to Harvester, but apparently thought it best to keep the fact to herself.

'People of her age are wide open to all sorts of ideas,' Harvester said expansively. 'We have to be very careful. It's an important time in their lives.'

Just right for people like yourself to suck them into some obscure, cult religion, Cross thought, but didn't say. He contented himself with saying pointedly, 'As long as we let them make their own decisions.'

Harvester chuckled and Cross got the odd impression Harvester was laughing at him. 'They're always going to do that, aren't they? It must be hard work, being the parent of a teenager these days.'

'I wouldn't know.' The opening was there for Cross to ask Harvester about his own family, if he had one, but Cross wasn't interested. He didn't want to get dragged into a conversation about parenthood and children he didn't know.

They had moved to the rail, leaning on the top and staring out over the unfriendly sea.

'You know, I don't know all that much about sailing and the sea,' Harvester began, conversationally.

'But I always thought that the waves caused by bad weather came from the storm, isn't that right?'

'I think so,' Cross said, wondering where this was leading.

'So, how come we're sailing into them?'

'I'm sorry?'

Harvester pointed towards the bows. 'We're sailing *into* the swell, like we're going almost straight towards the middle of the bad weather. If we were trying to avoid this stuff, like it says in the cabin literature, you'd think the waves would be catching us up from behind, sort of. What do they call it? From our *quarter*—that's it.'

'Maybe the captain wants to get to New York on time. We haven't got time to go around this one.'

'I would have thought the comfort of the passengers was paramount.' Harvester pushed himself away from the rail and spread his arms. 'But, hey, who am I to be the expert? Besides, I'm enjoying this. It's not every day you get to sail through a storm in the Atlantic, is it?' He glanced at his watch. 'It's not too far off breakfast time. I might go below and get cleaned up. I don't think breakfast is going to be too crowded this morning.' He winked. 'I don't know if these waves agree with everybody aboard, know what I mean? I'll be seeing you around, Russell.'

Cross gave him a small wave as he moved towards the steps. He wondered if it was worth getting in contact with Commander Western and repeating what Harvester had just said. Among the passengers there would bound to be experienced sailors and the like who would notice the *Futura*'s course was heading straight into worse weather. Then again, Cross figured he was just trying to find himself an excuse to see Carol.

Western had already decided to do something about it, as Cross found out when he went to breakfast. It turned out Harvester was right, too. The dining room looked almost deserted, as it had the evening the casino's poker machines went crazy. This time the reason was more natural. Some of the passengers at breakfast picked unenthusiastically at the offerings, putting on a brave face. At Cross's table there were just Enid and Susan. He was tempted to ask Susan about her talks with Johnathon Harvester, but changed his mind. In the middle of the meal an announcement came over speakers fitted in the ceiling. Cross recognised the voice of Commander Western.

'Good morning, ladies and gentlemen. We have an important announcement to make. Due to some maritime regulations affecting our current situation and our schedule for the United States and beyond, unfortunately we must maintain our present course, which brings us close to a seasonal storm system to the south of the *Futura*. The captain has decided that any course change to avoid the bad weather wouldn't achieve a great deal, except perhaps to prolong your discomfort, so we'll be forging ahead and attempting to sail our way out of the uncomfortable conditions in the quickest way possible. It may even get a little worse, but not until this evening when everyone should be tucked safely in their beds and we'll be through it by the morning. However, for anyone who would prefer some company or might have some trouble sleeping, the main dining room will be open all night with crew members supplying hot drinks and snacks. For serious cases, the ship's hospital can provide some medication on the doctor's advice. We apologise for any inconvenience. Please don't hesitate to talk to any of the crew if you have questions or any problems. This announcement will be repeated in an hour's time. Thank you.'

Enid's eyes were wide. 'Now, what on earth does *that* mean?'

'It means, it's going to get a little rough and if you'd prefer not to be stuck in your cabin with images of the *Poseidon Adventure* going through your head, then come up here for company,' Susan said excitedly.

'I'm sure it's not going to be so bad,' Cross told Enid quickly, watching her face go pale.

'I don't know why they can't sail around the thing,' Enid said nervously. 'Who gives a damn if we get to New York a day or so late?'

It was the first time Cross had ever heard Enid use anything like foul language. It betrayed the depth of her feeling. 'Really, Enid. You should probably come up here for the night. I think you'll find everybody will have a high old time and not even notice there's a bit of a storm outside.'

'You're probably right,' Enid agreed, but doubtfully.

'Bingo and old time singalongs,' Susan said, screwing up her nose. Then she brightened. 'Will you be here, Russell?'

'Maybe,' he said.

Later, Cross decided that Commander Western had understated things a little, probably with the intention of preventing too much panic among the passengers. Either that, or the severity of the storm took them by surprise as well. The weather worsened steadily all day with the gaps between the rain squalls shortening until they disappeared altogether. The wind picked up more and the swell increased, although the *Futura*'s stabilisers seemed to be doing a good job absorbing this. The roll did get frightening sometimes, because while the ship was fully capable of sailing in such seas it wasn't *expected* to. Glasses in the bar, pots in the kitchen, even things in the passengers' cabins were all placed and designed for a ship that wouldn't ever get beyond a five-degree list. The crew had most of it under control, but occasionally something escaping their notice would finally fall or smash, rudely reminding everyone that things weren't quite what they were supposed to be.

A crowd began to gather in the dining room during the day. So many that when Cross arrived for his lunch he discovered most of the tables had been cleared away to make space for people sitting or lying on cushions spread around the carpeted floor. Card games had begun everywhere. The scene reminded Cross of photographs he'd seen of bomb shelters and their occupants passing the time any way they could. There was the same undercurrent of fear, too. The movement of the ship was pronounced and the wind could be heard as a dull roar beyond the room. Rain was driving hard against the windows on one side. Normal meals weren't available. Only toasted sandwiches or small meat pies. The waiters were handing out tea and coffee, or soup, in mugs only half-filled to prevent spilling. The entire situation was completely removed from anything the passengers should have been expected to endure on a ship such as the *Futura* and Cross was surprised there weren't more instances of outrage and anger—even if it would have been unreasonable. As he looked around the faces of people close by he could see nervousness and real fear. It wasn't just the weather. A bad *feeling* was beginning to build throughout the ship. Everyone was starting to sense that things weren't quite what they were supposed to be. Cross guessed it wouldn't be long before the situation bordered on the hysterical.

Wanting to get away from the tense atmosphere in the dining room, he took a toasted sandwich and a can of Coke back to his cabin, consumed them and tried to read. It was also an excuse to stay where Carol would be most likely to contact him. However, Cross's eyes kept flicking to the closed deadlight now clamped over the porthole, expecting to see rivulets of seawater begin dripping down from the seal.

The afternoon dragged on. A movie on the closed-circuit television wasted another few hours, then Cross donned the wet-weather jacket and braved another walk around the decks. Even though it was raining constantly and the wind was high, things weren't quite as bad as he'd thought sitting in the enclosed space of his cabin and imagining the horrors of the storm. The *Futura* was corkscrewing through a large swell, but taking it in her stride. When Cross dared to lean out over the rail and look forward, he could see that each time the ship's bow ploughed into the next wave a spectacular fan of white foam was thrown out from the hull.

He was alone on the decks. None of the other passengers was feeling so intrepid. The crew had been busy earlier, lashing the deckchairs into bundles and securing them, taking down the netting around the tennis court and generally tidying up anything that might be lost or damaged in the wind.

Despite the jacket he was cold and wet. Walking the decks during a storm like this didn't make much sense. But then Cross realised nothing was making much sense for him recently—and that was half the reason he was doing crazy things like this. He welcomed anything that might occupy his mind and prevent him thinking of what he really should be attempting to understand—the reappearance of the ghostly child in his life.

When Granger had materialised in the aircraft and caused the crash, everything seemed so incredible and *impossible* that Cross even now hadn't found the courage to really confront the facts and try to explain what happened. But there *was* something he'd unconsciously decided—something that until now hadn't been so important. The manifestation of his dying co-pilot and what occurred immediately afterwards had so consumed Cross's thoughts that whenever he attempted to rationalise the events of that morning, the presence of the child in the cockpit of the F-111 had seemed almost inconsequential, a freakish side-effect.

Now it appeared maybe he'd got things the wrong way around. The boy's spirit was the catalyst, the precursor to something else—something worse—about to happen. Why it should be happening to Cross was difficult enough to understand, but now he had to accept it was occurring again and he had somehow brought it with him halfway around the world and onto this ship. It was actually possible that everything tragic taking place on the *Futura* since leaving Southampton was in some way Cross's fault, even if it was merely his presence there.

There was another side to the argument, more logical and stronger, that saved Cross from any feelings of guilt. The child's spirit could well be the portent of impending evil or an omen of disaster, but it was also possible the ghostly boy was simply an apparition that Cross was, for some reason, capable of witnessing. The Grim Reaper was reputed to be a tall, hooded figure with a scythe, but perhaps for people like Cross, Simmons and Carol Jackson the mythical personification of Death was a small boy in ragged clothing and with a pale, dead face.

'And I can *see* him,' Cross whispered to the grey waves foaming past the ship. '*We* can see him.' He shook himself against a chill and finally realised he needed a change of clothes and to get warm. He headed for the stern set of stairs and aft entrance, because it meant the least distance he would be trailing dripping water through the dry interior of the boat. Cross had to walk past the windows of the dining room and a strange glow from inside made him stop and look. However, droplets of rain and the suffused light inside prevented him from seeing. Curious enough to now disregard wetting any carpets Cross found the exterior doors and pushed his way inside. His arrival caused a minor commotion, because of the flurry of wind and rain he brought with him.

The scene in the dining room had changed little and it still looked an innocent and mutual sharing of the rough weather, but something else was happening too and it made Cross's instincts set off mental alarm bells.

The Followers of Luke had erected a small,

makeshift altar in one corner of the room and lit an array of candles around it. Most of the flames had been snuffed out by Cross opening the door and one of the members was patiently relighting them. In Cross's first, appraising look around he thought he detected a trace of annoyance in the Follower, but the man steadfastly kept his eyes on his task, touching a match to the smoking wicks.

The passengers taking shelter were mostly in groups, talking quietly or playing the interminable card games, while the Followers had a band of their own against the far wall. Then Cross noticed some of the passengers' clusters had been joined by a cult member, distinctive in their three-piece suits and ties. It might have been Cross's suspicious imagination, but in these groups it appeared the conversations were centring around the Follower in an animated way. He noticed one of the cult's members break away from their own clan and head towards him. It was Johnathon Harvester.

'Good grief, Russell! Have you been out there all day?' Harvester asked in his cheerful, over-polite manner. 'You're soaking wet.'

'I've just been having another look around,' Cross told him, unable to keep his own voice from being hard and unfriendly. 'Are you people setting up shop in here?'

'We're joining the rest of the passengers up here for our own peace of mind,' Harvester said easily. 'It's a bit uncomfortable down on the lower decks and it lets us help out keeping things calm and soothing the older folks. This is a bit scary for some of them, you know.'

'I wouldn't have thought the crew needed any help.'

'The crew doesn't offer any *spiritual* help.' Harvester gestured at the candlelit altar. 'But anyway, that's not what the candles are for. It happens to be a special time for Luke and the tabernacle is just a mark of respect for him. No one seems to mind.'

Cross felt a genuine anger building inside him and warned himself to stay calm, but it was hard. 'I think it's presumptuous for you to shove your beliefs or whatever in everybody's faces like that,' he said coldly. 'Why didn't you take it into another lounge, where people have a choice about putting up with it? I'm surprised the commander has allowed you.'

'Commander Western said it was okay, as long as we didn't take up too much room. He seems to be a little more understanding than the captain.' Harvester hinted in his tone that Cross might know why Western was the one making decisions now and he let his last words hang in the air, prompting Cross to respond.

'He's just too busy to be bothered,' Cross said gruffly. Suddenly, he wanted to get out of there. If the passengers wanted to be herded like ignorant sheep into some cult ceremony, that was their problem.

'You seem to harbour some very negative ideas

towards us,' Harvester said, a glint of annoyance in his eye. 'Luke will be making a short announcement in a moment, just to put minds like yours at rest and explain what we're all about. Nobody's threatened here,' he encompassed the dining room with a sweep of his arm. 'You should stay and listen. It might help you feel easier about things.'

Cross was about to refuse the offer, but at that moment a cult member, whom he surmised was Luke, made his way towards the altar, obviously to make his speech.

'Okay, I'll listen for a minute or so,' Cross said, crossing his arms deliberately and staring with unconcealed disdain at Luke as he arrived behind the candles and coughed politely to attract everyone's attention.

'My apologies for intruding,' Luke said in a quiet, but strangely compelling voice. All the chatter in the dining room dropped to a silence. 'Everyone, please call me Luke. Myself and my brothers have come up here to escape the inclement weather conditions below. I'd just like to say, I hope you don't mind our small altar here. Today is a special day for me and this is the way we celebrate it.' Luke was smiling warmly, making it sound as if it were a birthday party—which, for all Cross knew, it might be. 'We're not some strange, pagan community or about to perform unpleasant rituals. We simply choose to worship God in our own ways and it gives us peace of mind and spiritual security. We also believe our God is also your God, whatever you may prefer to call Him. My Followers are trying to erase the lines between denominations and encourage a common devotion to Believing. A love of your God and all He stands for is all that's important and I know,' Luke paused to tap himself on the chest, 'I know God understands the confusion we suffer in matters of worship. So, please, I realise that people like ourselves who share a strong bond of belief can be a little . . .' the smile stretched a fraction, 'shall we say, daunting? But don't think we're unapproachable or we wish to isolate ourselves. This evening is a time to comfort each other. I'm sure we're not in any danger at all, but the storm is certainly making me a little nervous. We're only human, after all. Of course, if anyone would like to talk to us about our church, please ask. By the way, I should warn you all,' Luke indicated one of his Followers, a short, swarthy man, 'Brother Robert here is an absolute demon at playing canasta. I recommend you resist any challenges from him for a contest.'

A murmur of laughter went round the dining room and for the first time some of the nervous atmosphere diffused a little. Luke used it as an opportunity to wave his thanks and step away from the altar. To Cross's surprise he came straight for him.

'This is your friend Mr Cross, Johnathon?' Luke asked in a gentle voice, extending his hand. Cross couldn't avoid shaking it. He wished he'd left while he had the chance.

'This is Russell Cross,' Harvester confirmed as an introduction. 'Russell was concerned we hadn't set the altar in another room, so I insisted he stay and listen to your small speech just now.'

Cross's annoyance grew. It sounded as if Harvester was telling tales, as though Cross was a disobedient child and Luke his parent.

'You don't believe in God, Mr Cross?' Luke asked, turning a politely curious face to Cross.

Cross looked at Luke carefully. For a man who had been restricted to a wheelchair and at death's door just a few days before, he now looked in excellent condition. But there was something indefinable and repulsive about the man that made Cross wary. 'That's exactly the point,' Cross said, still keeping his tone hard and uninviting. 'If you hadn't set up that altar with all its damned candles, and just made your little announcement a minute ago, you wouldn't feel so entitled to ask that question. It's none of your business, and normal people, in an ordinary situation, wouldn't discuss it. No matter how much you apologise and talk about doing your own thing in the corner, you're imposing yourself and your beliefs on everyone else in the room. I don't agree with that.'

'I see,' Luke said, his eyes turning hard. 'I'm sorry you find us so disagreeable.' He looked around the dining room, then brought his attention back to Cross. 'However, I'm happy to say no one else seems to share your opinion. In fact, our new family seems to be growing every minute.'

'Well, good for them. Don't start thinking I really care,' Cross said. 'Have a nice evening, won't you?' he added as insincerely as he could. Cross nodded at Harvester and turned away. It was childish, he knew, but Cross took a delight in leaving the dining room by the same exit, holding the doors open a few seconds longer than necessary by pretending to brace himself for the conditions outside. From the corner of his eye he saw most of the altar candles had blown out. As he walked down the deck along the remaining windows Cross could have sworn he felt Luke's angry stare follow him all the way.

Juggling the keys in his cabin door Cross heard his telephone ring. He hurried through and snatched up the handset. 'Hello?'

'Were you asleep?' Carol asked, the sound of her voice bringing a smile to his face.

'No, I was just getting back here. I've been playing the tough sailor routine, walking the decks and taking the weather straight in the teeth.'

'That's tough,' she agreed. 'I'm impressed.'

Cross realised she sounded very tired. He asked, 'What have you been doing?'

'A lot of button pushing and reading instruction manuals, but I'm not having any luck at all. By tomorrow morning we're going to be in serious trouble, if this storm doesn't clear. I'm not even sure where we are any more.'

It wasn't something Carol would admit easily, he knew. 'I'm sure you've got a very good idea,' he said. 'Or has the computer completely blacked out now?'

She said wearily, 'It's still giving us a course and speed, so I can estimate where we *should* be, but this storm might have blown us anywhere by now and we don't have any satellite links to get a pinpoint positioning.'

Cross frowned. 'We *are* in trouble, aren't we?'

'More than anyone realises, I think. We're driving blind through a storm and heading straight for the American coastline. There's only the radar working properly to give us any warning of a collision.'

He let a silence grow—there was nothing he could say or offer to help her. Finally, he asked gently, 'Is there a chance of us getting together some time?'

'That's why I'm calling. I'm busy for the rest of the afternoon, then Western's having a meeting during the evening meal. But I'm Officer of the Watch on the bridge tonight, starting at seven o'clock. The best I can suggest is you might like to keep me company for a while. I'm sure Western won't mind.'

'Sounds a lot better than playing canasta and waving candles,' Cross said.

'What do you mean?'

He explained the situation in the dining room, but left out his minor confrontation with Luke.

Carol groaned. 'As if we haven't got enough to put up with. I'll mention it at the meeting, see if Western's aware how far they've taken it.'

Cross arranged to arrive on the bridge at seven thirty and hung up. He felt a warm glow, knowing Carol wanted his company. Her watchkeeping was probably only four hours long, so Cross hoped she might come back to his cabin again afterwards. He called cabin service and arranged for his minibar to be restocked, plus an extra bottle of champagne and a meal in his cabin. The last place he wanted to go was back to the dining room.

20

Over the next few hours the situation aboard the *Futura* began to worsen considerably. Some factors became immediately obvious to her crew, while others were hidden from them. The passengers remained ignorant of their dilemma, but many began to suspect that things weren't right and there was a growing undercurrent of fear. The pursers and their crew were continually fending off awkward questions from panicking passengers and it was becoming harder to disguise the fact that Captain Brooks was missing.

Russell Cross was the only person on board who

was considering the possibility that the tragic deaths and the disappearance of Captain Brooks may not have been accidents at all. He had yet to discuss it with Carol Jackson. Nobody, not even Cross, had begun to realise that the fatal accidents and the errant ship's computer had any connection between them.

At the same time, the malignant and evil presence reborn by the processing power of Roland Teleson's experimental microchip was now enjoying a growing awareness of what it could do. It began to understand the amount of *control* it had through the computer system itself and how it reached into every corner of the ship.

The demon had the best of both worlds. The ancient and dreadful magic that terrified Matthew's old tutor on the Ilkley moors nearly two hundred years before, and the new, powerful magic of a modern microprocessor networked to every piece of important equipment throughout the *Futura*.

'Anybody home?' Cross called out, stepping onto the bridge. The wet-weather jacket was coming in very handy. Just the short trip over the decks and up the stairs could have soaked him without it.

'At the binnacle,' Carol called from the gloom. When he got there she was holding out a steaming mug. 'I just had these made. The cook thought I was mad, ordering two.'

'Shouldn't it be laced with rum?' Cross asked,

sipping the drink and discovering it was a thick, rich chocolate.

'I wish.'

'Are you alone?'

'Commander Western is getting some sleep. We've been trying everything we can think of for the last few hours and achieved absolutely nothing.'

'How far away is landfall?'

Carol shrugged, then tossed her head at the storm beyond the bridge windows. 'If everything was going okay, we should have been sailing blissfully into New York harbour tomorrow afternoon, which means landfall about mid-morning, depending on visibility. With our big swing south you can add another forty-eight hours on to that, unless we bump into Bermuda on the way, and we'll be arriving in Florida instead. The commander is cutting it fine for informing our guests things aren't exactly going to plan. The later he leaves it, I imagine the louder the screams of outrage are going to be.'

'Not to mention the fact we're going to be throwing out the anchor when we get close enough. No fanfare or streamers, or fancy gangplank.'

'Actually, it's got a bit worse than that,' Carol said quietly.

'Oh? How?'

'I convinced Western to reduce speed down to eight knots. I worked out it would give me a bit more breathing space, when we get closer to

Bermuda. Daylight hours, I mean. Anyway, the computer didn't respond to the engine-room order. We're locked into the ten knot speed just as much as the course heading.'

'They've even lost control in the engine room itself?' Cross was amazed.

'Short of closing the valves on the fuel lines, yes. That's what we'll have to do, when we get close to the coast.'

'I can't believe this ship is so damned automated.'

'It's like the navigation system. The emergency override switches haven't been working. It's possible a trained electrical engineer would know what to do, but we have no one on board like that. We had one crewman who was specialising in all that sort of thing on the ship, but he was the poor fellow killed in the engineering space.'

This struck Cross as something more important than it seemed on the surface, but it was an elusive thought niggling at his mind and he couldn't decide what he should be concentrating on to unlock the puzzle.

Instead, he said, 'What else could possibly go wrong? The lifeboats have holes in them?'

'I wouldn't joke about that, if I were you. You might find yourself in one soon enough,' Carol told him, surprising Cross when he saw she was serious.

'You're joking! Surely Western isn't thinking of abandoning ship?'

'He mentioned it, but only briefly. I'd say he

agrees it doesn't bear thinking about, but the fact is, if we can't bring this ship to a halt, then we have to consider getting the passengers off, before we hit something—like the Florida Peninsula.'

'That's incredible! How do you tell all the passengers to abandon a perfectly good ship?'

'It would be difficult to explain,' Carol nodded wryly. 'But I don't think it'll come to that. I'm sure Stilson won't have any trouble pulling the plug on the engines, when the time comes.' She sighed and walked over to a window, staring out at the darkness and rain pelting against the glass. 'Then the crew can barricade themselves in somewhere, while the passengers yell for our blood and sue every last one of us. God, it's going to be ugly. I'm glad I'm not one of the hospitality crew or a purser. They'll have to cope with most of it.'

'Do you think there's a chance Brooks is alive? Maybe he got picked up by another ship; you never know.'

'Dr Foreman figured the captain would have lasted ten minutes—maybe half an hour at the most,' Carol explained without turning from the window. 'The water is too cold. Hypothermia would freeze him, then he'd drown.'

There was a silence between them, then Cross said sadly, 'It must have been a terrible feeling, if he was conscious, trying to stay afloat and watching the ship sail away from him.'

Carol whispered to the glass and the ocean beyond, 'A sailor's worst nightmare, I'd say.'

'Has anybody got any idea what might have happened? How he went over?'

'No. It's even harder to understand, when you remember we're talking about a man of Captain Brooks's experience.'

'What about the bridge-wings? I noticed the other day they almost hang out right over the ocean. In a swell like this, if you fell over, you'd probably hit the water.'

Carol shrugged again and turned around, trying to shake off her melancholy mood. 'Have a look for yourself. It's harder than you think to fall out of them.'

Cross went over to the bridge-wing door, hesitated when he saw the wind and rain on the other side, then slid it open and stepped out. Again, the superstructure of the bridge protected him from the elements, but it was still chilly and whirls of wind brought sheets of cold rain with them.

Cross went to the rail and looked over. The ship dipped to a swell and he found himself leaning out over the water. 'Whoa!' he said, backing away. The deck slowly lifted under his feet and the opposite occurred, the bridge-wing tilted back to the night sky. After a few swells Cross got the courage to stay at the rail, gripping the top of it tightly. It was still frightening, hanging out over the black ocean with its large swell and foaming whitecaps glowing phosphoric in the steering lights, whispering past the ship like phantoms. But Cross had to concede it would be difficult to fall out of the wing, unless you did something stupid.

He turned to go back inside and saw a familiar shadow pass across the funnel structure. 'What the hell?' Cross muttered, then did a double-take as he realised what that shadow meant last time. A cold dread filled his stomach and he waited to see it again.

It happened a few seconds later, the large shape swinging through the darkness.

'Carol, look at this,' he called out in dread.

Hunching her shoulders against the wet and cold, she came out onto the wing and pressed herself against him, looking where he pointed. Cross felt her jump with the shock of what she saw. 'My God, not again,' Carol said hoarsely. Suddenly she was gone, back through the door and hurrying down the stairs towards the deck.

'Hey, wait for me,' Cross yelled, running after her.

He caught up to her on the deck. It wasn't so sheltered down there and the rain lashed at them. Carol wasn't even wearing a jacket, but it was the last thing on her mind at the moment. They reached the small deck for the halyard controls and looked up, squinting against the glare of the funnel running light. Both of them put hands with outstretched fingers in front of their faces in an attempt to protect them from the falling rain. The body hanging from the wire above swung with the ship's roll. It was twisting too, and Cross could tell that a combination of both must eventually have the corpse facing the light on one of its passes. It might give them a chance to see who it was.

'Can you bring him down?' Cross shouted against the noise of the storm.

'Yes—damn! No! I left the watch keys on the binnacle. I'll have to go and get them—'

Cross grabbed her arm as Carol was about to run back to the stairs. 'Wait! Watch it this time. I think you'll be able to see his face.'

He was right. On the next swing of the body, the funnel light shone on the corpse's face. Cross swore in shock and Carol let out a cry when they recognised it.

Simmons was hanging from the halyards again.

'What's happening?' Carol yelled, more in fear than a need to be heard. 'Who put him back up there—and why? It's—it's *grotesque*!'

'I don't like this,' Cross snapped, pulling her backwards from underneath the wire. 'Not just the body. There's something really wrong here. Something weird.'

'Of *course* there's something wrong! There's a body—'

'No, it's not just that! Listen!' Cross had heard another sound, alien to the noise of the storm around them. Carol, her hair plastered to her head and rivulets of rain running down her face, was looking at him with wild eyes. Blinking, she forced herself to stay and listened, too.

From nearby, blending with the sound of the

wind and rain, yet standing out by itself too, came a splashing noise.

'Someone's in the swimming pool,' Cross decided, wonderingly. Then his face became grim as he guessed what might be happening. 'Come on,' he said to Carol. 'Stick close together.'

'But I have to get back to the bridge and call Western—'

'I think we should check this first.' He started down the short stairs, holding Carol's hand and taking her with him. She didn't object, but as they reached the deck she looked over her shoulder at the corpse swinging above them.

'What about Simmons? Shouldn't we get him down first?'

'I'm not even sure he's up there,' Cross called back to her.

'What?'

Cross didn't answer, leading Carol across the dark deck to the freshwater swimming pool on the other side of the funnel. This fully exposed them to the wind sweeping across the open space and they walked half-crouched, covering their faces.

'Look,' Cross shouted, pointing into the pool.

The corpse of Father Westhaven floated face down in the pool. As they watched he lifted one arm feebly and clawed at the water, then as the water tilted with the ship's corkscrewing motion Westhaven rolled with it, turning face up. Even in the dim light of the few deck lights turned on, they could see his face was a sickly white and ruined from long immersion in the water.

'He's still alive,' Carol said, moving forward. Cross stopped her, grabbing her arm.

'No, he's not. He's been dead over two days, Carol, remember? That's some sort of—of *ghost*. You can't go in the water!'

'He can't be a ghost! You can see he's actually in the water. Look!'

Cross held her tighter. 'I don't know what the hell he is, but I *do* know he's dead. You *know* he's dead.'

Carol stopped trying to pull away from him. The shock and enormity of what was happening—what they were witnessing—was threatening to overwhelm her. 'What's going on here, Russell?' she asked in a stunned voice. 'What in God's name is happening?'

'Something's brought the corpses back, just like I told you happened in my plane that day.' Cross was just as shocked, but his attempts in the last twenty-four hours to understand his own troubles and accept some incredible possibilities left him better prepared for this. 'I don't understand it, Carol, but I know it *is* happening. Right now, in front of our eyes. It scares the hell out of me.'

Westhaven's corpse thrashed at the water again, causing the splashing that had attracted Cross and Carol. 'You're saying he isn't really there?' Carol asked, moving closer to Cross. 'And Simmons? He isn't hanging on the halyards again? Are they still in the morgue downstairs?'

'We have to find out.'

Carol hated the feeling of turning her back to the swimming pool, as if Westhaven might pull himself out and grab her, dragging her into the pool to drown with him. Hurrying back to the bridge stairs they glanced upwards at the halyards as they passed. Simmons was still up there, swinging from side to side.

'There's somebody on the bridge,' Cross told her. He had glimpsed a uniformed figure walking slowly away from the doorway into the gloom. He didn't call out, saving his breath for climbing the stairs. They arrived at the top together with Carol expecting to see Western. A call to him was on her lips.

But the bridge was empty.

'There was someone here,' Cross insisted, moving forward to see into the darker corners. 'Hello? Where are you?' He ran across to the opposite stairway and looked down. It, too, was empty. 'I *saw* somebody, didn't you?'

'No, I don't know what you saw,' Carol admitted, going to the phones. 'I was watching my feet on the stairs.'

'I saw an officer—' Cross ran out of words, confused. Finally he asked her, 'Who are you calling first?'

'Western,' she replied, dialling. 'Then the doctor. I want him to check his damned morgue.'

Foreman had already been in the ship's small hospital most of the day. Plenty of passengers found themselves succumbing to seasickness and every time the doctor tried to get away from his office, a new case of illness would appear that demanded his attention. Half of Foreman's job today was as a sort of proxy public relations officer. The excitement and 'adventure' of riding through the storm had, for those falling sick, turned to a miserable and probably avoidable inconvenience. Foreman bore the full brunt of their outrage while he handed out motion sickness tablets and repeated his admonition about keeping up bodily fluids. At first he tried to defend the captain's supposed decision to sail through the storm, but it didn't meet with much approval from wealthy and usually elderly people who were used to buying their way out of any discomfort.

These weren't the worst of his problems. Foreman's casual jokes of only a few days before had become a dreadful reality—he had more corpses on his hands than the *Futura* was equipped to handle. Foreman came off second best after a fight with the head chef, when he'd suggested Simmons's body could be stored in one of the food refrigerators. The chef burst into a tirade of outrage and indignation, claiming it would break every food-handling regulation in the book and probably destroy his own career when the authorities at New York saw where the cadaver was being kept. Holding his hands up in surrender Foreman backed out of the kitchen, but the stream of abuse echoed down the corridor for several minutes afterwards. Since then, Simmons suffered a more ignominious fate, wrapped in a sheet and lying on a bath of ice in one of the small bathrooms attached to the hospital.

And the bo'sun, Franckovic, was dying.

They'd managed to make him as comfortable as they could. Comfortable, and private. Instead of just the curtains being drawn about his bed, Foreman arranged for wooden, carpet-covered partitions from the dining rooms to be placed in a solid barrier around Franckovic, in case curious passengers in search of more seasickness pills were tempted to twitch the curtains aside. The bo'sun was a nasty sight, not for the fainthearted.

Foreman needed at least two full-time nurses to help him tend Franckovic. Instead, the company made sure two men in the hospitality crew were trained nurses that the doctor could call upon in emergencies. It wasn't such a bad idea. Even Foreman would admit to some people that, normally, he was hard-pushed to keep himself fully occupied, without having to keep two nurses busy as well. Having them assigned to other duties saved a lot of waste. Now the plan had backfired and Foreman had to cope with it. The nurses were more than busy tending passengers gathered in the dining room, either administering comfort or drugs. It was left to Foreman to man the hospital and do what he could for Franckovic.

The strange thing was, Franckovic should have been holding his own. His burns were severe and while possibly he may have lost the *will* to live because of the bad scarring and disabilities the accident would cause, his vital life signs were stable and Franckovic should have been able to easily survive the distance to New York and more specialised treatment. But the bo'sun was slipping away. He was like a man with a fever, tossing and turning against the gentle restraints Foreman had been forced to use so the saline drips and wound dressings wouldn't be torn off. Franckovic wanted to shout out, too. Whether in fear or shock Foreman couldn't tell. His lips had been rendered useless by the burns, and even the tip of his tongue had been severely burnt. At the moment, the bo'sun was sedated. Foreman had decided to keep him that way, but it wasn't helping his patient's condition. Franckovic was dying by degrees, getting weaker and closer to death, as if an internal cancer was rotting him away—except Foreman couldn't find any trace of disease or infection.

Foreman was sitting at his desk, trying to complete some mundane paperwork. It was hard to concentrate with so many things on his mind. The storm scared him. Foreman had never expected the ship would roll so much and the large seas sweeping past the portholes terrified him. He was glad it was night-time, when he couldn't see them.

A noise in a nearby room distracted Foreman. He knew what it was, and he cursed quietly. He'd discovered another feature in his hospital that hadn't been designed to cope with a heavy sea—the drawers in the morgue. The mechanism for keeping them closed, a simple device, similar to what might be found on a kitchen cupboard, was easily overridden by the weight of the corpse inside, if the ship's list became acute enough—and it didn't need much. Foreman had already resorted to taping the drawers shut, but he only had the usual office adhesive tape and it wasn't strong enough. The drawers would often slide open, revealing their white-sheeted occupants.

This time, Foreman was tempted to leave it that way. Then he wearily got to his feet, picked up the tape from his desk and went to the morgue.

At the doorway he froze with terror, too frightened even to cry out.

Only one drawer had opened—McClain's. The dead engineer was sitting up and looking expectantly towards the doorway. Foreman hadn't bothered with undressing the corpse, leaving the body exactly as it was found for the benefit of any examination by authorities in New York. The white sheet that had covered McClain had fallen and was bunched around his waist. He looked like someone who had just woken from a sleep and heard Foreman coming into the room.

Except McClain had been dead for more than three days.

There was something in McClain's dead eyes, staring at the doctor, which told Foreman this wasn't a miracle, or even a freak occurrence. The engineer hadn't returned from the dead through any explainable, *medical* circumstances. There were forces at work here Foreman could never understand.

The doctor wasn't a young man any more. The shock was enough to weaken Foreman's legs and he stumbled sideways to lean against the wall for support while, disbelieving, he returned the corpse's stare. He felt a pain in his chest and absently recognised the danger signs, but he was too scared to do anything about it. It got worse, as if someone with taloned fingers was squeezing his heart, when he saw McClain clamber down from the morgue tray and make his way slowly across the room towards Foreman. The corpse staggered with a disjointed, limping motion, the broken back and crushed pelvis affecting its movement. The doctor literally choked at the sight, the breath catching in his throat and adding to the agonising pains in his chest. He started to slide down the wall, helplessly watching McClain come closer. He heard some distant laughter, but it might have been inside his own head. Black spots were exploding in front of his eyes now. Beyond them, the corpse's hands were reaching for him.

The telephone on his desk started ringing.

By the time Western arrived back on the bridge, the shadow sliding across the face of the funnel had disappeared. So had Westhaven's corpse in the swimming pool. After waiting to see if Carol got through to the doctor, Cross watched the funnel and saw the shadow apparently vanish. On a hunch he ran quickly down the stairs out into the weather again, pausing briefly under the halyards to confirm nothing was up there any more, then on to the swimming pool. It was empty, the surface rippled only by the wind.

But being alone in the darkness suddenly sent a shiver of fear down his spine, the storm tugging at him and making too much noise for Cross to hear anybody—or anything—coming up to him in the night. Glancing nervously into the shadows around him, he hurried back to the bridge.

'What happened?' Carol asked him from the binnacle, her face eerily lit and pale in the gloom.

'They've gone, both of them. Did you get hold of the doctor? Are the corpses still definitely in the morgue?'

'He hasn't answered the phone. Western's on his way up.'

'Did you tell him what happened?'

'Over the phone? Are you kidding? It's going to sound crazy enough to his face.'

Western arrived moments later, rushing on to the bridge and obviously expecting an emergency of some sort. He faltered, seeing only Carol and Cross.

'What's the problem?' the commander rasped, with a disapproving glance at Cross.

'We've seen something,' Carol told him. 'Both of us.'

'Seen something? What?' Western cast a look

around the bridge windows, trying to see out to the black ocean.

Carol took a deep breath and told him. Listening, Western went still. Carol could see he wanted to question everything—the story, their sanity, or whether they'd been taking drugs or alcohol. But he couldn't. Carol was one of his most responsible and level-headed officers, while Cross was obviously a mature and intelligent man.

'Have you eaten anything tonight? Drunk anything?' Western asked.

'Only a hot chocolate each,' Carol said, understanding. 'The cook made them, but there was no way he put something in them. Why would he?'

'Besides,' Cross added, 'that wouldn't explain how we both saw the same thing. Any sort of drug might send us both haywire, but we wouldn't see the same hallucination. And it was only a few minutes ago. I feel fine, and no different from the way I've been feeling for the last few hours.'

'Me too,' Carol said. 'I feel completely normal.'

Western looked at both of them in turn. 'Then what the hell *did* you see?'

'Russell thinks we witnessed some sort of ghosts, even though they had substance. That priest was definitely in the pool, splashing the water.'

'And what makes him such an expert?' Western jerked his head at Cross.

'I've—seen something like this before,' Cross said carefully. 'But I'm not an expert. Far from it.'

Western stared hard at him. 'So, what is it? Standard air force training?'

Carol said, 'Peter, I realise it's damned hard to believe us and it doesn't help that Russell isn't one of your officers, but please don't make it any more difficult than it already is.'

'Difficult? Is that what you call it?' Western spun away from both of them and gazed moodily out of the windows. After a silence he asked, 'And where are these ghosts now?'

'They seem to have disappeared, for the moment,' Cross told him, fighting an urge to physically shake Western and insist he believe them.

'For the moment? Then you think they'll be coming back?'

'I don't know what's going to happen,' Cross said flatly.

Western put on a thin, humourless smile. 'And you people expect me to know what to do? I don't suppose you can give me some sort of proof about all this? Ghostly footprints along the deck or something, before I make a fool of myself in front of anybody else.'

Carol said, 'I tried to call Dr Foreman and see if the dead we saw were still in the morgue, but there was no answer. I guess it's possible we saw bodies. Somehow, somebody put them back where they were killed, but why or how? It doesn't make sense.'

'They disappeared too quickly,' Cross said, shaking his head. 'It was only a matter of minutes between us coming back up here to call the commander and me noticing Simmons's corpse was gone again.'

'Still,' Western said heavily. 'Checking the morgue seems like the first, logical thing to do. Carol, you still have your watch to keep. Will you be all right up here alone if Russell comes with me to the hospital? I want a witness down there and I don't want to involve anyone else at this stage.'

'I'll be okay,' Carol nodded.

'Is that all right with you?' Western turned to Cross.

'Lead the way,' Cross said, after a glance of approval from Carol.

Western took him down the outside steps only a few landings, before turning back into the bridge superstructure. From there it was a tortuous route through the interior of the ship avoiding passenger areas as much as possible. Cross found himself walking through kitchens filled with chefs preparing sandwiches and other quick meals for those passengers still eating. In crew rest rooms people looked at him curiously. The corridors were bare of the opulence he was used to in the guest accommodation sections. Here, there was much less anxiety over the weather, the experienced crew members taking the storm in their stride. Western didn't say a word all the way, apart from the occasional grunted warning about a step or low ceiling. Cross couldn't blame the commander.

Western walked straight through the hospital

entrance without knocking. It opened into a small reception room with a desk and lounge suite for waiting outpatients. The place was empty.

'Dr Foreman?' he called, towards a door with Foreman's nameplate. After a moment a distant voice answered him, coming from beyond two wide, windowed doors leading into the hospital ward. Western pushed his way impatiently through them, then stopped guiltily when he saw Franckovic's screened-off bed. 'Hello?' Western asked again, but softly.

A crewman came from around the screens and looked startled when he recognised Western, before giving Cross, following behind, a puzzled glance. 'Good evening, sir,' he said uncertainly.

Western waved his hand at the man, indicating that he should relax. 'We're looking for Dr Foreman. Is he here?'

'I haven't seen him. I came in to relieve him from looking after Franko here, but the doc wasn't around. I supposed he must be having a kip somewhere.'

Western frowned. 'And leave this patient alone?'

'The doctor's been pushed pretty hard, lately,' the crewman said, almost daring the commander to disagree. 'The passengers have been at him like a pack of dogs about being sick and why we're in this weather. We've been handing out sedatives like butter menthols—ah, prescribed, of course, sir,' he added quickly, then turned to look towards the screens. 'He knew I was coming and Franckovic here doesn't need much attention, to be honest—' he added with a shrug. 'I doubt whether he was left alone more than a few minutes. Do you want me to call his cabin?'

'No,' Western seemed about to go between the screens and look in on the bo'sun, but changed his mind and looked uncomfortable with it. 'We need to check something in the morgue. Is that all right?'

'Mr Simmons is in the third bathroom,' the crewman nodded towards the end of the ward. 'The ice is lasting well,' he said, as if that might please the commander.

'Thank you,' Western said gruffly and went to the doorway. He went inside only enough to let Cross squeeze in behind him and see the shrouded corpse lying on its bed of crushed ice.

'Satisfied?' Western asked him harshly.

'Are you sure it's him?' Cross said.

'For God's sake, let's just count the damned bodies first! If we strike a problem and the numbers don't match, then I'll worry about desecrating the dead, all right?'

'I'm not talking about "desecrating the dead"!' Cross snapped back at Western. 'I'm only suggesting we should be absolutely sure it's Simmons.'

'Who else could it be, if not one of the other bodies? I don't really care who gets the ice bath, but if you want to unwrap the sheet and take a look, be my guest.'

Cross held his hand up wearily. 'No, okay. There's no need at the moment.'

They went back into the ward and through Foreman's office to another door Western knew was the morgue. The two drawers set into the wall were closed. The commander pulled out the first to reveal the corpse. This time, instead of being wrapped mummy-like, as Simmons was, the white sheet completely covered the body and was neatly tucked underneath.

'There's number two,' Western said, shutting the drawer. He went to the next and opened it, showing a similar sheet-wrapped figure. 'And number three,' Western declared, pushing the drawer closed with a mock flourish. 'With the captain probably over the side, that accounts for all the corpses we have today.'

'I know what we saw tonight,' Cross said tightly. 'Both of us, Carol and myself. Do you think we're going mad? Simmons was back hanging from the mast and the priest was in the swimming pool.'

'So you say,' Western said grimly. 'Let's go back to the bridge.'

Again in silence they made their way to the outside.

'We're starting to sail out of the storm,' Western called over his shoulder as they approached the swimming pool. 'Things should be a lot calmer in the morning. Not exactly blue skies, though.'

'You don't sound very pleased about it,' Cross said. 'I thought you'd be glad to get out of the storm, before the passengers start getting too tired of it.' Huddling against the cold rain as he followed Western, Cross couldn't think of anything better.

'That's what I'm worried about. At the first sign of good weather our guests will start surfacing from their sickbeds and endless card games of crib, only to discover New York isn't where it's supposed to be—mainly dead ahead.'

'I was wondering when you were going to tell them.'

'I was hoping for some sort of good news, while we rode out the storm,' he admitted. 'That Carol had gotten control of the navigation system or we'd broken into the radio room. At least, that way I could tell the passengers the drama was nearly over before they even got to know about it. The way things are I'll have to tell them all the bad news, then confess it hasn't got any better.' He stopped and turned to look at Cross, who suddenly saw in Western's eyes how the unexpected responsibility and strain were wearing the commander down. 'Do you grasp the situation we're in, Mr Cross? *Really* understand?'

Cross started to answer but Western appeared not to notice. 'We have over a thousand souls aboard this ship and if we were to have a serious collision with something and sink, it would rival the *Titanic* in the annals of naval history. I'm taking a very grave risk, continuing to drive this ship on her present course to get her closer to the American mainland. In these weather conditions our radar will probably give us warning of an identifiable collision with at least half an hour to spare. Our crew and these lifeboats are capable of abandoning the *Futura* completely in around twelve minutes—less, given the motivation of a real emergency. But getting our passengers *into* them first, before we can launch, I'd say would take close to an hour and that's way, way too long. That's given the average age and fitness of them, plus half probably wouldn't want to go in the first place for God knows what sort of stupid reasons. That means most of the people would be caught below decks when the ship finally sank, while the rest would end up in the water where they'd die like the captain.' Western went silent, affected by his own words.

Cross said quietly, his voice almost lost in the noise of the storm, 'I was beginning to think I was the only one who did appreciate the fix we're in. You all seemed to take it so calmly.'

'It's easy to stay calm when you've got half the Atlantic Ocean as your margin for error. But the next twenty-four hours are a different game altogether. Apart from the US mainland itself to run aground on, we're moving into some of the most dangerous waters in the world before we get there—not to mention the horde of coastal shipping we'll have to dodge, if we make it that far.'

'Then why don't you kill the engines now, while we're still in open water?'

'Because we need steerage way in these seas. Drifting in this swell would be ten times worse than driving through it. Plus the storm might carry us along with it for days on end. Then there's prevailing winds and ocean currents to consider. Adrift, the *Futura* might end up anywhere and take weeks to get there. The world is still a very big place, Mr Cross, and our oceans represent over seventy per cent of it. So, I won't pull the plug on our engines just yet. If we're going to have a disaster, let's have it close to home where we have a much better chance of surviving.'

Western moved away again, passing the mast with its halyard controls. The commander looked up at the wires. 'Could things get any worse, Mr Cross?' Western called against the wind. 'You wouldn't think so, until someone comes up and claims the ship happens to be haunted as well.'

'We *saw* them,' Cross said, coming up close to him. 'I don't know how, or why—but we saw them. It happened. Why don't you believe us?'

Western looked at him. 'Oh, I believe you. These things happen all the time, when you're sailing in the Bermuda Triangle. You must have heard of it.'

'The Bermuda Triangle?' Cross was puzzled. 'You think that's where we are?'

'I'm sure of it,' Western said, lifting his face to the rain as if he were smelling it. 'We have no way of confirming it, but I'm sure of it anyway. I can *feel* it.'

Cross was taken completely by surprise with Western's attitude. He wouldn't have taken the commander for a man who believed in anything to do with superstitions and old sea stories. 'But I thought it was all—'

He was cut off by the sound of a scream coming from somewhere forward.

Both of them whirled around to face the bridge. 'Look!' Cross said, pointing at the bridge-wing and starting to run. Western rushed after him. All they could see on the wing was the outline of a figure, very faintly lit by nearby running lights. It wasn't possible to tell who it was, except it couldn't be Carol. The figure was too bulky—but it must have been Carol who screamed.

Cross reached the bridge first, stomping up the stairs and almost lunging through the door, expecting to see the worst. Carol was standing calmly at the binnacle, but her face was a deathly white and she flinched at Cross's arrival. Seeing she was safe, he turned to the bridge-wing at the same time Western got to the top of the stairs and did the same. The sliding door was open, but the wing was empty.

'What happened? Who was it?' Cross asked, going quickly to Carol. He saw she was badly shaken and put an arm around her. 'Are you okay?'

'It was the *captain*,' she said in a whisper. 'I heard the door slide open and I turned around, and there he was—just standing there, looking at me.'

Western came over and asked urgently, 'You saw the captain? He's still on the ship, alive?'

'No,' Carol shook her head and started to recover. 'No, he wasn't alive. He looked so—so *ugly*. There was something about him, like he was angry or insane.'

'Maybe that's what's happened to him?' Western said hopefully. 'He's lost his senses, gone mad and he's hiding from us somewhere. It wouldn't be hard to do on a ship this large—'

Carol cut him off. 'No, Peter. He was *dead*, like the others we saw tonight. And he just vanished, moments before you two got to the bridge. Look around—do you see him? He didn't have any time to escape.'

Western stared at her, then appeared to wilt as if an extra burden had been dropped on his shoulders. 'So, it's really happening,' he said flatly.

'The commander thinks we're already inside the Bermuda Triangle,' Cross told Carol.

'Yes, it's possible,' she agreed. 'But there's no way of confirming it until we get a satellite link back or I can sight some stars.' She realised what he was talking about. 'Do you think it means something? All those stories?'

'I do now,' Cross said wrily.

'But entire ships' crews have disappeared without a trace.'

Cross tried to smile encouragingly. 'I remember. The *Marie Céleste* and all those tales. But none of them had a thousand passengers and crew. I think the *Futura* is a bit big even for the Bermuda Triangle to swallow.'

Carol ran a tired hand across her face. 'This is insane—absolutely crazy. Maybe this is all a nightmare and I'm going to wake up soon.' She turned to Western. 'What are we going to do? I mean, what if the captain suddenly appears at one of the dining tables, for God's sake?'

'It might make things interesting,' Western said with a forced lightheartedness. 'A haunted ship isn't exactly something I've been trained for either. But tomorrow morning we'll have to do something. I'm not sure what, but I *do* know there's nothing we can do tonight. We'll just have to sit tight and hope things stay glued together for another twelve hours or so.'

'I have an idea,' Cross said carefully, not sure it would be welcome. Western surprised him again.

'Any suggestions at all, Mr Cross. I'll listen to anything, at the moment.'

'Maybe we should dump the bodies? It might make the difference.'

Western thought it over for a moment. 'But Carol saw the captain—we all did, except you and I weren't aware of what we were seeing at the time. And his body isn't aboard the ship.'

'We don't know that for sure,' Cross reminded him. 'Granted, you'd think somebody would have found it by now, if it was still aboard the *Futura*. But getting rid of the others would give us something definite to work on.' A thought occurred to him. 'In fact, if we dump the others over the side and they stop reappearing, it might be an indication that Captain Brooks's body is still on the ship.'

'And how do I account to Mrs Tranter, if we

reach safety, for her brother's body going missing somewhere along the way? Or do we ask for her approval? Tell her Father Westhaven might return for a visit, unless we toss him over the side?'

There was an uncomfortable silence, because it was the first time anybody had suggested their eventual safety was in doubt.

'Then what about jettisoning just the dead crew members?' Cross said, feeling callous, but determined to look for solutions. He didn't believe they could afford to be sensitive.

'But why, Mr Cross? This ship is out of control, let's admit that. And now we believe it is haunted, too. But one dilemma isn't connected with the other. I would say we have an obligation, ghosts or not, to get those bodies back to the mainland and hand them over to the proper authorities.'

'But when the truth of our situation is known, the potential for panic is strong,' Cross argued, figuring it out as he spoke. 'And, as Carol said, if something happened, like the captain appearing at a dining table, it might trigger a wild reaction that gets beyond our control. By mid-morning tomorrow, emotions are going to be running high.'

Western sighed. 'I'm just playing devil's advocate. My instincts tell me you're right. If we can eliminate one of our problems, that's one less thing I have to worry about. Okay, I'm willing to bury McClain and Simmons at sea before dawn tomorrow, so none of the passengers will see us doing it. I'll have to go talk to the chaplain. God knows what he's going to make of all this. He's going to think I'm mad,' he added, glancing at Carol, then looking at Cross. 'Do you want to stay here with Carol, or shall I call another officer? I don't want anyone alone on the bridge from this time onwards. I'll keep a watch with Wade, when he comes to relieve you.'

'No, I'll stay,' Cross said.

'Thank you,' Western nodded quickly, then said stiffly, 'I appreciate your help. Page me, if anything happens,' he told Carol.

'Immediately,' she told him.

They watched in silence as he left the bridge, listening to his heavy footsteps go down the stairs.

Nothing happened for the remainder of Carol's watch. She and Cross stayed close together and talked quietly. Occasionally, one of them would unconsciously check the far corners of the bridge, the deeper shadows and the bridge-wings, but they saw nothing. With five minutes to go before Wade was due to take over the watch, an hour before midnight, Cross asked Carol, 'Will you come back to my cabin with me?'

She didn't hesitate. 'I'm not going to spend tonight alone, that's for sure. I wouldn't sleep a wink. I'm not sure I will, anyway.'

'We can take turns to keep a watch under the bed.'

'That's not even very funny,' she said, but managed a smile.

Wade appeared on the bridge before Western. He

looked at Carol and Cross together and seemed grateful they were there. Carol could see he was disturbed.

'Are you okay?' she asked, after she formally handed over the watch.

'I'm fine,' he said shortly, looking away absently.

'You don't seem fine,' Carol insisted.

Wade took a long time to answer and Cross, watching from the binnacle, thought Carol was about to pull her rank on Wade and demand he explain why he was upset.

'I—I thought I saw Don in the cabin tonight,' Wade said slowly, frowning deeply at the memory. It took a moment for Cross to realise he was talking about Don Simmons.

'What do you mean?' Carol asked him carefully.

'I had a sleep after dinner. I set the alarm, so I wouldn't miss this watch. When it went off I woke up with a big jump—you know how it is. And the first time I opened my eyes I swear I saw Don standing next to my bunk. He was looking down at me in a funny way. I got such a fright, I couldn't even yell out.' Wade looked at Carol as if he was regretting telling her. 'It must have been a dream lingering in my head, right?'

Carol hesitated, then was saved the problem by Western arriving noisily on the bridge. The commander could see something was wrong.

'Is everything okay, Miss Jackson?'

'Mr Wade thinks he saw Don Simmons in his cabin tonight,' Carol said, seeing Wade wince and look at her sorrowfully out of the corner of his eye.

'I see,' Western said, calmly. 'Have you been relieved of the watch?'

'Yes, just now.'

'Then I suggest you go below and get some rest. I'll explain things to Mr Wade.'

Western's official tone didn't invite any argument and Carol was glad anyway. She was tired and had had enough tension and fear for one night. Explaining the situation to Wade—or to anyone—wasn't going to be easy.

'Good night, Commander. Thank you,' she said, feeling Wade's puzzled eyes on her as she and Cross headed for the stairs.

In his cabin, in unspoken agreement, they undressed and climbed into bed. Carol whispered to Cross that she felt too drained and confused to make love. He told her not to worry and made Carol lie on her stomach, stroking her back to relax her. This had the opposite effect and after a while she turned over and beckoned to him, changing her mind. They made love once, slowly, then lay in each other's arms listening to all the different sounds of the ship crashing its way through the swells. In other circumstances it might have lulled them to sleep.

Now the noises just put them more on edge, keeping them awake.

Carol jumped at the alien sound of her beeper. She groped blindly at it, turning it off, mumbling, 'I have to use your phone.'

Cross propped himself up on one elbow to listen and remembered this wasn't going to be an ordinary day and the beeper was probably going to bring them bad news. He looked around for his watch and found it on the bedside table. It was only five o'clock in the morning. He could tell Carol was talking to Western. When she finished, she looked at Cross gravely.

'The chaplain won't sanction burying the bodies,' she said. 'But Commander Western's going to do it anyway. He's dropping them over the back now and he wants me to witness it.'

'I'll come along,' Cross said immediately. 'If you think that's okay.'

Carol nodded and rolled reluctantly out of bed.

When they emerged onto the lower deck to make their way aft it was still dark. It had stopped raining and the swell was perceptibly less, but there was something else different, too. Cross gazed around suspiciously, trying to fathom it. He realised they weren't just on the sheltered side of the ship, but remarkably the wind had dropped completely. And there was a strange presence in the air.

'It's fog—a thick one,' Carol said worriedly from behind him, reading his mind. 'That's all we damned well need. If the radar goes down, we'll be completely blind.'

Cross looked ahead to the next light and saw it had a fuzzing halo around it. Staring out across the black ocean showed him nothing. He could feel it, though. A heavy dampness in the air.

They arrived at the stern to a surreal scene. Western stood alone in the wash of the stern light, the fog shimmering around him. At his feet were lengths of rope and some pieces of pipe. Beside him the heavy anchor chain around its massive capstan glistened with the damp.

'We can't find the doctor,' he said without greeting. 'I've sent the two nurses to bring up the bodies. Wade's gone with them. We'll do them one at a time.'

'Where do you think Dr Foreman is?' Carol frowned. She shivered against the cold and hugged herself.

'No one's seen him since yesterday.' Western stopped and momentarily looked defeated. 'I'll have to arrange a search in an hour or so if he doesn't turn up.'

Cross had time to lean over the back railing and look at the boil of water reflected in the stern light. Again, he found it mesmerising and had to consciously pull himself back. He thought of the bodies they were about to tip into that churning maelstrom, how they would be tossed around and maybe dragged into the propellers. It made him shudder.

'About time,' Western muttered, seeing someone struggle backwards through the narrow hatchway. A stretcher came with them and on it was a white-wrapped bundle. Cross could tell by the wrapping this would be Simmons's corpse. Coming out last, Wade was pale and looking as if he hadn't slept at all.

'Bring him here and hold it high,' Western told them. The nurses stood next to the rail and watched as Western stooped, picked up one of the pieces of rope and began to fasten it around the corpse's ankles. Cross realised the other end would be attached to one of the sections of heavy pipe. Now Western lifted one of these and balanced it on the top of the rail. 'All right, just tip him over,' he ordered.

There was no dignified way to do it. The nurses needed an effort to lift the stretcher as high as the railing, propping one end on top, then both of them moved to the other end to raise it. For a moment it appeared Simmons's corpse wasn't going to slide on the canvas of the stretcher and the nurses gave it a bounce to start it. Then it slipped with a rush, Western hurriedly tossing the weight after it as the corpse disappeared over the stern. They heard the splash over the noise of the ship's wake.

'Now go and get McClain,' Western said harshly, letting his distaste show through.

When the men had gone back inside the hatchway with Wade following, Western told Carol, 'Stilson was going to be here as another witness, but I had to send him to the engine room. The ship is speeding up all on its own and he's going to try and find a way of counteracting it.' Western said this with such calmness that Carol needed a moment to appreciate the significance of this news.

'What?' she asked, glancing around for some

indication the boat was moving faster. It was impossible to tell. 'How fast are we going now?'

'We took an hour to speed up by one knot, but the process hasn't stopped there. The engine revolutions are steadily increasing by the same rate.'

'But isn't that good?' Cross asked. 'We'll get to the mainland and help a little faster, plus sail out of this storm quicker, too.'

'If the mainland is still ten hours away, that means we'll run aground doing more than twenty knots,' Western told him. 'We're already losing the storm. That's the least of our worries.'

They fell silent, each contemplating the many things that might happen that day. Western busied himself with the ropes, making sure the pieces of pipe were securely tied. Carol stood next to Cross. She touched his arm and pointed forward.

'You can't see the lights halfway up the ship now,' she said, concerned. 'This fog is really thick. I've never seen anything like it.'

'Will it affect the radar?'

'No, I doubt it. I'd better check, though.'

A minute later the stretcher team reappeared. This time the sheet covering the body was only draped over, hanging down on either side. Wade hung back, once they were clear of the hatchway. The men carrying the stretcher stopped in the same place and Western threw back the sheet far enough to reveal a pair of booted feet. Grimacing at the task he tied the next length of rope securely around the ankles again, then helped the nurse to place that end of the stretcher on the railing. As before, Western picked up the pipe section and balanced it on the handrail.

'Send him on the way,' he told the nurses.

They made a bigger effort this time, hoping to avoid the minor hitch they had with Simmons's body not sliding on the canvas. The men grunted as they tipped the stretcher high. As the corpse began to move Western shoved the pipe section over the side as well. One of the nurses kept a grip on the top of the sheet, so the body slipped out from underneath as if it were the traditional flag.

Western let out a cry as he recognised the corpse they were ditching was Dr Foreman. Too late, the doctor plunged silently over the stern to splash into the wake. He went under instantly, helped by the heavy pipe.

'What in *God's* name—' Western spluttered, dumbstruck. 'How—how the hell did *that* happen?' He whirled to face Wade who, realising something was wrong, had rushed to the railing to look. He was too late to see what occurred and now he was blinking in confusion in the face of Western's anger.

'That was Dr Foreman, you fool!' Western snapped, his eyes wide with disbelief and shock. 'What were you thinking of? Didn't you check which body it was?'

'But—but he's not dead,' Wade stuttered. 'What do you mean, it was the doctor?'

Western went still a moment, his anger checked

by Wade's first words. The young officer was right—Dr Foreman wasn't supposed to be dead or occupying one of the morgue trays. Recovering, but still confused and stunned, Western asked with exaggerated care, 'Did you, or did you not, check whose body was on the stretcher?'

'I checked who was in the other drawer first, sir,' Wade said miserably. 'It was the male passenger, the priest who drowned in the pool. So this had to be McClain—didn't it?'

'It was fucking well *supposed* to be!' Western nearly cried, then buried his face in his hands in an effort to control himself. He stood like that for a long time, while everyone watched him anxiously, afraid the smallest sound could make him break down. Finally, Western let his breath out in a long, despairing sigh, dropped his hands and stared out over the stern at the black ocean. He said, in a voice so low the others could hardly hear, 'How in the name of Jesus did that happen? *How*?'

'He must have been dead,' Carol said in the silence, but feeling it sounded totally inadequate. 'Why else would someone put him in the morgue?'

'But who or what killed him? And why didn't we know about it?' Western rounded on the two nurses, who backed away at his expression.

'I don't know anything about it, sir,' one of them said quickly, his companion nodding with him.

'That's damned obvious!' Western said, trying to replace his shock and anxiety with a hard anger. 'But somebody does! So we'd better start finding out who that is! For God's sake, a man has died aboard this ship—one of my own officers in fact—and I don't even know about it!'

Cross was fearing Western could be closer than ever to having some sort of nervous breakdown. But it was impossible to tell for sure, and certainly he couldn't say anything. He had to make allowances for everybody being in a state of shock over discovering the doctor had been killed and Western, like the rest of them, was only human. There were so many questions surrounding Foreman's death, it was hard to know which ones to ask first. Cross himself wouldn't have known where to start.

Besides, Cross was concerned about something else, but he was still afraid of upsetting Western's fragile self-control by saying anything aloud. Instead, he murmured to Carol so only she could hear.

'I think we should be more worried about where the hell McClain's corpse is,' he said. She turned to look at him, her expression understanding and fearful.

Stilson was a proud man. Proud of his achievements and proud of his position on the *Futura*.

But with McClain dead, Stilson had to rely on his own knowledge of the system and he knew only about as much as anyone else in the department. When Western called him in the early hours of the morning and explained the problem, Stilson dressed and went straight down to the engine room, relieved the surprised crewman and told him to get some rest, then sat at his desk and tried to map out ideas on a piece of paper. It was Stilson's way of working out problems and he believed he did it best alone. Normally, with a blunt pencil he would scratch meaningless lines and rough diagrams of the equipment he was dealing with, his analytical mind racing ahead of his inexpert drawings.

But this time the piece of paper in front of him stayed alarmingly blank. Stilson didn't know even where to start. As much as he stared at the sheet on his desk, willing something useful to come into his mind, no answers came. Only a growing doubt about his competence that gnawed at him like a lover's jealousy.

Then a voice spoke from somewhere nearby.

'You can't do it, can you?'

It came loud and clearly, startling Stilson badly and making him spin around on his chair in a reflex, angry reaction to rebuke whoever was responsible—he didn't recognise the voice.

There was no one there.

'Who said that?' he called out harshly. He heard his own words, above the roar of the turbines, echo through the engine room. Nobody replied.

Had he imagined it? Was he so stressed and concerned he might fail that he was hearing things? Perhaps he had said it aloud himself and not even realised it?

Turning back to the desk he muttered, 'This ship will drive us all crazy, if it survives this damned cruise. Perhaps it would be better for everyone if I just let it drive straight onto some rocks and tear the keel off her.' Stilson rubbed at his eyes, feeling a headache beginning to hum somewhere in his forehead. Next to him, the computer station gave out a single beep. Stilson spread his fingers to glare at the monitor. 'You can shut the fuck up, too—' He stopped, an idea coming to him.

The computer may well have been the cause of all his problems, but it should also contain all the information he needed to fix them. Stilson had seen McClain bring up on the screen schematics of the engine room and all the systems in it. All he had to do was work out how to operate it himself, ask for the location of the fuel lines and any major valves and from the schematic map Stilson could figure how best to cut off supply to the oil-fired boilers. Even, he told himself, if he had to physically dismantle the bloody things with a wrench and flood the place with fuel oil.

But the computer, like most other things in the engine room that were modern, was a complete mystery to him. Gingerly, Stilson tapped at the keyboard. The screen flashed dark, then returned to life with a prompt asking for the user's name and a password. This was the only thing Stilson knew how to do. Using a stubby forefinger on each hand he laboriously typed in his surname, then 'EngineRm' to defeat the password protection. The next screen asked what application he wanted to perform. Stilson nearly gave up right there. Already, it was using terminology he couldn't relate to, like 'application', which didn't make any sense to him. He let out a sigh of resignation and stared at the monitor in frustration. Then he noticed a small note at the bottom of the screen suggesting he press 'F1' for 'Help'. Stilson searched the keyboard and found the key. Pressing it gave him a list of all the subjects on which he could find assistance. He scanned it, looking for something relevant to the engine-room plans or the fuel lines themselves.

An odd sound came from somewhere behind him. With all his years of experience, among all the noise of the place, Stilson was used to picking out sounds that didn't belong and this was one of them. It was only a metallic clinking, like someone dropping a small tool on the steel grating. It wasn't anything to worry about normally, except that Stilson was supposed to be alone. He twisted around in his seat again, his eyes searching the narrow catwalks and between the tangle of pipes and conduits.

'Is anyone there?' he called, annoyed at the intrusion and at himself for a small, unexpected twinge of fear he felt in his stomach. His instincts were telling him something was wrong, but his common sense insisted it was foolish. Too many things had gone astray on this cruise and now he was starting to imagine all kinds of problems. No one answered his call. Stilson thought about getting up to investigate, but it was highly unlikely that anyone unauthorised was trespassing in the engine room so early in the morning. It was probably just a steam pipe contracting with a change in pressure and heat. Shrugging, he turned back to the monitor.

The 'Help' program led him through a cyberspace maze until, miraculously it seemed to Stilson, he arrived at a schematic read-out for the engine room. In his ignorance it never occurred to the engineer that other forces at play were deliberately making his task easier for their own reasons. All he knew was he had, displayed in glorious colour in front of him, a map of the fuel lines and the principal valves for controlling them. Now Stilson used a pen to trace the various routes across the screen. Smugly satisfied, he tapped at a point where he believed he might do something. It was a major pipe junction, the last before the fuel lines split into their individual feeds to the different boilers. Stilson thought he could shut it down. The index on the schematic said it had a manual adjustment—probably just a wheel to close it.

'Found you, you bastard,' Stilson said triumphantly. It was in a tricky part of the engine room. He would have to squeeze into a small space to get to the valve. Stilson intended to close it almost right down, starve the turbines of fuel and see if he could significantly drop the ship's speed. It was possible he might stall the boilers altogether, but he thought it was a risk Western was now prepared to take. The situation was getting too dangerous with the *Futura* speeding up the way she was.

He got up and went to his toolbox mounted on the wall, looking for his torch. He swore, unable to find it, then searched around the desk area and in the one drawer big enough to take it. The torch wasn't anywhere.

'Some bastard's borrowed it,' Stilson growled. It was one of his pet hates, people borrowing tools from his own, personal kit and not replacing them. He'd been meaning to lock the toolbox for a long time, but never got around to it.

He decided to go and look at the valve anyway. It was possibly in a place with enough light—it was hard to tell from the schematic. After another examination of the computer monitor to make sure he knew where he was going, Stilson set off up a ladder and along a catwalk. Moving slowly, he mentally counted off the different sections and pieces of machinery he'd noted as a reference, until he arrived at what he thought was an access route to the valve. This wasn't a real catwalk but a narrow strip of grating between the upper heads of two of the ship's boilers. It was going to be everything Stilson didn't want—a tight squeeze where it was very hot from the oil-fired furnaces beneath and it was dark in there, shadowed from the nearest lights. Stilson needed his torch after all.

'I may as well try and have a look, while I'm

here,' he decided aloud, impatient to present Western with a solution. He climbed over the railing of the catwalk and put one foot on the narrow grating. Just stepping that half-metre let him feel the extra heat from the boilers and Stilson cursed. Immediately, sweat broke out on his forehead. He realised he'd have to crab sideways into the space, it was so narrow, and Stilson could only hope there was sufficient room at the other end to be able to work on the valve. He sidled in further, feeling the stifling heat rise up around him from below and smelling the odour of oil and metal close to his face. He turned his head towards the direction he was going, trying to pierce the gloom and see what was ahead. This was a place Stilson hadn't been before, which wasn't surprising seeing the ship was only on the return leg of her maiden voyage. There would be areas of the engine room he might never visit during his whole time aboard the *Futura*. Still, he couldn't understand why it was so dark in this part. There were unavoidable dim areas to be sure, but the ship's engineers could be expected to work in every section of the engine room and the designers should have allowed for some light to penetrate. As he continued to edge his way into the narrow space Stilson wondered if there might be a blown light globe somewhere.

It didn't occur to him something might be blocking off the light.

Stilson's instincts jarred him with a warning and he cried out with fear, when he realised somebody was in the space with him. It was waiting, like a spider at the end of its funnel web, for him to get close enough. The shape lunged, stabbing inexpertly, and a white face loomed out of the darkness close to Stilson's.

It was McClain.

Now Stilson screamed. McClain moved like a marionette on strings, his movements jerky and uncoordinated. The eyes in the dead face were open, as was his mouth which reeked of a rotting stench, but there was nothing animated about either. He was a corpse being manipulated by a master puppeteer.

But with enough strength to punch the screwdriver into Stilson's chest just above the heart. Stilson's scream turned to a cry of agony and he tried to clutch at the tool, but McClain had already drawn it out, the metal bloody, and was stabbing again. This time it penetrated the meat of his shoulder. Stilson stumbled sideways and away from his attacker, but there was no space to move. Anywhere else, he might have easily escaped the corpse's awkward thrusts with the screwdriver, but in the confined space it was impossible and Stilson was already losing control of his own faculties with the pain of his wounds. He held up an arm, trying to fend off the next blow, only to feel his attacker's thrust slip underneath and deliver an excruciating stab in his side, below his armpit. The front of his overalls were soaked in blood. Stilson finally managed to back out of the narrow space just as his legs began to collapse beneath him. He found himself spreadeagled against the catwalk railing. Something out of the corner of his eye caught Stilson's fading awareness and he turned his head to see a small boy, standing close to him on the catwalk, impassively watching. Instead of covering his bleeding chest from the next attack, Stilson automatically reached out to the child with his closest hand, pleading for his help.

McClain's corpse fell out of the cramped space, the screwdriver still stabbing. He landed on top of Stilson and the stabs became short jabs, punching holes in Stilson's chest and stomach. Stilson's screams of pain stopped quickly after that. One of the thrusts entered his heart, killing him in that moment. At the same time McClain's corpse became still, like a toy whose batteries have run flat. The screwdriver fell from McClain's dead fingers, striking the steel piping with a musical sound as it dropped between the machinery.

It was a noise similar to the one it had made before, when it slid from the corpse's grasp to the grating and Stilson heard it.

The head engineer couldn't hear it this time.

Carol hadn't hesitated to repeat Cross's concerns to Commander Western. She went straight over to him and put her face close, so no one else could hear.

'Peter, where the hell is McClain's corpse then?'

Western was pale and shaken. He kept turning to look out over the stern, as if Foreman's body might somehow return and make everything all right. Hearing Carol, he stared at her uncomprehendingly, then swore. 'Christ, I don't know,' he said desperately. 'We'd better go check the rest of the hospital. He might have been put in one of the other bathrooms on ice, like Simmons.' He began to move away, but Carol stopped him by grabbing his arm.

'Maybe,' she said. 'But shouldn't we be more careful? We don't know what killed Foreman or who put him in the morgue drawer.'

'What?' Western looked incredulous. 'Are you suggesting *McClain* somehow killed him? He's *dead*, Carol.'

'I know that.' Carol wasn't sure what she was thinking, only that nothing seemed real or normal any more. Too many strange things were happening—frightening things. But Western obviously wasn't in a state of mind to hear anything too outrageous either. She compromised. 'But there's a chance whoever *did* kill Foreman may be waiting for us down there somewhere, expecting us to come looking for McClain's body.'

'You think Foreman was murdered? For God's sake, Carol, this is no time to start imagining—'

Carol cut him off, gesturing at the group of people standing nervously in the stern area, including the two male nurses. Wisps of fog were starting to curl between them now, sucked in by the vacuum effect of the ship moving forward at more than ten knots. 'What else, Commander?' she asked, her voice brittle. 'Otherwise, why didn't one of us here know about it? We didn't just find his body somewhere. Somebody took McClain's corpse away and replaced it with Foreman's, all without telling anybody who *should* know about it. Especially these guys,' she pointed at the nurses.

'There must be a simple explanation,' Western insisted, but without any conviction.

'I don't think so,' Carol said. 'In fact, I get the idea somebody's starting to play games with us.'

One of the nurses spoke up reluctantly. 'Sir, one of us should get back to Franckovic. He got worse during the night.'

Western shook himself. 'All right, we'll come with you and search the hospital—except for you, Wade. I want you to go to the bridge and personally telephone every officer aboard this ship. Tell them we're having a meeting on the bridge in fifteen minutes and everyone is to attend. No exceptions.' Wade nodded and hurried away, glad to escape. Western turned back to Carol. 'You might be right, but then whoever put Foreman's body in the morgue couldn't have taken McClain's corpse far. We'll check the hospital ourselves and any rooms nearby. Then I want to find out if Stilson's had any success.'

'And after that?' she asked, frowning at him. 'What is the meeting for?'

'One thing at a time,' Western told her, moving towards the hatchway and beckoning for everyone to follow.

Western, Carol, Cross and the two nurses made their way quickly through the ship towards the hospital. Cross wanted to ask Carol what she was thinking—if she was sharing his suspicions that Western wasn't coping any more, but they were moving too fast and the narrow corridors in these crew sections of the ship prevented him from walking alongside her. A few more of the *Futura*'s complement were beginning to appear. Chefs heading for the kitchen, deckhands going to the upper decks to check if anything was lost or broken during the night and to make sure the recreation areas were acceptable for the passengers, as the storm seemed to be abating quite quickly now. There were other crew, nondescript in sweatshirts or going to the showers with towels over their shoulders. They all watched in surprise as the five grim-faced people passed among them.

In the hospital Western went straight to the bathrooms and looked in each, coming out of the last one shaking his head as Carol and Cross returned, too. They had gone to the morgue where Carol checked inside several large cupboards, then reluctantly pulled out the morgue drawers. One was empty, as it should have been, and the other was still occupied by Westhaven's remains. The nurses had gone straight to Franckovic's bedside, disappearing behind the screens.

'It's not here,' Western said. 'This is madness! Has the whole ship gone insane?'

Cross and Carol exchanged a look. Again,

Western hadn't sounded totally in control of himself, his voice close to breaking. 'Where was he killed?' Cross asked pointedly.

Carol answered him. 'But you don't think he's there?' She tried to sound doubtful, but didn't manage it. Inside, she was thinking anything was possible, lately.

'We saw the priest in the pool and Simmons hanging from the mast again,' Cross reminded her. 'Okay, *they* vanished somehow—I'm still convinced they were ghosts of some sort. But you're the one who said somebody might be playing games with us. Maybe they thought it would be good to put McClain back where he was killed, too. For real, this time.'

'He died in the steering compartment,' Western explained tersely. 'But we can get there through the engine room. I want to see Stilson, too.'

They left the nurses behind without telling them they were going. Western led the way, going back into the crew area then walking down several flights of stairs. The last steps brought them to a corridor. At the far end was a watertight door and a steel staircase that Cross could see disappeared almost straight down. The roaring sounds of the turbines floated up from below. As they approached, another strange noise also carried up from the depths. It was a moaning or sobbing, as if someone was in pain.

Before anyone could comment a figure suddenly burst up from the engine-room stairs and ran blindly towards them. It was a big man and there was no avoiding him in the narrow corridor. Western shouted in alarm and at the last moment the running man looked up and tried to skid to a halt. Too late, he crashed into the commander and nearly sent them both tumbling to the floor.

'For God's sake, you fool!' Western shouted, struggling to regain his balance and push the other man off him. 'What's wrong?'

It was Bergmann, his face white and streaked with tears. Mucus ran from his nose. 'It's Stilson,' he gasped, spraying spittle into Western's face. 'I just found him. He's *dead*! Somebody's killed him. There's blood everywhere.' He attempted to say something more, but could only open and shut his mouth in shock, his eyes wild and staring.

'Stilson's dead? Who killed him?' Western grabbed Bergmann's clothing and shook him with surprising violence, making Bergmann's head rock. '*How*?' Western sounded almost hysterical himself.

'McClain—McClain is down there again,' Bergmann sobbed, his knees sagging. 'It looks like *he* killed him—stabbed him to death with something.'

'But McClain is dead,' Western snapped, but uncertainly. 'It can't have been him. Show us where they are.'

'No!' Bergmann recoiled, breaking the hold Western had on his overalls. 'I'm not going back in there—*ever*!' He bent low and pushed past hard, taking Western by surprise with the manoeuvre.

Carol had no desire to tackle him and pressed herself close to the wall to let Bergmann pass. Cross did the same, thinking the engineer was too shocked to be of any use to them anyway. Clear of the three, Bergmann started running again, reaching the stairs and scrambling almost comically up them. They waited until he disappeared and the sounds of his escape had faded.

In the silence Western said hoarsely, 'He must be mistaken. McClain is already dead. Somebody's put him down there to scare us, after they killed Stilson—*Stilson*! Now he's been killed, too! When's it going to end? Who is *doing* this killing, for God's sake?'

'I hope we don't meet him,' Cross said quietly. 'Not now, anyway. Anybody who could carry the body of a full-grown man down all these stairs on their own isn't someone we want to tackle with our bare hands. We should get down there. That engineer might have panicked too soon and Stilson may still be alive.'

Western nodded absently, his face blank. He started moving towards the engine-room stairway like a man in a trance. Carol and Cross had no choice but to follow.

The sounds and smells of the engine room hit them fully at the top of the stairs. Western didn't hesitate, his shoes clicking on the steel steps. Carol followed. Cross paused for a moment before going down. A constant roaring noise filled the air. Cross wondered how anyone could work down there. It looked like a modern-day version of hell. On the first landing Carol stopped and looked back up, realising he wasn't close behind.

'You can stay there, if you like,' she called, her voice nearly drowned by the noise.

'No, I'm coming. Just looking from up here, first,' he shouted back, then started down the steps after her.

They caught up to Western at Stilson's desk. This was deep in the bowels of the engine room, near the centre, and Cross couldn't help looking up and around at the machinery towering above him.

'This is where I expected them to be,' Western said nervously, raising his voice. 'Now I don't know the first place to look. It's like a steel jungle down here.'

'We should stay together if we're going to search,' Carol said. 'I don't want to split up.'

'Don't worry,' Western pulled a face. 'I'm sure as hell not going to walk around here alone.'

'I can see something,' Cross told them. He had excellent eyesight, but it was more luck he'd spotted something alien-looking among the myriad of steel contraptions. It was a booted, human leg hanging down below one of the catwalks about twenty metres away and on the next level above.

'Come on,' Western said tightly, moving towards a ladder.

They kept close together on the catwalk and moved cautiously towards the two bodies they could see clearly now that they were on the same level. Western started to swear under his breath as they got near. Stilson's head was thrown backwards and resting on the lower wire of the safety rail. His pale face and the expression of pain and fear were frighteningly obvious. His body was still sprawled precariously on the machinery beside the catwalk and McClain lay on top of him face down. Stilson's white overalls were stained shockingly with an enormous amount of blood. Cross could smell it.

Western crouched down on the catwalk next to the bodies, but didn't attempt to touch them. Cross did the same. 'What the hell happened here?' Western asked in a whisper.

'You have to be right,' Cross told him. 'Someone brought McClain's body down here. Maybe they didn't expect Stilson to be here in the middle of the night. He surprised them and got himself killed, because of it.'

'But *why*?'

'I don't know,' Cross said, but in fact he was starting to understand something that had been at the edge of his mind for some time now. Stilson's death was like an extra, illuminating piece of a puzzle falling into place.

Carol said flatly, 'Or McClain brought himself down here and killed Stilson.'

'That's impossible,' Cross said, without conviction.

'Is it? After what we've seen in the last twenty-four hours? And we *are* in the Devil's Triangle, don't forget.' Now Carol was starting to sound slightly unbalanced and Cross glanced at her worriedly.

'We have to keep our heads straight about all this,' he told her, fixing her with a stare. 'Things are frightening enough as they are.'

Carol looked as if she were about to challenge him, returning the stare defiantly, then she dropped her eyes and nodded. 'Okay, you're right. Let's stick to the facts we know, at least.'

All of them were startled by a loud, childish peal of laughter.

'Down there!' Western said, pointing. At the furthest end of their catwalk stood the small boy. Western asked, amazed, 'How the hell did he get down here?'

'Don't go near him!' Cross rasped. 'He's not what you think he is.'

'What? He's just a kid—'

All the lights in the engine room snapped off, leaving them in total darkness. Western yelled with surprise and fear, and Carol let out an involuntary, small scream before stopping herself. Another shrill of laughter cut through the air around them. It had a chilling quality.

'Nobody panic!' Cross said, but feeling the hairs on the nape of his neck stand up. 'Keep calm. Carol, take my hand.' He groped in the darkness for her, touched her arm and felt her jump badly, then their hands found each other and they entwined fingers tightly. 'Grab the commander's hand, too.'

'Peter?' Carol called. 'Take my hand. I'm holding it towards you. Try and find it. Peter? *Peter?*'

'I'm here,' Western replied dully. His fingers brushed against hers and they held hands, too.

'We've got to get out of here,' Cross said in a low voice.

'How?' Carol asked shakily. 'I can't see a thing!'

'Yes, you can,' he told her, his voice dropping to a whisper. 'Don't say anything, but look down there. See the glow from the computer monitor? We can use that as a guide.'

'Don't say anything? What do you mean—'

Another peal of laughter, much closer this time, cut Carol off. She instinctively ducked and heard Western beside her curse under his breath.

'Trust me,' Cross told her. 'Now, I'm going to walk slowly along the catwalk back towards the ladder. Keep hold of my hand and don't let go for any reason, understand? And hold onto Western just as tight.'

'Okay.' He felt her nod in the darkness.

Cross knew they were a fair way from the ladder to begin with, but he didn't dare make his first steps large. Instead, he shuffled his feet along the steel grating and kept his free hand on the railing. With every footfall he tried to anticipate walking into space and readied himself for it, rather than go plummeting down the ladder, taking the other two with him. The darkness closed in threateningly all around them. Cross imagined he could almost feel it pressing against his skin. At any moment he expected something dreadful to burst out of the blackness and attack them in some way—he couldn't think how. Anything could sneak up on them, masking any sounds they made in the noise of the engines.

Another screech of laughter came from below them.

'Oh God, he's down there now,' Carol said fearfully.

'It doesn't matter,' Cross told her over his shoulder. 'He can be wherever he wants to be.'

'But I don't understand,' Western said weakly from behind them. 'Who—who is that child?'

'It's not a child,' Cross told him. 'It's something completely different. Something . . . *evil* I think, but—' His hand on the rail ran into emptiness and he stopped suddenly. Carol bumped into him and Cross overreacted, grabbing wildly for the handrail again in case she pushed him over the edge.

'I'm at the ladder,' he said breathlessly, recovering. Below, the computer monitor gave out a wide arc of suffused light which helped more as Cross's eyes grew accustomed to the dark. 'Be very careful as you turn around. I'll be at the bottom waiting.'

'But *he's* down there, too,' Carol said.

'Maybe, but it's okay. He's playing with us, like a bad child would. I think a part of him is still a young boy. At the moment, he just wants to scare the hell out of us.' Cross had turned around and now he was feeling with his foot for the first rung.

'Well, he's succeeding in *that*,' Carol muttered.

Cross was glad to hear her spirit was still there. Western, on the other hand, had gone strangely quiet.

When all of them reached the landing where Stilson's computer was, Cross felt happier. 'We're out of here,' he told them quietly, heading for the stairs opposite the ladder which would take them out the same way they entered. Now a square of light above them, the open watertight door, beckoned with a promise of safety. They couldn't hold hands as they climbed the stairway, preferring instead to grasp the handrail on both sides. With two landings to go and Cross thinking they were safe, a groan of agony carried clearly across from somewhere opposite.

'Oh God,' Western said, stunned and stopping to listen. 'Stilson was still alive! We left him behind.'

'No, we didn't,' Cross snapped. 'That's what they want you to think. Stilson was dead.'

'But you can hear him—'

'He's *dead*,' Cross repeated, starting to climb down the stairs. 'Don't listen to it.' Looking down at Western in the light from the open door above, he could see the commander's face was deathly white. 'We've got to get out of here,' Cross told him.

After a pause Western nodded jerkily and started up the stairs again. A last shriek of laughter made them all drop into a frightened crouch. Cross thought something passed through the darkness above them, but he didn't see anything. They made the last few stairs in a rush, the light allowing them to see the steps. Relieved, Cross led the way down the corridor, then turned around when he realised Western wasn't following. The commander was closing and dogging the watertight door.

'What are you doing?' Cross called, with Carol stopping next to him.

'No one's going back in there,' Western said in a surprisingly calm voice.

'Why? Somebody's got to, some time.'

'Not now—not ever. Do you know how to turn the lights back on? I don't. I don't think anybody knows. In fact, I don't think it's supposed to be possible to turn them off at all. And Stilson was the only one who might have closed the fuel lines. Now we haven't got a chance of even guessing, in the dark.'

Carol seemed about to argue, but Cross stopped her by touching her arm. He said, 'He's right, though I doubt closing the door is going to do any good.'

'But there must be a way to turn the lights back on, for God's sake!' she said, amazed at his easy acceptance. 'Then we can cut the fuel lines with a damned axe, if necessary.'

'Carol, the *computer* turned those lights off, so that means they're going to stay off, no matter what we try.'

'The computer?' she stared at him in confusion. 'But that boy was in there laughing at us. Surely he was the one—'

'That boy is the computer, too,' Cross told her calmly.

'*What?*' she asked, then waited while Western stomped blindly past them. 'What do you mean?' she hissed at Cross.

'Let's get to this meeting, then I'll tell you.'

Carol spluttered a protest, but Cross put a finger to his lips and took her hand, tugging at her to follow him in pursuit of Western.

21

Western faced them all from the binnacle. It was still early in the morning, just after six o'clock. The sun would be nearly rising, flooding the horizon with light, but instead the *Futura* was surrounded by a glowing, yellowish fog that slowly got more pale as the sun beyond it climbed higher. Cross, watching proceedings from a discreet position near the windows, saw many of the *Futura*'s officers eyeing the fog unhappily. It was an eerie, unnatural-looking phenomenon.

'Ladies and gentleman, we have some very hard and difficult facts to deal with,' Western declared.

His words and grave tone of voice ensured he instantly had the attention of everyone on the bridge.

He went on to explain how the computer had locked up their course, speed and communications, and how all their subsequent attempts to rectify the fault had failed completely. At this point several officers interjected with suggestions, all of which Western rejected with descriptions of how they'd already been tried. The commander deliberately let this theme run until no more proposals were forthcoming, then let the silence hang.

Finally, he told them heavily, 'We seem to have no option except to abandon what *seems* a perfectly good ship.' This caused an outburst of shock and denial, which Western weathered by holding up his hand and waiting until they fell silent again. He said loudly, 'I know how ridiculous and extreme that sounds, but the *Futura* is increasing her speed at a rate of approximately one knot per hour. Now, we aren't exactly sure where we are positioned, but Lieutenant Jackson estimated we might be less than eight hours away from the Florida Peninsula—yes, yes,' he had to hold up his hand again against a murmur of surprise. 'The computer turned us south and we're not going to make landfall anywhere near New York. The important thing is, when we *do* reach the coast, we might be moving at greater than twenty knots. You can all imagine what will happen if we run aground at that speed.'

Someone called, 'Why can't we just drop the anchors, when we get close? It'd be a hell of a stop, but much better than running aground.'

'Because the steam lines to the anchor winches have been closed off permanently. The winches can't be operated.'

This was news to Cross, but it didn't surprise him. There was a presence aboard this ship that seemed determined to bring her to a catastrophic end and it had the best means possible, the *Futura*'s own computer network, to second-guess everything mere humans could think of to prevent it.

The same voice asked, 'But surely Mr Stilson can do something?'

'Stilson is dead,' Western replied flatly. 'He was killed in the engine room early this morning trying to find a way of manipulating the fuel feeds to the boilers.' Western hesitated, before adding, 'There is a—situation—in the engine room which prevents us from trying anything of the sort again. The engine room is out-of-bounds to everyone, at the risk of your life.'

If there had been any doubts before, this made Western's message sink in. Despite the appearance of everything being normal, the ship was in serious trouble and every minute passing meant they were closer to a tragedy of enormous proportions.

One more suggestion came from a voice near Cross. 'Why can't we pump the fuel out? Then we can simply run out of gas and drift to a halt.'

Western smiled ironically. 'Because the computer

certainly won't let us. It won't allow anything that might be interpreted as a possible, ecological disaster. Even if everything was working absolutely perfectly and we had total control, we couldn't pump any fuel oil out into the open sea. You can thank the *Exxon Valdez* for that.'

For the amount of people gathered on the bridge, it was curiously silent. Cross could understand it. Many of these people had got out of their beds less than half an hour ago, expecting a day where they would tie up in New York and, after dealing with passengers for some time, they would get a chance to spend a few days' leave with friends or family. Instead, Commander Western informed them they were completely off-course, out of control and about to abandon ship. It was very hard for the crew to accept. He couldn't see the passengers being any more understanding.

Western said, 'The important thing is, we have more than ample time to leave the ship in an orderly fashion with no casualties. We can make sure the lifeboats are properly provisioned, the passengers are adequately dressed and have any important, personal effects such as medication with them. We can do everything right and be quite confident the people won't be in the boats longer than twelve hours, before they're found, if not picked up. Our only priority is to get them off the ship before we reach fifteen knots. That's the maximum speed at which I'd like to be dropping loaded lifeboats from the davits.'

'How can we be sure they'll come looking for us?' someone asked in a high-pitched, nervous voice.

Again, Western smiled wrily, making Cross wonder if he'd recovered from his experience in the engine room. The commander certainly seemed in total control. 'The US Coastguard will pick us up on the radar in a few hours. But by the time they decide we're not where we're supposed to be, or sailing a heading that makes sense, *then* that they can't contact us by radio—well, it'll all be too late. They'll probably even send out a chopper to take a look at us first. I have no doubt that somewhere in the next six or eight hours the authorities will know there are sixteen lifeboats in the water around this area, with or without this damned fog. A skeleton crew will be staying aboard the ship—I'll be asking for volunteers, but some of you must go with the lifeboats.' Western paused to take a deep breath and braced himself, standing perfectly straight. 'Everyone, I know this is going to be extremely difficult to undertake, but we appear to have no other choice. I accept full responsibility for this decision. I will make a general announcement in half an hour informing all passengers there will be another, very important announcement at seven o'clock this morning and everyone should make sure they're in a position to hear it. That's when I'll tell them of our intention to abandon the ship, and why—and that's when the drama will really begin.' Western glanced unnecessarily at his watch. 'I want the first lifeboats in the water by ten o'clock and all of them away within an hour of that. That's all.'

Western stepped off the binnacle and predictably was swamped by people pressing forward urgently with their own questions. Cross stayed where he was, watching and wondering what he could do. Already, he was thinking of staying with the ship. Carol pushed her way through the crowd and came over to him.

'So, now you know,' she said doubtfully. 'He's pulling the pin.'

'I would have put money on it,' Cross said lightly. 'He doesn't really have any choice.'

'We have three hours—less, really, before the lifeboats start leaving. There's got to be a way to beat this thing.'

'Three hours, if you're going to actually get in one of the boats.'

Carol gave him a reproachful look. 'You're not going to try and stay behind, are you?'

'Why not? I'm not a hundred years old, you know. I might as well stay aboard this tub as long as I can, keep to the upper decks when it gets close to crunch time, and just step off when we get to Florida.'

'Sounds easy—except Western isn't so worried about Florida. We're bound to hit one of the eastern reefs first without any warning. That's the main reason he wants everybody off now, while he's got plenty of time to do it properly. You heard what he said.'

'Okay, how about I say I'd be happier staying aboard and helping you, than jumping ship?'

'What makes you think I'm going to stick around? Each lifeboat needs an officer.'

'And I'll bet you'll still be trying to fix things when the damn boat is sinking around you.'

'Well, maybe not that late,' Carol said, nodding. 'But I've already told Western I'm going to try, whether he likes it or not.'

'See? I knew.'

'But you're a passenger.'

Cross pulled a wry face. 'I don't think I'm going to be alone when it comes to people preferring to stay aboard and take their chances. Western said it himself. He's asking everyone to abandon a perfectly good ship. I reckon he'll be lucky to fill half the boats.'

'I'm sorry to say, I think you're right.' Carol looked worried, then she frowned. 'Okay, so what's this about the computer? You were trying to tell me the computer's the cause of everything.'

Cross gazed around. Everyone else on the bridge was absorbed in their own problems and with trying to get Western's ear. 'Come for a walk. I'll explain.'

Carol seemed about to object, then she looked around too and realised she wouldn't be missed for a few minutes.

Cross took her down the stairs and along the recreation deck to the freshwater swimming pool. In the open area swirls of the yellow fog kept intruding, seeming to come sweeping across the deck, but it was actually the passage of the ship through the still mist giving that impression. There was no one else around, either because it was too early or the fog had the passengers again huddling in their cabins. The swell was now long and wide, catching the ship under her stern and lifting her, like a surfer catching a wave.

'What are we looking at?' Carol asked, hunching herself against the damp.

'Nothing, really. I just wanted to talk in private.' He pointed at the pool. 'This is where the priest drowned, right?'

'Right,' she nodded impatiently, wondering where he was leading.

'He was a *Catholic* priest. I think he would have been seen as some kind of threat and that's why he was killed. Perhaps he could have exorcised this ship.'

'What?' Carol squinted at him.

'Okay, think about it this way. Who was the first person to die?'

Carol sighed, then said, 'Why don't you just tell me your theory? I'm tired and I can't think too well.'

'But I want you to try and see for yourself what I'm getting at. Come on, who got killed first?'

Carol shrugged and said reluctantly, 'Okay, it was McClain.'

'Who happens to be the only guy on board qualified to seriously do damage to the electronic engineering—the stuff connecting all the computer terminals. So, who died next?'

'The priest,' Carol nodded at the pool.

'Who might have been able to exorcise the evil spirits—we could ask his sister, if you like. Who was next?'

'Well, the captain, I suppose.'

'And who's he?'

'Who's he—? Russell, come on! What's the point? He's the *captain*, for Christ's sake.'

'I'll bet he's the one who ordered the door of the radio room to be cut off. Who else has that sort of authority?'

'It would have to be him,' Carol conceded, starting to think. 'But how would anyone in the computer network know—?' she stopped, finding her own answer.

'Well?' Cross asked quietly.

'A decision like that would have to be entered in the ship's log. This ship has an *electronic* log. We use the computer!'

'Surprise me,' Cross said drily. 'And who did we lose next?'

'Simmons,' Carol said slowly. 'When he was on the verge of breaking into the system and setting things right.'

'You're on the right track, but you're one accident too early. Franckovic had his face burned off by the oxyacetylene gear exploding. That equipment was the only thing on board capable of cutting off the radio room door, if Captain

Brooks's orders remained standing. *Then* Simmons got hung on the mast. Are you starting to see my picture?'

'But that's impossible—' Carol shook her head. 'You're saying everybody who might have had a chance of jeopardising the computer's control of the ship earned themselves an accident.'

'Something like that,' Cross nodded. 'I don't know about the doctor, but Stilson was finding a way to stop the engines. Look what happened to him.'

'What about the boy we keep seeing? And the other ghosts we've seen? Where do they come from? You said the boy *was* the computer, too.'

'I'm not too good on that one,' Cross admitted. 'I can't understand how he keeps popping up at all the wrong moments, like he's some sort of bad omen. That's what I originally thought he might be, like a modern-day Grim Reaper. Then we saw all those other ghosts—spirits, whatever the hell they are—and my theory got bent a little.' Cross turned away from the pool and looked towards the fog-shrouded sea. He said quietly, 'The Bermuda Triangle, Carol. We're in it, and crazy things are happening. That's the only answer I've got for our ghosts right now.'

'And if I'm going to try and beat this computer, it sounds like you'd better hang around and watch my back,' Carol said. 'It's not a healthy thing to try and do.'

'Any ideas?' he asked her.

'Not one.'

Cross shrugged comically. 'Well, I suppose we could call that a fresh start.'

Western's distant voice carried down from the top of the bridge stairs. He was standing at the doorway, looking down at them. Behind him, in the shadows of the bridge room itself, they could see other officers still awaiting their chance to speak with Western. 'Miss Jackson, can I speak with you a moment?'

Carol glanced at Cross apologetically and quickly ran back up to the bridge. Cross saw Western's head bow as he talked with her, then a minute later she turned and came back.

'Your friends must have a sensitive nose for trouble,' she told him, drawing him away and heading for the lower decks.

'Who? What do you mean?'

'The Followers of Luke—that's what they're called, isn't it? One of the senior stewards tried to break up their little camp this morning, telling them the storm had passed and it was time to go home. Luke has apparently refused, taking over the dining room permanently. He's claiming the crisis isn't past and his Followers—who now include a large number of passengers, apparently—still need his comfort and guidance.'

'This sounds bad. How the hell does he know we're still in trouble?'

'I don't know, but I think I know what he'll say, if you ask him,' Carol said wrily.

'Right. He's "in touch" with the next world, or something, keeping him fully informed. What are you going to do?'

'Western's asked me to try kicking them out. If that fails, organise a lifeboat of their own and they can happily follow each other all over the Atlantic, for all I care.'

The scene in the dining room startled Cross. It was packed with people, sprawling all over, many more than he expected. The place was littered with blankets, pillows, clothing, open magazines, plates and cups, and everything else that had been used during the night. Most of the passengers were still lying on the floor, wrapped in blankets and huddled together, but mainly awake and talking quietly to one another. The ship's stewards were picking their way among them carrying trays of coffee and sandwiches. Cross looked for the Followers' own area and saw them standing together in a group around Luke, listening to him. Their suits were as immaculate as ever. Obviously Luke hadn't considered the 'inclement weather conditions below' were severe enough to interfere with the members' grooming.

'May as well tackle this, while they're all in the one spot,' Carol muttered. In her officer's uniform she was conspicuous, treading carefully as she worked her way across the room through the prone figures. Faces turned her way, watching Carol and Cross suspiciously. Someone alerted the

Followers and Cross saw one of them touch Luke's arm in a warning. Luke turned towards them, observing their progress towards him.

'Good morning, Miss Jackson,' he inclined his head at her. 'Mr Cross, too. A delegation?'

'Something like that, Mr Luke—' Carol began.

'Please, just call me Luke.' He smiled softly, but it didn't reach his eyes.

'This is quite a gathering you have here, now,' Carol said, waving at the room full of people.

Luke nodded and said, 'We've made a lot of new friends in the past twenty-four hours.'

'The senior steward tells us you're not cooperating with him to get these people back to their cabins. You want to keep them here.'

Luke frowned in puzzlement. 'Well, to be honest, Miss Jackson, this isn't *our* "gathering", as you call it. We merely offered some company and comfort during the night and everyone prefers to stay here for a while longer. I'm not suggesting they stay or go. It's their choice.'

Cross could tell Carol wasn't feeling like being particularly diplomatic. The truth was, she knew exactly what Luke was attempting to do—maintain his control over the people in the room for as long as he could. In return, Luke was aware she knew. Diplomacy had nothing to do with it. This was a battle of wills and Cross suddenly appreciated why Western had sent Carol. She was a very determined and stubborn person, and she was popular with the passengers.

'So, you're saying you have little to do with all these people wanting to stay here, rather than letting us put things back the way they should be?' Carol asked.

'If it's what they want, why question it?' Luke replied gently. 'We are simply offering our help under trying circumstances.'

'Well, if you want to help, then I guess you won't mind helping us move these passengers back out? As one of the ship's senior officers, you can trust I know what I'm talking about when I say it's for the best. And that's what you want for everyone, isn't it?'

Luke's smiled flickered a moment, then he said smoothly, 'But I would have thought you'd wait until the storm was over?'

Carol gestured at the windows. 'The storm is over. This is just a heavy fog which should clear within an hour or so. You can see for yourself there's no wind and it's stopped raining.'

Luke's eyes flashed knowingly. 'I don't think we're discussing the same storm, do you?'

This took Carol by surprise, then she said carefully and with the trace of a threat, 'We've had a few problems during the night, Mr Luke. Do you know something about them that perhaps you should be telling us?'

The enigmatic smiled remained and Luke replied, 'I have no idea what you're talking about, Miss Jackson.'

Carol was already kicking herself for asking. It

had been a stupid thing to do and had only given Luke another opportunity to smile his annoying smile and sound righteous. Putting a rein on her fraying temper, Carol said, 'Well, I'd appreciate it if you'd start dismantling your small podium over there, and perhaps everyone else would take their cue and leave.'

'And I'd rather do it the other way around,' Luke insisted, his eyes turning harder. 'When I'm satisfied there are no longer people in the room who might seek our assistance and comfort, we'll remove the altar.'

'There is no *need* for you to wait for anything,' Carol almost snapped. 'While I will treat you with all the respect due a paying passenger, you have no authority and I don't recognise your religious status either. If I decide you're obstructing the crew from carrying out their duties, I'll do whatever I think necessary, including taking that altar to pieces myself and throwing it out the door. Will your "Followers" appreciate that sort of scene, Mr Luke?'

Luke stared at her, his smile gone and replaced with barely concealed anger while he considered whether Carol would carry out her threat and what he might do to stop her. Cross watched him steadily, deliberately keeping just the right distance away to convey to Luke that Carol was going about her own business, but he was right there if she needed him. Luke's eyes switched to him for a moment, still judging the situation.

What threatened to become an awkward silence was broken by the overhead speakers of the ship's PA system crackling, then Western's voice came through.

'Ladies and gentleman, this is Commander Western speaking. At seven o'clock this morning we will be making a very important announcement and I'm informing all passengers they should ensure they're in a position to hear it properly. In your cabins or other inside areas are recommended, as we can't be sure all the deck speakers are working after the bad weather we've been sailing through.' Western repeated the announcement, thanked everyone and signed off.

Luke made a show of pushing back his sleeve to reveal an expensive gold wristwatch. 'That's only half an hour away, Miss Jackson. Do you still want all these people to attempt shifting back to their cabins in time for the announcement, or do you think it might be better if they stayed here and heard it?'

'No, we'll let them stay until seven,' Carol said tightly, furious at Western for not thinking to check with her before making the last announcement. 'I'll come and see you straight afterwards.'

'I'll be here,' Luke said, bowing slightly. His smile had come back, but it didn't touch his eyes. They were glinting with a strange emotion that puzzled Carol, adding to her anger. It didn't make sense, but Luke eyes seemed filled with a hunger—a hunger he knew was going to be satiated.

Carol turned away suddenly and headed for a different exit. Feeling a little useless and unnecessary, Cross went with her. Halfway across the room he heard his name called out, so he stopped, searching the faces on the floor around him. Carol heard it too, looking with him.

'Russell! Carol! Over here.'

It was Susan, buried in a blanket and with a woollen cap pulled low onto her ears. She was waving to attract their attention. They went over and squatted beside her.

'What are you doing here?' Cross asked. 'Where are your parents?'

'Over there, somewhere,' Susan used her nose to point in the general direction, having tucked her arms back under the blanket.

'Are you that cold? It's not too bad in here.'

'I think I caught a chill,' she explained. 'I thought you were going to be with us last night?'

'I had a change of plans,' Cross told her, deliberately not looking at Carol. Susan glanced at both of them in turn, making up her own mind anyway.

'Hey, these Luke guys have been really great,' she said, suddenly enthusiastic. 'All night they've been telling funny stories and playing games, and making cups of herbal tea for everyone, and stuff—you know, keeping everybody happy. I fell asleep after a while, but I think Enid's been talking to them all night. They really do make you feel better about everything. Sort of *comfortable,* you know what I mean?'

'But you told me they were all weirdos,' Cross reminded her, getting in a worried look towards Carol. 'Remember?'

'Did I?' Susan asked innocently. 'No, I don't remember, actually.'

'Look, don't put too much faith in what they've been telling you,' Carol told her. 'People like these can sometimes get things twisted around a little, just to suit them.'

'How would you know?' Susan rounded on her, surprising Carol and Cross with her sudden vehemence. 'You guys weren't here—either of you.'

'No, but I've heard their sort of thing before,' Carol said, then decided to back off. The teenager obviously didn't want to hear any negative suggestions about the cult at the moment. 'Look, just keep an open mind, okay?'

'There's nothing to worry about,' Susan said irritably. 'I know what I'm doing.'

'Are you going to stay here and listen to this announcement?' Cross asked quickly, changing the subject.

'I might as well. What's it about?'

Carol answered, 'I'm not absolutely sure, so I won't say anything. But I do know it might be an idea to be with your parents, when they make it.'

'They'll be around somewhere,' Susan mumbled, still upset with them.

'Try and find them,' Cross said, reaching out and squeezing her shoulder. Susan transformed her face with a bright smile, but made sure it was for

Cross's benefit only. 'We have to go and attend to a few things. We'll be back after the announcement. I'll want to have a word with your folks.'

'So you *do* know what it's about?'

'Not enough to say anything now.'

They left Susan and went back outside, heading for the bridge to tell Western what happened.

'What are you going to say to her parents?' Carol asked him as they walked.

'I don't know, really. I suppose I was thinking about advising them whether or not to stay on board, but I'm not sure I know myself.'

'Are you changing your mind?'

'No, not at all. But I don't know if I want to be responsible for making a bad decision on somebody else's behalf. If nothing else, I was going to suggest to them they keep Susan away from that damned Luke and his ghouls.'

'She's nearly sixteen, Russell. I'm sure her parents have a much better idea than you how to handle Susan and what's best for her.'

'I expect you're right—but she doesn't seem to spend much time with her parents, does she?'

Carol nodded. 'I haven't seen her as much as you, but you're right. I've never seen her with her parents at all. It's like there's something a bit strange there.'

'Talking of strange, Luke and his Followers are like a bunch of vultures in there, waiting to swoop on a whole roomful of new converts.'

'I know,' she agreed, frowning.

'Is that what you're going to tell Western?'

'Before or after I kill him? That announcement couldn't have been more ill-timed.'

Western listened to their account of Luke's behaviour, but after initially being concerned enough to send Carol down there to break things up, the commander was now oddly uninterested.

'He's probably right,' Western told them, almost absently. 'There's no point in trying to move them all, when I'm about to give them the bad news anyway. We might as well leave them where they are.'

Carol, her anger boiling, moved away before she said something she might regret. More than anything else, she couldn't forget Luke's blank smile and the frightening, hungry look in his eyes.

22

The U-65's reputation as a jinxed boat was enhanced during her extensive repairs and refit, when Captain Wolfhart was killed during a bombardment of Bruges. It was a bad blow to the morale of the crew, but there was worse to come.

The submarine was nearing her completion once more and most of the crew were sent away to grab what shore leave they could, before sea trials and an immediate posting to active duty. It was when the men were returning to the U-65, in many cases hesitantly climbing the gangplank to a war now going on too long and that Germany looked destined to lose, that the submarine suddenly gained a reputation for being haunted.

The boat had a new captain, named Haupt, and a replacement second-in-command called Pertsch, both of whom deliberately refused to acquaint themselves of the facts surrounding the submarine's notoriety as an unlucky ship. On the morning when all hands were supposed to report aboard Haupt called a meeting in the tiny wardroom of all officers and senior petty officers to introduce himself.

'We have seven days, gentlemen,' he announced in his clipped, educated voice. 'A week only for trials and to ensure everything works correctly. Once the shipyard hands us over, I doubt we'll be able to secure time for any faults we find afterwards, so make sure you check everything—'

Haupt was interrupted by a shouting from above and the sound of booted feet running heavily along the deck. He frowned, listening carefully, as did everyone else. It could have been a bombardment, but they couldn't hear any sirens. Someone was making his way noisily through the submarine and unexpectedly ripped the wardroom curtain aside and thrust himself among the officers. It was a leading hand, white-faced and panting. Despite the uniforms and badges of rank on Haupt and Pertsch, the man sought out Eberhardt's familiar face.

'Master Gunner, sir!' the leading hand gasped. 'Jenkins just saw Mr Dornier coming up the gangplank behind some others. I thought I saw him myself, but I wasn't taking much notice—'

'Who is this man?' Haupt said sharply. The leading hand turned around and seemed to see the captain for the first time. He drew himself to attention and offered a shaking salute, his fingertips quivering beside his wide, frightened eyes.

'Leading Hand Kegel,' he replied tremulously.

'And who is this Dornier? A man who has been absent without leave, trying to sneak back aboard?' Haupt guessed, sensing an opportunity to stamp his authority on the crew. 'I can't imagine anything else important enough for you to come uninvited into the officers' wardroom, Kegel.'

There was an uncomfortable silence. There was only one other newly appointed officer, replacing Stein, who didn't know who Dornier was. Finally, Eberhardt reluctantly explained.

'Mr Dornier was the ship's second officer, Captain,' he said, quietly.

Pertsch turned with puzzled eyes to Haupt. 'I don't understand, Captain. My orders were clearcut and I have the copies still in my briefcase. I was to report to this—'

'Dornier was killed in the torpedo explosion,' Eberhardt interrupted him, harshly.

Haupt fixed him with a hard gaze. 'Are you telling me a *dead* man walked up the gangplank? A ghost?'

Eberhardt in turn looked at Kegel. 'Well? What have you got to say?'

'It was Jenkins who saw him, sir. Like I said, I didn't quite see him myself, but I thought I saw *somebody.*' Kegel's voice trailed off as he realised the new captain didn't want to hear it.

Haupt told them all tightly, 'I understand there have been some—discipline problems—aboard this submarine. My predecessor may have been a little too lenient in some matters and I want everyone to know that situation ceases as from this moment. I do not believe in bad luck, jinxes or even ghosts and I don't allow men under my command to believe in them either. We have a submarine of the Kaiser's Imperial Navy to get ready for sea and active patrols. The Royal Navy will give us more than enough to be afraid of, without the men imagining wraiths and spirits hiding in the cupboards. Is that *clear*?' he ended angrily, then turned his eyes to Kegel, who flinched under their stare. 'And find your Seaman Jenkins and tell him if he breathes a word of what he claims to have seen to anyone else, I'll have him arrested as a traitor.'

'Yes, Captain,' Kegel said, swallowing. He realised he'd been dismissed and made a hasty dash back through the curtain.

'We set sail at 0700 sharp,' Haupt announced. 'Be ready. Dismissed, gentlemen.'

The submarine's second attempt to complete her sea trials started with what was considered an average swell in the North Sea—choppy one-metre waves that continually broke on the submarine's bow with explosive bursts to send a chilly spray back down the length of the boat. Haupt, Pertsch and two lookouts huddled in their oilskins on the conning tower. The sky overhead was a steel-grey, threatening rain, and the breeze a stiff north-westerly blowing straight into their faces.

'Pertsch, go below and prepare the boat for diving,' Haupt ordered. 'Do a personal check and take Meyer along with you. Let me know when you've finished.'

Pertsch disappeared. It took ten minutes for him to return, but as he began emerging from the ladder Haupt waved him back down.

'We'll dive now,' he said, motioning for the lookouts to leave their stations.

When Haupt sounded the klaxon and the U-65 slid below the waves, most of the crew waited with more than usual trepidation. Haupt stayed at periscope depth and took a long time scanning the horizon through the raised lens. Then Haupt surprised everyone by ordering them to surface. The ballast tanks were blown and the U-65 climbed back on top of the waves. 'Ten minutes on diesels, check the battery charge, then we do a deep dive,' he told them over his shoulder as he went up the ladder to the inner hatch. 'Attend to that, Pertsch.' There was a cascade of trapped seawater from between the hatches, then the sounds of Haupt releasing the upper seal before his boots disappeared upwards. Automatically, the two lookouts hurried up to join him.

Vanderbilt had been overseeing the submarine's bowplanes and expected to be busy, searching for the bottom, instead of surfacing again. Surprised, he muttered to himself as he reset his instruments, 'Why bother?'

Meyer was standing close and heard him. 'To show everybody the ballast tanks *can* be blown,' he managed to say in a low voice, before Pertsch ordered him to help with the battery check.

On the bridge Haupt was staring over the stern at the Belgian coast, now a low-lying blur on the horizon. He stiffened angrily. 'Who is that fool on the bow? What does he think he's doing?' he snarled.

There were only the lookouts to answer him. One of them asked uneasily, 'Who, sir?'

Haupt pointed forward with his gloved hand. 'That man there! An officer! I gave no permission for anyone to go out on the foredeck. What the hell does he think he's doing?'

The lookouts exchanged puzzled, frightened glances. The same one spoke again. 'But—but who, sir?'

Haupt glared at him as if he'd gone mad. 'Are you blind? That man on the *bow*!'

Haupt could see a man, an officer in his greatcoat, standing calmly on the furthest point of the bow with his arms crossed and his back to the sea, staring back towards the conning tower. His pale face was a stark contrast to the grey ocean behind him. Haupt didn't recognise him, but that wasn't surprising so early in his command. The officer in the distance didn't appear remotely concerned with his precarious position or the waves bursting on either side of him.

Haupt leaned over the front of the bridge unnecessarily, trying to see which hatch the man had come from. None of them were open. When he lifted his eyes back to the figure on the prow, the greatcoated officer was gone. Vanished.

The captain opened his mouth to cry 'man overboard', but stopped himself just in time. Something told him there *was* no man overboard. Actually seeing the figure had only angered and puzzled Haupt, but now, as he remembered what he saw, it sent cold fingers running down his spine. The lookouts were still staring at him, wondering what he'd meant.

Haupt snapped at them, 'You're supposed to be watching for the *enemy*! Get back to your jobs!' They turned hurriedly back, lifting their binoculars to hide expressions of fear. The story of Dornier climbing the gangplank was well known throughout the ship and many of the crew believed the officer's ghost was somewhere on board with them.

The test dive went well. This time the U-65 dropped gently to the bottom. Haupt did a personal tour of the boat accompanied by Pertsch and Meyer, and when it was finished the submarine obediently emptied her ballast tanks and lifted back to the surface. Encouraged, Haupt did several 'crash' dives, flooding the tanks instantly and sending the boat down in such a hurry there was barely time to clear the bridge and secure the hatch. Everything on the submarine worked perfectly. On the following day Haupt would be asking for a test-firing of his torpedoes and to be allowed to shoot a dozen rounds from the two-pounder. Once this was completed there would be a minor recalibration of all the instruments, a complete provisioning of the submarine in preparation for a real, active patrol in the eastern Atlantic, and finally two days' leave for all the crew before they sailed.

Then they would go to war.

Haupt told himself again they had no time for ghosts. Even one he had seen himself.

The U-65 set sail on her first aggressive patrol four days later. No one on board expected to survive it. She left without three members of her crew, all enlisted ratings, who deserted rather than go to sea in a haunted, unlucky vessel. German military discipline was the best in the world, but it was a sense of duty towards their comrades, rather than any misconceptions about their contributions to the war effort, that brought most of the men back, although the superstitions had many of them believing they were already doomed. Some figured they had little choice anyway. The punishment for desertion was a firing squad.

Submariners on both sides endured inadequate diets, an almost total lack of hygiene and what sleep they were allowed was supposed to be found in a tiny, enclosed space where perhaps eighty other souls were expected to go about their work. If the submarine was submerged—which normally meant they were at action stations anyway—the air was stifling and lacking in oxygen. The stench of so many human beings sharing the same atmosphere was incredible. With the boat on the surface everyone had to contend with the noise of the diesels, plus the North Sea and the Atlantic rarely provided anything but a pitching, sickening swell that had the submarine filled with the odour of vomit. The men's skin turned grey from the lack of vitamins and sunlight, and they were generally underweight. Many of them took the habit of 'rolling' the grime from the pores of their skin, rather than washing with salt water, because constant bathing in seawater irritated their flesh and caused unbearable itching. The submarine's fresh water was for drinking only. Even most of the cooking was done with seawater.

And all this was for weeks on end, broken only by a few days in port, before being sent out again. It required a unique level of morale and made submariners a breed of their own, fiercely proud of the conditions they tolerated.

On the U-65 the crew had something extra to contend with. Frequent sightings of Jan Dornier had many of the men so frightened they couldn't sleep. It affected their work. Some men mentioned seeing a small boy, too. He was reported as oddly dressed and often watching them with an evil, wicked delight. He was supposed to be an omen, but no one was quite sure. Morale on the submarine was nonexistent. Everybody went about their business in a mechanical, resigned way. An unspoken, but common belief was that the U-65 would be sunk with her first action. Dornier's spirit was some sort of 'Angel of Death' waiting for the opportunity to kill them all or simply to be there, like the legendary Grim Reaper, when it happened.

Like the lookouts on the conning tower that day, not everyone could see him. On one occasion in the torpedo store four men were working on a warhead, testing its condition as part of a regular task that had become strictly adhered to since the accident. Suddenly, one of the men went completely white as the blood drained from his face and he fell away towards the other end of the store, pointing wildly and trying to cry out that Dornier was standing in the room with them, watching. A second man looked where he was indicating and he, too, scuttled away in terror to the furthest end of the store. Both of them insisted Dornier was in front of the forward hatch and staring at them all with dead eyes.

But the other two men working on the torpedo couldn't see anything. They were scared by their shipmates' obvious fear and didn't doubt for a moment they could really see the dead Second Officer, but for them there was no one else in the room. It made it even more frightening for the men to know that the ghost could be in the same place as themselves and yet they were unaware of it.

Dornier's spirit seemed to have an affinity for the torpedo store. He was seen all over the boat, but more there than anywhere else. One of the petty officers, a man named Buether and a recent addition to the crew, awoke in the tiny cubicle that served as their mess and sleeping quarters to see an unfamiliar officer walk past the open doorway. A feeling of dread suddenly told the petty officer what he was witnessing. Against his better judgement, and clamping down on his fear, he leapt from his hammock to follow the figure. The unknown officer made his way calmly through the passageways and stepped into the torpedo store. When Buether quickly followed he startled three ordinary seamen playing poker on a makeshift table.

'Did you see him?' he asked them, without thinking.

'Who?' one of the seamen replied, frightened by the look on Buether's face.

'An officer—one of our officers,' Buether corrected himself, suddenly realising he might start a panic. 'I thought he came in here.'

But Buether had been sleeping in his undershorts and was obviously not dressed to be pursuing an officer for any normal reason. He didn't know he wore an expression of horror. The three men knew exactly what had happened and began searching nervously around them.

'No one's come in here before you, for about ten minutes,' one told him.

Without another word Buether turned around and went back to his hammock, but he found he couldn't sleep and was shaking badly.

The entire crew couldn't avoid hearing the seaman who woke screaming, crying that he could smell burning flesh and there had been an explosion. It took several minutes to calm him down, the man's wild eyes staring about and seeing his dream still around him, not the reality, while two men held him thrashing in his hammock. The man was claiming he had to 'get out' and seemed capable, in his madness, of undogging the overhead hatch. The U-65 was at periscope depth at the time.

Even Haupt wasn't exempt from seeing the spirit, but at least he managed to keep his experiences to himself. If the men knew the captain himself was seeing their 'Angel', morale and discipline would probably disintegrate completely. It was at night on the conning tower, and by coincidence—not too unusual, as the lookouts were a small, select group chosen for their exceptional eyesight—the same two seamen were posted as on the previous occasion when the captain saw Dornier's ghost. As a rule the lookouts watched the ocean on either side and to the rear of the submarine, while the officers on the bridge were responsible for the area in front of them. Haupt was alone, while the other officers ate. As he stared out over the black ocean, hoping to see the telltale flash of a ship's wake or bow wave, Haupt realised there was something round and white not far in front of him.

It was a pale face, looking back at him from the very front of the boat. The sight chilled Haupt to the bone. It seemed the spirit was staring straight into Haupt's eyes. Dornier's ghost was standing at the prow again, his back to the sea and his arms crossed. The dark uniform blended invisibly with the night, but the spectre's white face was plain as he looked with his dead, frightening expression towards the bridge. Haupt blinked, praying the image would go away.

Eventually, it did. In its own good time.

On an impulse, Haupt finally discussed the phenomenon with Pertsch, when the two men found themselves alone in the officers' mess one morning, when they were both searching for a fresh mug of coffee. It was rare in the cramped submarine not to have at least three or four people around you and Haupt took the opportunity. They were sitting on either side of the small table. Pertsch was flipping absently through a well-thumbed magazine.

'What are we going to do, Pertsch?' Haupt asked in a whisper, not raising his eyes from the cup in front of him.

'I'm sorry, Captain?' Pertsch said warily.

'I admit to being at a loss about this situation. I'm asking if you have any ideas.'

'About what?'

Haupt raised his head and looked almost angrily at Pertsch. 'You know what I'm talking about.'

Pertsch held his gaze for a moment, then dropped his eyes and nodded guiltily. 'I know, Captain. But I haven't a clue myself. What would the Admiralty do? Call us all insane and transfer us everywhere, probably. Our careers would be ruined.'

'Perhaps, but I'm thinking I should put the entire business into an official report they cannot ignore.' Haupt now looked at him pointedly. 'I'll need you and the other officers to back me up. If we all insist together this ghost is not imagined by half the boat's company, they must believe us.'

Pertsch stared at the tabletop for a while, then shrugged. 'All right, I'll talk to the others first and make sure they won't change their minds at the last moment, leaving you and I out on a limb. We *have* to do something. I can hardly sleep.'

'Who *does* sleep?' Haupt asked wrily.

The U-65 was unsuccessful during her first patrol, and for several after that. Each time the submarine returned to Bruges Haupt anxiously read any official paperwork waiting for them, expecting a bad reaction to his report of the boat's haunting. The longer they took to answer, the worse he felt about it and began to regret writing the report in the first place. Things hadn't improved on the submarine, with Dornier's spirit still appearing frequently enough to put the entire crew on edge. Three more ratings deserted.

It was after the patrol involving the close call

with the destroyer that Haupt received an answer to his report.

'An exorcism!' Haupt read aloud to Pertsch, drawing his second-in-command into the officers' mess and quickly glancing around to make sure no one was going to disturb them. 'The Admiralty is sending a Catholic priest to perform it aboard the boat tomorrow evening . . .' Haupt's voice faded as he read further. Stunned, he looked up at Pertsch. 'Admiral Schroeder himself is going to attend!'

'The Admiral? Here?'

'There's no doubt about it. It says so here.' Haupt slapped the paper with the back of his hand. Then he looked despairingly around the tiny mess. 'What the hell are we going to do with him?'

'Offer him a tin of corned beef and a biscuit, like we all eat,' Pertsch said drily.

The next day an impressive procession of vehicles flying the admiral's own flag pulled up close to the U-65. The submarine's crew had laboured most of the night trying to make the boat and themselves worthy of a full admiral's inspection. Now they were lined up on the deck, but in the end Schroeder gave them less than a passing, cursory nod and gestured for the priest to go ahead down the forward hatch into the submarine. He followed, then Haupt and Pertsch, with the latter gesturing to Meyer that the men should stay on parade and be silent.

Nobody knew what an exorcism should entail or if the priest was doing a proper job of it. For all

Haupt knew, the admiral was merely going through the motions in an effort to convince the U-65's crew there was nothing to fear. The priest slowly walked the entire length of the boat, taking a small bottle of water from beneath his cassock and occasionally sprinkling it on the deck, while he murmured a litany in Latin. Feeling awkward and uneasy, Haupt and Pertsch trailed behind the large figure of Schroeder, who struggled to walk with admiral-like dignity in the confines of the submarine. They eventually returned to the control room, where the priest led them in a prayer for the souls of all the men killed in the U-65.

When it was finished, he looked at Schroeder. 'That's all I can do, Admiral,' he said, placing the bottle carefully back into the folds of his clothing. 'An unusual request. It's difficult to know if what I've done is in any way effective.'

'I'm sure you were completely successful,' Schroeder told him, speaking almost for the first time. He turned to Haupt. 'And I will be your guest tonight, Captain. So I can see for myself.'

'We are honoured, Admiral Schroeder,' Haupt replied, managing to keep the alarm from his face. 'Of course, you will sleep in my quarters.'

'Thank you. There's no need to go to any other, special efforts on my behalf.'

Haupt smiled crookedly. 'Perhaps our cook can try a little harder?' he tried joking.

Schroeder dismissed this with a wave. 'Whatever suits you best, Captain Haupt.'

Pertsch was already slipping away, a look of near panic in his eyes.

Once the priest was gone, the admiral insisted on a more detailed tour of the submarine. He seemed interested in every aspect of the U-65 and how it worked. He didn't mention anything about ghosts or Dornier, whom Haupt specifically noted in his report.

The evening meal was a roasted duck, which Haupt didn't dare ask how Pertsch managed to obtain in these times of rationing or how much it cost. Schroeder seemed to accept it as common fare on one of his submarines. There was room for only five of the U-65's senior men to join in the meal and the admiral's bulk didn't help matters. Haupt wondered what the rest of the crew still aboard were eating—the entire resources of the boat's kitchen had been used for this meal. Two bottles of schnapps were consumed, too. After a final toast Schroeder announced he needed to retire early and asked if there was anything Haupt wanted from his quarters first. Haupt said no, then twenty minutes later knocked politely on the bulkhead next to his curtained door and asked Schroeder if there was anything he needed.

'Come in, Captain,' Schroeder replied gruffly.

Self-consciously, Haupt pushed through the curtain. The admiral had hung his bemedalled uniform beside the bed and was wearing a white, full-length pair of long johns. He was about to climb awkwardly under the blankets. One of the most powerful men in the German Navy, to Haupt he now looked like any ordinary, tired old man struggling to get his bulk comfortable on the small bunk.

'I was just checking there was nothing you needed, Admiral,' Haupt repeated.

'I need you to start sinking British merchantmen,' Schroeder grunted, still settling himself.

'Of course, Admiral,' Haupt said, feeling his chest tighten with nervousness. 'Our last two patrols showed my men are reaching a peak of efficiency, but we've suffered some bad luck, when it comes to available targets. I'm sure our next cruise will be a great success.'

'And I'm sure I will awaken here in the morning without having seen any ghosts. That will be the end of the matter, am I right, Captain?'

'The exorcism will definitely have put the men's minds at rest, Admiral. And your presence tonight will help immensely, of course.'

Schroeder put his head to the pillow and closed his eyes, saying, 'If I were to believe in ghosts, Captain Haupt, thousands of them would be visiting my bedroom every night. The war is in its fourth year. Please turn off the light as you leave.'

'Yes—and good night, Admiral,' Haupt said quietly, backing out.

Admiral Schroeder left before dawn the next morning, getting up and dressing before any of the U-65's crew had a chance to officially farewell him. Only Haupt was clothed, but taken by surprise by the admiral suddenly appearing and heading for the ladder. Schroeder wished him goodbye and good luck on his next patrol.

He didn't say if he had slept well, or seen any ghosts in the night.

For a while the crew of the U-65 believed the exorcism had worked. Dornier's spirit didn't appear again for some time and the U-boat managed to get its first 'kill', followed quickly by several others. The morale of the men finally started to rise, even though Germany's position in the war was steadily declining due to the entry of the United States of America and all the industrial strength Uncle Sam brought with him. On the other hand, nearly all the ships sailing the eastern Atlantic were now legitimate targets for the U-boats and there were rich pickings for the likes of Haupt and his men. The Allies—and the Germans, for that matter—still hadn't devised a method for attacking a submerged submarine other than dropping explosive charges, the forerunner of the 'depth charge', approximately where the vessel was supposed to be. At last, it seemed the U-65 could get on with the job it was designed for.

Then Eberhardt went insane.

The submarine was cruising on the surface late in the afternoon, pursuing a smudge of smoke on the horizon that Haupt hoped to catch up with, then follow during the night, so it might be attacked at dawn the next day.

Suddenly the boat was filled with a terrified screaming and a man ran heedlessly through the passageways to the control room. Meyer tackled him to the deck, then several others helped hold the man down. Haupt went down instantly from the conning tower to see what was wrong. It was Eberhardt, still thrashing beneath Meyer's weight. The master gunner's eyes were wide with fear and shock, and a line of spittle ran down his chin.

'I touched him! I *touched* him!' he was screaming, trying to claw his way out from underneath his captors. 'Dornier! Dornier was in the torpedo store and *he brushed by me!*'

'Calm down, for God's sake!' Haupt yelled at him, but Eberhardt wasn't listening. Haupt looked for a leading hand. 'Get the medical kit,' he said to the frightened seaman, who couldn't stop staring at Eberhardt. 'Quickly, man!'

They inexpertly injected a heavy dose of morphine and Eberhardt collapsed. When he finally went completely still Meyer risked taking his hands away. He looked up at Haupt.

'It appears our friend is back,' he said quietly.

'Has Eberhardt been drinking?' Haupt asked half-heartedly, knowing all the goodwill they'd built up in the last weeks had evaporated with Eberhardt's first scream. The entire submarine must have heard him—and guessed why he had screamed.

'I can't smell anything on his breath,' Meyer replied.

'Put him in my quarters and have a guard standing by him the whole time.'

'But where will you sleep?' Meyer asked, surprised.

'In his bunk, if necessary. We'll be having a long night tracking this ship anyway. I won't be sleeping.'

'Yes, Captain.'

They didn't bother with a stretcher, but carried Eberhardt bodily through the submarine to dump him on Haupt's narrow bunk. The leading hand was assigned to watch over him.

After nightfall they began a patient game with the ship they were stalking. Once an hour Haupt would stop the U-65 and order all hands to remain absolutely silent. Using hydrophones, the bearing of the merchantman was roughly estimated and then Haupt would plot a course for the submarine which would continue their interception and, it was hoped, bring them to a position to attack in the morning. Haupt stayed on the bridge the whole time, supervising the chase and anxiously watching the night for signs of British destroyers that were more active now with the larger flood of men and material coming from the United States.

And dreading he would see the white face of Dornier standing at the prow of the submarine.

At dawn they submerged to periscope depth, having overhauled the freighter during the night and with the merchantman now sailing unknowingly into the trap. The crew of the submarine were glad to sink below the waves into calmer conditions. They had been pounding through a large swell most of the night, but at least it had slowed the merchantman as well. Haupt wearily checked through the periscope, then slapped the handles closed and told Pertsch to lower it. The target was still a smudge on the horizon, but now it was coming towards them.

'It's still coming,' Haupt said tiredly. 'I hope it's something worthwhile, after all this.'

Pertsch told him quietly, 'Captain, Eberhardt is conscious and wants to come out. He claims he's better now.'

'Has he told you what happened?'

'He claims Dornier was in the torpedo store, walking along the passage, and Eberhardt pushed past not realising who it was, until too late. He says just the touch of the ghost sent him momentarily mad, but he's all right now.'

Everyone in the control room was listening. Fear and tension hung in the air. Haupt thought he might almost taste it.

'All right,' he nodded slowly, 'let him return to his duties. We might need him, if one torpedo isn't enough to sink this target.'

Pertsch went back to Haupt's small cabin and gestured to the seaman guarding the entrance that he could leave. Then he put his head through the curtain. Eberhardt was sitting disconsolately on the bunk, his face in his hands.

'Erich,' Pertsch said. 'The captain says it's all

right for you to return to your duties. We may have a shoot for you soon. We've been tracking a merchantman all night and we're close to a firing solution, but the captain doesn't want to use more than one torpedo.'

Eberhardt nodded and pushed himself wearily off the bunk. Pertsch stood aside to let him go through the door, then watched the master gunner make his way unsteadily down the passageway.

'Are you sure you're all right?' Pertsch asked after him. A sixth sense warned him that all was not well and he was suddenly alarmed when he saw Eberhardt turn into the submarine's small armoury. This was little more than a large cupboard containing a dozen rifles with their bayonets, pistols and steel helmets in case the U-boat was ever required to put a landing party on to a hostile shore. 'Erich?' Pertsch called, moving after him. 'Erich, what's the matter?' Pertsch stopped again in relief, seeing Eberhardt backing out of the armoury. Then the master gunner turned around to face him.

A bayonet was sticking out of his chest, buried to the hilt.

Pertsch was too shocked to move. He watched in horror as Eberhardt gripped the handle, wrenched the bayonet free from his own body, then plunged it in again. He let out a low groan, his wide, agonised eyes fixed on Pertsch's.

'Dear *God!*' Pertsch finally reacted, reaching forward desperately to stop Eberhardt from stabbing himself again. 'Someone help me!'

Eberhardt turned himself away and hunched close to the bulkhead, like a child trying to protect a favourite toy against his chest. He started screaming, a high inhuman noise, and he tore at the bayonet, trying to stab himself repeatedly without drawing the blade completely out. Pertsch wrapped his arms around Eberhardt in an effort to get to the knife and the two of them fell to the floor. By now there were shocked, shouting crewmen all around, pulling at them both in well-meaning, but useless, attempts to help. Pertsch pushed himself away and looked down in horror at Eberhardt, who now lay sprawled on his back staring up at the ceiling. The bayonet bobbed obscenely in his chest, the blood around the blade bubbling softly. Then the master gunner let out a long, hoarse sigh and went still. The bayonet stopped moving.

Haupt was watching from beyond the circle of helpers. In the stunned silence he said harshly, 'Put the fool back in my quarters—on the floor.'

Pertsch stared at him in disbelief at what he was hearing. 'He—he just took the bayonet—' he began.

'I can see what he did!' Haupt snapped. 'I have no sympathy for cowards. We'll dump him over the side when we surface. Everyone! Get back to your stations! We have a ship to sink. Mr Meyer? You will have to take charge of the gun crew.'

Meyer called back his acknowledgement in an empty voice. Pertsch grabbed hold of Eberhardt's hands and with the help of a seaman dragged the body through the curtain into Haupt's quarters. He tried not to look at the bayonet and couldn't bring himself to pull it out of the dead man's chest.

The attack on the merchantman went perfectly, with the torpedo hitting the ship just forward of the bridge. The freighter sagged in the water and took on a severe list, but as Haupt watched through the periscope he could tell the ship wasn't guaranteed to go down.

'Surface, Pertsch,' he said, annoyed. 'Meyer, take the gun crew out and finish her off.'

Minutes later the U-65 burst through the surface near the stricken merchantman and the gun crew scampered over the wet, heaving deck to man the gun. The freighter's crew redoubled their efforts to abandon the ship now—any possibility of their surviving the attack vanishing with the appearance of the submarine and the muzzle of the two-pounder howitzer swinging towards them.

'Steady!' Meyer shouted against the high wind, keeping his own balance by stretching out a hand to the conning tower. A wave came sweeping down the deck and the gun crew all stood on one leg and hung on tight to anything they could grab as the knee-high water foamed past. Then, in the moments the submarine rose clear of the water someone threw open the small hatch for passing ammunition up and took three shells, before slamming the hatch closed again.

'Make every shot count!' Meyer told them. 'The

sooner the job's done, the sooner we can get back below. Open fire when you're ready.'

The gunner who pulled the firing lanyard looked back at Meyer in surprise. The freighter was at point-blank range, but right in front of them one of the lifeboats was being lowered.

'Open *fire*!' Meyer repeated angrily.

The howitzer roared and the deck bucked beneath them. The gun crew was too busy reloading to see where the shot landed, but Meyer watched the freighter's hull explode close to the waterline. One of the lines supporting the dangling lifeboat separated and the craft fell to vertical, tipping its crying occupants into the sea. The second shell struck close to the first and the freighter seemed to shudder.

'Wait!' Meyer called, fighting against another wave. He wanted to bring more ammunition on deck. When the water receded he snapped at the crew to reopen the hatch. He watched anxiously as they frantically passed up more shells, trying to beat the next swell. 'Come on! Come on!' he yelled. He glanced up at the freighter looming ahead and something strange caught his eye.

Dornier was standing at the bow, his arms crossed, calmly looking back at them. The rest of the gun crew sensed something was wrong and looked up. One of them cried out in fear and scrambled for the hatch. The others were close to breaking and following him. Meyer was speechless with shock and fear.

In this frozen tableau of terror the next wave caught them all unawares. At the last moment Meyer realised the hatch was still open and tried to reach down and flip it closed, but it meant he felt the full force of the swell against his crouched body. He cried out as it carried him off the deck and down onto the bulbous ballast tanks. There Meyer clung miraculously for several seconds with nothing to hold on to, before he slid into the ocean. Wrapped in soaked, heavy clothing he disappeared immediately and didn't resurface.

The gun crew panicked, fighting each other to get down through the hatch, despite Haupt's frantic screaming from the conning tower for them to re-man the gun and continue firing.

Dornier's ghost didn't move, but seemed to watch the entire proceedings with calm satisfaction.

One week later, during a day of rare, clear weather an American submarine, the AL2, was patrolling off the southern coast of Ireland when she began stalking a column of smoke. It usually meant a ship was in trouble and the only surface craft around these parts were friendly, but there was also a chance a German U-boat was responsible and the American skipper was hoping to catch it on the surface as it closed to finish off the hapless victim.

'Hey, this is weird,' the captain, named Johnson, called aloud to his control room crew as he searched through the periscope. 'It's a submarine—

an enemy sub. It's sitting on the surface and there's a huge cloud of smoke coming out of her forward hatch. There's only a few guys on deck, though. It doesn't look like they're trying to abandon ship.'

'Any identification?' his second officer asked, reaching for a notepad.

'Yeah, it's got U-65 painted on the sail. Someone write that down, before I forget.'

'What are we doing?'

Johnson kept his face pressed to the periscope. He took a while to answer. 'Load a couple of fish in the tubes, but I don't like the look of this. We could be looking at a decoy.'

He took the AL2 in a wide circle of the German submarine. The smoke didn't seem to be abating. The figures on the conning tower appeared to be gesturing wildly at one of the men standing calmly at the bow of the boat. Johnson could see now it was an officer, the gold braid on his shoulder epaulets glinting in the weak sunshine. Several crew men on the outer hull appeared to be almost cowering from the man.

'We've got some sort of serious panic, I think,' Johnson decided carefully, then suddenly turned brisk and decided, 'What the hell. Let's shoot her. Bring this gal around to a bearing of two-six-five degrees. Ask Mr Packer to make ready two torpedoes.'

The AL2 crept towards the U-65 as Johnson aimed for an unmissable shot. But he left it too late and took too long to close with his target.

'Damn!' he snarled. 'They've seen our 'scope and they're crash-diving! Fire both tubes! We might just catch 'em.' The American submarine jerked as the torpedoes were launched. Johnson stayed watching through the periscope, giving his crew a running commentary. 'I can't believe he's *diving,*' he was saying. 'That thing has a bad fire on board. It must be filled with smoke, but he's still going down. Jesus! He's not even going to wait for that guy on the bow. And *he's* just standing there! Like he knows they're gonna slam the door in his face anyhow. That poor bastard's going to be swimming in a second. Come on, fish! Get there first, *get* there first!'

The German submarine sank below the surface, snuffing out the smoke lingering around the closed hatch. The officer on the bow disappeared with his boat. There was no explosion. The torpedoes missed.

'What's the plan, skipper?' the second officer asked excitedly.

'We just hang around,' Johnson told him calmly, walking the periscope in a circle and searching the area. 'He can't stay down for long with a fire like that on board. They'll be getting badly gassed right now, I reckon. He must be damn crazy, that German captain.'

'What about the guy who was on the bow? You want to look for him?'

'Are you nuts? And set ourselves up as a sitting duck? No, no way.' Johnson shook his head. 'He can swim to Ireland, for all I care. We'll sit quiet and see if his boss comes back to get him.'

But the Americans didn't see another sign of the U-65. They waited for three hours before Johnson called off action stations.

'I guess he got away after all,' the second officer said, disappointed, for all the control room crew.

'Like hell,' Johnson replied confidently. 'I'll bet a month's pay they're all stone dead, poisoned or gassed—burned alive, who knows? Maybe they couldn't resurface, when the smoke got too much.' He did one final check with the periscope, saying absently, 'We'd better get on top ourselves. Somewhere around here there's a submarine full of dead Germans just drifting. He probably went to about a hundred feet to get under our torpedoes and he's stuck there.'

'He might run aground on the coast,' someone suggested.

'Hell, yeah,' Johnson grunted, snapping the periscope handles closed. 'On the other side of the Atlantic, maybe,' he added, only half-joking. He paused, thinking about that for a moment, then he shrugged.

'Okay, take us up to the surface. I've got a sudden urge for a breath of fresh air.'

23

Western's announcement that the ship would be abandoned predictably caused an initial stunned silence, followed by a howl of outrage. Confusion and fear took over, people shouted and looked around them wide-eyed, perplexed and fearful, as if the *Futura* might plunge without warning below the waves. Many of the passengers, in an odd quirk of priorities, reacted by storming their respective purser's offices and demanding a guarantee of a refund on the fare. Others insisted that messages be sent ahead to the US on their behalf—even messages of complaint to the shipping company, as if that might save the situation. Crew members found themselves repeating over and over again there was no communication available. No one wanted to believe them, because it was such an unthinkable circumstance in the modern age. But the universal response to the order was a total lack of understanding that Western was trying to save their lives.

It was the problem he'd anticipated from the beginning—convincing people to leave what seemed a perfectly good ship. Everything was in working order. The food was excellent, the bars were fully stocked with fine liquor, the in-house videos were still showing and even the casino would be offering gambling facilities if it weren't so early in the morning.

Without doubt, the *Futura* definitely wasn't sinking yet.

A self-appointed deputation, about which few of the passengers heard of or had the chance to support, unexpectedly arrived at one of the bridge doors. Western patiently repeated the predicament they were in and why it was best to abandon the ship. Everyone in the deputation had a suggestion, or they'd all met somebody on board who *might* help. Leaving the comfort of the ship was the last thing they wanted to do—and Western had to agree it *appeared* completely unnecessary. The leader of the passengers' small group was Mr Nicholson. His parrot-like demands in a high, nervous voice, for Western to repeat 'exactly' why they needed to abandon the *Futura* finally broke down the commander's patience.

'We may reach the coastline in around eight hours, Mr Nicholson, all right?' Western explained with a forced calm. 'At this time of year it will be late afternoon, a couple of hours before sunset, okay?' Nicholson nodded and opened his mouth to ask something, but Western suddenly put his face right into Nicholson's and shouted quickly, '*Now*, Mr Nicholson! It's four o'clock in the afternoon and we just tore the bottom off this boat at twenty knots on a reef. The ship carried on over the reef and we are sinking *rapidly* in twenty fathoms of water. What are you going to do, Mr Nicholson?'

'You're trying to over-dramatise the situation. I demand to see the captain—' Nicholson started to argue.

'The captain is *busy*. What are you going to *do*, Mr Nicholson?' Western insisted, still in the man's face. The other officers on the bridge watched, concerned, while the rest of Nicholson's deputation shrank back.

'If everyone was in their—' Nicholson tried again.

'Where's your wife, Mr Nicholson?'

'I—I'm sorry?'

'The ship will sink in less than three minutes because of the damage we sustained doing twenty knots. How long will it take you to find your wife, if she's not with you?'

'This is ridiculous! Where is Captain Brooks?'

'Is it?' Western ignored the question. 'It will be two hours before dark. Very unlikely any rescue teams will even know we've sunk, let alone get out to us. That's a night you're going to spend in the water, Mr Nicholson, because we won't get any lifeboats away in three minutes. How long can you swim, sir?'

'You should have plenty more warning than that!' Nicholson finally managed to shout back.

'Yes, you're right. In fact, we have about eight full hours warning and I've been trying to tell you to use them, but you don't want to listen.' Western pointed a shaking finger towards the stairs and said, through clenched teeth, 'Put your friends here in a lifeboat, get yourselves off this ship and *survive* to sue me, ruin me, or whatever the hell you think you're entitled to do. Otherwise, if you stay aboard I am advising you *formally*, if you like, that I doubt you'll see the sun rise tomorrow morning. You will have drowned.'

It was an impressive performance that did the job, making Nicholson retreat with little dignity and even less support from his shaken companions. But they were only a tiny fraction of the *Futura*'s passenger complement. Mostly, the paying guests held the same confused opinion as Nicholson. Carol had no chance even to consider how they might save the situation, instead losing the precious hours comforting and assuring the passengers and trying to convince as many of them as she could that the lifeboats were both safe and the best option.

That was after another tense confrontation with Luke. Carol went back to the dining room, again with Cross, immediately the announcement to abandon ship had finished. They found the Followers gathered around the altar where Luke stood, their heads bowed. Most of the passengers in the room sat around on the floor facing the altar, their heads bent, too. It was impossible to tell if they were genuinely praying along with Luke or simply being respectful for the Followers' benefit.

Carol stood just outside the circle of Followers around the altar. 'Mr Luke,' she called loudly. 'Did you hear the announcement? Do you understand what it means? These people need to start making preparations.'

Luke lifted his head and gazed at her, anger simmering beneath his expression of calm control. 'We are praying for all the souls aboard this ship, including yours,' he said, in a deep, devout voice.

'That's very thoughtful of you, but I recommend you concern yourself with getting ready for the lifeboats first.'

'We won't be boarding any lifeboats, Miss Jackson. None of us. I believe our fate will be determined properly within the walls of this room.'

Carol didn't show any surprise. She had a suspicion Luke would do this. 'I don't think that's a good idea. You'll have a much better chance of survival in the lifeboats,' she told him carefully. Now she felt a strange atmosphere in the room. A glance from Cross said he, too, felt it.

'Surviving may not be the best solution for our sins, Miss Jackson. God has told me He has a place for us all by his side and He's been calling. I can help you hear Him, if you like.'

'What you like to believe is your business, Mr Luke,' Carol said. 'I can't force you into the lifeboats. We should talk about it later, after we get all these people on the move.'

'Miss Jackson, I am speaking for all of us,' Luke said, lifting an arm to encompass the whole room.

Carol felt a chill go down her spine. 'Everybody? There must be a hundred people in this room—' She stopped and turned around, addressing everyone. 'Ladies and gentlemen, I urge you not to listen to these people! The best chance you have is to be safely in a lifeboat with plenty of provisions and the probability of being picked up within—'

'Don't be tempted!' Luke suddenly shouted over the top of Carol. 'Your best hope of survival, both spiritual and physical, lies with me and the faith I offer.' Everybody had their heads up now, listening and watching. Many people looked confused and undecided. Luke surprised Carol and Cross by adding, still in a loud voice, 'Miss Jackson hasn't told you we're currently sailing inside the infamous Bermuda Triangle. Entire ships' crews have been known to disappear in this region and no one's been able to explain why. What are the chances of something like that happening to us, if we're all alone in a small lifeboat? And in a fog like this?'

'That's superstitious rubbish,' Carol said quickly, but she could see it was already too late. The expressions on many of the listeners had turned anxious and fearful. 'Thousands of ships sail through this area every year without mishap.' She waited for someone to say something, ask her a question—anything. But when she looked directly at anyone, they lowered their eyes or looked towards Luke. 'Please, everyone. The lifeboats will be quite safe and are your best chance,' she repeated, hopelessly.

The silence remained, until Luke said gently, 'We are all staying, Miss Jackson. Your time would be better spent helping those who wish to leave.'

She turned on him angrily. 'And your time would be better spent convincing these people to do the same! Who the hell do you think you are?'

'I am the voice of the greatest of wisdoms. At least I have some answers, Miss Jackson. You are completely lost, I think.'

Carol was sure Luke didn't mean she lacked faith. He was teasing her, referring to their current inability to do anything about the computer or find any solutions they might try. It was as if he knew the secret to it, and delighted in not telling her.

'I'll come back later,' she said, loud enough for everyone to hear. 'Please, everybody. Think about this some more. Don't be afraid to change your mind.'

'No one is afraid,' Luke told her. 'We are being given strength.'

Shaking her head in despair Carol headed for the door. Cross was searching the people, looking for Susan. He saw her near the wall and went over. She watched him coming with worried eyes.

'Don't do this, Susan,' Cross said quietly, squatting down beside her. 'It's crazy. You'll have a much better chance in the lifeboat.'

Susan sounded shaken. 'I don't want to get into a small boat and go out in the open ocean.'

'The lifeboats aren't small,' Carol said from behind Cross. He hadn't heard her follow him. 'They seat nearly a hundred people.'

'Are you going in one?' Susan asked her, looking at Carol with frightened eyes.

'No, I'm one of the officers who has to stay behind,' Carol explained, knowing exactly what her reaction would be.

'Then I'll stay, too,' Susan said. 'It's safer here. Anyway, my parents are staying. You wouldn't be able to change their minds. They have a lot of faith in Luke.'

Cross looked around for Susan's parents. He wasn't sure he would recognise them again. Then Carol touched his arm and said in a whisper, 'Maybe it's best to let these folk stew for a while. When they see other people getting ready and going to the lifeboats, it might jog them along.'

'And we have to start somewhere else,' he agreed reluctantly. 'We can't waste too much time on people too stupid to save themselves.' Cross turned back to Susan. 'We'll be back. At least, if you're going to stay aboard, get away from the lunatics.'

'They've been a great help,' Susan said stubbornly, but her eyes betrayed that she was starting to have doubts. Uncomfortable, she looked away from Cross and saw Luke watching them carefully. She quickly averted her gaze.

'Yeah, I'll bet they have,' Cross was saying. It was his turn to shake his head.

Outside, Cross said to Carol, 'How the hell did he manage to brainwash so many people in such a short space of time?'

'They've all been cooped up together for a while, probably scared by the storm. It wouldn't be that hard, I think. And I'd say Luke is some sort of an expert at it.'

'Maybe they put something in the herbal tea?' Cross said, only half-joking. Carol raised her eyebrows at him, not totally dismissing the idea either. 'What about the Bermuda Triangle bit?' he added. 'How does he know we're that far off course, or where we are, anyway?'

'Simple logic and a basic knowledge of geography, probably,' Carol said, and shrugged as they walked away. 'Nothing mystical about that. He knows we should be in New York by now, but we aren't. So, we must have turned north or south to avoid the mainland. The weather hasn't gotten particularly colder, which means we must have gone south. One look at one of the world maps all over the passenger areas of the ship will tell him we must be at least close to the triangle.' Carol paused, before adding wrily, 'Either that, or he really *does* have some sort of sixth sense.'

Luke had watched the whole scene between Cross, Carol and Susan. Harvester sidled up next to him, but kept a respectful distance. All the Followers did now. Even his most ardent devotees couldn't stand too close to Luke. A deep, instinctive fear caused them to tremble, no matter how hard they tried to control themselves.

'If they take the girl away, others might follow,' Harvester told him.

Luke turned to look at him with angry, contemptuous eyes. A strange light seemed to flicker in them, making Harvester want to step back. All pretence of a benevolent leader had vanished. 'Do you think I am a complete fool?'

'No—no, I was only saying . . .'

But Luke was already walking away, stepping between the passengers scattered everywhere. Harvester followed him. By the time Luke reached Susan, his expression had changed back to his normal, serene calm.

'Susan?' he said gently, surprising her out of some deep thought. She looked up and smiled nervously.

'How do you know my name?' she asked breathlessly.

'I noticed you from the moment you first joined us. Someone was kind enough to tell me.'

'Oh,' she said, uncertain what to say and wondering if her earlier misgivings under Luke's distant gaze had been imagined.

'Susan, I need somebody—one of the passengers—to run an errand for me. I think it would help keep them calm if everyone saw one of the passengers doing it, rather than one of the brothers. Would you mind? It's just a small thing, but I'm sure it would help a great deal.'

'Well—sure, okay,' Susan stood, becoming eager, and shrugged off a blanket. 'Anything to help. What is it?'

'In my stateroom, on the bed, is something I think might give everyone quite a surprise.' Luke smiled secretively and Susan smiled too, although hers was unsettled. Luke's eyes didn't match his friendly face. 'Would you go and get it? Bring it back up here?'

'Okay,' Susan said again, still puzzled. 'Why not?' She lowered her voice. 'What is it? Will I have any trouble carrying it?'

'Now, Susan, that would spoil the surprise for you, wouldn't it? You won't have any problems, I assure you. It's on the bed,' he repeated. Without taking his eyes off her, Luke spoke to Harvester behind him. 'Brother Johnathon, would you give our friend Susan a key to my stateroom?'

Harvester couldn't help himself. 'Are—are you sure, Luke? I mean, it's—'

'Just give her the key, Johnathon. I'm sure Susan is just the person for the job.'

Harvester fumbled in his pocket and produced a key, holding it out to Susan. She took it and read the tag number. 'That's just near our cabin anyhow,' she said, as if it helped.

'I'm very grateful for this. You are a good and kind person, Susan. Go now,' Luke told her. 'I'll tell your parents where you're going, if they ask.'

She nodded and hurried away, heading for the internal door. Luke turned on his heel and looked at Harvester. 'You will have some work to do,' he told him. 'Go and check on her soon.'

Susan hardly noticed the few people she passed on the way down. Her mind was filled with anticipation of what Luke wanted her to bring back. Outside his door she hesitated a moment, teasing herself, then she fitted the key in, carefully opened the door and pushed her way through.

She was well inside the cabin before the enormity of what she was seeing struck her. 'Oh my God,' she whispered in a small, frightened voice. She began to shake and felt her legs go weak. Then the spell suddenly broke and with a gasp of terror she spun around to run from the cabin. At the same moment she heard the door click shut behind her.

It was locked. Sobbing, she wrenched at the handle, but it wouldn't turn. Behind she heard a rustle of movement and, terrified, she looked over her shoulder.

She tried to scream when she saw Luke's corpse had left the bed and was advancing towards her.

The scream came out as a thin, hoarse squeal. Walking in an odd, shambling way the corpse herded her away from the door and against a cupboard. Susan felt her whole body go limp with terror. She fought the urge to simply collapse to the floor. She was frozen as he reached out a trembling, pale hand to encircle Susan's neck. She smelled a waft of acrid embalming fluid. Too late, she tried to duck, but his final movement was like the whiplash strike of a snake, grasping her throat. Squeezing hard, the corpse pressed himself to her, smothering Susan's body as she began to choke. Hysterical, she fought back, but all she could do was scratch at the thick fabric of his suit jacket. He bore so heavily onto her Susan couldn't reach up to claw at his face or head. She rapidly became weaker and heard her own heart pounding with agony and fear. The corpse was letting out a low, guttural laughter, enjoying feeling her squirm against him. With a mock reverence he started kissing her forehead as she started to die. When she was too far gone to scream again he took his hand away from Susan's mouth and stroked lovingly at her hair, but he still laughed wickedly, his dead eyes sparkling. Susan was beyond feeling anything apart from the pain exploding in her lungs and head from a lack of oxygen, and the crushing grip at her throat.

Susan finally stopped struggling, turning to a deadweight as she lost the brief fight for her life. The corpse held her upright for a moment, like a prize catch, then suddenly let go and stepped away, watching her drop to the floor. He stared hungrily down for a few seconds, then turned his back and calmly walked back to the bed and resumed his posture of lying in state.

A moment later Harvester came through the door. He took in the sight of Susan's body with a shock, quickly slamming the door closed again. He moved a few steps towards the bed. The corpse was absolutely still, its eyes closed and the face set in a serene expression.

Harvester shook himself physically and knew what he was expected to do. More on an impulse than careful consideration he dragged Susan away from the cupboard, opened the door and with an effort bundled her body inside. It wasn't easy to arrange her to make sure she didn't press against the door and force it open again.

Satisfied, he closed the cupboard door and after a last, fearful glance at the bed Harvester hurried from the cabin. On the way back to the dining room he made a quick detour to his own cabin to splash water on his face. He stared at himself in the mirror.

'She deserved it,' he told his reflection, his voice firming as he easily convinced himself. 'She had doubts about our faith.' He nodded quickly, agreeing. 'Stupid bitch. We should kill them *all*, just like Luke says we should.'

24

Together, Carol and Cross began offering their help to passengers, advising them what to take aboard the lifeboats and reassuring people it was the best thing to do. Cross's professional calm and military manner gave him credibility, even though he was just another passenger. He and Carol were soon split up, tending to different problems. The hardest thing was convincing people there was a real crisis and that abandoning the ship was the best solution.

It was Wade who came up with a simple, but very effective way to get the message across. Every ten minutes, for a full ninety seconds, the *Futura*'s horn and ship's whistle together let out long, piercing blasts. It didn't mean anything and got on everybody's nerves, but the urgency of the sound and its long, mournful tone created the atmosphere that something was *wrong*. Slowly, people began to arrive on the boat decks carrying their lifejackets and, almost without exception, too much personal luggage. Arguments started between passengers and the crew members in charge of each lifeboat. Tensions were already high and petty disputes over baggage didn't improve things. Everyone was looking at the fog with strong misgivings. It was hard to imagine leaving the safety and security of the *Futura* for a small lifeboat which would be instantly lost in the thick, yellow mist.

Finally Western ordered one of the lifeboats away. He wanted to start, even though it was only half-filled, in the hope that others would be hurried along. He used the space to load in Franckovic, who was comatose and near death. Carol had told Western of the situation in the dining room, but he merely shrugged, then used it as an excuse to launch one of the boats without its complete complement of passengers, saying the rest must have decided to stay. The commander was both conscientious and uncaring at the same time. He didn't seem to be worried that the passengers weren't responding as well as they should. Just getting the lifeboats in the water was his main priority, whether the passengers were in them or not. It was as if Western wanted to be seen to be making the effort, so he might defend himself later, and launched boats represented his attempts.

When the first lifeboat was lowered from the davits about forty passengers watched the ship rise above them. Their faces revealed their gloom and fear. It looked as though many of them were having second thoughts, staring up at the railing and seeing fellow passengers still aboard, apprehensively watching proceedings. After a minute of gentle lowering the boat dangled above the ocean by bare centimetres. Two crew men released the wires at the same time and the lifeboat splashed heavily into the water. The boat's rudder was already held hard to starboard and the speed of the *Futura* made it curve away from the ship's side. Almost immediately they were lost to the people on the ship, the lifeboat vanishing into the fog. Faint cries of farewell came through the mist, sounding forlorn.

'Next,' Western called, moving to the next lifeboat.

Launching one had some of the effect he'd wanted. Passengers were reluctant to go, but seeing one boat dropped into the water confirmed the seriousness of the situation. The lifeboats began to fill and people were calling urgently to their friends and relatives, worried they might be left behind or separated. It took nearly all of Western's proposed hour to get as many lifeboats away as were needed. Then, the few remaining crew found themselves on a nearly deserted boatdeck, the empty davits a disturbing reminder of what was happening. A few passengers had stayed around to watch the boats launched. Now they faded away, heading back to their cabins and an unknown future. For many of them, the truth was sinking in that the *Futura* wasn't the same, safe ship they'd sailed on—because many of the crew were missing, out on the lifeboats with the other passengers. Only four boats remained.

Cross arrived back on the boatdeck after checking the lower cabins and looked around for Carol, concerned she was nowhere to be seen. Just as he was about to ask Western, she appeared at the top of the stairs and came over to them.

'I was just back at the dining room,' she said, upset. 'Luke's got his men at the doors now. They say nobody's allowed in unless they're going there for prayer or to join them in "spiritual bonding", whatever the hell that means. Christ knows what he's doing in there.'

'He's got his captive audience and he's not about to let them go,' Cross said. 'I'm really worried about Susan and her parents. I'm tempted—'

A shout from further up the deck interrupted him. They both turned to see Wade running recklessly down the bridge stairs towards them and the commander. Western held up his hand to stop Wade from running, but the young officer ignored it. He was white-faced and sobbing, and almost collapsed in front of the three of them.

'The captain!' he gasped in a trembling voice. 'The *captain* is on the bridge!'

Western went still, the colour draining from his own face. 'What the devil are you talking about?' he snapped fearfully.

'Captain Brooks, sir,' Wade ran a shaking hand over his eyes. 'I just saw the captain on the bridge. He was—oh *God*,' he stumbled backwards several steps. Carol grabbed him and led him to a bench bolted to the deck, sitting him down.

'Take it easy for a moment,' she told him. 'Stay here.'

Western was already striding towards the bridge, but something in his demeanour betrayed his reluctance to face what he might find there. The commander was terrified, but he had no choice. Carol and Cross hurried after him. Western didn't seem to notice they were going with him, even when their feet clattered noisily on the metal stairs behind him. They arrived on the bridge together.

Captain Brooks was standing at one of the windows and gazing forward over the bows, just as Carol remembered he always did. For a fleeting second she believed it really was Brooks and that he'd somehow hidden from them all this time, and now he had returned to take charge—put things right. But Brooks turned to face them and she saw what a ghastly sight he'd become. She stifled a scream. It was impossible to know if this was a spirit-figure or a living corpse. Carol found herself involuntarily stepping backwards, moving against

Cross. Western walked further onto the bridge, leaving them at the doorway. His steps were leaden and automatic, while he stared, horrified, at the captain's image.

Brooks's skin was dead white and heavily wrinkled, as if from long immersion in the water. His eyes were missing, leaving two black, crusted holes in his face. The flesh on his cheeks was ripped and peeling away. Something told Carol this was how Brooks looked now—floating face down in the ocean somewhere with the fish or seabirds feeding on him. The dark uniform hung heavily on his wasted frame.

Western tried to speak, but at first the words wouldn't come out of his constricted throat. Then he croaked, 'What in God's name do you want? How can this be happening?'

Brooks answered in a dreadfully hoarse, bubbling voice, as though his lungs were filled with seawater.

'This is my place now. You all belong to me and I will take you where I can have you.'

Western was now startled, as well as frightened. 'Take us? Take us where? How can you be controlling the ship?'

'I will take you where I can eat your souls.'

'Brooks, for God's sake—' Western began, but the air was filled with a wrenching scream that made everyone crouch down and cry out. Western put his hands over his ears and instinctively ducked away.

Cross yelled at him, 'It's not Brooks! It's—it's something else. Don't be tricked into thinking it's human.'

'I will be eating your souls,' the spirit declared again, an evil delight in the words.

'Where?' Western demanded weakly. 'Where are you taking us?'

As if to answer him a rapid, beeping noise started. Cross felt Carol flinch and she turned an ashen face to his.

He asked her, 'What's wrong? What does that mean?'

'It's the collision alarm,' she told him in a frightened whisper. 'The computer is analysing a radar contact and has estimated we're on a collision course with it.'

'But with *what*?'

Western heard him and answered, 'It must be another ship! We can't possibly be close enough to land.' Automatically he moved towards the binnacle to check the radar repeater.

'This is my place!' Brooks said with an outraged squeal.

One of the bridge windows imploded in a lethal shower of glass shards. Western screamed as he was cut down, hundreds of slivers entering his body. Cross had thrown himself to the deck, taking Carol with him. He raised his face, expecting another window to blast to pieces, and saw Western sprawled face down next to the binnacle. The commander's head was turned towards him and Cross could see that the exposed flesh on his face was cruelly slashed and bleeding. One eye was fluttering closed and Cross could see a glitter of glass in it. The other eye was open and staring beseechingly at him. A wide pool of arterial blood was pumping out underneath Western's body. In the shocked silence that followed, more pieces of glass fell musically from the window frame.

'Carol! I'll have to try and get to him—drag him over,' Cross told her, then he looked hopelessly across at Western. The floor between them was covered in broken glass.

'No, he's dying fast. It's not worth the risk,' she snapped, stunning Cross. He stared at her and saw not fear, but a steely resolve in her expression. 'I mean it, Russell! The man is dying from loss of blood in front of us. There's nothing we can do for him. It's too much of a risk.'

Cross looked desperately back at Western. He thought that already the light of life had gone from the commander's surviving eye, but that might have been Cross's own imagination seeing what he wanted. Western wasn't moving at all.

'We've *got* to get out of here,' Carol insisted. 'We have to tell everyone about the collision. We don't know how much time we've got!'

Brooks started laughing, a terrible sound filled with hideous pleasure at Western's death. *'I shall eat his soul,'* he murmured, turning back to the windows.

'Now, Russell!' Carol told him.

Both of them crabbed backwards to the stairs and out of the door. Once they were on the stairs Carol stood and went down to the next landing. There she stopped, leaning back against the door and breathing in huge, relieved gasps.

'Oh God, that was so horrible,' she said, her eyes closed, as if to shut out the memory of Western's dying.

Cross was staring out at the fog, his face blank. 'Damn it, I should have tried to get him,' he said dully.

'There was no point,' Carol said harshly, opening her eyes to glare at him. 'Don't start with that sort of crap. We've got to keep our heads.' She moved away from the door and opened it. 'Come on,' she told him.

Cross followed her through a dim corridor and into the wheelroom. There wasn't a crewman attending the ship's wheel. Cross wondered if anyone had bothered for several days. There was a radar repeater here, too. Carol went straight to it.

'Look,' she said, tapping the screen. 'It's a ship, and a big one.'

'A tanker?' Cross asked, watching over her shoulder. The straight, green line circling the screen ran over the blip again, illuminating it with a bright flare.

'Probably,' Carol nodded, still staring at the radar. 'Or an ore carrier of some kind. Whichever, he's chosen well. Something that size won't have a hope in hell of avoiding us.'

'Who's chosen well? The captain?'

'Who else?' Carol started stabbing at the keys of a computer station. 'I'll try one more time to override this stupid autopilot,' she said grimly. She hit the final key and waited for the result. 'Nothing!' she snarled, slapping the keys with her hand.

Cross asked helplessly, 'Can't we just turn everything off? I mean, like *everything*? Wouldn't that stop the engines somehow?'

'No,' Carol said despairingly. 'The computer's got absolutely everything locked up. Even if we could kill just one engine, it would be enough. The torque of the remaining propeller would have us turning an endless circle until we ran out of fuel—and that can't be far away either.' In frustration she ran her fist up and down the computer keyboard, mashing all the keys down at once. 'Nothing,' she said. 'It won't listen to a damn thing it doesn't want to.'

'Carol, watch out!' Cross suddenly called, backing away from a corner of the room and grabbing Carol's coat, pulling her with him.

Standing calmly and watching them was the small boy. He looked exactly as he had when Cross saw him in the cockpit of his fighter, then later in Brooks's cabin. The ragged, old-fashioned clothes and sickly, pale face were there. So was an expression of malevolence, even uglier on the face of someone so young.

'You can't write the numbers fast enough,' the child told them gleefully.

Then he vanished.

Carol twisted around to stare at Cross, shaken. 'What the hell does that mean?' she asked.

Cross was looking at the computer and its monitor, a realisation hitting him like a brick wall falling on him. 'I think I understand!' he told her, stunned. He pointed at the computer. 'Carol, *we* can't write the numbers fast enough, but the computer can! All these things are happening because of that new experimental processor in the ship's computer.' Cross stopped, then threw his head back and groaned at his own lack of understanding. 'Of course! *That's* the connection. I was testing a new microprocessor in my Aardvark, when I crashed—and I saw that child—'

'Your Aardvark?' Carol interrupted, completely confused.

'The F-111 I crashed. We call them Aardvarks. I'll bet the radical new computer chip they put in my plane is the same as the one that's gone into the ship's computer. I remember thinking how everything was working so damned fast. The targeting, the navigation—everything! It was like greased lightning. And what's been happening aboard this ship? Exactly the same thing, isn't that right?'

Carol said doubtfully, 'Most of the programs, when they work, have been very fast it's true, but—'

'See? That's how it was in my aeroplane, yet the thing was supposed to be experimental, too. So there can't be too many of them around. The coincidences are too much. There's got to be a connection between my plane and this ship, even if it's accidental. It would explain that child appearing all the time, wouldn't it? Here, and in the cockpit of my plane.'

Carol held up her hand to slow him down. 'So, you're saying the computer is causing all these ghostly appearances. Even the captain on the bridge?'

Cross had to think for a moment. 'I'm saying it might be letting them happen. Maybe it's processing time, like dates and stuff, so fast it's causing—' he stopped, shrugging. 'Hell, I don't really know what I'm thinking.'

Carol looked suddenly frustrated. 'Okay, I can accept there are things happening that are beyond our understanding. And if we eliminate all the normal things we've had around us all the time, we're left with probably just one thing—your experimental computer chip.' She spread her arms wide. 'So, we blame the computer—but what the hell can we do about it? It doesn't change anything. We still can't open the locked doors or interrupt its power supply.'

'It's trying to kill us,' Cross said, turning sombre. 'Whatever door it's opened to some kind of evil spirits, they are now trying to kill us all. It's like a demonic possession, but it's trying to take over the entire ship.' He thought hard, staring at the radar repeater with its ominous blip. 'Maybe it doesn't know most of the passengers are gone. There's no electronic link between the mainframe computer and the lifeboats. It can't know they're gone or how many people were in them.'

'That's crazy!' Carol said, staring at him. 'You're saying the computer has its own—own evil intelligence?'

'I'm sure of it,' Cross told her grimly. 'It makes more sense of my theory about the deaths we've had aboard, too.' Another thought occurred to him. 'And maybe it's got a partner in the dining room.'

'Luke? You think he knows what's going on?'

'Maybe he knows his time is coming, but he doesn't exactly know *why*. I'm almost willing to believe anything at the moment. We have to get those people out of there, away from his sermons and brainwashing and into some boats. How much time have we got?'

Carol looked at the radar, figuring it out. 'I'd say they're around twenty nautical miles in front of us with a combined closing speed of twenty-five knots, but ours is increasing slowly. We have just over half an hour.'

'Then we'd better try some fast talking.'

They left the wheelroom and went back to the outer bridge stairs. Stepping onto the first landing into the open air they heard a maniacal cackling coming from above. Captain Brooks, or whatever he was at the moment, was amusing himself. The yellow fog still persisted, shrouding the boat deck, so it wasn't until they reached the bottom of the stairs that Carol pointed.

'One more of the lifeboats is gone,' she said, frowning.

Cross realised the wires dropping from the davits were still taut and quivering with the strain.

'It hasn't quite left yet,' he said, rushing forward to see.

They got to the rail and looked over. Below them, Wade had less than a dozen people, all crew members, taking a boat designed to hold nearly ten times that number. A seaman was at each lowering wire, using a handwinch to take them down to the water. Wade stared up fearfully and saw Cross and Carol's faces above.

'Wait!' Carol yelled. 'We need that boat.'

'No! They've all had their chance!' Wade called back in a high-pitched voice. 'We've got to look after ourselves now.'

'But we need that boat, damn you! There isn't much time!'

'I don't care. It's not my problem.'

Cross had been quickly examining the controls for the davits. At the press of a button he could raise the lifeboat back to the deck faster than the crewmen might winch down against him. 'Carol!' he said, pointing at the panel. She saw what he meant and nodded quickly, but Wade also noticed the exchange between them and guessed what it was about.

'Release the dropwires!' he screamed at the crewmen. They turned to stare at him, startled, then looked up to see what was happening and desperately went to obey Wade's orders.

The lifeboat fell unevenly, the forward release pin coming out too early. It might have been all right, the boat nose-diving dangerously into the water, but seeming to be on the verge of recovering, except Wade hadn't pushed the rudder hard-over to take the lifeboat away from the *Futura*'s side. If anything, it turned slightly towards the ship, then a combination of this and an arriving swell brought the lifeboat's bow driving hard into the steel wall of the liner's side. It flipped the boat, tossing its frightened, screaming occupants into the sea to disappear under the water and beneath the boat itself. The *Futura* was moving so fast now that Carol and Cross saw only one head reappear above the surface, before they were left behind and swallowed by the fog. A single, desperate cry came eerily through the mist.

The captain's insane laughter, choking from his ruined lungs, floated down from above as he watched the whole thing from the bridge-wing.

'The bloody fools,' Carol said, tears in her eyes and torn between anger and despair. 'Why didn't he wait?'

'He's terrified,' Cross said quietly. 'And with good reason. Come on, let's get to the dining room.'

They were halfway towards the steps when Carol stopped Cross with a touch on his arm. 'Wait a minute,' she said. 'I know we haven't got much time, but I've got an idea.'

Cross couldn't stop himself glancing towards the

bow, as if he might see the other ship loom out of the fog. 'You'd better make it quick.'

'I want to have a look in Luke's cabin.'

'Now? Why?'

'On the chance we find something we can use against his holier-than-thou damned attitude. Something that will convince the people in the dining room he's not so genuine after all. There's no risk. We know all his Followers are in there with him, shepherding his new flock.'

'We don't have much time, Carol. Is it worth it? We have to try and get these people off the boat.'

Carol bit her lip for just a moment before deciding. 'If it gets them out of the dining room and heading for the boats quicker, then it's worth it. Otherwise, I'm worried we might spend the next half-hour arguing theology and the afterlife, when a single *Playboy* magazine under his pillow might save us a lot of trouble. He's only human, right?'

Cross looked at his watch. 'Five minutes, Carol. If we can get down there in two, turn the place upside down in an instant and get out again, it might be worthwhile.' Carol was already heading for the stairs and Cross had to run to keep up.

It wasn't unusual to travel the accommodation areas of the *Futura* and not bump into anyone. Most of the passengers during the day were on decks, in the dining rooms or, later in the evenings, in lounge bars and the casino. But now, moving through the empty corridors, Cross thought he could feel the atmosphere of desertion in the ship.

The closed cabin doors were normal, but he could sense that the occupants weren't behind them, or even on the boat at all. It was a strange, unsettling feeling.

'How do you know which cabin he's in?' he asked Carol, when they came to the level where the Followers were staying.

'Because of all the cabins they booked, they only asked for one stateroom,' she told him, searching through her keys for the master.

Cross let out a grunt of amusement, remembering Harvester's words about not being 'the sort of church that expects our followers to embrace piety with austerity, while its leaders live a life of luxury'. Obviously, the same rules didn't apply between Luke and his faithful minions.

'This is it, here,' Carol said, dropping her voice to a whisper. Before inserting the key in the lock, she knocked gently on the door. There was no answer, but she knocked again just to make sure.

'No one's home,' Cross said. 'We can't wait any longer.'

Carol used the key and pushed the door open. Immediately, a wave of heat wafted out.

'Phew, this guy likes his central heating,' Carol said, before shoving the door wide open.

'That's hardly a reason to accuse him of being a religious charlatan—' Cross was saying, following Carol in, but he had to stop to avoid bumping into her. She halted just inside the entrance.

'Oh no,' she said fearfully.

Cross moved around her and went cold at the sight. Goosebumps tingled all over him. 'Oh yes,' he breathed.

The main area of the stateroom was taken up by an enormous bed. This was surrounded by over a hundred candles placed on small tables, chairs and anything else that might support them. Each candle was lit, their flames flickering now with the door opening.

Lying in state on the bed was the body of Luke himself.

He was dressed impeccably in a charcoal three-piece suit and a cream tie, matching white gloves and highly polished shoes. The only flesh they could see, his face, was waxen and unnaturally tanned. Luke's eyes were closed.

'Is he dead?' Carol asked shakily, reluctantly moving closer.

'He must be,' Cross replied, circling around the bed and being careful to stay beyond the line of the candles. 'Either that, or he's got bloody funny sleeping habits.' The joke sounded empty and wrong, but it was better than facing the biggest question.

Carol found the courage to ask it. 'So, who the hell is that upstairs?'

'Oh, I'd say that's Luke all right, too. At least, it's something in the form of Luke.'

'Dear God,' Carol whispered. 'What are we dealing with here?'

'The worst kind of nightmare come true,' Cross

told her, staring at the corpse. 'All the ghost stories, all the stupid, damn late-night movies—it looks like some of them got it right, whether they know it or not. And now we're in the middle of the real thing.'

'How do you think he was killed?'

'I'm not sure he was,' Cross said, glancing nervously at the door now. 'I'd say Luke knew he might die during the trip.'

'Do you think something . . . possessed him? Like, some sort of a demon took over his identity?'

'It must be, but—but I don't know *what*. It's got to be something to do with the computer. The technology is opening the door to some other dimension—' Cross made a frustrated gesture, unable to find the right words. 'It lets in that boy. Maybe it even brings back the dead, or something else that can. A demon—the devil himself, maybe. He was claiming to be in touch with the next world. I don't know if he could or not, but maybe his beliefs left him wide open to something like a possession.' Cross shrugged and sighed wearily. 'Hell, I don't know, Carol, but I think we'd better get out of here.'

Carol had been listening, but searching around with her eyes, too. She was moving towards the cupboard when Cross's words made her stop. 'You and me both,' she agreed, changing direction and hurrying to the cabin door. Cross went with her and closed it gently after them. Moving back through the ship they waited until reaching one of the upper levels and they weren't conspicuously near Luke's cabin, before stopping and staring at each other in disbelief.

'Now what do we do?' Carol asked, her expression saying she was well aware it sounded trite and inadequate, considering the circumstances.

'We still have to front the people in the dining room and warn them of the collision,' Cross said. 'God, we have to convince them they've been lured there to *die*. But how do we avoid Luke—or whoever he is? One look and he'll know *we* know. What would happen?'

'I don't think we have a choice,' Carol said. 'Maybe he won't know? We can just bust in there and tell everyone they have fifteen minutes to get off the boat before we have a head-on collision with a tanker. If that doesn't scare them into trying to leave, there's nothing we can do—aside from claiming Luke isn't who he claims to be. If we proved *that*, it could start an uncontrollable panic. And Luke will get very upset. What do angry spirits do, when they're upset?' she added in a weak attempt at humour.

'Blow in one of the windows and kill someone,' Cross reminded her grimly. 'We'll have to be very, very careful. If he wants to hurt us, there's no telling where an attack of some sort might come from. And don't forget, all his damned Followers are doing as they're told.'

Carol muttered, turning away, 'We should just take one of the remaining boats and leave them all to it. Why the hell should we care?'

Cross didn't offer an answer as they headed for the dining room.

They had one more interruption before they got there.

Carol wanted to enter the dining room from the outside deck. The interior entrance had the small corridor and alcove where one of Luke's men might stop them beyond the sight of the passengers inside. Carol wanted to walk straight in, or at least be seen trying to get in. As they stepped onto the deck the first thing she noticed was the fog thinning slightly, giving them maybe twenty metres vision from the ship. Next she saw something white moving past the side of the ship. Carol went quickly to the rail to see.

'No!' she yelled angrily. '*No*, damn you! Oh, Jesus *Christ*!'

At her first call Cross was at the rail beside her. He looked down to see the mutilated, gored figure of Commander Western, standing calmly by himself in a passing lifeboat with his bloodless face turned up to them, the one remaining eye watching impassively. Another lifeboat was just disappearing into the fog further astern. Cross twisted his body and tried to look upwards at the boat deck above. It was impossible to see past the superstructure, so he ran to the nearest stairs and pounded up them, a sickening feeling in his heart telling him what he was going to see.

He was right. The last three lifeboats were missing.

He went slowly back down the stairs. Carol was waiting for him at the bottom.

'They're gone, aren't they?' she asked calmly.

'All of them, yes,' he said heavily.

'We should have known. I should have thought of it,' she said bitterly. 'Well, we still have the life-rafts, but I doubt we'll get enough launched and convince people to jump into the ocean at the same time—but I guess we have to try.'

Carol used her anger to give her strength and stride purposefully to the dining room entrance. Cross concentrated on something different for courage—his determination to protect Carol and be of some help. Just as they got there, the doors opened and somebody stepped out. Carol stopped in surprise, giving the woman room and trying to remember her name.

'Enid!' Cross said, recognising her first. 'What's happening? Is everyone—'

He didn't get the chance to finish. Before he realised what Enid was doing, she awkwardly straddled the railing, twisted the rest of her body over the top and stepped silently off to plunge into the ocean.

'For God's sake!' Cross cried, lunging forward too late with Carol beside him doing the same. He leaned dangerously over the edge, trying to see Enid in the water, but she didn't appear. Cross knew she wasn't making any attempt to swim and save herself. In his mind he could still see the completely blank expression on her face as she climbed the rail and jumped—and Cross hadn't realised what it meant. He was still doubled over the rail himself, searching the water astern, when Carol pulled him away.

'Come on,' she said urgently. 'Before more do the same.'

They burst through the double doors of the dining room together. After the deck outside, the gloom of the candle-lit room and the stuffy heat caused by the myriad of small flames was an unexpected contrast. Cross had to wait a moment for his eyes to adjust and felt dangerously vulnerable. He reached out to hold Carol's arm, keeping contact.

Nothing happened. They found themselves standing alone among the passengers who were still seated all over the floor. Only Luke's Followers were on their feet around the edge of the dining room, while Luke himself was at the altar. Everyone had their heads bowed and didn't look up at their arrival.

Then Luke spoke, still without raising his head. 'Miss Jackson and Mr Cross, I presume? Have you come to join us?'

'Why should we?' Cross snarled. 'So you can kill us, too?'

'Enid?' Luke asked in a lilting voice, raising his head slowly. 'She had doubts and lost some of her faith. I told her she could leave. Is she in one of the boats?'

'You know damned well what she did, you

murdering bastard! You *made* her jump over the side! You killed her! Is that what you'll do to anyone else who has *doubts*?'

'You question my guidance? But isn't that what you've come to tell everyone to do?' Luke asked innocently. 'Jump over the side to *save* themselves? Yet now you're telling us Enid has drowned?'

A ripple of discomfort went through the dining room. Cross was angry and speechless with frustration with the way Luke was manipulating everything they said and seeming to read his thoughts. No one was moving and everywhere he looked Cross's gaze was met with hostile eyes.

Instead of talking directly to Luke, Carol suddenly announced to everyone, 'No, don't listen to him! Pay attention to *me* please, everybody! The ship is going to collide with a large tanker or an ore carrier in approximately fifteen minutes. The other ship is too big to manoeuvre and avoid us. We have no lifeboats left. The best way to save yourselves now is to jump overboard with one of the Carly liferafts, before we hit. These rafts are big and you'll be perfectly safe until help arrives, which will be much sooner, because the tanker is capable of sending a distress signal.' She waited for someone to respond and was amazed to see a complete lack of reaction from everybody in the room. Only the same, hostile looks coming back at her. 'For God's sake, is anybody *listening* to me?' Carol demanded.

Now Luke shifted his eyes to hers. 'No, nobody

is listening, Miss Jackson. You're not saying anything they need to hear.'

'For God's sake, I'm trying to save their lives!'

Luke's expression twisted into something ugly, before he controlled himself again quickly. 'For God's sake? We're not interested in God's sake any more, Miss Jackson. They worship me, because I am here. I am their God now. For *my* sake they will stay and accept the fate I have chosen for them. I have told them the rewards will be great and they trust me.'

'Rewards for who—you?' Carol challenged. 'What do you get out of this, taking hundreds of innocent people to their death?'

'Your God would call it a tragedy. I call it a harvest of souls. I offer them guidance in their final moments. You would do well to let me do the same for yourselves.'

'And if you're not God, where will you take these souls?' Carol asked, then spoke to the whole room again. 'Has anyone stopped to think who you're dealing with here? Let me ask you something else, everyone. Hey! Listen up!' Carol started moving about the room, shaking people where they sat. Some of them reluctantly looked up. Luke watched her with glittering eyes. Carol was shouting now. 'This man says he's a god, or he can let you worship your own God, but can anyone see a single crucifix anywhere? How about a Bible? Has he mentioned God, or Jesus? What about the Virgin Mary? You know what? I don't believe your precious Luke can talk about *any* of those things. Why doesn't someone ask him why?' Carol spun around and faced Luke. 'Why don't you explain it anyway?'

Luke's gaze roved around the room. 'Does anyone want to share Enid's fate?' he asked calmly. 'Why should we listen to this person?'

'You're all mindless fools!' Cross shouted. 'Save yourselves. Don't die for this monster!' He suddenly began pushing his way around the room, looking for Susan. 'Susan! Where the hell are you?'

Cross was so absorbed with finding her that he walked straight into Harvester. He went to shove him aside, but Harvester gripped his shoulder.

'Russell,' he hissed urgently. 'I put Susan in one of the boats. She's safe. Now for Christ's sake get out of here! Luke will kill you. You have no idea what he's capable of, if you make him angry.'

Cross stared at him disbelievingly, then started to search around with his eyes again. Harvester shook him to regain his attention. 'She's *safe*! Believe me. Get out of here.'

'Brother Johnathon!' Luke called, amused. 'Are you working against me?' His voice turned suddenly ugly. 'Now I expect you to prove your faith to me.'

In front of Cross, Harvester's face changed to a mask of hate and evil. The transformation alarmed Cross and he felt Harvester's grip on his shoulder tighten to a claw. Glancing around, Cross could see the other Followers were edging their way around the walls to cut off his and Carol's escape.

'Run, Carol!' Cross cried, shoving Harvester in the face and breaking his grip. '*Run*!'

From where she'd been moving towards a large group of passengers Carol looked around desperately, trying to pinpoint the danger, and seeing it. She began to rush towards Cross, leaping over people and tripping several times, kicking one of them cruelly in the head, but she didn't stop. The Followers tried to cut her off, but the mass of people on the floor impeded their progress too and Carol got to Cross before them. The Followers stopped, seeing their quarry was going to make it outside, and unsure whether they were allowed to leave the room. Cross grabbed Carol and booted the door open. As they escaped from the dining room they heard Luke howling for them to be caught and brought back.

They headed for the stern, but moments after leaving the dining room and before any of the Followers emerged, Carol led them down some stairs and straight back into the interior. Cross didn't question her. They were quickly in a maze of cabins and lounges, all with closed doors. Already, Luke's Followers might need hours to search for them properly.

'Where do you want to go?' he called to Carol.

'There must be some crew left,' Carol told him. 'Failing that, we need somewhere to hide close to the stern and near the deck, so we've got a chance to get off when we ram the other ship. There's rafts for the crew at the back, where we dumped the bodies.'

They came into a corridor leading to the hatchway at the stern of the ship. The hatch was open and Carol motioned for them to be quiet in case someone was out on the deck. They crept forward until they could see most of the rear area. It looked empty. Cross eyed the heavy chain of the sea anchor.

'There's no chance we could drop that?' he asked Carol. 'I know it won't reach the bottom, but it might slow us down.'

'That's exactly what it's meant to do,' she replied bitterly. 'But it's operated by steam and all the lines have been shut off, same as the main anchors up forward.'

'What about the cargo derrick?' Cross said. 'That's electric, isn't it?'

'No good,' Carol was shaking her head and cautiously watching the open doorway. 'The derrick's cable and netting are extremely strong, but it's also very light. It wouldn't provide enough drag to slow us down. In fact, if you weren't careful it would probably get sucked straight into one of the propellers—' she stopped and stared at Cross, the two of them realising together it might be an answer. 'Damn it, Russell. It might just work! If we can snarl one propeller, it might be enough to turn us away from the collision course.'

Cross was already thrusting her towards a nearby door. 'You hide in there. I'll get to the crane and see if I can get it to work.'

'But I can keep an eye out for Luke and his people!'

'And they might spot you standing on the deck watching—and besides, I don't want to be worrying about you at the same time.'

He didn't give her another opportunity to argue, leaning past Carol and opening the door, then shoving her through. 'I'll come back as soon as I can. I won't fool around any longer than I have to, if I can't get it to operate.'

He was gone. Carol left the door open just a crack, listening for anyone else coming up the corridor and managing to watch the open hatchway. Cross's figure blocked it off for a moment as he slipped outside.

He could see the fog was disappearing fast now, the midday sun finally burning it off. Either that, Cross thought, or the Bermuda Triangle was lifting its veil so the participants in this latest disaster would see exactly what fate had in store for them. He crept carefully around the stern area, keeping close to the walls and machinery. He was already well hidden. No one could look down from the pool decks above and unless he went right out to the railing, it was impossible for someone watching the length of the lower deck to see him. Still, at any moment he expected to hear a shout of alarm and he would have to protect himself or run.

Cross got to the derrick without mishap. As he drew close he saw it had a door on the enclosed controller's cabin and he offered a quick prayer it wouldn't be locked. First he had to unhitch a large canvas bag which was hooked onto the derrick's arm. It was heavy and needed a big effort, but he made it. The bag swung away to hang from the cable. Next, he climbed onto the small mounting platform and tried the door. It wasn't locked and he heaved a sigh of relief as he dropped into the cockpit seat and closed the door behind him. Cross scanned the panel in front of him. Several small gauges for rate-of-drop and load pressure were self-explanatory. So was the red start button. Cross couldn't believe his luck at finding it so simple. He pressed it and heard a powerful electric motor whine into life somewhere behind the cabin. There were two levers in front of him, one for lowering or raising the cable and the other for swinging the derrick in either direction. Cross tried the cable first and watched the canvas bag drop quickly to the deck. Leaving everything running Cross scampered out of the cabin down to the bag, unlashed a rope and drew the bag away, leaving the cargo net laid along the steel. Uncaring whether it was tangled, he went back to the controls.

Cross raised the netting off the deck and moved the second lever. The entire derrick jerked sideways suddenly. He tried a more delicate touch and swung it more smoothly, hoping to drop the netting as close to the ship's side as possible. When he thought it was right, he lowered the cable again. The netting disappeared over the side into the water. Cross didn't know whether he should run the cable out all the way or try and judge the distance to the propeller. He figured he couldn't be far off that now.

Something slammed deafeningly against the cabin.

The window of the door burst over him with another loud bang, showering him with glass. Cross put an arm across his face and threw himself to the other side, thinking too late that this window would be the next to explode. He peered out through the broken frame, not knowing what to expect, in time to see Johnathon Harvester set himself for a third swing with a red fire-fighting axe.

'Harvester! Are you mad? What the hell do you think you're doing?' Cross yelled, knowing it was useless. The expression on Harvester's face was a blank, obedient look. Cross pressed himself desperately back against the seat as the axe came through the window again. The size of the frame and the fact that Harvester was below him and reaching up to the derrick stopped all but the head of the axe coming inside the cabin, the shaft of the handle hitting the sill. Cross knew it wouldn't take long for Harvester to work that out. He could see the man was already judging a better angle from which to strike. Cross forced himself to stay calm and choose his next move well.

When Harvester swung again Cross kicked open the door, deflecting the axe away and earning the added bonus of toppling Harvester away from the derrick's mounting. He tripped on a line of raised rivets and went sprawling. Cross sprang from the cabin to drop on top of Harvester before the other man had a chance to recover. Harvester was too concerned with holding onto the axe and wasn't ready to defend himself from two bludgeoning punches Cross put straight into his face. The force of the blows bashed Harvester's head hard against the deck. Either way, he should have been stunned beyond putting up any more of a fight, but Cross was amazed to feel Harvester still struggling beneath him. Cross hit him twice again, feeling Harvester's nose flatten bloodily under his fist. Unaffected, the Follower dropped the axe and used both hands to claw at Cross's face. Fearing for his eyes Cross slapped the hands away, then snatched up the axe and jumped to his feet. Feeling sick with what he was doing he swung it down viciously, blunt end first, and clubbed Harvester on the side of the head. It made an awful crunching sound, crushing the skull.

Harvester went still, his eyes wide open.

Cross threw the axe aside and stared down at what he'd done, appalled. He dimly realised he'd been hearing the scream of the derrick's cable being dragged out against the braking system. Now a loud groaning noise dragged his attention away from the corpse in front of him and he realised the deck was shuddering beneath his feet. He looked round to see the wire of the derrick was stretched like a piano string and the crane arm itself was being wrenched downwards. Mounting bolts at the base were popping. Cross stepped back hurriedly, astonished the wire hadn't broken. Any moment now something had to let go, and he didn't want to be in the way when it did.

But his attacker wasn't finished yet.

Slowly, Harvester pushed himself to his feet. His blood-splattered head sat crookedly on his shoulders and he shuffled in a circle, looking for Cross, who could only stare in shock. Harvester came lumbering towards him, his lips back in a growl of hate and revealing reddened teeth. He was already past the axe. Cross couldn't reach it or imagine anything that would stop Harvester anyway. He knew the man was dead, but Luke and his ungodly powers had brought him back to life to finish the job of killing Cross.

There was an enormous, metallic snapping sound and the derrick was hauled off its mounting. Harvester was directly in the way and the steelwork of the crane caught him like a scythe, lifting him up and crushing him against the railing momentarily, before carrying Harvester over the side to crash into the ocean with a tremendous splash. Cross stumbled to the back rail to see if anything surfaced behind the ship, but nothing appeared.

Then he saw the *Futura*'s wake had a pronounced curve.

'You've done it!' Carol called, running out from the hatchway. Her joy turned to horror when she saw blood over Cross's shirt. 'You're hurt!'

'Nothing bad,' he said quickly, holding up his

hand to stop her touching him. He was covered in broken glass. He moved further to the side to see if Captain Brooks's spirit was still on the bridge-wing and was startled to see an enormous oil tanker directly ahead of the *Futura*. It looked like a wall of black steel. The other ship was so close he could see the white, frightened faces of her crew on the bridge staring towards the liner. Long, piercing blasts of the tanker's horn were coming from her funnel.

'We're going to miss it!' Carol yelled exultantly. 'You can tell—you can see it already! We're going to pass just astern.'

Cross felt savagely triumphant too, but he couldn't help remembering this meant more long hours aboard the ship with Luke and his remaining Followers pursuing them. He was already trying to think of the best hiding place. Somewhere they could barricade themselves inside for days with supplies and water, until sanity somehow returned to the ship.

'Hey, what the hell's that up further ahead?' Carol asked, her tone suddenly wary.

Cross dragged his attention back and looked. Something was happening in the path of the *Futura*'s new, curving course. The more he saw, the more he recognised what it was—something he'd seen several times during combined military exercises.

It was a submarine surfacing right in front of the liner. But the way it came, bursting up, uncontrolled, told him this was no ordinary submarine.

Cross suddenly understood it all.

'It, Luke, whatever . . . knew!' he groaned despairingly at Carol's confused face. 'It always knew this was going to happen. And the computer was able to plot an exact course at an *exact* speed to make sure we hit it. The tanker was just another part of it all. *That's* a submarine wreck and we're going to ram it!'

'But where—where did it *come* from?' Carol asked, shaking her head in disbelief. Everything was happening too fast.

'It must be an old war hulk, stuck on the bottom until the storm loosened it—and now the vibrations of the oil tanker's passing have set it free.'

Carol stared helplessly ahead at the black, rusting shape with its distinctive conning tower shape. There was no way the *Futura* would miss it. 'We've got to get a raft ready,' she snapped, trying to regain her control. 'Quickly!' She led the way to where a bright orange survival raft was fixed to a bulkhead. It was a compact, folded design that was supposed to unpack and expand once it was in the water. Between the two of them they struggled to dismount it and drag it to the railing. Cross took a moment to glance ahead.

'Too late!' he yelled. 'We'll have to wait until after the collision!'

'Then grab a hold of something. Brace yourself for the impact!' Carol told him, grabbing a stanchion, wrapping her arms around it.

But Cross couldn't stop himself from simply

gripping the rail and watching with morbid fascination as the *Futura* rolled relentlessly over the top of the old submarine wreck. He saw everything in crystal-clear detail. The submarine's hull was pitted from long immersion underwater and in places badly damaged from what must have been the attacks that sank it. Rust, deep-sea barnacles and thick green weed clung to it. It was possible to just make out the identifying letter on the conning tower, the white lettering mostly missing.

The U-65.

At the very last moment, before the submarine disappeared under the *Futura*'s bows, Cross saw an incredible sight. Inexplicably, it struck a deep fear inside him. It was the figure of a man, plainly in an officer's uniform with the white-peaked cap, standing with his arms crossed on the bows of the submarine and looking back towards the conning tower. If the man had any awareness of the ocean liner bearing down on top him, he didn't show it.

The *Futura* hit hard, seeming to stop completely for just an instant, before pushing raggedly on to the sounds of shearing metal and a thousand things inside the ship smashing to the deck. Cross was thrown to the deck. Hanging on, Carol didn't fare much better. The liner lurched and her bows dropped, most of the lower part ripped off by the collision, the speed she was sailing forcing massive amounts of water inside. Jolted off their bearings, the remaining propellers ground to a protesting halt.

It all happened within seconds, but it seemed like an age before Cross realised it was safe to move again. Shakily he climbed to his feet and immediately couldn't understand why he felt dizzy and unbalanced. Then he saw it wasn't him, but the odd angle of the deck and he was unconsciously trying to correct it. The dizziness came from a bump on his forehead.

'Carol!' he called weakly. 'Are you okay?'

'Over here,' Carol replied, unwrapping herself from the stanchion and feeling as if her arms had been pulled from their sockets.

Cross helped her stand. Supporting each other they looked about. The *Futura* was sinking rapidly by the bows, raising the stern above the water. Already, waves lapped at the forward edge of the bridge superstructure. The helicopter pad was under water.

'We've got to get this over the side, before it gets too high,' Cross said, bending to the liferaft. Another spasm of dizziness swept over him and he fought it off. 'Help me, Carol.'

With strength born of their danger they managed to wrestle the liferaft on top of the rail. They balanced it there for a moment, getting their breath.

'We push it over and *we* go over too, straight away,' Cross told her. Carol nodded. 'Okay—are you ready?' He was amazed to see her hesitate.

'God, what about all those people in the dining room?' she said desperately.

'Listen,' Cross said, her question making him

realise something. 'No, I mean *listen.* Can you hear anything? There's nobody crying out or screaming! Can they all have been knocked unconscious or something?'

The *Futura* was eerily silent, except for the occasional, distinct sounds of the ship dying as, little by little, it succumbed to the ocean.

'No, Carol. There's nothing we can do for them.' Cross told her. 'Luke's hold over those people is still alive. They're all still sitting in there, waiting for the death Luke's told them to accept. They're waiting to drown.'

Suddenly another voice rang out from nearby.

Luke was standing at the end of the lower deck. Beside him on one side was the small boy in his strange clothing—Matthew, who never got home from his tutor's shack in the forest. On the other side was Susan, looking at them blankly. Luke was holding a hand of both of them.

'*No!*' Cross yelled, lunging towards Luke, but Carol desperately reached out and grabbed his jacket, stopping him.

Carol was half-sobbing when she cried, 'Russell, stop! *Stop it!* Can't you see she's dead? She's *already* dead! We have to save ourselves now!'

Cross went absolutely still and stared at the young girl. Susan's face was deathly white and completely devoid of expression.

Cross hissed at Luke, 'No! *No*, you bastard! Why her? Haven't you got enough?'

Luke laughed softly. 'There's *never* enough.

Come with us, Russell. You can help comfort Susan in these difficult moments. Bring Miss Jackson with you.'

Cross held Luke's lazy, evil stare, finding it mesmerising. Behind him he heard Carol grunt and, moments later, the raft splash into the water. Still, he couldn't drop his gaze. It was like looking into the eyes of a snake.

Suddenly he felt himself hauled backwards. The railing caught him agonisingly in the back and he grunted with the pain. Before he had a chance to recover somebody grabbed him around the knees and lifted. Too late, Cross tried to save himself. He flailed for the handrail and missed. In the next instant he was toppling through the air, the stern of the *Futura* sliding past him. Then he crashed into the water.

Carol watched him hit the surface, then balanced on the top of the railing and jumped quickly. It was high and frightening. The orange raft below looked like a small square and Cross's head a black speck beside it. At the last instant Carol remembered to push outwards to avoid landing on top of him. A second later she plunged into the cold water.

Carol surfaced easily, having expected and prepared herself for a long time below the water. Cross was spluttering beside her. 'Get to the raft!' Carol told him. 'Russell! Get to the raft!'

Cross trod water in a confused circle, then located the raft and swam towards it. His head was clearing of the odd mental hold Luke had tried at the last moment. Carol was doing the same, thrashing towards the raft. They reached it at the same time. Cross began fumbling with the catches to expand it.

'No,' Carol said. 'It'll be easier if we paddle and push it away from the ship this way. We can unfold it when we're a safe distance away.'

Cross nodded and manoeuvred himself into a position on the same side as Carol. He looked over his shoulder at the ship's stern towering monstrously above them. The huge propellers were exposed, one of them with a tangle of wire and part of the crane's arm wrapped against it. He thought he could see someone's head silhouetted against the railing high above, watching.

'Start paddling,' Carol gasped, catching a mouthful of water.

They kicked hard to get clear of the sinking ship. Exhaustion came fast, but they didn't dare stop. The suction created by the *Futura* going down might drag them with it. It was only when Cross decided their paddling had been reduced by tiredness to nothing effective that he called out to stop. With his last strength he unfolded the liferaft, found the inflation device and pressed it, praying it would work. It did, pushing them in all directions as it swelled into a craft big enough for ten people. A cache of dehydrated supplies and water floated in the plastic casing left behind. Cross hauled himself over the side first, so he could drag Carol in.

Huddling together for warmth they ignored the foil solar blankets for the moment, instead watching the *Futura*'s last minutes. The liner was slipping fast below the waves now, diving almost gracefully. When the stern finally sank in a mound of white water Cross would have sworn the last thing to go under was a solitary figure, still looking their way, standing at the back railing.

In the distance the oil tanker was still sounding its horn in long, mournful blasts. Growing above it was the shuddering noise of an approaching helicopter.

Cross pulled Carol close to keep her warm. The gentle swell rocking the lifeboat and the warm sun on his face made everything seem unreal. He closed his eyes and tried to imagine the two of them were somewhere else—somewhere different that didn't have ghosts and evil, insane cults. But the frightening images of the past few days kept intruding and Cross found he didn't dare keep his eyes closed for long. He was afraid something might happen and he wouldn't be ready. He snapped his eyes open nervously and looked down at the top of Carol's head. She felt his gaze and turned her face up to his.

'What's Australia like?' he asked weakly.

'You'd better come and see,' she said with a trembling smile. 'Besides, I'll need you. I don't think I'll be able to sleep alone for quite a while.'

He let out a long sigh. 'That makes two of us,' he agreed shakily, tightening his hold on her.

EPILOGUE

The three-stage, solid fuel rocket booster idled on the launch pad, streamers of ice dripping away in the light of the hot arc lamps. Two technicians watched eagerly on a closed circuit television from the command bunker.

'This is going to revolutionise the communications industry,' one said, pleased.

His companion shook his head in wonder. 'I can't believe it, Phil,' he said. 'The last time we talked, you said this project was so full of bugs it would never get off the ground. You were practically crying in your beer.'

'That was before two months ago,' Phil told him. 'Now that baby is going to be putting radio and television *and* user-pays network systems in every modern home in the *world* by the end of the century.'

'Yeah? So how did you get rid of the bugs so quick?'

Phil put a finger to his lips and smiled smugly. 'A new, experimental microprocessor in the main motherboard,' he said quietly. 'Don't ask me where it came from, and I won't have to lie to you about the answer, okay? It works, and that's all that matters—and we paid for it, by the way. With real American dollars.' He nodded at the rocket.

'With that satellite, we can reach out and touch *anybody*.'